亦说文稿

熊宪光 著

西南师范大学出版社
国家一级出版社 全国百佳图书出版单位

图书在版编目(CIP)数据

亦说文稿 / 熊宪光著. — 重庆 ：西南师范大学出版社，2020.1

ISBN 978-7-5621-9513-9

Ⅰ. ①亦… Ⅱ. ①熊… Ⅲ. ①中国文学—古典文学研究 Ⅳ. ①I206.2

中国版本图书馆 CIP 数据核字(2018)第 250475 号

亦说文稿

YISHUO WENGAO

熊宪光　著

责任编辑：秦　俭

责任校对：赖晓玥

装帧设计：观止堂_未　氓

排　　版：重庆大雅数码印刷有限公司 · 王　兴

出版发行：西南师范大学出版社

地址：重庆市北碚区天生路 2 号

网址：http://www.xscbs.com

邮编：400715　电话：023-68253705

印 刷 者：重庆康豪彩印有限公司

幅面尺寸：170mm×240mm

印　　张：27

字　　数：480 千字

版　　次：2020 年 3 月　第 1 版

印　　次：2020 年 3 月　第 1 次印刷

书　　号：ISBN 978-7-5621-9513-9

定　　价：98.00 元

学术记忆与学科发展

——西南大学文学院“雨僧文库”序

西南大学文学院“雨僧文库”丛书即将出版了，这是一件令人非常高兴的事。为它写上几句话也让我从心底里生出一种特殊的感怀。岁月的流逝总会让人忘却许多往事，而有些记忆无论经过多少岁月，却总是很难消失，因为它已经成为人们前行道路上的重要标记。一个人的成长如此，一个学科的发展和一个学院的建设也是这样。

西南大学文学院的前身为1940年建立的国立女子师范学院国文系和1942年建立的四川省立教育学院的国文系，1950年合并为西南师范学院中文系，2003年更名为西南师范大学文学院。中国的大学包括学科的建立及发展的时间并不长，拥有近80年的学科历史也就算比较久远的了。所以，在介绍时说它历史悠久，此言不虚也。一大批名家先贤先后汇聚于此，探研学术，传承文脉。1949年前，有胡小石、吴宓、高亨、商承祚、唐圭璋、台静农、罗根泽、詹锳、李何林、魏建功、李霁野、赖以庄、吴则虞等在这里潜心治学，为科学研究建立了严谨求实的学术传统。1949年后，亦有吴宓、高亨、赖以庄、钟稚琚、郑思虞、何剑薰、徐德庵、杨欣安、魏兴南、曹慕樊、徐无闻、李景白、谭优学、李运益、刘又辛、荀运昌等学者继续在此传道授业，筚路蓝缕，为学院的发展奠定了坚实的基础。今天的文学院设有中文系、影视艺术系、汉语国际教育系；拥有中国语言文学一级学科博士学位授权点，戏剧与影视学一级学科硕士学位授权点，美学二级学科博士学位授权点；建有中国语言文学博士后科研流动站。其中国语言文学为重庆市重点学科。

我相信一个学科的历史和发展总是由一代又一代学者创造的成果累积而成的。为了坚守学术精神，保存学术记忆，发扬学术传统，学院积极筹划了这套“雨僧文库”。我们选取了文学院前辈学者的代表性成果，主要有曹慕樊先生的《庄子新义》，谭优学先生的《唐诗人行年考》，徐无闻先生的《徐无闻批注〈唐人万首绝句选〉》，荀运昌先生的《诗词及楹联写作》，熊宪光先生的《亦说文稿》，徐洪火先生的《中国古代戏曲史纲》；刘又辛先生和方有国教授合著的《汉字发展史纲要》，杨欣安先生的《杨欣安现代汉语论集》，翟时雨先生的《语言漫议》；苏鸿昌先生的《大旨谈情：苏鸿昌文艺美学文集》，曹廷华先生的《文艺美学论稿》；苏光文先生的《新文学：新观念新文本新交流》和胡润森先生的《胡润森论戏剧》等13册。如做一个简单划分的话，它们可分为古代文学及文献学、汉语言文字及语言应用、文艺学及美学，以及中国现当代文学等学科板块和知识领域。这些论著的选择不拘形式，有的是旧作再版，有的是论著新编，有的是学者选集。这些前辈学者和他们的论著都曾在学科和学术史上产生了重要影响，也代表或者说体现了西南大学文学院中国语言文学学科的历史特点和学术优势。有点儿小遗憾的是，名为“雨僧文库”，却没有编入吴宓先生的著述，只有等待以后再来弥补了。

西南大学文学院高度重视人才培养和学科建设，长期坚持以人才培养为根本，以学科发展为龙头，以科学研究为中心，以队伍建设为支撑，以社会服务与文化创新为动力的学院发展之路。就学术研究和学科建设而言，坚持有所为有所不为，不好高骛远，不追逐时尚，把人才培养和学术研究工作落到实处，做向深处，不搞花架子，紧紧抓住人才队伍、学术成果和学术环境等条件要素，去做学科建设。搞学科建设，首先要有人，其次要做事，另外还要有做事的环境和心情。有人就是要有从事教学科研的人，做事就是做教学科研之事。大学教师不仅要从事教学工作，还要积极开展科学研究。教学科研形式不同，目标相近，都是为了人才培养，它们会有偏重，但不应分彼此。学科建设亦非一朝一夕之事，要一步一个脚印，守正笃实，久久为功，还要有“功成不必在我”的心态和境界。在学术建设和学科发展的链条上，历史总是一环扣一环，后来者不应忘记前行者的坚实步履。学术研究是个人的人生事业，学科建设也是学院的名山工程。对个人而言，学术研究要有兴趣，更要有理想、有毅力。过去的学术氛围和学术环境不同于当下，不像今天这样，从学校到学院都在一个劲儿地鼓噪。他们为什么对学问有兴趣？为什么那么执着？为什么做？怎么做？做得怎么样？他们肯定是有思考的。我想，从这些论著里，我们既可学习到一些做学问的方法，悟出一点儿做学问的门径来，也能感受到他们严谨认真的学术道德和高贵豁达的学术精神。今天的学术环境虽然变化了，做学问的条件和成效也不一样了，但高远的学术理想和执着的学术精神还是应该继承下来，坚守得住，才能发扬光大。

这套前辈学者成果的出版应是西南大学文学院学科建设的大喜事。近年来，我们连续筹划了“博导文库”和“中青年学者文库”，正在筹划“学科及学术专题文库”。“雨僧文库”主要是前辈学者文库，它是西南大学文学院历史发展中的学术积淀和学科基因，它的出版，有助于学院的学术传承，也让学院的学术史更加清晰明朗，学科发展更有底气。在此，我要特别感谢这些前辈学者的家人及弟子们的大力支持，感谢学院相近学科同仁们的积极参与，有了他们的理解和参与，这项工作才得以顺利而圆满地完成。也要感谢西南师范大学出版社吕杭女士的辛勤劳动。

就此说上几句，既表达对“雨僧文库”出版的祝贺，也有对学院学科建设的希冀。

王本朝

2020年1月

自　序

这本自选集选录了我从学以来发表的主要论文。书名《亦说文稿》,“亦说”乃自号,取自《论语》首句:“子曰:学而时习之,不亦说乎?”“不……乎”为反问句,去之则为肯定句,“亦说(悦)”也;倘读为“亦说(shuō),则有且亦论说之意。我一向服膺此语,故特取以自号。

本书共选文63篇。其中发表时间最早的一篇是在1981年,那时我已年近不惑了。可见我踏上学术之路,年齿已长,不免有些“先天不足”且“后天失调”。也许可以说,由于时代的局限,我们这一代学人大多如此。虽然我自认一向勤奋,刻苦攻读,但在自己求学的年代,政治运动一个接着一个;大学毕业之后,先参加“四清运动”两年,接着便是十年“文革”,斯文扫地,谈何读书治学!所以一旦有幸于1978年考上北京师范大学中文系攻读古典文学专业研究生,叩开学术之门,我便万分珍惜这一来之不易的机会。从此发奋进取,不敢稍有懈怠,始终要求自己堂堂正正做人,兢兢业业教书,孜孜矻矻为学,认认真真作文。

回顾从学经历,不禁感慨系之!正如刘勰所说:“文变染乎世情,兴废系乎时序。”(《文心雕龙·时序》)一个时代有一个时代的文学,一个时代也有一个时代的学术。这就意味着,学者治学不能不打上鲜明的时代烙印。当然,由于个体的差异,学者们大都具有各自不同的特点。即如治学门径,所取亦多有不同。我的心得是,治学如打井,必须专注于某一点,恒定一条心,不打出水或油来决不罢休。切忌东一榔头西一棒子,看似处处生花,实则乏善可陈。窃以为习学者首先宜选好“突破口”,建立自己的“根据地”,待取得一定成果,站稳脚跟后,再向前后左右不断拓宽加深。遵循此道,我的治学是从《战国策》研究起步的,然后向纵横家研究拓展;又由先秦散文研究而扩及先秦文学史和中国古代散文史的研究,故出版、发表的主要论著,大体不出这一范围。诚如我在拙著

《文史论稿》的《自序》中所说："毋庸讳言，从研究的方向、路子、内容和成果看来，虽然自信较为执着，步履清晰，稳定坚实，也多少有所创获，但既不博大，也不精深。研究方法以求实、求真为依归，不追新潮。为文则力求清通简要。我常想到庄子之言：'吾生也有涯，而知也无涯。'人生短暂，学问无穷。作为一个习学者，在治学道路上能够做到踏踏实实向前，一步一个脚印，不俯仰随人，而是在前人打下的基础上，有所开拓，有所前进，哪怕微不足道，也可问心无愧了。"

我深知自己学识有限，书中疏谬在所难免，尚望专家、读者不吝惠正。

需要说明的是，本书选文大多发表于20世纪八九十年代，其行文格式具有那个时代的特点。这次选编尽量保持当初发表时的原貌，包括注释方式也基本上一仍其旧，未能按现在通行的格式整齐划一，谨希读者见谅。

熊宪光

2020年1月

于西南大学亦说居

目　录

论古代散文及其他

003 | 话说古代散文
011 | 先秦政论文略论
020 | 中国古代旅游文学源流论
027 | 关于中国古代文学教材建设的几点思考
032 | 整体建构多层面中国古代文学史系列教材

纵横家探研

045 | 纵横家之兴考辨
061 | 论纵横家的辩证法思想
068 | 论纵横家的衰落
082 | “纵横”流为谋士说
089 | “纵横”流为文士说
100 | “纵横”流为侠士说
107 | 论纵横之文的基本特征
114 | 苏秦、张仪纵横说辞探研
126 | “鬼谷”解
129 | 说“长短”

论先秦史家之文

135 | 史家之文，南北殊风
——《国语》风格不同论
147 | 《逸周书》的文学价值
156 | 论《战国策》的思想倾向
170 | 论《战国策》的文学成就

196 | 《战国策》寓言论
206 | 《战国策》中的人才论

论先秦诸子之文

215 | 《庄子》命名艺术试探
222 | 荀文简论
231 | 《韩非子》略论
237 | 略论《吕氏春秋》
245 | 关于《晏子春秋》

作家作品研究

251 | 《离骚》:诗人的自觉与主体意识的张扬
264 | 王安石的文学观及其实践
274 | 王安石确曾“轻”韩愈
277 | 苏洵与“纵横”
284 | 读刘基《郁离子》
290 | 刘基之死
293 | 一组震撼人心的讽世歌
——读钟云舫《火坑莲》

名篇论析

301 | 自主·自觉·自省·自立
——《诗经·卫风·氓》意蕴新探
307 | 据实构虚 着笔对面
——《诗经·魏风·陟岵》的艺术特色
310 | 说《叔向贺贫》
315 | 奇文《楚王死》与战国纵横术
322 | 《邹忌讽齐王纳谏》三议
329 | 《唐且不辱使命》的文学特征

335 | 说贾谊《吊屈原赋》
338 | 贾谊《鹏鸟赋》析
341 | 读韩愈《圬者王承福传》
344 | 务出己见为至文
——读苏洵《仲兄字文甫说》《名二子说》

读书札记

351 | 子产治郑
356 | 说长道短
358 | 读《战国策》新校点本札记
367 | 关于《史记》的两处标点
368 | 说“六经皆史”
369 | 说伪书
371 | 值得珍视的朱元璋口语实录
——读刘仲璟《遇恩录》
376 | 话说鬼诗
381 | 说语录
383 | 似与不似

文化寻根十说

387 | 文化寻根说先秦
390 | 《周易》与传统文化
393 | 鉴往知来的史家传统
396 | 儒学宝典《论》《孟》《荀》
399 | 老子之“道”与庄子之“逍遥”
402 | 时称“显学”的墨家
405 | 集法家之大成的《韩非子》
408 | 争鸣天下话纵横
412 | 瑰玮宏博的《吕氏春秋》
415 | 辉耀后世的《诗》《骚》

论古代散文及其他

话说古代散文

中国古代散文有广、狭二义。就广义而言,其文体范围不仅包括记言、记事、抒情、写景、论说、杂感以及经传史书之类的散体文,而且包括赋体文和骈体文;而从狭义说来,散文即指散体文,又称“古文”。由于赋体文和骈体文实为独立之文体,早已各立“门户”,并已有《赋史》和《中国骈文史》等为其标志,故本文所指“散文”,乃取其狭义,专讲散体文。散文的产生、发展经历了一个漫长的历史时期,在千锤百炼中,形成了自身鲜明的体式特征。

一、散文产生、发展的历史轨迹

散文的产生,始于文字记事。从现有材料看来,殷商时期的甲骨刻辞和铜器铭文,即为最早的散文。自1899年起陆续发现于河南安阳西北小屯村的殷墟甲骨卜辞,证明至迟在殷商中期(约前14世纪),就有了初步定型的文字和历史文献记载。甲骨卜辞是刻在龟甲和兽骨上的占卜记录,间或也有少量其他记事文字。卜辞作者即殷商时期身兼神、史之职的巫觋。殷人迷信鬼神,凡事必卜。占卜涉及狩猎、农业、祭祀和战争等。卜辞可说是我国最早的散文。如:

癸卯卜,今日雨。其自西来雨?其自东来雨?其自北来雨?其自南来雨?(《卜辞通纂》三七五)

戊戌卜贞,今日旦,王疾目,不丧明?其丧明?(《殷墟文字乙编》六四)

所记清楚、明确,事关雨水、农事、王目之疾,有疑问,有推测,有担忧。形式较为整齐,语句含有感情。这类作品,还有《易经》中的卦、爻辞。其共同特点是内容简单,形式朴拙,文辞省略,不成篇章。

此外,在传世的数千件商、周有铭彝器中,也可见到早期散文的萌芽。铸器勒铭原为颂扬祖先功德,昭示子孙,永保政权代代相传。"夫鼎有铭,铭者,自名也。自名以称扬其先祖之美,而明著之后世者也。"(《礼记·祭统》)这些铭文保留了较早的史家记事文字,可说是史家之文的源头。如小臣邑斝和丁巳尊铭文:

癸巳,王易(赐)小臣贝十朋,用作母癸尊彝。惟王六祀,彡日,在三月。(《续殷文存》下)

丁巳,王省夔京。王易小臣俞夔贝,惟王来征彝方,惟王十祀有五,彡日。(《殷文存》上)

其文辞虽仍简略,却能紧扣制作彝器这一中心,明确记述时间、地点、人物和事件;内容涉及赏赐、祭祀或征讨,形式也大体一律。铭文特点大多如此。

商代彝器传世者不多,今存者多周铭。西周铸器勒铭为一时风尚,彝器之丰远过于商。内容既富,文字也大增,如毛公鼎铭文长达四百九十余字,形式亦颇讲究。有的还杂以韵语,如清道光年间出土于陕西宝鸡虢川司的虢季子白盘,铭文一百十一字,记述了虢季子白奉周王命伐猃狁于洛之阳,立战功受赏于周庙,作宝盘以记之的事。主旨与商彝器铭文相似而叙事更详,不仅记事,而且记言,除首句外还一韵到底,体现了初期散文韵散相杂的特点。总之,殷商甲骨卜辞,《易经》卦、爻辞和商、周彝器铭文,都是散文萌芽时期的代表作。

中国古代第一部兼记叙和论述的散文集是《尚书》。它是我国最早的一部历史文献汇编。其文字古奥艰涩，佶屈聱牙，体现了早期散文的风貌。

春秋战国是古代散文第一次蓬勃发展的时期。春秋以前，学在官府，无私人之学，亦无私家著述。到了春秋时代，礼崩乐坏，王纲解纽，王官之学散入民间。于是私人之学兴起，私家著述亦相继出现，散文因此得到了飞跃发展。这时散文的代表著作有孔子依鲁史修订而成的《春秋》，孔门弟子所纂辑的语录《论语》，以及史家之文《国语》和《左传》。

由春秋到战国，社会发生了更大的变革，实为"古今一大变革之会"（王夫之《读通鉴论》卷末《叙论四》，中华书局1975年版）。战国时代，"诸侯异政，百家异说"（《荀子·解蔽》），处士横议，诸子争鸣。各家出其所学，自由论辩，于是著书立说，一时蔚为风尚。所谓诸子百家，主要指儒家、道家、阴阳家、法家、名家、墨家、纵横家、杂家、农家、小说家等，其中以儒、墨、道、法、纵横诸家最为活跃。他们代表着不同的政治利益，放言争辩，形成了前所未有的思想活跃、精神解放、生动活泼的政治局面。散文作为记事、论辩和著述的有效工具，适应了当时社会经济的发展和政治、外交、军事、文化活动的需要，发生了质的飞跃。清代史学家章学诚指出：

> 周衰文弊，六艺道息，而诸子争鸣。盖至战国而文章之变尽，至战国而著述之事专，至战国而后世之文体备。故论文于战国，而升降盛衰之故可知也。（《文史通义·诗教上》）

章氏之言，虽未免夸大，但从散文发展的历史来看，战国确实是我国古代散文发展的一个黄金时期。

在这个历史时期，不仅文章的变化空前，而且成就也远远超过前代。继《国语》《左传》之后，出现了亦史亦文的杰作《战国策》；继《论语》之后，涌现出《墨子》《老子》《孙子》《孟子》《庄子》《荀子》《韩非子》《吕氏春秋》等一大批诸子之文，好似群星璀璨，相映生辉。其中最为杰出者，当推《战国策》和孟、庄、荀、韩之文。

总之，散体文自殷商时期产生以来，随着历史前进的足迹而发展。从殷商、西周到春秋、战国，散体文由片段的文辞到详赡的记事，由语录体、对话体，到较为系统完整的长篇大论，走过了漫长的历程。到了战国，散体文由幼稚渐趋成熟，出现了散文发展史上的第一个高峰。

秦始皇一统天下，实行中央集权，文化专制，“燔灭文章，以愚黔首”（《汉书·艺文志》），故“秦世不文”（《文心雕龙·诠赋》）。秦之文章，今存者唯诏令奏议及歌功颂德的刻石之文。集权与专制扼杀了人们的文化创造精神，也阻碍了散文的发展。

汉魏六朝时期，中国古代散文的发展进入了一个新阶段，呈现出前所未有的新特点。

汉初之文，继承先秦遗风，尚能畅论直言，无所拘忌。以贾谊、晁错为代表的“西汉鸿文”和以枚乘、邹阳为代表的纵横之文，皆任气逞说，颇有战国文风。至汉武帝罢黜百家，独尊儒术，文章有了新的变化，产生了以董仲舒为代表的尊儒之文。

成书于武帝之世的司马迁的《史记》，代表着汉代散文的最高成就，无愧为“史家之绝唱，无韵之《离骚》”（鲁迅《汉文学史纲要》）。唐宋以降，历代散文大家，如韩愈、柳宗元、欧阳修、苏轼、归有光、方苞、姚鼐等，无不崇奉、效法《史记》；后世“古文运动”，也无不高扬《史记》之旗。其影响之深远，罕有可比。

到两汉之际，成、哀之时，以刘向、刘歆父子和扬雄为代表的作家，倡导经学复古、文章复古，所写文章不同寻常。

到了东汉，散体文之可称者主要有班固的《汉书》和王充的《论衡》。《汉书》是我国第一部断代史，其散文成就也很可观。《论衡》颇有离经叛道的倾向。其文反迷信，反复古，反传统；针砭时弊，指斥世风，具有强烈的批判精神。这种精神，一直贯穿在东汉之末仲长统等人的文章中。

魏晋南北朝时期，国家分裂，社会动荡，但文化思想却异常活跃，散体文也出现了新的气象。

曹操开一代新风。他的文章无论内容和形式，都突破了旧的传统，因而被鲁迅称为“改造文章的祖师”（《魏晋风度及文章与药及酒之关系》）。与曹操同时的孔融，以及曹丕、曹植和其他建安诸子的文章，皆“雅好慷慨”，无不具有新的时代特点。

魏晋之际的嵇康、阮籍之文，继承了汉末魏初为文“通脱”的特点，持论锋锐而论说随便。文章“师心独见，锋颖精密”，颇多愤世嫉俗之辞，体现了集权专制黑暗时代文章的特点。

西晋散文较有成就者，当数潘岳和陆机。潘岳善为哀诔之文，陆机时有“文章冠世”之誉。东晋最杰出的散文作者是王羲之和陶渊明。王文清新流畅、挥洒自如，有别于当时那些“溺于玄风”之作。陶文高标卓立、风格特异，具有自然和谐之美。

南朝时期，历经宋、齐、梁、陈几代，朝代更易频繁，士人的思想及文风变化很大。其间涌现了一些很有特色的散文作者，如鲍照、孔稚珪、陶弘景、刘峻、丘迟、吴均等，都有名篇传世。

北朝之文，可称者有郦道元的《水经注》和杨衒之的《洛阳伽蓝记》。文章皆重气质，风格刚健清新。此外还有庾信和颜之推，二人都是饱经丧乱、由南入北的作者。他们的文章融合了南北文化的某些传统，既有刚健之气，又有雅丽之美，形成了一种新的文风。

魏晋六朝时期，文章趋于骈偶，骈体文蓬勃而兴。但散体文仍在变化中发展，成就可观。这一时期可说是散体文异彩纷呈的多变期。

到了隋唐五代，文章又由骈趋散。文风复古，渐成趋势。特别是在安史之乱后，唐王朝日益腐败。一些有识之士，目击时艰，志在变革。以韩愈、柳宗元为代表的文人学者，把为文与救世结合起来，主张文道合一，文以明道。他们借助儒学复古运动的旗帜，带领了一批作者致力于古文（即散体文），文学史上称之为“古文运动”。他们不仅有理论，而且有写作实绩，于是确立了散体文的基本体式，形成了比较完整的写作规范，开启了散体文的新局面、新气象。

然而至晚唐五代，散体文的发展进入低潮。古文中衰，骈文继起。但晚唐皮日休、陆龟蒙、罗隐继承了先秦两汉和韩、柳古文运动的优良传统，创作了不少富于战斗性的小品文，闪现着光彩和锋芒。

宋初骈文盛行，文风浮华颓靡。柳开、王禹偁倡导古文，为宋初古文运动之前驱。真正开创宋代散文新局面的是欧阳修。他当时名冠天下，实为文坛领袖。在其门下，聚集了曾巩、王安石、苏洵、苏轼、苏辙等著名文士，上下呼应，彼此推动，形成了一支远比中唐壮大的古文创作队伍。其影响之大，使得“天下翕然师尊之”（《宋史·欧阳修传》）。北宋古文运动终于在理论和实践上大获成功，恢复了散体文的正宗地位。后世所称“唐宋古文八大家”中，除韩、柳而外，宋代占六位（欧、曾、王、三苏）。以他们为代表的一大批杰出的散文作家，创作了奏议、策论、书信、序跋、笔记、随感、杂文、小品等大量传世名篇，丰富多彩，蔚为大观，开拓了中国古代散体文发展的新路。

南宋理学流行，文章不免有“腐语”之弊。但国家偏安一隅，危若累卵，文人系心国事，救亡图存，亦多慷慨激昂之文。

金、元两代之文，上承唐宋文统和宋儒道统，正如元代王恽挽刘祁诗所说：“道从伊洛传心事，文擅韩欧振古风。”从元好问到姚燧、虞集，大都如此。

元末天下大乱，群雄并起，四海鼎沸，满目疮痍。产生于元明之际的刘基的《郁离子》和宋濂的《龙门子凝道记》，多为寓言、杂说。针砭时弊，颇见锋芒，继承发扬了中唐韩、柳等的“杂说”及晚唐皮、陆、罗讽刺小品的传统。入明以后，号称“开国文臣之首”的宋濂，为文则多润色鸿业之作，歌功颂德，雍容有度，乃明初文风之代表。他的“馆阁之文”，实开此后“台阁体”之先河。

至明代中叶，文坛上出现了前后“七子”之文，大兴复古之风。“前七子”以李梦阳、何景明为领袖，标榜“文必秦汉”；“后七子”以李攀龙、王世贞为代表，亦主张为文“视古修辞”，摹秦仿汉。同时又有王慎中、唐顺之、归有光、茅坤等，宣扬为文宗法唐宋，世称唐宋派；其实亦主张复古，且往往以八股文的眼光看待唐宋古文。其中成就突出者是归有光，他的文章如《项脊轩志》《先妣事略》等，平易自然，文从字顺，情真意挚，委婉动人，真正发扬了唐宋古文的优良传统。

至嘉靖、万历之际，先有“异端”李贽，倡“童心”之说，反“伊洛”道统；后有公安三袁（袁宗道、袁宏道、袁中道三兄弟），为文标举“性灵”，反对“复古”，主张“独抒性灵，不拘格套”。袁氏兄弟以宏道为代表，世称“公安派”。他们的文章，可谓新体小品，无论内容还是形式，均新颖可观，为散体文的发展注入了新的活力。

在“公安派”之后，又有以钟惺、谭元春为代表的“竟陵派”。此派不仅反对拟古，主张为文“独抒性灵”，而且提倡幽深孤峭，偏向“单情别绪”。散体文经“公安”“竟陵”二派的革新，加上王思任、祁彪佳、张岱等人的创作，涌现出大量内容清新、形式活泼、潇洒自适、情采俱胜的短篇佳制，后世称之为“晚明小品”。这在散体文的发展史上，可谓标新立异，别开生面。

明末清初，以顾炎武、黄宗羲、王夫之为代表的学者，为文主张经世致用，且能放言无忌。但到了康、乾之世，统治者实行文化专制，迭兴文字狱，以残酷镇压的手段，迫害文人，钳制思想，散体文的发展，受到前所未有的限制。这时产生了以安徽桐城人方苞、刘大櫆、姚鼐为代表的“桐城派”。他们以古文正宗自命，提倡通经明道，继承孔孟、程朱道统。方苞提出“义法”论，刘大櫆标举“神气”说，姚鼐则主张义理、考据、文章三者并重，形成了一整套比较完整的文论，成为有清一代影响最大的散文流派，时有“天下文章出桐城”之说。直至晚清末世，世变促文变，梁启超创建“新文体”，才给桐城派古文以沉重打击。到五四运动前后，白话文运动兴起，古代散文的发展便走到了它的尽头。

二、散文的体式特征

就广义而言，古代散文包括散体文、骈体文和赋体文。如果说古代散文主要是与诗歌相对而言的，那么，散体文则是与骈体文和赋体文相对而言的，其体式特征可通过它们之间的比较鉴别显示出来。

与诗歌相比较，散文的主要特点是形式自由，语言不受韵律的约束；表达方式随便，或记言、叙事，或议论、抒情，或数者并用，不拘一格。散文始于文字记事，重在记言、叙事和说理，而诗歌的产生与音乐、舞蹈密不可分，重在言志和抒情；前者偏于客观事物的记述，后者偏于主观情志的抒发。诗歌从它产生之时起，就要讲究音韵和节奏，以便演唱和记诵，所以要受韵律的约束。随着诗歌体式的不断发展和完善，韵律的要求和限制更趋严格。散文则不然，尽管在一定程度上，它也讲究句式的整齐和语言的节奏，并且早期散文还往往韵散不分，富于音乐美，但它不受韵律的约束。随着散文体式的不断发展、成熟和完善，其特征更加鲜明，与诗歌判然各别。

按照传统的观点，散体文与赋体文、骈体文同属散文的范畴，但若细加分辨，它们在体式上显然各具特征，自成一格。

赋体发端于战国后期，成熟、兴盛于汉代，作为“一代之文学”，应该说是一种独立的文体。但这一文体颇为特殊，它既像诗，又像文，兼有诗、文二者的特质。也许是更多地着眼于它与散文共通的特点，历来的学者和选家多将其归入“文”的范畴。赋体文最基本的特征是铺陈、铺叙，因为“赋”的本义便是铺陈直叙。正如刘勰《文心雕龙·诠赋》所说：“赋者，铺也；铺采摛文，体物写志也。”故“义必明雅”“词必巧丽”。所以他把“丽词雅义，符采相胜”称为“立赋之大体”。

骈体文为中国文学之特产。由于汉字属于表意文字体系，是形、音、义的统一体，其形为方块，又单音只义，故易于属对。汉字所独具的这些特征，为骈体文的产生准备了条件。先秦之文,已不乏骈文俪句,但当时本无所谓骈、散之分。散文因受诗赋长期影响,日趋骈偶化。由东汉至魏晋,骈体文基本形成,魏晋之后日趋定型,至六朝而盛极一时。因其讲究对偶,又多用四、六字句,两句两句成文,好似两马并驾,故称“骈文”或“骈体文”。骈体文的主要特点有三:其一,着意对偶,辞藻华丽,即所谓“俪采百字之偶,争价一句之奇;情必极貌以写物,辞必穷力而追新”(《文心雕龙·明诗》)。其二,讲究平仄、声律,即所谓“善识声韵”“皆用宫商”(《南史·陆厥传》)。如,“将军一去,大树飘零;壮士不还,寒风萧瑟。荆璧睨柱,受连城而见欺;载书横阶,捧珠盘而不定。钟仪君子,入就南冠之囚;季孙行人,留守西河之馆”(庾信《哀江南赋序》),其文四、六字句交错对偶,平仄相对,声韵铿锵,具有形式美和音乐美。其三,多用典故,引古类今,即如以上引文所见,皆一句一个典故,或正用其意,或反用其意,旨在以古例今,引古道今。

明白了赋体文和骈体文的主要特点,再以散体文与之相比较,其体式特征便显而易见了。

首先,在句式上,散体文的基本特征是散行单句,并不特意追求排偶;虽也讲究文句的整饬,或用排偶,但仅如点缀而已。从整体上看来,是以散行单句为主的。

其次,在语言上,散体文并不特别讲究平仄和声律,不受韵律的约束。在散文发展的早期阶段,如先秦散文中,虽有韵散不分的现象,但随着散体文的发展成熟,韵散不再相杂。于是散文与韵文判然划境,自成一体。就语言文采而言,散体文崇尚朴质平易,所谓“况乎文章,述志为本”(《文心雕龙·情采》),所以强调“辞达而已矣”(《论语·卫灵公》),并不着意于铺采摛文,追求“绣虎雕龙”似的华丽辞采。

再次,在表现手法上,散体文以叙事说理为主,不以铺陈描绘为能事。虽也往往熔史入文,以古鉴今;但其“明理引乎成辞,征义举乎人事”,旨在“据事以类义,援古以证今”(《文心雕龙·事类》),并不像饾饤似的堆砌典故。这是它区别于赋体文和骈体文的显著特点。

概而言之:以散行单句为主,不重排偶,不拘韵律,不雕章琢句、铺采摛文,不着意堆砌典故,可以说是散体文亦即散文在体式上的主要特征。

原载《中国分体文学史(散文卷)》第一章,上海古籍出版社,2001年7月第1版

先秦政论文略论

一、政论文的滥觞

中国古代散文的传统，堪称源远流长。这个源头，可以上溯到殷商时期的甲骨卜辞、钟鼎铭文，但那不过是片断的文辞，不成篇章。中国古代第一部兼记叙和论说的散文集是《尚书》，“《书》之所主，本于号令，所以宣王道之正义，发话言于臣下。故其所载，皆典、谟、训、诰、誓、命之文”（刘知幾《史通·六家》），这就是说，其主要内容不外乎政府的文告、主上的誓言、君王的命令、贵族的诫词。而“周诰殷盘，佶屈聱牙”（韩愈《进学解》），唯有到了“百家争鸣”的战国时代，适应于当时社会经济的发展和诸侯各国政治、军事、外交活动的需要，散文才发生了质的飞跃，产生了洋洋大观的历史散文和雄放奇峻的诸子散文，盛况空前，异彩纷呈。从片断的文辞到语录体再到较为系统完整的长篇大论，先秦散文的发展经历了一个漫长的历史时期。

清代史学家章学诚指出：“周衰文弊，六艺道息，而诸子争鸣。盖至战国而文章之变尽，至战国而著述之事专，至战国而后世之文体备。故论文于战国,而升降盛衰之故可知也。"(《文史通义·诗教上》)如果就散文的发展历史而论,战国时期是它形成、发展、渐趋成熟的重要阶段;而如果就作品本身而言,则无妨说战国是散文的一个黄金时代。因此,我们说先秦散文不愧为我国古代散文发展史上的第一个高峰,便主要指战国时期的散文。

我国古代散文的优良传统之一是长于议论。从《尚书》的片语到《论语》的"微言",都体现了这一特点,更不用说在此基础上发展而成的历史散文和诸子散文中那些大开大合、纵横驰骋的雄文宏论了。然而先秦时期毕竟是我国文学的童年时代,它为后代文学的发展奠定了坚实的基础,但也难免带上早期形态的不成熟的标志。那时候,还没有进入"文学的自觉时代"(鲁迅《魏晋风度及文章与药及酒之关系》),文学与史学、哲学浑然一体,尚未"分家"。一篇之中,常是杂然并存,不但在内容上呈现出多样一体的特征,在形式上也并不单一。即以体裁而论,就往往是各类形式兼容并存于一书之中。社会的进步推动着文艺的发展。文体是人类长期文艺实践的产物,它也必然随着时代前进的步伐而不断丰富、完善。章氏所谓"至战国而后世之文体备",充分肯定了战国时期文体的高度发展及其对后代的深远影响,但这并不意味着这时的文章已经把后世的各类文体完善地包罗无遗,而只不过是说到了战国时期各类文体成熟的条件已大体具备,只待呼之而出罢了。

正如先秦文学是后世文学的开端,先秦政论文也是后世政论文的滥觞。当然,如果用我们今天的眼光去衡量,先秦时期堪称"纯粹"的政论文实在寥寥,然而洋溢着政论色彩的文章却不少见。这是因为,政治与社会生活的关系异常密切,文章作为客观现实生活的反映,就不能不涉及政治。而且,据《韩非子·五蠹》中说:"今境内之民皆言治,藏商、管之法者家有之。"尽管这里的记叙也许不无夸张,但我们由此也可窥知,在当时的人民群众中,对政治的兴趣和关心有着何等广泛的基础。这就不难理解,为什么在先秦散文中,会有那么多极富政论色彩的篇章了。政论文在我国古代散文中占有很大的比重,先秦时期尤其如此。本文拟粗略地探讨一下先秦政论文的特点,这对弄清它在我国古代政论文形成、发展中的历史地位,及其对后代政论文的深远影响,应该说是不无裨益的。

二、思想风貌

先秦政论文在内容上的第一个特点是思想解放、畅所欲言。无论君训臣下、臣说国君，师生对答、彼此辩论，大都敢想敢讲，似乎无所顾忌。如《尚书》中《盘庚上》所载盘庚义正词严地训斥臣下，《无逸》篇所载周公苦口婆心地告诫成王，《左传·襄公十四年》所载师旷剀切入理地论卫人出其君，《孟子·梁惠王上》所载孟子不厌其烦地说梁惠王，以及《商君书·更法》所载公孙鞅与甘龙的互相辩难，《左传·昭公六年》所载围绕着郑人铸刑书的是非，叔向与子产的书信往还，等等。这里且看《论语·子路》篇所载孔子与子路师生之间的批评答问吧。

> 子路曰："卫君待子而为政，子将奚先？"
> 子曰："必也正名乎！"
> 子路曰："有是哉，子之迂也！奚其正？"

子路公然批评其师孔子，认为其之"迂"竟然到了如此地步。然而孔子反批评道：

> "野哉由也！君子于其所不知，盖阙如也。"
> （你这人可真是鲁莽呀！君子对于他不懂的事，大概总是持保留态度，不忙发言。）

且不论师生二人谁是谁非，这一番对答倒是确乎有一点儿民主的味道。弟子可以批评老师，老师也可以反批评弟子。那时候，不仅不同学派之间可以互相争论，甚至措辞尖锐到如孟子之斥杨朱、墨翟为"杨氏为我，是无君也；墨氏兼爱，是无父也。无父无君，是禽兽也"（《孟子·滕文公下》），几乎已到了詈骂的程度；而且本学派以至师生之间意见有了分歧，也不妨各抒己见。所谓"儒分为八，墨离为三"（《韩非子·显学》），便是这种情况发展的自然结果。这不能不说是一种生动活泼的政治局面。勇于争鸣的活跃气氛在战国时期最为突出，因为那时候王纲解纽，天下大乱，"诸侯异政，百家异说"（《荀子·解蔽》），中央集权的封建专制尚未确立，各种思想都可以任其发展。正是在这一特定的历史条件下，形成了百家争鸣、处士横议的生动局面。正如班固在《汉书·艺文志》中所道:“时君世主,好恶殊方,是以九家之术蜂出并作。各引一端,崇其所善,以此驰说,取合诸侯。其言虽殊,辟犹水火,相灭亦相生也。仁之与义,敬之与和,相反而皆相成也。”随着秦始皇的统一天下,“燔灭文章,以愚黔首”(《汉书·艺文志》),这种思想活跃、竞起争鸣的局面也就不可避免地结束了。

先秦政论文在内容上的第二个特点是大胆抨击现实,切中时弊,富有可贵的批判精神。无论史家之笔、诸子之说、策士之辞,都善用解剖刀一般锐利的笔锋,深刻地剖析当时社会的种种弊端,其锋芒所向,遍及政治、经济、军事、外交、文化以及人民生活等各个方面。如《国语·周语下·单穆公谏景王铸大钱》即大胆抨击了周景王一意孤行铸大钱是“绝民用以实王府”,使得百姓离散而财物匮乏,必将给国家造成极大的危害。《左传·昭公三年》记晏婴、叔向论齐晋季世,分别论述当时的齐、晋二国已到末世的状况,揭露了公室贵族统治的腐朽残暴和不得人心,颇有远见地指出了齐、晋二国分崩离析,即将衰亡的必然趋势。晏婴指出,当时的齐国“公聚朽蠹,而三老冻馁。国之诸市,屦贱踊贵”(国君的积蓄腐烂生虫了,而老人们却在挨饿受冻。由于百姓受酷刑被砍脚的多,以致在国都的市场上鞋子不值钱而假腿昂贵)。至于当时的晋国,情况也好不了多少。据叔向所说,“庶民罢敝,而宫室滋侈。道殣相望,而女富溢尤。民闻公命,如逃寇仇”(百姓疲劳穷困,而宫室更加奢侈。在道路上饿死的人一个连着一个,而国君的宠姬却财富多得装不下。百姓听到国君的命令,就好像躲避仇敌似的),这是多么鲜血淋漓的画面,何等触目惊心的现实啊!先秦政论家们不仅无情揭露社会黑暗、生灵涂炭的现状,而且力图探究造成这种现状的原因。《荀子·富国》中指出:“今之世而不然:厚刀布之敛以夺之财,重田野之税以夺之食,苛关市之征以难其事。不然而已矣,有(通‘又’)掎挈伺诈,权谋倾覆,以相颠倒,以靡敝之,百姓晓然皆知其污漫暴乱而将大危亡也。是以臣或弑其君,下或杀其上,粥(同‘鬻’)其城,倍(通‘背’)其节,而不死其事者,无它故焉,人主自取之。”尽管荀子把政治混乱、社会败坏、人民生活极端困苦的原因归咎于君主,与他把“富国”的希望完全寄托在君主一人身上,都是他的英雄创造历史的唯心史观的反映,但我们不能不惊赞他这种敢于正视现实、直面人生、大胆抨击最高统治者的勇气和可贵精神。这在《左传·桓公六年》记季梁论民为神之主,《左传·襄公十四年》记师旷论卫人出其君，《国语·周语上》记邵公论弭谤，以及《韩非子·五蠹》等篇章中都能找到类似的例子。可以说，后世那种粉饰现实、讴歌承平的谀佞之文，在先秦政论文中几乎是没有容身之处的。这些充满批判精神的不朽篇章，犹如一面面镜子，真实地反映了当时社会的各个侧面，对后代具有深刻的意义。

不满中即含期待，批判中必存向往。先秦政论家们在指斥现实的同时，大胆地直陈政见，畅论理想，这正是先秦政论文在内容上的第三个特点。

班氏所谓“九家之术”各“崇其所善”，其实便意味着他们各自提出自己的主张，宣扬本派的学说，维护自身的利益，描绘未来的理想。尽管他们的论说有的不免逆时代潮流而动，有的则为脱离现实的空想，但也确有不少是站在历史的高度，并且是在当时和后世都起过重大政治影响的明达之论。这些具有远见卓识的政论，闪耀着不可磨灭的思想的光辉。这里，我们不能不提到《礼记》中的《礼运》篇。此篇大约是战国末年或秦汉之际的儒家学者托名孔子答问的著作。文中关于“大同”“小康”世界的论述部分颇为精彩动人。所谓“大同”，即“天下为公”的理想世界，它集中反映了后期儒家的社会理想。虽然不免带有空想的特征，但它反映了人们对当时社会现实的不满，寄托着人们对没有剥削压迫、人人平等、幸福美好的社会的憧憬。所谓“小康”，则是作者对“天下为家”的当时社会的概括。作者特别强调了“礼义以为纪”的重要性。这篇文章所反映的“大同”的社会理想，对后代产生了非常深远的影响。

这种对理想的描述与论说，在先秦诸子中尤为常见。且不说孟子对“王道”“仁政”的反复叙说，荀子对“王制”“王霸”的系统阐述，韩非子对“五蠹”“主道”的深刻剖析，就连老子的所谓“小国寡民”的主张以及庄子的所谓“至德之世”的向往，都无不是他们对各自的政治主张及社会理想的申说和宣传。先秦政论家们虽然大多“各引一端”，驰说横议以“取合诸侯”，但他们那种忠于自己的理想，坚定执着地为捍卫和推行自己的主张而孜孜为说的进取精神，实在是难能可贵的。

先秦政论家们所畅论的理想和主张也许可谓五花八门，但若细加探究，则不难发现其中颇有些比较一致的地方，其较为突出者便是“尚贤使能”的思想倾向。虽然老子曾讲过“不尚贤，使民不争”（《老子》三章）之类的话，庄子也有“绝圣弃智”(《庄子·胠箧》)之类的议论,但因其不合时宜,毕竟“和之者寡”。至于韩非子,尽管表面上似乎也曾反对尚贤崇智,但他在《五蠹》中说道:“且世之所谓贤者,贞信之行也;所谓智者,微妙之言也。”这就是说,他所反对的“贤”与“智”是有特定意义的世俗所谓的“贤”与“智”。他主张“斩敌者受赏”“拔城者受爵禄”,这“斩敌者”与“拔城者”便是他心目中真正的贤能者。因此,从实质上看来,韩非子仍是主张尚贤使能的。我们不妨说,尚贤使能的思想倾向是作为主流反映在先秦政论文中的。

这一思想倾向在战国时期的政论文中特别突出,并非偶然的现象。它是当时“士”的地位大大提高和他们健步登上政治、历史舞台而大显身手的产物。《墨子·尚贤上》较早地明确提出了“尚贤”的政治主张,认为国家的政治好坏取决于任用贤良之士的多少;提出选拔人才、任用官吏的主要标准,应该是看他是否具有才干和高尚的道德品质;指出贵贱的差别并非永恒不变,即使出身微贱的手工业者和农民,只要有才能,也应当选拔重用。这种思想代表了小生产者的利益,在当时应该说是进步的主张。孟子继承、发展了孔子“举贤”的传统,提出“尊贤使能,俊杰在位”(《孟子·公孙丑上》)。至于荀子,对尚贤使能的主张做了更为系统、明确的阐述。《荀子·王制》开篇即道:“请问为政?曰:贤能不待次而举,罢(通‘疲’)不能不待须而废。”并把“尚贤使能”列为君主治国平天下的三项“大节”之一。他还在《致士》篇中系统论述了招纳贤士与国家安危存亡紧密相关的重要性,提出了所谓“衡听”(广泛地听取意见)、“显幽”(把被埋没的人才挖掘出来)、“重明”(尊重贤明的人)、“退奸”(罢免奸邪的人)、“进良”(举用贤良的人)的用人路线,进而还提出了必须言行一致地坚持这一路线,反对“口行相反”;认为“人主之患,不在乎不言用贤,而在乎诚必用贤”。在殆同纵横家书的《战国策》中,由贯穿全书的纵横家的思想倾向所决定,对尚贤使能的用人主张有更为系统而深刻的论述,其中不乏颇有价值的卓见。在《秦策五·四国为一将以攻秦》章中,作者借姚贾之口,阐明了任人唯贤、不计出身贵贱的进步主张,反映出战国乱世阶级关系的新变化,为新兴阶级跻身政治舞台提供了理论根据。在《齐策四·齐宣王见颜斶》章中,作者甚至借颜斶之口,提出了“士贵耳,王者不贵”的命题,进一步从人的价值观念着眼,把贤士看得比王更尊贵,充分肯定了尚贤的重要性。《吕氏春秋·观世》篇不但集中论述了君主能否知贤和用贤是关系国家治乱兴亡的大事，而且提出了君主必须举贤任能，才能实现统一中国之大业的主张。先秦政论家们对举贤使能的深刻见解和系统论述，表明了他们对人的因素的高度重视。这不但是当时“士”的地位大大提高和各种思想自由竞争的产物，而且也是对历史和现实的政治经验的总结。这些论述在现实的政治生活中事实上起到了不可低估的作用。

毋庸置疑，在先秦政论文中进步的思想倾向占着主导的地位。因此我们可以认为，我国政论文的起步是踏实而稳健的。这就不难理解，为什么后世有所作为的思想家、文学家根据他们当时社会政治、文化的需要，往往要打起“复古”的旗帜，而其所谓“复古”，又往往奉先秦散文尤其是政论文为圭臬的缘故了。试看唐代和宋代的“古文运动”，以及明代前、后七子的“复古运动”，都是如此。先秦政论文在我国古代散文史上地位之重要，于此也就可见一斑了。

三、艺术特点

在形式方面，先秦政论文有三个突出的特点：一是重在立意，质而不文；二是“深于比兴”“深于取象”（《文史通义·易教下》）；三是熔史入文，引古鉴今。

梁昭明太子萧统在《文选序》中指出：“老、庄之作，管、孟之流，盖以立意为宗，不以能文为本。”先秦政论文大都为着某种明确的目的而作，意在发表政见，陈说主张，并非专事翰藻，以为勋绩。正如孟子所自道：“予岂好辩哉？予不得已也！”（《孟子·滕文公下》）因此，那些“不得已”而作的政论大都朴质无华，不尚文采，尽管时有反复申说、喋喋不休之憾，却绝无矫揉造作、文浮词艳之病。这在《孟子》“论王道、仁政”（《梁惠王上》）、“论天时、地利、人和”（《公孙丑下》）、“论井田制”（《滕文公上》）、“论行先王之道”（《离娄上》）、“论民为贵”（《尽心下》）等政论之作中固然有充分反映，而在《墨子》《管子》《荀子》《韩非子》以及《吕氏春秋》的一些专篇政论文中表现尤为突出。可以说，先秦政论文具有一种朴质的本色美，它与充实的内容、有力的论辩和谐地融为一体，呈现出某种思想和智慧的光彩。就文章本身而论，也许有的不免失诸粗率，但却是健康而丰满的。先秦政论文朴质的本色美使后世那些外表华靡佻巧而内囊空虚无物的文章相形见绌。

当然,这并非说先秦散文毫无文采可观,所谓“质而不文”,只是就其中政论文的主要倾向而言罢了。诚如孔子所道:“言之无文,行而不远。”(《左传·襄公二十五年》)为了说动听者,折服对手,还不能不适当讲究一点儿文采。不过,这里所谓“文采”,并非专指“绣虎雕龙”式的华丽的辞采,而是如刘勰所说,“况乎文章,述志为本”,“联辞结采,将欲明理”(《文心雕龙·情采》)。为了实现“述志”“明理”的根本目的,就必须采用一些有效的艺术手法。所谓“论如析薪”,“贵能破理”,“说贵抚会,弛张相随”,因而需要“飞文敏以济辞”(《文心雕龙·论说》),说的就是这个道理。先秦政论家们在某种意义上几乎都可说是功利主义者。他们的政论、说辞大都带有某种明确的目的性,既是“不得已”而作,也是有所为而作。文章内容鲜明的目的性要求有相应的形式与之相适应,因而他们在论说中往往自觉地借助于形象的威力,用形象化的语言甚或引人入胜的寓言故事来增强文章的感染力和说服力。章学诚指出:“战国之文,深于比兴,即其深于取象者也。《庄》《列》之寓言也,则触蛮可以立国,蕉鹿可以听讼。……他若纵横驰说之士,飞箝捭阖之流,徙蛇引虎之营谋,桃梗土偶之问答,愈出愈奇,不可思议。”(《文史通义·易教下》)章氏所谓“深于比兴”“深于取象”的确道出了战国之文的一大特征。这一特征固然在《庄子》及《战国策》中表现最为突出,而在《孟子》《荀子》《韩非子》以及《吕氏春秋》的政论之作中也有引人注目的反映。这种手法的运用仿佛给本来抽象而枯燥的论说注入了生命与活力,使之鲜明可感,娓娓动人。思辨的灵魂饱和着血与肉的形象,由此而产生了耸动人心的力量。毫无疑问,所谓“深于比兴”“深于取象”正是先秦政论家们出于现实斗争的需要,并且是在现实生活中吸取营养,于实践中增长智慧之后着意采用的艺术手法。

在中国文化史上,史与文仿佛是一对孪生兄弟。章学诚所谓“六经皆史也”(《文史通义·易教上》)的名言,不是没有道理的。恩格斯在《〈自然辩证法〉导言》中指出:“有了人,我们就开始有了历史。”历史是人民创造的。历史的经验是值得后代认真记取并引以为鉴的。所谓“知今宜鉴古”,便是这一认识的概括。因而刘勰指出:“明理引乎成辞,征义举乎人事,乃圣贤之鸿谟,经籍之通矩也。”(《文心雕龙·事类》)先秦政论家们从经世致用的目的出发,深知总结和运用历史经验的重要性。因此,他们的文章“或以述古,或以明世”(王逸《楚辞章句序》);以“述古”为手段,达“明世”之目的。于是“据事以类义,援古以证今”

(《文心雕龙·事类》),借助对有关史事的征引和描述,展现一幅幅鲜明的历史画图。史事是过去曾有的现实,或载于史籍,或传诸众口,引述史事无异于进行“历史传统教育”。它将过去的人和事、经验和教训形象地再现于人们眼前,使人们从中受到深刻的教诲和有益的启示。这种熔史入文、引古鉴今的手法的运用,有利于阐明作者的某种观点和主张,从而使文章本身的感染力和说服力得以大大增强。

我们在《尚书》的一些篇章中,就已能见到运用这种手法的端倪。且不说《盘庚》篇中记载盘庚训斥“众”“民”言必称“先王”及“乃祖乃父”,也不说《多士》篇中记载周公向殷民发布诰令特意引述“成汤革夏”的史实,这里且看周公担心成王“有所淫佚”,为告诫成王而作的《无逸》篇吧。此篇在内容上同于《召诰》《洛诰》,也是对殷商统治经验的总结。为了充分论证“无逸”的重要,作者不厌其烦地从正反两面引述历史事实,列举了“享国七十有五年”的“中宗”,“享国五十有九年”的“高宗”和“享国三十有三年”的“祖甲”作为正面的典型,然后又历数享国“或十年,或七八年,或五六年,或三四年”的后王作为反面的典型。既为成王树立了值得效法的“无逸”的榜样,又为他指明了应当引为鉴戒的“生则逸”的教训。在这篇文章中,“敷述昭情,善入史体”(《文心雕龙·论说》)的特点是非常鲜明的。

其后的先秦政论家们继承和发扬了这一特点,类似的例子无论在历史散文还是诸子散文的政论之作里可谓比比皆是。先秦政论文“熔史入文,引古鉴今”的特点实际上体现了先秦政论家们的“古为今用”。应该指出,正是这一特点对后代的政论文产生了深远的影响。我们从汉代的贾谊、晁错、司马迁,唐代的韩愈,宋代的苏氏父子等人的政论之作中,都不难看到成功地运用这一手法的范例。

如果说中国古代散文犹如浩浩江河,那么,古代政论文便是它的一条滚滚支流,而先秦政论文则是这条支流之源。我们应探其源而扬其波,认真地探讨并总结先秦政论文的特点及其规律,批判地继承和发扬这份珍贵的遗产。

原载《四川师院学报》(社会科学版)1984年第2期,《中国古代、近代文学研究》1984年第17期全文转载

中国古代旅游文学源流论

在中国古代文学的浩浩长河中，以游记和山水诗为主要形式的旅游文学好似一条支流，虽无奔腾浩荡之势，却也源远流长，清幽可爱。它从哪里来？又向何处去？在它的发展历程中，有些什么引人注目的变迁？各时期旅游文学有何特点与价值？探讨我国古代旅游文学的源流、演变对我们今天有何启示？这些便是本文打算论述的问题。

一、从旅行到旅游

人类在创建文明的进程中，与大自然建立了相依相亲的关系。他们中的一些先觉者，首先发现并认识了大自然的美。早在两千五百年前，孔夫子就指出："知者乐水，仁者乐山。"(《论语·雍也》)这意味着，山水之美已为聪明人和仁人(即"智者"与"仁者")所认识和领略；而所谓"乐"，则是他们在对大自然的审美活动中所产生的某种快感。大自然的美妙神奇吸引人们去寻幽览胜、历险探奇，于是便有了"游山玩水"。而往往与山川名胜融为一体的文物古迹也吸引人们去考察、鉴赏、瞻仰、凭吊，于是游山玩水又被赋予了严肃深沉的内容。如此说来,自觉的旅游活动是伴随着人类文明的发展而产生的。

然而真正自觉的旅游产生较晚。事实上,存在着一个从旅行到旅游的漫长历史过程。古时候,人们最初出于现实的需要,从事经济、政治、军事和外交活动,或经商,或迁徙,或服役,或征战,或求学,或游说,或出使,都免不了远途跋涉,时亦经历名山大川,但这只能说是不得已的旅行或远足,而不能说是自觉的旅游,更不具备我们今天所说的旅游的意义。这样的旅行,在古代称之为"行"或"游";这样的旅行者,则一般称之为"行人"、"游子"或"征夫"。春秋时期,"行人"还曾作为奉国君之命出使四方的外交官员的通称。《左传》就记载了不少"行人"的外交活动。他们受命出使,勤于"王事",虽常往来于各诸侯国,但与"旅游"实不相干。《诗经》中有不少抒写兵役、徭役之苦的征役诗,反映"征夫"被迫行役四方的内心苦痛。他们怅恨"山川悠远"(《诗经·小雅·渐渐之石》),哀叹"慆慆不归"(《诗经·豳风·东山》),即使历经佳山秀水,也毫无驻足赏玩的闲情逸致。孔子曾周游宋、卫、陈、蔡等国,那是为了传道、求仕,以行其政教。他还曾"登东山而小鲁,登泰山而小天下"(《孟子·尽心上》),登高望远顿觉胸襟开张,故有"一览众山小"(杜甫《望岳》)的真实感受,但其登山却并非以游赏为目的。孟子也曾"后车数十乘,从者数百人,以传食于诸侯"(《孟子·滕文公下》),那只是为了游说从政,推行自己的政治理想,虽然周游列国,却并非从事自觉的旅游活动。至于诸子横议,奔走四方;策士竞进,游说诸侯,虽行历天下,也只可说是"旅行"而非"旅游"。

及至汉代,情况有所变化。司马迁发愤而作《史记》,年二十即壮游天下,"南游江、淮,上会稽,探禹穴,窥九疑,浮于沅、湘;北涉汶、泗,讲业齐、鲁之都,观孔子之遗风,乡射邹、峄;厄困鄱、薛、彭城,过梁、楚以归"(《史记·太史公自序》),可谓"周览四海名山大川"(苏辙《上枢密韩太尉书》)。他为搜求和了解第一手史料而作游历考察,不辞劳苦地深入实地,进行细致的调查研究工作。这样的周游,被赋予了特殊的意义,显然已不同于一般的旅行了。因其游历始终贯注了自觉的意识,名山大川本身成了游历的对象。正是从这个意义说来,司马迁的壮游成为我国旅游史上一个重要的里程碑。它标志着一般意义的旅行向充满自觉意识的旅游的发展。到六朝之时,旅游渐成风气。梁昭明太子萧统编集《文选》,在其"诗""赋"二类中,已有"行旅""游览"之目,与"畋猎""祖饯"等目并列，足见当时自觉的旅游已成为人们现实生活中的一项重要内容，而描写旅游的诗文也已步入文坛，占有一席之地了。

从“旅行”到“旅游”经历了如此漫长的历史演变，那么，究竟怎样才能称为“自觉的旅游”或“旅游的自觉”呢？笔者认为，这至少应具备三项条件：第一，旅游的主体即旅游者具有比较明确的“游山玩水”或“调查研究”之类的自我意识。或者说，其登山临水、寻幽探胜是把游览、赏玩、猎奇、探险或吊古、考察作为主要目的，从而自觉地去从事这一活动。第二，旅游的客体即旅游对象应是在自然风光、人文、地理、历史、文化或风俗、民情等方面具有游览的价值。或者说，正是由于具有这样的价值才使之成为佳山秀水、名胜古迹，因而对旅游者产生了吸引力。第三，旅游主体向客体的全身心投入，亦即旅游活动的实际进行。这是旅游者为了实现其旅游目的而亲身从事的游历实践。在这样的实践活动中，旅游主体与客体融而为一，旅游者投身于大自然的怀抱，在对自然风光或名胜古迹的审美活动中获得某种快感，自己的精神境界也随之而升华。如果用这个标准来衡量，据现有资料看来，我国古代自觉的旅游大约出现于汉代而兴盛于六朝。

二、旅游文学的产生

有了自觉的旅游活动，旅游文学的产生便有了现实基础，但这并不意味着它们同时并生。因为文学作品不仅是社会生活在作家头脑中反映的产物，而且是作家心灵的写照，所以还有赖于作家的艺术创造。作家借语言作载体，以诗、文为形式，记游、写景、叙事、抒情或议论，在模山范水中渗透他们的生活情趣和审美心理，字里行间充溢着他们的主观意识、审美个性和独特情感，这样就产生了旅游文学作品。

值得注意的是，在我国古代旅游文学中，最早出现的作品是属于散文的游记。据现有资料看来，我国古代第一篇游记当推东汉马第伯所作的《封禅仪记》。应该指出，此文的产生与祭祀泰山有关。其实，在我国古代，祭祀山川就称为“旅”。《论语·八佾》“季氏旅于泰山”，说的就是鲁国大夫季氏竟然去祭祀泰山。在当时，按礼制规定，只有天子和诸侯才有祭祀名山大川的资格，因而孔子斥责季氏的行为是“僭礼”。这样说来，我国第一篇旅游文学作品在祭祀泰山的礼乐声中诞生，既有赖于这一特殊的背景，也可谓势所必至，理所当然。

《封禅仪记》写的是作者马第伯于东汉光武帝建武三十二年(56)二月随从光武帝刘秀封禅泰山的经过。文中记叙了登山途中的所见、所闻、所历、所感，描绘了泰山的峻险，刻画了攀登的艰难。其记行写景，真切朴拙，生动感人。虽然严格说来，封禅泰山还不能算是完全自觉的旅游，《封禅仪记》也还称不上是典型的游记，但它显然已具备了游记的基本特征，无愧为我国古代游记的开山之作。

《封禅仪记》之后，山水游记之作在汉魏六朝时期不绝如缕。虽然传世者不多，但其中亦有佳篇，如东晋高僧慧远所作记庐山之游的《庐山诸道人游石门诗序》，北魏著名地理学家、文学家郦道元所作《水经注》中描写“巫峡”“孟门山”等山水名胜的篇章，等等。尽管作为游记，其形式尚不够成熟，写景状物也较粗泛，但它们都独具特色，各显风采，并且特有开创之功，为后世游记文学的发展奠定了坚实的基础。

我国最早的旅游诗歌作品则是产生于南朝宋初的山水诗。《文心雕龙·明诗》指出：“宋初文咏，体有因革，庄老告退，而山水方滋。”这就是说，南朝刘宋初年的诗风，有继承也有变革，宣扬老庄、崇尚虚谈的“玄言诗”退出文坛，歌吟山水景物的“山水诗”应运而生。山水诗的开派人物为世称“大、小谢”的谢灵运和谢朓，代表作有谢灵运的《登江中孤屿》《石壁精舍还湖中作》，谢朓的《晚登三山还望京邑》、《之宣城郡出新林浦向板桥》和《游东田》等。他们“俪采百字之偶，争价一句之奇；情必极貌以写物，辞必穷力而追新”(刘勰《文心雕龙·明诗》)，由娱情山水到寄情山水，以奇章秀句写山容水态，可谓另辟蹊径、别开生面，在诗坛上树起了一面新的旗帜。

山水游记和山水诗的相继问世，标志着旅游文学的产生。因此可以说，汉魏六朝时期翻开了我国古代旅游文学的第一章。

三、旅游文学的发展

“时运交移，质文代变”(刘勰《文心雕龙·时序》)，一代有一代之文学，旅游文学的发展也不例外。随着时代的变迁，山水诗文也相应而变，在各个时代呈现出各自不同的特点。

先说山水游记。

在中国古代旅游文学中，就总体而论，山水游记的成就似乎高于山水诗。并且从旅游文学的特点着眼，也许山水游记才堪称“正宗”代表。不仅它的产生早于山水诗，而且其散文的形式比较自由，无论写景、叙事、抒情、议论都可以随意挥洒，得心应手。具体说来，游记之体在描写的细致、叙事的周详、抒情的随心、议论的尽意等方面，无疑都有一定优势，不像山水诗由于诗歌形式的种种规范而受到一定限制。这就难怪山水游记在旅游文学中位居前列，成就也更为突出了。

我国古代山水游记的发展历程清晰可辨。

汉魏六朝是游记文学的草创期，唐代是游记文学的成熟期。游记作为散文的一种，与唐代古文运动同步发展，日趋成熟。这主要体现在三个方面：其一，游记作为一种文体，实现了自身的独立，从此在散文的百花园中，成为竞秀争妍的一枝奇葩；其二，有较多的作家自觉从事游记的创作，游记佳作不断涌现；其三，表现形式有了不少创新发展，形成了一套游记所特有的体式和手法。这些特点，无疑是游记文学成熟的标志。在唐代游记作家群中，以古文大家柳宗元最为杰出。他被贬到永州、柳州后，寄情大自然，醉心山水之美，写下了《永州八记》等异彩纷呈的游记杰作。他以绘形绘神之笔，摹山状水，借以寄托幽清抑郁的情怀。其游记创作成就空前，在文学史上高标卓立，影响深远。

宋代是游记文学的兴盛期。这一时期，游记作家辈出，其中不仅有欧阳修、王安石、苏轼、秦观、陆游、范成大等诗文名家，而且有朱熹、陆九渊等著名学者，可谓高手云集。他们留下了不少流光溢彩的游记作品，堪称名篇荟萃。如欧阳修的《醉翁亭记》、王安石的《游褒禅山记》、苏轼的《前赤壁赋》《石钟山记》、陆游的《入蜀记》等等，都是久经传诵之作。它们形式多样，风格各异，表现手法多姿多彩。作者往往熔写景、叙事、抒情、议论为一炉，将景、情、事、理、趣有机地融为一体，用笔灵活，挥洒自如，标志着游记文学的发展进入了一个新的阶段。这一时期出类拔萃的游记作家是苏轼。他才华横溢，性情旷达，行文恣肆，风格豪放。其游记作品充分体现了他“文理自然，姿态横生”（苏轼《答谢民师书》）的论文主张，成为千古不朽的游记精品。

金元诗文远逊唐、宋，游记成就也颇为平常。这一时期的游记作家，以元好问最为著名。他的《济南行记》和周密的《观潮》以及李孝光的《大龙湫记》，是金、元游记中的出色之作。

明代是游记文学的繁荣期。这一时期，游记作家之众，作品之多，均胜于前代。明代文学流派林立，论争激烈，其作品争奇斗胜，各具风采，在客观上推动了游记文学的繁荣。其中，以袁宏道为代表的公安派和晚明小品作家在游记创作中成就较为突出。特别值得一提的是，明代出现了著名的旅行家、杰出的地理学家徐宏祖。他艰苦跋涉三十余年，几乎踏遍大半个中国，所到之处皆做科学考察，并用日记形式详加载录，为后人留下了被誉为“古今游记第一”的杰作《徐霞客游记》。这部非凡的专著是文学与科学联姻的产儿，它不仅为研究我国地理、地质、生物、民俗提供了弥足珍贵的资料，而且为我国旅游文学的发展与进步做出了独特的贡献，在中国古代旅游史上，值得大书特书。

清代是游记文学的衰落期。这一时期，随着我国古代散文的发展进入尾声，古代游记也由盛而衰，渐趋没落。清代文坛活跃，作家众多，作品不少，如桐城派巨子刘大櫆、姚鼐，标榜“性灵”的风流才子袁枚等，都是著名的游记作家。刘大櫆的《游三游洞记》、姚鼐的《登泰山记》、袁枚的《游桂林诸山记》等，都是有影响的游记佳作。这些作品，或雅洁严谨、气韵生动，或清隽通脱、情趣盎然，确乎技巧圆熟，文笔精练，颇为后世所称道。但从总的趋向看来，清代文网甚密，作家思想深受钳制，这时候的游记作品大多远离现实生活，缺乏思想深度，只求在形式上花样翻新，而真正富于生气、勇于创新的作品不多。在这种情况下，古代游记日渐衰微，终于同古代散文一样，走完了自己的历程。

再说山水诗。

六朝之后，山水诗的发展，显示了自身的特定轨迹。在诗人辈出、诗坛百花争艳的唐代，山水诗大兴于时。较之六朝，有了长足的进步。其主要表现有三：一是作者更众，诗作更多。不仅涌现出孟浩然、王维、储光羲、綦毋潜等以“山水田园”名派的诗人，而且诗坛大家王昌龄、李白、杜甫、柳宗元、刘禹锡、白居易、杜牧等也都写过与旅游密切相关的山水诗，可谓群星灿烂，佳作迭出。二是描写对象扩大，境界更为开阔。他们几乎写遍祖国的名山大川，留下了一幅幅描绘祖国壮丽山河的迷人画卷。三是表现手法更为灵活多样。他们以独特的艺术匠心,多方位、多层面地刻画山水,发掘丰富多彩的自然美,具有更高的美学价值。这一时期的旅游山水诗作,以其特有的"唐人气象",在中国旅游文学史上熠熠生辉。

到了宋代,旅游山水诗焕发出新的光彩。不仅其创作盛况不亚于唐代,而且自具面目,特色鲜明。在思想的深邃,意境的开拓,景、情、理的交融和语言的清新平易等方面,都较前代有所创新和发展。这一时期,以北宋苏舜钦、欧阳修、王安石、苏轼和南宋杨万里、陆游为代表的诗人,创作了不少出色的旅游山水诗,在文学史上大放异彩。特别是苏轼和陆游,一生颠沛流离,经历非凡,每有山水之咏,脍炙人口,堪称宋代旅游山水诗的杰出代表。

然而自宋代以降,迄于明、清,旅游山水诗未能再现辉煌。虽然作者代不乏人,作品亦为数不少,但令人叹赏的佳作甚为罕见,由于少有艺术创新,缺乏鲜明特色,成就平平,实难与唐、宋同日而语。旅游山水诗由盛而衰,从此走上了下坡路。

简略回顾山水游记和山水诗的发展历程,对我们了解中国古代旅游文学的源流、演变和特点,进而揭示其发展规律,当有一定启发意义。

四、结语

在我国灿烂的古代文学宝库中,以游记和山水诗为代表的旅游文学是值得我们重视的一份宝贵遗产。它不仅以其艺术的辉煌展现了自身的价值,而且为新时期旅游文学的革新和发展提供了可资借鉴的范例和经验。它伴随着人类文明的进步而产生,又应和着时代前进的足音而发展。"文变染乎世情,兴废系乎时序"(刘勰《文心雕龙·时序》),毫无疑问,"世情"之变迁,"时序"之移易,乃是中国古代旅游文学产生、发展、兴衰的主要契机。新的时代呼唤着旅游文学的变革,旅游文学也必将在变革中求得发展,在创新中长盛不衰。

原载《西南师范大学学报》(哲学社会科学版)1995年第4期,《中国古代、近代文学研究》1996年第2期全文转载

关于中国古代文学教材建设的几点思考

中国古代文学教材建设既是一门传统学科重要的基本建设，又是一项艰巨而复杂的工作。笔者在教学和教材编写实践中，对此有一些零星的想法，兹不揣冒昧写出，以向同仁求教。

一、学科性与学术性

中国古代文学是汉语言文学专业的主干课之一，是一门基础学科、传统学科。中国古代文学教材的学科性，决定了它具有自身的特点，不同于一般的学术著作。其主要区别在于，作为教材，必须重视知识性和系统性，这与重在专门研究，以创新为要旨的学术著作有所不同。比如教材写到《诗经》，不能不介绍《诗经》的名称、篇数、编订、分类、时代、地域、应用与流传等内容，这些虽属基本常识，但于“传道授业”，不可或缺。至于研究性的学术著作，则没有必要一一介绍这些常识性的内容，也无须顾及知识传授的系统性。一般教材之所以有别于学术专著，这应该是主要因素之一。

然而这并不意味着编写教材可以不讲究学术

性，更不是说教材本身不具备学术价值。事实上，凡是经得起时间考验的好教材，无不具有很高的学术含量。或者识见卓绝、新意迭出，探索规律，多有突破；或者资料有新的发掘，体例有新的创造，理论思维有所更新，研究空白有所填补；有的是学者个人多年研究的学术结晶，有的更是集多人智慧的学术成果。无论学术含量，还是学术价值，均不在一般学术专著之下。然而即便如此，作为一部实实在在的教材，毕竟不能忽略其学科性的主要特征。

从教学实际出发，窃以为不宜把教材混同于研究性的学术专著，也不宜像撰写学术专著那样编写教材。在强调学科性的前提下，还必须重视学术性，努力使二者统一起来。教材的学术闪光点自然是编写者（个人或多人）自身的研究成果，但更多的则是对前人研究成果的继承，特别是对近人研究成果的吸取，可充分体现其学术的时代性和前沿性。编写出学科性与学术性完美统一的中国古代文学教材，是我们应该努力实现的目标。

至于以研究为主的文学史一类著作，旨在展现作者的研究心得和学术个性，往往是别开生面的学术构建，属于学术专著而非教材，似不宜与教材相提并论。

二、稳定性与创新性

编写一部有特色、高质量的中国古代文学教材，绝非一蹴而就的事，往往需要集多人之力，费多年之功。这样的教材当然不只图短期效益，供一时之用，还要经得起较长时间的考验，投入使用后能保持其相对的稳定性。能否做到这一点，应该是一部教材是否成功的标志之一。事实上，凡是成功的教材，都无不在相当长的一段时间内，受到学校师生和社会读者的广泛欢迎。以中国古代文学教材为例，如20世纪60年代初问世的游国恩等编的《中国文学史》、朱东润等编的《中国历代文学作品选》，虽不免“老化”，但迄今已近四十年，仍被不少学校采用。这说明，特色和质量是教材生命力的保证；凡特色鲜明、质量上乘的教材，必然在较长时间及较大范围内得到使用、受到欢迎，具有相对的稳定性。相反，那些粗制滥造、东抄西摘的“教材”，必然是短命的。

毫无疑问，学术的价值和生命在于创新。时代的车轮滚滚向前，人们的观念在不断更新，学术研究日益深入，新的成果不断涌现。高校从来处于学术的前沿阵地,教学和科研都应与时代合拍。反映在教材上,如何处理好稳定性和创新性的关系,便是一个必须予以重视的现实问题。

笔者认为,教材有别于学术著作,教学内容不同于学术探讨。毋庸置疑,纳入教材的内容多属经过长时期考验的历史积累,采择、荟萃了历代学者研究的成果,历来为学术界所公认,不可轻易否定。因此,教材内容的相对稳定决定了教材自身的稳定性。事实上,频繁改编和更换教材,既是不可能,也是不可取的。教材的使用必须在一定时期内保持其稳定性。至于学术界涌现的最新成果,或者教师个人的研究心得,不妨在教学过程中适当引入,让学生了解当前的学术动态,有助于启发学生的思维,培养创新精神。这样,既维护了教材的稳定性,又注入了创新性。自然,教材如经较长时间使用,确实已显陈旧,不能满足现实的需要,那就得弃旧图新,另行编写了。

三、实用性与适用面

教材是按教学大纲专门编写的教学用书,为师生所必备,其实用价值不言而喻。一部教材是否实用,往往成为其是否受欢迎的决定因素之一,在一定程度上,还决定其是否能广布长流,是否具有较强的生命力。教材的编写者未必都清醒地认识到了这一点而予以高度重视,故有必要加以强调。

相对而言,关于教材的适用面问题,更容易被编写者忽略,其实这一点也非常重要。这是与现实的需要密切相关的。特别是近些年来,高校办学向多层次、多方面发展,文科也不例外。除原有的全日制普通高校专科、本科、研究生等层次外,又增加了自考、夜大、函授、新高职、研究生课程进修班等多种形式的专科、本科、专升本、研究生等不同层次。其中凡与汉语言文学专业有关者,几乎都要使用中国古代文学教材,但就教学内容的广度和深度而言,其需要却各不相同。如果从需要的主体着眼,不仅各层次学生的要求不尽一致,学生与教师也各有所求。因此,不可能设想只需一部教材,便可满足如此多层面的需求。遗憾的是,当前在不少地区、不少学校中,情况却正是如此。

从教材的实用性出发,考虑到它的适用面,从而根据各个不同层面的不同需要,有针对性地分别编写适用的教材,的确是值得重视的一个问题。

郭预衡先生主持编写的《中国古代文学史》系列教材在这方面做了成功的尝试。这一系列教材由《中国古代文学史长编》、《中国古代文学史》、《中国古代文学史简编》和《中国古代文学作品选》组成。其中《长编》既有文学史的基本论述,又附以相关的原始资料,论述简要而资料丰富;既不同于一般文学史,也有别于资料汇编,其体例介于两者之间。其论述部分力求简要,引而不发,以供教者发挥、学者思考。资料部分摘引相关原始资料,力求简明精当,必要时兼采异说,以供选择。显而易见,《长编》的适用对象是教师和研究生,《中国古代文学史》是供本科生使用的教材,而《简编》则供专科生使用。这样配套而成、自成系列的中国古代文学教材,基本上满足了有关专业多层次的需要。几年来的教学实践证明,这一套教材是广受欢迎的。由此可见,既强调教材的实用性,又重视教材的适用面,在教材建设中具有不容忽视的意义。

四、文学史与作品选

中国古代文学教材包括文学史和作品选,二者关系密不可分。经过长期的教学实践,对于如何正确认识和恰当处理二者的关系,大家已经有了比较一致的认识,正如原国家教委高教司编《中国古代文学史教学大纲》(高等教育出版社1997年7月版)所规定:

> 要以文学史的发展脉络为纲,以具体的作家作品为基础;用文学史来统率作品,又通过对具体作品的学习更深刻地理解和把握文学史;既避免脱离实际的空讲理论、空讲文学史的倾向,也避免忽视理论和文学史、只讲作品的倾向。任何过分强调某一方面,忽略另一方面,将史与作品割裂开来的作法,都会影响中国古代文学教学的完整性,应予以防范。

这一意见阐明了中国古代文学教学中史与作品相辅相依、不可偏废的关系,充分肯定了作家、作品在教学中的基础地位和重要性。《大纲》的规定实际上是对中国古代文学教学领域中多数教师教学经验的总结,是经过长期实践检验的正确认识。反映在教材建设中,文学史与作品选的配套而行,便是为其具体实施所提供的保证。

然而在教材编写中,文学史与作品选往往各是一套人马,学术见解、审美观点、取舍标准等难免有异,史与作品的配合未必能尽如人意。解决这一问题的较好办法,是文学史与作品选的编写人员尽量保持一致。

在作品选的编写中,有一个倾向值得注意,即把作品选编写成优秀作品选。其实,有些在文学发展史上影响颇大的作品,虽然算不上“优秀作品”,但不能完全排斥在作品选之外,而应当适当地为它们安排一席位置。如《诗经》中的《颂》诗、班固的《咏史》、玄言诗和宫体诗之类,在文学史中均为必讲内容,作品选中亦应有所反映。

此外,文学史与作品选的配套,也应考虑到多层次的需要,不宜一概而论。比如对于汉语言文学专业中的专科层次,以及非汉语言文学专业开设的“中国古代文学”课程来说,就不一定分别编写文学史与作品选,可以合二为一,编成一书。仍以文学史为纲,统率作品,但内容应以作品为主,作品的分量应占较大比例。据了解,过去曾编写过这样的教材,目前也有人在做改革尝试。从教材建设的多层次需要出发,这样的设想和努力是有必要的。

原载《大庆高等专科学校学报》2000年第3期,2000年上海“第一届全国高校中国古代文学科研与教学研讨会”论文

整体建构多层面中国古代文学史系列教材

在荣获2005年高等教育国家级教学成果奖二等奖项目中,“整体建构多层面中国古代文学史系列教材”颇为引人注目。这一项目的主持人是著名的文学史专家、德高望重的北京师范大学教授郭预衡先生。郭先生生于1920年,1945年毕业于北平辅仁大学国文系,留校担任余嘉锡先生的助教,同时考取陈垣先生的史学研究生,于1947年毕业,历任辅仁大学讲师、北京师范大学教授,从事中国古代文学教学、研究工作已逾半个世纪,于文学史特别是散文史致力尤深,成就卓著。独著《中国散文史》,上中下三册,皇皇一百六十万言,体大思精,前所未有,标志着中国古代散文研究达到了一个新高度。已故民俗学泰斗、北京师范大学著名教授钟敬文先生生前曾撰联赠郭先生:“联语挥毫,辛勤常代我;散文有史,创建首推君。”上联是说钟先生晚年自撰联语送人或题词,常请郭先生挥毫代为书写。二位先生的合作珠联璧合,脍炙人口,在学界传为佳话。下联则是钟先生对郭先生力作《中国散文史》的学术成就由衷的肯定和赞扬。2002年9月,第三届中国高校人文社会科学研究优秀成果获奖名单公布，郭先生的《中国散文史》荣获一等奖，可谓实至名归。

郭先生早年师从名家大师，出入经史百家，学习传统的治学方法，打下了深厚的学问功底。中年服膺鲁迅，深研鲁迅著作，并学习马克思主义理论，扩大了视野，眼界焕然一新。于是别开蹊径，坚持走自己独具特色的治学之路。博学而明辨，厚积而薄发，这是郭先生至晚年再焕发学术青春、取得累累硕果的重要保证。郭预衡教授为人为学，求实求真，学识渊博，著述宏富，体现了他鲜明的学术品格和独特的学术建树。他的治学之道、治史思想和卓著的学术成就，既反映了鲜明的时代特点，又是他承扬传统、开拓创新、精神解放的学术个性的独特体现。

“整体建构多层面中国古代文学史系列教材”是郭先生从教、治学六十年来的经验积累和心血所结出的硕果。这一系列教材由《中国古代文学史》、《中国古代文学史长编》、《中国古代文学史简编》和《中国古代文学作品选》配套，整体建构高校中文专业主干课程中国古代文学史教材，开拓创新，成就非凡，广受学人赞誉，被称为新时期以来最有影响的文学史著作之一。1999年11月，《中国古代文学史》荣获华东地区古籍评奖特等奖；同年通过专家评审，教育部高教司〔1999〕49号文重点推荐为全国通用教材；2005年，荣获高等教育国家级教学成果奖二等奖。

一、师高弟子强，编写队伍壮

1985年，原国家教委高等学校中文类专业教材“七五”编选计划公布，《中国古代文学史》由郭预衡教授领衔主编。其后，又采纳郭先生的意见，续将《中国古代文学史长编》和《中国古代文学史简编》纳入“补充计划”。这是因为郭先生对文学史的编写素有研究，早在20世纪60年代初，就发表过多篇关于中国文学史编写的论文，在学界影响颇大。所以在多名申报者中选定他来主编这一套文学史教材，可谓众望所归。从1986年起，历时十二年，郭先生带领他的五名弟子完成了这套包括“长编”五册、“正编”四册、“简编”一册加上“作品选”四册共十四册总约六百余万字的文学史教材的编写工程。编写工程如此浩大，时间又紧迫，为了保质保量完成这一时代赋予的神圣使命，就必须组织一套能充分体现主编的治史思想和治学风格、具有雄厚学术实力的编写班子，在团结和谐、共同协作的学术氛围中进行编写工作。

郭先生选定的五名弟子，都是学有专攻、各具所长、学术成就可观、教学经验丰富的高校教授。按历史时期分工，各主要执笔者是：先秦，熊宪光；秦汉魏晋南北朝，万光治；隋唐五代，林邦钧；宋辽金，赵仁珪；元明清，段启明。其中，魏晋南北朝文论及明清诗文由郭先生亲笔撰写。这里且对这一编撰阵容略做介绍。

熊宪光：西南大学文学院教授，重庆市首届学术技术带头人，享受国务院政府特殊津贴专家。专攻先秦文学，有《战国策研究》《纵横家研究》《文史论稿》等专著行世。

万光治：四川师范大学文学院教授，时任文学院院长，享受国务院政府特殊津贴专家，博士生导师。专攻汉魏文学，出版有《汉赋通论》《蜀中汉赋三大家》等专著。

林邦钧：北京师范大学教授，时任《北京师范大学学报》主编。专攻唐代文学，出版专著有《文史英华·辞赋卷》《历代游记选》等。

赵仁珪：北京师范大学文学院教授，中央文史研究馆馆员，博士生导师。专攻宋代文学，有《宋诗纵横》《论宋六家词》等专著行世。

段启明：首都师范大学文学院教授，时任首都师范大学出版社总编，博士生导师。专攻元明清文学，出版专著有《〈红楼梦〉艺术论》《西厢论稿》等。

由以上专家组成的编写阵容，可谓实力雄厚，实非一般东拼西凑的写作班子所能望其项背。尤其难得的是，编者同为郭门弟子，对于先生的治史思想领会深刻；又是在先生的直接统领下进行编写工作，虽然分头执笔，却是集体编写，不仅思想认识基本一致，而且体例、风格力求统一，最后经先生统稿，修润打磨，使出自众手之作，好似一人编著。编者历经十二年辛苦，共同打磨成一剑，奉献出一套整体构建的中国古代文学史教材，成就卓越，惠溉学人。这与那些临时拉班子组合、各行其是的拼凑之作，是完全不能同日而语的。

二、开拓创新，特色鲜明

这套教材是国家"七五"规划的文科教材的重点项目。"长编"、"正编"、"简编"及"作品选"配套，建构系列文学史教材，以满足多层次、多方面教学的需要，这是郭先生从实际出发，别出心裁的创造。

郭先生从多年古代文学教学的实际需要考虑，感到中国古代文学的教材，不仅要系列化，而且要多层次、整体化。其中文学史与作品选应互相配套固不待言，而正编的文学史之外，还需要有简编和长编。长编与正编、简编配套，尤为这套教材的特点。也可以说文学史之有长编、简编，是这套教材极为突出的创新之点。

编者注意到，新时期以来，高校办学，向多层次多方面发展，除原有的全日制普通高校专科、本科、研究生教育外，又增加了专升本，以及自考、夜大、函授、新高职、研究生班等多种形式。其中凡与汉语言文学专业有关者，几乎都要使用中国古代文学史教材，但就教学内容的广度和深度而言，存在很大的差异。“正编”乃本科使用的教材，但如只有“正编”，则无法满足如此多层次的需求。正视现实的发展变化，从教材的实用性出发，根据不同层次的不同需要，有针对性地分别编写，是这套教材的重要特色。其中最具新意、特色鲜明的是“简编”和“长编”。

“简编”是一部只有四十七万字的简明教科书。以“清通简要”为基本原则，目的在于让大专、成人教育、夜大、函授等学生和非中文专业学生在学习中减轻压力和负担，让他们按要求掌握文学史的清晰轮廓和基本知识。这本“简编”使用面甚广，深受广大师生欢迎。

“长编”更是前所未有的新创。“长编”恰与“简编”相反，包括先秦卷、秦汉魏晋南北朝卷、隋唐五代卷、宋辽金卷、元明清卷共五卷，全书约三百余万字。其适用对象是教师和研究生。郭先生在长期的教学实践中，感到讲授中国古代文学史，除基本教材之外，还需要一部论述简要而资料丰富的辅助教材。尤其是在中小城市或边远地区图书资料比较缺乏的情况下，有了这样一部教材，就可以不必翻检群书而看到一些原始资料。不看原始资料，乃是文学史教学的大忌。“长编”资料丰富，可作为教学的重要参考。对于研究生以及一般的自学者来说，这样一套纲要简明、资料丰富的文学史，堪称“良师益友”。文学史长编之体例，有如《续资治通鉴长编》，既有文学史纲要，又附以大量经过选择的相关原始资料，两大部分相得益彰。它既不同于一般文学史著作，也有别于资料汇编，其体例介于两者之间。纲要论述部分力求简明洗练、引而不发，以供教者发挥，学者思考。资料部分包括史实、作品和评述等相关原始材料，摘引原文精当扼要，但必要时，也力求原原本本；遇有异说，兼收并采，以广见闻，以供选择。此书不仅提供了教和学的方便，更是实现了一次文学史写作体例的突破和创新。

例如正编《中国古代文学史》讲述清代桐城派古文家方苞时有如下的论述：

> 方苞自称童年之时，曾欲学诗，但由于“先君子”之教，乃“绝意于诗”(见《荐青山人诗序》)。也许因此之故，其诗无可称者。

在一般中国古代文学史著作中，讲到方苞，主要是讲他的文，而不讲他的诗。正编于此也只是说“其诗无可称者”，没有多说。但在《中国古代文学史长编》中，就有如下的论述了：

> 方苞曾在《刘梧冈诗序》中说：“余平生好为山泽之游，而苦不能为诗。”此语似谦，却亦属实。今观所存之诗，确少佳作。《明妃》《严子陵》诸篇，所见尤短。

> 汉帝惜艳色，明妃出后宫。曲中留哀怨，横塞诗人胸。茑萝随蔓引，性本异贞松。众口不瑕疵，多怜所遇穷。若使太孙见，安知非女戎？昭阳为祸水，岂让倾城容？(《明妃》)

这一段论述和所附的作品资料，就可作为一般文学史教学的辅助参考。

又如正编《中国古代文学史》讲述清代的说唱文学子弟书东城调的作者韩小窗时，于作者介绍之外，只有如下几句：

> 留存至今的子弟书，大约有四百多种，其中不少作品至今仍以各种曲艺形式演出。

而在“长编”里，则引述了《中国俗文学史》第十三章中关于作者的论断：

东调的作者，以韩小窗为最重要。他屡次的在鼓词里提到自己的名字，但在其中对于他自己的生平，却一点消息也没有。他所作的有《托孤》《千钟禄》《宁武关》《周西坡》《长坂坡》等，风骨磷磷，读之如啖哀家梨，爽快之至！

又节录了作品《宁武关》的片段：

小院闲窗泼墨迟，牢骚笔写断魂词。可怜孝母忠君将，偏遇家亡国破时。怨气悲风凝铁甲，愁云惨雾透征衣。一腔热血千秋恨，宁武关苦死了将军周遇吉。这将军代州已被流贼破，也是那国家气数人力难支……

由此可见，长编实有不同于一般文学史的新的特点。

除上述“简编”“长编”的新特点而外，这套教材还有其共同的创新之点。

自20世纪60年代以来，中国古代文学史已有全国统编的教材，近年以来，又有地方院校自编的教材，这里的三套文学史，作为国家教委“七五”规划的新的文科教材，汲取了前此诸书的成果，并有所开拓。这里仅略谈三点。

首先是体例的改变。

关于文学史的编写体例，鲁迅在1935年11月5日给王冶秋的信中曾说：“史总须以时代为经，一般的文学史，则大抵以文章的形式为纬，不过外国的文学者，作品比较的专，小说家多做小说，戏剧家多做戏剧，不像中国的所谓作家，什么都做一点，所以他们做起文学史来，不至于将一个作者切开。”中国古代的作家，尤其是魏晋以后的作家，“什么都做一点”的情况比较普遍，因此，在过去的一些文学史中，“将一个作者切开”的情况，也就不少。例如韩愈、柳宗元，既见于“唐代古文运动”的章节，又见于“中唐诗人”的章节，这样的现象如何避免呢？鲁迅又说：“我想，做起文学史来，只能看这作者的作品重在那一面，便将他归入那一类，例如小说家也做诗，则以小说为主，而将他的诗不过附带的提及。”在“以文章的形式为纬”的情况下，采取这个办法是不得已的。事实上，在以往的一些文学史中，常常只讲一个作家的一类作品，而不及其余。这样的情况很多，从唐宋两代来看，李白、元结、元稹、白居易、刘禹锡、陆游、辛弃疾等，都是显例。

“以文章的形式为纬”，有利于论述文体的流变，而不利于论述作家的“全人”。尤其是魏晋南北朝以后的许多作家，除去设有专章者外，大半残缺不全。这是个不小的缺欠。

为了弥补这一缺欠，在编写这套文学史教材时，于魏晋南北朝以后，基本上不再“以文章的形式为纬”，而主要以作家为纬，以突出作家的总体特点，不再以偏概全。与此同时，又加强各个时期的总论和各种文体的分论，以论述“文章的形式”的发展演变。如此一来，不仅韩愈、柳宗元这类作家的诗文可以并论，不致切为两段，而且像陈子昂、李白、元结、元稹、白居易、刘禹锡、李商隐以及陆游、辛弃疾等，也都可兼顾诗文，写得比较充分。这既能体现中国古代作家“什么都做一点”的特点，也弥补了以往文学史论述作家只讲一面而不见“全人”的缺憾。

其次是内容的增补。

这套文学史的内容，和以往的同类教材相比，有所增益，填补了一些薄弱环节和空白点。除了前面提到的因体例变更而加强了总论、文体分论等项之外，还有下列几个方面。

一是填补了空白。

以往的文学教材，于先秦和汉代之间，一般都略去秦代统一天下以后的一段史实，讲秦之作家作品，一般也只讲李斯写于秦并六国之前的《谏逐客书》一文，而不及其余。这套文学史则于秦代统一天下之后，专设一章四节，讲述“秦文学的特征及其历史土壤”、“刻石之文”、“诏令奏议之文”以及“秦之佚文”等等。如果是写“文学鉴赏”，这些自可不讲，但是，既然写史，则不可缺遗。刘勰撰《文心雕龙》，虽谓“秦世不文”，却又说“颇有杂赋”（《诠赋》），“秦皇灭典，亦造仙诗”（《明诗》），还有“始皇铭岱，文自李斯，法家辞气，体乏弘润，然辣而能壮，亦彼时之绝采也”（《封禅》）。《文心雕龙》一书，并非专门之史，而于此时期文学，尚且论述如此，那么，今天作为文学专史，其不可缺遗，更是显而易见的了。

此外，以往的文学史教材，对于唐代以前之隋，宋代以后之辽、金，讲述亦有所不足，这套文学史于此两个时期亦有较大幅度的填补。

二是填补了作家。

和以往的同类教材相比，这套文学史对于历代作家也有较多的增补。这里仅以唐代诗人为例，所增者就有唐太宗、魏徵、张说、张九龄、许浑、张祜、刘驾、曹邺、韩偓、吴融、唐彦谦以及诗僧王梵志、寒山、皎然、贯休、齐己等二十余人。散文作家亦有增补，于韩愈、柳宗元等几个作家之外，增补了李翱、皇甫湜、孙樵、刘蜕等人。其中有的作家，在以前的同类教材中，或仅出现姓名，或附带提及，这套文学史则为之别立专题，或设专节。

当然，作家罗列过多，未必皆属必要，但这里所增补者，大抵都与诗文流派和风格特点有一定关系。

三是增补了作品。

和以往的同类教材相比，这套文学史所增作品，量亦不少。先秦的史家之文和诸子之文，汉代的赋体之文和文人之诗，唐代的僧诗和敦煌俗文学，宋代的西昆体和理学家的作品，元、明、清三代的诗文，等等，都有较大幅度的增补。

凡所增补，亦非可有可无。以明代而论，以往的同类教材，对于所谓的“台阁体”和前后“七子”，大抵多是架空批判，而少具体分析，这套教材则列举具体作品而给以较为全面的评论，不复人云亦云。

最后是规律的探索。

文学史不应只是罗列作家作品，而应揭示发展规律，这是教材编写的一大难点。可喜的是，这套教材对此有所探索，亦颇多创获。

古人不曾系统讲过“发展规律”，只是有一些近似规律的片言只语。例如刘勰曾说：“文变染乎世情，兴废系乎时序。”（《文心雕龙·时序》）朱熹曾说：“大率文章盛，则国家却衰。”（《朱子语类》卷一百三十九《论文上》）赵翼曾说：“国家不幸诗家幸。”（《题遗山诗》）如此等等，都不系统。不过，话虽简单，却也概括了一定的史实，值得深思。由此而进一步思索，亦可看出比较普遍的现象，其中或有一定的规律性。例如朱熹讲“文章盛，则国家却衰”时，曾举唐代的文章为例，他说：“如唐贞观、开元，都无文章；及韩昌黎、柳河东以文显，而唐之治已不如前矣。”这话是不错的。唐代国势转衰之时，文人多有忧患意识，写出了许多忧国忧民的文字，不仅韩、柳如此。

从朱熹所举唐代之例,还可以得到更多的启迪。综观历代,“文章盛”时,似亦多在“国家却衰”之际。例如晚周战国,文章之盛,几乎是空前绝后的。章学诚说:“盖至战国而文章之变尽,至战国而著述之事专,至战国而后世之文体备。故论文于战国,而升降盛衰之故可知也。”(《文史通义·诗教上》)战国文章极盛之日,正是大周王朝土崩瓦解之时。

再从周、秦两代来看,国家衰,则政令松弛,思想解放,文章乃盛。反之,国家盛,则法严令具,文化专制,文章乃衰。国家的一盛一衰,政令的一张一弛,与文章的盛衰恰成反比。周秦两代如此,唐代以后,宋、元、明、清各代,亦大抵如此。这可以说是一条规律。因此,这套文学史教材,在论述各个时期的文学发展时,对于国家的盛衰、政令的张弛,以及由此引发的社会风气的变化、作家思想的变化等,都有所探索。尤其是关于世风、士风与文学的关系,这套教材论述较多。例如对汉末的清议,魏晋的玄学,六朝文人之“无特操”,唐宋文人之兼“儒、释、道”,明代文人之反传统,等等,都有较多的论述。

各种文体的发展和演变,有其自身的特点,但也与时代、世态相关联。鲁迅在讲到“图画的种类”时,曾说:“这种类之别,也仍然与社会条件相关联,则我们只要看有时盛行诗歌,有时大出小说,有时独多短篇的史实便可以知道。”(鲁迅《论旧形式的采用》)这套教材的编写,对于各种文体,也多结合时代、社会,述其源流,详其演变。例如关于赋体之文,便引述各家之言。班固《两都赋序》云:“或曰:赋者,古诗之流也。”即是说,赋是从古诗演变而来的。但刘师培说:“盖骚出于诗,故孟坚以赋为古诗之流,然相如、子云,作赋汉廷,指陈事物,殚见洽闻,非惟风雅之遗音,抑亦史篇之变体。”又说:“写怀之赋,其源出于《诗经》;骋词之赋,其源出于纵横家;阐理之赋,其源出于儒道两家。”(《论文杂记》)这是说,赋之来源,又不仅是“古诗之流”,因为相如、子云作赋之时,社会条件已与前代不同了。赋体之变,“与社会条件相关联”,于此亦可概见。当然,这种变化亦适用于其他文体。

这套教材中的古代文学作品选,与文学史的论述紧密配合,选入文学史论述的主要作品,突出“史”的眼光,不同于世上流行的专录优秀诗文的选本。所选作品,亦按文学史的章节次序形成单元。作品与史如此紧密配合,也是这套教材整体建构的一个特点。

三、沾溉学人，广受称誉

这套教材充分体现了学科性与学术性的统一，稳定性与创新性的结合，实用性强，适用面广，因而自问世以来，深受广大师生欢迎，被众多高校选作教材。其中，“简编”于1992年由北京师范学院出版社（今首都师范大学出版社）出版，后多次重印，1998年再出修订本，2003年又由上海古籍出版社出版了新版本。“长编”于1992年至1998年由首都师范大学出版社先后分卷推出，其间曾重印，继于2000年再版了全套五卷的修订本。2007年4月，上海古籍出版社又推出了改编为四卷的“长编”修订本。“正编”即本科教材《中国古代文学史》，自1998年由上海古籍出版社出版以来，广受师生欢迎，迄今已印刷了十八次，发行近二十万册，无愧为新时期以来最有影响的文学史著作之一。不少高校相关专业博士、硕士招生考试也理所当然地将其列为必读参考书。

这套教材在全国影响甚大，广得好评。据不完全资料，主要评论文章有：

（1）《新体·卓识·精博·允当——评郭预衡主编的〈中国古代文学史长编〉》，熊笃，载《北京师范大学学报》1995年第3期。

（2）《体大涵深 精论博引——评郭预衡主编〈中国古代文学史长编〉》，熊笃，载《文史知识》1995年第3期。

（3）《一部博大精深的文学史著作——评郭预衡教授主编的〈中国古代文学史长编〉》，章明寿、邓韶玉，载《首都师范大学学报》（社会科学版）1998年第6期。

（4）《继往开来 推陈出新——读郭预衡教授主编的〈中国古代文学史〉（四卷本）》，章明寿、邓韶玉，载《北京师范大学学报》（社会科学版）1999年第1期。

（5）《“长编”“简史”配套 观点资料相融》，张洁宇，载《中华读书报》1999年5月19日第2版。

（6）《论“良史”——兼评郭预衡〈中国文学史〉的“良史”观》，王发国、曾明，载《社会科学研究》2001年第6期。

（7）《体大思精 肆外闳中——〈中国古代文学史〉系列刍议》，马村，载《古籍新书报》2004年1月28日第2版。

（8）《在了解的基础上阅读——记郭预衡主编的〈中国古代文学作品选〉出版》，疏影，载《古籍新书报》2004年7月28日第3版。

(9)《郭预衡教授:成就卓著的文学史专家》,熊宪光,载《高校理论战线》2004年第8期。

(10)《中国古代、近代文学研究》2003年第7期转载中国社会科学院文学研究所刘跃进研究员《徘徊与突破——20世纪先唐文学史论著概观》一文,称"长编""出版后,口碑颇佳",认为"就中国文学史著的撰写而言,它既不是一般意义上的文学史,又不是简单的资料汇编,而是介乎于两者之间的新型文学史论著,很有实用价值"。肯定"长编""对于文学史的教学和研究,具有不可替代的独特价值",是"很有实用价值"的"新型文学史论著",且称"读过之余,时时感到一种近于鲁迅文学史研究的大家风范"。

2004年12月24日,以著名国学专家冯其庸研究员领衔,由北京大学中文系张鸣教授、清华大学中文系谢思炜教授、中国社科院文学研究所刘扬忠研究员、首都师范大学文学院张建业教授等为成员组成的专家鉴定委员会,对本项目给以高度评价。冯其庸先生饱含深情地执笔写出如下鉴定意见:

> 郭预衡先生主编的《中国古代文学史》《中国古代文学史长编》《中国古代文学史简编》《中国古代文学作品选》系列教材,是新时期的最高学术成就之一,是针对我国目前文科教育基础薄弱而编写的最切合实际的优秀教材。多年来我就一直要求跟我学习的学生及在职干部要认真学习这套教材,他们在学习过程中也深感四种教材互相组合的科学性和实用性。我个人从教学实践中体会,这是当前最优秀的文科基础教材,同时又是能引导学生由此前进的具有导引性作用的教材。针对目前我国文科教学较为薄弱的情况,我认为这是最好的奠基读本。我目前担任中央古籍善本再造委员,中央出了大笔钱成功地再造大批古籍善本,但若无好的文科教学基础教材培养学生,今后就很难读懂并研究这些深奥的古籍,中国传统文化的精华,中国民族精神的精华,就很难理想地传承。所以,我认为这套系列教材是中华文化建设的一大功绩,是我们时代教育实绩的标志。不仅应该褒奖和感谢郭预衡先生等六位作者,更应该授予最高的奖励。

原载《师资建设》2008年第5期

纵横家探研

纵横家之兴考辨

战国时代,“天下方务于合从连衡”(《史记·孟子荀卿列传》),纵横家顺时而兴,应时而盛。他们或奔走游说,驰骋辩才;或入朝干政,出谋划策,活跃于当时的政治、外交舞台之上。他们“一怒而诸侯惧,安居而天下熄”(《孟子·滕文公下》),在当时左右政局,声威显赫。刘向《校战国策书录》所谓“苏秦为从,张仪为横;横则秦帝,从则楚王;所在国重,所去国轻”,就充分肯定了他们在当时举足轻重的政治作用。

然而在《汉书·艺文志》所谓“九流十家”中,“纵横”是不太显眼的一家;而在先秦诸子中,“纵横”也没有取得如“儒”“墨”那样号称“显学”的地位。到了汉武帝“罢黜百家,独尊儒术”之后,纵横家更被视为异端;作为“纵横家言”的《战国策》,也被后世儒者斥为“邪说”(曾巩《战国策目录序》);因而对于纵横家的研究,历来薄弱,有许多问题尚待认真探讨。本文拟对纵横家之兴这一问题做一番追本探源似的考辨,意在“辨章学术,考镜源流”。

一、“出于行人之官”辨

关于纵横家之兴,前人论述中最具权威性的观点见于班固《汉书·艺文志》:

从横家者流，盖出于行人之官。孔子曰："诵《诗》三百，使于四方，不能专对，虽多亦奚以为？"又曰："使乎，使乎！"言其当权事制宜，受命而不受辞，此其所长也。及邪人为之，则上诈谖而弃其信。

应该指出，《汉书·艺文志》是以刘歆《七略》为蓝本的，所以这一段论述，实出刘歆。西汉末成帝时，刘向奉诏校书，"每一书已，向辄条其篇目，撮其旨意，录而奏之"。刘向卒，刘歆奉哀帝之命继承父业，"于是总群书而奏其《七略》"（《汉书·艺文志》序言）。所谓"七略"，包括"六艺略"、"诸子略"、"诗赋略"、"兵书略"、"数术略"、"方技略"和"辑略"。"略"即界域、类别，"七略"中，"辑略"之外的"六略"是书的六种类别，"辑略"则是各类通论的汇集。颜师古注说："辑，与集同，谓诸书之总要。"因为刘歆注重学术系统，要揭示学术的源流与发展、长短和得失，所以在"六略"之前，作一通论，汇集起来，便是"辑略"。这应该说是刘歆的独创。班固作《汉书·艺文志》，删取"辑略"原文为各类书的总序和各种书的小序，所以我们在《汉志》中仅见"六略"，而未见"辑略"，实则"辑略"已化为总序和小序了。

所谓"从横家者流，盖出于行人之官"的断语，即见于"诸子略"著录的"纵横家"之小序中。引人注目的是，"诸子略"提出了诸子皆出于王官的观点，如说儒家出于"司徒之官"，道家出于"史官"，阴阳家出于"羲和之官"，法家出于"理官"，名家出于"礼官"，墨家出于"清庙之官"①，杂家出于"议官"，农家出于"农稷之官"，就连被排除于"可观者"之外的小说家，也指其"出于稗官"。总之，都与王官攀上了关系。关于诸子学术源头的这一论断，可以肯定是出于刘歆《七略》，因为在《七略》之前，现存的四篇论及诸子流派的重要文章，即《庄子·天下》、《荀子·非十二子》、《史记·太史公自序》和司马谈《论六家要指》，都不曾讲诸子出于王官。刘歆首倡此说，是有其特殊意图的。

刘歆是汉代影响很大的今古文之争的挑起者。他倡言尊经而崇尚古文经，"欲建立《左氏春秋》及《毛诗》、《逸礼》、《古文尚书》皆列于学官"，曾受哀帝令与五经博士辩论，写下著名的《移让太常博士书》，抨击当时经师（太常博士）"因陋就寡，分文析字，烦言碎辞……信口说而背传记，是末师而非往古"，乃是"保残

① 原作"清庙之守"。余嘉锡《四库提要辨证》说，"守"字为"官"字之误。

守缺,挟恐见破之私意,而无从善服义之公心;或怀妒嫉,不考情实,雷同相从,随声是非”(《汉书·楚元王传》附《刘歆传》)。刘歆极力鼓吹古文经,其中以抬高《周官》的地位和主张立《左传》于学官二事,关系最为重大。他之所以倡言古代学术无不出于王官,以证明《周官》确是周公(姬旦)的著作,显然是为了抬高《周官》亦即《周礼》的地位。其意图说明:诸子出于周官,周官出于六艺,六艺出于圣人,借以强调古文经的权威性。这样看来,所谓古代学术皆出王官之说,显然并非全都可信。

不过,刘歆之说也有某些可取之处。如他说“从横家者流,盖出于行人之官”,便看到了“从横家”与“行人之官”存在着某种联系。所谓“行人之官”,乃职掌朝觐聘问之事,周官有“大行人”,“掌大宾之礼,及大客之仪,以亲诸侯”;有“小行人”,“掌邦国宾客之礼籍,以待四方之使者”(《周礼·秋官》)。列国也有“行人之官”,当春秋时,往来聘问,奔走各国的“行人”,甚为活跃,其职略近于今之外交使者。所以刘歆接着引述孔子“使于四方”及“使乎,使乎”之说,认为其所长在于“权事制宜,受命而不受辞”。纵横家重视外交活动,那正是他们驰骋辩智的疆场。他们中的大多数也确实是当时在外交舞台上大显身手的说客策士。从活动的方式和履行的职能来看,纵横家与所谓“行人之官”,确有某些相类似之处。从这个意义上说来,称纵横家“出于行人之官”,肯定二者之间存在着一定的传承关系,不是没有理由的。只是这一论断,忽略了纵横家之兴与战国乱世特定历史条件的不可分割的关系,未能揭示出本质的因素,不免片面和拘泥。

比较而言,《淮南子·要略》论及纵横家之兴,似更通达一些:

> 晚世之时,六国诸侯,溪异谷别,水绝山隔,各自治其境内,守其分地,握其权柄,擅其政令。下无方伯,上无天子,力征争权,胜者为右。恃连与国,约重致剖信符,结远援以守其国家,持其社稷,故纵横修(按:“修”即“长”,淮南王刘安避其父刘长讳改)短生焉。

这一段论述,从战国时代的地理形势、政治特点、战争状况、外交活动等诸方面的特征着眼,揭示出“纵横长短”乃是特定历史条件下的产物,较之“出于行人之官”的缘起说切实得多。当然,这是从社会、政治和历史的角度立论的,如果从学术角度看来，则有所不足。纵横家虽然起于战国纵横之世，但它并非无源之水、无本之木，探究其学术渊源，还是有迹可循的。

二、“纵横家之祖”考

《史记·苏秦列传》开篇就说：“苏秦者，东周洛阳人也。东事师于齐，而习之于鬼谷先生。”裴骃《集解》引徐广曰：“颍川阳城有鬼谷，盖是其人所居，因为号。”又引《风俗通义》说：“鬼谷先生，六国时从横家。”《史记·张仪列传》开篇也说：“张仪者，魏人也。始尝与苏秦俱事鬼谷先生，学术，苏秦自以不及张仪。”根据这些记载，后人便将“鬼谷先生”奉为“纵横家之祖师”。又有《鬼谷子》一书，也被称为“真从横家之祖也”（秦恩复《鬼谷子叙》）。“纵横家之祖”究竟是谁？这个问题有必要一考。

先说“鬼谷先生”。

所谓“鬼谷先生”，不知何许人也，历来众说纷纭，莫衷一是。在《史记》的记载中，他是苏秦和张仪共同师事的纵横家。及至后世，大概由于“鬼谷”之名本身即给人以神秘奇幻、莫测高深的感觉吧，竟愈传愈奇，什么兵法家、神仙家、命相家的头衔，都一一封颁给他。后世之说，固为无稽之谈，可勿置论，值得注意的是汉人之说。

扬雄《法言·渊骞》篇说：

> 或问：“仪、秦学乎鬼谷术，而习乎纵横言，安中国者各十余年，是夫？”曰：“诈人也！圣人恶诸。”

王充《论衡·答佞》篇说：

> 问曰：“佞人直以高才洪知考正世人乎？将有师学检也？”
>
> 曰：“人自有知以诈人，及其说人主，须术以动上……术则从横，师则鬼谷也。传曰：苏秦、张仪从横习之鬼谷先生，掘地为坑，曰：‘下，说令我泣出，则耐（通“能”）分人君之地。’苏秦下，说鬼谷先生泣下沾襟。张仪不若。”

《论衡·明雩》篇又说：

> 苏秦、张仪悲说坑中，鬼谷先生泣下沾襟。

上述汉人之说，均称“鬼谷先生”为苏、张纵横之师，其说当有所据。《论衡·答佞》篇引述所谓“传曰”之语，可见“鬼谷先生”事迹别有所载，惜乎其未能指明出自何传，且资料亡佚，无从考索。但从所谓“术则从横，师则鬼谷也”之说，可知习纵横术者皆奉鬼谷为师。关于鬼谷先生的情况，在现存的先秦两汉载籍中，除上述者外，别无所见，因而是一团谜。

然而汉代以后，关于“鬼谷先生”的记载则续有所见。《文选》卷二十一载晋代郭璞《游仙诗》有云：

> 青溪千余仞，中有一道士。云生梁栋间，风出窗户里。借问此何谁？云是鬼谷子。

唐代李善注说：

> 《鬼谷子序》曰：周时有豪士，隐于鬼谷者，自号鬼谷子，言其自远也。然鬼谷之名，隐者通号也。

既称“鬼谷子”为周时“豪士”，又说是“隐者通号”，可见已是一位虚化了的人物。这里有必要说一说“鬼谷”。“鬼谷”为地名，向无异议，但究竟指何处，则各说不一。《史记·苏秦列传》司马贞《索隐》曰：“鬼谷，地名也。扶风、池阳、颍川、阳城并有鬼谷墟，盖是其人所居，因为号。”又，《史记·樗里子甘茂列传》记苏代说秦王迎甘茂，语及“自殽塞及至鬼谷”和“使彼来则置之鬼谷”。张守节《正义》引刘伯庄说：“此鬼谷，关内云阳，非阳城者也。”又按：“阳城鬼谷时属韩，秦不得言置之。”可见“鬼谷”其地，说法不同，亦难确指。“鬼谷”又作“归谷”，“归”与“鬼”，一声之转。《尔雅》曰：“鬼之为言归也。”在东晋王嘉《拾遗记》中，即称张仪、苏秦二人游学，“逢归谷子”，归谷子“教以干世俗之辩”，又授以“韦帙三卷书”，“仪、秦学之以终身”，其描述颇带神奇色彩。而在梁元帝萧绎《金楼子·箴戒》篇中，“鬼谷先生”被描写成以长生之术授秦始皇的非凡人物，明显地染上了仙气。到了后蜀杜光庭《录异记》的描述中，就干脆封之为“古之真仙”了。这些离奇诡诞的虚幻之说，显系后人杜撰，不足为据。

关于“鬼谷先生”的姓名和时代，也有一些不同的说法。南宋郑樵《通志·艺文略》引晋代皇甫谧说：“鬼谷先生，楚人也，生于周世，隐居鬼谷。”唐代马总《意林》卷二录“《鬼谷子》五卷(乐氏注，名壹)”，马总按：“其序云，周时有豪士隐者，居鬼谷，自号鬼谷先生。无乡里族姓名字(此苏秦作书记之也。鬼之言远，犹司马相如假无是公云尔)。”《史记·苏秦列传》司马贞《索隐》亦引乐壹注《鬼谷子》书称，“苏秦欲神秘其道，故假名鬼谷”。至于明代李杰《道藏目录》则谓：“鬼谷先生，晋平公时人，姓王名诩，不知何许人，受道于老君。”

类似的稀奇古怪说法还有不少，勿烦列举。即便是以上所引见于汉代的资料，也未必可信，遑论后世那些荒诞无稽之说了。司马迁在《史记·苏秦列传》中早已指出：“世言苏秦多异，异时事有类之者，皆附之苏秦。”可见苏秦其人其事，在汉初已混淆不清，所以《史记》所载苏秦生平事迹，真伪杂糅，不可尽信。如说苏秦与张仪“俱事鬼谷先生”，后世的传奇之说即大都由此生出；又认定苏秦是与张仪同时代对立的人物，说苏死于张前，因而生发种种误说。实际上，据马王堆汉墓帛书《战国纵横家书》的可靠资料，张仪是与公孙衍、陈轸同时代敌对的人物，苏秦的年辈要比张仪晚得多。帛书《苏秦谓陈轸章》记苏秦游说陈轸，自称其名“秦”，而尊称陈轸为“公”，谓“今者秦立于门”“愿有谒于公”，可见当时苏秦还是一个不知名的年轻游说者。其时据考为公元前312年，张仪早已相秦、相魏、相楚，名闻诸侯，再过两年之后，张仪就死了[①]。由此可证，所谓苏、张同时师从“鬼谷先生”学习纵横术之说，是根本站不住脚的。

现在看来，“鬼谷先生”确实极富传奇色彩和神秘意味。诸多扑朔迷离的说法其实大多出于附会、揣测或虚构。就目前所能见到的资料而言，所谓“鬼谷先生”很可能只是子虚乌有似的影子人物，很难说历史上实有其人。

既如此，要说“鬼谷先生”是纵横家的祖师，便是虚妄不实的了。

---

① 参见马王堆汉墓帛书《战国纵横家书》附录唐兰《司马迁所没有见过的珍贵史料》一文中“苏秦事迹简表”，文物出版社，1979年版。

再说《鬼谷子》一书。

考《汉书·艺文志》，未曾著录《鬼谷子》。虽然乐壹等指称《鬼谷子》即《苏子》，但班固在著录"《苏子》三十一篇"下仅注"名秦，有《列传》"，对所谓《鬼谷子》则只字未提。《苏子》已佚，而从《后汉书·王符传》注及《太平御览》所引《苏子》佚文看来，其文与《鬼谷子》不类，故尚无理由说《鬼谷子》便是苏秦所书。

《鬼谷子》一书，始见著录于《隋书·经籍志·纵横家》，其后即屡见于史志及书目著录。旧有乐壹、皇甫谧、陶弘景、尹知章等四家注，今传者为南朝齐梁之际陶弘景注本，凡三卷，共二十一篇。

考刘向《说苑·善说》篇引《鬼谷子》曰：

> 人之不善而能矫之者，难矣。说之不行，言之不从者，其辩之不明也。既明而不行者，持之不固也。既固而不行者，未中其心之所善也。辩之明之，持之固之，又中其人之所善，其言神而珍，白而分，能入于人之心，如此而说不行者，天下未尝闻也。

此段引文，为今本所不载。又《史记·太史公自序》说：

> 有法无法，因时为业；有度无度，因物与合。故曰："圣人不朽，时变是守。虚者道之常也，因者君之纲也。"

司马贞《索隐》道：

> "故曰圣人不朽"至"因者君之纲"，此出《鬼谷子》，迁引之以成其章，故称"故曰"也。

考今本《鬼谷子》，亦无此段文字，但《索隐》言之凿凿，必有所据。此外，《文选》注及《太平御览》、《意林》诸书所引数条《鬼谷子》文，或今本所不载，或与今本所载颇有差异，可知今本已非旧本原来面目。其实，对于《鬼谷子》一书，向来多有疑其为后人伪作者。如唐代柳宗元《辩鬼谷子》说：

> 《鬼谷子》要为无取。汉时刘向、班固录书,无《鬼谷子》。《鬼谷子》后出,而险盭(乖戾)峭薄。恐其妄言乱世,难信,学者宜其不道。而世之言纵横者,时葆其书。尤者,晚乃益出七术,怪谬异甚,不可考校。其言益奇,而道益狭。使人狙狂失守,而易于陷坠。幸矣,人之葆之者少。

明代宋濂、胡应麟皆赞同柳宗元之说。胡应麟也在《四部正讹》中断言:"《鬼谷子》,《汉志》绝无其书,文体亦不类战国。晋皇甫谧序传之。……盖东汉人本二书(按:指《汉志》所录《苏子》《张子》)之言,会(荟)萃附益为此;或即谧手所成而托名'鬼谷',若子虚、亡是云耳。"清代姚际恒则在《古今伪书考》中认定《鬼谷子》"其人本无考,况其书乎!是六朝所托无疑"。

他们的怀疑虽不无道理,但既然司马迁文及刘向《说苑》等已引《鬼谷子》,则汉初已有此书,尚无充分证据说明它一定是"东汉"或"六朝"时人所伪托。从今本《鬼谷子》看来,也还不能说它是"险盭峭薄""怪谬异甚""浅而陋矣"。联系战国时代及秦汉之际纵横家的游说实践来看,此书更像是纵横之术的经验总结、理论概括和系统阐述。因此,与其说《鬼谷子》是"纵横家之祖",毋宁说它是一部纵横家的学术理论结晶。至于其作者为谁,难以确考,但可肯定是纵横家或研习纵横术者之流。如果以今人为文之署笔名视之,也不妨称之为"鬼谷子"或"鬼谷先生"。但它不是指某一个人,而是作为纵横者流的化名或代称。考虑到"纵横长短之术"当战乱的秦汉之际还颇时兴,直至汉初,犹有习者①,可以推断《鬼谷子》的最初成书,大约在战国末年至汉初之间。

综上所述,"鬼谷先生"及《鬼谷子》书都不具备"纵横家之祖"的资格,那么,寻根讨源,可推谁为"纵横家之祖"呢?

从现有资料看来,最有资格居此位的,当数春秋时期鼎鼎大名的子贡。

子贡是孔子的著名弟子之一,姓端木,名赐,字子贡,卫人,少孔子31岁(前520—?)。在孔门"德行""言语""政事""文学"四科中,子贡是"言语"科中的翘

---

① 《史记·田儋列传》说:"蒯通者,善为长短说,论战国之权变,为八十一首。"《史记·主父偃传》说:偃"学长短纵横之术"。《史记·张汤传》说:"边通,学长短。"又,《汉书·艺文志》诸子略纵横家类著录《蒯子》五篇,《邹阳》七篇,《主父偃》二十八篇。

楚[①]。他长期随侍孔子,“利口巧辞”,长于辞令,富有外交才能,被孔子誉为堪当大任的“瑚琏”之器。[②]

作为儒家祖师的孔子,是非常看重外交和辩说才能的。他把“行己有耻,使于四方,不辱君命”(《论语·子路》)看作可以称“士”的标志;提出“言之无文,行而不远”(《左传·襄公二十五年》);欲进庶人于朝,故称“不学《诗》,无以言”(《论语·季氏》);而他教弟子诵《诗》,又以“使于四方”而“能专对”为贵(《论语·子路》)。在他的弟子中,子贡正是这样的佼佼者。

孔子本人对辩说是很有研究的。《韩诗外传》卷五第二十二章就有孔子关于“谈说之术”的精辟论述,虽然是否确出孔子之口,尚难断定,但孔门既设“言语”一科,则以此施教的孔子对“谈说之术”研究有素,应是毋庸置疑的。

然而真能领会“谈说之术”的精髓,并运用于外交、游说实践,使之发扬光大的人物,乃是子贡。在孔子看来,唯子贡堪称“辩士”。《韩诗外传》卷七第二十五章记“孔子游于景山之上”,命子路、子贡、颜渊各“言其愿”。子贡说:

> 两国构难,壮士列阵,尘埃涨天。赐不持一尺之兵,一斗之粮,解两国之难。用赐者存,不用赐者亡。

孔子即赞之曰:“辩士哉!”无独有偶,同书卷九第十五章又记“孔子与子贡、子路、颜渊游于戎山之上”,孔子命二三子各言其志。子贡说:

> 得素衣缟冠,使于两国之间,不持尺寸之兵,升斗之粮,使两国相亲如弟兄。

孔子又赞之曰:“辩士哉!”

值得注意的是,后来的纵横家就往往被称为“辩士”。如《战国策·齐策三·楚王死》说:“今苏秦,天下之辩士也,世与少有。”陈轸也被称为“天下之辩士”。

---

① 《论语·先进》:“德行:颜渊、闵子骞、冉伯牛、仲弓。言语:宰我、子贡。政事:冉有、季路。文学:子游、子夏。”

② 见《论语·公冶长》。瑚琏为宗庙重器,喻堪当大任的人才。

蔡泽"使人宣言以感怒应侯(范雎)",也声称:"燕客蔡泽,天下骏雄弘辩之士也。"(《战国策·秦策三·蔡泽见逐于赵》)那时候,"辩士"几乎成了"纵横家"的别称。而在历史上被称为"辩士"的人,似乎没有比子贡更早的了。不仅如此,上引子贡之言,还被后来的纵横家所崇奉。试看《战国策·秦策一》所记对纵横家苏秦的赞颂之辞:

> 故苏秦相于赵而关不通……不费斗粮,未烦一兵,未战一士,未绝一弦,未折一矢,诸侯相亲,贤于兄弟。

对照子贡之言,可谓如出一辙;或者不如说,子贡自言之"志",被后来的纵横家所继承,并且按《战国策》作者所论,竟是一一兑现了。

这样看来,说子贡是"纵横家之祖",应是可信的了。

然而更能说明这一问题的,还是"子贡一出,存鲁,乱齐,破吴,强晋而霸越;子贡一使,使势相破,十年之中,五国各有变"的游说实践活动。《史记·仲尼弟子列传》载其事迹,与后来苏秦的游说活动颇相类似;其游说之辞,也极似后来的纵横家言。试看数例。

其一,《列传》记曰:

> 子贡南见吴王,说曰:"……且夫救鲁,显名也;伐齐,大利也……名存亡鲁,实困强齐,智者不疑也。"

《战国策·齐策二》记秦攻赵长平,齐、楚救之。赵无以食,请粟于齐,而齐不听。苏秦游说齐王曰:

> 夫救赵,高义也;却秦兵,显名也。义救亡赵,威却强秦兵,不务为此,而务爱粟,则为国计者过矣。

两相比较,可见吐辞命意均极相似。

其二,《列传》记子贡使越说越王:

子贡曰:"……且夫无报人之志而令人疑之,拙也;有报人之意,使人知之,殆也;事未发而先闻,危也。三者举事之大患。"

与此类似的说辞,也见于《战国策·燕策一·苏秦死其弟苏代欲继之》所载苏代北见燕王哙的游说之辞:

夫无谋人之心,而令人疑之,殆;有谋人之心,而令人知之,拙;谋未发而闻于外,则危。

可见战国纵横家拾取了春秋"辩士"子贡的牙慧。

其三,《列传》又记子贡曰:

吴王为人猛暴,群臣不堪;国家敝以数战,士卒弗忍;百姓怨上,大臣内变……今王诚发士卒佐之以徼其志,重宝以说其心,卑辞以尊其礼,其伐齐必也。

《战国策·燕策一·苏秦死其弟苏代欲继之》载苏代之说曰:

今夫齐王,长主也,而自用也。南攻楚五年,穑(蓄)积散。西困秦三年,民憔悴,士罢弊……其民力竭也……数战则民劳,久师则兵弊……夫骄主必不好计,而亡国之臣贪于财。王诚能毋爱宠子、母弟以为质,宝珠玉帛以事其左右……则齐可亡已。

不难看出,纵横家苏代对燕王哙的游说,用计遣词都与子贡之说越王勾践颇相类似。上述事例充分说明,春秋"辩士"子贡实开纵横家的先河。他的行事和言辞,为纵横家所崇奉、师法,演其余绪而发扬光大,在战国时代焕发出特异的光彩。

值得一提的是，汉人对此似乎早有较为明确的认识。刘向《说苑·善说》篇便将子贡与鬼谷子、主父偃相提并论，特引述其说云：

子贡曰："出言陈辞，身之得失，国之安危也。《诗》云：'辞之绎矣，民之莫矣。'夫辞者，人之所以自通也。"

鬼谷子、主父偃都是汉人公认的著名纵横家，特将子贡置于其间，引其"出言陈辞"之论，足证在汉人的心目中，他们同属一流。

此外，扬雄《法言·渊骞》篇尚有如下记述：

曰："孔子读而仪、秦行，何如也？"

曰："甚矣！凤鸣而鸷翰也。"

"然则子贡不为欤？"

曰："乱而不解，子贡耻诸。说而不富贵，仪、秦耻诸。"

在这一段问答中，虽然作者是以大儒的身份褒子贡而贬仪、秦，但从问语中不难看出，当时赞赏纵横家者亦不乏其人，而在这些人心目中，子贡无疑是"孔子读而仪、秦行"的典型代表。这就意味着，汉人早就把子贡看作纵横家的先行者了。

综上所述，我们有理由认为，子贡作为"纵横家之祖"，是当之无愧的。

三、来于各家，自成一流

虽然早在春秋之时，子贡已开"纵横"之端，但"纵横家"作为一个学术流派，则是兴起于战国之世。"纵横"在战国汇为学派之一流，其由来多源，非止一端。清代史学家章学诚在《文史通义·诗教上》中指出：

九流之学，承官曲于六典，虽或原于《书》《易》《春秋》，其质多本于礼教，为其体之有所该也。及其出而用世，必兼纵横，所以文其质也。古之文质合于一，至战国而各具之质。当其用也，必兼纵横之辞以文之,周衰文弊之效也。故曰:战国者,纵横之世也。

章氏主要从"诸家本于六艺"的观点出发,论述"九流之学","其质多本于礼教",而其文则"多出于诗教"。因为诸子争鸣,都要"文其言以达旨",所以"必兼纵横之辞以文之"。虽然章氏着重讲的是"战国之文"和"纵横之辞",但他明确指出诸子"出而用世,必兼纵横"的特点,无异于指明了"纵横"出于各家这一事实。郭预衡先生在《儒家流为纵横说》中更明确指出:"战国之初,有儒家之纵横,有墨家之纵横,换言之,亦即纵横家有出于儒者,有出于墨者,流别昭然,显而易见。考纵横家之源流,不可不知也。"①

除了时代因素和社会历史背景等原因而外,纵横家之兴当然也和学术自身的发展、演变、分化及重新组合密切相关。《韩非子·显学》说:

世之显学,儒、墨也。儒之所至,孔丘也。墨之所至,墨翟也……孔、墨之后,儒分为八,墨离为三,取舍相反不同。

在这样的演变过程中,儒、墨阵营中的一些人,受时代精神的感召,"出而用世",流为"纵横",便是自然而然的了。

号称"显学"的儒、墨两家如此,其他各家也不例外。即使是当时儒、墨、法、兵各家代表人物,如孟轲、荀卿、墨翟、韩非、吴起之流,都无不兼有鲜明的"纵横"色彩,也无不讲究游说之术。如孟轲,虽然他攻击"处士横议",斥责"为机变之巧者,无所用耻焉",还曾讥讽当时名震天下的纵横家公孙衍、张仪为"妾妇之道",但他自己也以"知言"自许,并且以"好辩"著名。不仅如此,他还身体力行,"后车数十乘,从者数百人,以传食于诸侯"(《孟子·滕文公下》),积极从事游说活动,只是被当时各诸侯国的统治者认为不合时宜,因而不受信用罢了。《战国策·燕策一》中甚至记有孟子劝齐伐燕的游说,讲的是"今伐燕,此文、武之时,不可失也",与纵横家言几无二致。尽管后世儒者认为这有损"亚圣"的形象,一口咬定"圣贤决无是事"(见鲍彪注语);但参以《孟子·公孙丑下》所记,透过孟子的

① 载北京《经世日报·读书周刊》,1947年7月30日、8月6日。

诡辩，可见其“劝齐伐燕”是否认不了的事实。《战国策》之所记，反倒是可信的。孟子尚且有“纵横”习气，所谓“八儒”之徒，当战国纵横之世而不流于“纵横”者，恐怕不多。

再如孟子之后的大儒荀卿，本身虽无纵横之行，但其作《荀子·非相》中却有“谈说之术”的论析，精要而透辟，可为“纵横之法”，堪称“游说之经”。难怪《说苑·善说》开章明义即录引其论，并将他与鬼谷子、子贡、苏秦和汉代纵横大家主父偃、蒯通等相提并论，足见其“纵横”色彩之浓。

又如韩非子，身为著名的法家集大成人物，曾著《五蠹》痛斥“从衡之党”，并将“言谈者”列为“五蠹”之一，建议“人主”除之，但他也深受“纵横”之气的熏染，对游说之术非常重视。《韩非子》中有《说难》、《说林》及《内储说》、《外储说》等篇章，实际上都不外乎是游说之术的研习和说资的准备。

至于兵家代表人物吴起，据《战国策》中所记，其言行带有鲜明的“纵横”特征。纵横家与兵家在用计施谋、诡诈机变方面原本就有不少共通之处，出现在《战国策》作者笔下的兵家代表人物，显得更富于“纵横”气，是不足为怪的。

此外，从《鬼谷子》一书所载纵横之术看来，其中分明杂有一些道家学说，可见纵横家与道家也不无瓜葛。

总之，当时各家的头面人物，为了“出而用世”，都不能不习“纵横”，无怪乎“纵横”为一时之盛。在这种情势下，一批专门致力于奔走游说、出谋划策的辩士、策士从各家中脱颖而出，异军突起，独树一帜，自成一流，于是就出现了所谓“纵横家”。

四、“三晋多权变之士”

论纵横家之兴，还有一个重要的因素不容忽视，那就是区域文化现象。先秦诸子学派的产生，显示出一定的地域特征，十分引人注目。如邹、鲁乃儒、墨之邦，南方为道家之乡，燕、齐出阴阳家者流，纵横家则多出自三晋。司马迁以史家的敏锐眼光，对此早有认识。他在《史记·张仪列传》的论赞中特别指出：

> 三晋多权变之士。夫言从衡强秦者，大抵皆三晋之人也。

事实也正如此。以当时著名的纵横家而论,张仪为“魏人”,犀首(公孙衍)为“魏之阴晋人”,范雎为“魏人”,姚贾为“梁(魏)监门子”,“游说之士”虞卿为“赵上卿”,楼缓为“赵人”。苏秦兄弟为东周洛阳人,而战国时的东周是公元前367年在赵、韩武力支持下,从小国西周分裂而出的另一小国,若论地理位置,正居于韩、赵、魏之间。所以从区域文化角度着眼,苏秦兄弟也应被看作“三晋”之士。

特别值得一提的是,“纵横家之祖”子贡乃是春秋时“卫人”,而卫国于公元前254年为魏所灭,故就地域而言,仍属“三晋”范围。这就意味着,“三晋”堪称纵横家的“祖籍”。

“权变之士”即“纵横家”多出于三晋之地,说明纵横家之兴与地域条件多少有些关系。所谓地域条件,并非单指山川、地形、气候、物产之类的自然条件,更包括历史形成的人文环境的诸多因素,如该地区特定的历史沿革、民族关系、人口迁徙、教育状况、风俗民情、方音方言等等。由于自然条件和人文因素的差异,区域文化呈现出质态各异的特征。战国时代“三晋多权变之士”的社会现象,无疑反映了三晋文化特征的一个层面。

我国古代识见卓越的史学家和文论家如司马迁、班固、刘勰等,早已对区域文化各具特点有所认识和论述。如班固在《汉书·地理志》中就曾指出:

> 凡民函五常(按:指仁、义、礼、智、信)之性,而其刚柔缓急,音声不同,系水土之风气,故谓之风;好恶取舍,动静亡常,随君上之情欲,故谓之俗。

本着这一认识,他在《地理志》中不仅概述各地区的分野、辖境、山川、道路、物产、户口,而且特别重视人文因素,着重“条其风俗”。如对三晋之地,便有如下一些论述:

> (晋)文公后十六世为韩、魏、赵所灭,三家皆自立为诸侯,是为三晋……

> 周地……今之河南洛阳、谷成、平阴、偃师、巩、缑氏,是其分也……周人之失,巧伪趋利,贵财贱义,富高下贫,憙为商贾,不好仕宦……

(韩)其俗夸奢,上气力,好商贾渔猎,藏匿难制御也……

赵、中山地薄人众,犹有沙丘纣淫乱余民。丈夫相聚游戏,悲歌忼慨,起则椎剽掘冢,作奸巧,多弄物,为倡优……

太原、上党又多晋公族子孙,以诈力相倾,矜夸功名……

以上关于风俗民情的简要概述,正是从区域文化的角度,鲜明地揭示了三晋之地人文因素的某些突出特点。了解这些因素,对于惯弄诡诈计谋、善于机巧权变之士何以多出自三晋之地这一独特的社会现象,也就更容易理解了。

近代学者刘师培从区域文化的角度,论述我国古代南北文风之不同,对于纵横家之兴这一问题,也有所涉及。他在《南北文学不同论》中指出:

春秋以降,诸子并兴……故河北、关西,无复纵横之士。韩、魏、陈、宋,地界南北之间,故苏、张之横放(原注:苏秦为东周人,张仪为魏人),韩非之宕跌(原注:非为韩人),起于其间。

又说:

纵横之文,亦起于南(原注:陈轸、黄歇之流是也),故士生其间,喜腾口说,甚至操两可之说,设无穷之词,以诡辩相高。

刘氏重在论文,却也指出了"纵横"之兴的区域文化特征,堪称有识之见。

毫无疑问,纵横家作为"九流十家"之一,勃然兴起于战国之世,有其复杂而深刻的原因,区域文化因素只是其中之一,并且纵横之士也非完全出自某一特定地域。指出这一特点,对于我们深入研讨纵横家的方方面面,无疑是有所裨益的。

原载《文献》1997年第1期

论纵横家的辩证法思想

继承前辈思想家朴素辩证法思想的精华，并在游说实践中加以运用，这是战国时代的纵横家在思想上的一个突出特点。

我国古代的思想家，从复杂的自然现象和社会现象中受到启迪，很早就产生了朴素可贵的辩证法思想。《周易·系辞下》说：

> 古者包牺（亦作“伏羲”）氏之王天下也，仰则观象于天，俯则观法于地，观鸟兽之义与地之宜，近取诸身，远取诸物，于是始作八卦，以通神明之德，以类万物之情。

所谓伏羲作八卦之说，出自传闻，难以确考，但可以肯定，八卦作于远古时代，乃是远古人民智慧的结晶。构成八卦的基础是阴（--）阳（—）两个基本范畴。在《周易》作者看来，无论自然界还是人类社会，一切现象都有正、反两方面，于是抽象出阴、阳的概念，分别代表通贯于一切事物的两个对立面。具体说来，“阳”代表刚强、进取、积极等富于阳性的特征和具有这些特征的事物；“阴”则与“阳”正相反，它代表柔弱、退守、消极等富于阴性的特征和具有这些特征的事物。《周易·系辞上》说“一阴一阳之谓道”，即认为阴、阳两方面的矛盾对立和互相消长、转化，支配着宇宙间的一切事物，推动其发展变化，世界就是在阴、阳这两种对抗性的势力的运动推移之下生成和发展的。这是我国古代思想家对客观世界的认识和概括，是一种朴素的唯物主义自然观，其中含有可贵的辩证法思想。

春秋末期的老子继承和发展了朴素的辩证法思想。当时由于所有制的变革，社会发生动荡，国家及统治阶级的根基动摇，失去了稳固的保证，以致“社稷无常奉，君臣无常位”（《左传·昭公三十二年》）。社会巨变，人事沧桑，客观世界的变化和发展，促进了人类对世界认识的深化。身为“周守藏室之史”的老子，对当时社会和人事的变革感受尤深，发出了“飘风不终朝，骤雨不终日”，“天地尚不能久，而况于人乎？”（《老子》第二十三章）的感叹。老子清醒地认识到，事物的存在都是对立的统一，对立的双方互相依存，失去了对立的一方，另一方也就不存在了。《老子》第二章指出：

> 天下皆知美之为美，斯恶已；皆知善之为善，斯不善已。故有无相生，难易相成，长短相形，高下相倾，音声相和，前后相随。

不仅美丑、善恶、有无、难易、长短、高下、前后如此，其他诸如刚柔、强弱、祸福、荣辱、智愚、巧拙、生死、胜败、攻守、进退、大小、轻重、吐纳、损益、贵贱、贫富、动静、穷达、真假等等也都是对立的统一，是矛盾双方互为依存的统一体。

老子不仅比较系统地揭示出事物存在的对立统一规律，而且通过对当时自然现象和社会现象的深刻观察，清楚地认识到事物无不向着它的对立面转化这一基本规律。他指出，“祸兮，福之所倚；福兮，祸之所伏”，“正复为奇，善复为妖”（《老子》第五十八章）；认为“反者，道之动”（《老子》第四十章）。也就是说事物向相反的方面转化、运动，乃是合乎“道”的。然而必须指出的是，老子脱离了条件而讲对立面的转化，显得抽象和绝对；忽略了条件在转化中的重要作用，缺乏斗争、进取的精神，使他的辩证法最终没有摆脱循环论的影响；他过分强调矛盾对立面的统一性，而忽视其斗争性，含有走向形而上学相对主义的可能性。这些消极因素，无疑有碍于他的朴素辩证法的正常发展。不过，尽管如此，老子毕竟认识到社会历史与现实生活中对立统一的辩证规律,发现了事物无不向其对立面转化的基本原则,比较系统地揭示了事物之间的辩证关系。这不仅是老子学说的精髓,而且是继承了《周易》和春秋以前丰富的辩证法思想的传统,创造性地加以发展而取得的可贵成就。

正因为有前辈思想家引路,战国纵横家才有可能走得更远一些。

一个非常引人注目的现象是,几乎可看作纵横家标志的一些特定概念,如“纵横”“长短”“捭阖”“反覆”等,都是对立的统一;这样的命名,本身就是辩证法思想的体现。纵横家书《鬼谷子》便以《捭阖》为开宗明义第一篇,并说:

> 捭阖者,天地之道。捭阖者,以变动阴阳,四时开闭,以化万物;纵横反出,反覆反忤,必由此矣。

南朝齐梁之际的思想家陶弘景注曰:

> 阴阳变动,四时开闭,皆捭阖之道也。纵横,谓废起也。万物或开以起之,或阖而废之。

> 捭阖之道,或反之令出于彼,或反之覆来于此,或反之于彼,忤之于此,皆从捭阖而生,故曰必由此也。

可见所谓“捭阖”,本义虽为“开闭”,但其内涵甚广,几乎可以看作“阴阳”的代称,所以《鬼谷子·捭阖》指出:

> 捭之者,开也,言也,阳也;阖之者,闭也,默也,阴也。阴阳其和,终始其义。

这就是说,纵横家所奉行的“捭阖”之道即“阴阳”之道。为了联系实际,具体说明这一问题,作者接着分而论之:

> 故言长生、安乐、富贵、尊荣、显名、爱好、财利、得意、喜欲为“阳”，曰“始”。故言死亡、忧患、贫贱、苦辱、弃损、亡利、失意、有害、刑戮、诛罚为“阴”，曰“终”。

对照观之，可见上下两组几乎成正反相对的关系。矛盾的双方，分属“阴”“阳”，合为对立的统一体。这显然是“阴阳”观念在现实生活中的具体发挥。

不仅如此，作者同时还指出，对立面各自向其相反的方向运动、转化：

> 阳动而行，阴止而藏；阳动而出，阴随而入；阳还终始，阴极反阳。

必须加以说明的是，这里所讲的“阴阳之道”，旨在阐明所谓“可以说人，可以说家，可以说国，可以说天下”（《鬼谷子·捭阖》）的“说人之法”，乃是对游说之术所做的理论探讨。然而作者所提出的上述见解，显然是对自然和人类社会本身所固有的辩证运动规律的深刻认识，是对客观世界到处盛行的对立中的运动的能动反映。它虽然是朴素的、直观的，只是揭示了整个世界的尚不完备的一般性质，但它属于辩证的思维，分明有辩证法思想的闪光。

《鬼谷子》中所阐述的辩证法思想，在战国纵横家游说实践中，不难找到大量可资印证的用例。《战国策·赵策二》记苏秦从燕之赵，以“合从”说赵王，其中讲道：

> 请屏（排除）左右，曰言所以异，阴阳而已矣。

《史记·苏秦列传》记此则说：

> 请别（辨别）白黑所以异，阴阳而已矣。

可见“阴阳”之说，乃是指导纵横家游说的理论基础。基于对事物之间辩证关系的认识，纵横家高度赞扬懂得对立统一原则和辩证运动规律并用之于治国实践的国君。所以苏秦对秦王说：

> 故(吴师道补注:此下当有缺字,以下文推之可见)微之为著者强,察乎息民之为用者伯(通“霸”),明乎轻之为重者王。(《战国策·赵策二》)

“微(隐蔽)”与“著(显明)”,“息”与“用”,“轻”与“重”,都是对立的统一,对立面可向着其相反的方面转化。在纵横家看来,明白这一点,乃是强国、称霸、为王的必备条件。

纵横家以辩证法作为游说的思想武器,运用自如,所向披靡,《战国策》中不乏其例。如号称“天下骏雄弘辩之士”的“燕客蔡泽”,西入秦国,游说秦相应侯范雎,劝其趁功成之时,抽身引退,以免“祸终”。他首先就讲“四时之序,成功者去”,以自然界四时(春、夏、秋、冬)依次交替的规律,说明“成功者去”的道理。进而又说:

> 语曰:“日中则移,月满则亏。”物盛则衰,天之常数也;进退、盈缩、变化,圣人之常道也。(《战国策·秦策三》)

所谓“天之常数”,即指自然规律;所谓“圣人之常道”,即指人类社会遵循的永恒法则。自然界的规律是盛极而衰,人世间的永恒法则与之相类,也是进极则退,盈极则缩,矛盾的一方朝着另一方转化。蔡泽之论,只是直观地揭示了自然界和人类社会的辩证运动规律,其所讲的“变化”,也是无条件的,未脱循环论的窠臼。但其论说闪耀着朴素辩证法思想的光彩,具有非比一般的说服力。难怪范雎闻之,大为叹服,于是“因谢病,请归相印”(《战国策·秦策三》)。

又如“游学博闻,襄王以为辩”的楚人黄歇(即春申君),使秦说昭王曰:“臣闻之:物至而反,冬夏是也;致至而危,累棋是也。”(《战国策·秦策四》)以时令的变化和累棋的形象,喻说“物极必反”的道理,用语不同于蔡泽之说,辩证的思维实无二致。

《战国策·楚策四》记一位不知名的策士游说楚王,其说辞通篇贯穿着辩证法思想。篇中有曰:

夫因诎(通“屈”)为信(通“伸”),奋患有成(鲍彪注:奋于患难,以能有成),勇者义之,摄祸为福,裁少为多,知(同“智”)者官之(吴师道补注:官之,谓主其事也)。夫报报之反(鲍彪注:言屈伸祸福,相反不一),墨墨(同“默默”)之化,唯大君能之。祸与福相贯(鲍彪注:贯,犹“通”),生与亡为邻,不偏(鲍彪注:偏,犹“专”也)于死,不偏于生,不足以载大名。无所寇艾,不足以横世(吴师道补注:寇,犹贼害。艾即刈。不遭贼害而惩创,则不足以横行于世)。

这一段说辞,堪称熟练运用辩证法思想的出色范例。其中特别值得一提的是“因诎为信”“摄祸为福”之说,最能体现纵横家辩证法思想的价值。类似的说法屡见于《战国策》所记策士说辞,如《燕策一》记苏秦为燕说齐王道:

圣人之制事也,转祸而为福,因败而为功。故桓公负妇人而名益尊,韩献开罪而交愈固。此皆转祸而为福,因败而为功者也。王能听臣,莫如归燕之十城,卑辞以谢秦。……是王以虚辞附秦,而以十城取天下也。此霸王之业矣。所谓转祸为福,因败成功者。

“转祸而为福,因败而为功”,可谓“一篇之中,三致志焉”。不仅如此,《燕策一》又记“齐伐宋,宋急。苏代乃遗燕昭王书”,书中也说:

臣闻知(同“智”)者之举事也,转祸而为福,因败而成功者也。齐人紫败素也,而贾(同“价”)十倍。越王勾践栖于会稽,而后残吴霸天下。此皆转祸而为福,因败而为功者也。今王若欲转祸而为福,因败而为功乎?[①]

所谓“转祸而为福,因败而为功”,又是“一篇之中,三致志焉”,足见纵横家服膺于此,奉之为“金科玉律”。难怪《鬼谷子》一书的最后一篇《中经》之术,亦即该书结尾说:“圣人所贵道微妙者,诚以其可以转危为安,救亡使存也。”而西汉末

① 马王堆汉墓帛书《战国纵横家书》中《谓燕王章》亦有此段文字,大同小异,其中“因祸而为福,转败而为功”之语凡三见。

刘向在《校战国策书录》中称赞纵横家“皆高才秀士”，说他们“出奇策异智，转危为安，运亡为存，亦可喜，皆可观”，所特别强调的也是这一点。所谓“转危为安，运亡为存”，不就是“转祸而为福，因败而成功”的“换言之”吗？

“转祸而为福，因败而成功”在战国纵横家的说辞中频频出现，具有非同寻常的思想意义，切不可等闲视之。以老子为代表的古代思想家，认识到事物的存在都是对立的统一，揭示了矛盾的双方无不向着对立面互相转化这一基本规律，但其所讲转化是无条件的。所谓“祸兮，福之所倚；福兮，祸之所伏”，完全忽略了条件在对立面转化中的重要作用。纵横家的辩证法思想则在此基础上前进了一步。纵横家们清醒地认识到，矛盾着的双方向其对立面的转化不是无条件的，而是必须有所凭借。在他们看来，祸与福，败与功，危与安，亡与存，都是对立的统一，前者向后者的转化，并非自然而然的结果，乃是“转”或“因”使之然。《战国策·赵策三》记一位姓名不可考的策士游说张相国，对此有比较形象而深刻的说明。他说：

> 夫胶漆，至黏也，而不能合远；鸿毛，至轻也，而不能自举。夫飘于清风，则横行四海。故事有简而功成者，因也。

“因”即凭借、依靠，这里指凭靠一定的条件。胶漆有极强的黏性，但不能黏合远物，因为要受到空间距离这一条件的限制；换言之，胶漆的“至黏”也是有前提条件的。同理，鸿毛虽是“至轻”之物，但它自身飞不起来；凭靠清风托举这一条件，就能飘飞四海。如此类比推理，于是得出凡事要获得成功都必须依凭一定条件这一结论。

那么，纵横家“转祸为福，因败成功”所依凭的条件是什么呢？考其所论，可知不是什么客观的因素，而是他们运用于一心的所谓“奇策异智”，这无疑带有浓厚的主观唯心主义的色彩。即便如此，纵横家毕竟认识到，矛盾着的对立面的转化，是有一定条件的。这样的辩证法思想比先前脱离了条件讲对立面的转化，显然进了一步。其可贵之处，也正在于此。

原载《川北教育学院学报》1999年第1期

论纵横家的衰落

纵横家兴于战国,至战国中晚期而盛极一时。随着秦始皇并吞六国,统一天下,结束了战国纷争的局面,纵横的政治态势成为历史,于是纵横家及其学术由盛而衰,开始走上了下坡路。这仿佛印证了《战国策·秦策三》所记"天下骏雄弘辩之士"蔡泽游说秦相范雎的话:

> 语曰:"日中则移,月满则亏。"物盛则衰,天之常数也;进退、盈缩、变化,圣人之常道也。

蔡泽之说,由自然界的变化讲到人世间的变化,指出了"物盛则衰"的规律,含有辩证法的认识,但他脱离了条件讲变化,忽略了"物盛则衰"是以"内因"为根据,"外因"为条件的,所以仅止于"物盛则衰"的认识,显然是有局限性的。纵横家极盛于战国之时,继兴于秦汉之际,至汉初而式微,至汉武帝时衰落,其历史轨迹昭然可见。纵横家由盛而衰自有其内在和外在的诸多因素,决不是简单地用"物盛则衰"就能说明的。寻绎纵横家衰落的历史轨迹,探讨其由盛而衰的内外因素,当可从中得到有益的启示。

一、纵横家由盛而衰的历史轨迹

战国时期，纵横家顺时而兴，应时而盛。刘向《校战国策书录》指出：

> 仲尼既没之后，田氏取齐，六卿分晋，道德大废，上下失序。……晚世益甚，万乘之国七，千乘之国五，敌侔争权，尽为战国。贪饕无耻，竞进无厌；国异政教，各自制断；上无天子，下无方伯；力攻争强，胜者为右；兵革不休，诈伪并起。当此之时，虽有道德，不得施设；有谋之强，负阻而恃固；连与交质，重约结誓，以守其国。故孟子、孙卿儒术之士，弃捐于世，而游说权谋之徒，见贵于俗。是以苏秦、张仪、公孙衍、陈轸、代、厉之属，生从横短长之说，左右倾侧。苏秦为从，张仪为横；横则秦帝，从则楚王；所在国重，所去国轻。

由此可见，“纵横”在当时风靡天下，以至于“世人多不言国法而言从横”（《韩非子·忠孝》），蔚然成为一时习尚。纵横家贵极富溢，如日中天；游说诸侯，叱咤风云。他们的言行事迹，被世人奉为楷模，师法者趋之若鹜。“游说权谋之徒，见贵于俗”，儒术之士则到处碰壁。“纵横”风行于世，深入人心，真可谓极一时之盛。所以说，战国是纵横家的兴盛期。

秦始皇统一天下，纵横家随着战国时代的结束而退出历史舞台，虽一时消歇，却并未消亡，只不过“深隐而待时”罢了。秦至二世而亡，继而楚、汉相争，战乱再起。如此乱世，正是纵横所待之“时”，于是以蒯通、陆贾、郦食其为代表的纵横家，活跃于秦汉之际的政治舞台，驰说骋谋，大显身手，虽不及战国纵横家张仪、苏秦、陈轸、公孙衍等的声威显赫，却也风光一时，影响不小。这充分说明，“纵横”继兴于秦汉之际。在这一时期活跃的纵横之士中，最为出色者是蒯通。

蒯通本名彻，避汉武帝刘彻讳，追改为通，范阳（今河北定兴北固城镇）人。他精通纵横之术，长于游说权谋。史载其初说范阳令徐公降武臣，后又说韩信袭齐，劝韩信背汉自立。韩信不听，后以谋反之罪被诛，临死叹曰：“悔不用蒯通之言，死于女子之手！”汉高祖刘邦乃捕蒯通欲烹之，蒯通竟以善说得免。后为丞相曹参上客，曾说曹相国礼待“齐之俊士”东郭先生、梁石君。蒯通不仅以善说著称于当时，而且从事著述。据《汉书·蒯通传》所记："通论战国时说士权变，亦自序其说，凡八十一首，号曰《隽永》。"颜师古注说："隽，肥肉也。永，长也。言其所论甘美，而义深长也。"可见他对己之所论是颇为自负的。《汉书·艺文志》著录"《蒯子》五篇"，列入"纵横家"。可惜其书佚亡已久，清代马国翰《玉函山房辑佚》"子编纵横家类"有辑本一卷，辑其《说徐公》《说韩信》《说曹相国》三篇，均录自《汉书》本传所载。

除蒯通之外，秦汉之际活跃的游说权谋之士还有陆贾和郦食其。陆贾为楚人，辅佐刘邦定天下，时以善辩著称。《汉书》本传载其两使南越，游说赵佗服汉称臣。《说苑·奉使》说："陆贾从高祖定天下，名为有口辩士，居左右，常使诸侯。"郦食其为陈留高阳乡（今河南杞县）人，好读书，家贫落魄，无衣食业，为里监门，有"狂生"之称。《史记》本传记其当刘邦初起时，于高阳传舍见刘邦，"郦生因言六国从横时"，深得刘邦欢心。于是献计克陈留，被封为"广野君"。他跟随刘邦，常为说客，驰使诸侯。楚汉战争中，他献计刘邦，奉命游说齐王田广归汉，"伏轼下齐七十余城"。岂料蒯通游说韩信道："郦生一士，伏轼掉三寸之舌，下齐七十余城，将军将数万众，岁余乃下赵五十余城。为将数岁，反不如一竖儒之功乎？"（《史记·淮阴侯列传》）韩信听从其说，乘机袭攻齐国，齐王以为受了郦生的欺骗，于是将他烹死。

秦汉之际蒯通等人的游说活动，实为战国纵横家的余波流衍。他们的言论、行动和事迹，都与张仪、苏秦、陈轸、公孙衍等战国纵横家有几分相似。然而星移斗转，时易事异，"纵横"虽然继而盛行一时，却已如强弩之末，声威大减。清代诗人张问陶想必也有感于此，他在《船山诗草》卷十一《蒯通墓》中感叹道：

> 嗟乎！蒯生阴谋诚果断，如河辩口尤精悍。但逞参分画策奇，不知天意终归汉。真龙欲兴天下动，纵横旧说徒喧哄。叹尔苏张一辈人，秦亡以后全无用！

应该说，秦汉之际是纵横家的继兴期。

汉兴，天下复归一统。刘邦初即帝位，鄙薄学术文化。《汉书·陆贾传》载陆贾曾时时向他称说《诗》《书》，他竟骂之曰："乃公居马上得之，安事《诗》《书》！"

陆贾答道:“马上得之,宁可以马上治乎?”并指出:“文武并用,长久之术也。”为了长治久安,永保刘氏之天下,不能不重视历史的经验教训。基于维护政权的考虑,刘邦才指示陆贾:“试为我著秦所以失天下,吾所以得之者,及古成败之国。”陆贾于是著《新语》十二篇。《汉书·艺文志》著录“《陆贾》二十三篇”,列入“儒家”,今其书残存。汉朝新建之时,天下初定,百废待兴,统治者无暇顾及学术文化,故各种学术都有其相对的生存和发展空间。但因它们在适应现实政治的需要方面各有特点,有的受到统治者重视,有的则被冷落,所以发展的趋势大不相同。如主张“无为而治”的道家思想,在提倡“休养生息”的汉代初期就特别受到尊崇。司马迁在《史记·太史公自序》中引述其父司马谈《论六家要指》,其所论六家为阴阳、儒、墨、名、法、道德,其中特别崇奉的便是道家。司马谈说:

道家使人精神专一,动合无形,赡足万物。其为术也,因阴阳之大顺,采儒、墨之善,撮名、法之要,与时迁移,应物变化,立俗施事,无所不宜。指约而易操,事少而功多。

真可谓对道家推崇备至。联系到汉初统治者“好黄老之言”的情况来认识,对此也就不奇怪了。

值得注意的是,司马谈所论“六家”中,不包含纵横家,可见纵横家在汉初已微不足道。虽然如此,纵横家却也并未销声匿迹,汉初习纵横术者亦不乏其人。《史记·主父偃传》说主父偃“学长短纵横之术”;《史记·张汤传》说:“边通,学长短。”另据《汉书·艺文志》诸子略纵横家类所著录,有《邹阳》七篇,《主父偃》二十八篇,《徐乐》一篇,《庄安》一篇,《待诏金马聊苍》三篇。这些著作,都已亡佚,但可见纵横家在当时也是不甘寂寞的。其中值得一提的是邹阳。《史记》以邹阳与鲁仲连合传。邹阳为齐(今山东东部)人,有智谋才略,以文辩著名。初为吴王刘濞侍从,吴王意欲造反,邹阳上书谏阻不听,于是离吴去梁,投奔景帝少弟梁孝王刘武。孝王欲求立为汉嗣,遭权要爰盎反对,乃与羊胜、公孙诡密谋派人刺杀爰盎。邹阳以为不可,极力劝阻。羊胜等乘机进谗,使孝王怒而将邹阳下狱。邹阳从狱中上书表白自己,孝王阅后立刻将他从狱中放出,并待为上客。后刺杀爰盎之事败露,孝王恐诛,经邹阳出谋效力,多方奔走游说,使之得到解救。邹阳之文，今存者有《上书吴王》及《狱中上梁王书》。其文慷慨激昂，雄辩犀利，颇有战国纵横辞说之气，显示了纵横家特有的风采。特别是在《狱中上梁王书》中，邹阳痛切陈述历史的经验教训，反复申说，表明自己是忠而见疑，贤而受谤，其主旨无非含冤申辩。虽然辞气绝似战国纵横家言，但已没有战国纵横家那样的豪气和锐气，就是与秦汉之际的纵横家相比较，也显得衰飒卑微，不可同日而语。无论从政治地位、自身能量、政治作用或社会影响等方面看，“纵横”在汉初都已大为失势，滑向了它的式微期。

纵横家的完全衰落是在汉武帝罢黜百家、独尊儒术之后。

汉武帝建元元年（前140），董仲舒上“天人三策”，极力宣扬“大一统”的思想，指出：

> 《春秋》大一统者，天地之常经，古今之通谊也。今师异道，人异论，百家殊方，指意不同，是以上亡以持一统；法制数变，下不知所守。臣愚以为诸不在六艺之科孔子之术者，皆绝其道，勿使并进。邪辟之说灭息，然后统纪可一而法度可明，民知所从矣。（《汉书·董仲舒传》）

同时丞相卫绾也奏言：

> 所举贤良，或治申、商、韩非、苏秦、张仪之言，乱国政，请皆罢。（《汉书·武帝纪》）

汉武帝听从二人奏议，于是“卓然罢黜百家，表章六经”（《汉书·武帝纪赞》）。从此儒学定为一尊，诸子百家皆受贬黜，以苏秦、张仪为代表的纵横家更是遭到了灭顶之灾。

“罢黜百家”的汉武帝似乎对纵横家特别厌恶。据《汉书·严助传》所载，严助任会稽太守，汉武帝数年不闻其消息，特赐书曰：

> 制诏会稽太守：……间者，阔焉久不闻问，具以《春秋》对，毋以苏秦从横。

由此可见,“苏秦从横”在汉武帝心目中乃是最不可容忍的“邪辟之说”,当然要遭到被禁止的厄运了。

生当武帝时代的东方朔,对此深有感慨。据《汉书·东方朔传》所记,东方朔字曼倩,平原厌次(今山东惠民)人。武帝初即位,征天下举方正贤良文学材力之士,破格擢用。他上书自荐,以“飞箝”之辞,自我吹嘘,武帝以为大奇。先令待诏公车,俸禄微薄;后以滑稽得幸,常侍武帝左右,为“帮闲”文人,类同“俳优”。他在著名的《答客难》一文中,以主客问答的形式,虚设问难而加辩解,婉曲地揭露了统治者对人才的随意抑扬,吐露了生不逢时、怀才不遇的牢骚和不平。文章一开头便借客发问,称“苏秦、张仪壹当万乘之主,而身都卿相之位,泽及后世”;可是同样“博闻辩智”的东方朔,处于当今之世,却“官不过侍郎,位不过执戟”,这是为什么呢?东方朔借《答客难》对此大发感叹道:

> 是故非子之所能备。彼一时也,此一时也,岂可同哉?夫苏秦、张仪之时,周室大坏,诸侯不朝,力政争权,相擒以兵。并为十二国,未有雌雄;得士者强,失士者亡,故说得行焉。……今则不然。圣帝德流,天下震慑,诸侯宾服,连四海之外以为带,安于覆盂。天下平均,合为一家,动发举事,犹运之掌。贤与不肖,何以异哉?……使苏秦、张仪与仆并生于今之世,曾不得掌故,安敢望侍郎乎?传曰:“天下无害,虽有圣人,无所施才;上下和同,虽有贤者,无所立功。”故曰:时异事异。

好一个“时异事异”!极盛于战国乱世的纵横家及其学术,到了天下大一统而独尊儒学的汉武帝时期,好似走上了穷途末路。从东方朔的牢骚之辞中不难看出,当历史进入汉武帝专政的“此一时”,“纵横”就不可避免地完全衰落了。

二、纵横家衰落的原因试探

战国之时,“纵横”虽无“显学”之名,却有“显学”之实;特别是在战国中、后期,纵横家气势之盛、影响之大,非但不逊儒家、墨家,甚或犹有过之。然而秦、

汉以后,“纵横”衰微,从此一蹶不振,未能再现辉煌,其原因何在呢?对此试做探究,窃以为主要有以下因素:

其一,乱世之学,治世禁行。

“纵横”为乱世之学,当国家处于分裂的局面,天下大乱、群雄并争之时,便是“纵横”盛行的大好时机。“纵横”的产生和发展,都离不开乱世的社会背景。清孙德谦《诸子通考》卷二指出:

> 诸子为乱世学术,使时至衰乱,不取诸子救时之略,先为之扶济倾危,铿铿焉以经说行之,非但不见信从,甚将为人讪笑矣。故当战国时,儒术独绌,孟、荀不得志于世,而从横诸家反能显荣于天下。

孙氏以“诸子”与“儒术”相对而言,称“诸子为乱世学术”,而以“纵横”为其突出代表。这就是说,“纵横”逢乱世而兴,是典型的乱世之学。只需看“纵横短长之术”在战乱的秦汉之际还颇时兴,此后时逢季世之乱,如汉末、隋末也都还有习其术而演其余绪者,便可知“纵横”与乱世确有不可分割的联系。这样看来,孙氏之说体现了“兴废系乎时序”的观点,堪称有识之见。

“纵横”既为乱世之学,一当战乱平定,国家由分裂复归统一,“乱世”变为相对意义上的“治世”,它便失去了生存的土壤,甚至被最高统治者明令禁止。汉武帝罢黜百家,突出地严禁“苏秦纵横”,便是典型之例。何以如此呢?桓宽《盐铁论·论诽》说得明白:

> 夫苏秦、张仪,荧惑诸侯,倾覆万乘,使人主失其所持,非不辩,然乱之道也。君子疾鄙夫之不可与事君,患其听从而无所不至也。

“纵横”既被视为“倾覆万乘”的“乱之道”,当然要遭到最高统治者的禁止了。这样的观点,显然是从维护专制政权的根本利益出发的。在任何一个时代,统治阶级的思想都是占统治地位的思想。其影响自上而下,常可左右舆论,深入人心。久而久之,形成传统意识,代代沿袭,便几乎成了社会的共识,若非具有超群出众的非常识见,便很难对此产生怀疑,更不用说提出异议了。在长期的专制极权社会中,“纵横”被视为异端邪说,原因便在于此。所以秦汉以后,偶有对“纵横”倾心者,都难免遭到非议,以至多载纵横家言的《战国策》一书,也受到牵连,难逃被口诛笔伐的厄运。《三国志·蜀志·秦宓传》记了这么一件事:

李权从宓借《战国策》,宓曰:“战国纵横,用之何为?”权曰:“仲尼、严平,会聚众书,以成《春秋》《指归》之文,故海以合流为大,君子以博识为弘。”宓报曰:“书非史记周图,仲尼不采;道非虚无自然,严平不演。海以受淤,岁一荡清;君子博识,非礼不视。今战国反覆仪、秦之术,杀人自生,亡人自存,经之所疾。……何战国之谲权乎哉!”

史载秦宓为蜀中怪才,极善文辩,颇宗道家之说,并非纯然儒者。李权出于“博识”的需要,向他借阅《战国策》,定知其家藏有此书。而且据其所言,可知他熟读《战国策》,其“文辩”也颇有纵横之气。尽管如此,他在公开场合也要“义正词严”地抨击“战国反覆仪、秦之术”,指其为“经之所疾”,宣称“非礼不视”,极力与“纵横”划清界限。由此可见,“纵横”已几乎沦入“老鼠过街,人人喊打”似的境遇了。

甚至还有因为崇奉“纵横”而丧命者。《世说新语·谗险》记曰:

袁悦有口才,能短长说,亦有精理。始作谢玄参军,颇被礼遇。后丁艰,服除还都,唯赍《战国策》而已。语人曰:“少年时读《论语》《老子》,又看《庄》《易》,此皆是病痛事,当何所益邪?天下要物,正有《战国策》。”既下,说司马孝文王,大见亲待,几乱机轴。俄而见诛。

《晋书·袁悦之传》亦载此事,文字略简,“袁悦之”乃“袁悦”之误。此人生当东晋玄学之风流衍的时代,思想较为通脱,故敢于蔑视传统,吹捧纵横家言的汇编《战国策》。在过去长期的专制极权社会中,对《战国策》一书做如此高的评价者,似乎仅此一人。然而袁悦终被晋孝武帝司马曜“托以他罪”杀害,且被《世说新语》列入“谗险”之目,显然视之为纵横逞说、惑主乱政的危险分子。袁悦死于非命的不幸结局,昭示了汉武帝以来统治阶级对“纵横”的深恶痛绝。

《鬼谷子·捭阖》曾宣称：纵横捭阖之术“可以说人，可以说家，可以说国，可以说天下”。而在后世儒者看来，却恰恰与之相反。北宋曾巩就曾在《战国策目录序》中抨击“纵横”是足以灭国亡身的“世之大祸”，特揭示其弊端，语重心长地警戒为君为士者，对“纵横”之危害不可不悟。明代宋濂在《诸子辩》中发挥曾巩之说，贬斥“纵横”为“小夫蛇鼠之智”，更斩钉截铁地断言：“家用之则家亡，国用之则国偾，天下用之则失天下！”他们的说法虽未免有些危言耸听，但都指明了兴于乱世的“纵横”倘若行于“治世”，将不利于政权稳定这一事实。统治者从维护本阶级的根本利益出发，自然不能容忍“纵横”，所以视之如洪水猛兽，必欲除之而后快。在这样的政治气氛下，“纵横”的消歇与衰落便是不可避免的了。

其二，离经叛道，学者不习。

“纵横”与儒学多有抵牾，故后世儒家的卫道士们排斥“纵横”不遗余力。纵横家言主要保存在《战国策》和《鬼谷子》中，这两部书自然就成了儒家信徒们排击的主要对象。

作为既是战国之史，又是纵横家言的《战国策》，自刘向集录成书以来，便似乎交上了难以流传的厄运。尽管对其文辞之美，历代学者众口交誉；但对它所反映的纵横家思想，却是众说纷纭，毁多于誉。刘向称赞它“皆高才秀士，度时君之所能行，出奇策异智，转危为安，运亡为存。亦可喜，皆可观”（刘向《校战国策书录》）；宋儒曾巩即持异议，他直斥《战国策》为“邪说”，并认为：“君子之禁邪说也，固将明其说于天下，使当世之人，皆知其说之不可从，然后以禁则齐；使后世之人，皆知其说之不可为，然后以戒则明。”因而主张将此书“放而绝之”（曾巩《战国策目录序》）。为了实践这种公“毒草”于天下，使作“反面教材”的主张，曾巩“访之士大夫家”，多方搜求残篇断章，重加整理，这才使当时几乎已散佚殆尽的《战国策》一书“复完”。后又经南宋姚宏、鲍彪分别作注，此书始得以流传至今。

自曾巩所谓“邪说”之调一定，其后对于《战国策》一书的认识和评价，鲜有不同意见。清代的陆陇其发表了颇具代表性和总结性的评论。他说《战国策》一书，“其文章之奇，足以悦人耳目；而其机变之巧，足以坏人心术”。他“惟恐学者陷溺其中而不能出”，煞费苦心地编著了一本《战国策去毒》，要用“孟子之道”，去其“纵横家言”的“大毒”（陆陇其《战国策去毒跋》），堪称曾巩的异代知音。总之，由于《战国策》所反映的纵横家思想与所谓的“圣人之道”格格不入，被认定“欲一简之合乎道，而不可得”（方孝孺《读战国策》），显然有悖于在我国专制极权社会中长期占统治地位的儒家正统思想，因而历来颇受冷遇，“学者不习”（鲍彪《战国策校注序》），几至消亡；甚而被视为异端，并被斥为“畔（叛）经离道之书”（李梦阳《刻战国策序》）。其实，在战国时期，诸子并立，百家争鸣，儒家并未取得“独尊”的地位，本无所谓“正统”与“非正统”，当然也就并不存在什么“畔经离道”的问题。所谓“畔经离道”，不过是后世文人从正统儒家的观点出发，对纵横家及纵横家书所做的贬斥罢了。

至于“纵横之书”《鬼谷子》，由于“大抵其书皆捭阖、钩箝、揣摩之术”（宋濂《诸子辩》），更是遭到贬斥。柳宗元称其“要为无取”“学者宜其不道”（柳宗元《辩鬼谷子》）；王应麟斥之为“五经之弃”（王应麟《〈汉书·艺文志〉考证》）；宋濂也主张“学士大夫宜唾弃不道”（宋濂《诸子辩》）。可见在后世儒者的心目中，大都将纵横家及纵横家书视为异端邪说，因而毫不留情地口诛笔伐，痛加排斥。

毋庸讳言，纵横家与儒家确实大相径庭，纵横学与儒学也扞格不入。《墨子·天志上》曾指出：

> 今天下之士君子之书不可胜载，言语不可尽计。上说诸侯，下说列士。其于仁义，则大相远也。

这正是战国时期诸子争鸣，百家驰说，各崇其善，言殊旨异情况的真实反映，而其中又尤以儒家与纵横家显得水火不容，所以孟子愤怒斥责以张仪、公孙衍为代表的纵横家“以顺为正”，是“妾妇之道”（《孟子·滕文公下》）；荀子更斥之为“态臣”，并称用之则“必死”“必亡”。《荀子·臣道》说：

> 人臣之论：有态臣者，有篡臣者，有功臣者，有圣臣者。内不足使一民，外不足使距难；百姓不亲，诸侯不信；然而巧敏佞说，善取宠乎上，是态臣者也。……故用圣臣者王，用功臣者强，用篡臣者危，用态臣者亡。态臣用，则必死；……故齐之苏秦，楚之州侯，秦之张仪，可谓态臣者也。

刘向《孙卿书录》也说：

> 苏秦、张仪以邪道说诸侯，以大贵显。孙卿退而笑之曰："夫不以其道进者，必不以其道亡。"

由此可见，在政治环境相对宽松、学术气氛较为自由的战国时代，纵横家就已为儒家所不齿。其人被视为"妾妇""态臣"，其学被斥为"邪道"。到了后来儒学独尊的时代，"纵横"被统治者所排斥，甚至遭到禁止。在这种情况下，学者们出于政治的歧视和思想的偏见，以卫道士的姿态维护儒学的权威，冷落"畔经离道"的"纵横"，便是理所当然的了。

其三，秦皇焚书，殃及"纵横"。

据《史记·秦始皇本纪》所载，公元前213年，秦始皇采纳丞相李斯之议，下焚书之令：

> 非秦纪皆烧之。非博士官所职，天下敢有藏《诗》《书》百家语者，悉诣守、尉杂烧之。

纵横家的著述，作为"百家语"之一，自然是在劫难逃。当然，由于地域辽阔，藏书者众，并非处处都能令行禁止。得以逃过厄运、侥幸存留的纵横家书也不是没有。著录于《汉志》中的《苏子》《张子》等纵横家书，应该就是劫后之余。1973年底，长沙马王堆三号汉墓中出土的帛书《战国纵横家书》（书名为整理小组所定），也是与之同性质的作品。不过，从战国时代纵横之学风靡一时的盛况看来，纵横家的著述定然不止《汉志》所录者。大概由于焚书之祸，多数都被烧毁了。

汉兴，广开献书之路，百年之间，书积如山。然而《汉志》诸子略所著录者亦仅"纵横十二家，百七篇"。其中先秦之书仅有《苏子》三十一篇，《张子》十篇。《庞煖》二篇，《阙子》一篇，《国筮子》十七篇。《汉志》著录的所有纵横家书后来都亡佚了，所以后世对于纵横家的了解主要靠《战国策》和未见《汉志》著录的《鬼谷子》。文献散佚，资料不足，既是纵横家衰落的必然结果，也是其学消歇的一个原因。后世即使有志于研究纵横家者,面对着所存不多且真伪杂糅的文献资料,也不得不望而却步。关于纵横家和纵横学的研究长期乏人问津,本身就意味着“纵横”的衰歇。

总之,纵横家的衰落是由多方面的因素决定的。“纵横”作为乱世之学的种种特征及其弊端,是它终于走向衰落的内在因素,亦即由盛而衰的变化的根据;时代的发展、统治者的压制、儒学的排斥以及学者的蔑视这些外在的因素,乃是纵横家由盛而衰的变化的条件。外因通过内因而起作用,内在和外在的诸多因素相互交织,形成一股不可抗拒的推力,使纵横家一步步走向衰落。

三、纵横家衰落的若干启示

春秋之末,诸子之学兴,至战国而百家鼎盛。秦汉以后,诸子衰替而儒学复盛,各家学术本身也随时代的发展而变化。诸子之中,“纵横”的衰替特别引人注目。刘勰在《文心雕龙·论说》中曾对“纵横”由盛而衰的变化做了如下生动的描述:

> 暨战国争雄,辨士云踊,从横参谋,长短角势。转丸骋其巧辞,飞钳伏其精术;一人之辨,重于九鼎之宝;三寸之舌,强于百万之师。六印磊落以佩,五都隐赈而封。至汉定秦、楚,辨士弭节。郦君既毙于齐镬,蒯子几入乎汉鼎。虽复陆贾籍甚,张释傅会,杜钦文辨,楼护唇舌,颉颃万乘之阶,抵嘘公卿之席,并顺风以托势,莫能逆波而溯洄矣。

刘勰这一段描述,不仅勾勒出“战国争雄”之时辩士声威的显赫,刻画了“汉定秦、楚”之后“辨士弭节(意即消歇)”的种种情状,指明了“纵横”的兴替与时代的变革息息相关;而且透露出“纵横”兴则辩士得势,贵极富溢,“纵横”衰则辩士失势,或陷困境,或类帮闲,“纵横”的兴替与辩士的贵贱荣辱切切相连。这就意味着,学术的兴衰不仅系乎时序,而且关系着学者自身的命运。因此,到了儒学被奉为一尊,“纵横”遭到贬斥的时代,前者实为进身之阶,可致富贵,而后者判为异端邪说,习者危身。那些口诵仁义而心追名利的士人们,自然要趋奉儒学而贬弃“纵横”了。

纵横家的衰落固然有历史的必然性,但其自身的种种弊端乃是其衰落的根本原因,值得注意。“纵横”兴于乱世而盛于乱世,国家分裂、社会动乱、诸侯割据、群雄并争是“纵横”兴盛的前提条件。作为乱世之学,“纵横”确实不利于社会的安定和政权的稳固,统治者为了维护本阶级的根本利益,不能不取缔“纵横”。因此,乱世之学的特征恰恰成了“纵横”的一大致命弱点。

纵横家争名逐利、唯利是图的思想倾向,为了谋取势位富贵而不择手段的行为特征,以及公开宣扬不信、不廉、不孝的道德伦理观念,固然有冲破传统思想束缚的一面,同时也反映了他们自私、狭隘、不辨是非、不明大义的另一面。[①]他们为了求宠争幸,贪利得名,满足一己之私欲,甚至不惜自比为“事其主妇”之“老妾”和“固吠非其主”的“狗”[②],如此庸俗低下的思想感情,在《战国策》所记策士之辞中多有反映。所以孟子斥责以张仪、公孙衍为代表的纵横家为“妾妇之道”,并非无根之谈。人活着不能只是为了自己,更不能为了一己之私利而丧失人格,丢掉精神。孟子所谓“富贵不能淫,贫贱不能移,威武不能屈”,不仅是“大丈夫”应该具备的堂堂正气,而且堪称中华民族的传统美德。纵横家恰恰在这一点上有所不足,精神境界未免低下。毋庸讳言,“纵横”之所以会受到后世儒者的唾弃,就因为它在一定程度上具有假、恶、丑的性质,从这个意义上说来,“纵横”之衰未必不是自取其咎。在建设社会主义物质文明和精神文明的今天,回顾这一学术史上发人深思的问题,从中应能得到有益的启示。

纵横家的衰落还启示我们:在学术与政治的关系上,政治制约着学术的发展。所谓“发策登汉庭,百家始消伏”(司马光《独乐园七咏·读书堂》),说的就是董仲舒上“天人三策”,为汉武帝所采纳,于是百家遭到罢黜、儒术定为一尊。政治的威压,足以遏制学术的发展。反之,政治力量的扶持,也足以推动学术的发展于一时,这在学术史上,已是不争的事实。值得一提的是,在被罢黜的“百家”之中,名声最坏,统治者打击力度最大者,恐怕无过于“纵横”的了。《续资治通鉴》卷六十六神宗熙宁元年(1068)二月条下,记了这么一件事:

---

① 参见熊宪光《〈战国策〉研究与选译》,重庆出版社,1988年版,第95页。

② 《战国策·魏策一》记张丑之语;《齐策六》记貂勃之语。

司马光进读《资治通鉴》,至苏秦约六国从事,帝曰:“苏秦、张仪掉三寸舌,乃能如是乎?”光对曰:“纵横之术,无益于治。臣所以存其事于书者,欲见当时风俗,专以辩说相高,人君悉国而听之,此所谓利口覆邦者也。”帝曰:“闻卿进读,终日忘倦。”

司马光编写《通鉴》的目的,是要“鉴前世之兴衰,考当今之得失”。宋神宗定其名为《资治通鉴》,即认为它“鉴于往事,有资于治道”。“纵横之术”既然被认为“无益于治”,何以书中要“存其事”呢?原来是要用它做反面教材,永志不忘“利口覆邦”的历史教训。其用心与曾巩《战国策目录序》中所谓“使后世之人,皆知其说之不可为,然后以戒则明”,实无二致。在曾巩、司马光等人看来,“纵横”除可用做反面教材外,毫无可取之处,必须“放而绝之”;正是由于政治力量的压制和学者的鄙弃,“纵横”走上了末路。

然而拂去历史的尘埃,用清醒的眼光看来,“纵横”并非一无可取之处。纵横之术主要是一些斗争的策略和技巧,作为斗争的特殊手段,无论是游说之法还是权谋之术,其本身并没有鲜明的阶级性,也就是说,它可以为任何阶级服务。无产阶级最终要解放全人类,不能不讲究斗争的策略和技巧,关键在于,必须严格分清敌我。纵横之术完全可以针对敌方有选择地适当运用。只要站稳无产阶级的立场,以国家、民族和人民的利益为重,始终把斗争的矛头指向我们的敌方,谁能说游说权谋的纵横术绝无可取呢?

特别是在当今世界,强国争霸,弱国求存,落后的国家谋求发展。各种矛盾交叉,斗争从未止息。政治纠纷、经济冲突、军事风云、外交斗争,或明或暗,此伏彼起,整个世界并不安宁,从某种意义上说来,颇似“战国”纵横态势。在国际间风云变幻、形形色色的斗争中,又怎能说游说权谋的纵横术无可借鉴之处呢?

原载《涪陵师专学报》1999年第1期

“纵横”流为谋士说

战国乱世，纵横家盛极一时。但时移世易，自秦汉以后，纵横家便日渐衰微。及至汉武帝罢黜百家、独尊儒术之后，更是一蹶不振。作为一个曾经辉煌一时的学派，“纵横”终于走到了它的历史尽头；然而纵横之气却不绝如缕，代有新变。鲁迅先生曾在《伪自由书·文学上的折扣》中尖锐地指出：

> 战国时谈士蜂起，不是以危言耸听，就是以美词动听，于是夸大，装腔，撒谎，层出不穷。现在的文人虽改著了洋服，而骨髓里却还埋着老祖宗，所以必须取消或折扣，这才显出几分真实。

鲁迅这里主要针对20世纪30年代初中国文坛的丑恶现象，揭露了战国纵横家的某些习气，绵延两千多年之后，对人心仍有所浸染。此所谓“骨髓里却还埋着老祖宗”，形象地说明了传统的思想、作风等对后世的影响深入骨髓，可说是化为了潜在的意识。当然，随着历史的演进、时代的变迁，传统的一切都要发生演变。作为传统学术文化之一的“纵横”也不例外。纵横学派消亡了，纵横风气犹存，流波衍及后世,影响颇为深远。

纵横家流变于后世,主要派分三支,分别流为谋士、文士和侠士。其中,谋士着重发挥纵横之术,以游说权谋辅佐君王,活跃于政坛,建功立业,名垂青史。其不同于发扬光大纵横之文而驰骋于文坛的文士,更不同于转向民间专为人排难解纷、扶危济困的侠士。探寻纵横家在后世流变的趋向、形式和特点,足以发人深思。本文所论,着重在“纵横”流为谋士一脉。

应该指出,游说权谋之术并非纵横家的“专利”,但在先秦诸子中,独有纵横家以长于游说权谋著称,并且以此为主要特征。战国时期,纵横家凭游说权谋之术驰骋于政治、外交舞台,通天有路,飞黄腾达。及至后世,纵横“独蒙恶声”,学者耻言“纵横”,但习纵横之术者却历来不乏其人。特别是每逢季世,社会动荡不安之际,习纵横之术者便如鱼得水。不过,他们的身份已不再是“纵横家”,尽管与纵横家颇为神似,但已有了质的区别。他们往往在群雄并争的乱世,竭心尽智地辅佐某一方。对他们来说,“纵横”已经失去了标志身份的意义,而只是作为斗争的策略和手段被频频使用。我们不妨称他们为“谋士”,当其辅佐的主子夺得天下建立新朝之后,他们就自然成了“谋臣”,有的还以开国元勋的身份,官居鼎鼐之位。诚然,他们并非纵横家,却洋溢着一股浓浓的纵横气。从这个意义上说来,也可认为,在他们的骨子里,还埋着“纵横”这一“老祖宗”。

这样的谋士,大多出现于天下大乱的季世。他们出“奇策异智”,辅佐主子成就帝王大业,可说是一批智慧型的杰出人物。开其端者当数秦汉之际楚汉相争中辅佐刘邦打败项羽夺得天下的张良。刘邦称赞他“运筹策帷帐中,决胜千里外”(司马迁《史记》)。他“常为画策臣,时时从汉王”(司马迁《史记》),不仅“数以《太公兵法》说沛公,沛公善之,常用其策”,而且为刘邦奔走游说,说项梁,说项羽,屡以口舌建功。汉高帝六年(前201)正月,刘邦大封功臣,张良被封为留侯。他自己总结说:“今以三寸舌为帝者师,封万户,位列侯,此布衣之极,于良足矣。”(司马迁《史记》)张良不是纵横家,但在他身上,分明带有纵横家的“基因”。

秦汉之际至汉初,与张良类似的谋士还有一位,即后来身居丞相之位的陈平。陈平“少时家贫,好读书”(司马迁《史记》),其家乃“负郭穷巷,以弊席为门”(司马迁《史记》),颇似未发迹前的纵横家苏秦。陈胜起义,他投魏王咎,为太仆。说魏王不听,转投项羽,任都尉。不久归刘邦,任护军中尉,被称为“奇谋之士”(司马迁《史记》),曾用反间计使项羽去其谋士范增。他辅佐刘邦,“凡六出奇计”(司马迁《史记》)。刘邦赞其功道:“吾用先生谋计,战胜克敌,非功而何?”(司马迁《史记》)封之为户牖侯,后又改封为曲逆侯。刘邦死后,他于惠帝、吕后时任丞相。吕后死,他与周勃定计,诛诸吕,迎立文帝,亦任丞相。司马迁在《史记·陈丞相世家》的论赞中称其“常出奇计,救纷纠之难,振国家之患”,又说他“善始善终”,“非知谋孰能当此者乎?”

值得注意的是,关于陈平的“奇计”,史载颇为神秘。司马迁称其“奇计或颇秘,世莫能闻也”(司马迁《史记》)。公元前200年,汉高祖亲率军三十余万击匈奴,被困平城白登山,“七日不得食”。“高帝用陈平奇计,使单于阏氏,围以得开。”这就是有名的“白登之围”。陈平的“奇计”究竟为何呢?《史记·陈丞相世家》:“其计秘,世莫得闻。”而裴骃《集解》引桓谭《新论》所记,却对此有所流露:

> 或云:“陈平为高帝解平城之围,则言其事秘,世莫得而闻也。此以工妙踔善,故藏隐不传焉。子能权知斯事否?”
>
> 吾应之曰:“此策乃反薄陋拙恶,故隐而不泄。高帝见围七日,而陈平往说阏氏,阏氏言于单于而出之,以是知其所用说之事矣。彼陈平必言汉有好丽美女,为道其容貌天下无有,今困急,已驰使归迎取,欲进与单于,单于见此人必大好爱之,爱之则阏氏日以远疏,不如及其未到,令汉得脱去,去,亦不持女来矣。阏氏妇女,有妒媢之性,必憎恶而事去之。此说简而要,及得其用,则欲使神怪,故隐匿不泄也。”刘子骏闻吾言,乃立称善焉。

《集解》又加按语曰:

> 《汉书音义》应劭说此事大旨与桓《论》略同,不知是应全取桓《论》,或别有所闻乎?今观桓《论》似本无说。

现在看来,这也许是桓谭的想当然之说,但既得刘歆“称善”于前,又有应劭复述于后,可见其说未必纯属杜撰。有趣的是,陈平的如此“奇计”,令人有似曾

相识之感。且看《战国策·楚策二》记楚怀王拘张仪,靳尚为张仪说怀王之宠姬郑袖道:

张仪者,秦王之忠信有功臣也。今楚拘之,秦王欲出之。秦王有爱女而美,又简择宫中佳丽好玩习音者,以欢从之;资之金玉宝器,奉以上庸六县为汤沐邑,欲因张仪内之楚王。楚王必爱。秦女依强秦以为重,挟宝地以为资,势为王妻以临于楚。王惑于虞乐,必厚尊敬亲爱之而忘子,子益贱而日疏矣。

接着又说:

子何不急言王,出张子。张子得出,德子无已时,秦女必不来,而秦必重子。子内擅楚之贵,外结秦之交,畜张子以为用,子之子孙必为楚太子矣,此非布衣之利也。

结果是"郑袖遽说楚王出张子"。两相比较,何其相似乃尔!如果桓谭所言不虚,则"说阏氏"好比"说郑袖"的翻版。看似奇崛却寻常,陈平的"奇计"无非袭取战国纵横家的故智罢了。

至汉末,天下复又大乱,群雄逐鹿,兵连祸结,战乱不休。及魏、蜀、吴三国鼎立,各揽英才,争霸天下,于是游说权谋之士又有了用武之地。《三国志·魏书·杜恕传》载杜恕上疏论及当时士风说:

今之学者,师商、韩而上法术,竞以儒家为迂阔,不周世用,此最风俗之流弊,创业者之所致慎也。

"以儒家为迂阔,不周世用"的风气,与战国之时略同。《史记·孟子荀卿列传》记孟子游事齐宣王、梁惠王未获信用,即因其被认定为"迂远而阔于事情"。乱世之风,大抵如此。《三国志·魏书·董昭传》载董昭上疏陈末流之弊也说:

> 窃见当今年少，不复以学问为本，专更以交游为业；国士不以孝悌清修为首，乃以趋势游利为先。

这样的世风与士风，很像纵横家崛起于战国时的社会风尚。于是谋士辈出，多不胜数。其中最为出色者，要算名播千秋、妇孺皆知的蜀汉丞相诸葛亮。

汉献帝建安十二年(207)，刘备三顾茅庐，恭请号称“卧龙”的诸葛亮出山，成为他的主要谋士。从此诸葛亮辅佐刘备，联孙攻曹，取得赤壁之战的胜利，并占领荆、益，建立蜀汉政权，形成魏、蜀、吴三国鼎立之势。诸葛亮被司马懿称为“天下奇才”，他足智多谋，巧思善辩，其事迹被后世广为传颂。千百年来，诸葛孔明俨然成了智慧的化身。关于他传奇般的英雄事迹，人们大多耳熟能详，此不赘述。这里要提及的是，他在游说权谋方面的特殊才能，似与纵横家不无关系。

《三国演义》第四十三回写诸葛亮出使东吴，游说孙权合力抗曹，在堂上舌战群儒，有如下一段描述：

> 座间又一人问曰：“孔明欲效仪、秦之舌，游说东吴耶？”孔明视之，乃步骘也。孔明曰：“步子山以苏秦、张仪为辩士，不知苏秦、张仪亦豪杰也。苏秦佩六国相印，张仪两次相秦，皆有匡扶人国之谋，非比畏强凌弱、惧刀避剑之人也。君等闻曹操虚发诈伪之词，便畏惧请降，敢笑苏秦、张仪乎？”步骘默然无语。

必须说明，《三国演义》是主要依据陈寿《三国志》及裴松之注，在正史记载和民间传说、野史杂记、戏曲、平话等基础上，加工熔裁而成的一部历史小说，其所描写并非“实录”。因此，上引的一段描述，未必是历史事实，但却是符合人物性格逻辑的。诸葛亮称赞纵横家苏秦、张仪为“豪杰”，夸其“有匡扶人国之谋”，其实即隐以自况。这与诸葛亮为人的实际并不矛盾。联系当时他出使东吴、游说孙权的特殊背景来看，应该说是可信的。虽然当他身为蜀汉丞相之后，也曾针对魏司徒华歆、司空王朗、尚书令陈群等人发书给他，“欲使举国称藩”的劝降之言，斥之为“二三子多逞苏、张诡靡之说”(陈寿《三国志》)，但在当年出使游说的谋士诸葛亮的身上，分明焕发着昔日纵横家的风采。诸葛亮当然不是纵横家，但他所擅长的游说权谋之术，并非无源之水、无本之木，究其根源，当与纵横家有千丝万缕的联系。

到了隋末，又逢乱世易代之际。《旧唐书·魏徵传》记魏徵与徐世勣书曰："隋末乱离，群雄竞逐，跨州连郡，不可胜数。"于是辩士逞说、谋士显能的时机异代复现，"纵横"的余波又一次泛起。其中崭露头角的出色人物便是魏徵。

魏徵，字玄成，巨鹿曲城（今属河北）人。在隋末农民大起义中参加瓦岗起义军，曾向李密进十策，李密虽奇之而不能用。李密长史郑颋贬之为"老生之常谈耳"，魏徵反驳道："此乃奇谋深策，何谓常谈？"（《旧唐书》）后李密败，魏徵随之降唐，为太子建成洗马。秦王李世民杀建成，擢魏徵为谏议大夫、秘书监，封郑国公。他遇事敢谏，前后陈谏二百余事，为太宗所敬畏。太宗曾赞扬道："贞观之后，尽心于我，献纳忠说，安国利民，犯颜正谏，匡朕之违者，唯魏徵而已。古之名臣，何以加也？"（《旧唐书》）当魏徵死后，太宗还曾感叹："以铜为鉴，可正衣冠；以古为鉴，可知兴替；以人为鉴，可明得失。朕尝保此三鉴，内防己过。今魏徵逝，一鉴亡矣。"（《新唐书》）魏徵被誉为"前代诤臣，一人而已"（《旧唐书》），其事迹具见史传，毋庸赘述。这里值得一提的是，他与"纵横"颇有关系。

《旧唐书·魏徵传》说：

> 徵少孤贫，落拓有大志，不事生业，出家为道士。好读书，多所通涉，见天下渐乱，尤属意纵横之说。

这说明博览通识的魏徵深知"纵横"为乱世有用之学，因而"见天下渐乱"之时，便特别专心于纵横之说。可见他早怀用世之志，为了实现自己于乱世中大展宏图的抱负，他是自觉地倾心于纵横之术，并且很下过一番"简练揣摩"的功夫的。然而时代不同了，魏徵虽然掌握了纵横之术的精髓，却不能像战国纵横家那样叱咤风云，而只能用于献诤进谏，匡君得失，尽管博得"诤臣"的美名，却实在有悖于当初"尤属意纵横之说"的初衷。所以后来魏徵在《述怀》中感叹道："纵横计不就，慷慨志犹存。"如果说汉末三国之际的谋臣诸葛亮主要用权谋之计辅佐君主，那么，隋唐之际的"诤臣"魏徵则主要用游说之术匡济君主，纵横流变的一大倾向于此昭然可见。

后代之士对于魏徵将游说之术用于诤谏,似乎更为重视。例如,北宋的苏洵就曾试图对此做理论探讨。他在著名的《谏论上》中倡言:"夫游说之士,以机智勇辩济其诈,吾欲谏者以机智勇辩济其忠。"公开宣称:"苏秦、张仪,吾取其术,不取其心,以为谏法。"并将善用游说之术诤谏君王的魏徵奉为典范,热情颂扬道:"吾观昔之臣,言必从,理必济,莫如唐魏郑公,其初实学纵横之说,此所谓得其术者欤?"这就是说,在苏洵所处的北宋以前,历史上能将游说之术化用为诤谏之术的人臣,没有比魏徵做得更好的了。实际上,随着封建社会的由盛而衰,愈往后,专制的色彩愈浓,能虚怀纳谏如李世民似的明君,难逢难遇;而像魏徵那样,善于以游说之术来进谏的良臣,也可想而不可求。苏洵之所以作《谏论》上下篇,大概就因为有感于此吧。

原载《西南师范大学学报》(人文社会科学版)2003年第2期

“纵横”流为文士说

纵横家从秦汉以后便日渐衰微，到汉武帝罢黜百家、独尊儒术之后，更一蹶不振。作为一个曾经辉煌一时的学派，“纵横”终于走到了它的历史尽头；然而纵横之气却不绝如缕，代有新变。纵横家流变于后世，主要派分为三支，即分别流为谋士、文士、侠士。探寻其流变的趋向、轨迹、形式和特点，足以发人深思。本文所论，着重在“纵横”流为文士一脉。

“纵横”是一个内涵丰富的概念。撇开其表示地理方位的意义不谈，在政治、历史的意义上，它特指战国时代诸侯争雄的斗争态势和外交敌与关系；在学术的意义上，它被用作先秦诸子中的一个学派名称，该学派所奉行的游说权谋之术也用它来命名；在文学的意义上，它又被用作某类文体或文风的标志。章学诚在《校雠通义》卷三中就曾指出：

> 纵横者，词说之总名也。苏秦合六国为纵，张仪为秦散六国为横，同术而异用，所以为战国事也。既无战国，则无纵横矣。而其学具存，则以兵法权谋所参互，而抵掌谈说所取资也。是以苏、张诸家，

> 可互见于兵书(原注:《七略》以苏秦、蒯通入兵书),而邹阳、严(即庄安,避东汉明帝讳改称严安)、徐(即徐乐)诸家,又为后世词命之祖也。

章氏“折衷诸家,究其源委,作《校雠通义》”,目的在于“辨章学术,考镜源流”(《校雠通义叙》)。以上叙列纵横家之书的一段论述,便在“穷源至委,竟其流别”的同时,涉及“纵横”内涵的若干方面。章氏在这里着重强调了“纵横”是“词说之总名”,并肯定邹阳、严安、徐乐等纵横家之文“为后世词命之祖”,实则揭示了“纵横”流变的一大趋向,堪称明见卓识。

近代学者刘师培更从纵横家“必工文词”的特点着眼,阐发了纵横在后世的流变,指出“工文之士,学术或近于纵横”。他在《文章学史序》中谈到《汉志》著录“纵横”十二家,今皆莫存,“其所存者,惟《鬼谷子》一书”,接着据《鬼谷子》发论道:

> 试究其指归,或以“捭阖”“转丸”为名,或以“摩意”“揣情”为说,非惟应变之良谋,抑亦修辞之要指。虽抵巇、飞箝,说邻险谲,然立说之意,首重论文。故苏秦、张仪得其绪论,并为纵横之雄。而战国之文,犹得古代行人之遗意(按:原注,如《战国策》所载是也)。西汉初兴,若蒯通、邹阳、主父偃之伦,咸习纵横之术,虽遗文莫考,然《列传》所载文笔,犹可想见其大凡。此纵横家必工文词之证也。
>
> 盖周、秦以前,应对最繁,而简牍亦具;汉、魏以后,应对较省,而简牍益增。故工文之士,学术或近于纵横(原注:如房玄龄深识机宜,马周长于机变,魏徵少学纵横,然房长于书檄,马长于敷奏,魏长于谏议);奉使之臣,词翰见珍于绝域。雍容华国,不愧德音。然应对简牍之词,莫不导源于周末,则纵横之学,亦周末文体之一大派矣。

不仅如此,刘师培还认为,词赋诗歌,也出于行人之官,为纵横家所独擅。他在《论文杂记》中指出:

> 行人之术,流为纵横家。故《汉志》叙纵横家,引“诵诗三百,不能

专对”之文，以为大戒，诚以出使四方，必当有得于诗教。则诗赋之学，实惟纵横家所独擅矣。

把纵横家说成是后世诗文词赋之祖，并断定诗赋之学为“纵横家所独擅”，未必尽当。但明确指出纵横之学同时也是周末文体之一大派，其慷慨骋词、纵横奔肆的文风自成一家，影响后世文人至为深远，则是把握了“纵横”自身的突出特点，注意到纵横家衰歇之后流变于文坛的实际情况，以发展和变化的观点做出的切实论断。

纵横家化为文士，是纵横流变的主要趋向之一。但其变化随时代的推移而演进，并非突变，而是渐变，并且是有迹可循的。汉初，纵横渐衰，其时仍多纵横游说之士，如严忌、邹阳、枚乘等人，同时也兼擅文辞，既称纵横家，又是文士，可谓一身而二任焉。因为在汉初诸侯王中，颇有倾心于养士而致意于文术者，如吴王刘濞、梁孝王刘武、淮南王刘安，便是其中的突出代表，故纵横游说之士得用于当时。鲁迅在《汉文学史纲要》第八篇《藩国之文术》中指出：“惟吴梁淮南三国之客，较富文词，梁客之上者，多来自吴，甚有纵横家余韵；聚淮南者，则大抵浮辩方术之士也。”又说：“盖吴蓄深谋，偏好策士，故文辩之士，亦常有纵横家遗风，词令文章，并长辟阖，犹战国游士之口说也。”值得注意的是，《汉志》在“诗赋略”的“屈原赋之属”中，著录《庄夫子（即严忌）赋》二十四篇（按：今仅存《哀时命》一篇），《枚乘赋》九篇（按：今存《七发》《柳赋》《梁王菟园赋》三篇）；而在“诸子略”的“纵横家”中著录《邹阳》七篇。邹阳赋未见著录，而“纵横家”中亦不录严忌、枚乘。可见在汉代，邹阳是以权略见称，而严忌、枚乘则以文才著名。而邹阳之文，慷慨骋词，脍炙人口；严忌、枚乘亦为纵横游说之徒。刘师培在《文说》中便指出：“苏、张之词，下开《七发》。”可见在汉初，纵横家化为文士的流变已初见端倪了。

至西汉武帝罢黜百家，纵横走向衰落。作为学派意义上的纵横家在政坛上消歇了，但其辩丽横肆、纵横驰骋的文风却被文士继承发扬，在文坛上大放异彩。其中最为杰出的代表，便是伟大的史学家、文学家和思想家司马迁。

司马迁据《左氏》《国语》，采《世本》《战国策》，述《楚汉春秋》，贯穿经传，驰骋古今，发愤而成《史记》一百三十篇。其记事上起黄帝，下至汉武帝太初年间，是我国第一部纪传体的通史。它既是一部体大思精、前无古人的历史巨著,也是一部雄视百代的文学杰作,故鲁迅称之为“史家之绝唱,无韵之《离骚》”(鲁迅《汉文学史纲要》)。

十分引人注目的是,司马迁之文气势磅礴、雄奇壮丽,如长江大河,浩浩奔腾,历来受到人们的激赏和推崇。明人茅坤说:

> 屈宋以来,浑浑噩噩,如长川大谷,探之不穷,揽之不竭,蕴藉百家,包括万代者,司马子长文也。(《史记抄·读史记法》)

如果说这样的评论主要及于现象,偏于感性认识,那么南宋朱熹的见解则比较能揭示实质,他说:

> 司马迁文雄健,意思不帖帖,有战国文气象。(《朱子语类》卷一三九《论文上》)

刘师培在《南北文学不同论》中也指出:

> 若夫史迁之作,排奡雄奇,书为记事,文则骋词;而枚乘、司马相如,咸以词赋垂名,然恢廓声势,开拓宦窦,殆纵横之流欤!

他们所谓“战国文气象”,所谓“纵横之流”,其实指的就是以《战国策》所载纵横辞说为代表的辩丽横肆的文风。司马迁文有纵横辞说之风并不奇怪,考《史记》采《战国策》九十余事(据姚宽《战国策后序》说),大段大段的纵横游说之辞被录入《史记》的有关篇章,此其中固然有司马迁的妙手剪裁和匠心经营,但不少是原封不动的移置。这些纵横家言融入《史记》文中,成为其不可分割的有机组成部分,水乳交融,浑然一体;风格和谐,如出一手。这说明,司马迁文确实有战国纵横之风。

司马迁著《史记》,深受《战国策》一书的影响,前人多有论及。南宋耿延禧在《战国策括苍刊本序》中明确指出,《战国策》为“先秦古书”,“其叙事之备,太史公取以著《史记》，而文辞高古，子长实取法焉”。既然取法于《战国策》，就难免要染上一些纵横家的气息。所以汉成帝时，东平思王刘宇上疏求诸子及《太史公书》，大将军王凤对成帝问，便直斥“《太史公书》有战国从横权谲之谋”（见《汉书·宣元六王传》）。看来，司马迁之于纵横家，还不只是取法其文辞而已。

此后文士，或习纵横之术，或法纵横之文者，代不乏人。其中驰骋文坛、成就不凡的名家，可举唐之陈子昂、李白，宋之苏洵、苏轼父子为代表。

陈子昂（659—700），字伯玉，梓州射洪（今属四川）人。他“少学纵横术，游楚复游燕”（陈子昂《赠严仓曹乞推命录》），胸怀经世之志，渴望报国有时。他生当唐高宗和武则天时代，其政治生涯则大致与武周政权相始终。随着武则天由垂拱居摄到代唐称帝，建立武周政权，他也由麟台正字转右卫胄曹参军，升右拾遗。武则天虽然欣赏他的文才，称赞他“地籍英灵，文称晔晔”（卢藏用《陈子昂别传》），却不重视他的政治才干。其政见又往往与武氏相抵牾，且言多切直，故为武氏所不容。他的理想在黑暗的现实中屡屡碰壁，因而产生了强烈的孤独感和失落感。所谓“纵横未得意，寂寞寡相迎。负剑空叹息，苍茫登古城”（陈子昂《还至张掖古城闻东军告捷赠韦五虚己》），便是这种心态的真实反映。在统治者一次又一次的打击迫害下，陈子昂终于理想破灭，毅然与武周政权决裂，返乡归隐，“纵横策已弃，寂寞道为家”（陈子昂《卧疾家园》）。然而他终究没能逃脱武氏统治集团的残酷迫害，竟被武氏爪牙陷害下狱，折磨而死。

陈子昂少时曾研习纵横术，并借鬼谷子言志，在《感遇》其十一中写道：

> 吾爱鬼谷子，青溪无垢氛。囊括经世道，遗身在白云。七雄方龙斗，天下乱无君。浮荣不足贵，遵养晦时文。舒之弥宇宙，卷之不盈分。岂图山木寿，空与麋鹿群！

此诗当作于唐睿宗文明元年（684）陈子昂举进士前，即唐高宗永淳二年（683），他隐居家乡求仙学道之时。诗人借咏鬼谷子而抒己志，刻画了一位胸怀经世韬略，一心养晦待时，不慕浮荣，自有抱负的隐士形象。这无疑是诗人的自我写照。陈子昂对鬼谷子的歌颂，是跟他“少学纵横术”相一致的。应该指出，陈子昂的思想较为驳杂，“经史百家，罔不该览”（卢藏用《陈子昂别传》），儒、墨、道、阴阳、纵横，各家思想兼收并蓄。随着岁月的推移，经历现实的磨难，他的思想也在不断发生变化。“晚爱黄老之言，尤耽味《易》象，往往精诣”（同上），便是思想变化的体现。然而可以肯定，陈子昂在出仕之前，慨然立志，思欲报国，倾心王霸大略，研习纵横之术，在其早期思想中，纵横家的特征较为突出。但其出仕之后，始终未得重用，雄才莫展，壮志难酬，报国之计付诸东流；既然“纵横策已弃”，也就不得不“寂寞道为家”了。这样看来，陈子昂没能以纵横术驰骋于政坛，大展其宏图，却将一股勃郁的纵横气贯注于诗文，高蹈于唐初文坛，“为海内文宗”（《新唐书·陈子昂传》），以自己的理论和实践，成为唐代诗文革新的先驱，在文学史上功不可没。

诗坛巨星李白，早年生活于蜀中，隐居读书，任侠学道，与陈子昂颇有相似之处。他“五岁诵六甲，十岁观百家”（李白《上安州裴长史书》），广学博收，思想甚为驳杂。不仅有儒家、佛教思想的影响，有道教及道家思想的深刻烙印，而且有鲜明的纵横家思想色彩。他“性倜傥，好纵横术”（刘全白《唐故翰林学士李君碣记》），还曾向当时以纵横家著称的赵蕤“从学岁余”。杨天惠《彰明逸事》说：

（李白）隐居戴天大匡山，往来旁郡，依潼江赵征君蕤。蕤亦节士，任侠有气，善为纵横学，著书号《长短经》。李白从学岁余。

李白有《淮南卧病书怀寄蜀中赵征君蕤》一诗，诗中有“功业莫从就，岁光屡奔迫。良图俄弃损，衰疾乃绵剧”之句，与陈子昂《卧疾家园》诗中所谓“世上无名子，人间岁月赊。纵横策已弃，寂寞道为家。卧疾谁能问？闲居空物华”相比较，无论诗人的心态，还是诗中的感慨，均极相似。李白诗中还有“故人不可见，幽梦谁与适？寄书西飞鸿，赠尔慰离析”之句，表达了他对赵蕤的怀念之情。

赵蕤何许人也？据《四川通志》载：

赵蕤，盐亭人，隐于梓州郪县长平山安昌岩，博考六经诸家同异，著《长短经》十卷，明王霸大略。……李白尝造其庐访焉。

赵蕤《长短经序》自谓其写作意图道：

恐儒者溺于所闻，不知王霸殊略，故叙以长短，术以经纶通变者，创立题目，总六十有三篇，合为十卷，名曰《长短经》。大旨在乎宁固根蒂，革易时弊，兴亡治乱，具载诸篇，为沿袭之远图，作经济之至道，非欲矫世夸俗，希声慕名，辄露见闻，逗机来哲，凡厥有位，幸望详焉。

《四库全书总目》卷一一七著录"《长短经》九卷"，并指出：

刘向序《战国策》，称或题曰《长短》。此书辨析事势，其源盖出于纵横家，故以"长短"为名。虽因时制变，不免为事功之学，而大旨主于实用，非策士诡谲之谋。其言固不悖于儒者，其文格亦颇近荀卿(按：指汉荀悦)《申鉴》、刘劭《人物志》，犹有魏晋之遗。

由上可见，赵蕤通于时变，深研王霸之道，主张因时制变，经世致用。其学杂取各家，不纯为纵横；《长短经》一书，也不完全是纵横家言。但他显然有纵横家的遗风，《长短经》也带有鲜明的纵横家书的色彩。李白之喜好纵横术，洋溢纵横气，是跟他与赵蕤的过从不无关系的。

赵翼《瓯北诗话》说："青莲本学纵横术，以功名自许。"李白确实自视甚高，他以不世之才自居，渴望建功立业，胸怀凌云志，"雄心日千里"（李白《赠张相镐》其二），期望如"大鹏一日同风起，抟摇直上九万里"（李白《上李邕》）。然而黑暗的现实无情地击碎了他的理想，"功业莫从就"，报国路不通。他只得将满腔怨愤寄之于诗歌，创作出光焰万丈的不朽诗作，以政坛上的失意换来了诗坛上的辉煌。李白的诗歌，豪放飘逸，其中激荡着慷慨雄奇的纵横气。所以刘师培在《论文杂记》中断言："太白之诗，超然飞腾，不愧仙才，是为纵横家之诗。"

至宋代，文士中被认为学本纵横者，有著名的苏洵、苏轼父子。苏氏父子为眉州眉山（今属四川）人，与陈子昂、李白一样出自蜀中。值得一提的是，据苏洵《族谱后录上篇》，战国纵横家苏秦、苏代、苏厉为周代司寇苏忿生之苗裔，亦为后世苏氏家族之祖先。照此说来,苏氏与纵横家尚有一种特殊的关系。

前人多指称苏氏之学出于纵横,如章学诚《文史通义·博约上》说:

苏氏之学,出于纵横,其所长者,揣摩世务,切实近于有用,而所凭以发挥者,乃策论也。

这里所谓"苏氏",指的是苏轼。章学诚还在《校雠通义·宗刘》中说:

今即世俗所谓唐宋大家之集论之,如韩愈之儒家,柳宗元之名家,苏洵之兵家,苏轼之纵横家,王安石之法家,皆以生平所得,见于文字,旨无旁出,即古人之所以自成一子者也。

在章学诚看来,纵横家与兵法权谋实相参互,故他将苏洵、苏轼父子分列为兵家、纵横家,其实是相通的。刘师培在《论文杂记》中,主要从文章的风格着眼,判苏轼之文为"纵横家之文"。他说:

子瞻之文,以粲花之舌,运捭阖之词,往复卷舒,一如意中所欲出,而属词比事,翻空易奇(原注:子瞻之文,说理多未确,惟工于博辩,层出不穷,皆能自圆其说。于苏、张之学殆有得也),纵横家之文也。

章炳麟在《国故论衡·论式》中则对苏氏父子立论本纵横颇有微词。他说:

若乃苏轼父子,则佞人之戋戋者。凡立论欲其本名家,不欲其本纵横。儒言不胜,而取给于气矜,游猋怒特,蹂稼践蔬,卒之数篇之中,自为错忤,古之人无有也。

苏氏父子的文章,特别是论说之文,深受《战国策》影响,颇有纵横之风,前人对此早有论及。如宋人邵博说:

东坡中制科,王荆公问吕申公见苏轼制策否,申公称之。荆公曰:

“全类战国文章,若安石为考官,必黜之。”(《邵氏闻见后录》卷第十四)

明人陆深说:

余喜读苏氏书,侧闻先儒悉谓苏实原于《战国策》。(《战国策谭棷》附录)

其实,就苏轼而言,纵横家对他的影响主要表现在文风上,其思想则是杂取各家,而以儒、释、道三家的影响最为突出。真正可称为学杂纵横者乃是苏洵。

苏洵毫不掩饰自己对以苏秦、张仪为代表的纵横家的赞赏之情,公然宣称:“苏秦、张仪,吾取其术,不取其心。”(《谏论上》)他盛赞游说之士的“机智勇辩”,并奉战国纵横之说为楷模,总结出“说之术可为谏法者五”,为纵横之说大唱赞歌。不仅如此,他还在《利者义之和论》中大胆言“利”,宣称义与利实不可分,甚至“利在则义存,利亡则义丧”,明确主张“义利、利义相为用”。这样的义利观,与孟子“何必曰利,亦有仁义而已矣”之说格格不入,倒是与公开宣扬“争利”的战国纵横家心气相通。这说明,苏洵对于纵横家,不只是“取其术”,也是“取其心”的。如此为纵横家张目的惊世骇俗之论,在以儒家学说为正统思想的专制极权时代,无异于叛经离道之言。难怪当时即受到王安石的非议,断然指斥“苏明允有战国纵横之学”(《邵氏闻见后录》卷第十四)。后世文人如茅坤、方苞等也曾明白指出苏洵之学杂出战国诸子,为文自《战国策》得之。事实上,苏洵学杂纵横,文章亦具纵横之风。其文纵横驰骋,气势磅礴,恣肆酣畅,雄辩滔滔,在在活现战国策士之辞的风神。欧阳修称其文“辞辩宏伟”(《荐布衣苏洵状》),曾巩赞其文“雄壮俊伟,若决江河而下”(《苏明允哀词》),张方平夸其文“如大川之滔滔”(《文安先生墓表》),都充分肯定了苏洵之文的这一突出特点。

有一个现象值得注意:唐宋时期富于纵横特征的著名文士陈子昂、赵蕤、李白及苏洵、苏轼父子均出蜀中,这难道是偶然的吗? 战国之时,“三晋多权变之士”,而唐宋时期,蜀中文士多师法纵横。其实蜀中文士师法纵横,早在西汉已开其端,那时出自蜀中的文士就颇有纵横之风了。刘师培在《南北文学不同论》中已明确指出,司马相如以词赋垂名,其骋词铺陈,恢廓声势,“殆纵横之流欤”;扬雄继作,亦有此风,“如《羽猎赋》《河东赋》出于纵横家者也”。此外,赋家王褒，当时即有“辩士”之称，其作《圣主得贤臣颂》《洞箫赋》等，颇得纵横说辞之遗泽。蜀中文士何以偏爱纵横？ 这一现象，发人深思。

笔者认为，从地域文化的角度着眼，联系纵横之学的特征加以探讨，当可从中得到一些带有规律性的认识。

《汉书·地理志》说：

> 巴、蜀、广汉本南夷，秦并以为郡。土地肥美，有江水、沃野、山林、竹木、疏食、果实之饶。南贾滇、僰僮，西近邛、莋马、旄牛。民食稻鱼，亡凶年忧，俗不愁苦，而轻易淫泆，柔弱褊厄。景、武间，文翁为蜀守，教民读书法令，未能笃信道德，反以好文刺讥，贵慕权势。及司马相如游宦京师诸侯，以文辞显于世，乡党慕循其迹。后有王褒、严遵、扬雄之徒，文章冠天下。繇（同“由”）文翁倡其教，相如为之师。故孔子曰：“有教亡类。”

班固在这里除介绍了巴蜀之地的地理沿革、自然条件及物产、风俗、民情而外，着重强调了汉初文翁治蜀，兴学倡教，大力发展教育、文化，促进了巴蜀文明的进步，并且特别指出了司马相如“以文辞显于世”对于后来蜀中文士所起的导向和表率作用。可以认为，后世蜀中文士辈出，的确是与文翁兴学的教化之功和司马相如这一榜样的激励作用分不开的。

但这还不足以说明蜀中文士何以特慕纵横。笔者认为，巴蜀地处西南一隅，远离中原，甚为偏僻，又山阻水隔，交通不便，“蜀道之难难于上青天”，故非常闭塞。人们世代生活在四面环山的盆地之中，少与外界交往，封闭的自然地理环境影响人们的经济活动、文化活动和精神状态，形成了可称为“盆地文明”的种种特征。苏洵曾在《上张文定公书》中，以一个蜀中布衣的身份，向新任地方大员益州知州的张方平指陈蜀境的政治、经济、地理、民情特点。他说：

> 夫蜀之境，壤狭而民夥，虽号富庶，然亦贫匮者众矣。是以一挠之，则不堪命者十数年，故其人多怨而易动。

他在《上府倅吴职方书》中，也曾对受命相益的吴照邻论说本乡本土的地理形

势、政治利害和民情风俗。书中说道:

> 洵窃谓蜀之土,墙万山,堑大江,膏田百同,蟠乎其中。故天下之地,险固沃美无如蜀者。……人性骄侈,耀宝贿,盛纨锦。赀蓄未能百金,而炫诸外已若古程、卓(按:指程郑、卓氏,俱为汉初临邛大富)辈……西南民性与东北尤异,怯不能守,嗜利而好荡。

这些特点,都在一定程度上表现出“盆地文明”的征象。然而封闭的状态固然容易生成狭隘、浅薄、浮躁、偏颇、自负、骄侈、虚荣、浮夸等意识特征和行为特征,而作为远离王化的“西僻之乡”,与外界相对隔离的封闭环境,又使得正统的儒家文化难以长驱直入而以“独尊”的地位控制人们的思想。人们受传统思想的约束较少,个性相对张扬,思想较为解放,因而敢于蔑视传统和权威,乐于兼收并蓄各家思想。纵横学术得以在蜀中流传,并受到文士们的青睐,不能不说主要是因为具有这一得天独厚的条件。

蜀中文士身居偏僻之地,自负不羁之才,胸怀远大抱负,渴望建功立业。一方面极欲改变自己的阶级地位,弃贫贱而自谋富贵;另一方面也希望“奋其智能”,大展“王佐才”,成为“帝王师”,“使寰区大定,海县清一”;所以他们特别致力于讲习“王霸大略”,“申管、晏之谈,谋帝王之术”(李白《代寿山答孟少府移文书》),以期有用于世,“济苍生”而“安社稷”。在诸家学术中,纵横家最讲究游说权谋之术,最注重发挥个人的智慧,其重计、重利、重时、重自我的思想倾向,恰好符合蜀中文士的心态;而游说权谋之术的实用性,又恰好为蜀中文士所看重。正如《史记·日者列传》记司马季主之言曰:“(谈士辩人)虑事定计,饰先王之成功,语其败害,以恐喜人主之志,以求其欲。多言夸严,莫大于此矣。然欲强国成功,尽忠于上,非此不立。”因此,那些养晦待时、学以致用的蜀中文士,当其为“出而用世”学本事、打基础、做准备的时候,仰慕当年腾说而致富贵的纵横家,研习游说权谋的纵横术,便是非常自然的了。

可是历史仿佛跟他们开了一个玩笑。他们原本想用纵横术大展宏图,辅弼帝王,立下丰功伟业,辉耀政坛,流芳青史,结果却仕途不通,壮志难酬,倒是纵横驰骋于文坛,留下了不少辉煌的杰作,在文学史上永放光芒。

原载《北京师范大学学报》(社会科学版)1998年第2期,《中国古代、近代文学研究》1998年第7期全文转载

“纵横”流为侠士说

秦汉以后，纵横家日渐衰微，及至汉武帝罢黜百家，从此更一蹶不振。作为一个曾经辉煌一时的学派，“纵横”终于走到了它的历史尽头，然而纵横之气却不绝如缕，代有新变。纵横学派消亡了，纵横风气尚存，流波衍及后世，影响颇为深远。概而言之，纵横家在后世的流变，主要派分三支，即分别流为谋士、文士、侠士。本文所论，着重在“纵横”流为侠士一脉。

如果说在“纵横”流变的三支分派中，谋士是以游说权谋之术辅佐君王，活跃于政坛，着重发挥了纵横之术；文士驰骋于文坛，以不朽的杰作辉映文学史册，发扬光大了纵横之文；那么，侠士则是“驰骛于闾阎，权行州域，力折公侯”，“修行砥名，声施于天下”，实为纵横家中专为人排难解纷，扶危济困，具有所谓“高行义节”的那一品类人物的流变。

应该指出，即便是在刘向《校战国策书录》所谓“湣然道德绝矣”的战国时代，“士”的流品也不是没有差别的。纵横策士亦可谓鱼龙混杂。虽然在思想倾向上，他们大体一致，具有共性，但由于他们来自不同的学派，加上各自的阶级出身、生活道路、志趣、爱好、气质、修养有所不同，他们的思想境界、生活作风、道德水平、品格高下也就因人而异。在纵横家中，虽然热衷势位富贵、追名逐利者占主流，但不慕权势、不争名利、“为人排患、释难、解纷乱而无取”者，亦不乏其人。“义不帝秦”的鲁仲连，便是其中一位杰出的代表。后代文士对于战国纵横家的为人颇多微词，但对鲁仲连则另眼相看，称颂他是“从横之利，不入于口”的“高士”，还是“不终日而成功，逃避爵赏，脱屣而去”的“战国一人而已”[①]。那么，是否可以认为，鲁仲连与纵横家绝无共通之处呢？又是否可以把鲁仲连排除在纵横策士之外呢？

且看《战国策·齐策六》所记鲁仲连遗燕将书曰：

> 吾闻之，智者不倍（背）时而弃利，勇士不怯死而灭名，……功废名灭，后世无称，非知（智）也。故知者不再计，勇士不怯死。今死生荣辱，尊卑贵贱，此其一时也。愿公之详计而无与俗同也。

由此可见，鲁仲连是奉顺时而取利为“智者”之行的。“死生荣辱，尊卑贵贱”之念耿耿于心，“功”“名”“时”“利”之说不绝于口，如此鲜明的思想倾向，与崇“计”、尚“名”、重“利”、尊“时”的纵横家实无二致，能说他们在思想实质上断然不同吗？

有一位与鲁仲连同时代的名人，也曾对此发表过不同凡响的见解。此人即子顺，乃孔子六世孙。当魏安釐王向他问及“天下之高士”时，他斩钉截铁地答道：“世无其人也！”接着才说：“抑可以为次，其鲁仲连乎？”魏王不以为然道：“鲁仲连强作之者，非体自然也。”子顺说：“人皆作之，作之不止，乃成君子；作之不变，习与体成，则自然也。”[②]子顺首先认定所谓“天下之高士”“世无其人”，在此前提下，等而降之，始以鲁仲连“为次”。并指出，鲁仲连与天下之人都是“强作之者”，但他“作之不止”，“作之不变”，也就是始终坚持到底，所以成了“君子”。子顺的这一番议论，应该说是明达切实之论。鲁仲连毕竟不是立于“鸡群”的一只“仙鹤”。作为战国策士中当然的一员，他在思想实质上与众无异。然而不可否认，他在品格、气质和为人上，确实别具一格，因此可以说，在崭露头角的战国策士中，鲁仲连代表着品高格异的一支。

① 《战国策·赵策三·秦围赵之邯郸》章末吴师道注文述《大事记》引“苏氏”语。

② 《资治通鉴》卷六“秦孝文王元年”条下所记。

所谓“品高格异”，不仅指他疾恶如仇，义不帝秦，伸张正气，勇抗强暴，还指他“排患、释难、解纷乱而无所取”，也就是见义勇为，助弱抗强，扶危济困，不取报酬。正是这样的品格，一再受到后人的赞颂。唐代诗人陈子昂在《感遇》（其十六）中即热情颂扬“鲁连让齐爵，遗组去邯郸”。李白更在《古风》其十中引以为“同调”，深情歌颂道：

齐有倜傥生，鲁连特高妙。明月出海底，一朝开光曜。却秦振英声，后世仰末照。意轻千金赠，顾向平原笑。吾亦澹荡人，拂衣可同调。

值得注意的是，陈子昂和李白都曾仰慕纵横家。陈子昂“少学纵横术，游楚复游燕”（陈子昂《赠严仓曹乞推命录》），可是后来在政治生涯中屡屡碰壁，“纵横未得意，寂寞寡相迎”（陈子昂《还至张掖古城闻东军告捷赠韦五虚己》），直到他理想破灭，毅然与武周政权决裂，返乡归隐，仍不忘咏叹“纵横策已弃，寂寞道为家”（陈子昂《卧疾家园》）。李白不仅“性倜傥，好纵横术”（刘全白《唐故翰林学士李君碣记》），而且曾师事当时“任侠有气，善为纵横学”并著有《长短经》而以纵横家著称的赵蕤（杨天惠《彰明逸事》）。其实，在他们的心目中，最敬仰的楷模看来还是鲁仲连。

在战国策士中，鲁仲连式的人物还有一些，如：大论士贵王贱，拒绝领受“食必太牢，出必乘车，妻子衣服丽都”的优厚待遇，宁肯“晚食以当肉，安步以当车，无罪以当贵，清静贞正以自虞（娱）”（《战国策·齐策四·齐宣王见颜斶》）的颜斶；“便厚以便名，纳地释事以去权尊，而耕于负亲之丘”（《战国策·赵策一·张孟谈既固赵宗》）的“贤人”张孟谈；“弃国捐君，以周穷交魏齐之厄”（《汉书·游侠传序》）的虞卿等。他们无不以人格的力量激奋后人。特别是鲁仲连的品格，已化为中华民族传统美德中的一部分，代代相传，光辉不灭。

随着纵横家的衰落，以鲁仲连为旗帜的这一支策士也在发生演变。其主要趋向是流为侠士，退出政坛而散入民间。在战国时期，纵横说士与游侠各自分流，并非一家。韩非子在著名的《五蠹》中就把“言谈者”（纵横家）、“带剑者”（游侠）与“学者”（儒家）、“患御者”（逃避兵役的人）和“商工之民”相提并论，抨击他们是危害国家的五种蛀虫。然而到汉代，纵横家便与游侠合流，“言谈者”与“带剑者”交融，口舌加上刀剑，文武兼备，重新组合为一支号称“游侠”或“侠士”的社会力量，纵横于乡间，名播于天下。在纵横家流变于后世的趋向中，这是一个不容忽视的方面。

纵横家流为侠士，并非偶然的现象，因为他们原本就有相当的一致性。赵蕤《长短经·正论》篇中引述《汉书·艺文志》序文，依“九流”之次第，分论诸子。他先引《汉志》小序原文，然后另引古书作注。在为“纵横家”小序作注时，他特引东汉荀悦论“三游”之说，值得注意：

> 荀悦曰：世有三游，德之贼也。一曰游侠，二曰游说，三曰游行。夫立气势，作威福，结私交，以立强于世者，谓之游侠。饰辩辞，设诈谋，驰逐于天下，以要时世者，谓之游说。色取人，合时好，连党类，立虚誉，以为权利者，谓之游行。此三者，乱之所由生，伤道害德，败法惑世，先王之所慎也。凡三游之作，生于季世，周秦之末尤甚焉。

姑不论荀悦把“三游”斥为“德之贼也”是否完全公允，但他指出“三游”为乱世的产物，“周秦之末尤甚”，却是符合实际的论断。南宋的叶适也曾对此有补充论述。他说：

> 及于战国之时，则士何以自业于世，而不恣睢四出，奋口舌之能，以要其君之位，而自快于一时者哉！孟子谓宋句践曰：“子好游乎？吾语子游！”然则“游”于战国者，乃其士之业。游说也，游侠也，游行也，皆以其术游。而椎鲁之人释耒耜（农具），阡陌之人弃质剂（贸易券契），相与并游于世。（诸祖耿《战国策集注汇考》之附录《战国策考研录》）

他们的论述，指明了“三游”皆以“游”为业，都产生于相同的历史背景，并且各以一定的方式和手段并游于世。这就是说，“三游”虽然各具特点，但实有不少共通之处。

荀悦在“三游”之论中，还模仿《汉志》小序的笔法，分别论述“三游”的源流、特点和得失。他说：

> 游侠之本，生于武毅不挠，久要不忘平生之言，见危受命，以救时难，而济同类。以正行之者，谓之武毅；其失之甚者，至于为盗贼也。
>
> 游说之本，生于使乎四方，不辱君命；出境有可以安社稷，利国家，则专对解结，辞之绎矣，民之莫矣。以正行之者，谓之辩智；其失之甚者，至于诈绐，徒众矣。
>
> 游行之本，生于道德仁义，泛爱容众，以文会友，和而不同，进德及时，乐行其道，以立功业于世。以正行之者，谓之君子；其失之甚者，至于因事害私，为奸宄矣。
>
> 甚相殊远，岂不哀哉！故大道之行，则“三游”废矣。

荀悦认为，如果“以正行之者”，“三游”自有其可取之处；“游侠”可称为“武毅”，“游说”可称为“辩智”，“游行”则可称为“君子”。反之，如“邪人为之”，那就会分别沦为盗贼、诡诈之徒、奸宄了。看来，荀悦斥“三游”为“德之贼也”，主要是针对他们中的“邪人”而言的。

从荀悦所论“三游”的特点中，不难发现其颇有一些共通之处。概而言之，即信守诺言，勇于献身，扶危济困，受命不辱，泛爱容众，进德立功。正是由于具有这些共同的“基因”，汉代以后，“三游”合流而为“游侠”。纵横家因衰落而流变，因流变而分化，其中奉鲁仲连为精神领袖的一支便自然而然流为侠士，与“游侠”融为一体了。从这个意义上说来，“纵横”流而为侠，可溯其源于鲁仲连。

司马迁在《史记》中特为“游侠”立传，可见在汉代，游侠的影响之大已不容忽视。其《游侠列传序》还对游侠的特点做了以下概括：

> 今游侠，其行虽不轨于正义，然其言必信，其行必果，已诺必诚，不爱其躯，赴士之厄困，既已存亡死生矣，而不矜其能，羞伐其德，盖亦有足多者焉。

司马迁表面上不着边际地指责游侠，说他们的行为“不轨于正义”，但实际上却一再肯定和称赞他们。除以上所述“有足多者”外，他在序中还说：“布衣之徒，设取予然诺，千里诵义，为死不顾世，此亦有所长，非苟而已也。”又说：“要以功见言信，侠客之义又曷可少哉！”其赞赏之情，溢于言表。他还把眼光移到下层民间，高度肯定“闾巷之侠”，称他们“修行砥名，声施于天下，莫不称贤，是为难耳”，故深怪“儒、墨皆排摈不载”。司马迁之所论，显然是有意与儒、墨划清界限。他特别为汉初的“匹夫之侠”朱家、田仲、王公、剧孟、郭解等立传，说他们“虽时扞当世之文罔(网)”，但“其私义廉絜(洁)退让，有足称者”；称颂他们“名不虚立，士不虚附”。司马迁所肯定和赞扬的其实是体现在这些游侠身上的某种品格，即同情弱小，不畏强暴，助人为乐，扶危济困，舍身赴难，廉洁退让，救死扶伤，排难解纷，有德于人而不愿炫耀，做了好事而羞于自夸……这些品德可以认为是对鲁仲连精神的继承和发扬。但与当年鲁仲连“让齐爵”“去邯郸”，主要活跃于政坛有所不同，游侠的活动已转向和深入民间。他们往往蔑视权贵，目无法纪，自由放纵，为所欲为。这就难免触犯统治阶级的利益，为统治者所不容，以至陷入法网，遭到制裁。所以班固在《汉书·游侠传序》中就表达了与司马迁有所不同的见解。他说：

> 郭解之伦，以匹夫之细，窃杀生之权，其罪已不容于诛矣。观其温良泛爱，振穷周急，谦退不伐，亦皆有绝异之姿。惜乎不入于道德，苟放纵于末流，杀身亡宗，非不幸也！

可见随着时代的推移，史家对于游侠的认识和评价已有不小的变化。

必须说明的是，“游侠”不同于“豪暴”。司马迁在《史记·游侠列传序》中特别为“游侠”正名，明确指出：

> 至如朋党宗强比周，设财役贫，豪暴侵凌孤弱，恣欲自快，游侠亦丑之。余悲世俗不察其意，而猥以朱家、郭解等令与暴豪之徒同类而共笑之也。

司马迁将“游侠”与“豪暴”严格区别开来，明确指出二者判然各别，不可混为一谈。然而世俗对游侠却存有误解和偏见。司马迁对此深感痛心,故特为游侠正名,表现出强烈的爱憎感情和鲜明的是非观念。但是也应看到,在长期的专制极权社会中,游侠随着时代的推移不断发生演变。愈到后来,真正意义上的游侠愈少,“侵凌孤弱,恣欲自快”的豪暴愈多。游侠与豪暴的界限渐趋模糊,有的甚至同流合污,成为统治阶级的鹰犬;或称霸一方,横行乡间,欺压良善,危害人民。这恐怕要算是“游侠”的末流了。

历史长河,奔腾不息,大浪淘沙,逝者如斯。纵横学派久已消亡,纵横家也早化为历史,然而他们的遗风绵延不绝,对后世的影响甚为深远。“纵横”流为侠士的演变,就正好从一个方面对此做了体现。

原载《西南师范大学学报》(哲学社会科学版)1997 年第 4 期

论纵横之文的基本特征

以《战国策》文辞为代表的纵横之文，历来备受推崇。宋代李文叔在《书战国策后》中称颂它："文辞骎骎乎上薄六经，而下绝来世。"王觉《题战国策》称之为"文辞之最"。明代姚三才甚至赞美它："雄辩变幻，自是宇宙间一种好文字。"（《战国策谭椒》附录）必须指出，所谓"纵横之文"实有广、狭二义，广义的"纵横之文"即"战国之文"。章学诚《文史通义·诗教上》说：

> 战国之文，既源于六艺，又谓多出于诗教，何谓也？曰：战国者，纵横之世也。纵横之学，本于古者行人之官。观春秋之辞命，列国大夫，聘问诸侯，出使专对，盖欲文其言以达旨而已。至战国而抵掌揣摩，腾说以取富贵，其辞敷张而扬厉，变其本而加恢奇焉，不可谓非行人辞命之极也。

又说：

> 九流之学，……及其出而用世，必兼纵横，所以文其质也。古之文质合于一，至战

> 国而各具之质，当其用也，必兼纵横之辞以文之。

正如章氏所说，战国为纵横之世。这一时代，诸子并出，无不恣肆其说，以成一家之言，即“必兼纵横之辞以文之”。诸家之文都在不同程度上兼有“纵横”的时代风气，所以从这个意义上说来，战国之文亦可称为纵横之文。

至于狭义的“纵横之文”，则主要指战国策士纵横游说的说辞。这是“纵横之文”的本来意义，也是本文所论的主要对象。这些说辞大多保存在《战国策》中。其中最具代表性的是张仪、苏秦的纵横说辞，虽然属于拟作，但拟作者不出战国之末或秦汉之际的纵横家者流，所以历来被视为纵横之文的典型。

作为纵横家思想的载体、游说的记录，纵横之文不仅是我们研究纵横家的最基本、最重要的资料，而且从文学的角度看来，纵横之文还无愧为雄视百代的散文杰作。它们以自身所独具的特异光彩，辉耀文学史册。因此，探讨纵横之文的基本特征，揭示其有别于其他文章的特质所在，应该是必要而有益的。

近代学者刘师培在《文章学史序》中指出：“周末得文章正传者，仅墨家、纵横家二家而已。”又说：“东周以还，行人承命，咸以辞令相高，惟娴习文辞，斯克受行人之寄，所谓‘非文辞不为功’也。若行人失辞，斯为辱国。故言语之才，于斯为盛。复因行人之奉使四方也，由是习行人之言者，即以‘纵横’名其学。”刘氏本着“纵横家出于行人之官”的说法，认为纵横家“工于辞令”，并以“奉使四方”解“纵横”，提出“纵横家”之得名是由于他们“习行人之言”。这样的理解，虽不尽切当[①]，但不失为独到之见。其所谓纵横家“工于辞令”“得文章正传”之说，则明确指出了纵横之文的特点和价值。

然而纵横之文不同于一般的文章。它是战国策士为了某种明确的政治目的游说诸侯国君或互相辩难的说辞，具有明确的针对性和鲜明的功利性。战国策士奉行游说权谋之术，其主要手段便是“内者，进说辞也”（《鬼谷子·内揵》篇）；而“进说辞”的基本要领在于“揣情饰言，成文章而后论之”（《鬼谷子·揣》篇）。所以纵横家“工于辞令”而“成文章”，乃是游说用术的一个重要环节，而说辞本身便是权谋之术的载体。刘师培在《文章源始》中指出：“纵横者流，腾为口舌，语学之派别也（原注：即所谓游说也）。”又说：“语犹后世之演稿（原注：犹今世之演说也）。”刘氏认为策士说辞犹如后世的演说稿，只是从形式上着眼，看到

① 参见拙文《纵横家之兴考辨》第一部分“出于行人之官‘辨’”。

了二者有某些相似之处，却忽略了它们在本质上的区别。其实，策士说辞最基本的特征就在于它通篇贯穿了纵横捭阖之术，或者不如说，“纵横捭阖”乃是策士说辞的灵魂。这不但是它被称为“纵横之文”的主要原因，也是它区别于一般文章的特质所在。

且剖析二例，加以说明。

一是《战国策·韩策一·苏秦为楚合从说韩王》。

说辞首先从“揣情量权”之术入手，“度于大小，谋于众寡，称货财有无之数，料人民多少、饶乏、有余、不足几何，辨地形之险易，孰利孰害，……”（《鬼谷子·揣》篇）同时用“言其利而不言其害”的“捭阖”之术中的“捭”术，进说于韩王道：

> 韩北有巩、洛、成皋之固，西有宜阳、常阪之塞，东有宛、穰、洧水，南有陉山，地方千里，带甲数十万。天下之强弓劲弩，皆自韩出。谿子、少府时力、距来，皆射六百步之外。韩卒超足而射，百发不暇止，远者达胸，近者掩心。韩卒之剑戟，皆出于冥山、棠谿、墨阳、合伯膊。邓师、宛冯、龙渊、大阿，皆陆断马牛，水击鹄雁，当敌即斩坚。甲、盾、鞮、鍪、铁幕、革抉、㕹芮，无不毕具。以韩卒之勇，被坚甲，蹠劲弩，带利剑，一人当百，不足言也。

接着以“飞箝”之术盛赞“韩之劲”和“大王之贤”，即“引钩箝之辞”，造作声誉，“飞而箝之”；兼以“阴虑可否，明言得失，以御其志”的“内揵”之术，既“说而飞之”，又“揵而内合”①。其说曰：

> 夫以韩之劲，与大王之贤，乃欲西面事秦，称东藩，筑帝宫，受冠带，祠春秋，交臂而服焉。夫羞社稷而为天下笑，无过此者矣。是故愿大王之熟计之也。

继而用“言其害而不言其利”的“捭阖”之术中的“阖”术，兼用“摩而恐之”的“摩”术，大肆宣扬“事秦”的危害：

① 见《鬼谷子·内揵》篇。本文剖析纵横捭阖之术，所用术语均据《鬼谷子》。

大王事秦,秦必求宜阳、成皋。今兹效之,明年又益求割地。与之,即无地以给之;不与,则弃前功而后更受其祸。且夫大王之地有尽,而秦之求无已。夫以有尽之地,而逆无已之求,此所谓市怨而买祸者也,不战而地已削矣。

最后,按照《鬼谷子·谋》篇所谓“夫度材、量能、揣情者,亦事之司南(按:‘司南’犹今言‘指南’)也”的原则,针对揣量而知的韩王的个性,用《鬼谷子·反应》篇中所谓“象其事”“比其辞”之法,引“宁为鸡口,无为牛后”的“鄙语”,用生动形象的比喻“钓语合事”“以象动之”,并兼用“有以怒”的“摩”术,激使韩王愤怒而采取行动。其说曰:

臣闻鄙语曰:“宁为鸡口,无为牛后。”今大王西面交臂而臣事秦,何以异于牛后乎?夫以大王之贤,挟强韩之兵,而有牛后之名,臣窃为大王羞之。

苏秦的说辞到此结束。其纵横捭阖的游说之术果然大显威力,将那韩王“箝而从”“引而东”。文章结尾说:

韩王忿然作色,攘臂按剑,仰天太息曰:“寡人虽死,必不能事秦!今主君以楚王之教诏之,敬奉社稷以从!”

另一例与此相映成趣,即同书同《策》所载《张仪为秦连横说韩王》。

这一篇说辞与上篇一样,都是首先从“揣情量权”之术入手,“度权量能,见天时之盛衰,制地形之广狭、阻险之难易,人民货财之多少,诸侯之交孰亲孰疏、孰爱孰憎,心意之虑怀,审其意,知其所好恶,乃就说其所重”(《鬼谷子·飞箝》)。然而由于两篇说辞的政治目的恰恰相反,所用纵横捭阖之术也就各有侧重。张仪之说开头对比论述韩、秦二国实力,主要用“捭阖”之术。论韩用“阖”术,从“阴”,大讲其种种不利因素,“言恶以终其谋”。论秦则用“捭”术,从“阳”,

并兼用造作声誉的“飞”术，夸言其种种有利因素，“言善以始其事”。其辞曰：

韩地险恶，山居，五谷所生，非麦而豆；民之所食，大抵豆饭藿羹，一岁不收，民不餍糟糠。地方不满九百里，无二岁之所食。料大王之卒，悉之不过三十万，而厮徒负养在其中矣，为除守徼亭鄣塞，见卒不过二十万而已矣！

秦带甲百余万，车千乘，骑万匹，虎挚之士，跿跔科头，贯颐奋戟者，至不可胜计也。秦马之良，戎兵之众，探前趹后，蹄间三寻者，不可称数也。

接着用“象比”之法，“象其事”，“比其辞”；以“反覆”之术，“以象动之，以报其心，见其情，随而牧之”（《鬼谷子·反应》篇）；夸言“秦卒”之强，极贬“山东之卒”之弱，扬彼而抑此，摧垮对方信心。其辞曰：

山东之卒，被甲冒胄以会战，秦人捐甲徒裎以趋敌，左挈人头，右挟生虏。夫秦卒之与山东之卒也，犹孟贲之与怯夫也；以重力相压，犹乌获之与婴儿也。夫战孟贲、乌获之士，以攻不服之弱国，无以异于堕千钧之重，集于鸟卵之上，必无幸矣！

继而用“抵”之术，攻击诸侯与“从人”之隙漏，暴露其矛盾，揭示诸侯“社稷之长利”与“从人”“须臾之说”绝不相容。其辞曰：

诸侯不料兵之弱，食之寡，而听从人之甘言好辞，比周以相饰也，皆言曰：“听吾计则可以强霸天下。”夫不顾社稷之长利，而听须臾之说，诖误人主者，无过于此者矣。

再用“摩而恐之”的“摩”术，大肆渲染秦军攻城夺地必亡韩，加以威胁恐吓，断言“不事秦则危”。其辞曰：

大王不事秦，秦下甲据宜阳，断绝韩之上地，东取成皋、宜阳，则鸿台之宫，桑林之菀（苑），非王之有已。夫塞成皋，绝上地，则王之国分矣。先事秦则安矣，不事秦则危矣。夫造祸而求福，计浅而怨深，逆秦而顺楚，虽欲无亡，不可得也。

最后如同《鬼谷子·揣》篇所说："必以其甚惧之时，往而极其恶也；其有恶也，不能隐其情，情欲必出其变。"当韩王甚为恐惧之时，说者利用其惊恐失措的机会，再"因其势以成之"，用"内揵"之术，呈献计谋；并用"有以利"的"摩"术，宣扬"事秦"而"攻楚"，既可悦秦免祸，又可转祸于楚并得其地。如此抛出"实利"作为诱饵，诱使韩王付诸行动，其辞曰：

故为大王计，莫如事秦。秦之所欲，莫如弱楚，而能弱楚者莫如韩。非以韩能强于楚也，其地势然也。今王西面而事秦以攻楚，为敝邑，秦王必喜。夫攻楚而私其地，转祸而说（悦）秦，计无便于此者也。是故秦王使使臣献书大王御史，须以决事。

张仪的说辞到此结束。一番纵横捭阖的结果，是韩王言听计从，晕头转向，最终被"箝而横""引而西"了：

韩王曰："客幸而教之，请比郡县，筑帝宫，祠春秋，称东藩，效宜阳。"

上举二例足以说明，苏、张纵横说辞通篇贯穿了纵横捭阖的游说权谋术。《战国策》所载十余章苏、张纵横说辞，皆大率如此。其所用之术不出《鬼谷子》一书所论范围，可见它们之间存在着某种内在联系。[①]但有一点需要指出的是，策士说辞在论证方法上，普遍存在着诡辩的倾向。其主要表现是运用"以偏概

① 《鬼谷子》是纵横之术的经验总结、理论概括和系统阐述，可谓纵横家的学术理论结晶。其作者难以确考，但可肯定是纵横家或研习纵横术者之流。"鬼谷子"或"鬼谷先生"应视为纵横者流的化名或代称。《鬼谷子》的最初成书，大约在战国末年至汉初之间。详见拙文《纵横家之兴考辨》第二部分"'纵横家之祖'考"。

全”的逻辑方法。纵横家大多是诡辩论者。他们在思想方法上，总是按照主观需要，任意选取事物的某一面作为游说的借口，甚至不惜用“夸饰虚辞”肆意渲染，做出一些似是而非的论证；而不是由客观事实出发，从事物的全面联系中把握问题，实事求是地进行论证。或者以事物的表面相似为根据，“象其事”而“比其辞”，牵强附会，任意造说。正如曾巩在《战国策目录序》中所指出：

> 战国之游士则不然，不知道之可信，而乐于说之易合。其设心注意，偷为一切之计而已。故论诈之便而讳其败，言战之善而蔽其患。其相率而为之者，莫不有利焉而不胜其害也，有得焉而不胜其失也。

曾氏这一段论述，切中要害地指明了战国纵横家在思想方法上的主观片面性和善于诡辩的特点。纵横家所奉行的游说权谋之术，也正是具有这样的特征。苏、张纵横说辞贯穿了纵横捭阖之术，自然是最集中、最鲜明地体现了这一点。

其实不仅苏、张说辞以纵横捭阖为特质，据《战国策》所载，大凡策士辩难、设疑答问、游说献谋、上书自陈等都莫不如此。如司马错论伐蜀，范雎说秦王远交近攻，蔡泽说范雎功成身退，顿弱论横成则秦帝、纵成则楚王，颜斶论士贵王贱，莫敖子华对楚王问，楼缓、虞卿论割地赂秦，鲁仲连义不帝秦，乐毅报燕王书，武安君白起与昭王论伐赵，等等，都是与苏、张纵横说辞形、神相类的文章，并且还都是历代传诵的名篇。其文大率揣情量权，审时度势，指陈利害，掩短诵长，无不骋词驰说，痛快淋漓。细加审视则不难发现，权谋之术渗透其文字里行间。因此可以说，以苏、张纵横说辞为代表的纵横之文，是以纵横捭阖为基本特征的。

原载《大庆高等专科学校学报》1997年第2期，1998年长沙“中国古代散文第二届国际研讨会”论文

苏秦、张仪纵横说辞探研

在今本《战国策》中，载有苏秦、张仪二人的纵横说辞十余篇，分别见于《秦策一》《齐策一》《楚策一》《赵策二》《魏策一》《韩策一》《燕策一》。其说辞基本上是两两相对，十分引人注目。其中，《秦策一》所载较为特殊，苏秦的说辞是以“连横”说秦，“十上而说不行”；张仪的说辞是说秦王举赵亡韩，其文与《韩非子·初见秦》略同，其作者除张仪、韩非而外，还有范雎、蔡泽、吕不韦诸说。究属何人所作，迄今尚难论定。因此，这两篇说辞应属特例，另当别论。除此而外，其余游说六国的十二篇说辞，均为苏秦说“合从”，张仪说“连横”，两两相配，针锋相对，无不酣畅流丽、美妙动人。《战国策》一书，向有“纵横家言”（诸祖耿《战国策集注汇考·战国策考研录》）之称。其实，不能认为该书所载都是“纵横家言”。但以苏秦、张仪、陈轸、公孙衍、范雎、蔡泽等为代表的纵横游说活动的记载，实为该书主干，故所谓“纵横家言”，即主要据此而论。而苏、张纵横说辞无疑是其中的典范，值得特别重视和认真探究。

精心构制的“纵横家言”

刘向当初编纂《战国策》时，“因国别者，略以时次之”（刘向《校战国策书录》），分别将苏、张纵横说辞按其游说对象国编入，故现在看来，散见各《策》。但若将它们分离出来，作为一个整体予以观照，则可发现这些说辞颇多相似之处，发人深思。

首先是均属“拟作”而非“实录”。据现代学者徐中舒①、唐兰、杨宽②等先生考定，并以1973年底长沙马王堆汉墓出土的帛书印证，苏秦的主要政治活动，实际上是在张仪已死之后，他们根本不可能同时活跃于当时的政治、外交舞台。细考说辞文本，与史实亦多抵牾扞格之处。对此，缪文远《战国策考辨》和郑杰文《战国策文新论》考论甚详，足资参据，毋庸赘述。值得一提的是，这里所谓“拟作”，即指作者为了实现某种意图，假借史实，发挥想象，在某一特定历史场景下，虚拟人物言行而构制的作品。倘从作者主体说来，应是有所为而作；就作品本身而论，则是远离史家必备的“实录”精神，充满了虚构和想象。这样的作品，具有浓厚的创作色彩，呈现出鲜明的文学特征。苏、张纵横说辞就正是如此精心构制的佳品。

至于苏、张纵横说辞的作者为谁，限于资料，实难确考。但其鲜明的“纵横”色彩足以表明，它们应是战国末年习纵横之术的后学门徒的模拟之作。尽管《战国策》一书并非出于一人一手、一时一地，但这十二篇苏、张纵横说辞的作者，则很有可能为一人。

其次是写作意图如一。无论是苏秦说“合从”，还是张仪说“连横”，都是作者借以演习纵横术的范本。其写作意图不在“实录”其人其事，而是作者借纵横家的两个头面人物来现身说法，提供后学者以资借鉴和研习的样板。其所记虽非史实，却分明具有权威性、示范性和实用性的特征。

再次是构思雷同，结构相似。苏、张纵横说辞都以寥寥数语开头，首先标明说者（苏秦或张仪）、游说目的（“合从”或“连横”）、游说对象（国君）。然后是大段游说之辞，虽然内容因游说对象不同而有所差异，但撮其要旨，不外乎“从人”

① 徐中舒.论《战国策》的编写及有关苏秦诸问题[J].历史研究，1964(1).

② 马王堆汉墓帛书整理小组.战国纵横家书[M].北京：文物出版社，1976.

苏秦运用“高主之节行，言其利而不言其害”(《战国策·楚策一·张仪为秦破从连横》)的“长说”，鼓吹“合从”；“横人”张仪则运用“贬主之节行，言其害而不言其利”的“短说”，宣扬“连横”。最后皆无一例外，游说成功。苏秦说辞之末，皆记国君表态，一律深自懊悔，称自己年少无知或“不肖”“不敏”，如今“得闻明教”，甘愿“敬奉社稷以从”。张仪说辞之末，则记国君幡然醒悟，自谓“前计失之”，甘愿“变心易虑”，“剖地谢前过以事秦”，接着还以三言两语记叙“事秦”的实际行动，强调游说者如愿以偿。综观苏、张纵横说辞，其框架模式大率如此：开篇(游说者→游说目的→游说对象)→正文(纵横说辞)→结语(国君表态或纵或横，或略叙实际行动)。如果撇开说辞内容不论，那么，苏、张纵横说辞就真像是从一个模子里铸造出来的。

不仅如此，其文句式和用语亦多有相似之处，语言风格颇为一致。如苏秦以“合从”说赵王：

> 苏秦从燕之赵，始合从，说赵王曰：“……赵地方二千里，带甲数十万，车千乘，骑万匹，粟支十年。西有常山，南有河、漳，东有清河，北有燕国。燕固弱国，不足畏也。”(《战国策·赵策二·苏秦从燕之赵始合从》)

说魏王：

> 苏子为赵合从，说魏王曰：“大王之地，南有鸿沟、陈、汝南，有许、鄢、昆阳、邵陵、舞阳、新郪；东有淮、颍、沂、黄、煮枣、海盐、无疏；西有长城之界；北有河外、卷、衍、燕、酸枣，地方千里……人民之众，车马之多，日夜行不休已，无以异于三军之众。”(《战国策·魏策一·苏子为赵合从说魏王》)

说韩王：

> 苏秦为楚合从说韩王曰：“韩北有巩、洛、成皋之固，西有宜阳、常阪之塞，东有宛、穰、洧水，南有陉山，地方千里，带甲数十万。天下之强弓劲弩，皆自韩出。”(《战国策·韩策一·苏秦为楚合从说韩王》)

类似句式及用语,亦见于苏秦说楚、说齐、说燕,勿烦赘举。至于张仪以“连横”为说,仅举魏、韩二例。

说魏王:

> 张仪为秦连横,说魏王曰:“魏地方不至千里,卒不过三十万人。地四平,诸侯四通,条达辐凑,无有名山大川之阻……南与楚境,西与韩境,北与赵境,东与齐境,卒戍四方,守亭障者参列……此所谓四分五裂之道也……为大王计,莫如事秦。”(《战国策·魏策一·张仪为秦连横说魏王》)

说韩王:

> 张仪为秦连横,说韩王曰:“韩地险恶,山居,五谷所生,非麦而豆……地方不满九百里,无二岁之所食。料大王之卒,悉之不过三十万……故为大王计,莫如事秦。”(《战国策·韩策一·张仪为秦连横说韩王》)

限于篇幅,不便多引。但仅此所引二小节,亦可见其句式、用语和文气、风格如出一辙。即与苏秦之说相较,除了一为“横”之倡导,一为“从”之鼓吹,由于主旨相反,故一主“短说”,一持“长说”,一“阖”一“捭”,一贬一扬而外,其说辞的行文构思、结构框架、语言风格等,在实质上并无二致。

郑杰文认为:“那些散入各《策》中的文章风格、结构形式都近似的篇章,如托名的苏秦说七国之辞和张仪说七国之辞等,更有可能原为一专集而被刘向散入各《策》。”(郑杰文《战国策文新论》,山东人民出版社1998年版)这是就刘向集录《战国策》一书时所据原始资料的情况所做的推断。现在看来,似可进而再做推论:苏、张纵横说辞很有可能出自一人之手,也就是说,其作者很有可能属于一人。

必须指出的是,苏、张纵横说辞虽属后人拟作,但还应该是有一些原始资料为依据的,并非完全凭空臆造。只不过根据现实的需要,经过了有意识的加工修饰,掺进了一定的虚构和想象罢了。因而从写作的角度看来,可以认为是一种再创作。明白了这一点,其文本何以显得规范而整饬,其行文构思、结构框架、语言风格何以如此相似,也就不难理解了。

苏、张纵横说辞是最标准的"纵横家言",充分体现了该书的主要思想倾向,可看作支撑各《策》的主干,对《战国策》研究而言,其重要性不言而喻。在历代文章家看来,其文辩丽横肆,悦人耳目,无愧为《战国策》中的名篇佳作。但它们毕竟不同于一般的文章,故不能仅以"文章"视之,还必须从"纵横家言"的角度予以审视,才能够充分揭示其特质和奥妙所在。

纵横说辞的典型范本

纵横说辞不同于一般的"文章"。它们是战国策士为了某种明确的政治目的游说诸侯国君或互相辩难的辞令记录或摹写,具有鲜明的功利性。战国策士奉行游说权谋之术,其主要手段便是"内者进说辞"(《鬼谷子》);而"进说辞"的基本要领在于"揣情饰言,成文章而后论之"(《鬼谷子》)。所以纵横家"工于辞令"而"成文章",乃是游说用术的一个重要环节,而说辞本身便是权谋之术的载体。因此可以说,策士说辞最基本的特征就在于通篇贯穿了纵横捭阖之术;或者不如说,"纵横捭阖"是策士说辞的灵魂。这是它被称为"纵横家言"的主要原因,也是它区别于一般"文章"的特质所在。苏、张纵横说辞堪称充满纵横气、运用纵横术的典范。为了具体说明,我们不妨从中选出苏、张分别游说楚王的两篇说辞,参照《鬼谷子》所载纵横术,试做分析探讨。

先看苏秦说楚王:

首先由"揣""权"之术入手,在揣情量权的基础上,一开口便用"飞箝"之术,"先作声誉以飞扬之":

> 楚,天下之强国也。大王,天下之贤王也。楚地西有黔中、巫郡,东有夏州、海阳,南有洞庭、苍梧,北有汾陉之塞、郇阳。地方五千里,带甲百万,车千乘,骑万匹,粟支十年,此霸王之资也。夫以楚之强与大王之贤,天下莫能当也。(《战国策·楚策一·苏秦为赵合从说楚威王》)

这开头一段说辞，不仅用了“飞箝”之术，而且综合运用了“捭阖”中的“捭”及“揣”、“权”等术。其言“尊荣”“显名”“爱好”“财利”“得意”“喜欲”等，皆为“阳”，亦即“捭”，遵循的是“与阳者言，依崇高”的法则。通过“量其能射其意”，察其有“霸王”之欲的内情，用“飞箝”钩取其心；并用揣情量权之术，对楚国的山川、地势、面积、兵力、粮食储备等做夸张描述。此即《鬼谷子·权》篇所谓“饰言者，假之也；假之者，益损也”以及“言其有利者，从其所长也”。因此，这一段可谓“长说”的运用。

接着用“摩”术激诱楚王道：

今乃欲西面而事秦，则诸侯莫不南面而朝于章台之下矣。秦之所害于天下莫如楚，楚强则秦弱，楚弱则秦强，此其势不两立。（《战国策·楚策一·苏秦为赵合从说楚威王》）

这是用“其摩者……有以怒”的方法，激使对方愤怒，从而付诸行动。再用“谋”术，“因其势以成之，因其恶以权之，因其患以斥之”（《鬼谷子》），并用“内者进说辞，揵者揵所谋”的“内揵”之术（《鬼谷子》），为楚王呈献计谋：

故为王至计，莫如从亲以孤秦。（《战国策·楚策一·苏秦为赵合从说楚威王》）

至此，挑明了鼓吹“合从”的游说主旨，但并不顺承这一主旨申论，而是故意绕到它的反面，用“反而求之”“欲擒故纵”的“反应”之术，大谈“不从亲”的可怕后果，兼用“摩”术，“摩而恐之”：

大王不从亲，秦必起两军：一军出武关；一军下黔中。若此，则鄢、郢动矣。臣闻治之其未乱，为之其未有也。患至而后忧之，则无及已。故愿大王之早计之。（《战国策·楚策一·苏秦为赵合从说楚威王》）

然后才回到游说的主旨上来，极论“合从”之可取。于是综合运用专言“爱好”“财利”“得意”“喜欲”的“捭”术，“结以财货”“结以采色”的“内揵”术，“其用或称财货、琦玮、珠玉、璧帛、采色以事之”的“飞箝”术，以及“有以利”的“摩”术，总之是极力渲染“合从”之利，以利诱之：

> 大王诚能听臣，臣请令山东之国，奉四时之献，以承大王之明制；委社稷宗庙，练士厉兵，在大王之所用之。大王诚能听臣之愚计，则韩、魏、齐、燕、赵、卫之妙音美人，必充后宫矣。赵、代良马橐他，必实于外厩。故从合则楚王，横成则秦帝。今释霸王之业，而有事人之名，臣窃为大王不取也。(《战国策·楚策一·苏秦为赵合从说楚威王》)

接着用“微排其言而捭反之”之术，针对“连横”而事秦的反面主张，予以排击；且用“可抵而塞，可抵而却”的“抵巇”之术，对来自内、外或者说内外勾结的“横人”的“养仇而奉雠”予以揭露和攻击。以“计谋不两忠，必有反忤”的“忤合”之术，既显示自己“效愚计”的忠心，又揭露“横人”之“大逆不忠”。最后用“捭阖”之术突出“从亲”与“横合”的结局相差“有亿兆之数”：“从亲”为“捭”，为“阳”，为“始”；“横合”为“阖”，为“阴”，为“终”。不同的选择及其结局明摆于楚王面前：取“从亲”则“长生”“安乐”“尊亲”“显名”，取“横合”则“死亡”“忧患”“贫贱”“苦辱”“弃损”；前者以“利”诱之，后者以“害”恐之。在这种情况下，对方何去何从，便是可想而知的了。且看原文：

> 夫秦，虎狼之国也，有吞天下之心。秦，天下之仇雠也。横人皆欲割诸侯之地以事秦，此所谓养仇而奉雠者也。夫为人臣而割其主之地，以外交强虎狼之秦，以侵天下，卒有秦患，不顾其祸。夫外挟强秦之威，以内劫其主，以求割地，大逆不忠，无过此者。故从亲，则诸侯割地以事楚；横合，则楚割地以事秦。此两策者，相去远矣，有亿兆之数。两者大王何居焉？故弊邑赵王，使臣效愚计，奉明约，在大王命之。(《战国策·楚策一·苏秦为赵合从说楚威王》)

苏秦的游说到此结束。在这篇游说辞中，纵横之术的运用可谓精到微妙，其结果自然是“箝而从”了：

楚王曰：“寡人之国，西与秦接境，秦有举巴蜀、并汉中之心。秦，虎狼之国，不可亲也。而韩、魏迫于秦患，不可与深谋，恐反人以入于秦，故谋未发而国已危矣。寡人自料，以楚当秦，未见胜焉。内与群臣谋，不足恃也。寡人卧不安席，食不甘味，心摇摇如悬旌，而无所终薄。今君欲一天下，安诸侯，存危国，寡人谨奉社稷以从。”（《战国策·楚策一·苏秦为赵合从说楚威王》）

根据长沙马王堆三号汉墓出土的帛书所载，可知苏秦是与燕昭王、齐闵王同时的人物，时当公元前4世纪末3世纪初。他一生的主要活动，是入齐为燕昭王做反间，于闵王末年任齐相。公元前284年，反间之事暴露，苏秦被车裂而死。故《战国策》和《史记》中关于苏秦游说事迹的记载，大多出于传闻和虚构。正如司马迁在《史记·苏秦列传》的论赞中所指出：“世言苏秦多异，异时事有类之者，皆附之苏秦。”此篇即为附会苏秦说楚威王的拟托之辞。其游说齐、韩、赵、魏、燕之辞，情形亦与此大体类似。

至于张仪的说辞，虽与苏秦说辞主旨相反，但所用的游说武器——纵横术则出自同一武库。只不过由于立场不同、意图各别，用术的技巧和手段有所差异罢了。

张仪以“连横”说楚王，与苏秦以“合从”说楚王，同载《战国策·楚策一》。张仪的说辞，同样从揣情量权入手，而突出运用“捭阖”、“抵巇”与“摩”术。他一开头就说：

秦地半天下，兵敌四国，被山带河，四塞以为固。虎贲之士百余万，车千乘，骑万匹，粟如丘山。法令既明，士卒安难乐死。主严以明，将知以武。虽无出甲兵，席卷常山之险，折天下之脊，天下后服者先亡。（《战国策·楚策一·张仪为秦破从连横》）

首先以“捭阖”中的“捭”术，杂以“作声誉以飞扬之”的“飞”术，大肆渲染秦国之强盛：地域辽阔，地势险固，兵多粮足，车骑成千上万，将智士勇，君主严明，天下无敌。如此向楚王夸耀秦之强，是用“以阴接阳，施以力也”即以外势施加压力的“捭阖”之术，同时也兼有“摩而恐之”之意。接着以“抵巇”之术攻击“为从者”：

且夫为从者，无以异于驱群羊而攻猛虎也。夫虎之与羊，不格明矣。今大王不与猛虎而与群羊，窃以为大王之计过矣。(《战国策·楚策一·张仪为秦破从连横》)

这一段说辞，以“猛虎”喻秦国，以“群羊”比六国，把“合从”之计比喻为“驱群羊而攻猛虎”。这种以生动的形象说明抽象事理的方法，正是《鬼谷子·反应》篇所说的“言有象，事有比；其有象比，以观其次。象者，象其事；比者，比其辞也”的具体运用。可见这一段说辞兼用了“抵巇”“反应”之术。

其下数段，或论说天下之大势，或排击“从人”及“合从”之计，或引证楚国过去的史实，说明违逆强秦必危的道理，或以“连横”之利诱之。然后转而攻击“合从”的“旗手”苏秦，断言其必败：

凡天下所信约从亲坚者苏秦，封为武安君而相燕，即阴与燕王谋破齐共分其地。乃佯有罪，出走入齐，齐王因受而相之。居二年而觉，齐王大怒，车裂苏秦于市。夫以一诈伪反覆之苏秦，而欲经营天下，混一诸侯，其不可成也亦明矣。(《战国策·楚策一·张仪为秦破从连横》)

最后以“内揵”与“谋”之术呈献谋略，鼓吹“连横”。这一篇说辞，把纵横之术运用得滚瓜烂熟、恰到好处，其结果自然是“箝而横”了：

楚王曰：“楚国僻陋，托东海之上。寡人年幼，不习国家之长计。今上客幸教以明制，寡人闻之，敬以国从。”乃遣使车百乘，献鸡骇之犀、夜光之璧于秦王。(《战国策·楚策一·张仪为秦破从连横》)

张仪以“连横”游说楚王如此，游说他国君主也大体如此。这里必须指出的是，苏、张纵横说辞均为后人拟作，多与史实不合，其中尤以张仪说楚王这一篇为最。特别是张仪所谓“齐王大怒，车裂苏秦于市”之说，显背史实。据《战国纵横家书》所附《苏秦事迹简表》，苏秦之死在公元前284年，距张仪之死（公元前309年）已二十五年，张仪岂可预知其死于“车裂”？足见乃后人拟托之辞。难怪缪文远斥之为“依托文字中下乘之作”（缪文远《战国策考辨》）。从史家的眼光看来，固然如此，但从文学的角度看来，不能不说这是一篇非常精彩的佳作。只要不把这类纵横说辞当作原原本本的“实录”，而认识到它们实际上是在原始材料基础上檃栝而成的作品，那么，它们所具有的示范意义，不仅有助于探究纵横之术运用的奥妙，而且充分显示了它们实际上是供后人研习纵横术的典型范本。

耐人寻味的若干启示

苏、张纵横说辞作为“纵横家言”的典范，历来被认为是《战国策》中的华彩篇章。后世文人所谓“文辞之胜”“文章之奇”的赞叹（诸祖耿《战国策集注汇考·战国策考研录》），即主要指这些说辞。正如刘知幾在《史通通释·言语》篇中所说：“战国虎争，驰说云涌，人持弄丸之辩，家挟飞钳之术。”探究苏、张纵横说辞，不但可窥知纵横术运用的奥妙和特点，而且可从中得到若干启示。

第一，虽然苏秦说“合从”，张仪说“连横”，游说意图和主张截然相反，但他们所凭借的游说利器都是纵横之术，而且都不出《鬼谷子》一书所论的范围。这充分说明，说辞的作者虽肯定不是苏、张本人，但一定是其后的纵横家者流，而且是对纵横之术烂熟于心，运用自如，堪称深谙纵横术奥妙的行家里手。同时也说明，《鬼谷子》一书无愧为纵横之术的理论结晶。

第二，“揣情量权”是运用纵横术的基础。苏、张的游说，均由“揣”“权”之术入手，预先揣量游说对象的主、客观情况，包括山川、地形、天时、人民、谋臣、财货、经济、政治、军事、外交等各方面情况，还包括国君本人的志趣、性格、爱好、亲疏等等，都在揣量之列。当心中有数之后，再展开游说，做到“望闻问切”而知病,然后“对症下药”。这就正如《鬼谷子·揣》篇所说:“度于大小,谋于众寡,称货财之有无,料人民多少、饶乏、有余不足几何;辨地形之险易,孰利孰害,谋虑孰长孰短;君臣之亲疏,孰贤孰不肖;与宾客之知睿,孰少孰多;观天时之祸福,孰吉孰凶;诸侯之亲,孰用孰不用;百姓之心,去就变化,孰安孰危,孰好孰憎,反侧孰便。能知如此者,是谓权量。”当年的纵横家头面人物苏秦、张仪就都是这样做的。用今天的话来说,这其实就是讲“调查研究”。事先掌握对方的情况,做到知己知彼,便为胜利奠定了基石。

第三,“饰辩虚辞”,“成文章而后论之”。这是苏、张游说的共同特点。“饰辩虚辞”本是张仪对“从人”的揭露,其实也无妨看作“横人”张仪的“夫子自道”。《鬼谷子·揣》篇说:“揣情饰言,成文章而后论之。”就是说在揣情量权、既得对方实情之后,必须着意修饰言辞,使之富于文采,然后用经过艺术加工、充满动人魅力的美妙说辞,去打动和说服对方。无论“从人”或“横人”,都奉行这一法则,所以纵横说辞大都辩丽横肆,文采斐然。后世文人几乎无不称颂《战国策》一书文辞精妙奇伟。宋代李格非在《书战国策后》中赞其文辞“骎骎乎上薄六经,而下绝来世”;清代章学诚在《文史通义·诗教上》中称战国纵横家“抵掌揣摩,腾说以取富贵,其辞敷张而扬厉”,“不可谓非行人辞命之极也”。苏、张纵横说辞就突出地体现了他们所称道的这些特点。

第四,通篇运用纵横术是纵横说辞不同于一般文章的特质,而纵横术的运用皆以“捭阖”为主,兼用诸术。综观苏、张纵横说辞,所用纵横术都以“捭阖”为主要手段。只是因为二人立场不同,游说目的一“从”一“横”,恰相背离,所以苏秦多用“捭”之术,所言多法“阳”;张仪多用“阖”之术,所言多法“阴”。苏秦重在以利诱之,故多用“言其利而不言其害”的“长说”;张仪重在以威恐之,故多用“言其害而不言其利”的“短说”。他们在以“捭阖”之术为主的同时,又都兼用诸术而各有侧重。大体说来,苏秦多用“飞箝”“内揵”“摩”术,旨在诱劝、激励;张仪多用“反覆”、“抵巇”和“摩而恐之”之术,旨在恐吓、胁迫。由此可见,“捭阖”的确是纵横术的核心和灵魂。纵横术的运用不是单一性的,而是明显具有综合性的特点。由于游说对象、游说意图的不同,纵横术的具体运用还应该是有所侧重的。总之,纵横术变化万端,奥妙无穷,用好纵横术的关键,全凭游说者一心之运。

第五,诡辩的特征。在论证方法上,纵横说辞普遍存在诡辩的倾向,其主要表现是运用“以偏概全”的逻辑方法。纵横家大多是诡辩论者,他们在思想方法上,总是按照主观的需要,任意选取事物的某一面作为游说的借口,甚至不惜用夸饰非实的文辞肆意渲染,做出一些似是而非的论证;而不是由客观出发,从事物的全面联系中把握问题,实事求是地进行论证。或者以事物的表面相似为根据,“象其事”而“比其辞”。牵强附会,任意造说。曾巩在《战国策目录序》中指出:“战国之游士则不然,不知道之可信,而乐于说之易合。其设心注意,偷为一切之计而已。故论诈之便而讳其败,言战之善而蔽其患。”可谓切中要害地指明了战国纵横家在思想方法上的主观片面性和善于诡辩的特点。纵横家所奉行的游说权谋之术,正是具有这样的特征。苏、张纵横说辞贯穿了纵横捭阖之术,自然是最集中、最鲜明地体现了这一点。

原载《西南师范大学学报》(人文社会科学版)2006年第4期

“鬼谷”解

“鬼谷”见于古籍，用作人名、地名和书名。作人名者称“鬼谷先生”或“鬼谷子”。《史记·苏秦列传》谓苏秦“东事师于齐，而习之于鬼谷先生”。《史记·张仪列传》亦谓张仪“始尝与苏秦俱事鬼谷先生，学术，苏秦自以不及张仪”。据此，后人便将“鬼谷先生”奉为“纵横家之祖师”。

“鬼谷”为地名，见于《史记·苏秦列传》司马贞《索隐》：“鬼谷，地名也。扶风、池阳、颍川、阳城并有鬼谷墟，盖是其人所居，因为号。”裴骃《史记集解》引徐广曰：“颍川、阳城有鬼谷。”又，《史记·樗里子甘茂列传》记苏代说秦王迎甘茂，语及“自殽塞及至鬼谷”和“使彼来则置之鬼谷”。张守节《正义》引刘伯庄说：“此鬼谷，关内云阳，非阳城者也。”又按：“阳城鬼谷时属韩，秦不得言置之。”可见“鬼谷”其地，各说不一，难以确指。

“鬼谷”名书，则为《鬼谷子》。此书《汉志》未录，始见著录于《隋书·经籍志》。其后即屡见于史志及书目著录。旧有乐壹、皇甫谧、陶弘景、尹知章四家注，今传者为南朝齐梁之际陶弘景注本，凡三卷，共二十一篇。

综上可知，“鬼谷”原为地名，人乃因地而名，书又因人而名。实际上,作为地名,"鬼谷"究指何处,诸说不同,实难确指;至于"鬼谷先生"其人,则属子虚、乌有似的影子人物,很难说历史上实有其人。[①]然而一部专讲游说权谋之术的典籍,又偏偏命名为《鬼谷子》,这不仅给该书蒙上了浓厚的神秘色彩,而且打上了纵横家的鲜明烙印,使"鬼谷"成为纵横家的特殊标志。因此,"鬼谷"之意蕴如何,值得探究。

段玉裁《说文解字注》说:

> 鬼:人所归为鬼。以叠韵为训。《释言》曰:"鬼之为言归也。"郭注(按:指郭璞《尔雅》注。《释言》为《释训》之误)引《尸子》:"古者谓死人为归人。"《左传》子产曰:"鬼有所归,乃不为厉。"《礼运》曰:"魂气归于天,形魄归于地。"从"儿"(古文"人"字),"甶"象鬼头。自"儿"而归于"鬼"也。从"厶"(即"私")。……鬼阴气贼害,故从"厶"。

"鬼"的观念,无疑是具有世界性的。当人类还处于生产力水平极为低下,对许多自然现象都不能做出正确解释的古代,"鬼"的概念就通过人们的幻想而产生了。越是不可捉摸的事物,越需要幻想出一个神秘莫测的概念来试图做出合理的解释,以一种虚幻的假象去消解蒙昧的疑惑,"鬼"的概念大概就是这样产生的。"鬼"字的含义,有一个突出特点,即所谓"阴气贼害,故从'厶'"。《正字通》说"鬼":"人死魂魄为鬼。凡人皆阴阳之气形成。阴阳散而人死。初死前阴以绝,后阴未来,谓之中阴。通,谓之鬼。"这当然也是玄虚之说,但可见"鬼"属"阴"性的认识,是具有普遍性的。值得注意的是,《鬼谷子》一书特别标榜"阴"道。其《谋》篇一再申论"圣人之道阴""先王之道阴";如此对"阴"情有独钟,其实正体现了"鬼"的特性。《谋》篇还说:"天地之化,在高与深;圣人之制道,在隐与匿。"这就意味着,纵横之术是以隐微、秘密、幽深、潜藏为法则的。这些法则,均属"阴"性,故称纵横之术为"阴谋",既恰切,又传神。这样看来,纵横之术确实弥漫着缥缈的"鬼"气。

至于"谷",原指两山间的夹道或流水道。《说文》:"泉出通川为谷。"《老子》第六章:"谷神不死,是谓玄牝。"三国魏王弼注:"谷神,谷中央无谷也,无形无

① 详见拙文《纵横家之兴考辨》。

影，……谷以之成，而不见其形。”据此，“谷”有虚空无形之意。缥缈幽隐的“鬼”气，无形无影的虚“谷”，应是“鬼谷”的字面意义。所以，如果撇开众说纷纭、查无实据的“鬼谷”地名说，那么，“鬼谷”的字面意义倒是很能传达纵横之术的精神特质的。

总之，无论“鬼谷先生”之称，还是《鬼谷子》一书的命名，都是有意识地用“鬼谷”二字作招牌，宣扬奇奥之说、隐秘之术、诡谲之计、诈伪之谋，涂上眩人眼目的神秘色彩。难怪东汉哲学家王充在《论衡·答佞》篇中精辟地指出：“术则纵横，师则鬼谷。”

原载《新国学》第1卷，巴蜀书社1999年12月第1版

说“长短”

在《汉书·艺文志》所谓“九流十家”中,“纵横”是不太显眼的一家;而在先秦诸子中,“纵横”也没有取得如“儒”“墨”那样号称“显学”的地位。可是在战国时代,“天下方务于合从连衡”(《史记·孟子荀卿列传》),纵横之学确曾风靡一时。纵横家顺时而兴,应时而盛。他们或奔走游说,驰骋辩才;或入朝干政,出谋划策,活跃于当时政治、外交舞台之上。刘向《校战国策书录》所谓“苏秦为从,张仪为横。横则秦帝,从则楚王。所在国重,所去国轻”,便充分肯定了他们在当时举足轻重的政治作用。

“纵横家”既列诸子之一,自应有其系统的学问。《汉书·艺文志》著录《苏子》《张子》《蒯子》《邹阳》《主父偃》等“从横十二家,百七篇”,可惜都已亡佚,难窥其学奥妙。但后人多有概而言之者,据笔者管见所及,似有如下提法:

或称“长短说”。《史记·田儋列传》:“蒯通者,善为长短说,论战国之权变,为八十一首。”

或称“长短纵横之术”。《史记·主父偃传》:“(偃)学长短纵横之术。”

或直称“长短”。《史记·张汤传》:“边通,学长短。”

或称“纵横短长之说”。刘向《校战国策书录》:“是以苏秦、张仪、公孙衍、陈轸、代、厉之属,生从横短长之说,左右倾侧。”

关于“纵横”之义,人们多耳熟能详,无须多讲[①];但关于“长短”之义,则迄今未见有通达之论,似有再加探讨的必要。

有趣的是,“纵横”与“长短”都是对立的统一。地理上,南北为“纵”,东西为“横”。韩婴释《诗·齐风·南山》句“衡从其亩”曰:“东西耕曰横(衡)”,“南北耕曰由(从)”(《毛诗正义》第五卷)。在战国时期,“纵横”被赋予了新的意义:“从者,连南北为一,西乡以摈秦。”“横者,离山东之交,使之西乡以事秦。”(《汉书音义》)作为一个政治概念,“纵横”的确是战国时代秦与山东六国斗争形势的生动写照。而“长短”也是一对矛盾。《老子》中所谓“长短相形”,即深刻地揭示了二者相互依存的辩证关系。战国时期,长、短的概念广泛为人所用,所谓“绝长补短”“折长补短”“绝长续短”“断长续短”等语,即分别见于《孟子》、《韩非子》及《战国策》中,不过,其词义有的已引申为优、劣之谓了。

及至纵横家登上历史舞台,“长短”乃与“纵横”联姻,俨然成了纵横家的一个鲜明标志。难怪一部号称“纵横家言”的《战国策》,又被称为《短长书》。

此所谓“短长”,亦即“长短说”“长短术”,主要是指游说的一种技巧。纵横家靠游说谋取富贵利达,因而特别讲究游说之术。他们的武器乃是所谓“三寸不烂之舌”。无怪乎《史记·张仪列传》记纵横家张仪曾被诬盗楚相之璧,含冤受屈被“掠笞数百”,但他唯一关心的是“舌尚在不”,只要“舌在”,他便以为“足矣”,因为这就意味着复仇的希望和取荣的机会犹存。对纵横家而言,游说无异于飞黄腾达的阶梯,自然成为他们“简练揣摩”的主要内容之一。

游说的对象主要是各国国君,因而所谓的“长短说”呈现出鲜明的针对性。这就是说,“长”与“短”都是针对游说对象而言。那么,究竟什么是“长短说”呢?就《史记·田儋列传》所载“长短说”,唐代司马贞《索隐》道:“言欲令此事长,则长说之;欲令此事短,则短说之。故《战国策》亦名曰《短长书》是也。”其解释颇能得其精神,但惜乎语焉不详;我们不妨进而再问:“长说”“短说”究竟是什么呢?

答案最好求之于纵横家。

《战国策·楚策一》记张仪为秦破纵连横而说楚王,对此有一段绝妙的注脚。

① 参见拙著《战国策研究与选译》,重庆出版社,1988年版。

他在楚王面前大肆攻击主张合纵抗秦的“从人”者流，揭露他们的惯用伎俩道：

> 夫从人者，饰辩虚辞，高主之节行，言其利而不言其害……

显而易见，这就是所谓“长说”的要义；反之，“贬主之节行，言其害而不言其利”，即是所谓“短说”。

张仪攻击“从人”如此，而作为“横人”的头面人物，他自己又何尝不是如此呢？故其说尽可视为“夫子自道”。应该指出，纵横家或主“从”，或主“横”，看似分为两大敌对阵营；然而他们在运用“长短说”上，却是同一衣钵，实无二致的。试看两个实例。

一为“从人”苏秦以合纵说赵王：

> 苏秦从燕之赵，始合从，说赵王曰：“……当今之时，山东之建国，莫如赵强。赵地方二千里，带甲数十万，车千乘，骑万匹，粟支十年；西有常山，南有河、漳，东有清河，北有燕国。燕固弱国，不足畏也。且秦之所畏害于天下者，莫如赵。”(《战国策·赵策二·苏秦从燕之赵始合从》)

这就是“言其利而不言其害”，堪称“长说”之典型。

一为“横人”张仪以连横说魏王：

> 张仪为秦连横，说魏王曰：“魏地方不至千里，卒不过三十万人。地四平，诸侯四通，条达辐凑，无有名山大川之阻。从郑至梁，不过百里；从陈至梁，二百余里。马驰人趋，不待倦而至梁。南与楚境，西与韩境，北与赵境，东与齐境……此所谓四分五裂之道也。”(《战国策·魏策一·张仪为秦连横说魏王》)

其说句句皆言其“害”而不言其“利”，此即“短说”之典型。

值得一提的是，“短说”似乎更为纵横家所看重。《战国策·齐策三》讲：“善说者，陈其势，言其方，人之急也，若自在隘窘之中，岂用强力哉！”这就是说，能够讲清形势，说明方略，掌握对方心理，抓住他的要害，以其切身利害去打动他，让他好像置身于危难的境地之中，如此达到游说的目的，又何必用强力呢！能够做到这样，那才算是“善说者”。显然，唯有言其“害”而不言其“利”的“短说”，方可臻此上乘境界。

一言以蔽之，纵横家之“长短”，实质即“利害”。所谓“长短说”，讲得具体一些，不外乎投其所好，虚辞逢迎；因其所惧，危言耸听；掩短诵长，弄虚作假；倾诈翻覆，机巧权变；夸言其长处而以“利”诱之，揭示其短处而以“害”惧之。这就是所谓“长短”之术的个中三昧。值得注意的是，战国是一个“上下交征利”（《孟子·梁惠王上》）的时代，各国统治者莫不“贪饕无耻，竞进无厌”（刘向《校战国策书录》）。正是在这样的历史条件下，纵横家奉“利”为价值取向，既以“利”作为自己追求的目标，也用“利”作为说动各国国君的诱饵，于是有了所谓的“长短”之术。这样看来，“长短”之生，不能不说是历史的必然。

原载《西南师范大学学报》（哲学社会科学版）1992年《古籍整理与研究》专刊

论先秦史家之文

史家之文，南北殊风
——《国语》风格不同论

《国语》之文，异彩纷呈，历来备受推崇。唐代柳宗元称其“深闳杰异”（《柳河东集》卷四十四《非国语序》），明代黄省曾赞其“文辞高妙精理，非后之操觚者可及”。王世贞甚至说它“足以文藻群流黼黻当代，信文章之巨丽也”（朱彝尊《经义考》卷二〇九）其实，这样的评价带有强烈的主观色彩，并且主要强调的是总体感受，揆之《国语》未必尽然。《国语》是我国最早的一部国别史。它分国记载周、鲁、齐、晋、郑、楚、吴、越八国史事，其文章各具特点，风格颇不一律。前人对此早有所见。如《经义考》卷二〇九引明代陶望龄语曰：“《国语》一书，深厚浑朴，周、鲁尚矣。《周语》辞胜事，《晋语》事胜辞。《齐语》单记桓公霸业，大略与《管子》同。如其妙理玮辞，骤读之而心惊，潜玩之而味永，还须以《越语》压卷。”此段论述，涉及周、晋、齐、越语，或言其特点，或指其渊源，或赞其高妙，总之是看到了《国语》文章风格之不一，因而尝试具体论之，虽未免过于简略，但已不同于泛泛之谈。其后崔述、刘熙载也有类似评论。崔氏在《洙泗考信录余录》卷之三中指出："《国语》周、鲁多平衍，晋、楚多尖颖，吴、越多恣放。"刘氏则在《艺概·文概》中说："《国语》周、鲁多掌故，齐多制，晋、越多谋。其文有甚厚甚精处，亦有翦(剪)裁疏漏处，读者宜别而取之。"他们明确指出了《国语》八语并非一色史笔，其文章内容、手法、风格均各具特点，因而提醒人们不可一概而论，无论鉴赏、研究，均应加以区别。这些论述，无疑都是有识之见。然而令人遗憾的是，他们大都点到即止，仅及现象，未探实质，更未做具体、深入、细致的评析。诸如《国语》风格之不同有无规律可循？其具体表现如何？产生的原因何在？对我们有何启示？这些值得深究的问题都有待我们探讨。笔者不揣浅陋，谨略陈管见，兹由个别到一般，先从《国语》中同记"问战"之文的比较谈起。

同记"问战"，诸多差异

《国语》所载周、鲁、齐、晋、郑、楚、吴、越八国，就当时地域而言，有南、北之分。按此书编排顺序，列于前之周、鲁、齐、晋、郑为北国，而列于后之楚、吴、越则为南国。笔者认为，就风格而论，从大体着眼，南北史笔之异，乃是《国语》之文风格不一的主要分野。这一分野在南北史家记述相同内容的文章中表现最为鲜明。且看以下实例。

《国语·鲁语上》首篇《曹刿问战》：

> 长勺之役，曹刿问所以战于庄公。公曰："余不爱衣食于民，不爱牲玉于神。"对曰："夫惠本而后民归之志，民和而后神降之福。若布德于民而平均其政事，君子务治而小人务力；动不违时，财不过用；财用不匮，莫不能使共祀。是以用民无不听，求福无不丰。今将惠以小赐，祀以独恭。小赐不咸，独恭不优。不咸，民不归也；不优，神弗福也。将何以战？夫民求不匮于财，而神求优裕于享者也，故不可以不本。"公曰："余听狱虽不能察，必以情断之。"对曰："是则可矣。夫苟中心图民，知(智)虽弗及，必将至焉。"

不难看出，此与《左传·庄公十年》所载《曹刿论战》如出一辙，两篇均记同一件事，内容亦大半一致。不同的是，《左传》之文不仅记战前之问，而且记了战时之情和战后之论。《国语》之文则仅记战前之问，且显得冗长、芜杂，远不及《左传》所记之精练、扼要、传神。故《曹刿论战》成为历代传诵的名篇，人们大多耳熟能详；而《国语·鲁语上》这一段《曹刿问战》尽管看来正是前者所据的原始资料，却因其相形见绌，反倒被掩没，一般人也就不熟悉了。关于这两篇文章的优劣得失，因不在本文论述之列，故从略。这里要说的是，还有一篇同样记"问战"的类似文章，载于《国语·吴语》，令人兴味盎然。为便比较，兹录于后：

楚申包胥使于越，越王句（勾）践问焉，曰："吴国为不道，求残我社稷宗庙，以为平原，弗使血食。吾欲与之徼天之衷，唯是车马、兵甲、卒伍既具，无以行之。请问战奚以而可？"包胥辞曰："不知。"王固问焉，乃对曰："夫吴，良国也，能博取于诸侯。敢问君王之所以与之战者？"王曰："在孤之侧者，觞酒、豆肉、箪食，未尝敢不分也。饮食不致味，听乐不尽声，求以报吴。愿以此战。"包胥曰："善则善矣，未可以战也。"王曰："越国之中，疾者吾问之，死者吾葬之，老其老，慈其幼，长其孤，问其病，求以报吴。愿以此战。"包胥曰："善则善矣，未可以战也。"王曰："越国之中，吾宽民以子之，忠惠以善之。吾修令宽刑，施民所欲，去民所恶，称其善，掩其恶，求以报吴。愿以此战。"包胥曰："善则善矣，未可以战也。"王曰："越国之中，富者吾安之，贫者吾予之，救其不足，裁其有余，使贫富皆利之，求以报吴。愿以此战。"包胥曰："善则善矣，未可以战也。"王曰："越国南则楚，西则晋，北则齐，春秋皮币、玉帛、子女以宾服焉，未尝敢绝，求以报吴。愿以此战。"包胥曰："善哉，蔑以加焉，然犹未可以战也。夫战，知（智）为始，仁次之，勇次之。不知（智），则不知民之极，无以铨度天下之众寡；不仁，则不能与三军共饥劳之殃；不勇，则不能断疑以发大计。"越王曰："诺。"

这一段文字，原无题，姑名之曰《包胥问战》。"问战"的双方是越王勾践和楚大夫王孙包胥（亦称申包胥）。以此文与《曹刿问战》相比较，似有如下不同特点：

其一，主旨有别。曹刿论及民、神，先民而后神，主张以民为本。认为“苟中心图民，智虽弗及，必将至焉”。包胥则认为：“夫战，知为始，仁次之，勇次之。”明确地把“智”列为可以“战”的首要条件，表现出二者在思想认识上各异其旨。

其二，繁简不同。《鲁语上》记庄公之言甚简，仅“余不爱衣食于民，不爱牲玉于神”及“余听狱虽不能察，必以情断之”二语。而所记曹刿之言则稍详，可见此段“记言”乃以曹刿为主，庄公为次。《吴语》所记虽以包胥之问为主，但在五问五答中，包胥四言“善则善矣，未可以战也”，可谓甚简，仅篇末记其论智、仁、勇三者为“可以战”的必要条件一段文字稍详，但其对勾践之五答则无不详记之。由此可见，就史笔而言，《吴语》繁而《鲁语》简。

其三，文风异趣。《曹刿问战》之文，深厚浑朴，平实畅达，不尚文采。《包胥问战》之文则挥洒恣放，文辞讲究修饰，笔端更富感情。如记勾践之言：“越国之中，疾者吾问之，死者吾葬之，老其老，慈其幼，长其孤，问其病。”数句之中，不仅有对偶、排比，而且遣词富于变化。其感情之激越，文采之讲究，辞气之流走，显然不同于《曹刿问战》。

此外还应指出，《国语》全书虽由243则故实组成，但各则长短不等，并且大多具有相对的独立性，倘若分离出来，未尝不是形完神备之作，如《曹刿问战》便是这样一篇文章。此文列《鲁语》之首，与其次所载《曹刿谏庄公如齐观社》[①]，内容互不关涉，与第三则《匠师庆谏庄公丹楹刻桷》更是风马牛不相及，可见《曹刿问战》堪称独立成篇之文。《包胥问战》则有所不同。顾颉刚先生在《春秋三传及国语之综合研究》中，勾勒了《吴语》所载9则故实的行文轨迹，认为“此仅记夫差与越齐晋周之关系，无异一《吴王夫差传》”。这就是说，《吴语》所记9则故实虽仍有其相对独立性，但各则不可游离，乃是不可或缺的一个个环节，连缀起来便构成了一篇吴王夫差的兴衰史。《包胥问战》乃其最后一则《勾践灭吴夫差自杀》中的一部分，前接越王“乃大戒师，将伐吴”，后续记越王既而召五大夫“问战奚以而可”，足见其并非独立成篇之文，迥然有别于《曹刿问战》。

通过上述二文的比较，可知南北史家之文在思想倾向、内容剪裁、语言、结构诸方面都有所差异。其文风之不同，显而易见。不过，从整体上看来，南北史家之文究竟各有何特点，尚需进一步做具体的论析。

① 《国语》原书无标题，本文所用标题，均据上海古籍出版社1978年版校点本《国语》。

南北史家之文的不同特点

近代学者刘师培发表《南北文学不同论》，从声音、地理、民情等方面着眼，认为“古代音分南北”，并且“大抵北方之地，土厚水深，民生其间，多尚实际；南方之地，水势浩洋，民生其际，多尚虚无”。故北方之文“偏于析理”，“记动记言，谨严简直”，“例严辞约，平易不诬”，又“猥琐铺叙，以为平通，故朴而不文”。至于南方之文，则偏于“抒情”“骋辞”，“诘屈雕琢，以为奇丽，故华而不实”。刘氏之论，能从众多现象中理其端绪，揭橥其主要特征，诚属灼见。其论虽不免笼统，但确实指明了我国古代南北文风之不同。

《国语》一书风格不一，如果从大处着眼，亦不妨认为，即如史家之笔，也有南北之分。这样的分别，具体而论，大概主要体现在以下三个方面：

其一，思想倾向及记述意图有所不同。

《国语》一书多记教诲之语，不同于《尚书》多载训诫之文，《春秋》多寓褒贬之言。尽管它们的目的都在善善恶恶，最终为维护统治阶级的利益服务，但《国语》显然按照某种明确的说教意图，对史实做过一番采择，其所记者大都是从中能够引出某种教训的言和事。较之“政府档案”般的《尚书》训诫之文和专于客观史实的笔录中寄寓褒贬的《春秋》之文，《国语》在继承的前提下显然有了新的发展。从总体上看来，《国语》的思想倾向主要表现在“重民”“尚礼”“崇德”等方面，其思想观念固然不纯，但基本上体现了儒家的思想倾向。[①]

这里所指出的思想倾向，细究起来，其实主要体现在周、鲁、齐、晋、郑等北方史家的记述中。至于南方吴、越史家的记述，则有所不同。楚国较为特殊。这个春秋时代崛起于江汉流域的“蛮夷”之国，占地千里，地广兵强，雄踞南方，专力攻伐黄河流域华夏诸侯，“汉阳诸姬，楚实尽之”（《左传·僖公二十八年》），“周之子孙在汉川者，楚实尽之”（《左传·定公四年》）。正是在长期同黄河流域中原地区的文化交流与融合中，形成了独放异彩的楚文化。因此，楚文化既独具特色，又与华夏文化有着千丝万缕的联系，可说是南北文化交融的产物。反映在《楚语》的记述中，其思想倾向与周、鲁等北方史家基本一致。

---

① 详见北京师范学院出版社（今首都师范大学出版社）1992年版《中国古代文学史长编（先秦卷）》第186—191页，《中国古代文学简史》第33—34页。二书为郭预衡所主编，先秦部分为笔者所撰。

《吴语》《越语》则别有其旨。此二语不像北方史家那样突出宣扬“重民”“尚礼”“崇德”，却非常鲜明地表现出“重天命”和“重智谋”的思想倾向。

《吴语》及《越语》均记越灭吴之经过。其所记述，主要强调了弱越之所以能灭强吴的两个原因：一是“天命”之赐，二是“智谋”之用。

《吴语》开篇即记“吴王夫差起师伐越，越王句践起师逆之”，大夫种乃献谋曰：“夫吴之与越，唯天所授，王其无庸战。”这就是说，吴、越之争，谁胜谁败，唯决于“天命”。又记申胥进谏吴王曰：“昔天以越赐吴，而王弗受。夫天命有反，今越王句践恐惧而改其谋，舍其愆令，轻其征赋，施民所善，去民所恶……将必越实有吴土。”这里不仅明确指出了先前吴之胜越，乃“天命”所赐，而且指出“天命有反”，即认为“天命”并非一成不变，“昔”之与“今”，时移事异，昔盛而今转衰，昔有福而今得祸，“天命”之变化，实乃系于“人事”。这样的观念，在《越语下》记范蠡之言中，表现得更为显豁。范蠡进谏越王曰：“持盈者与天，定倾者与人，节事者与地。”进而称：“天时不作，弗为人客；人事不起，弗为之始。”明确反对“逆于天而不和于人”，亦即主张“顺天和人”，这就比单纯强调“天命”更进一步了。

以《吴语》《越语》为代表的南方史家对“天命”的推崇十分引人注目，最突出的实例莫过于以下三段记述：

> 越王曰：“昔天以越赐吴，而吴不受；今天以吴赐越，孤敢不听天之命，而听君之令乎？”(《吴语》)

> 句践对曰：“昔天以越予吴，而吴不受命；今天以吴予越，越可以无听天之命，而听君之令乎？”(《越语上》)

> 范蠡乃左提鼓，右援枹，以应使者，曰：“昔者上天降祸于越，委制于吴，而吴不受。今将反此义以报此祸，吾王敢无听天之命，而听君王之命乎？”(《越语下》)

以上引文，虽分别出自《吴语》及《越语》上、下，字句亦略有出入，但细加比较，则不难看出，其内容大同小异，特别是主旨如一，均强调了对所谓“天命”的崇尚，表现出与北方史家不同的思想倾向。

另一个不同的思想倾向是推崇“智谋”。通过前面对《鲁语》《吴语》所载两篇“问战”之文的比较，其实已见其端倪。不仅如此，综观《吴语》及《越语》，无非记述越国由衰而盛终灭强吴的史实，而贯串其中的一条红线，则是“智谋”之用。

《吴语》记吴王夫差刚愎自用，不听诤言，一意孤行。大臣申胥屡次进谏献谋，他拒而不听，竟迫申胥自杀，终于使吴国由盛而衰，自取灭亡。与之适成鲜明对照的是，《吴语》《越语》所记述的越王勾践则忍辱负重，虚怀若谷，自觉而主动地求贤问谋，并且从善如流。他不仅不耻下问于本国之“五大夫”，即舌庸、苦成、大夫种、范蠡、皋如之属，还打破内外之别，当楚国大夫申包胥出使于越时，不失时机，向其请教；也不仅垂问于左右大臣，还破除尊卑界限，广求谋臣，乃号令于三军曰：“凡我父兄昆弟及国子姓，有能助寡人谋而退吴者，吾与之共知越国之政。”凡此种种，都意在说明，越之灭吴，乃因其重智谋之故。概言之，即谓得谋者得天下，失谋者失天下。当然，究其实质，乃是指得人（此主要指谋臣）者得天下，而失人者失天下。

也许史家还深恐此意图不为人们所理解，乃特地于《吴语》之末，揭橥这一主旨道：

> 越灭吴，上征上国，宋、郑、鲁、卫、陈、蔡执玉之君皆入朝。夫唯能下其群臣，以集其谋故也。

此段文字颇为特殊，它是史家于篇末所书的“论断语”，似可看作《左传》“君子曰”及《史记》“太史公曰”之滥觞。作者虽未在论断语前加上任何标识，但它附于篇末位置，并且于“托赞褒贬”之中旗帜鲜明地直抒己见，表达作者的立场、观点和思想感情。这样的论断语，与后世史家之论赞实无二致。切不可忽视这一段篇末论断，所谓“夫唯能下其群臣，以集其谋故也”，难道不是明白昭示了史家推崇“智谋”的思想倾向吗？

其二，文体与记述重点有所区别。

《国语》八语，文分二体，或杂记一国先后事，或专记一国中之一件事。周、鲁、晋、楚，属于前者；齐、郑、吴、越，则属后者。前者之中，楚为南国，其文体类同《周语》《鲁语》等语，可见史家深受北方文化浸润。后者之中，齐、郑为北国。《齐语》专记齐桓霸业始末，《郑语》专记郑桓公与史伯问答，情况较为特殊。据顾颉刚先生考证，原本《国语》中并无《齐语》，今之《齐语》实与《管子·小匡》篇大同小异，当系后人从《小匡》篇之齐人记载中采录而出，以补《国语》之不足。《郑语》仅记桓公与史伯问答一事，而《左传》所记关于郑事者甚多，可知原本《郑语》有所阙佚，今本《郑语》仅其部分而已。[①]齐、郑二语情况如此，姑可略而不论。

《吴语》专记夫差之兴衰，好似《吴王夫差传》。《越语》上、下均记越王勾践自兵败至复仇的经过。《越语上》着重记勾践生聚其民而灭吴，有如《越王勾践传》；《越语下》则着重记范蠡兴越史实，堪称《范蠡传》。就文体而论，《吴语》《越语》似较接近于"纪传"之体。

杂记诸事之《周语》《鲁语》等，文无侧重之点，事无关联之线，纯为史料之缀辑。专记一事之《吴语》《越语》，则以某一主要人物为中心，记其言，叙其事。前者大体上以"论"为主，多记含有教诲意义之言；后者则以"述"为主，多记事关国家兴亡之语。尽管我国古代史官历来有所谓记言、记事之分，《汉书·艺文志》说"左史记言，右史记事"，《礼记·玉藻》则说"动则左史书之，言则右史书之"，但在实际上，往往事中有言，言中见事，言与事难以严加区分。因此，这种分工，或许只是大概如此而已。这样看来，《周语》《鲁语》等乃纯以记言为主，故凡属可资教诲之言，即予采录；《吴语》《越语》虽仍以记言为主，但其全文以一中心人物、中心事件贯串始终，实以记言之笔，行言中见事之实。特别是其中还杂有不少文字，纯系史实情节的记叙和绘声绘色的描述。这与《周语》《鲁语》等北方史家之文迥然有别。

其三，语言风格大不相同。

南北史家之文风格之异，在《国语》中最为突出的表现，乃是语言风格的判然各别。这一特点显而易见，故为历代论者所注目。唐代柳宗元在《非国语下》中指出，《国语》中"越之下篇尤奇峻"。南宋晁公武则在《郡斋读书志》卷三中进而指出："柳宗元称《越语》尤奇峻，岂特越哉？自楚以下类如此。"晁氏看到了《楚语》《吴语》《越语》在风格上的一致性，的确堪称卓然有识。

如果说，以《周语》《鲁语》《晋语》为代表的北方史家之文的语言风格主要表

① 参见顾颉刚《春秋三传及国语之综合研究》，巴蜀书社1988年版。

现为深厚浑朴、平实典雅，那么，南方史家之文《楚语》《吴语》《越语》的语言风格则主要表现为奇峻恣放、文采斐然。这样的风格特点，主要体现在以下两点。

一是讲究修辞，气势充沛。

读《楚语》《吴语》《越语》，但觉文辞恣肆奔放，气势不凡。其文讲究修辞，特别是对偶、比喻手法的综合运用，比比皆是。

如《楚语上》：

> 地有高下，天有晦明，民有君臣，国有都鄙，古之制也。先王惧其不帅，故制之以义，旌之以服，行之以礼，辩之以名，书之以文，道之以言……夫边境者，国之尾也，譬之如牛马，处暑之既至，虻螘之既多，而不能掉其尾……

> 若金，用女作砺。若津水，用女作舟。若天旱，用女作霖雨。启乃心，沃朕心。若药不瞑眩，厥疾不瘳。若跣不视地，厥足用伤。

再如《吴语》：

> 越之在吴，犹人之有腹心之疾也……夫齐、鲁譬诸疾，疥癣也……

又如《越语上》：

> 于是葬死者，问伤者，养生者，吊有忧，贺有喜，送往者，迎来者，去民之所恶，补民之不足。

诸如此类的实例，俯拾即是，毋庸罗列。这样的文句，显然在史家笔下做过精心修饰。它们仿佛一气呵成，生动流走，气势沛然。较之《周语》《鲁语》等北方史家之文，别具一格。

尤为特别者是《越语下》记范蠡之言，颇多韵语。如：

> 天道皇皇，日月以为常，明者以为法，微者则是行。阳至而阴，阴至而阳；日困而还，月盈而匡。

> 圣人之功，时为之庸。得时弗成，天有还形。天节不远，五年复反。小凶则近，大凶则远。

韵语之用，使文章气势浩荡，雄隽恣放，读来朗朗可诵，有掷地铿锵之感，真可谓“言之有文”。

二是善于描述，生动感人。

这一特点，在《吴语》描写战争场面和《越语》描述勾践生聚中表现最为突出。应该指出，《国语》重在记言，虽也不免涉及战争，但为“记言”所限，大都没有对于战争场面的直接描写。《吴语》作者则似乎打破了“记言”的限制，而把雄伟壮观的战争场面展现于笔端。如记吴越之战：

> 于是吴王起师，军于江北，越王军于江南。越王乃中分其师以为左右军，以其私卒君子六千人为中军。明日将舟战于江，及昏，乃令左军衔枚溯江五里以须，亦令右军衔枚逾江五里以须。夜中，乃命左军、右军涉江鸣鼓中水以须。吴师闻之，大骇，曰：“越人分为二师，将以夹攻我师。”乃不待旦，亦中分其师，将以御越。越王乃令其中军衔枚潜涉，不鼓不噪以袭攻之，吴师大北。越之左军、右军乃遂涉而从之，又大败之于没，又郊败之，三战三北，乃至于吴。越师遂入吴国，围王台。

作者把吴越之战的时间、地点、人物、部署战术、战况及战斗结果写得清清楚楚。这样的直接描述，在《国语》中实为罕见。

尤为出色者乃是《吴语》所记吴、晋之战的场面：

> 吴王昏乃戒，令秣马食士。夜中，乃令服兵擐甲，系马舌，出火灶，陈士卒百人，以为彻行百行。行头皆官师，拥铎拱稽，建肥胡，奉文犀

之渠……万人以为方阵，皆白裳、白旂、素甲、白羽之矰，望之如荼。王亲秉钺，载白旗以中陈而立。左军亦如之，皆赤裳、赤旟、丹甲、朱羽之矰，望之如火。右军亦如之，皆玄裳、玄旗、黑甲、乌羽之矰，望之如墨。为带甲三万，以势攻，鸡鸣乃定。既陈，去晋军一里。昧明，王乃秉枹，亲就鸣钟鼓、丁宁、錞于振铎，勇怯尽应，三军皆哗釦以振旅，其声动天地。

这一段描写，顺依"昏"—"夜中"—"鸡鸣"—"昧明"的时序，次第叙来，线索分明。特别是中军皆白，"望之如荼"；左军皆赤，"望之如火"；右军皆黑，"望之如墨"，以及万人方阵、带甲三万的描绘，气势恢宏，动人心魄。金鼓齐鸣、三军呐喊的渲染，更是惊天动地。如此有声有色、雄伟壮观的战争描写，在以"记言"为主的《国语》中，显得极为特出。前人所叹赏的"深闳杰异"，所称道的"奇峻"，大概主要就是指的这样一些描述。

至于《越语上》所记勾践志在灭吴而先谋生聚的一段文字，亦与此相类，兹不赘述。

总之，文笔恣放、描述精彩的《楚语》《吴语》《越语》，其文风独具异彩，迥异于《周语》《鲁语》《晋语》等北方史家之文。

《国语》风格不一的两点启示

综上所论，《国语》所载南北史家之文风格各异，这至少可给我们两点启示。

其一，关于《国语》的作者及其成书，可由此得出比较符合实际的认识。

《国语》的作者究竟是谁，历来颇多争议。司马迁在《史记·太史公自序》及《报任安书》中都说："左丘失明，厥有《国语》。"即认为此书是春秋时期与孔子同时或稍前的左丘明所作。班固《汉书·艺文志》亦著录："《国语》二十一篇，左丘明著。"然而后世学者对此多持异议。唐代陆淳《春秋集传纂例》卷一《赵氏损益义》指出："《左传》《国语》文体不伦，序事又多乖剌，定非一人所为也。"宋代陈振孙《直斋书录解题》卷三也说："今考二书（按：指《国语》《左传》）虽相出入，而事辞或多异同，文体亦不类，意必非出一人之手也。"现在看来，《国语》实际上主要来源于春秋时期各国史官的记述，并非出于一人之手，也非成于一时一地，故其作者不可确指。应该说，《国语》实乃各国史料汇编而成。它也许经过后人的排比润色，但大体上仍保存了史料的本来面目，在战国初年或稍后编辑成书。因其源出各国，人文、地理有异，历史、文化背景不一，并且“列国之史学有厚薄，才有浅深，不能醇一”（朱彝尊《经义考》卷二〇九引司马光语），故其史笔呈现出不同风格，特别是南北史家之文，有着鲜明的分野。

其二，关于《国语》与《左传》的关系，可有更为明确的认识。

旧传《国语》与《左传》的作者为同一人，《左传》是传《春秋》的书，故称《左传》为《春秋内传》，《国语》为《春秋外传》。这一名称，始见于《汉书·律历志》。王充《论衡·案书》篇也说：“《国语》，左氏之外传也。”现在看来，二书作者既非一人，内容亦自成体系。《左传》是一部记事详赡完整的编年体史书，《国语》则是以记言为主，分别记载周王朝及各诸侯国史事的国别体史料汇编。二书显然各为一家，所谓内、外传之称，分明不妥。

然而应该指出，无论是《国语》还是《左传》，虽各为“一家书”，却都未成“一家之言”。也就是说，就史书的撰著而言，它们都还没有达到“自觉”的程度。这一历史重任，是后来由伟大的史学家司马迁承担起来的。司马迁撰著《史记》，乃以“究天人之际，通古今之变，成一家之言”（司马迁《报任安书》）为己任。所谓“成一家之言”，是指博采百家，融会贯通，创建一个自家的体系，包括思想体系及史书体制，目的则在“稽其成败兴坏之理”。相对于仅仅是史料的辑录汇编或史事的编年记述来说，这无疑是一个具有历史意义的质的飞跃。明乎此，有助于我们钩稽我国古代史学的发展轨迹。因为事物的发展总是由低级走向高级、由幼稚走向成熟，史学自身的发展也不例外。从史学的成熟程度着眼，不难看出，作为列国史料汇编、驳杂不粹的《国语》，显然不及编年记事、精严成体的《左传》。这样看来，《左传》成书当在《国语》之后。

原载《史学史研究》1994年第3期，本书篇名有改动

《逸周书》的文学价值

在先秦史家之文中,《逸周书》是《尚书》《国语》《左传》《战国策》之外的一部重要著作。姑不论它的史学价值,即从文学的角度看来,它在中国古代散文史上的地位和价值也是值得重视的。然而对于它的研究却历来甚少,实在令人遗憾。

《逸周书》原名《周书》《周史记》,是一部与《尚书》略相类似的史家著作。按:《隋书·经籍志》著录"《周书》十卷",注称"《汲冢书》",即认为此书得自晋太康二年(281)汲郡人不准盗发魏安釐王冢,故又称《汲冢周书》。其实,据《晋书·束皙传》所载,不准所得竹书"七十五篇",多有篇名,其中并无此书。隋志之误,前人早已明辨。

《汉书·艺文志》著录此书为七十一篇,今存者五十九篇,并《序》为六十篇。其《程寤》《秦阴》《九政》《九开》《刘法》《文开》《保开》《八繁》《箕子》《考德》《月令》等十一篇已亡佚,现从某些古籍或类书中,仅可见其若干残留片断,已难窥其全貌;就是今存之文中,也不免有所佚脱。不过,此书虽有残缺,但它"上翼六经,下笼诸子,宏深质古"(朱右曾《逸周书集训校释序》),即以现存者而言,亦弥足珍贵,值得我们认真研究。

关于《逸周书》的成书及时代，历代学者所论不一。《汉书·艺文志》颜师古注引刘向云："周时诰誓号令也，盖孔子所论百篇之余也。"《隋书·经籍志》亦谓其"似仲尼删《书》之余"。李焘《逸周书考》则称此书"抑战国处士私相缀缉，托周为名，孔子亦未必见"。陈振孙《直斋书录解题》也说："相传以为孔子删《书》所余者，未必然也，文体与古书不类，似战国后人依仿为之者。"黄震《黄氏日抄》、黄玠《汲冢周书序》、姜士昌《汲冢周书序》等率同此说。唯郑瑗认为此书"甚驳杂"，"意东汉魏晋间诡士所作"（郑瑗《井观琐言》）。现在看来，此书非所谓"仲尼删《书》之余"，也非汉以后人所作，尽管其中难免杂有后人的辗转附益，但可以认定此书基本上是战国时期纂辑而成的拟古之作，并非出于一人一时。它虽名为《周书》，除较为集中地记载了西周文王、武王、周公等的有关史实外，却也记有后代之事。

刘知幾在《史通·六家》中说："又有《周书》者，与《尚书》相类。"其实，无论在思想内容还是表现形式上，二书都显然有差异。正如黄玠《汲冢周书序》所指出："观其属辞成章，体制绝不与百篇相似，亦不类西京文字。"这就是说，它既不同于《尚书》之体，也不同于西汉之文，而是独具特色的战国文字。其文长短不等，体式不一，内容驳杂，思想不纯。有的篇章甚至夸饰怪诞，颇类传说。其内容的扩大和文风的演变，体现了史家之文的发展。

《逸周书》主要记载周代史实，特别是对西周文王、武王、周公等的言论、事迹有较为突出的记述。所谓"穆王遭大荒，谋救患分灾，作《大匡》"，"文王在程，作《程寤》《程典》"，"文王在酆，命周公谋商难，作《酆保》"，"文[王]启谋乎后嗣，以修身敬戒，作《大开》《小开》二篇"，"文王有疾，告武王以民之多变，作《文儆》"，"文王告武王以序（按：当作'君'）德之行，作《文传》"，"武王忌商，周公勤天下，作大、小《开武》二篇"，"周将伐商，顺天革命，申喻武义，以训乎民，作《武顺》《武穆》二篇"（《周书序》），如此等等，都是记述周代史实的篇章。除此而外，还有政论文章。如"昔在文王，商纣并立，困于虐政，将弘道以弼无道"（《周书序》）而作的《度训》篇，开宗明义即提出了"天生民而制其度，度小大以正，权轻重以极，明本末以立中，立中以补损，补损以知足，[辩]爵以明等极，极以正民，正中外以成命，正上下以顺政"的观点。而所谓"殷人作教，民不知极，将明道极以移其俗"（《周书序》）而作的《命训》篇，则论述了"福莫大于行义，祸莫大于淫祭，丑莫大于伤人,赏莫大于信义,让莫大于贾上,罚莫大于贪诈”,认为“古之明王,奉此六者,以牧万民,民用而不失”。所论都不外乎为政治民之道。还有论述明王立政奉法的《常训》篇,以及所谓“上失其道,民散无纪,西伯修仁,明耻示教”(《周书序》)而作的《文酌》篇,或言性,或言政,也都是旨在“奉法以明幽”,“示教”而治民的专题政论文。不仅如此,《逸周书》中还有专论兵法之文,如《武称》《大武》《大明武》《小明武》;专论天时节令之文,如《周月》《时训》。《谥法》篇详叙制谥之法,《尝麦》篇所记事关祭祀,《职方》篇详叙天下四方地理山川物产,《器服》篇则记述车服制度。这些文章汇为一编,不但内容庞杂,思想倾向也不尽一致。刘知幾称其“有明允笃诚典雅高义,时亦有浅末恒说,滓秽相参”(刘知幾《史通·六家》)。姚鼐更明确指出:“其书虽颇有格言明义,或本于圣贤,而间杂以道家、名、法、阴阳、兵权谋之旨。”(《辨逸周书》)也就是说,此书明显地呈现出“杂”的特点。

《逸周书》不仅在思想内容上较《尚书》有所开拓,而且文章本身也较《尚书》有所发展。尽管此书文体不一,文学价值也参差不齐,一些篇章内容粗略,文字板滞乏味,无甚可取;但其中也有不少篇章,或议论剀切,或记叙生动,各有特点,引人注目。

《逸周书》中颇多说理之文,议论中肯而明畅。如《史记》篇记周王在成周,“召三公左史戎夫”发论,历陈前代亡国教训,鞭辟入里,发人警醒:

> 信不行,义不立,则哲士凌君政,禁而生乱,皮氏以亡。
>
> 谄谀日近,方正日远,则邪人专国政,禁而生乱,华氏以亡。
>
> 好货财珍怪,则邪人进;邪人进,则贤良日蔽而远;赏罚无位,随财而行,夏后氏以亡。
>
> 严兵而不仁者其臣慑,其臣慑,则不敢忠,不敢忠,则民不亲其吏。刑始于亲,远者寒心,殷商以亡。
>
> 乐专于君者,权专于臣;权专于臣,则刑专于民。君娱于乐,臣争于权,民尽于刑,有虞氏以亡。

以下还有“平林以亡”“质沙以亡”“三苗以亡”“扈氏弱而不恭,身死国亡”等等，一口气列举了29个亡国，好似一张“亡国榜”。同时，还分别揭示其亡国之因，显然旨在儆诫。按其所论，诸多亡国，率因不行信义，不用贤良，谗邪专政，严刑残民，权臣党争，赏罚不公，用兵不休，废人事天，如此等等的亡国教训，乃从历史的经验中总结出来，确实堪称“要戒”之言。这样系统、精辟地总结前代亡国教训以警当世的文章，已较《尚书》中主要以殷为鉴的同类文章如《周书·酒诰》《周书·召诰》等大有发展，显示了具有历史意义的进步。

再如《常训》篇论述明王立政奉法：

> 天有常性，人有常顺。顺在可变，性在不改。不改可因，因在好恶。好恶生变，变习生常。常则生丑，丑命生德。明王于是生政以正之。……古者因民以顺民。夫民群居而无选，为政以始之。始之以古，终之以古。行古志今，政之至也。政维今，法维古。硕贪以疑，疑意以两，平两以参，参伍以权，权数以多。多难以允，允德以慎。慎微以始而敬终，乃不困。……古者明王奉法以明幽，幽王奉幽以废法，奉则一也，而绩功不同。明王是以敬微而顺分。

此文论及“立政”以正民，“因民以顺民”，“行古”而“志今”，“奉法以明幽”，较之强调“明德慎罚”的《尚书·多方》和以“宅事牧准”为纲领，主张“休兹知恤”的《尚书·立政》，不仅立论有新的开拓，认识也更显深刻；而且行文比较明快，特别是顶真式的文句，环环紧扣，使表述严谨周密，与《尚书》语言之“佶屈聱牙”，已不可同日而语。

又如《文传》篇，论及农、林、牧、渔的种种禁忌，无疑是劳动者在长期生产斗争实践中的经验的结晶，反映了经济的发展和文明的进步。又论及“王、霸”之业，提出“人强胜天”，这些观念，均非战国以前所能有。值得注意的是，其遣词命意，与《荀子》之文颇有相类之处，看来极似战国后期文字：

> 山林非时，不升斤斧，以成草木之长。川泽非时，不入网罟，以成鱼鳖之长。不卵不蹼，以成鸟兽之长。畋猎唯时，不杀童羊，不夭胎，童牛不服，童马不驰，不骛泽，不行害，土不失其宜，万物不失其性，天

下不失其时。……有十年之积者王，有五年之积者霸，无一年之积者亡。……兵强胜人，人强胜天。能制其有者，则能制人之有；不能制其有者，则人制之。令行禁止，王之始也。

我们在《荀子·王制》中，可以见到与之形神毕肖的文字：

令行禁止，王者之事毕矣。

圣王之制也：草木荣华滋硕之时，则斧斤不入山林，不夭其生，不绝其长也；鼋鼍鱼鳖鳅鳣孕别之时，网罟毒药不入泽，不夭其生，不绝其长也；春耕、夏耘、秋收、冬藏，四者不失时，故五谷不绝，而百姓有余食也；污池、渊沼、川泽，谨其时禁，故鱼鳖优多，而百姓有余用也；斩伐养长不失其时，故山林不童，而百姓有余材也。

具具而王，具具而霸，具具而存，具具而亡。

制人之与人制之也，是其为相县也亦远矣！

两相比较，不难看出，无论内容或文字，二者都有共通之处。这不仅说明《逸周书》确实已较《尚书》大有发展，意味着史家之文的长足进步，而且也为其文出于战国之说，提供了有力的佐证。

还有《命训》篇讲"以赏从劳，劳而不至；以法从中则赏，赏不必中；以权从法则行，行不必以知权"，以及《酆保》篇论"内备五祥、六卫、七厉、十败、四葛，外用四蠹、五落、六容、七恶"，其立论、构词与《韩非子》之文亦有相似之点。像这样议政论法，说古道今，纵横骋词，侃侃而谈的说理文章，充分反映了战国时代的世风与文风，堪称典型的战国之文。

用文学的眼光看来，《逸周书》中以记叙为主的文章显得更富有生气，更有价值。如记"周室既宁，八方会同，各以其职来献"(《周书序》)的《王会》篇，描述

“成周之会”“墠上张赤帟阴羽”“天子南面立”，其左、右、堂下及内台、外台各位大臣的方位、穿戴，四方的布置、陈设，细致而周详，虽是静态的环境描写，却烘托出一派庄严肃穆的气氛。接着写从“稷慎”至“会稽”等二十个“蕃国”各以其所贵宝者上贡，文笔简练传神，绘声绘色。如写“秽人前兒(即鲵)，前兒若猕猴立行，声似小儿”；“良夷在子，在子币身人首，脂其腹、炙之藿则鸣曰在子”；“义渠以兹白，兹白者若白马，锯牙食虎豹”；“犬戎文马，文马赤鬣缟身，目若黄金，名吉黄之乘”；等等。其中杂记不少神异之物，如“青丘狐九尾”，“鼬犬者，露犬也，能飞食虎豹”，“酋耳者，身若虎豹，尾长参其身，食虎豹”之类，颇富传奇色彩，类似《山海经》中的有关记述。这显然是作者在史实的基础上杂糅传说写成。那些珍禽异兽的形象，非常奇特怪异，既是写实之作，也不乏想象之笔，具有浓厚的文学色彩。

此外，《职方》篇分述各方山川地理、民俗物产，亦颇出色。如：

> 东南曰扬州，其山镇曰会稽，其泽薮曰具区，其川三江，其浸五湖，其利金锡竹箭，其民二男五女，其畜宜鸡狗鸟兽，其谷宜稻。
>
> 正南曰荆州，其山镇曰衡山，其泽薮曰云梦，其川江汉，其浸波溠，其利丹银齿革，其民一男二女，其畜宜鸟兽，其谷宜稻。……

这样的概述，不仅简明扼要地记叙各方地理山川、特殊物产，而且涉及民情农事，较之《尚书》中相类之文《禹贡》，更为贴近现实人生，更富生活气息。还应指出，《史记·货殖列传》及《汉书·地理志》都显而易见地借鉴了这种写法，显示了它的影响力。

如果就描写的生动性而言，还不能不提到记叙武王伐纣的《克殷》篇。此篇气势恢宏，文笔精彩，开篇即写牧野之战，武王大败商师：

> 周车三百五十乘陈于牧野。帝辛从。武王使尚父与伯夫致师。王既誓，以虎贲戎车驰商师，商师大崩。

接着写商纣自焚：

商辛奔内，登于鹿台之上，屏遮而自燔于火。

继而再写武王斩商纣之首悬于太白旗上：

武王乃手大(按：通“太”)白以麾诸侯，诸侯毕拜，遂揖之。商庶百姓，咸俟于郊。群宾佥进曰：“上天降休！”再拜稽首，武王答拜。先入适王所，乃克射之，三发而后下车。而击之以轻吕，斩之以黄钺，折县诸大白。

真可谓情节生动，场面浩大；叙事条畅，描写动人。其中虽不免有夸饰之辞，但考诸先秦古籍，《墨子·明鬼下》记有“武王逐奔入宫，万年梓株，折纣而系之赤环，载之白旗，以为天下诸侯僇”，《荀子·正论》亦载“昔者武王伐有商，诛纣，断其首，县之赤旆”，可见并非无稽之谈。朱右曾谓“《克殷》篇所叙，非亲见者不能”(朱右曾《逸周书集训校释序》)，不是没有道理的。

特别富于形象性和感染力的是《太子晋》篇。此篇记述颇多夸饰怪诞之辞，有如传说故事，实含小说因素，明显地带有创作性质，无疑是《逸周书》中最富文学价值的篇章。其文写周灵王太子晋行年十五，能辩善对，气质非凡，晋大夫师旷自请见之：

师旷见太子，称曰：“吾闻王子之语高于泰山，夜寝不寐，昼居不安，不远长道，而求一言。”王子应之曰：“吾闻大师将来，甚喜而又惧。吾年甚少，见子而慑，尽忘吾度。”

一番客套之后，太子应答师旷之问，论及“如舜者天”“如禹者圣”“如文王者，其大道仁”“如武王者义”；又论及“王侯君公，何以为尊，何以为上”，皆应对如流，令师旷“告善”。文中还杂以细节描写：

师旷束躅其足曰：“善哉！善哉！”王子曰：“大师何举足骤？”师旷

曰："天寒足跔，是以数也。"

人物言语动作，跃然纸上，其刻画可谓细致入微。尤为神奇的是最后一段关于太子年寿的描述：

王子曰："大师，何汝戏我乎？自太皞以下至于尧、舜、禹，未有一姓而再有天下者。夫木当时而不伐，夫何可得？且吾闻汝知人年之长短，告吾。"师旷对曰："汝声清汗，汝色赤白，火色不寿。"王子曰："然。吾后三年，将上宾于帝所。汝慎无言，殃将及汝。"

师旷归。未及三年，告死者至。

这样的文章，情节堪称荒诞怪异，富于传奇色彩，因而姚鼐称其"说尤怪诞"(《辨逸周书》)。鲁迅认为"其说颇似小说家"(鲁迅《中国小说史略·〈汉书·艺文志〉所载小说》)。应该说，《逸周书》的文学价值就主要体现在这样一些所谓"往往夸诞不雅驯"(姜士昌《逸周书序》)的篇章中。

《程寤》也是其中颇为出色的一篇。姚鼐把它与《太子晋》篇并称为"说尤怪诞"(《辨逸周书》)。可惜今本《逸周书》中此文已佚，但在《文选》卷五十六《石阙铭》注、《艺文类聚》卷七十九及《太平御览》卷三百九十七、卷五百三十三中尚存其片断，略可见其辉光：

文王去商在程，正月既生魄，太姒梦见商之庭产棘，太子发取周庭之梓树，于阙间梓化为松、柏、棫、柞。寤惊以告文王。文王乃召太子发，占之于明堂。王及太子发并拜吉梦，受商之大命于皇天上帝。[①]

这一段描述，从思想观念看来，无非宣扬所谓"天命神授"，实在无足称道。但它以奇幻之笔写梦，具有未可小视的文学意义。梦是人在睡眠状态时局部大脑皮层尚未完全停止活动而引起的脑中表象活动。它是人处于不自觉状态下

① 引文乃作者据《艺文类聚》《太平御览》等所记集句而成。

的心理活动的表现，也可说是一种不自觉的形象思维，因而往往具有凌乱、飘浮、隐晦、曲折、神秘、奇幻和不可捉摸这样一些特点，有时似乎还是一些带有某种暗示或某种象征意义的表象。梦作为一种常见的文学题材，往往被作家们写得光怪陆离，但从实质上看来，梦与幻想一样，不外乎是人的某种潜意识的投射，或是某种欲望在心理上的虚幻满足。无论是“吉梦维何？维熊维罴，维虺维蛇”（《诗经·小雅·斯干》），“牧人乃梦，众维鱼矣，旐维旟矣”（《诗经·小雅·无羊》），还是“昔者庄周梦为蝴蝶，栩栩然蝴蝶也”（《庄子·齐物论》），陆游“铁马冰河入梦来”（《十一月四日风雨大作》），均可作如是观。《程寤》篇写梦还自有特点。它涉及的人物有三：梦者太姒（周武王之母），梦中人物太子发（即周武王），以及“寤惊以告”的对象文王（周武王之父）。不仅人物并非单一，而且情节颇有层次。有梦前的交代，梦境的描写，梦后的记述；时间、地点、人物、事件，前因后果，都写得清清楚楚。特别是对所谓“吉梦”的描写，以生机勃发的树为意象，着力渲染其生长、变化，蕴含象征意义，带有非常鲜明的政治烙印。这自然是所谓周受天命而灭商的观念的产物，也许还不能排除其事出编造的可能性。然而如果不把它认作史实的记录，而把它视为创作之文笔，那么，这一段描述梦的文字，不是分明闪耀着文学的光彩吗？

《逸周书》的文学价值确实是不容忽视的。

原载《辽宁大学学报》（哲学社会科学版）1993年第1期

论《战国策》的思想倾向

《战国策》是一部什么书？这在历史上，有过不少争议。据刘向《校战国策书录》所记，此书在未经集录之前，曾有《国策》《国事》《短长》《事语》《长书》《修书》等不同名号。刘向认为此书乃“战国时，游士辅所用之国，为之策谋，宜为《战国策》”。这就不但为本书正了名，而且指明了它是一部战国时游士为所用之国出谋划策的资料汇编。因“其事继春秋以后，讫楚、汉之起”，《汉书·艺文志》即把它与《史记》并列，归入“春秋”一类。但宋代晁公武却在《郡斋读书志》中把它改入子部纵横家，并说：“历代以其记诸国事，载于史类。予谓其纪事不皆实录，难尽信。盖出学纵横者所著，当附于纵横家云。”（《郡斋读书志》卷第三上）这就取消了《战国策》的“史”的资格。马端临的《文献通考》赞同此说。明代杨慎也认为它是“一家言”。清代顾广圻则声称他对于此书寻绎累年，终于从刘向《书录》中得到启示，“恍然而知《战国策》实向（刘向）一家之学”（《战国策札记后序》）。他们的意见都不无道理，但各执一端，未免偏颇。其实此书本来就是一部贯串着纵横家思想的战国时代的史料汇编。清人章学诚指出，“六经皆史也”（《文史通义·易教上》），实则应该说

"六经皆史料也"。除去后人添上的那些惑人眼目的神圣光圈，所谓"六经"与《战国策》一样，都是我国先秦时期珍贵的历史资料。

"战国者，纵横之世也。"(《文史通义·诗教上》)如果说"纵横"是战国时代的特征，"纵横家"则是战国时代应运而生的产儿。何谓"纵横"?《韩非子·五蠹》说："从者，合众弱以攻一强也；而衡(通'横')者，事一强以攻众弱也。"《汉书音义》道："以利合曰从，以威力相胁曰横。或曰：南北曰从，从者，连南北为一，西乡以摈秦。东西曰横，横者，离山东之交，使之西乡以事秦。"(见《资治通鉴》卷一"安王十五年"条下胡三省注引)正如刘向所指出："当此之时，……苏秦为从，张仪为横，横则秦帝，从则楚王。"因此，"纵横"的确是战国时代政治斗争形势的生动写照，鲜明地体现了战国时代的政治特征。而所谓"纵横家"，则是为适应当时各国之间政治斗争的需要，或主纵，或主横；或奔走游说，或入朝干政，直接服务于各国统治者的一批谋臣策士。他们是一群有文化、有知识的"智囊"(《史记·樗里子甘茂列传》)人物。他们对当时的政治形势，各国的政治、经济、地理状况、风俗、民情甚至国君的志趣、爱好，都了如指掌。在当时，称得上是出类拔萃的人才，"士"中的佼佼者。一方面，各国的统治者看到了他们政治能量之大，要利用他们来为巩固自己的统治效劳；另一方面，这些游客说士要靠出卖自己的智力为统治者出谋划策，奔走游说，以求飞黄腾达。因而策士们在当时成了各国统治者的座上之宾、朝中之相。在战国时代的政治、外交战线上，他们是一支举足轻重的力量。尤其在战国中后期，"邦无定交，士无定主"(顾炎武《日知录·周末风俗》)。纵横家"释本而事口舌"(《史记·苏秦列传》)，居然左右时局，翻云覆雨；甚或身荣名显，富贵超群。因而"纵横"之学风靡一时，习者趋之若鹜。

考"纵横家"之称，始见于班固《汉书·艺文志》："从横家者流，盖出于行人之官。……及邪人为之，则上诈谖而弃其信。"然而班固并未把《战国策》列入"纵横家"一类，这大约是因为他看到《战国策》所反映的思想内容较为驳杂，儒、墨、道、法、兵各家的思想都有所反映。其实，纵横家原本从各家中来，而各家为了用世，在当时也不能不习"纵横"。并且《战国策》又是一部未经很大程度加工的史料汇编，集录者刘向自己表明所做的工作仅限于"因国别者，略以时次之，分别不以序者以相补，除复重"(《校战国策书录》)。考今本《战国策》，重复之处仍不少[1]，可知刘向的整理工作是较粗糙的，他的话也是基本可信的。既然如此，此书思想内容之驳杂，也就不足为奇了。

然而尽管驳杂，却也倾向鲜明。此书所记主要人物大多为战国时代活跃于各国政治舞台之上的谋臣策士、说客游士，作者对他们的言行、计谋大肆渲染，对他们"一怒而诸侯惧，安居而天下熄"（《孟子·滕文公下》）的作用尽情鼓吹，纵横之势、长短之术、诡谲之计、诈伪之谋充溢全书。即便是儒、墨、法、兵各家代表人物，如孟轲、荀卿、墨翟、韩非、吴起之流，一入其书，也无不带上鲜明的"纵横"色彩。这正表明，此书原本出于纵横家或习纵横者之手。因此，尽管它并非出于一人一手、一时一地，且作者的主观思想倾向与作品的客观认识意义也并不完全一致，但纵横家的思想在全书中一以贯之，却是毋庸置疑的。

正因为这样，它与我国古代社会中长期占统治地位的儒家正统思想大相径庭，因而历来颇受冷遇，"学者不习"（鲍彪《战国策序》），几至消亡；甚而被目为异端，并被斥为"畔经离道之书"（李梦阳《刻战国策序》）。对《战国策》的思想倾向究竟应如何认识和评价？这便是我们面临的课题。本文拟从政治思想、用人主张、人生哲学三个方面试做探讨，聊充引玉之砖。

一、崇"计"——策略至上的政治思想

在《战国策》作者的笔下，策士的谋略成了决定一切的因素，并被称颂为威力无穷的法宝。《秦策一·苏秦始将连横》章中，有这样一段评论："故苏秦相于赵而关不通。当此之时，天下之大，万民之众，王侯之威，谋臣之权，皆欲决苏秦之策。……故曰：式（用）于政，不式于勇；式于廊庙之内，不式于四境之外。"这是作者的论断，我们姑称之为"论断辞"。它们或出章中，或附章末；或就事论事，或借题发挥，无疑都带有作者鲜明的思想烙印。其爱憎感情、是非标准，何褒何贬，何抑何扬，于论断之中分明可识。因此，它应该是我们研讨作者思想的重要依据。上述论断，即借对苏秦的赞颂，表现了策略至上的思想。苏秦是战国时

---

① 内容大体相同而复重者，如《燕策二·陈翠合齐燕》与《赵策四·赵太后新用事》，《楚策四·楚王后死》与《齐策三·齐王夫人死》，《韩策三·段产谓新城君》与《魏策四·白珪谓新城君》，《燕策一·苏代谓燕昭王》与《燕策一·人有恶苏秦于燕王者》，等等，均为其例。

期著名的纵横家，也是《战国策》中头角峥嵘的重要人物。他与张仪，一为“纵”之倡导，一为“横”之鼓吹，俨然是纵横家的两面旗帜。尽管无论在《战国策》还是《史记》中，所记苏秦事迹都是真伪参半，不可据信[①]，然而从文学的角度看来，《战国策》中的苏秦形象却颇见光辉。在他身上，闪耀着作者理想的火花，反映了作者的志趣和向往。

从赞颂苏秦的这一段溢美之辞中，我们不但看到了作者对策略的推崇和吹嘘，而且看到了作者贬战思想的流露。此所谓“贬战”，乃是与崇尚计谋、鼓吹策略万能的思想相一致的。在作者看来，用“策”较之用“战”，费少益大，是最为可取的。所谓“计不下席，谋不出廊庙，坐制诸侯，利施三川”（《秦策三·蔡泽见逐于赵》）以及《齐策一·邹忌修八尺有余》章末“此所谓战胜于朝廷”的论断，都意在贬斥凭仗武力以事攻伐。《战国策》所反映的贬战思想，与孟子“争地以战，杀人盈野；争城以战，杀人盈城。此所谓率土地而食人肉，罪不容于死”（《孟子·离娄上》）的议论，在反对当时各诸侯国用暴力互相兼并，大力推行法家主张的富国强兵、奖励耕战的政策这一点上，看似一致，但究其实质，却迥然有别。孟子反“战”的目的是主张“发政施仁”而行所谓“王道”；纵横家之贬“战”，则是策略至上思想的反映，目的是为了抬高计谋的作用。在他们看来，只要善于出策用计，便可收到“甲兵不出于军而敌国胜，冲橹不施而边城降，士民不知而王业至”（《齐策五·苏秦说齐闵王》）的辉煌政绩。这与孟子所谓“尧舜之道，不以仁政，不能平治天下”（《孟子·离娄上》）的政治主张正好相反。可见纵横家的“贬战”，与儒家的“反战”目的各异，充分反映了政治思想上的格格不入。要而言之，如果说法家主张“以力服人”，儒家主张“以德服人”，纵横家则是主张“以智（谋）服人”。这就难怪孟子在当时既要提出“善战者服上刑，连诸侯者次之，辟草莱任土地者次之”（《孟子·离娄上》），又要斥责纵横家的代表人物公孙衍、张仪所行为“妾妇之道”，乃“大丈夫”之所耻了。（《孟子·滕文公下》）

以“策略至上”的思想为主导，《战国策》突出宣扬外交的重要性，既不同于重耕战以富国强兵的法家，也不同于强调“诸侯之宝三：土地、人民、政事”（《孟

---

① 徐中舒先生《论〈战国策〉的编写及有关苏秦诸问题》（见《历史研究》1964年第1期），唐兰先生《司马迁所没有见过的珍贵史料》，杨宽先生《马王堆帛书〈战国纵横家书〉的史料价值》（均见《战国纵横家书·附录》）等文，对此都有论述。

子·尽心下》)的儒家。纵横家的计谋策略主要施之于外交,那是他们驰骋辩智的疆场。在纵横家看来,运用智谋策略处理好国与国之间的外交敌友关系,乃是务本之要。《赵策二·苏秦从燕之赵始合从》中宣称:“为大王计,莫若安民无事,请无庸有为也。安民之本,在于择交。择交而得则民安,择交不得则民终身不得安。”把“择交”说成是“安民之本”,足见其在纵横家心目中地位之高。因此,《战国策》对深谙外交之道,能辩善对,不辱使命的人物推崇备至,甚至不惜以夸饰非实之辞,把善于出使者描绘为存国安邦的英雄。[①]

我们尚可从《战国策》与其他先秦著作的比较中,见其崇尚外交的思想特征。《战国策》与成书于秦始皇八年(前239)[②],产生时代和它大体相同的《吕氏春秋》,都分别记了公孙弘受孟尝君之命出使秦国的事。前者载于《齐策四·孟尝君为从》,后者见于《季冬记·不侵》篇。二者所记内容一致,文字略异。引人注目的是篇末的赞词却大异其趣。《吕氏春秋》颂扬公孙弘道:“可谓士矣!”《战国策》却赞美道:“可谓足使矣!”相同的人和事,作者所赞的方面却不同,可见他们在思想上的侧重点大不一样。《战国策》称颂公孙弘“足使”,表明作者重视外交活动,因而着意宣扬策士在出使过程中的辩智奇功。

对于外交活动所取得的“伟绩”,《战国策》不惜连篇累牍地予以记载。《赵策二·秦攻赵》记苏子说秦王“案兵息民”,居然顿收奇效。作者于章末的叙事中寓论断道:“于是秦王解兵不出于境,诸侯休,天下安,二十九年不相攻。”为了突出外交游说的功绩,是否符合史实也不管它了。[③]

纵横家是把智力当商品一样出卖的,为了昂其“值”,他们不遗余力地吹嘘“奇策异智”的神效。似乎用了他们的计谋,于内可使国治民安,于外可使“诸侯相亲”,于己则可得其所欲。反之,便将招致国破身亡“为天下笑”的恶果。《秦策二·楚绝齐齐举兵伐楚》章末道:“计听知覆逆者,唯(虽)王可也。计者,事之本

① 《魏策四·秦王使人谓安陵君》章,记唐且(亦作“唐雎”)受命出使秦国,在秦王面前大论“布衣之怒”,并“挺剑而起”威逼秦王。按秦之法,侍者不得操兵,更何况外来的“使者”,可知其属“夸饰非实”之辞。

② 《吕氏春秋·序意》说:“维秦八年,岁在涒滩,秋,甲子朔,朔之日,良人请问十二纪。”按许维遹在《吕氏春秋附考》中补《经义考》引宋吕祖谦曰:“不韦春秋,成于始皇八年。……维秦八年,岁在涒滩,……此其书成之岁月也。”见许维遹《吕氏春秋集释》,清华大学古籍丛刊之一,1935年出版。

③ 自秦昭王讫秦始皇定天下,几乎无年不战,可知此说为虚夸之辞。

也;听者,存亡之机。计失而听过,能有国者寡也。故曰:‘计有一二者难悖也,听无失本末者难惑。’”无独有偶,在长沙马王堆出土的帛书《战国纵横家书·公仲倗谓韩王章》末,也有类似的话:“故曰:‘计听知顺逆,唯王可。’”意思是说,定计谋,听意见,能分辨顺逆者,即使王天下,也是可以的。反之,则取败绩。《战国策》作者在《韩策一·秦韩战于浊泽》章评论韩之败道:“韩氏之兵非削弱也,民非蒙愚也,兵为秦禽,智为楚笑,过听于陈轸,失计于韩明(朋)也。”值得注意的是,帛书《战国纵横家书·公仲倗谓韩王章》也载有如上评论,而《史记·韩世家》记此事则无此段评语。《韩非子·十过》篇亦载此事,篇末论道:“故曰:内不量力,外恃诸侯者,则国削之患也。”认为韩之败,在于不自知,不知彼;内不自量其力,外却凭靠诸侯。作者在这里强调了一个“力”字,《战国策》于此则强调了一个“计”字。两相比较,他们在思想上的差异不是分明可见的吗?唯其如此,他们对相同的事件做出了不同的论断。

计谋不但可决定国家的兴衰成败,在《战国策》看来,它也能决定人的贵贱荣辱,甚至“君听臣计则生,不听臣计则死”(《赵策一·苏秦说李兑》)。此所谓“计谋”,即以实现某种功利为目的,策士们为人或为己所谋划并采用的一套巧妙的策略。据《战国策》中所记,不外乎投其所好,巧言进谏;因其所惧,危言耸听;掩短诵长,弄虚作假;挑拨离间,阴谋暗算;倾诈翻覆,诱敌致败;夸言其长处而以利诱之,攻击其短处而以威逼之。这就叫作纵横捭阖之计,长短倾侧之术。而“计谋”的得逞,主要靠“说”。策士们的武器不是别的,就是所谓的“三寸不烂之舌”。游说是出卖智力的主要途径,因而游说的技巧便须十分讲究,这也是“简练揣摩”的主要内容之一。战国时期,“天下方务于合从连衡”(《史记·孟子荀卿列传》),游说之风盛极一时,诸子无不讲究游说之术,只不过在奉行策略至上的纵横家身上,表现得尤为突出罢了。《战国策》作者于《齐策三·孟尝君在薛》章末指出:“善说者,陈其势,言其方,人之急也,若自在隘窘之中,岂用强力哉!”就高度赞美了用智谋胜于用强力,突出了策略的重要性。

纵横家崇尚智谋策略思想的产生,不是偶然的现象,它与战国时代社会经济的变革、阶级关系的变化以及特殊的政治斗争形势密切相关,特别是与商业的发展和商人阶级的兴起密不可分。我们知道,往来于各国的富商,在春秋时期就已出现，所谓“商不出则三宝绝”（《史记·货殖列传》引《周书》语），说明了他们的重要性。到了战国时期，“货币的进军”动摇了氏族制度的基石，孟子就曾以“商贾皆欲藏于王之市”（《孟子·梁惠王上》）的话，去打动梁惠王，由此可以窥见当时商业发展情况之一斑。商业交通的发达，冲破了各诸侯国之间宗族的樊篱，使尊卑贵贱有严格规定的礼制日趋崩溃，于是新兴的阶级必然要代替无能的旧贵族。正是由于各诸侯国之间财货的交流，即所谓“商而通之”，“人各任其能，竭其力，以得所欲”（《史记·货殖列传》），这才产生了“朝秦暮楚”的策士作风、“论行结交”的君臣关系，以及“富贵多士，贫贱寡友”（《史记·孟尝君列传》记策士冯谖语）的社会现象。因此可以说，崇尚智谋策略，尊奉机巧权变的策士思想，正是当时“贩贱卖贵”的商业投机行为在政治生活中的反映。

纵横家在政治上虽然也代表了新兴地主阶级的利益，但却更多地反映出商人阶级的深刻影响。他们把谋财的意识、投机的行为、赢利的手段带到政治生活中来，形成策略至上的思想。在他们看来，只要善用计谋，便可“一天下”，与孟子“不仁而得天下，未之有也”（《孟子·尽心下》）的主张显然是背道而驰的。应该指出，纵横家看清了时代发展的潮流，并顺应了这一潮流，因而在当时的历史条件下大行于时，他们中的不少人也在客观上对中国的统一做出了不同程度的贡献。这就不难理解，为什么法家政治家李斯于秦始皇十年（前237）在有名的《谏逐客书》中，要一反孟子的“妾妇”之讥，而把纵横家的头面人物张仪与商鞅、范雎相提并论，热情地称颂其丰功伟业道：“惠王用张仪之计，拔三川之地，西并巴蜀，北收上郡，南取汉中，包九夷，制鄢、郢，东据成皋之险，割膏腴之壤，遂散六国之从，使之西面事秦，功施到今。”（《史记·李斯列传》）尽管李斯在此为了强调“客之功”，不免过分夸大了“张仪之计”的作用和威力，但我们由此可见纵横家张仪在法家李斯心目中地位之高、作用之大。他们在大的政治方向上，竟是如此的步调一致。

历史证明，在阶级社会激烈复杂的政治斗争中，策略的重要性是不容忽视的。然而正如恩格斯所指出：“没有暴力，没有坚定不移的无情手段，历史上任何事情都是不会成功的。”（恩格斯《民主的泛斯拉夫主义》）策略作为暴力的辅助手段，在政治斗争中无疑是必要的，如果运用得当，也是有效的，但它毕竟不是决定一切的因素。《战国策》把策略摆到压倒一切的位置上，把它的作用夸大到神乎其神的程度,这就充分暴露了作者主观唯心主义的思想实质。作者对纵横家的言行、计谋、思想、作风肆意渲染,尽情吹嘘,热烈赞颂,如此心心相印,证明了他们在思想倾向上的一致性。因此,《战国策》对那些诈伪翻覆,以腾说而致富贵的策士们的描绘,充溢着赞赏和歆羡的情调,表现出在政治上缺乏明确的是非观念。只要是计能售,策能行,名可扬,利可谋,不论什么人,不论什么政治态度,也不论是真、善、美,还是假、恶、丑,在《战国策》中都一概受到颂扬,似乎计谋策略的得逞便是最高的理想境界。这完全是商人阶级唯利是图的思想在政治生活中的反映。对此,我们必须指出并予以批判。

二、尚“贤”——举贤使能的用人主张

《战国策·楚策四·客说春申君》章记“客”引述史事:“昔伊尹去夏入殷,殷王而夏亡。管仲去鲁入齐,鲁弱而齐强。”继而指出:“夫贤者之所在,其君未尝不尊,国未尝不荣也。”《齐策四·齐人有冯谖者》章末,作者评断道:“孟尝君为相数十年,无纤介之祸者,冯谖之计也。”“贤者”之用,足可尊君而荣国,安人而免祸,由此可见“尚贤”思想在《战国策》中的反映。

战国时代,各诸侯国先后经过新兴地主阶级的政治改革,结束了领主割据的局面。虽然各国的改革和发展很不平衡,但旧的世卿世禄制受到了致命的打击。“国人”(自由民)的地位渐趋稳固,西周宗法的“宗子维城”(《毛诗·大雅·板》)已为历史陈迹。“国人”(自由民)获得了一次较大程度的解放,那些出身鄙贱的人也相对有了施展才智、建功立业的可能。于是,随着社会分工的进一步发展,“士”这一阶层从贵族的樊篱中脱颖而出,开始健步登上了政治历史舞台。“他们的特征是他们几乎全都处在时代运动中,在实际斗争中生活着和活动着,站在这一方面或那一方面进行斗争,一些人用舌和笔,一些人用剑,一些人则两者并用。因此就有了使他们成为完人的那种性格上的完整和坚强。”(恩格斯《〈自然辩证法〉导言》)

在这个社会发生大变革的新的历史时期,各诸侯国的统治者几乎都不同程度地认识到了人才的重要性,故不但大量养“士”,而且广开门路,积极罗致人才。割据的局面为人才的自由流动提供了可能。凡能吸引人才流入的国家,一

定是欣欣向荣、大有希望之邦；反之，则必然生气荡然，日趋衰亡。当时的秦、楚二国便分别是这两方面的典型代表。

由于现实政治的需要，战国时期分别代表各阶级、阶层利益的思想家、政治家，几乎都提出了“举贤使能”的用人主张，这是生产斗争、阶级斗争发展的必然结果。墨子提出“夫尚贤者，政之本也”，“农与工肆之人，有能则举之”（《墨子·尚贤上》）。孟子继承、发展了孔子“举贤”的传统，提出“尊贤使能，俊杰在位”（《孟子·公孙丑上》）。韩非子则反对“无功而受事，无爵而显荣”，主张“斩敌者受赏”，“拔城者受爵禄”。（《韩非子·五蠹》）从表面看来，似乎没有什么区别，然而究其实质，却大不一样。因为他们各自代表了不同阶级、阶层的政治利益，究竟何者为“贤”，何者为“能”，在他们的心目中是各有所指的。

以辩智游说猎取富贵的纵横家，为了自身的利益，把这一“口号”喊得更为响亮，这在《战国策》中有非常突出的反映。在他们看来，“贤人”之用，是定国安邦之本，因此，它是“贤明之君”切切不可忽视的大事。所谓“贤人在而天下服，一人用而天下从”（《秦策一·苏秦始将连横》）便是在这一思想指导下做出的评断。在《齐策四·齐宣王见颜斶》章中，甚至提出了“士贵耳，王者不贵”的命题，把“士”看得比“王”更贵重，进而从人的价值观念上，反映出“尚贤”的思想倾向。

必须指出，《战国策》中所谓“贤人”，主要指的是能出“奇策”，具有“异智”，善于辩说的谋臣策士，“贤者”即所谓的“善说者”。正是在这一点上，纵横家既不同于儒家，也有别于法家和墨家。可以说，《战国策》的尚贤使能说，就是为纵横家者流唱的一曲赞歌。

围绕着“尚贤”这一基点，《战国策》从多方面做了描叙和论述。在《秦策五·文信侯出走》章中，作者试图说明赵国灭亡的原因所在，便直截了当地归之于“贤人”司空马的辞赵而去。司空马是原秦相吕不韦手下的尚书，被逐而入赵。他虽有满腹韬略，却未能受到赵的信用，于是愤而辞赵远去。其后不过半年，赵亡于秦。作者于章末断然评述道：“赵去司空马而国亡。国亡者，非无贤人，不能用也。”其实，司空马临辞赵前，当秦“下甲而攻赵”之时，其所献未用之计乃所谓“裂赵之半以赂秦”。这不过是企图以出卖国土而换取暂时的苟安，并非什么高明之策，并且赵之亡也自有其内外政治、经济、军事、外交等诸多因素，岂只在“去司空马”之故？《战国策》能重视人的重要作用，这在当时是有一定进步意义的；但它把所谓“贤人”的作用无限夸大，经其描绘，似乎“贤人”成了包打天下、主宰国运的救世主，这就充分暴露了作者思想中“英雄创造历史”的唯心史观。然而作者指出了“国亡者，非无贤人，不能用也”这一症结，毕竟是颇有见地的。这就是说，贤人是有的，但不能得到信用，那么亲近佞幸的不贤无能之辈，必然占据要冲，这不能不说是“国亡”的主要因素之一。《战国策》就这样高度肯定了用贤的重要意义。

在《秦策五·四国为一将以攻秦》章中，作者还通过姚贾之口，论述了不计出身贵贱、任人唯贤的进步主张，反映出战国乱世阶级关系的新变化。姚贾针对韩非攻击他出身于世代监门卒子，又是“梁之大盗，赵之逐臣”，不可授以重任的言论，在秦王面前侃侃而辩。他引述了历史上太公望等虽出身低贱，但得明君重用，皆成大功的事例，进而论述道：“故明主不取其污，不听其非，察其为己用。故可以存社稷者，虽有外诽者不听；虽有高世之名，无咫尺之功者不赏。”这种不问出身、唯贤是举的用人主张，较之孟子所谓“国君进贤，如不得已，将使卑逾尊，疏逾戚，可不慎与?”（《孟子·梁惠王下》）即以周制为原则，以不破坏尊卑亲疏等级森严的氏族制为前提的“进贤”理论，显然有本质的区别。《战国策》反映出不别亲疏、举贤授能的主张，以及反对“无功之尊，无劳之奉”（《赵策四·赵太后新用事》）的思想，与当时新兴阶级的利益和愿望，在本质上是完全合拍的。就此而言，纵横家与法家可谓不谋而合。如果以上述姚贾驳韩非的记载来衡量，在不问出身贵贱，唯贤是举这一点上，纵横家不但较儒家进步，而且还似乎走在了法家的前面。这种“尚贤”的思想倾向，无疑是战国时代“士”的地位显著提高和自信心大大增强的产物。在当时的历史条件下，应该说是进步思想的反映。

三、重“利”——争利求名的人生哲学

孟子认定“上下交征利”是“国危”之因（《孟子·梁惠王上》），故对那些孜孜于求利之徒深恶痛绝。他曾借“齐人有一妻一妾”的故事，无情地揶揄和嘲讽了那些“求富贵利达者”（《孟子·离娄下》）。在他所抨击的对象之中，无疑有战国纵横家。

我们不难从《战国策》中按图索骥，找到孟子所影射的形象。《秦策一·苏秦

始将连横》章，写苏秦说秦不行，“归至家，妻不下纴，嫂不为炊，父母不与言”。其后说赵王得用，富贵还乡，“父母闻之，清宫除道，张乐设饮，郊迎三十里。妻侧目而视，倾耳而听；嫂蛇行匍伏，四拜自跪而谢”。此刻的苏秦，是何等志得意满、趾高气扬啊！不但骄其妻、嫂，而且骄其父母。猛然间，他似乎省悟了人生的真谛，感慨万端地说：“嗟乎！贫穷则父母不子，富贵则亲戚畏惧。人生世上，势位富贵，盖可忽乎哉！”请看这里的“苏秦”，与孟子笔下的“齐人”何其神似！然而两相比较，即不难发现作者的态度迥然不同。孟子对所谓“求富贵利达者”，直抒挞伐之辞；《战国策》作者却对此一味颂扬，其歆羡之情，溢于言表。这种公开宣扬追求“势位富贵”的思想，显然与孟子所代表的儒家的思想针锋相对。孟子从唯心主义动机论的观点出发，以为用“义”的道德规范，便可解决尖锐、激烈的社会矛盾。其实，在他的骨子里仍然是“利”，只不过他把本阶级的私利，硬说成天下之公义罢了。在儒家的心目中，其所谓“义”，并非与“利”水火不容，而实为“利之大者也”，二者原本是一码事；但在说教时，却须唱起斥“利”而颂“义”的高调。正如司马光所明言：“故孟子对梁王直以仁义而不及利者，所与言之人异故也。”（见《资治通鉴》卷二“显王三十三年”条下所记）儒家重“义”而非“利”的学说，确实具有很大的虚伪性和欺骗性。

《战国策》中所反映的纵横家们则不同，他们大胆地撕开了这一层薄薄的遮羞布，毫不隐讳地提出了“‘争名者于朝，争利者于市。’今三川、周室，天下之市朝也”（《秦策一·司马错与张仪争论于秦惠王前》记张仪语）的观点。他们奉“利”“名”为追求的目标，载“千金”为游说的资本，以“实利”为诱人的钓饵，求“扬名”为杀身的报偿。这充分反映了战国时期“货币的进军”如何打进了政治、思想的领域，图财赢利的商人意识如何渗透了纵横家的思想，新兴地主阶级中的“士”如何不择手段，向上层统治阶级去争一席之地。

“濮阳人吕不韦贾于邯郸，见秦质子异人，归而谓父曰：‘耕田之利几倍？’曰：‘十倍。’‘珠玉之赢几倍？’曰：‘百倍。’‘立国家之主赢几倍？’曰：‘无数。’”（《秦策五·濮阳人吕不韦贾于邯郸》）这一段精彩的答问，把吕不韦的灵魂暴露无遗。在吕不韦这个“贩贱卖贵，家累千金”（《史记·吕不韦列传》）的大商人眼里，异人被看作“奇货可居”的商品，他就是带着赢“无数”之利的意图，转而从事政治投机活动的。经过他的一番奔走游说、惨淡经营，居然如愿以偿。“子楚立，以不韦为相，号曰文信侯，食蓝田十二县。”(《秦策五·濮阳人吕不韦贾于邯郸》)大商贾摇身一变而为侯爵之尊，一番政治的交易赢得了预期的成功。应该指出，由于吕不韦是所谓“杂家”著作《吕氏春秋》的名义上的纂集人①，故历来被认作“杂家”的代表。然而就《战国策》中描述的形象看来，他更像是一个由商入政的纵横家，也可说是纵横家中谋得了富贵权势的人物。他的“赢利”说，充分体现了纵横家的思想特征。

纵横家毫不含糊地崇奉功利主义，“国可重，利可得、名可尊”几乎成了策士们用以说动各国国君的口头禅。“利”，贯串了纵横家的言行。楚之登徒以送宝剑一把为酬报，请公孙戍入说孟尝君，勿受楚献象床。事成之后，公孙戍即踌躇满志地当众宣布其事。孟尝君居然大为赞许，并在门版上大书道：“有能扬文之名，止文之过，私得宝于外者，疾入谏。”(《齐策三·孟尝君出行国至楚》)一图扬名，一图得利，各有所谋，皆大欢喜。毫不遮掩地把争利求名奉为行动的准则、人生的哲理，公开宣扬其合理性，这样的议论，风行于“道德大废，上下失序”(刘向《校战国策书录》)的战国时代，实非偶然。

“名”是“利”在精神方面的体现，二者实质一样，密不可分。因此，《战国策》作者一再强调“名有所加而实有所归”(见《宋策·梁王伐邯郸》章末论断)。既公开标榜“争利”，也津津乐道“扬名”。聂政刺杀韩傀之后，自杀身死，韩暴其尸于市。聂政姊为了不“灭吾弟之名”，专程前往认尸，并说：“勇哉！……今死而无名，……夫爱身不扬弟之名，吾不忍也。”(见《韩策二·韩傀相韩》)值得注意的是，《史记·刺客列传》中亦载此事，内容及文字略同，但作者在篇末的论赞中却另有主旨。《史记》道：“严仲子亦可谓知人能得士矣！”这是司马迁“士为知己者死”的思想，在一篇之中的“三致志焉”。《战国策》作者则说：“聂政之所以名施于后世者，其姊不避菹醢之诛，以扬其名也。”两相比较，一目了然，《史记》重在“知士”，《战国策》强调“扬名”，显示出二者在思想倾向上各异其趣。

就“争利求名”而言，《战国策》中所记的策士们谁也没能真正做到“出淤泥

① 据《史记·吕不韦列传》说：“吕不韦乃使其客人人著所闻，集论以为八览、六论、十二纪，二十余万言，以为备天地万物古今之事，号曰《吕氏春秋》。”可知此书实为吕不韦门下“食客”集体所撰，吕不韦只是名义上的纂集人。但其书既打着吕氏的旗号，且显然秉承其意旨而著，它在相当程度上反映了吕不韦的思想，则是基本上可以肯定的。

而不染”，时代和阶级给他们打上了深深的烙印。“争利求名”是他们“进”的姿态，“避世全身”则是“退”的安排。苏秦自称“进取之臣”（《燕策一·人有恶苏秦于燕王者》），“进取”二字，颇为传神，它无疑是“争利求名”的生动概括。而当功成名遂，或“进取”不便之时，就做退隐之士，如此既可保名全身，又可静待时机，东山再起。进则争利求名，退则全功保身；“达则兼善天下”，“穷则独善其身”（《孟子·尽心上》）；在人生哲学上，纵横家与儒家既是如此泾渭分明，又是这样脉络贯通。

然而于进退取舍、出处显隐之际，有一个时机的问题。因此，战国策士对“时势”的看重，可谓非比寻常。犹如做买卖要看清行情、抓准时机一样，策士们在政治投机中特别重视审时度势。所谓“时势者，百事之长也。故无权籍（藉），倍（背）时势，而能事成者寡矣”（《齐策五·苏秦说齐闵王》），便是这一思想的反映。《赵策三·希写见建信君》章，记希写之论，最为透辟。他说：“臣以为今世用事者，不如商贾。”“夫良商不与人争买卖之贾（价），而谨司（伺）时。时贱而买，虽贵已贱矣；时贵而卖，虽贱已贵矣。”这个希写真是把“伺时”的要义剖析得头头是道，他用行商之道喻说执政之理，把商贾与“用事者”相提并论，正说明在战国策士的头脑中，商业交易与政治投机在谋“利”这一点上，是如何的“灵犀”一点，自然贯通。这就难怪在《战国策》中，诸如“百世之一时也”“此百代之一时也”“务兴于时”“时不可失”之类的议论，比比皆是了。其所谓“时”，即时机、机会。战国策士靠计谋、游说为资本，因而特别重视把握时机。此其中固然多少含有一些尊重客观实际，分析并掌握客观事物发展规律的合理因素，但他们把“时势”看作“百事之长”，把自身看准机会从而抓住有利时机当作成功的前提条件，这就暴露了他们主观唯心主义的思想实质。

应该肯定，纵横家思想解放，旗帜鲜明，他们表达自己的观点绝不吞吐含糊。尤其可贵的是，他们敢于冲破传统思想的束缚，大胆向传统的道德观念挑战，公然提出在当时颇有些惊世骇俗的见解。如苏秦就曾对被奉为“天下之高行”的“信”“廉”“孝”三种道德伦理观念进行攻击。他说“……信如尾生，廉如伯夷，孝如曾参”，只不过是“所以自为也，非所以为人也。皆自覆之术，非进取之道也”。他一反当时的道德标准，公然以不信、不廉、不孝自命，明确主张“去自覆之术，而谋进取之道”（《燕策一·人有恶苏秦于燕王者》）。这不但是阶级斗争所引起的对立心理在道德伦理观念上的强烈反映，也是社会发展进入地域国家的阶段，突破了血缘宗法制度的局限，而走向“以富兼人”的必然结果。正如恩格斯所指出，“每一种新的进步都必然表现为对某一神圣事物的亵渎，表现为对陈旧的、日渐衰亡的、但为习惯所崇奉的秩序的叛逆”(《路德维希·费尔巴哈和德国古典哲学的终结》)。从这个意义上说来，《战国策》所反映的纵横家思想的所谓“畔经离道”，正充分体现了它的进步性。

历史把这些出身低微，起自田亩市廛，大都以“鄙人”“贱人”“微芥”“羁旅之臣”自称的纵横家推上了政治舞台，社会的大动乱为他们提供了用武之地。在战国时期壮阔宏伟的政治斗争中，生气勃勃的纵横家是一支不可小视的力量。仿佛与法家并行不悖，他们的思想也在一定程度上代表着战国时代占统治地位的精神力量。

如果说以韩非为代表的法家的思想，是以法治为中心，以重法、重术、重势相结合为特征，那么纵横家的思想特征则是以策略为中心，重计、重利、重时、重自我相结合。这里，计策是决定的因素，谋利是行动的准则，时势是成败的关键。而老谋深算、明时审势、获利扬名者便是他们心目中拯救世界的英雄，当然也就是应予尊崇信用的“贤能之士”。不难看出，这种形象正是他们自己的化身。上述种种，概括了战国纵横家的思想特征，也体现了《战国策》的思想倾向。明乎此，对我们更加深入地研讨其书，批判地继承这一份文化遗产，无疑是必要而有益的。

原载《西南师范学院学报》1982年第3期，《历史学》1982年第7期全文转载

论《战国策》的文学成就

《战国策》不但是一部历史著作，而且是杰出的散文总集。它是战国时代最基本的史料，汇集、保存了当时的一些重要史实和游说谈资，在史学方面当然具有不容忽视的重要意义。但由于它并非出自一人一手、一时一地，在流传和成书的过程中，游说之士转相传授，难免随时改窜增删，其中杂有不少纵横说士简练揣摩、引锥刺股之类的拟说、拟作。其事常违背史实，又无年月可识，难以稽考，不可尽信，这就大大减低了它的史学价值。比较而言，它在文学方面取得的成就则显得更大、更突出。史学意义上的“不可尽信”，就分明带有“创作”的色彩，反而使之在文学的意义上大为增色。

虽然战国时期还不是“文学的自觉时代”，《战国策》一书也不是严格意义上的文学作品，但其全书三十三篇、四百九十七章[①]，分记十二诸侯国自周贞定王十四年（前455）至秦并六国（前221）前后计

① 《战国策》各本分章略有不同，姚宏本为四百八十六章，鲍彪本为四百九十四章，此据上海古籍出版社1978年版。本文所引《战国策》文，亦据该版本。

二百三十五年间之事[①]，这一特定历史时期的尖锐激烈的斗争形势、波澜壮阔的现实生活、错综复杂的社会矛盾和战乱频仍的民间疾苦，都在此书中得到了形象的反映，好似恢宏壮丽的时代画卷，鲜明地呈现在我们的眼前。就形象地反映现实生活的广度和深度而论，《战国策》在先秦著作中堪称出类拔萃。从文学的角度看来，较之以论说为主的诸子散文，《战国策》显然更为出色。而与同属历史散文的《左传》《国语》相较，无论在叙事的生动、描写的细密、人物形象刻画的成功、语言艺术的圆熟以及文体的多样化方面，《战国策》都显示出长足的进步，取得了不少新的突破。本文拟从人物形象、语言艺术、文体因革三个方面，探讨《战国策》的文学成就及其在文学史上的地位和影响。

一、风姿各异的人物形像

中国古代的史官，历来有所谓记言、记事之分，记事为文，记言为献。《汉书·艺文志》说："左史记言，右史记事；事为《春秋》，言为《尚书》。"[②]其实，言与事要严格区别开来，是很难的，因为实际上往往是事中有言，言中见事。这种分工，只是从大体上区别而已。记事与记言的结合，乃是发展的必然趋势。事与言，皆出于人，没有人就无所谓事与言。正如恩格斯所说："有了人，我们就开始有了历史。"(恩格斯《〈自然辩证法〉导言》)记事记言皆必记人。然而真正做到以人为中心，记其言，叙其事，这在文学发展史上，就是意义重大的质的飞跃了。《左传》在这方面，已经迈出了一大步，写出了子产、晏婴、叔向、重耳等较为成功的人物形象。但它"系日月而为次，列时岁以相续"(刘知幾《史通·二体》)，以年为经，以事为纬，基本上是配合《春秋》的编年史，并非以人物为中心。《战国策》则是"录而不序"(刘知幾《史通·六家》)，在作者"策略至上""尚贤使能"的思想指导下，多记当时策士智谋，这就突破了"编年"的束缚，较为自由地以人物的游说活动为记叙的中心，并以此统率记言、叙事。尽管从篇幅看来，它似乎仍以记言为多，但那分明是几乎每章均有的某一个或某几个人物活动的有机组成部

① 仅《燕策三·燕太子丹质于秦亡归》记荆轲刺秦王，文末以三十字兼叙高渐离筑击秦始皇一事，当在秦兼并天下后。

② 《礼记·玉藻》说："动则左史书之，言则右史书之。"刘勰《文心雕龙·史传》亦作："左史记事者，右史记言者。"与《汉书·艺文志》所说适反。

分。作者重在展示以游说为主要内容的人物活动,并非孤立地记言,明显地表现出以写人为中心的倾向。

在现实生活中,人是一切社会关系的总和,也是社会属性和自然属性的统一体。文学是现实生活的形象反映,它理所当然地要以描写人物形象为自己的天职。正如高尔基所说:“文学家的材料就是和文学家本人一样的人。”(高尔基《论文学》)《战国策》以表现人物为中心的发展趋势,无疑是我国古代散文的一大进步,它在描绘人物形象方面所取得的成功,应该说是它文学成就的主要标志之一。

《战国策》全书所叙及的人物,约有六百一十余名,其中形象较为鲜明者,不下百人之数。上自国君、太后,下至平民百姓,老者年九十余,少者年方十二,公子王孙、武将谋臣、说客策士、嬖臣宠姬,无不出其篇中。作品生动地描绘了战国时期各阶级、阶层的形形色色的人物群像,通过对他们的言论、活动的描述,为我们展示了一幅幅战国时代的鲜明画图。

描写人物的面达到如此广泛的程度,固然是《战国策》的一大特点,但却并非主要之点。倘单就作品中出现的人数而论,它还不及《左传》多。不但以写人为中心,而且使所写人物各具风姿,描绘出他们丰富多彩的性格特征,这才是《战国策》在刻画人物形象方面的主要特色。我们不妨对《战国策》中出现较多的“士”“国君”“太后”等三类人物形象略加论析,即可见其大概。

由《战国策》的思想倾向所决定,作者倾满腔心血,着意刻画,热情歌颂自己心目中的英雄——“天下骏雄弘辩之士”。在战国时期的阶级关系中,“士”是非常活跃的阶层。他们的政治态度、思想作风、性格特点因人而异,这在《战国策》中得到了生动的反映。据《战国策》所记,大率长于图谋策划、运筹帷幄者,称为“谋士”“智士”;善于奔走游说、应对辩难者,即为“辩士”“巧士”;不惜舍命而报主者,称为“勇士”;为人“排难解纷”、有所谓“高行义节”者,则被誉为“高士”“义士”。总而言之,号称“策士”。《战国策》在描绘众多的“士”的形象时,从复杂纷纭的实际生活出发,从现实斗争中充满矛盾的人出发,注意写出人物性格的复杂性和多样性,表现出他们各自独具的性格特征,这实在是难能可贵的。

如《齐策三·孟尝君谳坐》章记“三先生”答孟尝君问,即颇具典型意义。一人曰:“訾天下之主,有侵君者,臣请以臣之血湔其衽。”毫无疑问,这是一位“勇士”。田瞀曰:“车轶之所能至,请掩足下之短者,诵足下之长;千乘之君与万乘之相，其欲有君也，如使而弗及也。”闻声可知，这是一位“辩士”。胜胥曰：“臣愿以足下之府库财物，收天下之士，能为君决疑应卒，若魏文侯之有田子方、段干木也。此臣之所为君取矣。”不难揣测，这是一位“谋士”。即使只闻其声，不见其人，但从这些特色鲜明的说辞中，我们也完全可以判明说者的身份。

至如苏秦、张仪、陈轸、公孙衍分别有三十六章、五十三章、十九章、三十章叙及其人其事，无疑是《战国策》中刻意描绘的主角。“主要人物是一定的阶级和倾向的代表，因而也是他们时代的一定思想的代表。”（恩格斯《致斐迪南·拉萨尔》）秦、仪、轸、衍都是战国纵横家中的头面人物，他们都具有重计、重利、重时、重自我以及思维敏捷、机巧权变、明了形势、长于辩难等共同特征。作者写出了他们的共性，同时也写出了他们独特的个性。这不禁使我们想起恩格斯的名言：“每个人都是典型，但同时又是一定的单个人，正如老黑格尔所说的，是一个‘这个’，而且应当是如此。”（恩格斯《致敏·考茨基》）

自称“东周之鄙人”的苏秦，执着地追求“势位富贵”，以“进取”自励，深宵攻读，甚至“引锥自刺其股，血流至足”。他非常自信，声称：“安有说人主不能出其金玉锦绣，取卿相之尊者乎？”（见《秦策一·苏秦始将连横》）他不受传统思想的束缚，有自己的一套道德标准，公然以不信、不廉、不孝之臣自命，且一反当世之公议，宣称这才是“为人”而非“自为”，是“进取之道”而非“自覆之术”。（见《燕策一·人有恶苏秦于燕王者》）为了改变自己的阶级地位，他奔走游说，仆仆风尘，孜孜不倦地从事政治、外交活动，具有坚韧不拔、百折不挠、必成事功的精神。苏秦的形象，称得上是战国时期“倔强的、叱咤风云的”人物的典型代表。

张仪曾攻击苏秦为“诈伪反覆”之人，其实，这正好是他的夫子自道。他针对楚怀王的贪婪，投其所好，以献商於之地六百里的谎言骗其与齐绝交。事成之后，他先是“称病不朝”，继而耍赖说：“仪固以小人，安得六百里？”（见《秦策二·齐助楚攻秦》）出尔反尔，诡计多端，俨然一副奸诈的嘴脸。

张仪在秦王面前攻击陈轸“欲去秦之楚”，陈轸直认不讳，且以爱亲之“孝己”，忠君之“子胥”“善妇”“良仆妾”自比，说是“忠且见弃，吾不之楚，何适乎？”如此取得了秦王的谅解。之楚后，楚王惑于张仪之言，心中大悦，群臣毕贺，独有陈轸不贺。楚王受欺之后，一怒之下，决计兴师伐秦，又独有陈轸出面劝阻。（见《秦策一·张仪又恶陈轸于秦王》及《秦策二·齐助楚攻秦》）这些描述表现出陈轸料事明切、机智圆滑的特点。

至于公孙衍，作者突出表现他与张仪、甘茂、田需、史举、田文、周宵等人邀宠争权、尔虞我诈的重重矛盾，揭示他们相互之间钩心斗角、互相倾轧的斗争。在矛盾和斗争中展现了公孙衍要弄权术的本领和他长于阴谋暗算的特点。相较于《战国策》中其他人物，苏秦的坚韧倔强，张仪的奸险狡诈，陈轸的圆滑机智，公孙衍的老谋深算，更是特色鲜明，令人印象良深。

各国国君是策士游说的对象，作为策士的对立面，自然也是《战国策》中着意描绘的主要人物。他们是统治阶级的最高层代表，具有贪婪、残暴、专横、丑恶等共性。但在《战国策》中出现的各国国君，却大多是有血有肉的“这个”，各自带有鲜明的个性，即以楚怀王、秦昭王、齐宣王、赵武灵王为例吧。

楚怀王轻信张仪的谎言，喜不自禁，“宣言之于朝廷”，还说什么“寡人自以为智矣”，并且一意孤行，“使人绝齐，使者未来，又重绝之”。这还不够，又专派勇士去大骂齐王，以示绝交之坚决。明知受骗后，即“大怒”，“欲兴师伐秦”。（见《秦策二·齐助楚攻秦》）这些描述，把楚怀王的愚鲁、贪残、暴躁、刚愎自用等性格特征表现得淋漓尽致。

秦昭王则大不一样。他礼贤下士，范雎上书，他心悦其说，便“使人持车召之”。（见《秦策三·范子因王稽入秦》）范雎应召前来，又给以“庭迎”的礼遇。并且长跪而请范雎赐教，范雎不语，则再三“跪而请”之，显得很有诚意。他非常细心，特“屏左右”，使“宫中虚无人”，以便与范雎密谈。范雎献“远交而近攻”以及“内固其威，而外重其权”之策后，他言听计从，并尊范雎为“父”。（见《秦策三·范雎至秦》）他还善于观察、分析问题，不受诡辩的蒙蔽。当范雎失去封国之地韩之汝南，却强辩“不忧”时，他不轻信，认为：“寡人一城围，食不甘味，卧不便席，今应侯亡地而言不忧，此其情也？”于是派蒙傲前往试探，终得实情，“自是之后，应侯每言韩事者，秦王弗听也”。（见《秦策三·应侯失韩之汝南》）秦昭王的谦逊、细心、冷静、精明及善于听取下属意见的风度，与楚怀王适成鲜明的对照。

齐宣王则又不同。他表面上也装出一副礼贤下士的姿态，自吹“忧国爱民，固愿得士以治之”，但骨子里却认定“王贵”而“士贱”，并且愚妄地宣称：“当今之世无士，寡人何好？”（见《齐策四·先生王斗造门而欲见齐宣王》）听了颜斶“士贵王贱”之论，他先是“忿然作色”，继而“默然不悦”，表现出他的心口不一、妄自尊大和色厉内荏。(见《齐策四·齐宣王见颜斶》)他没有主见,鼠目寸光,听了苏秦合纵之说,便声称"寡人不敏,今主君以赵王之教诏之,敬奉社稷以从"(见《齐策一·苏秦为赵合从说齐宣王》)而当张仪以连横说之,他又被吓得六神无主,赶紧表示"齐僻陋隐居,托于东海之上,未尝闻社稷之长利。今大客幸而教之,请奉社稷以事秦"。果真"献鱼盐之地三百(里)于秦"(见《齐策一·张仪为秦连横齐王》),一副"卑态可掬"的模样。这是一个心胸狭隘的伪君子、外强中干的软骨头的典型形象。

在《赵策二》中,先后有四章描述了"赵武灵王胡服骑射"这一件战国时期轰动一时的大事。赵武灵王为了强国利兵,决定"胡服骑射以教百姓"。他明知这一件移风易俗的大事必将招致各方的反对,却坚定不移地决心冲破重重阻力。他先做身边的大臣、亲贵们的工作,从理论上阐明此举的重大意义,说服他们支持革新措施,做好了舆论准备。他怀着宏伟的抱负和必胜的信念,痛斥因循之弊,主张"礼世不必一其道,便国不必法古"。举国"胡服骑射"之后,果然"辟地千里"。十分清楚,作者刻画了一个具有远见卓识、志在革新进步的国君形象。

《战国策》在描绘秦宣太后、赵威后和齐君王后的形象上更为出色。据《战国策年表》所记,秦宣太后死于周赧王五十年(前265),恰在同一年,赵威后与齐君王后皆"新用事"而执国柄。从时间上看来,不可谓不巧。更为难得的是,这三位太后在《战国策》中被写得各具风姿,体现了作者在刻画人物形象方面所达到的高度。《秦策二·秦宣太后爱魏丑夫》章,良有深意地用一个"爱"字,把秦宣太后的荒淫无耻揭露无遗。秦宣太后不仅生前与魏丑夫过着淫乱的生活,在"病将死"之时,还念念不忘占有魏丑夫,特别出令:"为我葬,必以魏子为殉。"后经庸芮巧谏而止其事,虽然作者意在赞颂庸芮之善谏,但它揭露了秦宣太后的极端自私、残忍,反映了剥削阶级强烈的占有欲和腐朽丑恶的灵魂。

就是这个秦宣太后,当楚围雍氏五月,韩派使者尚靳求救于秦时,她对尚靳说:"妾事先王也,先王以其髀加妾之身,妾困不疲也;尽置其身妾之上,而妾弗重也,何也?以其少有利焉。……夫救韩之危,日费千金,独不可使妾少有利焉。"(见《韩策二·楚围雍氏五月》)如此鄙俗的比拟,也只有像她这样淫鄙的人才说得出来!这种富于性格特征的语言,有利于表现人物的精神状态,作者的描绘扣住了人物的身份、思想作风及其内心世界。

相形之下，赵威后在作者笔下则是一个较有光辉的形象。《齐策四·齐王使使者问赵威后》章写她问齐使，先问岁与民，后问王，亮出了“苟无岁，何以有民？苟无民，何以有君”的观点，这无疑是“民本主义”进步思想的反映。进而她询及“助王养其民”的钟离子，“助王息其民”的叶阳子，以及“率民而出于孝情”的北宫之女婴儿子，问这二士一女何以至今“不业”“不朝”，并问那个“率民而出于无用”的於陵子仲，何以至今不杀，表现出她不仅洞悉齐国的政情，而且具有鲜明的是非观念和爱憎感情。赵威后可说是一个战国末期闪耀着思想光辉的女政治家形象。

但是，当赵威后初执国柄时，秦乘机前来攻打，赵只好求救于齐，齐提出要以她的小儿子长安君做人质才肯出兵，她却坚决不允。大臣强谏，她一概不听，并且扬言：“有复言令长安君为质者，老妇必唾其面！”这时候，她对小儿子的溺爱之情显然胜过对国家安危的关切之心，而且表现出一种盛气凌人的专横态度。但左师触龙以巧妙的方式从容进说，使她明白了与其让长安君“位尊而无功，奉厚而无劳”，不如让他“有功于国”，将来才能“自托于赵”的道理。赵威后不愧是一个深明大义的女人，她终于醒悟过来，欣然同意长安君出质，换来了齐国的救援之兵。（见《赵策四·赵太后新用事》）伟大与渺小，明智与昏昧，心胸宽广与自私狭隘，如此自然、和谐地统一于赵威后之一身。作者写出了人物性格的复杂性和丰富性。

公元前284年，淖齿诛杀齐闵王。太子法章改名换姓，逃到太史敫家中做灌园的佣人。太史敫的女儿爱上了他，常窃衣食予以关照。二人私下相爱，暗结夫妇。后来田单复齐，法章即位为襄王，太史氏女便被立为后，这就是《战国策》中所写的“君王后”。作者写君王后见识出众，能于患难中识人；并写她不受礼教羁绊，敢于自择配偶，自定终身。这在“取妻如何？匪媒不得”（《诗经·豳风·伐柯》）的时代，无疑是思想解放的大胆举动。以致其父斥之：“女无谋（媒）而嫁者，非吾种也，污吾世矣！”且终身誓不相见。即使在如此强大的压力之下，她也不以为然，表现出对传统礼教的叛逆和对世俗之见的蔑视。（见《齐策六·齐闵王之遇杀》）作者笔下的君王后，一出场便是如此超尘拔俗。

其后，作者写她辅佐儿子建治理齐国，内修攻战之备，外采“事秦谨，与诸侯信”的方针，赢得了“四十有余年不受兵”的安定局面。这在战乱不休的战国末年,实在是值得称道的政绩。

秦王曾派使者送给君王后玉连环,问能否解开,以此戏弄齐后,并借以试探齐国虚实。君王后以示群臣,群臣不知解。她于是亲手用椎当众击破,回答秦使道:“谨以解矣。”这真是一幕动人心弦的表演。君王后聪明果敢,干脆利落,有智有勇,不卑不亢,面对强秦而威仪赫然的形象,栩栩然如在目前。

作者还写了君王后“病且卒”之时,叮嘱齐王建群臣之中谁可重用,及至齐王建请取笔牍受言,她却说:“老妇已亡(忘)矣!”(见《齐策六·齐闵王之遇杀》)欲立遗嘱而作罢,是因为她对齐王建信不过,既已口述,何须笔录?这个细节表现出君王后临终之时仍深谋远虑、心系国事的可贵品质。较之秦宣太后“病将死”时出令“必以魏子为殉”,高下之分,何止霄壤!作者抓住君王后一生中几件具有典型意义的事,寥寥几笔就勾画出了这样一个性格鲜明、血肉丰满的动人形象。

上述的分析比较足以说明,《战国策》所描绘的众多人物形象,大多具有各自独特的个性,即使身份相同或相似的人物,在作者笔下也是各具风采,多态多姿。其中不少人物形象不仅显现其普遍性,而且显现为具体的特殊性,显现为普遍特征与具体个别人物的统一,因而构成了较为完整的性格。作者在一定程度上揭示了人物性格的复杂性、丰富性和多样性。其所以能如此,与作者在描绘人物形象方面所运用的一些出色的表现手法分不开。

首先,作者特别善于运用富于性格特征的语言展示人物的精神世界,前文对此已多所论及,毋庸再述。其次,作者善于在矛盾和斗争中展示人物的性格特征,而不仅仅停留在孤立、静止的描述上。“一个人物的性格不仅表现在他做什么,而且表现在他怎样做。”(恩格斯《致斐迪南·拉萨尔》)作品中赵武灵王的形象,就是通过他同周围贵戚大臣们的一系列矛盾冲突中的所作所为,逐渐鲜明地站立起来的。又如写少年英雄甘罗的形象也是如此。甘罗是文信侯吕不韦的家臣(少庶子),作者通过甘罗与吕不韦以及张唐、赵王的一连串矛盾冲突的描述,把一个虎虎然有生气、有英气、有锐气的少年英雄形象,活泼泼地突现在我们眼前。《战国策》往往是一章一事,一人之事又往往分属多章。尽管这些篇章并非当初的编排,但在不相连属的篇章中,作者总是把人物摆在斗争的中心,通过一系列矛盾冲突的描述,多方面地表现人物的性格特征,从而刻画出丰富多彩的人物形象。

第三,作者善于从对比中显现人物的性格。《战国策》多记策士说辞和互相辩难,主、客双方往往形成鲜明的对照。如写陈轸与楚怀王、颜斶与齐宣王、唐且(亦作"唐雎")与秦始皇、虞卿与楼缓、鲁仲连与辛垣衍及平原君等,均为其例。且另举一例说明,《魏策一·魏公叔痤病》章写公叔痤临死前向魏惠王荐举其家臣御庶子公孙鞅道:"愿王以国事听之也。为弗能听,勿使出竟(境)。"魏惠王却默然不应,而后对左右感慨道:"岂不悲哉! 以公叔之贤,而谓寡人必以国事听鞅,不亦悖乎!"公叔痤死后,公孙鞅果不得用,去魏而西入于秦,孝公受而用之,"秦果日以强,魏日以削"。公叔痤的明见达识和深谋远虑,与魏惠王的昏昧愚暗而自作聪明,互相映衬,愈觉分明。《战国策》确实善于"把各个人物用更加对立的方式彼此区别得更加鲜明"(恩格斯《致斐迪南·拉萨尔》)。

第四,长于细节描绘。如写赵武安君李牧之死:"右举剑将自诛,臂短不能及,衔剑征之于柱以自刺。"(《秦策五·文信侯出走》)这一细节描写证明了李牧的"身大臂短,不能及地,……故使工人为木材以接手"之真实可信,从而揭露了所谓"王觞将军。将军为寿于前而捍匕首"纯属诬陷之词,展现出李牧的耿耿忠心。

再如记秦臣中期对秦昭王说的一段话:"……智伯出行水,韩康子御,魏桓子骖乘。……魏桓子肘韩康子,康子履魏桓子,蹑其踵。肘足接于车上,而智氏分矣。"(《秦策四·秦昭王谓左右》)这里通过"肘""履""蹑""接"等几个动作特征的细节描写,把人物的神态活灵活现地勾画了出来。

又如,《赵策三·齐人李伯见孝成王》中以"方馈,不堕食"的沉着镇静表现赵孝成王坚定不移地信任齐人李伯,人告其反而"不应"、不惊的情态;《魏策四·魏王欲攻邯郸》中以"中道而反,衣焦不申,头尘不去"写季梁往见魏王,谏其勿攻邯郸的心情之迫切;以及《秦策一·苏秦始将连横》中对苏秦发迹前后其父、母、妻、嫂待他"前倨而后卑"的种种情状的描绘,都是非常出色的细节描写,有助于展示人物的精神世界,刻画人物的性格特征。

第五,以传神的形态描绘,使人物形象栩栩如生。如写张仪向楚怀王夸耀郑、周之女美:"粉白墨黑,立于衢闾,非知而见之者,以为神。"(《楚策三·张仪之楚贫》)写司马憙向赵王吹嘘中山阴姬之美:"不知者,特以为神,力言不能及也。其容貌颜色,固已过绝人矣。若乃其眉目准頞权衡,犀角偃月,彼乃帝王之后，非诸侯之姬也。”(《中山策·阴姬与江姬争为后》)都是很有特色的例子。尤为出色者是对豫让为知伯报仇而自毁其身的描写：“漆身为厉，灭须去眉，自刑以变其容，为乞人而往乞，其妻不识，曰：‘状貌不似吾夫，其音何类吾夫之甚也？’又吞炭为哑，变其音。”(《赵策一·晋毕阳之孙豫让》)描写形、貌、音、容的人为变化，细致入微。作者以传神之笔，入木三分地刻画出一个“士为知己者死”的典型形象。

二、辩丽横肆的语言艺术

《战国策》的文辞之精妙奇伟，历来备受推崇。宋代李文叔称颂它“文辞骎骎乎上薄六经，而下绝来世”(《书战国策后》)。王觉称它为“文辞之最”(《题战国策》)。明代姚三才甚至赞美它“雄辩变幻，自是宇宙间一种好文字”(《战国策谭棷》附录)。文学是语言的艺术，高尔基曾指出：“文学的第一个要素是语言。语言是文学的主要工具，它和各种事实、生活现象一起，构成了文学的材料。”(高尔基《论文学·和青年作家谈话》)语言之于文学作品，好比建筑材料之于建筑物。《战国策》在语言艺术方面所达到的高度，应该说是它的文学成就的又一主要标志。

《战国策》的语言艺术何以历来备受称誉呢？要而言之，是因为它具有生动形象、敷张扬厉和明畅通俗三大特色。试分别论之。

第一大特色——生动形象。

语言是思想的直接现实，但它不仅表现人们的思想，也表现人们的感情。生动形象而非干巴抽象地予以表现，这便是文学的最主要的特点。正是在这一点上，《战国策》显示了它的异彩奇辉。

战国策士几乎都是功利主义者，他们的说辞无不带有明确的目的性。因此，以生动形象的语言表述那些抽象的道理，寓理于形，使之鲜明可感、娓娓动人，增强说辞的感染力和说服力，在当时具有非常重要的现实意义。《战国策》的作者可谓精于此道，其手法主要是：巧于比喻、善用寓言和博引史事。

第一，巧于比喻。如《秦策三·应侯谓昭王》章记范雎为了揭示分权之弊，主张令从王出、君主专权，于是以“百人舆瓢而趋，不如一人持而走疾”为喻，生动地说明了这个道理。《楚策三·苏秦之楚三日》章记苏秦形容楚王之难以得见道："楚国之食贵于玉，薪贵于桂，谒者难得见如鬼，王难得见如天帝。今令臣食玉炊桂，因鬼见帝。"用了一连串的比喻，形象地描述了难见楚王的处境，同时也抒发了自己怨恼的心情。《齐策三·淳于髡一日而见七人于宣王》章，记淳于髡对齐宣王说："夫鸟同翼者而聚居，兽同足者而俱行。今求柴葫、桔梗于沮泽，则累世不得一焉。及之睾（睪）黍、梁父之阴，则郄车而载耳。"他以所谓"物各有畴"喻己为"贤者之畴"，进而吹嘘："王求士于髡，譬若挹水于河，而取火于燧也。"尽管这不过是说士的诡辩，但其比喻之生动形象，实在非同一般。

有名的《楚策四·庄辛谓楚襄王》章，设喻由小至大，从物到人，因外及内，缓而不骤，生动感人，因而被清人陆陇其誉为最善为词令之作（《战国策去毒》下卷《楚四·庄辛谓楚襄王》批语，清同治求我斋刊本）。此章在巧于比喻方面，确实达到了炉火纯青的程度。

黑格尔说："艺术的要义一般就在于意义与形象的联系和密切吻合。"（黑格尔《美学》第二卷《象征型艺术》）《战国策》中的比喻多以动物、植物、人体以及人们在日常生活中所习见的其他事物，作为表现观念的具体形象，令人有种亲切感。其喻意大多令人一目了然、心领神会，很少有晦涩难解之处。诸如"唇亡则齿寒""譬若虎口""譬犹以千钧之弩溃痈也""譬若驰韩卢而逐蹇兔""断齐、秦之要，绝楚、魏之脊""无异于驱群羊而攻猛虎也""如使豺狼逐群羊也""譬犹抱薪而救火也""心摇摇如悬旌""危于累卵""轻于鸿毛""重于丘山"之类绝妙的比喻，在《战国策》中可谓俯拾皆是。其生动而具体的形象与深刻而显豁的喻义，非常完美地统一了起来。

第二，善用寓言。寓言似可认为比喻的扩大。它往往描述自然界生物或无生物的某一种情况或是动物界的某一事件，借以使人们从它对人类现实生活的关联中，得到一种带有普遍意义的启示和教训。适当地运用寓言故事来说明一些较为抽象的道理，是增强语言形象性的有效手段之一。《战国策》在这方面，堪称行家里手。且举二例：

> 齐欲伐魏。淳于髡谓齐王曰："韩子卢者，天下之疾犬也。东郭逡者，海内之狡兔也。韩子卢逐东郭逡，环山者三，腾山者五，兔极于前，

> 犬废于后，犬兔俱罢，各死其处。田父见之，无劳倦之苦，而擅其功。今齐、魏久相持，以顿其兵，弊其众，臣恐强秦大楚承其后，有田父之功。"齐王惧，谢将休士也。(《齐策三·齐欲伐魏》)

这是多么优美的寓言，何等绝妙的文字啊！与此异曲而同调者，在《战国策》中尚有所谓"两虎相斗，一举而兼""鹬蚌相争，渔人得利"的故事(分别见《秦策二·楚绝齐齐举兵伐楚》《燕策二·赵且伐燕》)，形象虽别而寓意如一。

再如记汗明说春申君：

> 君亦闻骥乎？夫骥之齿至矣，服盐车而上太行。蹄申膝折，尾湛胕溃，漉汁洒地，白汗交流，中阪迁延，负辕不能上。伯乐遭之，下车攀而哭之，解纻衣以幂之。骥于是俯而喷，仰而鸣，声达于天，若出金石声者，何也？彼见伯乐之知己也。(《楚策四·汗明见春申君》)

这就是有名的"骥服盐车"的故事，其动人心魄的艺术力量超越了时代的界限。后世那些落拓于时、穷愁潦倒的怀才不遇之士，都纷纷从这里发现了自己的影子，忍不住一洒同情之泪，一吐愤懑之音。

至如脍炙人口的"画蛇添足""狐假虎威""桃梗与土偶相与语""江上之处女""惊弓之鸟""三人成虎""南辕北辙"等寓言故事，其形象之生动，寓意之深刻，早已为人们所熟知，至今仍活在人们的口头，这就无须冗说了。

黑格尔指出，"各民族各时代都用过寓言这个古老的创作方式。每个民族在文学领域里一般都有寓言"(黑格尔《美学》第二卷《象征型艺术》)。《战国策》中闪射着奇光异彩的寓言故事，是我国古代散文艺术的珍品，千百年来为人们所喜闻乐见。正如刘师培所说："有寓言与事实相参者，如《战国策》之文是，而其文亦工。"(《刘申叔先生遗书·左盦外集》卷一三)

第三，博引史事。引古证今，以古例今，也是《战国策》中常用的手法之一。历史本身就是一面镜子，"知今宜鉴古"。史事是过去曾有的现实，引述史事无疑是再现活生生的人物、明显的经验或血淋淋的教训。《战国策》中策士们为了阐明某种观点，力图使对方确信不疑，常常借助史事的引述，展现一幅幅鲜明的历史画图,使对方从中得到启示和教益。

如《秦策三·范雎至秦》章,记范雎说秦昭王,即引述吕尚遇文王,“一说而立为太师”,“文王果收功于吕尚,卒擅天下而身立为帝王”的史事,以“吕尚”自况,以“文王”比昭王,希冀昭王也一样信用自己。接着又引述伍子胥兴吴国,佐吴王阖闾为霸的史事,表示自己佐秦的决心。然后又以箕子、接舆“漆身而为厉,被发而为狂”但却“无益于殷、楚”的史实作为自己“可以补所贤之主”的反衬。这一段说辞,出入古今,纵横南北,引述具体生动的历史故事,比附现实,表情达意,其艺术效果显而易见。这种用法,在《战国策》中比比皆是,增强了作品语言的形象性。

用比喻,讲寓言,引史事,手法不同,但在以具体的形象说明抽象的道理这一点上,却是相通的。

第二大特色——敷张扬厉。

章学诚说:“纵横之学,本于古者行人之官。……其辞敷张而扬厉,变其本而加恢奇焉,不可谓非行人辞命之极也。”(《文史通义·诗教上》)章氏祖述班固之说,把“纵横之学”的本源,归之于“古者行人之官”,未免有些拘泥。但他所指出的“敷张而扬厉”,却道出了《战国策》语言艺术的另一大特色。

《战国策》之文,沉而快,雄而隽;气势充沛,如江河直下;词锋逼人,似高屋建瓴。如《楚策一·张仪为秦破从连横》章,记张仪向楚王夸耀秦之强盛道:

> 秦地半天下,兵敌四国,被山带河,四塞以为固。虎贲之士百余万,车千乘,骑万匹,粟如丘山。法令既明,士卒安难乐死。主严以明,将知以武。虽无出兵甲,席卷常山之险,折天下之脊,天下后服者先亡。

此与苏秦说楚王可谓相映成趣:

> 夫秦,虎狼之国也,有吞天下之心。秦,天下之仇雠也,横人皆欲割诸侯之地以事秦,此所谓养仇而奉雠者也。……故从亲,则诸侯割地以事楚;横合,则楚割地以事秦。此两策者,相去远矣,有亿兆之数。(《楚策一·苏秦为赵合从说楚威王》)

二者意旨迥异，却都明快犀利，咄咄逼人。策士说辞，大率如此。值得一提的是，《战国策》中所记苏、张二人的纵横说辞，共有十余章之多，基本上是两两相对，其文笔均酣畅流丽、美妙动人。据当代学者唐兰、徐中舒、杨宽等先生考定，并以长沙马王堆汉墓出土的帛书印证，苏秦的主要政治活动，实际上是在张仪已死之后。因此，可以肯定苏、张纵横说辞是战国末年习纵横之术的好事者所拟作，故其语言风格大体一致，句式、结构、用语亦多有相似之处。这些带有明显“创作”色彩的作品，在运用语言艺术上，显示了相当高的水平。

除上述“拟作”之外，其他如范雎之论远交近攻、蔡泽之论功成身退、黄歇之说秦楚相善、颜斶之辩士贵王贱、庄辛之讽说幸臣危邦、鲁君之择言酒色亡国、虞卿之折楼缓、鲁仲连之诎辛垣衍等等，都是辩丽恣肆、文雄词隽之典型。

何以能如此呢？

清人刘熙载在《艺概·文概》中说：“战国说士之言，其用意类能先立地步，故得如善攻者使人不能守，善守者使人不能攻也。不然，专于措辞求奇，虽复可惊可喜，不免脆而易败。”此所谓“先立地步”，即指说者必须知己知彼，才能站在优势地位上，居高临下，主动出击。唯其如此，论形势，析利害，破敌说，陈己见，无不气势恢宏，语语中的。《战国策》的语言之壮伟恢奇、敷张扬厉，主要即得力于此。

然而不可否认，“措辞求奇”毕竟是形成“敷张扬厉”特色的一大因素，其主要表现为夸张、排比、对偶等修辞手段的巧妙运用。如记苏秦形容齐国之强盛、临淄之富实道：

> 齐地方二千里，带甲数十万，粟如丘山。齐车之良，五家之兵，疾如锥矢，战如雷电，解如风雨，即有军役，未尝倍太山、绝清河、涉渤海也。临淄之中七万户，……甚富而实，其民无不吹竽、鼓瑟、击筑、弹琴、斗鸡、走犬、六博、蹹踘者；临淄之途，车毂击，人肩摩，连衽成帷，举袂成幕，挥汗成雨；家敦而富，志高而扬。（《齐策一·苏秦为赵合从说齐宣王》）

作者酌奇玩华，极尽铺陈夸张之能事，但“夸而有节，饰而不诬”（《文心雕龙·夸

饰》)。其文光彩陆离,耀人眼目。又如记唐且针对秦王所谓"天子之怒,伏尸百万,流血千里"而论"布衣之怒"道:

> 夫专诸之刺王僚也,彗星袭月;聂政之刺韩傀也,白虹贯日;要离之刺庆忌也,仓鹰击于殿上。……若士必怒,伏尸二人,流血五步,天下缟素,今日是也。(《魏策四·秦王使人谓安陵君》)

作者综合运用夸张、排比、对偶等修辞手段,增强文章的气势和语言的力量,令人有天风海雨逼人之感。除此之外,在《战国策》中,动词和语气词也用得非常漂亮,使得文章大为增色。如动词的遣用灵活多变,错落有致:"杀晋鄙,救邯郸,破秦人,存赵国。"(《魏策四·信陵君杀晋鄙》)"韩必德魏、爱魏、重魏、畏魏,韩必不敢反魏。"(《魏策三·魏将与秦攻韩》)又如:"卫得是藉也,亦收余甲而北面,残刚平,堕中牟之郭。……赵得是藉也,亦袭魏之河北,烧棘沟,坠黄城。故刚平之残也,中牟之堕也,黄城之坠也,棘沟之烧也,此皆非赵、魏之欲也。"(《齐策五·苏秦说齐闵王》)不仅动词用得既恰如其分又富于变化,语气词的运用也有一唱三叹之妙。作者仿佛顺手拈来,涉笔入文,实则若非经过一番认真锤炼的工夫,要达到如此圆熟的境地,是难以设想的。

第三大特色——明畅通俗。

所谓"明畅",即指其叙事的简明条达;"通俗"则谓其语言明白如话。刘知幾在《史通·叙事》中说:"夫国史之美者,以叙事为工,而叙事之工者,以简要为主。……然则文约而事丰,此述作之尤美者也。"章学诚也说:"文辞以叙事为难,……古文必推叙事,叙事实出史学。"(《文史通义·上朱大司马论文》)《战国策》堪称"述作之尤美者"。且看《秦策一·卫鞅亡魏入秦》章首段:

> 卫鞅亡魏入秦,孝公以为相,封之于商,号曰商君。商君治秦,法令至行,公平无私,罚不讳强大,赏不私亲近,法及太子,黥劓其傅。期年之后,道不拾遗,民不妄取,兵革大强,诸侯畏惧。然刻深寡恩,特以强服之耳。

短短八十字，把卫鞅的来龙去脉、变法的主要精神、实际效果及其致命伤，都交代得清清楚楚，井然有序。较之《史记·商君列传》所记，可谓精练扼要，文约意明。再如《燕策二·昌国君乐毅为燕昭王合五国之兵而攻齐》章，首段以一百零二字叙述乐毅的经历，兼及燕之兴衰成败，简明概括而条理畅达。由此二例即可窥见《战国策》作者长于叙事的本领。

《战国策》的语言之明畅通俗，即在先秦散文中也堪称上乘。因为策士们出于功利的目的，其说辞最基本的要求是要让人一听就懂，否则，纵然是最为得意的“奇策妙计”，如不能被人理解，也只能是枉费心机。《战国策》的语言非常接近当时的口语，是从口语中吸取原料，再经加工提炼而成的。因此，绝少生僻的词汇、别扭的句式以及奇特怪异的表达方式。高尔基说：“作为一种感人的力量，语言的真正的美，产生于言辞的准确、明晰和悦耳，这种言辞描绘出作品中的图景、人物性格和思想。”（高尔基《论文学·论社会主义现实主义》）《战国策》的语言就具有这种“真正的美”。

我们看到，《战国策》常常按内容的需要随时引用《诗》《书》成语和民间谣谚，把古语、今语、口语、警策语等自然、和谐地熔为一炉，构成浑然的艺术整体，产生感人的艺术魅力。

无论《诗》《书》成语，还是童谣、民谚，都是古人或今人经验和智慧的结晶。特别是来自民间的成语、谣谚，是人民群众以凝练而形象的语言，对社会历史和现实生活中的经验、教训所做的概括和总结，它们长期活在人民群众的口头，不愧为最有生命力的艺术语言的一部分。在《战国策》中，如：

三人成虎，十夫揉椎。众口所移，毋翼而飞。（《秦策三·秦攻邯郸》）

日中则移，月满则亏。（《秦策三·蔡泽见逐于赵》）

行百里者半于九十。（《秦策五·谓秦王》引逸《诗》）

骐骥之衰也，驽马先之；孟贲之倦也，女子胜之。（《齐策五·苏秦说齐闵王》）

大冠若箕,修剑拄颐,攻狄不能,下垒枯丘。(《齐策六·田单将攻狄》引“齐婴儿谣”)

挈瓶之知,不失守器。(《赵策一·秦王谓公子他》)

以书为御者,不尽于马之情;以古制今者,不达于事之变。(《赵策二·武灵王平昼间居》引“谚”)

色老而衰,知老而多。(《赵策三·或谓建信君》)

并骥而走者,五里而罢;乘骥而御之,不倦而取道多。(同上)

覆巢毁卵,而凤凰不翔;刳胎焚夭,而骐驎不至。(《赵策四·秦攻魏取宁邑》)

积羽沉舟,群轻折轴,众口铄金。(《魏策一·张仪为秦连横说魏王》)

乌获举千钧之重,行年八十,而求扶持。(《燕策一·苏代谓燕昭王》)

这些生活气息浓郁,且富于表现力的语言,既通俗形象,又生动活泼,焕发出朴素而迷人的艺术光彩。如此佳语妙句,在《战国策》中,令人似行山阴道上,目不暇接。

生动形象、敷张扬厉、明畅通俗三大特色融为一体,形成了《战国策》语言辩丽横肆的艺术风格。尽管《战国策》非出一人之手,但其作者可肯定为纵横家或习纵横者,他们的思想倾向基本一致,而且其书几经后人整理,因此在总的语言风格上,能大体保持统一。文学史的实践证明,伟大的作家在一个总的风格统摄下,往往兼有几副笔墨,俱臻佳境,各显其妙。就一个作家而言尚且如此,何况非一人所作的《战国策》？其语言风格在大体统一的前提下，显示出多样化的倾向，有什么值得奇怪的呢？

刘熙载说得好："《国策》明快无如虞卿之折楼缓，慷慨无如荆卿之辞燕丹。"（《艺概·文概》）至若苏、张说辞之恢宏奇伟，庄辛设喻之谐隐迂徐，鲁仲连诎辛垣衍之雄骏恣肆，触龙说赵太后之婉曲入情……无不匠心独运，特色鲜明。多姿多彩的语言艺术风格，标志着《战国策》的语言艺术攀上了一个新的高峰。

三、源远流长的文体因革

在中国文学史上，《战国策》占有重要的地位。它标志着我国古代散文发展到了一个光辉灿烂的新时期，具有划时代的意义。章学诚指出："周衰文弊，六艺道息，而诸子争鸣。盖至战国而文章之变尽，至战国而著述之事专，至战国而后世之文体备。故论文于战国，而升降盛衰之故可知也。"（《文史通义·诗教上》）战国时代，社会的发展也正在经历"升降盛衰"的变革，经济基础和上层建筑都在发生前所未有的巨变。正是在如此特殊的历史条件下，孕育并产生了《战国策》这一不朽的历史散文杰作。

从我国古代散文发展的历史来看，《战国策》的产生也是有源可寻的。这个源头，可以上溯到甲骨卜辞、钟鼎铭文，但那不过是片断的文辞，不成篇章。我国古代第一部兼记叙和论说的散文集是《尚书》，"《书》之所主，本于号令，所以宣王道之正义，发话言于臣下。故其所载，皆典、谟、训、诰、誓、命之文"（《史通·六家》）。这就是说，其主要内容不外乎政府的文告、君主的誓言、贵族的诫词。而"周《诰》殷《盘》，佶屈聱牙"（韩愈《进学解》），唯有到了"百家争鸣"的战国时代，适应于当时各诸侯国政治、外交和军事活动的需要，散文才发生了质的飞跃，出现了雄放奇骏的诸子散文和历史散文，洋洋大观，盛极一时。这种盛况，在中国长期的封建社会中，可谓空前绝后。

早在战国以前，各诸侯国就有史官记事的传统。"晋之《乘》、楚之《梼杌》，鲁之《春秋》"（《孟子·离娄下》），都是著名的历史典籍。"及至纵横之世，史职犹存。秦并七王，而战国有策。"（《文心雕龙·史传》）《战国策》继承了前代的传统，加以革新和创造，在文体、文风、文采等方面，形成了别具一格的特色，成为战国时代集大成的历史散文杰作。其纵横恣肆的文风，富丽华赡的文采，对贾谊、晁错、司马迁以及苏洵、苏轼父子等后世作家所起的重大影响，前人已多所论及[①]，此不赘述。本文拟就《战国策》在文体方面承前启后的辉煌建树及其对后代文学的深远影响，试做探讨。

先秦散文，“以立意为宗，不以能文为本”（萧统《文选序》），其文大多为着比较明确的目的，“不得已”而作，并非专事翰藻，以为勋绩。而且那时候，文、史、哲尚未“分家”，一篇之中，常是杂然并陈，内容如此，文章形式亦然。即以体裁而论，就往往是各类形式兼容并存于一书之中。文体是人类长期艺术实践的产物，它也必然随着社会的进步而不断丰富、发展。在战国时期，散文的体裁确已发展到了这样一个新阶段：后世很多重要的文体都能不同程度地从这时的文章中找到它们早期的形态，或已基本成熟，或仅略具雏形，或已具备了某些可贵的因素。总之，为后世的各类文体打下了良好的基础。章氏所谓“至战国而后世之文体备”，并非指这时的文章已把后世的各类文体完善地包罗无遗，而只是意味着它们成熟的条件大体具备，只待呼之而出了。

对《战国策》全书的文体略加考究，笔者认为大致有“论说”“记叙”两类和“赋体”“论赞”“戏剧”三因素。必须说明，文体类别的划分只是相对的，并没有什么不可逾越的界限。金人王若虚说得好：“或问：文章有体乎？曰：无。又问：无体乎？曰：有。然则果何如？曰：定体则无，大体须有。”（《滹南遗老集》卷三十七《文辨》）因此，我们只能据其主要的特征类而别之。关于分类的标准，历来颇有分歧。笔者认为文体属于形式的范畴，因而主张按表达方式的特征区分。

（一）论说类

以论说为主的文章，在《战国策》中占有很大的比重，这是与它用世的目的、游说的内容相适应的。凡纵横说辞、策士辩难、设疑答问、上书自述等皆属此

① 如宋人邵博说：“东坡中制科，王荆公问吕申公见苏轼制策否，申公称之。荆公曰：‘全类战国文章，若安石为考官，必黜之。’故荆公后修《英宗实录》，谓苏明允有战国纵横之学云。”（《邵氏闻见后录》卷一四）朱熹说：“司马迁文雄健，意思不帖帖，有战国文气象。贾谊文亦然，老苏文亦雄健，似此皆有不帖帖意。”（《朱子语类》卷一三九《论文上》）明人陆深说：“余喜读苏氏书，侧闻先儒悉谓苏实原于《战国策》。”（《战国策谭棷》·附录）清人刘熙载说：“《国策》文有两种：一坚明约束，贾生得之；一沈郁顿挫，司马子长得之。”（《艺概·文概》）

类。如:苏、张之说纵横,司马错论伐蜀,范雎说秦王远交近攻,蔡泽说范雎功成身退,顿弱论横成则秦帝、纵成则楚王,颜斶论士贵王贱,莫敖子华对楚王问,楼缓、虞卿论割地赂秦,赵武灵王论胡服骑射,鲁仲连义不帝秦,乐毅报燕王书,武安君白起与昭王论伐赵,等等,都是其中的佳作,并且也都是历代传诵的名篇。其文大率分析形势,指陈利害,辩驳敌论,阐明政见,无不持论锋锐,鞭辟入里,雄爽健卓,痛快淋漓。这类文章已是基本成熟的政论文,实开后世"策""论""说""序""书"等论说文体的先河。长于议论是我国古代散文的优良传统,从《尚书》的片语到《论语》的微言,都体现了这一特色。《战国策》继承、发扬了这一优良传统,与诸子散文一道,把论说文推向了一个新的阶段,创造出大开大合、纵横骋说的长篇大论,这在我国古代散文发展史上,无疑是一个具有重大意义的进步。

(二)记叙类

这类文章在《战国策》中也有相当多的数量。其特点是以记人叙事为主,大多有详略不等的故事情节,比较重视人物形象的描绘、环境的烘托、气氛的渲染,以及在情节的发展中逐步展示人物的性格特征,具有较强的艺术感染力。按内容的详略、人物的多寡、情节的繁简、描绘的浓淡,这类文章又大体可分两种。一种可谓"纪传体雏形",一种可称"寓言小品"。

刘知幾说:"《史记》者,纪以包举大端,传以委曲细事。"(《史通·二体》)并指出:"纪传之兴,肇于《史》《汉》。""寻兹例草创,始自子长,而朴略犹存,区分未尽。"(《史通·纪传》)"纪传"之体,确立于司马迁所撰《史记》,那是毋庸置疑的;但要说此例"草创""始自"司马迁,则非切实之论。因为,在《战国策》中,分明有不少篇章已经具备了纪传体的一些特征和规模,与其说"兹例草创,始自子长",不如说始自《战国策》更为切合实际。试问,既然《赵策一·晋毕阳之孙豫让》《韩策二·韩傀相韩》《燕策三·燕太子丹质于秦亡归》等章,一经司马迁略加增删而入《史记·刺客列传》,就谁也不去怀疑它的纪传体的资格,那么,在《战国策》中,称之为"纪传体雏形",该不会是过甚其词的吧?尽管方望溪曾疑聂、荆二章非《战国策》之"旧文",乃好事者取《史记》之文羼入其中(见《方望溪先生全集》卷二《书刺客传后》),但其所疑无据,不可凭信。至于杨宽先生认定荆轲刺秦王的故事,“原来出于司马迁的手笔,是司马迁亲自从公孙季功、董生那里采访来的(《刺客列传》赞)却被补充进《战国策》了”(《战国纵横家书·马王堆帛书〈战国纵横家书〉的史料价值》)也是值得商榷的。《刺客列传》赞道:“太史公曰:世言荆轲,其称太子丹之命,‘天雨粟,马生角’也,太过。又言荆轲伤秦王,皆非也。始公孙季功、董生与夏无且游,具知其事,为余道之如是。”看来,提供“消息”的可靠人士还是夏无且。考其人乃秦始皇的侍医,当荆轲与秦王周旋于殿上,秦王“惶急”之时,正是他“以其所奉药囊提荆轲”,助了秦王一臂之力,因而论功行赏之时,受了秦王“黄金二百镒”之赐。他对事情的真伪,应是清楚的。夏无且能够证实者,即“世言”之“太过”和上述诸事之“皆非”;司马迁从公孙季功、董生处“采访”所得者,实亦不过如此。《刺客列传》中所记荆轲事迹,并不是也不可能全出于夏无且。因此,认定《战国策》此文“原来出于司马迁的手笔”,其理由显然是靠不住的。

实际上,司马迁采《战国策》九十余事[①]。《史记》中非特《刺客列传》,在苏秦、张仪、樗里疾、甘茂、甘罗、穰侯、孟尝君、平原君、虞卿、春申君、范雎、蔡泽、乐毅、鲁仲连等传中,也无不是大段大段的文字采于《战国策》的有关篇章。它们经司马迁的一番妙手剪裁和匠心经营,便成为所谓“纪传之祖”。毫无疑问,司马迁确立“纪传体”的卓著功勋,千载不磨。然而,《战国策》却是“纪传之祖”的“哺育者”之一。

《战国策》中属于记叙类“纪传体雏形”的文章,除上述记聂政、豫让、荆轲者外,尚有《秦策一·苏秦始将连横》《齐策一·邹忌修八尺有余》《齐策一·靖郭君善齐貌辨》《齐策四·齐人有冯谖者》《楚策四·楚考烈王无子》《赵策四·赵太后新用事》《齐策六·齐闵王之遇杀》等,都是非常出色的篇章。它们人物形象鲜明,情节精彩动人,不但对《史记》,而且对后代的小说,都产生了不容低估的影响。

在记叙类的文章中,还有不少短小的作品,或生动地叙述一个小故事,或夹叙夹议地说明某种道理。这些短小精悍之作,虽然人物不多,情节简单,但形式活泼,内容深刻,形象动人,我们姑且称之为“小品”。如《齐策一·靖郭君将城薛》《秦策二·秦武王谓甘茂》《秦策三·天下之士合从相聚于赵》《楚策四·有献不死之药于荆王者》《楚策四·魏王遗楚王美人》《赵策四·客见赵王》《魏策二·庞葱

① 据姚宏、姚宽说,见上海古籍出版社1978年版《战国策》附录。

与太子质于邯郸》《魏策二·魏惠王死》《魏策四·魏王与龙阳君共船而钓》《宋策·宋康王之时有雀生䲭》《卫策·卫人迎新妇》《中山策·阴姬与江姬争为后》等,都是富于文学色彩的名篇。前已论及的寓言之作,也当列入此类。虽然它们大多附载于各章之中,并未单独成篇,但无不具有相对的独立性。倘将它们分离出来,未尝不是完整的佳作。这一类文章,对后代文学的影响很大。我们在唐代韩愈、柳宗元、皮日休、陆龟蒙、罗隐等的"杂说""小品"中,不难看到它们的影子。甚至在明代刘基的《郁离子》,明、清小品以及现代作家的杂文中,也都能够找到它们一脉相承的痕迹。

除上述二类已较成熟的文体外,《战国策》中尚有三种文体之因素。此所谓"因素",是说它们尚未臻于完善,但已显示出了某种发展的趋势,具备了一些可贵的特征,它们无疑是后世渐趋成熟、完善的相应文体的萌芽状态。探究于此,可见《战国策》在文体发展的历史进程中所起的重大作用。

1.赋体因素

纵横家之言,敷张而扬厉,夸饰而恢奇,这种特点,正与赋体相近。班固说:"不歌而诵谓之赋。"(《汉书·艺文志》)又说:"赋者古诗之流也。"(《文选·两都赋序》)刘勰认为:"赋也者,受命于《诗》人,而拓宇于《楚辞》也。""六义附庸,蔚成大国。遂客主以首引,极声貌以穷文。"(《文心雕龙·诠赋》)赋这种独特文体的崛起,实有其社会、历史以及文学自身发展规律等诸多方面的原因。这里要指出的是,《战国策》中的一些篇章,也为它的产生准备了条件。或者说,已经露出了它的一些苗头。章学诚认为:"文之敷张而扬厉者,皆赋之变体。"并说:"赋家者流,纵横之派别而兼诸子之余风。"(《文史通义·诗教下》)章氏此说颇能得其精蕴。策士之辞本以委折而入情、微婉而善讽见长,又善于"铺采摛文,体物写志"(《文心雕龙·诠赋》),喻难达之情,动有心之听。因而与奉"劝百而讽一""曲终而奏雅"为主旨的赋体相较,内容和形式均极相似。我们在《战国策》中,不难找到与赋体形神毕肖的文字。

如《魏策二·梁王魏婴觞诸侯于范台》章,记鲁君"择言"而论亡国之因,从酒、味、色、高台、陂池亦即吃、喝、玩、乐四个方面分别论述,指出:"有一于此,足以亡其国。今主君兼此四者,可无戒与!"此文引古讽今,"遂客主以首引,极声貌以穷文",词丽而义雅,旨归劝诫,义在托讽,实在合乎所谓"立赋之大体"(《文心雕龙·诠赋》)。

再如《楚策一·江乙说于安陵君》章中对楚王游于云梦的描绘:

> 结驷千乘,旌旗蔽日,野火之起也若云蜺,兕虎嗥之声若雷霆,有狂兕牂车依轮而至,王亲引弓而射,壹发而殪。王抽旃旄而抑兕首,仰天而笑曰:"乐矣,今日之游也。寡人万岁千秋之后,谁与乐此矣?"

写得绘声绘色,有景有情,极尽其铺采摛文之能事。与此相似的场面的描绘,后来不是在司马相如的《子虚赋》中再现了吗?正如章学诚所说:"《文选》大赋,取其开合变化,征材富赡,得《国策》之敷张恢扩,故相近也。"(《文史通义·答大儿贻选问》)

至如《楚策四·庄辛谓楚襄王》章,已纯然赋体之作,无怪乎清人姚鼐即径将其置入《古文辞类纂》之"辞赋类"中。此章记庄辛论幸臣之危国,由蜻蛉而黄雀、黄鹄、蔡侯、君王,自小至大,反复讽说。其文跌宕恣肆、顿挫抑扬,句为对偶,段用排比。且引其末二段为证:

> 夫黄鹄其小者也,蔡圣侯之事因是以。南游乎高陂,北陵乎巫山,饮茹溪流,食湘波之鱼,左抱幼妾,右拥嬖女,与之驰骋乎高蔡之中,而不以国家为事。不知夫子发方受命乎宣王,系己以朱丝而见之也。
>
> 蔡圣侯之事其小者也,君王之事因是以。左州侯,右夏侯,辇(辇)从鄢陵君与寿陵君,饭封禄之粟,而戴(载)方府之金,与之驰骋乎云梦之中,而不以天下国家为事。不知夫穰侯方受命乎秦王,填黾塞之内,而投己乎黾塞之外。

试与汉赋诸作相较,何其相似乃尔!章学诚指出:"京、都诸赋,苏、张纵横六国,侈陈形势之遗也。《上林》《羽猎》,安陵之从田,龙阳之同钓也。"(《文史通义·诗教上》)这段话确实精辟而允当地点明了它们之间的继承关系。《战国策》中这些类似赋体的因素,完全有理由称之为赋体的滥觞。

2. 论赞因素

论赞之体，由来已久。“《春秋左氏传》每有发论，假‘君子’以称之。”（《史通·论赞》）但非每传必有，也非尽列篇末。至司马迁撰《史记》，即于篇末，各书一论，称为“太史公曰”。[①]这种形式，一直为后世史书所宗，而有“赞”“论”“序”“诠”“评”“议”“述”“撰”“奏”等不同名称。刘知幾说：“其名万殊，其义一揆。必取便于时者，则总归论赞焉。”（《史通·论赞》）史家用论赞之体，旗帜鲜明地直抒己见，于“托赞褒贬”（《文心雕龙·颂赞》）之中，表达自身的立场、观点和思想感情。因此，尽管司马迁本来善于“不待论断，而于序事之中，即见其指”（顾炎武《日知录》卷二十六），但他还是坚持篇必有论，这就说明了“论赞”在史家心目中占有何等重要的地位。

论赞之体的完善及形成体例，当然应归功于《史记》，但它萌芽于《左传》，而成长、发展于《战国策》的历史过程，也不容抹杀。《战国策》中的“论赞”，见于各策之中，据笔者统计为《秦策》四则，《齐策》九则，《楚策》三则，《赵策》《魏策》《韩策》各四则，《燕策》《宋卫策》各三则，《中山策》一则，共计三十五则。值得注意的是，这些“论赞”除《秦策一·苏秦始将连横》和《赵策一·张孟谈既固赵宗》二则见于章中外，其余均载于章末，已经显示出定型的趋势。但其形式则较为灵活，并无固定的格式。长则整整一段，多达一百七十四字，如《秦策一·苏秦始将连横》章中：“故苏秦相于赵而关不通。……天下莫之能伉。”短则仅仅一句，只有八个字，如《齐策一·邹忌修八尺有余》章末：“此所谓战胜于朝廷。”其表达方式一般冠以“故”“此”“于是”等词为领，但也有个别托名“君子”，如《楚策一·江乙说于安陵君》章末：“君子闻之曰：‘江乙可谓善谋，安陵君可谓知时矣。’”或托诸“齐人”，如《齐策三·孟尝君舍人有与君之夫人相爱者》章末：“齐人闻之曰：‘孟尝君可语（谓）善为事矣，转祸为功。’”而有的则据事直论，如《魏策二·魏惠王死》章末：“惠子非徒行其说也，又令魏太子未葬其先王而因又说文王之义。说文王之义以示天下，岂小功也哉！”这些“论赞”，虽大多短小，且形式不一，但都是作者“本其为义，事生奖叹”，“约举以尽情，昭灼以送文”（《文心雕龙·颂赞》）之作。从《左传》的“君子曰”到《史记》的“太史公曰”，《战国策》中的这些“论赞因素”，无疑起了重要的桥梁作用。

---

① 至如《孟子荀卿列传》《儒林列传》《货殖列传》等篇，其“太史公曰”置于篇首或篇中，当属个别例外。

3. 戏剧因素

戏剧的萌芽虽然早已存在于原始社会反映农牧生产活动等内容的歌舞之中，但我国戏曲艺术的形成却经历了漫长的孕育过程。因此，关于戏剧艺术的某些因素的积累，就很值得我们重视。英国近代戏剧理论家威廉·阿契尔说："关于戏剧性的唯一真正确切的定义是：任何能够使聚集在剧场中的普通观众感到兴趣的虚构人物的表演。"（威廉·阿契尔《剧作法》第一篇第三章）他在这里的论述，显然是以见之于舞台表演的戏剧艺术为对象的，但无论是舞台上的戏剧实践，还是案头上的戏剧脚本，"虚构人物的表演"都应该认为是"戏剧性"的主要标志之一。说《战国策》中也显示了某些戏剧的因素，这不仅表现为它的一些篇章记叙了具有强烈戏剧性的故事，为后代戏曲的形成准备了动人的故事内容，而且还表现为它的若干章节本身就具有某些戏剧的特征。如《齐策三·楚王死》章，就是这样的一篇作品。此文于第二段，由"著书者叙说"（见该章鲍彪注语）一口气提出了所谓"苏秦之事"的十种可能出现的局面。而后因事设辞，逐一分叙，涉及的人物计有苏秦、薛公、楚王、太子、景鲤等，但他们并未亲自出面，而全凭著书者现身说法。虽然人非其实，语属虚构，但叙说者却一本正经，先后假扮上述诸人，从容答问，认真地进行"虚构人物的表演"。

再如《魏策二·田需死》章，全文可分三段。第一段交代背景，第三段说明结果，其第二段亦即文章的主要部分，则恰似一出短剧。苏代让昭鱼假扮作梁王，然后向他设辞而说之。昭鱼果以梁王身份发问，苏代则认昭鱼为梁王而答说，其间并向昭鱼（此刻已俨然"梁王"了，虽然没有化装）转述"昭鱼"之言。以甲扮乙，认假为真，按预定情节，当场作戏，虽然也都是说辞的演习，但分明已含有某些戏剧因素。这一出"短剧"的"导演"和主要"演员"，则为苏代一人。

真是无独有偶，《中山策·中山与燕赵为王》章同样记中山臣张登请中山相蓝诸君扮作齐王而试说之。开始，张登自问自答，并自代"齐王"发言。而至"王必曰：'子之道奈何？'"句时，却戛然而止。蓝诸君即试作齐王之声口切切而询之道："然则子之道奈何？"当此之时，双方似乎都已进入了角色，非常逼真地表演起来。

上举数例中所包含的戏剧因素是显而易见的。诚然，具有戏剧因素的文章，在《战国策》中并不多见。但既已出现了，并且非止一例，那么，这在文学史上的意义和影响,就是值得大书一笔的了。

对《战国策》文体所做的论析表明:《战国策》在我国古代文学发展史上,起着承先启后、继往开来的重要作用。章学诚称它是“后世辞章之祖”(章学诚《文史通义·答大儿贻选问》)实不为过。可以说,论文于《战国策》“而升降盛衰之故可知也”。

《战国策》一书在流传过程中,几经散佚,因而文多讹误,西汉刘向便说它“错乱相糅莒”(《战国策》附录《刘向书录》)。至南宋鲍彪校此书,四易其稿,尚不免有“尘埃风叶”之叹。这就难怪它的一些章、段,令人不可卒读,不少文句,使人莫名其妙了。这自然是令人遗憾的。《战国策》毕竟是一部汇编而成的作品,故其思想内容及艺术形式并不完全统一,文学价值也参差不齐。由于时代和阶级的局限,书中存在一些思想性比较低劣的篇章,反映出作者的思想局限,流露出某些庸俗低下的情调。同时,《战国策》在艺术上也有不少缺陷。各策之中都有一些篇章,或寥寥数语,干巴枯涩;或形象贫乏,索然寡味;或拉杂复沓,啰唆难读。这类缺乏艺术性的篇章虽然不太多,但也占有一定篇幅。还有一些篇章在语言、主题、情节、结构等方面,不同程度地存在着雷同化的毛病,有的几乎完全重复,这大约是因为转相授受,本出一师所致。

尽管在思想和艺术两个方面,《战国策》都远非完美之作,但它无疑是战国时代的一面镜子,真实地反映了我国两千多年前那个翻天覆地的社会大变革时期的各种尖锐复杂的矛盾状况,反映了当时活跃于政治舞台上的各阶级代表人物的精神面貌,表现出非常鲜明的重计、重利、重时、重自我的纵横家的思想倾向。后代的一些文人学士,从正统儒家卫道士的立场、观点出发,对《战国策》一书或肆口诋毁,诬其为足以灭国亡身的“邪说”(曾巩《战国策目录序》);或“鄙而弃之”,贬斥它“欲一简之合乎道而不可得”(方孝孺《战国策谭棷序》);或竭力回护,硬说它“合先王正道,孔、孟之所不能违也”(鲍彪《战国策序》);或褒其文辞而贬其思想,力图把二者割裂开来(见李文叔《书战国策后》、陆陇其《战国策去毒跋》)。这一切,其实都是徒劳的。《战国策》是一部思想和艺术基本统一的不朽的历史散文杰作,它在中国文学史上,不愧为一座具有划时代意义的丰碑。

原载《研究生论文选集(中国古代文学分册)》,江苏人民出版社1983年版

《战国策》寓言论

《战国策》是一部汇编而成的亦史亦文的先秦杰作。由于它反映了鲜明的纵横家思想倾向，故被后代正统儒家卫道士们“鄙而弃之”，并被斥为“害正”之“邪说”，被视为“畔经离道之书”和“足以坏人心术”之作，以至必欲“放而绝之”。而结果却是放而不能绝。何以如此呢？笔者认为，这当然是由多方面的因素决定的，但富于文学的魅力则应是其主要因素之一。先秦时期虽然还说不上是“文学的自觉时代”，但这并不意味着那时候就没有“纯粹”的文学作品。除《诗经》与《楚辞》中的大部分堪称其例而外，先秦寓言也是当之无愧的文学作品，而《战国策》中的寓言则是其中闪耀着异彩奇辉的佳作。它们有经久弥新的艺术生命力，无疑是《战国策》的文学成就的主要标志之一。

在《战国策》一书中到底有多少寓言故事呢？有人统计为五十四则（《中国古代寓言史》，湖南教育出版社），但据笔者统计则为七十四则，除去重复者四则，仍有七十则。它们散见于各策之中，虽大多没有独立成篇，只是各章的有机组成部分，但倘若把它们分离出来，未尝不是形完神备的文学佳构。必须说明的是，本文所谓“寓言”，乃指有具体的故事情节和一定寓意的作品，并不限于如黑格尔所说“寓言的本质只在于让动物代替人来行动和说话这个前提”（黑格尔《美学》第二卷）。因此，无论是描述的自然界生物或非生物、动物或人类，也无论是取材于历史传说或现实生活，只要同时具备故事情节及一定寓意两个特征者，便取得了“寓言”的资格，并自然成为本文的论述对象。

按照上述标准，依笔者统计，《战国策》寓言的分布情况大体如下：《秦策》中最多，有十三则；依次是《楚策》《魏策》各十一则；《齐策》《赵策》《燕策》各九则；《韩策》四则；《宋卫策》三则；《西周策》《中山策》各二则；《东周策》一则。从描述对象来看，以动、植物为主角者有三十则，以人物为主角者有四十四则；而在以人物为主角的寓言故事中，取材于现实生活的有二十四则，借历史故事以为寄托之言的有二十则。

上述统计数字说明，《战国策》中的寓言故事遍见各策，数量较多，涉及面广，取材不拘。其作大都随物赋形，即事寓意，长短适度，灵活多样，不愧为基本成熟的寓言文学。

《战国策》寓言以其独具的风貌卓然屹立于先秦寓言文学之林。这主要表现为两个方面：一是鲜明的纵横家色彩，二是动人的艺术魅力。

一、鲜明的纵横家色彩

战国时期，七雄争霸，“当是之时”，“天下方务于合从连衡”（《史记·孟子荀卿列传》）。就当时的政治斗争形势而言，“纵横”实可概括其时代特征。战国乱世的纷争局面为“进取”者提供了纵横驰骋的政治舞台，于是说客策士应运而生，游说之风大炽于天下。为了适应当时斗争形势的需要，九流诸子，“及其出而用世”，“必兼纵横之辞以文之”（《文史通义·诗教上》）。正如刘知幾在《史通·言语》篇中所说：“战国虎争，驰说云涌，人持弄丸之辩，家挟飞钳之术，剧谈者以谲诳为宗，利口者以寓言为主。”这就是说，游说的技巧在当时受到了人们的广泛重视，并且已达到了相当高的水平。在这方面，纵横家作为当行里手，自然是“简练揣摩”，不遗余力。

这种情况的出现固然有其多方面的原因，但有利可图却不能不说是主要原因之一。正如张仪所说："说一诸侯之王，出而乘其车；约一国而反，成而封侯之基。是故天下之游士，莫不日夜扼腕瞋目切齿以言从之便，以说人主。"（见《魏策一·张仪为秦连横说魏王》）张仪如此攻击所谓"言从之便"者，其实，"言横之利"者亦复如此。纵横家奉游说为谋取"富贵势位"的利器，因而对游说的技巧格外讲究。

在殆同"纵横家书"的《战国策》中，遍载"出奇策异智"的"从横长短之说"。而散见其中的寓言故事则无疑是策士们用心最苦、用力最勤的部分。由于当时的国君世主大多残忍暴戾，《韩非子·说难》就曾形象地以"龙"喻道："夫龙之为虫也，柔可狎而骑也。然其喉下有逆鳞径尺，若人有婴之者，则必杀人。人主亦有逆鳞，说者能无婴人主之逆鳞，则几矣。"所以，游说者倘有不慎，难免招致杀身之祸，即所谓"小者以为毁訾诽谤，大者患祸灾害死亡及其身"（《韩非子·难言》）。同时，当时的国君世主又大多愚昧昏庸，不明事理。正如《吕氏春秋·遇合》所说："凡能听说者，必达乎论议者也。世主之能识论议者寡，所遇恶得不苟？"策士们面对如此残暴而愚昧的游说对象，为了达到游说的目的，不能不迂回进言，巧妙讽喻。于是情节生动、形象感人、通俗易懂而又寓意深刻的寓言故事便自然地成了他们惯于运用的工具。寓言故事的巧妙运用有助于游说的得逞和说者的成功，因而策士们或袭改传说，或创制新篇。无论是旧说还是新篇，只要出诸他们之口，就无不打上鲜明的纵横家的思想烙印。

在先秦时期，很多寓言故事本来就在民间广为流传，为人民群众所喜闻乐见。诸子之说，史家之笔，策士之辞，都乐于采用它们。不少寓言故事在先秦古籍中重复出现，便是明证。即以《战国策》为例，在其七十四则寓言故事中，便有"不死之药""海大鱼""树杨与拔杨""三人言而市有虎"（寓言标题或依旧时选本，或系笔者自拟）等十余则也见于《韩非子》中。不过，应注意的是，这些寓言故事是被用来说明不同道理的，它们都分别被打上了采用者各自的思想烙印。广为流传的寓言故事尚且如此，更遑论那些各自的"即兴"创作了。

《楚策三·秦伐宜阳》章记宜阳之役，"楚畔秦而合于韩"，策士陈轸向楚王献策，说其舍韩勿据，讲了一个"麋与猎者"的寓言：

今山泽之兽，无黠于麋。麋知猎者张网，前而驱己也，因还走而冒人，至数。猎者知其诈，伪举网而进之，麋因得矣。今诸侯明知此多诈，伪举网而进者必众矣。舍之。王勿据也。

楚王听从了陈轸之计，其后“宜阳果拔”。这个寓言以猎人用“伪举网而进之”之计以得麋，来说明“诸侯”的类似举动，并进而劝谏楚王舍宜阳“勿据”。作者于篇末下一赞语道：“陈轸先知之也。”意在赞扬陈轸的先见之明，亦足见其对陈轸“善谋”之推重。而“麋与猎者”用在这里，其本身就是用计施谋的形象化，充分体现了该书崇计尚谋的思想倾向。还有一点值得玩味的是，陈轸以“山泽之兽”为寓言的主角去说楚王，也是用心良苦的。我们知道，楚有云梦之泽，据《战国策》中所记，那便是楚王游猎之所（见《楚策一·江乙说于安陵君》），可知楚王对所谓“麋与猎者”是很熟悉的。陈轸特意选用对方所熟悉的事物来作寓言的题材，使之易于领会，从而达到游说的目的，可见其高明之处。这说明，战国策士在运用寓言以为游说工具的时候，实非随意为之，而是认清对象、惨淡经营的。这一点，也许是《战国策》中的寓言故事之所以佳妙动人的原因之一。

如果说“麋与猎者”意味着成功之计，那么，“韩卖美人”便可谓失败之策了。《韩策三·秦大国》章记“韩甚疏秦”，却又千方百计讨好秦国，于是高价出卖美人，再以所得之金向秦进贡。但“美人之价贵，诸侯不能买，故秦买之三千金”。韩之美人到秦之后又泄露了“韩甚疏秦”的内情，结果是韩国赔了美人又输金，其“疏秦”的内情也为秦所知。作者于篇末借“客”之言评断道：“故善为计者，不见内行。”显然，这个故事意在讽诫不善为计者，依然体现了崇计尚谋的思想倾向。

《韩策二·齐令周最使郑》章记史舍为周最说公叔，讲了一个“叱犬”的寓言：

> 齐大夫诸子有犬，犬猛不可叱，叱之必噬人。客有请叱之者，疾视而徐叱之，犬不动；复叱之，犬遂无噬人之心。

史舍用“徐叱”而使“犬不动”之术，比喻不慌不忙地“礼陈其辞而缓其言”之计。如此造成齐王并不急于要韩“立韩扰”“废公叔”的假象，使韩王做出错误判断，而不按齐的意图立韩扰为相，从而保住公叔的地位。这个寓言又是崇计尚谋的产物。

至于《楚策一·江乙说于安陵君》章记江乙“善谋”的故事，《齐策三·齐王夫人死》及《楚策四·楚王后死》章记以珥测幸的故事,《楚策四·魏王遗楚王美人》章记郑袖用计劓美人的故事,都含有讲究和推崇计谋策略的寓意,表现出崇计尚谋的纵横家思想倾向。

纵横家热衷于施谋用计,其目的还在于争利求名。重“利”,是纵横家的一大思想特征。这一特征在《战国策》的寓言故事中也有比较突出的反映。

《秦策二·楚绝齐齐举兵伐楚》章记陈轸说秦王如何在齐楚交战中求得“有救齐之利,而无伐楚之害”时,讲了一个“一举而兼两虎”的寓言:

> 王不闻夫管与之说乎?有两虎诤人而斗者,管庄子将刺之,管与止之曰:“虎者,戾虫;人者,甘饵也。今两虎诤人而斗,小者必死,大者必伤。子待伤虎而刺之,则是一举而兼两虎也。无刺一虎之劳,而有刺两虎之名。”

一言以蔽之,这个寓言的要义即坐收实利。表现类似主题的寓言在《战国策》中不乏其例,如《齐策三·齐欲伐魏》章记淳于髡说齐王不要伐魏,以免兵众劳敝而“强秦大楚承其后”所说“韩子卢(天下之疾犬)逐东郭逡(海内之狡兔)”,“兔极于前,犬废于后,犬兔俱罢(疲),各死其处。田父见之,无劳倦之苦,而擅其功”的寓言;再如《赵策一·谓赵王曰三晋合而秦弱》章所记“虎将即禽,禽不知虎之即己也,而相斗两罢,而归其死于虎”的寓言;还有《燕策二·赵且伐燕》章记苏代说赵王勿伐燕所讲“鹬蚌相争、渔人得利”的寓言;等等。它们的共同之点都在以“利”动人。战国时期是所谓“上下交征利”(《孟子·梁惠王上》)的时代,策士们追逐“利”,也以“利”打动诸侯之心。“利”,充塞于纵横家的心目之中。据《秦策三·天下之士合从相聚于赵》章所记,秦相范雎对此似有颇为清楚的认识。他认为,天下之士,合从相聚于赵,无非“己欲富贵耳”。为了说明这一点,他还特地讲了一个“群狗争骨”的寓言:

> 王见大王之狗,卧者卧,起者起,行者行,止者止,毋相与斗者;投之一骨,轻起相牙者,何则?有争意也。

此所谓“骨”者，即“利”的形象化，争骨即争利。这个寓言以“狗”喻“天下之士”，不可谓不尖酸刻薄，但它确乎揭示了纵横家唯利是图的思想实质。由于这个寓言描述出了动物界本身的一个有趣的现象，写出了一个主题辛辣的故事，“所以尽管它尖酸，我们却觉得摆在面前不是一种邪恶的任意的东西，而是一种有真实意图的严肃的戏谑”（黑格尔《美学》第二卷）。

至于淳于髡荐贤、骥服盐车、五百金买马首、卫赎胥靡等寓言故事所表现的“尚贤”的思想，以及安陵君知时、卫人迎新妇等寓言故事所表现的“尊时”的倾向，都是显豁明了的，这就毋庸赘言了。

《战国策》一书充分体现了纵横家的思想倾向，作为其书重要组成部分的寓言故事也就自然地带上了鲜明的纵横家色彩。恰如鲁迅所说：“从喷泉里出来的都是水，从血管里出来的都是血。”（鲁迅《革命文学》）《战国策》中的寓言以其特有的思想倾向独标一格，而迥然有别于先秦其他寓言。

二、动人的艺术魅力

人们也许熟知《战国策》中的一些寓言故事，但却未必了解这些寓言故事出自何处，它们所产生的背景如何；而对于一般的读者来说，似乎也没有了解的必要。因为单是这些寓言故事本身，就已经具有了独立存在和世代流传的价值，并在实际上赢得了古今中外广大人民群众的喜爱。然而如果将这些寓言故事作为《战国策》一书的有机组成部分加以整体的、有联系的研究和具体的、深入的剖析，则更能说明它们为什么具有一种超时空的神奇魅力。

《战国策》寓言的艺术魅力从何而来呢？笔者认为，它们主要来自三个方面，即形象与意义的遥相呼应，故事与哲理的和谐统一，手法与风格的多态多姿。

（一）形象与意义的遥相呼应

黑格尔认为：“寓言的巧妙在于把寻常现成的东西表现得具有不能立即察觉的普遍意义。”（黑格尔《美学》第二卷）说的便是外在形象与内在意义之间的关系。由于《战国策》中寓言故事的产生往往取决于当时客观现实的需要以及游说者的主观意识，所以它们难免具有某种以适合目的为主要标准的主观任意性。无论是改头换面的传说，还是独出心裁的创作，都服务于当时的某种抽象事理的需要。形象的寓言故事被用来论述或说明某种抽象的事理,使外在形象与内在意义达到暂时或部分的协调。这就使得二者之间形成了一种遥相呼应的关系。

以众所熟知的"狐假虎威"来说吧,这个寓言出自《楚策一·荆宣王问群臣》章。策士江乙为了说明北方敌国之畏楚臣昭奚恤乃是表面现象,便用这一寓言去启发受假相蒙蔽的荆宣王。虎与狐俱行,百兽见之皆走。"虎不知兽畏己而走也,以为畏狐也……故北方之畏奚恤也,其实畏王之甲兵也,犹百兽之畏虎也。"这一寓言所描述的外在形象和它所揭示的内在意义是一目了然的。"狐"与"昭奚恤","兽"与"北方"之敌国,"虎"与"王之甲兵",两两对应;而所谓"畏狐"与"畏奚恤","畏虎"与"畏王之甲兵"亦相类似。其外在形象与内在意义之间显然是一种遥相呼应的关系。

"南辕北辙"亦复如此。这个寓言出自《魏策四·魏王欲攻邯郸》章。季梁为了说服魏王勿攻邯郸,便即兴讲了这个故事。有人要去南方的楚国,却仗恃自己"马良""用多""御者善"的条件,执意持驾北驱,竟不知"反其道而行","此数者愈善,而离楚愈远耳"。在这个寓言中,其"人"与"魏王","马良""用多""御者善"与"国之大""兵之精锐"互为对应,而其人持驾北驱欲往南方之楚国与魏王攻邯郸欲广地尊名以称王亦相类似,其实际意义则是"离王愈远耳"。这一内在意义与南辕北辙的外在形象恰好是遥相呼应的。

《战国策》中的寓言故事几乎都具有与此类似的特征。其较为突出者,除上述二例外,还有百发百中、海大鱼、骥服盐车、惊弓之鸟、虎怒决蹯、狗尝溺井、卖骏马、鹬蚌相争等寓言故事,这就无须一一缕述了。

生动的形象与抽象的意义遥相呼应,配合默契,这就大大增强了意义本身的深入人心的力量;而反过来意义又更加丰富了形象本身,为之注入了永不枯竭的活力。正是这一点,对后代产生了较大的影响。即以《战国策》寓言中屡屡出现的"千里马"形象来说吧,我们从唐代韩愈的《杂说》以及明代刘基的《郁离子·千里马》篇中,不是又看到了它们的身影吗?不仅如此,我们还发现,其与"千里马"形象遥相呼应的"贤才"的寓意也都是一脉相承的。由此看来,《战国策》中的寓言故事之所以富于艺术的魅力,这不能不说是重要原因之一。

(二)故事与哲理的和谐统一

如果《战国策》中的寓言故事仅仅表现为形象与意义遥相呼应,那么,它们的思想意义和艺术魅力都还是有限的。而且实际上，人们在欣赏这些寓言故事的时候，往往抛开了那些与形象相呼应的本来意义，而赋予它们以新的含义。这并不奇怪。形象往往大于思想。文学史的实践证明，古往今来，作家的主观意图与作品的客观认识意义并不是完全合拍的。那些经过了历史长河的冲刷，仍然闪耀着艺术光辉的佳作，其客观认识意义往往大于作者的主观意图，有的甚至与作者原来的意图大相径庭，并且还能随着历史的前进，不断显现出它深蕴的意义，光辉不灭，经久弥新。在《战国策》的寓言故事中，就有不少这样的作品。它们的突出特点是故事与哲理和谐统一，哲理性寓于故事性之中，能够发人深思，给人教益。它们之所以长期以来受到人们的青睐，这是另一个重要原因。

仍以“南辕北辙”为例吧。撇开这个寓言故事原来的用意，它无疑可启示我们，即使在主观方面有着远大的志向、美好的愿望、崇高的追求，在客观方面也具有优越的条件、强大的外援，但如果大的方向错了，行动与目的恰相背离，那么，其结果必然是适得其反的。这不是发人深思的吗？

再如《魏策二·田需贵于魏王》章所载“树杨与拔杨”的故事：

> 今夫杨，横树之则生，倒树之则生，折而树之又生。然使十人树杨，一人拔之，则无生杨矣。故以十人之众，树易生之物，然而不胜一人者，何也？树之难而去之易也。

这个故事的原意是告诫贵于魏王的田需“必善左右”，即一定要搞好与左右之人的关系，否则，“虽自树于王”，而“欲去子者众”，“子必危矣”。这无非是一种固宠之计，并不高明。但抛开这一点，就其故事本身而论，则分明含有深刻的哲理。它摆出了“树杨”与“拔扬”这一对矛盾，并揭示了“树之难而去之易”这一生活中的哲理。它启示我们：建设难而破坏易，前进难而倒退易，创造难而守成易，进取难而保守易；大至国家，小至个人，概莫能外！深刻的哲理寓于生动的故事之中，二者的和谐统一产生了动人的艺术效果。孟子也曾以比喻的方式论述过类似的道理。他说：“虽有天下易生之物也，一日暴之，十日寒之，未有能生者也。”（《孟子·告子上》）虽然二者主旨相类，但若从艺术性着眼加以比较，《战国策》所记“树杨与拔杨”显然要略胜一筹。

由此看来,《战国策》的作者是懂得寓言故事之妙用的。因此,他们在所记说辞中采用寓言故事带有某种程度的自觉性。

又如《韩策三·段干越人谓新城君》章记了一个“缧牵长”的寓言故事:

> 王良之弟子驾,云取千里马,遇造父之弟子。造父之弟子曰:“马不千里。”王良弟子曰:“马,千里之马也;服,千里之服也。而不能取千里,何也?”曰:“子缧牵长。故缧牵于事,万分之一也,而难千里之行。”

尽管所驾为千里马,但牵马之索长,受其牵制,也将会妨碍千里之行。在一定条件下,“万分之一”的微小因素,也会成为大的牵制,甚至给宏伟的事业造成障碍。这难道不是寓意深刻的哲理吗?

至如“画蛇添足”启示我们凡事应适可而止,不要多此一举,必须尊重客观实际,不可主观臆造;“薄柱击石”启示我们必须认清形势的发展和变化,对不同对象的具体情况应做具体分析并区别对待;“狐假虎威”启示我们应学会透过表面现象看实质;“海大鱼”揭示了个人利益应服从国家利益,局部利益应服从整体利益的道理;等等,都体现了故事性与哲理性的和谐统一。

(三)手法与风格的多态多姿

单调与呆板是艺术的大忌之一。如同生活本身的丰富多彩一样,优秀的艺术作品往往是旁逸斜出、姿态横生的。《战国策》中的寓言故事不但表现手法多样,而且艺术风格不一。这正是它们具有动人的艺术魅力的又一重要原因。

在《战国策》的寓言故事中,有故事较完整、情节有波澜、形象鲜明、颇具小说因素的作品,如安陵君知时、邹忌窥镜、海大鱼、郑袖劓美人、龙阳君哭鱼、宋康王暴虐等。然而更多的则是情节较简单、短小而精悍的作品,如“老妾事主妇”仅十九字,“老莱子教孔子事君”仅二十七字,“虎怒决蹯”亦仅四十字。此类作品不胜枚举。其形式也不拘一格,有故事夹议论式、议论夹故事式,有先讲故事后发议论的“卒章显其志”式,有引而不发、意在言外的纯故事式,还有问答式、拟人式、类比式、辞赋式。多种形式任其挥洒,运用自如,体现了作者高超的艺术水平。在表现手法上,固然是记叙、描写、议论、抒情的综合运用,但如细加分辨,则可见其中有以叙述为主者,如画蛇添足、南辕北辙、缧牵长等;也有以描写为主者，如韩子卢逐东郭逡、骥服盐车、鹬蚌相争等；还有以议论、抒情为主者，如惊弓之鸟、虎怒决蹯、中山君飨都士等。在艺术风格上，也是各显特色。有典雅严肃者，也有幽默风趣者；有委婉含蓄者，也有铺张扬厉者。如此丰富的艺术表现形式使《战国策》寓言呈现出多态多姿的风貌。

《战国策》作者以上下古今、纵横南北之笔，在丰富多彩的寓言故事中描绘出栩栩如生的动人形象，取得了不朽的艺术成就，其原因当然是多方面的。但有一点必须强调指出，即作者无论是假托历史，还是取材现实；也无论是寄笔鸟兽，还是直写人事，都具有一定程度的真实性。黑格尔说得好："内容必须首先本身是真实和具体的，然后才可以找到真正的美的形象。"（黑格尔《美学》第二卷）《战国策》中的寓言故事就正是如此。如果就其内容而论，不妨说它们看似奇崛却寻常。这里仅以堪称一奇的"鹬蚌相争"为例：

> 蚌方出曝，而鹬啄其肉，蚌合而拑其喙。鹬曰："今日不雨，明日不雨，即有死蚌。"蚌亦谓鹬曰："今日不出，明日不出，即有死鹬。"两者不肯相舍，渔者得而并禽之。（《燕策二·赵且伐燕》）

有趣的是，两千多年之后，于1983年5月22日，在南京市江浦县（今浦口区）永宁中学的池塘边，"鹬蚌相争"的奇观再现了（见《小学生科普报》1983年12月15日，转引自《文摘周报》1984年3月2日，第179期）。由此可见，且撇开这则寓言中拟人化的对答勿论，"鹬蚌相争"确乎是来自现实生活中的真实现象，并非作者凭空杜撰。至于画蛇添足、惊弓之鸟、土偶与桃梗、群狗争骨、骥服盐车、狗尝溺井、韩子卢逐东郭逡之类，尽管含有不少着意夸张和拟人化的成分，但它们与现实生活有着密不可分的关系，并且具有某种程度的真实性，就更是不难窥知的了。

应该看到，先秦时期毕竟是我国文学的童年时代，寓言也毕竟属于古老的创作方式和早期的文学形态，它的不太成熟和不够完善是势所难免的。《战国策》中的寓言也不免存在着这样那样的局限。但在两千多年前，我国文学史上便已经出现了如此丰富多彩、美妙动人的寓言文学作品，这是难能可贵的。我们应当为我国古代文学宝库中这些璀璨的明珠大声喝彩。

原载《北京师范大学学报》1987年第2期

《战国策》中的人才论

《战国策》是我国先秦时期一部弥足珍贵的史料汇编,也是一部杰出的散文总集。在这部贯串着纵横家思想的历史散文著作中,蕴涵着不少关于人才问题的见解和论述。倘加探微索隐,则不难发现,这些见解和论述颇有价值,其中显然有超越前人、高出当世和启示后人之处。因此,对《战国策》中的人才论做一番认真的探索和研究,应该说是不无意义的。

《战国策》一书对人才问题的高度重视,是战国时期特定历史条件下的产物,是与当时的社会发展、历史潮流和现实斗争相适应的。早在春秋时代,由于社会生产的蓬勃发展和人民群众的不断反抗,现实的教训使当时的进步思想家已经产生了重视人的作用的思想。随着社会的前进,各诸侯国先后经过新兴地主阶级的政治改革,结束了领主割据的局面,使旧的世卿世禄制受到了致命的打击。尽管各国的改革和发展很不平衡,但两周宗法的"宗子维城"(《毛诗·大雅·板》)毕竟化为历史陈迹,氏族贵族礼制的统治成了过去。"国人"(自由民)获得了一次伟大的解放,开始认识到了自身的能量。历史的发展为那些出身鄙贱、地位低下的人充分施展才智以求“进取”提供了条件。随着战国时代社会分工的进一步发展，“士”这一阶层冲破了贵族的樊篱，大踏步登上了政治历史舞台。“他们的特征是他们几乎全都处在时代运动中，在实际斗争中生活着和活动着，站在这一方面或那一方面进行斗争，一些人用舌和笔，一些人用剑，一些人则两者并用。”（恩格斯《〈自然辩证法〉导言》）

这个经历着翻天覆地大变革的历史新时代，不但需要人才，而且造就人才。当时各诸侯国的统治者大都不同程度地认识到了人才的重要性，因而广开门路，积极罗致人才。据《史记·吕不韦列传》载：“当是时，魏有信陵君，楚有春申君，赵有平原君，齐有孟尝君，皆下士喜宾客以相倾。吕不韦以秦之强，羞不如，亦招致士，厚遇之，至食客三千人。”而七国并立、力战争雄的割据局面，又为人才的自由流动提供了条件。司马迁说：“三晋多权变之士，夫言从衡强秦者大抵皆三晋之人也。”（见《史记·张仪列传》末“太史公曰”）如先后相秦的张仪、公孙衍、范雎便都是“魏人”，似此晋材秦用的现象，正是这一情况的真实写照。人才流入还是人才外流，往往是一个国家是否兴旺发达、是否大有希望的标志之一。在当时，秦、楚二国的一盛一衰，无疑堪称这方面的典型例证。

时代的需要和斗争的实践使战国时期分别代表各阶级、阶层利益的思想家、政治家开始对人才问题进行研究，并对有关经验进行总结，他们几乎都提出了“尚贤”“使能”的用人主张，这是生产斗争、阶级斗争发展的必然结果。其中，以辩智游说猎取富贵的纵横家——他们是“士”中的佼佼者——表现尤为突出。这在《战国策》一书中，有非常鲜明的反映。我们知道，《战国策》虽非出于一人一手、一时一地，但纵横家的思想在全书中却是一以贯之的，它的作者显然属纵横家者流。在他们看来，“贤人”之用，乃定国安邦之本，因而是“贤明之君”不可等闲视之的大事。所谓“贤人在而天下服，一人用而天下从”（见《秦策一·苏秦始将连横》章）[①]便是作者在这一思想指导下做出的论断。由于时代和阶级的局限，《战国策》的作者具有这种英雄造时势的唯心史观是不足为奇的。也许是纵横家把游说从政看作进身的唯一捷径吧，他们迫切企望能够受到统治者的信用，因而他们过分强调“举贤用能”的作用；但是，能否“举贤用能”与如何“举贤用能”毕竟与国家的盛衰密切相关，而对此，《战国策》中有不少颇具见地的论

① 本文所引《战国策》文，均据上海古籍出版社1978年版汇校本。

述，披沙拣金正是我们所要做的工作。

《战国策》中有不少篇章特别强调了重视“人”尤其是“贤人”的作用，并从多方面论述了人才的重要性，表现出作者对这一问题具有非常明确的认识。在人才的发现、识别、选拔、培养和使用这一系列问题中，选才和用才显然是其中的关键所在。值得重视的是，《战国策》恰好在选才、用才的原则、方针及方法等方面，有不少精辟独到的卓见。这在当时的历史条件下，无疑是具有进步意义的思想因素，也是《战国策》一书中特别闪耀着思想光辉的部分。

《宋策·宋康王之时有雀生𪈱》章，记宋康王（宋君偃）末年（前286），有一只小雀在城角落里生了一只大鸟[①]。宋君以为怪异，命太史占之。太史胡说：“小而生巨，必霸天下。”康王以为天降祥瑞，利令智昏，竟然灭滕伐薛，大肆扩张。令人发指的是，他竟暴虐地“剖伛之背，锲朝涉之胫”，因而“国人大骇”。终于“齐闻而伐之，民散，城不守。王乃逃倪侯之馆，遂得而死”。这一段描叙不仅深刻揭露了统治者昏愚贪残的腐朽本质，而且突出地表现了作者重人事而轻神灵的进步思想。作者就此评说道：“见祥而不为祥，反为祸。”宋康王迷信神灵而残虐百姓，落得个自取灭亡的下场，其教训是非常深刻的。这就是说，失人心者必然失天下，它充分体现了作者重视人的作用的思想。

然而《战国策》所特别强调的，则是“贤人”的作用。围绕着这个基点，作者从多方面做了描叙和论述。在《齐策四·齐宣王见颜斶》章中，作者甚至借颜斶之口，提出了“士贵耳，王者不贵”的命题，进一步从人的价值观念着眼，肯定了“士”——一批有文化、有知识、有勇有谋、堪称“智囊”[②]的贤才——比“王”更贵重。

在《秦策五·文信侯出走》章中，作者还直截了当地把赵国灭亡的原因归之于“贤人”司空马的辞赵而去。司空马是原秦相吕不韦手下的尚书，被逐而入赵。他虽有满腹韬略，却未能受到赵之信用，于是愤而辞赵远去。其后不过半年，赵亡于秦。作者撇开赵国之亡在政治、经济、军事、外交等内、外方面的诸多因素不论，而断然置评道：“赵去司空马而国亡。国亡者，非无贤人，不能用也。”在《战国策》作者的笔下，“贤人”似乎已成了包打天下、主宰国运的救世主，这自

① 可能是大鸟所下的蛋而经小雀孵出，这不足为怪。1981年6月，河北省邯郸市峰峰矿区人民公园就用母鸡孵出了六只雏孔雀，见《人民日报》1981年9月6日第2版《母鸡孵出小孔雀》。

② 《史记·樗里子甘茂列传》：“樗里子滑稽多智，秦人号曰‘智囊’。”

然是“英雄创造历史”的唯心史观的反映。尽管如此,作者指出了“国亡者,非无贤人,不能用也”这一症结,毕竟是识见高卓之论。事实证明,贤人虽有,但不能得到信用,那些不贤无能的亲近佞幸之辈就必然占据要冲,能说这不是“国亡”的主要因素之一吗?

《战国策》如此强调贤才在治国安邦中的重要作用,固然是难得的,但这并非超越前人的新见,因为在它之前,孔、墨等思想家早已明确提出了“举贤使能”的主张。如墨子就曾指出:“夫尚贤者,政之本也。”“国有贤良之士众,则国家之治厚;贤良之士寡,则国家之治薄。”“农与工肆之人,有能则举之,高予之爵,重予之禄,任之以事。”(《墨子·尚贤上》)可贵的是,《战国策》在强调必须举用贤才的前提下,还对如何选贤用能的一系列重要的原则问题,表达了不少慧眼独具的见解。其认识之深刻、论述之系统和分析之透辟,足以傲睨前贤而启迪后人。

《燕策一·燕昭王收破燕后即位》章中,那个著名的用五百金买死千里马的故事,以生动的形象启示国君:只要是“千里马”,哪怕此马已死,也应不惜重金买回,以此向世人昭示热切追求“千里马”的真心。作者显然以“千里马”喻贤才,强调了国君欲求贤人,必须首先有爱才若渴之心。这就揭示了一个举贤用能的重要前提——真切爱才。

《赵策四·客见赵王》章,记“客”以“王之买马也,必将待工”的道理,说明买马尚且须“相马之工”,那么治国则更须“治国之工”;反对信用近幸无能之辈,否则,“举错(措)非也,国家为虚戾,而社稷不血食”。这一举用治国之才以治国的主张,与《齐策四·先生王斗造门而欲见齐宣王》及《赵策三·建信君贵于赵》章中,记王斗及魏牟关于“为冠”须“使工”,“治国”则须用善于治国之士的论述,如出一口。不但强调了举用贤才的重要性,而且按照不同对象分别对待的方法,提出了一条非常重要的原则——用须其才。

然而贤才从何求取呢?是否前贤济济而今世无才呢?在这个问题上,历来存在着针锋相对的答案。《战国策》作者在《齐策四·先生王斗造门而欲见齐宣王》章中,就对骄矜而盲目的齐宣王公然宣称“当今之世无士,寡人何好”那种昏昧保守的态度,做了无情的揶揄。并在《齐策四·鲁仲连谓孟尝》章中,记鲁仲连劝谏孟尝君,应立足于当今,着眼于现实,明确指出:“色与马取于今之世,士何必待古哉?”旗帜鲜明地亮出了这一极富现实意义的见解——取才于今。

尤为难得的是,《战国策》作者还在《秦策五·四国为一将以攻秦》章中,借姚贾之口,阐明了任人唯贤、不计出身贵贱的进步主张,反映出战国乱世阶级关系的新变化,为新兴阶级跻身政治舞台提供了理论根据。姚贾针对韩非攻击他出身于“世监门子”,又是“梁之大盗,赵之逐臣”,不堪授以重任的言论,在秦王面前侃侃陈辞。他引述了历史上太公望、管仲、百里奚、中山盗等虽出身低贱,但得明君重用,皆成大功的事例,进而论述道:“此四士者,皆有诟丑,大诽天下,明主用之,知其可与立功。……故明主不取其污,不听其非,察其为己用。故可以存社稷者,虽有外诽者不听;虽有高世之名,无咫尺之功者不赏。”这种不问出身贵贱、唯贤是举的用人主张,与新兴阶级的利益和愿望在本质上是完全合拍的。虽然它不过是为能出“奇策”、具有“异智”、善于辩说的纵横家得以在政治舞台上纵横驰骋的喝道之说,但这一论点本身却具有不容低估的历史意义。

在《燕策一·燕昭王收破燕后即位》章中,作者通过郭隗先生之口,精辟地阐析了所谓“服道致士之法”,指出:“帝者与师处,王者与友处,霸者与臣处,亡国与役处。”这就是说,当权者把人才当作师、友、臣、役的态度上的差别,便决定了他们或“帝”或“王”或“霸”或“亡国”的发展前途。因此,兴国之君必须尊贤礼士,真正做到“诎指(即屈指,犹言折节,见吴师道补正)而事之,北面而受学”,把贤才提高到“师”的地位。倘真能如此诚心实意地“博选国中之贤者,而朝其门下”,那么,“天下闻王朝其贤臣,天下之士必趋于燕矣”。这是一段关于招贤致才方法的精要之论,其着重点显然在当权者对待人才的态度如何。这与《中山策·中山君飨都士》章中记载中山君喟然而仰叹“与不期众少,其于当厄;怨不期深浅,其于伤心”,即言对人的施与不期多少,当在其危难之时雪中送炭;而人之一样相怨也不在深浅,如果伤了他们的心,就必然产生重怨一样,都是关于应以何种态度对待人才的议论。我们不难从中悟出作者的主张——必须关心、尊崇、优遇和重用贤才。

除了上述卓识外,《战国策》中还有一些精辟的创见,足以发人深思。

例如,《齐策一·靖郭君善齐貌辨》章,记齐貌辨是一个不修细行、缺点甚多的人,但靖郭君对他非常了解。尽管门人不喜欢他,儿子孟尝君对他也颇有微词,靖郭君仍信用不疑,且给以优厚礼遇。后来齐宣王即位,靖郭君失宠,齐貌辨竟不畏宣王之威,不避杀身之祸,亲自前往廷说宣王。终于使宣王深受感动,

"自迎靖郭君于郊,望之而泣"。作者就此发表评论道:"当是时,靖郭君可谓能自知人矣!能自知人,故人非之不为沮,此齐貌辨之所以外生乐患趣难者也。"作者热情赞美靖郭君能知人善任,不以人之小疵掩其大德,故能得齐貌辨"外生乐患趣难"相报。虽然作者津津乐道的是报知己之恩的狭隘的私情,但知人善任而不求全责备这一主张的提出,在当时不能不说是有识之见。然而在古代中国长期的专制极权社会中,具有这种认识并能付诸实践的"用人者"实在寥寥,这就难怪明代的李贽要慨叹"知人之明,圣哲所难"了(李贽《史纲评要》)。

还应指出,《战国策》作者对于人的才能的认识,不是固定的、孤立的,而是含有辩证的观点。的确,物各有其长短,人的才能亦然。不但人与人相较有长短之别,就其自身而言,也是长短互见。能否正确认识这一点,在如何用人的问题上,至关重要。在《齐策三·孟尝君有舍人而弗悦》章中,作者记齐国高士鲁仲连开导孟尝君说,善于攀缘树木的猿猴,倘处于水中,不如鱼鳖。日行千里的骐骥,要比"历险乘危",就赶不上狐狸。曹沫奋三尺之剑而劫齐桓公,迫其归鲁侵地,"一军不能当",但让他放下手中之剑,而操锹镐去耕地,那就一定不如农夫。所以,"物舍其所长,之其所短,尧亦有所不及矣"。这就是说,倘弃其所长而用其所短,即使是尧那样的"圣贤",也会有所不及的啊!如此生动地论述了人各有其才,人各有其能,善用人者当用其所长而避其所短的道理,这不是寓意深刻的卓见吗?至于两千余年后清代的魏源在其《默觚·治篇》中还语重心长地说,"不知人之短,不知人之长,不知人长中之短,不知人短中之长,则不可以用人,不可以教人",则足以见出知人长短的重要和不易,也足以说明这一见解在历史上影响之深远。

《战国策》还对当时用人方面的种种弊端进行了无情的揭露和猛烈的抨击。在《楚策三·苏子谓楚王》章中,由苏子之口,提出了"无妒而进贤"的主张,但同时又一针见血地指出:"至于无妒而进贤,未见一人也。"何以如此呢?"夫进贤之难者,贤者用且使己废,贵且使己贱,故人难之。"其剖析可谓入木三分。这几乎等于宣告,在竞逐私利的社会中,所谓"无妒而进贤",只是空想而已,岂能真正实现?其实,这种理想与现实的矛盾,是自私有制产生以来社会中普遍存在的现象,非特当时而然。《战国策》虽然没有也不可能触及问题的实质所在,但它揭示了这一客观存在的现象,并且试图探究其产生的原因,这种正视现实的勇气和锐敏，实在是值得称道的。

竞逐私利的社会是互相猜疑的社会。战国时期，由于政治斗争形势的错综复杂、千变万化，各国明争暗斗，尔虞我诈，阴谋百出，诡计横生。处在政治、外交斗争第一线的谋臣策士与国君之间能否互相信任不疑，就成了一个非常敏感的现实问题。因此，《战国策》作者坚决主张国君与谋臣的关系必须建立在笃信不疑的基础之上，这就难怪书中关于这方面正、反事例的记叙和论述，是如此之多了。如《赵策三·齐人李伯见孝成王》章，记齐人李伯任赵代郡守，居无几何，人屡告其反，赵孝成王却始终对其坚信不疑。作者对此大为赞赏，并认定“自是之后，为孝成王从事于外者，无自疑于中者”。其实，这只不过是作者心目之中君臣互相信任的一种理想境界的写照。由于统治阶级的本性所决定，他们之间的“信任”始终只能是相对的、暂时的、表面的；而互相利用、钩心斗角、争权夺利才是绝对的、永久的、本质的。尽管如此，作者基于现实斗争的需要而提出“用人不疑”的主张，应该说是难能可贵的。

《战国策》中的人才论突出地反映了作者主张举贤使能的思想倾向，它不但为我们提供了一些前人没有提供的东西，而且具有现实性、深刻性和一定程度的系统性的特点。其所以在当时出现，并非偶然的现象，它是战国时代“士”的地位显著提高以及民主思想大大发展的产物。从人才学的角度看来，这些两千多年前所提出的宝贵见解，无疑是很有价值的。它们不但在当时堪称进步思想的反映，即使在今天，也仍然具有一定的现实意义，值得我们借鉴和深思。

原载《北京师范大学学报》1982年第6期

论先秦诸子之文

《庄子》命名艺术试探

《庄子》一书，涉及众多人名、地名、动植物名，据笔者粗略统计，不下四百余个。其中不少为作者自命，具有独特的艺术魅力。如鸟名“意怠”“乾余骨”，国称“触”“蛮”，树叫“冥灵”“大椿”“栎社”，山称“姑射”，海称“天池”，还有“冥伯之丘”“无何有之宫”，以及名为“臧”“縠”“无为谓”“支离疏”的人。如此等等，可谓千奇百怪，异彩纷呈。这些命名显然不是随意为之，而是作者匠心独运的结果。在《庄子》中，它们是不可或缺的有机组成部分，不仅丰富了全书的内涵，而且如锦上添花般为《庄子》增添了无穷的魅力。《庄子》的命名乃是作者运用独特形式，融入诗化手法的非凡艺术创造，对后世文学影响深远，不可等闲视之。对此加以探究，当可得到有益的启示。

一、独特的命名形式：寓言、重言、卮言

《庄子》的命名，看似千奇百怪，但若细加探究，其中亦有规律可循。

《庄子·天下》评议诸子学术，论及庄周之学时说：

> 以天下为沉浊，不可与庄语。以卮言为曼衍，以重言为真，以寓言为广。

《天下》为《庄子》一书序言，出于庄子后学之手。“三言”之说，显然是对《庄子》艺术特征的精要概括，其说亦见于《庄子·寓言》：

> 寓言十九，重言十七，卮言日出，和以天倪。

值得注意的是：“三言”不仅是《庄子》一书显著的艺术特征，也是《庄子》命名的独特艺术形式，经作者巧妙运用，创造出寓言式、重言式和卮言式的命名。

先说“寓言”。《庄子·寓言》指出：

> 寓言十九，藉外论之。亲父不为其子媒。亲父誉之，不若非其父者也。非吾罪也，人之罪也。与己同则应，不与己同则反。同于己为是之，异于己为非之。

“寓言”即有所寄托之言，其寄托方式为“藉外论之”。需要寄托的是抽象的“道”，借以寄托的是“外”。前人把“外”多解为“他人”，郭象注为“寄之他人”，陆德明释为“以人不信已，故托之他人”（郭庆藩《庄子集释》卷九上）。实则“外”即“象”，是与抽象相对的具象，而人即具象的代表。所以“寓言”就是把抽象的“道”寄托于具象的一种表现形式。司马迁所谓“指事类情”（司马迁《史记·老庄申韩列传》），即为此意。

再说“重言”。《庄子·寓言》指出：

> 重言十七，所以已言也，是为耆艾。年先矣，而无经纬本末以期年耆者，是非先也。人而无以先人，无人道也；人而无人道，是之谓陈人。

“重”，借重也。重言，前人多解为“谓为人所重者之言”（郭庆藩《庄子集释》卷九上)。细观《庄子》,实非借重其言,而是借重其名,出以己言。正如姚鼐《庄子章义》所解:“托己说于圣言以自重。”《庄子》中所引上百名“耆艾”者的话,多属杜撰,由于流俗偏信“耆艾”,故虚借其名,实为己言,可“使言不借外,犹十信其七”(郭庆藩《庄子集释》卷九上)。“耆艾”在《庄子》中还包括众多神话传说人物和历史人物。他们或以神性尊,或以圣贤尊,都“为人所重”。因此,黄帝、河伯、北海若、孙叔敖、宋元君、子产、公孙龙之流,作者都能借其口侃侃而谈。

最后说“卮言”。“卮言”是“三言”中最受作者重视的一种艺术形式。《庄子·寓言》说:

> 卮言日出,和以天倪,因以曼衍,所以穷年。

> 非卮言日出,和以天倪,孰得其久?

对于“卮言”的解释,历来众说纷纭。司马彪释为“支离无首尾言也”,郭象、成玄英解“卮”为一种“满则倾,空则仰”的酒器,比于言,则是“因物随变”“倾仰随人,无心之言”。这些解释不无道理,但都不够确切。实际上,卮言是作者替大自然宣泄的声音,禀于自然(和以天倪),随口而出(因以曼衍),似乎“支离无首尾”,又如“无心之言”,然而正如恩格斯所说:“倾向应当从场面和情节中自然而然地流露出来,而不应当特别把它指点出来。”(恩格斯《致敏·考茨基》)

《庄子》巧用“三言”命名,其形式可分为寓言式命名、重言式命名和卮言式命名。

寓言式命名指含有寄寓之意的命名。如《在宥》中的云将、鸿蒙,《逍遥游》中的冥灵、大椿,《德充符》中的伯昏无人,《骈拇》中的臧、穀,《知北游》中的知、泰清、无为、无始等。这类命名,有的在具象中寄寓着作者博大精深的思想。如云将指云主将,鸿蒙即自然元气,气是万物之元,云为雨泽之本,寄寓着君王统治万物以德泽为先的思想。又如浑沌、儵、忽、臧、穀、日中始、冥伯之丘等,都是假立姓名,寓言以明理。作者正是靠命名中的寄寓之意,把抽象的道理讲得生动形象,有的甚至直接是抽象的理论概念和思想范畴转化而成。作者以生花的妙笔,用拟人手法,赋予这些概念范畴以生命,让它们从思维世界的逻辑轨道上跳到人间舞台,像人那样活动着。如泰清、玄冥、知、满苟得、无足等,都是“无状

(现实中不存在)之状,无象(非人的耳目所感知)之象”(《老子》第十四章),转而寓托为人名,思想被穿上外衣,赋予血肉,完全形象化了。

重言式命名即借名,借那些为人所重者之名。所借者主要是神话传说中的人物和历史人物。神话传说人物以神奇迷幻、超凡脱俗令世人惊异迷惘,借其名有利于传达神秘玄妙、高深莫测的思想。《庄子》中有一系列“脱胎换骨”的神话传说人物。如得“道”的河神冯夷、西王母,潜心向“道”的黄帝,甚至共工、燧人、神农都与“道”沾了边。书中也出现了大批著名历史人物,如孔子、老聃、惠子、颜回、子贡,这些鼎鼎大名的人物,在作者笔下只剩一张面具,借其名不过是用旧瓶装新酒。正如司马迁在《史记·老庄申韩列传》中所说:“用剽剥儒墨,虽当世宿学不能自解免也。其言洸洋自恣以适己。”

卮言式命名源于现实生活,为作者随手捏造而成。其方式有三类:一是根据对象形状特征命名。如支离疏,“颐隐于脐,肩高于顶,会撮指天,五管在上,两髀为胁”,全然一个形体支离疏散之人。还有哀骀它、叔山无趾等,其名就勾勒出其人的形貌。值得一提的是,此类命名非《庄子》独创,《论语·微子》中的长沮、桀溺,就是子路见一个高大的人和一个魁梧的人并耕于水田中,以其形象特征即兴命名的。这种命名,实为修辞学上借代格的运用。二是根据职业命名。匠石即名叫石的匠人,庖丁即名叫丁的厨子,其他如巫咸、轮扁、梓庆等均如法炮制。三是根据地方命名。艾封人指在艾地守封疆的人,臧丈人是臧地的老人,栎社是社地的栎树,北人无择、市南宜僚等皆取自地名。卮言式命名均随口命之,有如无心之言,但鲜明地展现出自然的本质。

寓言式、重言式、卮言式乃是对《庄子》命名形式的大体划分,实际上有些命名兼用了多种形式。如鸿蒙,既描述了元气浩茫迷蒙的特征,也有深刻的寓意。

二、诗化的命名手法:比、兴、赋

前人从《诗经》的创作实践中,提炼出所谓“比、兴、赋”的艺术规律和美学原则,准确地揭示了中国古代诗歌艺术表现手法的基本特点。令人惊异的是,《庄子》命名的形式归于“寓言”“重言”“卮言”,而探究其艺术手法,则与《诗经》的“比、兴、赋”颇有相通之处:寓言式命名中有的运用了比,重言式命名类似兴,卮言式命名具有赋的特征。

“比”即比喻，寓言式命名中以具象寄托抽象哲理的命名可谓“比”的运用，意在此而言寄于彼。如倏、忽、浑沌，梁简文帝云：“倏、忽取神速为名，浑沌以合和为貌。神速譬有为，合和譬无为。”（郭庆藩《庄子集释》卷三下）冥伯之丘，丘名；冥，暗也；伯，长也。喻示神智杳冥，堪为物长的道理。诸如谆芒、苑风、罔两与景、玄水等皆为“比”的运用。作者取譬设喻，把抽象的思想化为具体的形象，使之生动可感。

“兴”即起兴，重言式命名实为借名，它与“兴”在“借”的手法上有类似之处。如在《人间世》和《大宗师》里，孔子与高徒颜回大谈道家的“心斋”和“坐忘”。儒、道不同流，孔、颜与“道”本无瓜葛，作者于此是“寄颜、孔以显化导之方，托此圣贤以明心斋之术也”（郭庆藩《庄子集释》卷二中）。同样，四处问道求道的黄帝，不慈不孝的尧、舜，直斥孔子的盗跖，等等，“皆空语无事实”（司马迁《史记·老庄申韩列传》），乃作者虚借其名而表达自己的思想。由此可见，重言式命名与“兴”有异曲同工之妙。

“赋”即铺陈直言，卮言式命名也正好如此。如叔山无趾、支离疏，以及飞行迟缓的意怠鸟等，均为“赋”形为名。匠伯、庖丁、臧丈人、栎社、北宫奢等，也是以介绍其职业和居所来命名的。这类命名重在铺陈直言对象的特征，描写形象直观、真实，与《诗经》中“赋”的手法实无二致。

《庄子》“三言式”命名与《诗经》“比、兴、赋”的手法如此相通，并非巧合。章学诚在《文史通义·诗教上》中说：“战国之文，奇邪错出，而裂于道，人知之；其源皆出于‘六艺’，人不知也。”又说：“战国之文，深于比兴。”《庄子》的命名融入了“比、兴、赋”的表现手法，这既是吸取了《诗经》的艺术营养，又是作者杰出的艺术创造。意匠经营的命名使文章焕发出诗意浓郁的风采，成为《庄子》诗化的一大特色。

三、不朽的艺术魅力

《庄子》的命名艺术是作者鸿材冥造的结果。它以恢诡谲怪的形象营造出幽微玄冥的意境，蕴含着博大精深的思想，富有超凡的艺术魅力。

《庄子》的命名极具恢奇诡怪的特色。刘熙载在《艺概·文概》中以“意出尘外,怪生笔端”评《庄子》之文,如果借以评《庄子》的命名,亦极妥帖。作者以惊人的艺术想象力,“创为不必有之人,设为不必有之物,造为天下所必无之事”(黄震《黄氏日钞》),以超现实的手法表现思想,因而有了一系列诸如冥灵、大椿、倏、忽、参寥、光曜、无有、疑始、象罔、天根、无为谓、大公调、触蛮之国等命名,它们都是“谬悠之说,荒唐之言,无端崖之辞”,具有高度的艺术虚构性,充溢着荒诞玄虚的意味。《庄子》中神话传说人物的命名也极怪异,如舜在诸子中是名正言顺的人物,作者却又为之杜撰出“有虞”“有虞氏”之名;伏羲,三皇之一,书中却分别以“伏戏”“伏戏氏”“伏牺氏”“燧人”名之;炎帝也被作者改为“赫胥氏”。加之许多名不见经传的人物,如容成氏、大庭氏、意而子、蒲衣子、王倪等,都在作者笔下“摆脱形模,凌虚结构”(王廷相《王氏家藏书》卷二十八《与郭价夫学士论诗书》),涂染上奇谲怪异的色彩。而梓庆、匠石、巫咸、支离疏、哀骀它、管仲、师旷、惠施、周公等,原本是现实世界中的人物,一经作者艺术加工,也变得神秘诡怪了。19世纪德国戏剧家阿尔尼姆认为:怪诞的形象始终是隐藏在表面现象之下的精神实质的象征。《庄子》的命名看似恢诡谲怪,实际上却深含着“神鬼神帝,生天生地”的“道”的思想。它们已超越了单纯的代号作用,成为一种思想的外化、形象的活现,思想、形象、文字三者自然而和谐地统一起来,呈现出光怪陆离、异彩纷呈的意象世界。

20世纪德国著名批评家沃尔夫冈·凯泽尔说:“怪诞乃是疏离的或异化的世界的表现方式,也就是说,以另一种眼光来审视我们所熟悉的世界,一下子使人们对这个世界产生一种陌生感。”(菲利普·汤姆森著,孙乃修译《论怪诞》)这种“陌生感”,实则是怪诞艺术所营造出的一种奇崛幽峭、绵邈玄微的审美境界。《庄子》的命名,在恢诡谲怪中也营造出了这种审美境界。

“独造之匠”的作者,窥意象而运斤,让思想与文字、外形与本质和同混融,把精微深博的哲理醇化为艺术的馨香。如浑沌,本义即模糊一团,尚未开化,作者用以命名七窍皆无的中央之帝,譬喻自然蒙昧的状态。于是,浑沌之名全然成了一种浑浑沌沌、模糊蒙昧、非无非有、天地为一、纯朴自然的意象。又如泰,有安宁自然之意,以泰氏为“其卧徐徐,其觉于于”的上古帝王之名,则见出淳和而质朴、任真而驭宇、无心而任乎自化的圣王治世之道。无有,即空无所有,其

“窅然空然。终日视之而不见，听之而不闻，搏之而不得”，分明可见道家所崇尚的空寂、虚无的境界。再如无为无欲、任随天地的谆芒，道德广大、公正无私的大公调等，皆造物之妙与造意相表里，达到了“抽象”与“形象”的有机组合，哲理与奇想的和谐统一，哲学与文学的巧妙交融。

不仅如此，作者还把“盘踞肝肠深”（龚自珍《定庵文集·古今体诗》）的强烈情感、神思飘飞的哲理思辨，熔铸于瑰玮奇特的意象中，用诗化的意境把哲学家的思想表现得飘缈空灵。如《秋水》中的北海若，与河伯相比，显得巨大，与天地相比，却又渺小。一个“若”字，传达出一种空旷、自然、纯朴、无为的至境。大小、贵贱、是非，万事万物，在它面前都“齐一”。作者摆脱困囿，超然物外，放旷自得的情感在这至境中毕露无遗。又如象罔，指有形（象）和无形（罔），作者以之喻求道，展现出一种非无非有、无欲无心的道的境界。而荡然无有的大莫之国，广大空寂的大隗，终养天年的支离疏，迟缓无能的意怠鸟等，无不体现了“近而不浮，远而不尽”（司空图《与李生论诗书》）的意境。叶燮《原诗·内篇》说：“诗之至处，妙在含蓄无垠，思致微渺，其寄托在可言不可言之间，其指归在可解不可解之会，言在此而意在彼，泯端倪而离形象，绝议论而穷思维，引人于冥漠恍惚之境。”《庄子》的命名何尝不是如此。这样的意境，“虽复贪婪之人、进躁之士，暂而揽其余芳，味其溢流，仿佛其音影，犹足旷然有忘形自得之怀”，更令高洁之士“遂绵邈清遐，去离尘埃而返冥极”（郭象《庄子序》）。

《庄子》的命名，是作者惨淡经营的艺术结晶，堪称千古绝唱。

原载《西南师范大学学报》（哲学社会科学版）1998年第4期，本文系与陈劲共同撰写

荀文简论

荀况是孔、孟之后的儒学大师,《荀子》则是《论语》《孟子》之外的一部重要儒学著述。尽管唐代韩愈扬孟抑荀,倡言孟子为“醇乎醇者也”,荀子为“大醇而小疵”(《读荀子》);并且在长期的封建社会中,《荀子》一书的地位也确实不如家弦户诵之《论语》《孟子》;但“自周末历秦汉以来,孟、荀并称久矣”(谢墉《荀子序》)。而《荀子》之文亦有“理懿而辞雅”(《文心雕龙·诸子》)之誉,其对后世的影响,实亦不容小视。

还应看到,诸子之文发展到了《荀子》,已更趋成熟、完善。《荀子》之文,已不再是如《论语》《孟子》似的语录或对话的连缀,而是自成体系、章法明晰的专题论文了。这在文体发展史上实为意义重大的新的飞跃。不仅如此,《荀子》之文还以其思想、艺术所独具的特色和成就,屹立于先秦诸子散文之林,理所当然是值得我们研究和重视的一份宝贵遗产。

一、大儒之文,独树一帜

荀子曾在《儒效》篇中崇“大儒”而贬“俗儒”。其所指为“大儒”之典范者,乃是仲尼、子弓。在他看来，“法后王，统礼义，一制度，以浅持博，以今持古，以一持万，苟仁义之类也，虽在鸟兽之中，若别白黑；倚物怪变，所未尝闻也，所未尝见也，卒然起一方，则举统类而应之，无所儗㤰，张法而度之，则晻然若合符节：是大儒者也。”显然，这是荀子心目中理想人物的化身。不妨认为，荀子自己也是隐然以这样的“大儒”自居的。撇开别的因素不论，单就对儒学的继承、发扬、革新而言，荀子也确实堪称“大儒”。正如刘熙载在《艺概·文概》中所指出：“荀子明‘六艺’之归，其学分之足了数大儒。”

作为大儒的荀子，“于诸经无不通”（汪中《荀卿子通论》）。他不仅继承了孔子所开创的儒学传统，而且还有所发展、创新，成为一位先秦时期集大成的思想家。他学问渊博，阅历非凡，著述宏富。这些因素，使其思想较为驳杂。然而从总的倾向看来，其思想基本上属于儒家，且主要接近于孔子的思想，而与孟子的思想则有所不同。在儒家学派中，荀子实已自成一派，独树一帜。所谓“孔、墨之后，儒分为八，墨离为三”，而“孙氏（按：即荀子，孙与荀，一音之转）之儒”（《韩非子·显学》）即为儒家八派之一。较之前辈儒家，荀子思想有了若干值得注意的新特点，反映在《荀子》之文中，特别引人瞩目。

首先，是其“制天命而用之”的天道观。

《荀子·天论》反映了荀况对于天人关系的新见解，是一篇很有特色的哲学论文。荀子在这篇文章中第一次提出了人定胜天的著名论断，表现了朴素的唯物主义的自然观。他认为“天行有常”，主张“明于天人之分”，提出“星之队（坠）”“木之鸣”“日月之有蚀，风雨之不时，怪星之党（傥）见”等反常的自然现象，无非“天地之变，阴阳之化，物之罕至者也”，乃是不以人们意志为转移的客观规律。因而怪之则可，畏之则非。进而提出了“大天而思之，孰与物畜而制之！从天而颂之，孰与制天命而用之！望时而待之，孰与应时而使之！”的观点，较之孔子所谓“君子有三畏：畏天命，畏大人，畏圣人之言。小人不知天命而不畏也，狎大人，侮圣人之言”（《论语·季氏》）的论断，无疑是突破前辈儒家传统思想的高见。它是荀况吸取了百家思想的精华之后而产生的创造性的认识，标志着对天人关系认识的新飞跃。这一思想的产生，意味着上天权威的削弱和人王地位的下降。它是战国时期百家争鸣结出的智慧之果，闪耀着荀子思想的光辉。

其次，提出了著名的“性恶论”。

令人感兴趣的是，荀子与孟子都曾对“人性”做过一番探索。对于人的本体的重视，反映了人类自觉意识的增长，无疑是历史的进步。孔子虽也曾说过“性相近也，习相远也”（《论语·阳货》），但他对“人性”问题尚无明确论述。孟子始明确提出所谓“性善论”。他认为：“恻隐之心，人皆有之；羞恶之心，人皆有之；恭敬之心，人皆有之；是非之心，人皆有之。”并以水为喻道：“人性之善也，犹水之就下也。人无有不善，水无有不下。”（《孟子·告子上》）仿佛与孟子有意对立，荀子针锋相对地提出了“性恶论”，作为其政治理论的哲学基础。《荀子·性恶》篇明确指出：“人之性恶，其善者伪也。”并批驳孟子之论道：“孟子曰：‘人之学者，其性善。’曰：是不然。是不及知人之性，而不察乎人之性、伪之分者也。凡性者，天之就也，不可学，不可事；礼义者，圣人之所生也，人之所学而能，所事而成者也。不可学、不可事而在人者谓之性；可学而能、可事而成之在人者，谓之伪，是性、伪之分也。”荀子之说，否定了孟子的先天道德论，特别强调后天学习的作用，并重视教育与社会环境的影响，其中多少含有一些唯物的因素。不过，孟、荀各执一端，认识虽迥异，但在注重学习这一点上，却是相通的。这里应该指出的是，孟、荀都没有，也不可能看到在阶级社会中，只有带着阶级性的具体的人性，而没有什么超阶级的抽象的人性。徒然辩论什么“性善”“性恶”，恰恰反映了他们的时代和阶级的局限性。

再次，主张“法后王”的政治观。

荀子主张实行“令行禁止”“天下为一”的统一的中央集权制，其主要思想为“隆礼”和“重法”。《荀子·王制》篇说：“令行禁止，王者之事毕矣。”《强国》篇说：“人君者，隆礼尊贤而王，重法爱民而霸。”《君道》篇又说：“至道大形，隆礼至法则国有常。”与此同时，他明确地提出了“法后王”的政治主张。《荀子·非相》篇说：“欲观圣王之迹，则于其粲然者矣。后王是也。彼后王者，天下之君也。舍后王而道上古，譬之是犹舍己之君而事人之君也。”这显然与孟子“言必称尧舜”的“尊先王”的思想恰相对立，因而引起了历代学者的兴趣和争议。其实，细审《非相》篇所述，可知荀子所谓“后王”，乃指周之文王、武王，即“先王”（尧、舜、禹、汤、文、武）中的最后之王，所谓“天下之君”，乃指君临天下的周天子。他说：“欲知上世，则审周道；欲知周道，则审其人所贵君子。”如此显豁的表白，实与孔子所谓“吾从周”（《论语·八佾》）类似。清人钱大昕对此亦有颇为精到的论述。他指出：“荀卿‘法后王’之说，王伯厚深诋之。愚以为王氏似未达荀子之意也。孔子曰：吾学周礼，今用之，吾从周。孟、荀生于衰周之季，闵战国之暴，欲以王道救之。孟言‘先王’，与荀所言‘后王’，皆谓周王，与孔子‘从周’之义不异也。”（《十驾斋养新录》卷十八）并且，荀子所谓“法后王”的“王者之制”，实亦含有向往周制之意。（参见《荀子·王制》）不过，荀子取百家之长，在“古”的旗号下，行革新之实，并非因循守旧之流。这样看来，孟、荀虽有“法先王”与“法后王”之别，但在实质上却并非大相径庭，何况荀子也曾有过“法先王”之说呢①？

诚然，荀子曾深诋子思、孟子一派，认为他们“略法先王而不知其统，犹然而材剧志大，闻见杂博。案往旧造说，谓之‘五行’，甚僻违而无类，幽隐而无说，闭约而无解。案饰其辞而祇敬之曰：‘此真先君子之言也’”，甚至斥责道：“是则子思、孟轲之罪也。”（《荀子·非十二子》）也许为了表明自己与孟轲之流划清界限吧，荀子有意识地大唱反调。然而在实质上，却又往往关联相通。如孟子说，“尧舜之道，不以仁政，不能平治天下”（《孟子·离娄》），提出“不嗜杀人者能一之”（《孟子·梁惠王上》），认为“不仁而得天下，未之有也”（《孟子·尽心下》）。荀子也说：“行一不义，杀一无罪，而得天下，不为也。”（《荀子·儒效》）又如孟子主张“穷则独善其身，达则兼善天下”（《孟子·尽心上》）；荀子也主张“通则一天下，穷则独立贵名”（《荀子·儒效》），“穷则必有名，达则必有功”（《荀子·君道》）。不难看出，孟、荀在政治观、人生观上均有合拍之处。其实，孟、荀都是上承孔子而各有发展，这就难怪他们是如此异调而同曲了。

又次，重视“人治”的思想。

孔子主张“道之以德，齐之以礼”（《论语·为政》），为政兼讲“德”与“礼”。荀子则兼讲“礼”与“法”，主张为政“隆礼重法”。不过，荀子在重视“礼治”与“法治”的同时，还特别强调“人治”，明确地提出了“有乱君，无乱国；有治人，无治法”（《荀子·君道》）的新观点；并提出：“有良法而乱者，有之矣；有君子而乱者，自古及今，未尝闻也。”（《荀子·王制》《荀子·致士》）这种强调“人治”的思想，是对前辈儒家传统观念的新发展，在中国封建社会中，影响甚大。荀子把人的因素摆在首位，故在《劝学》《修身》《不苟》《性恶》《君子》等篇中，不厌其烦地反复

① 《荀子·儒效》：“孙卿子曰：儒者法先王，隆礼义，谨乎臣子而致贵其上者也。”

强调重视人的修养和品质。事实上,法由人制定,也靠人去执行和维护,因而人的素质如何,的确至关重要。不过,荀子之强调“人治”,其主要意图还在于突出所谓“君人”“君子”的作用,替实行中央集权制的统治者造舆论,归根结底是为所谓“一天下”的政治目的服务的。

《荀子》文章中这些极富特色的见解和主张,分明是对前辈儒家传统思想的继承、批判、革新和创造。在先秦诸子之文中,荀文不但独树一帜,而且异彩焕发。

二、通才之文,博大精深

荀子是先秦诸子中最后一位大师。他不仅集儒家之大成,而且集百家之大成。他融会贯通百家学说,形成了自己独具特色的思想体系。其学无所不窥,无所不精。在当时,他无愧为站在时代前列的大儒、通才。《荀子》一书充分体现了通才之文博大精深的特点。以今人的观点看来,其文对于各个学术领域,几乎均有涉及。如哲学专论有《天论》《荣辱》《解蔽》《正名》《性恶》等,政治学专论有《非相》《仲尼》《儒效》《王制》《王霸》《君道》《臣道》《强国》《正论》《礼论》《君子》等。军事学专论有《议兵》,经济学专论有《富国》,教育学专论有《劝学》,学术史专论有《非十二子》,伦理学专论有《修身》《不苟》,人才学专论有《致士》,音乐艺术专论有《乐论》,等等。在先秦时期,适应于当时的经济、政治、社会和文化的发展程度,学术尚未“分家”,文、史、哲、经济、教育等学术内容,在一书甚至一文之中,往往杂然并陈。这在当时,几为通例。像《荀子》那样以专论形式出现,涉足各个学术领域,内容如此博大精深的著作,却并不多见。

特别值得一提的是,《荀子》中还出现了较为“纯粹”的文学作品《成相》和《赋》篇。这在文学史上,应该大书一笔。因为先秦时期还不是“文学的自觉时代”[①],堪称“纯粹”的文学作品实亦不多,在诸子之文中尤其如此。然而《成相》却是荀子学习民间文艺形式而新创制的一篇韵文。全篇以“请成相”为开头语的标志,分三大段,五十六节。各节相对独立,又在同一主题下有所联系。每节

① 鲁迅在《魏晋风度及文章与药及酒之关系》一文中说:“用近代的文学眼光看来,曹丕的一个时代可说是‘文学的自觉时代’。”

五句，杂言体形式，其构成大体为“三、三、七、四、七”。除第四句外，每句押韵。如其第一节：“请成相，世之殃，愚暗愚暗堕贤良。人主无贤，如瞽无相何伥伥。”这种形式，有如后世大鼓、弹词之类的曲艺作品，在当时诚属新创的一种文学样式。其文学意味虽不甚浓，而开创之功实不可没。

至于《赋》篇之作，意义更其重大。因为在中国文学史上，荀子是以“赋”名篇的第一人，故历来被视为赋体的始祖之一。正如王芑孙《读赋卮言·导源》篇所说：“（赋）既与诗分体，则义兼比、兴，用长箴颂矣。单行之始，椎轮晚周，别子为祖，荀况、屈平是也。”据《汉书·艺文志》著录，荀卿赋原有十篇，今《荀子·赋》篇仅存《礼》《知》《云》《蚕》《箴》五篇，末附《佹诗》一篇、《小歌》一篇。其中，《礼》《知》二赋为说理之作，《云》《蚕》《箴》三篇则为咏物之赋。其形式颇为一律，如同制作谜语。大致是前段设谜，以四言韵语围绕谜底铺陈形容；后段点题，杂以散文句式，设为问答之辞；末以结语揭示谜底。兹以《箴》赋为例：

> 有物于此，生于山阜，处于室堂。无知无巧，善治衣裳。不盗不窃，穿窬而行。日夜合离，以成文章。以能合从，又善连衡。下覆百姓，上饰帝王。功业甚博，不见贤良。时用则存，不用则亡。臣愚不识，敢请之王。王曰：此夫始生钜，其成功小者邪？长其尾而锐其剽者邪？头铦达而尾赵缭者邪？一往一来，结尾以为事。无羽无翼，反覆甚极。尾生而事起，尾邅而事已。簪以为父，管以为母。既以缝表，又以连里。夫是之谓箴理。

至于《佹诗》与《小歌》乃《赋》篇之总结，有如《楚辞》之“乱曰”。荀赋五篇，以《箴》较为生动，余则训诫之味颇浓，艺术价值不高。但它开创了一种新的文学样式，在赋的领域里俨然自成一家，对汉赋的形成和发展影响甚大。

《荀子》之文如此博大精深，非通才谁能为之？

三、学者之文，严谨周详

在先秦诸子中，荀子以渊综广博、学养湛深见长。《荀子》一书虽不免有后学之作掺入,但大部分仍为荀子自著。内容堪称博大精深,而形式则可谓严谨周详。其具体表现为构思周密,论述详赡。如《劝学》《不苟》《王制》《王霸》《富国》诸篇,充分体现了这一特点。其文往往有总论,有分论;层层深入,节节变化;中心突出,条达细密。这在先秦诸子之文中,是颇为出色的。其次是独立成篇,结构严整。《荀子》之文多系专题学术论文。这种立意统一,体式宏伟的鸿篇巨制,不仅形完神备、全面系统,而且纲目昭然、条理明晰,成为后世论说文体的典范。

尤为难得的是,《荀子》之文还长于正论反驳,善立善破。特别是驳论写法的出现,意味着我国论说文体的新发展。后经韩非发扬光大,遂成论说文体之一宗,其意义非同一般。如《荀子·正论》篇,先标举"世俗之为说者"的一个反面论点,然后反复驳辩,引经据典,一驳到底。全篇各段除末三段直驳"子宋子"之说外,都是先引"世俗之为说者"的反面论点作为"靶子"。而后逐一驳正之。其主旨在伸张自己的"正论"。

又如《性恶》篇,也是出色的驳论之作。这是一篇批驳孟子"性善论",宣扬所谓"性恶论"的专题哲学论文。作为全篇主旨的"性恶"之论,都建立在对孟子所谓"性善"之说的批驳的基础上。如其中一段是这样反驳的,文章首先标举孟子之说,从反面立论道:"孟子曰:'人之性善。'"接着便断然置评道:"曰:是不然。"针锋相对地表明论者的反对态度,但并未直接提出自己的论点。然后驳辩道:"凡古今天下之所谓善者,正理平治也;所谓恶者,偏险悖乱也。是善恶之分也已。"论者按自己所立的标准,揭示所谓"善""恶"之界分。接着以政治生活中的现实为依据,反驳"性善"之说:"今诚以人之性固正理平治邪?则有恶用圣王,恶用礼义矣哉!虽有圣王礼义,将曷加于正理平治也哉?"这就是说,人性果"善",就用不着要什么"圣王""礼义"了,从而始引出论者之见:"今不然,人之性恶。"正因为"古者圣人以人之性恶,以为偏险而不正,悖乱而不治",这才"为之立君上之势以临之,明礼义以化之,起法正以治之,重刑罚以禁之,使天下皆出于治,合于善也"。礼义、刑罚不能没有,"法正之治"也不能放弃,由此可见:"人之性恶明矣,其善者伪也。"

姑不论孟、荀所谓"性善""性恶"之辩均不尽符合客观实际,都不免有片面性及绝对化的倾向,仅就荀文这一段驳论的行文而言,确实称得上"其持之有故,其言之成理"(《荀子·非十二子》)。《荀子》文章严谨周详的特点,于此可见一斑。

四、长者之文，老练淳厚

读《荀子》之文，似听长者之说，循循善诱，谆谆述之，娓娓谈之。虽有辩说，却非《孟子》似的高谈阔论、滔滔雄辩，亦非《国策》似的纵横捭阖、辩丽夸饰，确乎不失儒者之风、长者之度。这并不奇怪。试考荀子其人其事，便不难知其奥妙所在。

荀子为战国末期赵人。其生卒之年虽无从考定，但可知其大约活动于公元前298至前238年间。其人年寿颇高。据《史记·孟子荀卿列传》所记，荀子“年五十始来游学于齐”，在天下闻名的稷下学宫，“荀卿最为老师”且“三为祭酒焉”。概括其生平，可谓生于赵，游于齐、秦，仕于楚，为兰陵令。公元前238年，楚李园杀春申君而荀卿废，于是终老兰陵。其一生行事亦与孔、孟相类：始则治学，继而周游、出仕，终则设教、著书。其弟子甚众，著名者有韩非、李斯、浮丘伯等。其徒多善著述，《史记·吕不韦列传》说：“荀卿之徒，著书布天下。”足见其不仅学自成派，而且教亦有方，故能育才济济、硕果累累。

这样一位年高德劭的学者，其为文自然独具特色。如果说，文如其人，未必人人如此，但对荀子而言，倒是恰如其分。《荀子》文章的艺术风格，可谓淳厚老到，圆熟练达，谨严有度，明晰条畅。这是与荀子其人自身的特点分不开的。

如其著名的《劝学》篇，历来传诵人口。此文强调学习的重要性，即反复阐述，孜孜为说，紧紧围绕“劝学”这一中心论题，做了非常细致而周密的论述，最能体现荀文淳厚练达的艺术风格。

与上述风格相适应，荀文还有一个突出的特点，即多用比喻，而少用寓言故事。据统计，《荀子》一书三十二篇文章中，仅有寓言故事蒙鸠为巢（《劝学》）、涓蜀梁（《解蔽》）、曾子食鱼（《大略》）、欹器（《宥坐》）、东野失马（《哀公》）等寥寥数则而已。况且其中《大略》《宥坐》《哀公》三篇，一般还认为乃是“弟子杂录”，非出荀子手笔。总之，这是与先秦诸子之文中广用寓言故事者如《庄子》《韩非子》等大相径庭的。

然而值得注意的是，荀文之用比喻极富特色。不仅非常生动形象，而且常用一连串类比，从不同层面设譬喻理，必洞达透彻而后已。如《劝学》第一、二段：

君子曰：学不可以已。青，取之于蓝而青于蓝；冰，水为之而寒于水。木直中绳，𫐓以为轮，其曲中规，虽有槁暴，不复挺者，𫐓使之然也。故木受绳则直，金就砺则利，君子博学而日参省乎己，则知明而行无过矣。

故不登高山，不知天之高也；不临深溪，不知地之厚也；不闻先王之遗言，不知学问之大也……

又如同篇第六段：

积土成山，风雨兴焉；积水成渊，蛟龙生焉；积善成德，而神明自得，圣心备焉。故不积跬步，无以至千里；不积小流，无以成江海。骐骥一跃，不能十步；驽马十驾，功在不舍。锲而舍之，朽木不折；锲而不舍，金石可镂。蚓无爪牙之利，筋骨之强，上食埃土，下饮黄泉，用心一也；蟹六跪而二螯，非蛇鳝之穴无可寄托者，用心躁也。

如此令人目不暇接的众多比喻，看似五光十色、炫人眼目，其用意却十分明确、专注，无非说明学习的重要性、必要性、积累性和坚持性罢了。类似的取譬设喻，几乎占《劝学》全文之半。这样的特点，充分体现了《荀子》文章典重淳厚、圆熟老练的艺术风格。

作为一代大儒、通才、学者、长者的荀子的文章，以其鲜明的特色和杰出的成就彪炳中国古代散文史册，理应占有重要的地位，受到足够的重视。

原载《北京师范大学学报》（社会科学版）1992年第4期

《韩非子》略论

《韩非子》集中汇编了韩非的著作。它是先秦法家集大成的一部重要典籍，也是在“百家争鸣”高潮中产生的一部学术巨著。《汉书·艺文志》著录“《韩子》五十五篇”，今传《韩非子》亦五十五篇。其文基本上是韩非所著，但先前在辗转流传中，难免有增删错杂，故其中也杂有后学者之作。如其首篇《初见秦》，又载于《战国策·秦策》。其作者或称张仪，或指范雎，或谓蔡泽，或归吕不韦，众说纷纭，迄无定论。再如《有度》篇，论及齐、楚、燕、魏之亡，已属韩非死后之事，可知非出韩非手笔。还有《解老》《喻老》二篇，思想、笔致及引文均有出入，也不像是一人所作。其当初流传大约各自为篇。司马迁在《史记》本传中记“秦王见《孤愤》《五蠹》之书”，又称韩非“作《孤愤》《五蠹》《内外储》《说林》《说难》十余万言”，所举皆为单篇文章。其系统辑录成书当出后学之手。

韩非继承、总结了前辈法家包括慎到、吴起、商鞅、申不害等的理论和实践，加上自己的创造和发展，形成了一套颇为完整的法家思想体系，为建立专制主义的极权政治提供了理论根据，并在实践上对我国第一个中央集权的专制皇朝——秦王朝的建立起了重要的作用。

关于韩非法家思想的主要特征，反映在《韩非子》中，有三点值得重视。

第一，以“法”为中心，结合“术”与“势”的政治观。

在韩非之前，申不害强调“任术”，商鞅主张“明法”，慎到宣扬“乘势”。韩非则批判地继承了他们的理论和实践，并且吸取了荀子和道家的某些理论，形成了以“法”为中心，结合“术”与“势”的较为全面系统的法治思想。他在《定法》篇中，指出“申不害言术而公孙鞅（即商鞅）为法”，都是各执一端，“皆未尽善”，明确主张君主必须“法”与“术”并用。认为：“君无术则弊于上，臣无法则乱于下，此不可一无，皆帝王之具也。”《难三》篇中也强调：“人主之大物，非法则术也。”《难势》篇中又提出：“抱法处势则治，背法去势则乱。”如此建立起一个“法”“术”“势”有机结合的政治思想体系。应该指出，韩非之所谓“法”，乃指“宪令著于官府，刑罚必于民心，赏存乎慎法，而罚加乎奸令者也”（《定法》）；或者说“编著之图籍，设之于官府，而布之于百姓者也”（《难三》）。简而言之，即指法令，又叫作“名”；据“名”而行赏罚，就叫“刑”，因而合称“刑名法术之学”。所谓“术”，乃指“因任而授官，循名而责实，操杀生之柄，课群臣之能者也”（《定法》）；或者说“藏之于胸中，以偶众端而潜御群臣者也”（《难三》）。质而言之，也就是国君据“法”驾驭群臣的手段。所谓“势”，即权势。“乘势”也就是掌握政权，这是“法”与“术”得以推行的前提。韩非的这种政治主张，强调君主专制、中央集权，适应了当时社会发展的总趋势。因而他的学说传入秦国，秦王极其赞赏，甚至感叹道：“嗟乎！寡人得见此人与之游，死不恨矣！”（《史记·老庄申韩列传》）其政治主张被秦王用于统一中国的实践，影响后世，至为深远。

第二，反对复古、主张革新的社会历史观。

先秦诸子多善纵论古今，孔、孟之论“三代”，老、庄之讲远古，都说明他们认识到了历史是人类社会已往的运动发展过程。但他们大都贵古贱今、是古非今。以韩非为代表的法家则不同。韩非也讲历史，但在《五蠹》篇中，他明确提出了古今有异，“不期修古，不法常可，论世之事，因为之备”的观点。他不仅认识到了历史的发展，而且反对盲目崇古，主张着眼于现实，立足于当今。指出“世异则事异”“事异则备变”，并且“古今异俗，新故异备”，因而他嘲笑那些“欲以先王之政，治当世之民”的人“皆守株（待兔）之类也”（《五蠹》）。这种反对因循旧制，主张因时而变的思想，体现了新兴地主阶级改革旧制度的进取精神，无疑是进步的社会历史观。不过，韩非仅仅从社会物质财富的变化展开论证，虽较新颖，却不免有局限性。然而在当时的历史条件下，他的这些观点不失为通达古今的卓见。

韩非的社会历史观也是对前辈法家思想的继承和发展。如商鞅就曾主张："圣人苟可以强国，不法其故；苟可以利民，不循其礼。"又说："前世不同教，何古之法？帝王不相复，何礼之循？……礼法以时而定，制令各顺其宜，兵甲器备各便其用。臣故曰：治世不一道，便国不必法古。"（《商君书·更法》）由此可见，韩非的学术思想确实是有其渊源的。

第三，重质轻文、崇实反虚的文艺观。

韩非的文艺观亦集法家文艺观之大成。其基本观点是：重质朴轻文饰，重内容轻形式，重实用轻丽辞，重真实反虚华。这与孔子"言之无文，行而不远"（《左传·襄公二十五年》）的主张显然不同，而比较接近于老子所谓"信言不美，美言不信"（《老子》八十一章）的观点。

韩非认为，"美"是不以人们主观意志为转移的客观存在。作为"美"的事物，其本质就是美的，无须加以文饰。靠人工文饰之"美"，其本质原即不美。他说："礼为情貌者也，文为质饰者也。夫君子取情而去貌，好质而恶饰。夫恃貌而论情者，其情恶也；须饰而论质者，其质衰也。何以论之？和氏之璧，不饰以五采；隋侯之珠，不饰以银黄。其质至美，物不足以饰之。夫物之待饰而后行者，其质不美也。"（《解老》）又说："不见其采，下故素正。"（《扬权》）这种崇尚质朴而反对文饰的观点，显然含有朴素唯物主义的因素。但他从根本上否定"文饰"的作用，却又未免武断。既然"文为质饰"，二者之间便存在着不可分割的辩证关系，忽略了这一点，就难免陷于自相矛盾的境地。其《显学》篇说："故善毛啬、西施之美，无益吾面；用脂泽粉黛，则倍其初。"如此截然不同的议论，恰好证明了矛盾的存在。

与"好质而恶饰"的思想相一致，韩非强调内容和功用，排斥形式和丽辞。他在《亡征》篇中断言："喜淫刑而不周于法，好辩说而不求其用，滥于文丽而不顾其功者，可亡也。"又在《外储说左上》中指出，君主对于"文辩辞胜而反事之情"，"说而不禁"，乃是招致失败的原因。并进而论断："为虚辞，其无用而胜；实事，其无易而穷也。人主多无用之辩，而少无易之言，此所以乱也。”他还在同篇中借用秦伯嫁女、买椟还珠两个寓言故事，既说明墨家反对“以文害用”，故“言多而不辩”，也间接地表达了自己重内容轻形式的主张。这种把内容与形式、“文丽”与功用完全对立起来的观点，忽略了它们之间的辩证统一关系，不免失之偏颇。

韩非从狭隘的功利主义出发，奉实用为宗旨，崇尚质实，反对虚华。在他看来，“华而不实”者必然“虚而无用”（《难言》）。因此，他力排“虚辞”而推崇“实事”，并把“不诚之言”斥为“窕言”（《难二》）。他还在《外储说左上》中借“画鬼魅易画犬马难”的寓言，含蓄地表达了艺术是客观事物的真实反映，其是非、美丑、难易、成败均受客观事物制约的观点。这无疑有其合理的一面，然而绝对贬斥“画鬼魅”之类的艺术虚构，意味着强求艺术等同现实，即所谓不能“反事之情”，却是不符合艺术创作规律的，因为太实反而是艺术的大忌。还应指出，韩非的文艺观走向极端，势必对一切文艺、审美活动持拒斥甚至取缔的态度。这就难怪他在《和氏》篇中对商君教秦孝公“燔诗书而明法令”大加赞赏了。

《韩非子》中的文章充分体现了法家刻深寡恩、明切直露的风格，它以鲜明的特色在先秦诸子之文中卓然自成一家。

特色之一是直言畅论，个性突出。

韩非之文，犀利直率，无所遮掩；慷慨陈词，不加文饰。如《备内》篇论君主如何防备宫内篡位夺权，剖析当时的人际关系，一针见血地指出人与人之间无非靠利害维系，“奸臣”往往利用君主和妻、儿的利害冲突，达到“劫君弑主”的目的。因此，他们无论是否有“骨肉之亲”，都“无可信者”。这就无情地撕破了覆盖在人际关系上的温情脉脉的面纱，将那肮脏、丑恶的实质揭露无遗。在《八奸》篇中，韩非专论内奸篡权的危险和手段，指出“凡人臣之所道成奸者有八术”，即：“同床”“在旁”“父兄”“养殃”“民萌”“流行”“威强”“四方”，并分别加以论析。认为“凡此八者”，是臣子所以能够导致奸谋成功，世主所以会受蒙蔽、挟持而丧失权势的原因，告诫君主“不可不察焉”。写得淋漓尽致，入木三分。在著名的《说难》篇中，韩非论游说之难，历陈种种可致“身危”的情况，真切实在，无微不至，倘无切身感受，难以道之。韩非之文锋颖锐利，冷峻峭刻，具有鲜明的个性特征。据《史记》本传所记，韩非“为人口吃，不能道说，而善著书”。他不善言辞，窘于人际交往，却长于冷静地观察现实生活，总结历史经验，故能贯通古今，深谋远虑。因而他的文章总是具有高度的总结性、非凡的深刻性和凌厉的攻击性，既细致、周详，又锋锐、透彻。它不同于《论语》的雍容和顺、娓娓而谈，也不同于《孟子》的气势浩然、滔滔雄辩，更不同于《庄子》的汪洋恣肆、天马行空和纵横说辞的辩丽横肆、夸说浮辞。可以说，韩非的思想、气质、性格、为人和他的文章是融为一体的。人们常说"文如其人"，实际上未必人人如此；但对韩非说来，确能得到体现。

特色之二是文体多样，特擅驳论。

韩非之文，多属政论，但体式多样，不一而足。如《五蠹》《显学》为长篇专论，《三守》《备内》乃短篇专论，《难一》《难二》属驳论之体，《难势》《定法》系辩难之文，以韵文为主者如《主道》《扬权》，呈骈偶倾向者有《功名》《大体》，还有纲目式的经说文如《解老》，长编式的专辑体如《说林》及内、外《储说》……足见其文体之多样化。这些文体，有的是对前人传统的继承和发展，有的则为韩非所独创。这一事实表明，即便从文体发展的角度看，韩非对散文的进步也是功不可没的。韩非为文，于众体之中特擅驳论。这不仅是当时"百家争鸣"时代风气的生动体现，也是韩非口不善言，只好寄意于笔端的结果。诸子横议，大多笔舌并用，而韩非则主要用笔墨辩驳，故其精于驳论之作，定然与笔墨实践的经验较多有关。其驳论最能体现韩非之文鞭辟入里、一针见血的特点。如《难一》篇第二则先讲舜"躬藉处苦，而民从之"，并借仲尼的赞叹，摆出"圣人之德化"这一论点。接着便指出对方的矛盾："舜之救败也，则是尧有失也。贤舜，则去尧之明察；圣尧，则去舜之德化，不可两得也。"使对方左右为难，不能自圆其说。然后亮出自己的论点：君主不必亲历劳苦去实施"德化"，而应以"处势而矫下"为要务。文章有破有立，有论有据，圆熟老练，犀利明快，极富说服力。又如同篇第四则写晋阳解围后，赵襄子"赏有功者五人"，只因家臣高赫在晋阳被围时独无骄傲轻慢之意，便以其为"赏首"。接着写仲尼闻之曰："善赏哉！"然后笔锋一转，针锋相对地提出反驳之论："仲尼不知善赏矣。"认为"善赏罚者，百官不敢侵职，群臣不敢失礼"，"赏不加于无功，罚不加于无罪"。今赵襄子"操令行禁止之法，而犹有骄侮之臣"，可见其"失罚"；高赫"仅不骄侮"，无功而赏之，只能说"失赏"，怎么能说他"善赏"呢？于是再申前论："仲尼不知善赏。"所论深中要害，直截了当，反驳有力，切理餍心。这样的驳论，在《韩非子》中不胜枚举。它们较之荀子的驳论文章，显然已“更上一层楼”了。

特色之三是寓言荟萃，广譬博喻。

据统计，《韩非子》中载有寓言故事三百多则，数居先秦各家著作之首。先秦本来是寓言文学繁荣的黄金时代。先秦寓言无论数量之众多、思想之深刻、艺术之杰出，都是后世寓言难以企及的。然而它们大多是先秦著作中说理的手段或叙事的有机组成部分，尚未独立成体。到了韩非笔下，则发生了空前的变化。韩非对原先散见各书和流传民间的众多寓言故事做了比较系统的收集整理，再加上自己别具匠心的创作，然后分门别类加以编排，第一次推出了蔚为大观的寓言专辑，载于《韩非子》中《说林》及内、外《储说》篇里。如果把先前散见各书的寓言故事比为一枪一弹或散兵游勇，那么在《韩非子》中，便可说它们已被改造为排枪排炮或行伍军阵了。这不能不说是韩非的一大创造和功绩。刘勰《文心雕龙·诸子》盛赞“韩非著博喻之富”，正是指的这一特点。《韩非子》中的寓言故事经过系统加工整理，焕发出了新的光彩。它们是韩非广譬博喻，用来宣扬其法家思想的有效工具。与韩文整体风格一致，这些寓言不仅富于时代气息，而且具有冷峻峭刻、褒贬分明、尖锐遒劲、典雅庄重的特征。它们在《韩非子》中闪光溢彩，富有历久弥新的艺术魅力。著名者如和氏献璧(《和氏》)，老马识途、远水不救近火(《说林上》)，滥竽充数(《内储说上》)，郢书燕说(《外储说左上》)，自相矛盾(《难一》)，守株待兔(《五蠹》)，等等，多已演为成语，至今广为流传。

在先秦诸子之文的发展历程上，《韩非子》是耸立于末端的一座丰碑。

原载《传统文化与古籍整理研究》，西南师范大学出版社1994年版

略论《吕氏春秋》

在中国文化史上,《吕氏春秋》是一部宏博奇伟的巨著;在中国文学史上,《吕氏春秋》又是一部新颖独创的散文杰作。它无愧为一座耸立于先秦诸子之文发展历程末端的里程碑,具有不朽的价值。本文拟对其作者、成书、思想特征和文学价值试做探讨,略陈己见,以期引出更加深入、系统的研究。

一、关于作者及成书

据《史记·吕不韦列传》说:“吕不韦乃使其客人人著所闻,集论以为八览、六论、十二纪,二十余万言。以为备天地万物古今之事,号曰《吕氏春秋》。”可见此书是在秦相吕不韦主持下,由其门下食客(亦即《汉书·艺文志》所称“智略士”)集体撰著而成,吕不韦乃名义上的编撰者,类乎今之“主编”。不过,此书既以“吕氏”为旗号,又在其主持下编撰而成,它与吕不韦之间存在着不可分割的关系,也是毋庸置疑的。

吕不韦原为阳翟大商人,“往来贩贱卖贵,家累千金”。据《史记》本传及《战国策·秦策五》所记,吕不韦贾邯郸,见入质于赵的秦公子子楚,以为“奇货可居”，乃转而从事政治投机活动。经一番奔走游说，惨淡经营，终于如愿以偿。“子楚立，以不韦为相，号曰文信侯，食蓝田十二县。”由商而入政，贵极而富溢。对于吕不韦的作为，后世历来鄙而贱之，评价多有微词。郭沫若独出新见，认为他一定是一位民主思想者，至少可以说是一位民主的政治家，而且“在中国历史上应该是一位有数的大政治家”（郭沫若《十批判书·吕不韦与秦王政的批判》）。现在看来，在战国末年的政治舞台上，吕不韦确实是一位举足轻重的人物。在秦王朝统一天下的历史进程中，不能忽视他的作用。《吕氏春秋》的撰著成功，为秦统一天下做了理论准备，而此书的诞生，是与他的积极倡导和主持分不开的。因此，如果撇开历史的偏见，也许不如这样说：吕不韦至少是战国末年政坛上一位有所作为的重要人物。

先秦典籍，多非一人一时之作。正如清人章学诚所指出：“古初无著述，而战国始以竹帛代口耳。”“古人并无私自著书之事，皆是后人缀辑。”（《文史通义·诗教上》）又因秦火之劫，现存先秦著作多为汉人所编订，其传抄之讹误，真伪之杂糅亦在所难免。非常难得的是，《吕氏春秋》一书虽也不无讹脱之处，但它大体上完整可靠，并且自定书名确凿无疑，成书年代亦明确可考。其《序意》篇说：“维秦八年，岁在涒滩，秋，甲子朔，朔之日，良人请问十二纪。”这便是它自述书成之岁月。所谓“维秦八年”，即秦始皇八年（前239），下距秦统一天下（前221）尚有十八年，可见此书乃是确实可信的先秦著作。无论从文化史还是史料学的角度看，其价值都是不寻常的。

不仅如此，《吕氏春秋》的体式新颖而严整，亦为前所未有。它包括“八览”“六论”“十二纪”。“八览”为八组文章，各含八篇，共六十四篇；“六论”为六组文章，各含六篇，共三十六篇；“十二纪”则按春、夏、秋、冬四季次第编排，各含孟、仲、季三纪，每“纪”含五篇文章，共六十篇。全书总为一百六十篇文章，分为二十六卷，编排严整，自成系统。今本编次为“十二纪”“八览”“六论”，而《序意》篇列于“十二纪”之末。按古人著书，序文例置书末。又据《史记》本传所谓“集论以为八览、六论、十二纪”的叙次，可稽原书编次实应为“八览”“六论”“十二纪”，一如《史记》之所述。此外，前人早已指出，《序意》篇显系残文，其题下另标“一作《廉孝》”，而今本《有始览》仅含七篇文章，可知尚有脱佚或错简。清人卢文弨说：“因疑《序意》之后半篇俄空焉，别有所谓‘廉孝’者，其前半篇亦简脱，后人遂强相附合，并《序意》为一篇，以补总数之缺。”（见毕沅新校正《吕氏春秋》末附《吕氏春秋附考》）现在看来，其所疑不无道理。

二、关于思想特征

对《吕氏春秋》思想特征的认识和评价，历代学者可谓同中见异。由于此书成于众手，众人又是颇为自由地著其所闻，然后集为一书，因而历来被称为“杂家”著作。《汉书·艺文志》就把它列入“诸子略”中的“杂家”一类，并概括“杂家”的特征是“兼儒、墨，合名、法”。其实，善取各家之长，“采精录异，成一家言”（《吕氏春秋附考》引高似孙语），兼容并包各家思想而呈现所谓“杂”的面貌，正是“诸子之说兼有之”（汪中《吕氏春秋序》）的《吕氏春秋》的基本思想特征。值得一提的是，此书的编撰者并不讳言这一点，而是有意识地“取于众”。其《用众》篇曾良有深意地论述道：“物固莫不有长，莫不有短，人亦然。故善学者假人之长以补其短，故假人者遂有天下。”又以狐、裘为喻进一步阐述道：“天下无粹白之狐，而有粹白之裘，取之众白也。”并认为，善于取众、用众，“此君人之大宝也”。基于这样的认识和主张，其兼收并蓄各家思想，也就“顺理成章”了。

在《吕氏春秋》中，无论儒、道、墨、法，还是阴阳、纵横、名、农、兵，各家思想都有所反映。尽管时有矛盾、抵牾之处，却都包容于一书之中。这样看来，作为主持编撰者的吕不韦，似乎颇有容纳百川的肚量。这无疑是值得肯定的。

在《吕氏春秋》兼容各家学说，呈现“杂”的风貌这一点上，历代学者所见略同，似无歧议。然而所谓“杂”，并不意味着编撰者只是机械地搜罗杂陈众家之说，无所侧重。事实上，既然是杂取众家之长，起码就要经过一番鉴别、抉择；而且编撰者的思想倾向也应有其主要方面。正是在这一点上，历代学者颇有不同之见。东汉高诱在《吕氏春秋序》中指出“此书所尚，以道德为标的，以无为为纲纪”，即认为以道家思想为主要倾向。《四库全书总目》判定：“是书较诸子之言独为醇正，大抵以儒为主。”（《四库全书总目》卷一一七）郭沫若则认为：“在大体上它是折衷着道家与儒家的宇宙观和人生观，尊重理性，而对于墨家的宗教思想是摒弃的。”（郭沫若《十批判书·吕不韦与秦王政的批判》）现在看来，硬要认定《吕氏春秋》以某一家思想为主，也许是勉强的。因为此书毕竟以“杂”为基本特征。较为符合实际的说法，也许是“兼儒、墨，合名、法”，采择诸子之说，总为“吕氏”代言。应该看到，此书的编撰目的，在于“纪治乱存亡”，“知寿夭吉凶”（《序意》），实质上是为秦王朝统一天下做理论准备的。所以书中特别指出：“乱莫大于无天子。无天子，则强者胜弱，众者暴寡，以兵相刬，不得休息而佞进，今之世当之矣。”（《观世》）并再三强调所谓“一”，即“统一”的思想。《不二》篇说：“故一则治，异则乱；一则安，异则危。”《执一》篇说：“王者执一，而为万物正。军必有将，所以一之也；国必有君，所以一之也；天下必有天子，所以一之也；天子必执一，所以抟之也。一则治，两则乱。”《大乐》篇又说：“故一也者制令；两也者从听。先圣择两法一（按：高诱注‘择，弃也；法，用也’），是以知万物之情。……能以一治天下者，寒暑适，风雨时，为圣人。故知一则明，明两则狂。”看来，《吕氏春秋》的思想倾向虽难以划一，但这种强调所谓“一”的观点，则甚为突出。如果要说有一根统领全书的主线，也许这就是吧。

三、关于文学价值

《吕氏春秋》一书，号称“备天地万物古今之事”。有人赞美它：“瑰玮宏博，幽怪奇艳，上下巨细事理名物之故，粲然皆具，读之如身入宝藏。……不能不叹羡其备物之富有也。”（徐时栋《吕氏春秋杂记序》）也有人称颂它：“总晚周诸子之精英，荟先秦百家之眇义。”（许维遹《吕氏春秋集释自序》）高诱甚至早就夸赞它“大出诸子之右”（高诱《吕氏春秋序》）。此书采录了先秦诸子学说的精华，保存了大量的先秦文献和遗闻逸事，几乎在各个学术领域，都有值得称道的贡献。它在文化史上价值之高，前人多有论及，然而对于它的文学价值，历来似乎重视不够。

应该指出，《吕氏春秋》在独具匠心的新颖体式、放言无惮的批判精神、严谨平实的文章风格和色彩缤纷的寓言故事等方面，都体现了它的文学价值。

《吕氏春秋》是我国第一部有组织有计划地集体编撰而成的百科全书式的巨著。它那新颖独创的体式，足以傲睨前人。这本身就是一个伟大的创举。先秦散文从片言零句到语录体，到语录、对话之连缀，再到独立成篇，其发展经过了漫长的历程。及至《吕氏春秋》这样的系统化专著的出现，不能不说是一个具有历史意义的突破。尽管此书为了强求整齐,不免有敷衍、割裂、生硬、重复的毛病,但这毕竟只占全书很小比例,瑕不掩瑜,不能据此便武断地判其“相当拙劣”(郭沫若《十批判书·吕不韦与秦王政的批判》)。况且此书体式新创,有如“筚路蓝缕”,未臻完善,势所难免。从整体着眼,它在体式上的独创性、严整性、系统性和开放性,实在是难能可贵而应该予以充分肯定和赞赏的。前人所称“吕氏鉴远而体周”(《文心雕龙·诸子》),“吕氏将为一代之典要”(章学诚《文史通义·言公上》),不是没有道理的。事实上,这种体式的产生,为后世的一些专著(包括类书)的编纂,提供了可资借鉴的范例。刘勰指出:“《礼记·月令》,取乎吕氏之纪。”(《文心雕龙·诸子》)章学诚也指出:“吕氏之书,盖司马迁之所取法也。十二本纪,仿其十二月纪;八书,仿其八览;七十列传,仿其六论,则亦微有所以折衷之也。”(《校雠通义》卷三)他们都肯定了《吕氏春秋》体式创新的不朽价值及其对后世的深远影响。

《吕氏春秋》中的文章,不仅现实针对性强,而且放言无惮。这与先秦诸子之文相一致,体现了战国“百家争鸣”的时代风尚。引人注目的是,此书敢于诋訾时君,指责时政,颇富批判精神。如《贵公》篇说:“凡主之立也,生于公。……天下非一人之天下也,天下之天下也。阴阳之和,不长一类;甘露时雨,不私一物;万民之主,不阿一人。”《去私》篇又说:“天无私覆也,地无私载也,日月无私烛也,四时无私行也,行其德而万物得遂长焉。……尧有子十人,不与其子而授舜;舜有子九人,不与其子而授禹:至公也。”《圜道》篇更露骨地挑明:“尧、舜,贤主也,皆以贤者为后,不肯与其子孙,犹若立官必使之方。今世之人主,皆欲世勿失矣,而与其子孙,立官不能使之方,以私欲乱之也,何哉?其所欲者之远,而所知者之近也。”发人深思的是,其后恰恰是秦始皇亲自颁发了这样的诏命:“朕为始皇帝,后世以计数,二世三世至于万世,传之无穷!”(《史记·秦始皇本纪》)两相对照,不难看出,上述论说的矛头,显然是直指这位“始皇帝”的。当然,其中也分明含有为吕氏争权之意。

又如《节丧》篇抨击当时的厚葬之风道:“今世俗大乱之主愈侈其葬,则心非为乎死者虑也,生者以相矜尚也。”可谓一针见血。进而揭露其侈靡之状:“国弥大,家弥富,葬弥厚。含珠鳞施,夫玩好货宝,钟鼎壶滥,舆马衣被戈剑,不可胜其数,诸养生之具,无不从者。”可谓淋漓尽致。《安死》篇更明确指斥道:“世之为丘垄也，其高大若山，其树之若林，其设阙庭，为宫室，造宾阼也若都邑。以此观世示富则可矣，以此为死则不可也。”请联系《史记·秦始皇本纪》的如下记载来看：“始皇初即位，穿治郦山。及并天下，天下徒送诣七十余万人，穿三泉，下铜而致椁，宫观百官奇器珍怪徙臧满之。令匠作机弩矢，有所穿近者辄射之。以水银为百川江河大海，机相灌输，上具天文，下具地理。以人鱼膏为烛，度不灭者久之。……树草木以象山。”显而易见，《吕氏春秋》所论实是针对秦王之侈靡而发。如此大胆地诋訾时君，肆无忌惮，以致明人方孝孺为之惊诧不解，于是发出了“秦法犹宽”的感叹。(方孝孺《读吕氏春秋》)其实，敢于指斥时君世主，放言无忌，乃战国时代的风气使然，并非所谓“秦法犹宽”之故。

值得注意的是，《吕氏春秋》虽然时有尖锐之论，但其文风却平实晓畅。与诸子之文相较，它不像《孟子》似的滔滔雄辩，不像《庄子》似的汪洋恣肆，不像《韩非子》似的锋芒毕露，也不像纵横家的辩丽横肆，而颇近似《荀子》之文。也许，所谓“著书布天下”的“荀卿之徒”，便是此书的主要作者。此书文章大都立论平稳、风格朴实，重在摆事实、讲道理，不作空言，不尚文采，侃侃而论，娓娓动人，颇有务实之风。因为此书是有所为而作，意在为实现天下大一统做理论准备，所以重在以理服人。其文结构谨严，章法明晰，阐事明理，系统精辟。且看“六论”之二的《慎行论》吧。此论由六篇文章组成，以《慎行论》一文为领，下含《无义》《疑似》《壹行》《求人》《察传》五文。这一组文章奉“义”为“君子”“贤人”之标的，主要围绕用贤之道展开论述。《慎行论》开篇即提出：“行不可不孰，不孰，如赴深溪，虽悔无及。君子计行虑义，小人计行其利乃不利。有知不利之利者，则可与言理矣。”接着以“其始相助，后必相恶”的楚臣费无忌和齐臣庆封的反面事例，说明“小人计行其利”实为“乱人之动”。进而指出：“为义者则不然，始而相与，久而相信，卒而相亲，后世以为法程。”作者以理论联系史实，首先揭示了“君子”与“小人”的分水岭。其观点显然以孔子所谓“君子喻于义，小人喻于利”(《论语·里仁》)为依归。《无义》篇继而论述“故义者，百事之始也，万利之本也”，因而“人主与其臣谋为义”，“天下皆且与之”，进一步揭橥了“为义”的重要性。《疑似》篇则告诫“疑似之迹，不可不察”，以免“惑于似士者而失于真士”。《壹行》篇论“士义可知”，就是说，能“行义”者，即为“君子”；而“欲成大功”，就必须善于识别这样的“士”。《求人》篇更明确地提出本论的主旨：“身定、国安、天下治，必贤人。”《察传》篇则告诫“得言不可以不察”，因为“辞多类非而是，多类是而非，是非之经，不可不分，此圣人之所慎也”。这就是说，传言往往似是而非，似非而是，必须明察实验，方能真得贤人而用之。分而观之，诸篇相对独立，各有主旨，分别就“用贤之道”的某一方面展开论述，所强调和突出的层面各不相同；但合而观之，它们恰好组成一个有机的整体，共同论述了“用贤之道”的方方面面。《吕氏春秋》构思之周密，结构之严谨，论述之畅达，文风之平实，由此不难窥见。“八览”“六论”“十二纪”中的各组文章，大率如此。

应该指出，《吕氏春秋》的文章出自众手，风格不可能完全统一。但此书显然曾经专人整理，故其文风大体上还能保持一致。其总的风格特征可以说是平实畅达，质而不文。

《吕氏春秋》在文学上最突出的价值是保存了丰富多彩的先秦寓言和历史故事。它们散见各篇之中，无不闪耀着文学的光彩。据统计，此书共辑寓言故事三百余则，其数量之多，在先秦诸子中名列前茅，直与《韩非子》中的寓言相颉颃。这些寓言故事亦如《吕氏春秋》的思想，大多“杂取各家”（当然并不排除其中也有一些自出机杼的创作），因此，书中所载不少寓言和历史故事，也见于先秦其他著作。《吕氏春秋》中著名的寓言故事很多，如荆人遗弓（《贵公》）、网开三面（《异用》）、人有亡铁者（《去尤》）、腹䵍杀子（《去私》）、掩耳盗钟（《自知》）、齐宣王好射（《壅塞》）、幽王击鼓（《疑似》）、齐人攫金（《去宥》）、掣肘（《具备》）等等，都是历来脍炙人口的佳作。有的已然演为成语，至今仍广为流传。

《吕氏春秋》引用寓言故事至少有两个特点值得一提。一是此书颇重理性，其文大量引用寓言故事并非猎奇，而是为了说明事理。它们大都用作论据，被有机地组织于论说之中，仿佛“粹白之裘”上不可或缺的块块白狐皮。其结构形式略与《韩非子》中的《储说》相似，但构思更为严谨细密。二是每篇文章引用寓言故事往往非止一则，而所引数则各有主旨，又合而共同说明一个道理。如《慎大览》中的第八篇《察今》，论述因时变法的重要性，阐明古今时世不同，不应死守古法，而应明察当前形势，依据现实需要改变法令制度的道理。作者煞费苦心，于文中次第用了三则寓言故事。一是“循表夜涉”：

荆人欲袭宋，使人先表澭水。澭水暴益，荆人弗知，循表而夜涉，溺死者千有余人，军惊而坏都舍。向其先表之时可导也，今水已变而益多矣，荆人尚犹循表而导之，此其所以败也。今世之主法先王之法也，有似于此。

显而易见，这一则寓言之用，意在论证治世必须“因时制宜”。二是“刻舟求剑”：

楚人有涉江者，其剑自舟中坠于水，遽契（同“锲”）其舟，曰：“是吾剑之所从坠。”舟止，从其所契者入水求之。舟已行矣，而剑不行。求剑若此，不亦惑乎？以此故法为其国与此同。

不难理解，这一则寓言之用，重在说明治世必须“因地制宜”。三是“引婴儿投江”：

有过于江上者，见人方引婴儿而欲投之江中，婴儿啼。人问其故，曰：“此其父善游。”其父虽善游，其子岂遽善游哉？以此任物，亦必悖矣。

毫无疑问，这一则寓言之用，旨在强调治世必须“因人制宜”。

诚然，分而观之，三则寓言各有侧重，各含意旨；可是合而观之，它们却共同说明全文主旨——“因时变法”的重要性。像这样按统一的构思，把寓言故事合理地穿插于文章之间，有机地组织于论说之中，分述其意，合明一理的手法，实在是颇富匠心的。足见作者对寓言故事的搜集、整理、筛选、加工甚至自行创作，颇费了一番功夫。在《吕氏春秋》作者的笔下，寓言故事的运用显然具有明确的目的性、严密的系统性、周详的整体性和高度的艺术性，这无疑是值得大书一笔的。

《吕氏春秋》的出现，意味着先秦诸子之文的新发展。在中国古代散文史上，这部巨著理所当然地应有一席重要地位。

原载《石家庄大学学报》1991年第1期

关于《晏子春秋》

《晏子春秋》是一部记叙春秋时代齐国晏婴的思想、言行、事迹的书，也是我国最早的一部短篇小说集。

《晏子春秋》的成书年代及其编写者至今不可确知，但据司马迁在《史记·管晏列传》中说，他曾经读过此书，并称“世多有之”，可见此书至迟在西汉初期已经产生并广为流传。此书旧题为晏婴所撰，但书中直称“晏子”，而且有若干章节记叙晏婴临死及其死后之事，故后代学者多认为非出晏婴之手。它的编写成书大约经历了一个积累和演化的漫长过程，是后人根据先秦史书的零星记载和民间流传的故事加以整理增删而编写成书的。近人吴则虞在《晏子春秋集释·序言》中论证此书是在秦并六国后的一段时间之内，由秦博士淳于越之类的齐人在秦国编写而成。此论可备一说。

《晏子春秋》所记主要人物为齐国晏婴。晏婴，字平仲，春秋末年齐国大夫，夷维（今山东高密）人，生年不详。齐灵公二十六年（前556），在其父晏弱（晏桓子）死后继任齐卿，历仕灵公、庄公、景公三世。他身相齐国，节俭力行，食不重肉，妾不衣帛，不但在齐国很受敬重，而且三世显名于诸侯，成为当时著名的政治家。

晏婴处在奴隶制日益崩溃，封建制蓬勃兴起的时代。地处海滨的齐国，经过太公望开国时期的惨淡经营和后来管仲任政相齐的大力发展，通货积财，富国强兵，成为列国中居于先进地位的强国。但在齐庄公之后，腐朽的奴隶制严重阻碍了生产的发展。奴隶主骄暴淫侈，给人民造成了严重的灾难，以致幼童乞于路途，刑狱遍于国中。甚至“公积朽蠹，而老少冻馁；国都之市，屦贱而踊贵”。《晏子春秋》一书真实而深刻地反映了这一悲惨的现实，揭露了当时尖锐、复杂的社会矛盾，并出色地描绘了暴君、佞臣、勇士、平民等一系列人物形象。书中着力刻画的主要人物晏子，虽不完全符合历史的真实，却基本上反映了晏婴的思想言行。在他身上，体现了作者的寄托和向往，闪耀着作者的理想的火花。

从《晏子春秋》中看来，晏婴对当时齐公室的腐朽没落和新兴势力田氏的成长壮大有着清醒的认识。他在奉景公之命出使晋国，与晋大夫叔向议论齐政时就指出人民对田氏“爱之如父母，而归之如流水”，并断定齐国终将为田氏所取代，这表明他具有敏锐的政治眼光。但由于他出身贵族，长期为奴隶主运筹帷幄，阶级的局限使他不愿正视新兴势力的崛起。他处心积虑地为垂死的旧制度效劳，妄图挽救“季世”的厄运，反映出他的阶级偏见和保守的政治立场。

晏婴主张省刑薄敛，提倡节俭。这对减轻人民负担，缓和阶级矛盾，虽然会暂时起到某些作用，却并非解决社会矛盾的根本办法。在当时“民思田氏”的大势所趋之下，晏婴向统治者猛敲警钟，严正地提出了“民诛”的警告，并相应提出施行节俭薄敛、省刑恤民的“善政”。这是晏婴力图挽救面临崩溃之势的旧制度而主张采取的施政策略。《晏子春秋》一书以赞赏的笔调写出了晏婴这样一位春秋末年的出色政治家的形象。写他反对“朝居严”，要求上不聋下不喑，提出以“和”“同”来调整统治阶级的内部关系；并写他要求统治者适当地听取来自下层的意见，这些无疑是具有一定进步意义的。书中的晏婴还具有所谓“惠人”的风度，在当时就被看作“民之望也”。晏婴的事迹之所以历来为人们喜闻乐道，这不能不说是主要原因之一。

《晏子春秋》一书在写作上也很有特色。作者善于抓住富有典型意义的事件，运用简洁生动的语言着力描叙，因而文章故事性强，引人入胜，具有感人的艺术魅力。如众所熟知的“晏子使楚”的故事：

晏子使楚，以晏子短，楚人为小门于大门之侧而延晏子。晏子不入，曰："使狗国者，从狗门入；今臣使楚，不当从此门入。"傧者更道，从大门入。见楚王。

不过三言两语便使晏子机智敏捷、巧于应对、临难不苟、谈笑风生的英姿跃然于纸上。如此精彩的篇章，在《晏子春秋》中可以说不胜枚举。

再有，此书写晏子的"谏议"，力避干巴巴的正面说教。无论是理直气壮的侃侃而谈，还是讽刺幽默的微言隽语，都能做到深入浅出、娓娓动人。

此外，故事简洁完整，语言清新流畅，也是此书比较突出的艺术特色。

《晏子春秋》在艺术上也存在一些不足之处。如《内篇杂下·景公病疡晏子抚而对之乃知群臣之野》章中的晏子形象，与《内篇杂上·景公使进食与裘晏子对以社稷臣》章所记，一卑庸谄媚，一刚正不阿，前后相较，判若两人。又如书中写齐景公，有时一味胡来，有时又从善如流，性格前后矛盾，俨然两副面孔。此外，书中还有一些章节，单调重复，结构松散，枯燥乏味。

尽管如此，《晏子春秋》从整体看来仍不失为一部较为优秀的文学作品。作为我国最早的一部短篇小说集，它在文学史上应当占有一席之地。

原载《古典文学三百题》，上海古籍出版社 1986 年版；《中国文学》1987 年第 5 期英文版及法文版全文译载

作家作品研究

《离骚》:诗人的自觉与主体意识的张扬

伟大诗人屈原的光辉杰作《离骚》是我国第一篇宏伟壮丽的抒情长诗。它在中国文学史上,无愧为一座巍峨的里程碑。《离骚》是诗人屈原心灵的悲歌。它的产生,奠定了屈原作为我国第一位伟大诗人的崇高地位,意味着文学向"自觉时代"的大步迈进。从文学发展的角度来看,这无疑是一个具有重大历史意义的新飞跃。如果说《离骚》是一面诗的大纛,那么,诗人的自觉与主体意识的张扬则是其引人注目的重要标志。

一、作为主体的诗人的产生

严格说来,在中国文学史上,作为主体的诗人的产生,是以屈原开其端的。"主体即有意识的个人。"(黑格尔《美学》第一卷注文)在屈原之前的《诗经》时代,还没有作为个体的诗人的位置。《诗》三百,大都来源于公卿列士所献之诗和采自民间而经乐官加工修订的民歌。一部《诗经》,乃各代王官乐师采集积累并加以整理编订而成。流传既久,经手亦多,自然具有集体创作的性质。因而司马迁论及

《诗经》作者，未免为难，只好笼统而言道："《诗》三百篇，大抵圣贤发愤之所为作也。"（司马迁《史记·太史公自序》及《报任安书》）虽有少数几篇作品尚可考知作者姓名，如《鲁颂·閟宫》称"奚斯所作"[①]，《小雅·节南山》谓"家父作诵"，《小雅·巷伯》言"寺人孟子，作为此诗"，《大雅·崧高》《大雅·烝民》均称"吉甫作诵"，此外还有《鄘风·载驰》一诗，据《左传·闵公二年》所记及《毛诗·载驰序》，可知为许穆夫人所作，但他们只是因时感事偶一为之，并非自觉地专心致力于诗歌创作者。因此，严格地说来，他们都还没有达到创作精神的自觉，尚无明确的主体性和强烈的自我意识，当然也就称不上是真正成熟的诗人。

诗人主体意识的觉醒，有赖于具有自觉精神而个性鲜明的诗人的出现。这一伟大的历史使命，是由屈原来完成的。屈原生当战国之世，植根于南方楚文化的肥土沃壤，受溉于中原文化的甘甜雨露，吸取了楚国民间文学的丰富营养，"虽取镕经意，亦自铸伟辞"（刘勰《文心雕龙·辨骚》），天才地创作了以《离骚》为代表的一系列光照日月的杰作，于是继《诗经》之后，崛起了又一座文学高峰。时代的风云际会，成就了我国第一位伟大诗人。

诗人屈原生活的时代，弥漫着先秦理性精神。那时候，七雄并峙，力战争雄；百家蜂起，诸子争鸣。诸子百家活跃于政治、历史舞台，无不出其所学，奔走游说，放言横议。其说多能"持之有故""言之成理"（《荀子·非十二子》）；并且各陈主张，直言无忌。这是我国历史上社会发生激烈变革的时期，也是意识形态领域最为活跃的时期。而理性精神作为总的思潮，贯穿了这一时期，成为诸子百家的共同倾向。屈原虽然生于南国，也不能不深受这一时代精神的熏陶。先秦理性精神的主要表现是以孔子为代表的儒家学说，而在屈原的作品中，儒家思想传统的影响是显而易见的。正如皮锡瑞在《经学通论·诗经》中所指出："《楚辞》未尝引经，亦未道及孔子。……或据以为当时孔教未行于楚之证。按楚庄王、左史倚相、观射父、白公子张诸人，在春秋时已引经，不应六国时犹未闻孔教。《楚辞》盖偶未道及，而实兼有《国风》《小雅》之遗。"不仅如此，战国时期的游说之风和纵横之辞也对屈原有一定影响。鲁迅在《汉文学史纲要》中指出："周室既衰，聘问歌咏，不行于列国，而游说之风寖盛，纵横之士，欲以唇吻奏功，遂竞为美辞，以动人主。如屈原同时有苏秦者，……余波流衍，渐及文苑，繁辞

① 毛、郑解"奚斯所作"为作庙，三家则谓"奚斯所作"为作诗，此据三家说。参见皮锡瑞《经学通论·诗经》。

华句,固已非《诗》之朴质之体式所能载矣。"只需看屈原在《离骚》中所描述的上下求索、四方神游的生动景象,便可知鲁迅所言不虚。所谓"屯余车其千乘兮,齐玉轪而并驰。驾八龙之婉婉兮,载云旗之委蛇"的神游情景,与孟子当时"后车数十乘,从者数百人,以传食于诸侯"(《孟子·滕文公下》)的游说之状,何其神似乃尔!原来浪漫的描绘乃是现实生活的折射,不足为怪,但我们由此亦可窥见,战国时代的精神和风尚对屈原确实产生了不小的影响。

历史孕育了充分的条件,时代造就了恰当的机会,屈原作为闪耀着主体意识光芒的诗人产生于战国,可谓正当其时,绝非偶然。

二、《离骚》标题的启示

《离骚》是屈原遭谗被疏而"忧愁幽思"之作。它是一曲饱和着诗人血与泪的悲歌。《离骚》的命题,值得重视。在它之前,《诗》三百皆无题,今所见题,实为后人据各诗首句摘而为之,故其诗意,"不能以题尽之"(王国维《人间词话》)。这是诗歌发展初期尚不成熟的标志之一,也是诗人主体意识不够明确的一个表征。屈原以《离骚》命题,并非随意为之,而是良有深意。据《史记·屈原列传》说:"王怒而疏屈平。屈平疾王听之不聪也,谗谄之蔽明也,邪曲之害公也,方正之不容也,故忧愁幽思而作《离骚》。'离骚'者,犹'离忧'也。"班固在《离骚赞序》中释"离骚"为"遭忧",王逸则在《楚辞章句·离骚序》中解"离骚"为"别愁"。此后关于《离骚》题义的解释,异说颇多①,但以汉人之说最为近古,不仅于训诂有据,而且不乏旁证。如《离骚》中就有"余既不难夫离别兮,伤灵修之数化","进不入以离尤兮,退将复修吾初服","薋菉葹以盈室兮,判独离而不服","何离心之可同兮?吾将远逝以自疏"等可资佐证的诗句。此外,《九歌·山鬼》中"风飒飒兮木萧萧,思公子兮徒离忧"以及《九章·思美人》中"独历年而离愍兮,羌冯心犹未化"等诗句,亦可为证。足见汉人之说,合乎诗人命题之旨,是较为可信的。

① 汉人之说是最早的也是用训诂方法做出的解释。宋人项安世、王应麟则据《国语·楚语》韦昭注,认为"离骚"亦如"骚离","皆楚言也"。后人对此再加发挥,以为"离骚"即"牢骚"。这是从方言角度作解的。近人游国恩主要从音韵着眼,认为《离骚》与《大招》篇中"楚劳商只"之"劳商"为双声字,并以旁纽通转,二者一事而异名,故谓《离骚》亦即《劳商》,为楚古曲之名。此外大同小异的解释还有很多,但主要说法为上述三种。

屈原以《离骚》命题，不仅开了以题统诗的先河，而且充分显示了诗人自我意识的觉醒。它意味着诗人的创作已经打上了“自觉”的印记，具有一定的动机、特殊的旨趣、明确的意图和鲜明的感情倾向，并且渗透了相当程度的理性精神。不妨认为，《离骚》一诗紧扣题旨，表现出强烈的参政意识、深沉的忧患意识、潜在的抗争意识和孤高的超群意识，无一不是诗人直面社会、人生，“忧愁幽思”而生发的心灵感应。

三、强烈的参政意识

战国七雄争霸，秦、楚一度势均力敌，时有所谓“横成则秦帝，纵成即楚王”之说。然而屈原生当怀王之世，其时楚国已是内忧外困，日趋衰落。屈原怀抱“美政”理想，志在振兴楚国。他“博闻强志，明于治乱，娴于辞令”，初得怀王信任，曾任“左徒”之职。在朝时，他积极参政，“入则与王图议国事，以出号令；出则接遇宾客，应对诸侯”，并曾受命“造为宪令”，无论内政、外交，都有卓越建树。然而“信而见疑，忠而被谤”（《史记·屈原列传》），屈原积极的参政实践，受到沉重打击。“美政”理想，化为泡影。尽管黑暗的现实、腐败的政治使他壮志难酬，但他仍然系心怀王，念念不忘振兴祖国。遭谗被疏之后，他只得从现实社会返身而入内心世界，诉诸主体的心灵生活，在精神王国里自由驰骋，把自己未能实现的“美政”抱负寄咏于诗。参政的实践失败了，参政的意识却愈益强烈。其具体表现在《离骚》中，主要有以下几点：

其一，向往一统天下。屈原不仅是属于他那个时代的最伟大的诗人，而且无愧为他那个时代的最深刻的理解者。他始终站在历史的高度，洞察人类发展的道路，对于社会由分裂而走向统一的必然趋势，看得非常清楚。因此，他把实现天下“大一统”，奉为“美政”理想的目标。诗人在《离骚》中，深情地表现出对一统天下的憧憬与追求。他称道“前王”“前圣”“前修”，但其所讴歌的典范，却并不囿于楚国。他所赞颂的尧、舜、禹、汤、武丁（殷高宗）、周文王、齐桓公以及咎繇、伊尹（挚）、傅说、吕望、宁戚等，都是属于华夏诸国所公认的圣君贤臣；而他所批判的破国亡身的历史人物，如启、夏康、五子、羿、浞、浇、夏桀、后辛（纣）等，也都是天下所公认的昏君奸臣。此外，诗人所描述的上下求索、四方神游的所在，也突破了狭隘的楚国境域，诸如天津、西极、流沙、赤水、不周山、西海、苍梧、县圃、崦嵫、咸池、白水、阆风、穷石、洧盘等等，几乎包括了神话传说中整个中国的辽阔疆土和广大空间。这一切，不仅反映了诗人深沉厚重的历史意识，而且形象地展现了诗人对天下"大一统"的热切向往。这难道不正是诗人参政意识的最高层次的显现么？

其二，主张以民为本。屈原的"美政"理想是诗人参政意识的集中体现。而在诗人看来，实现其"美政"理想的根基则是"以民为本"。他在《离骚》中深情吟诵道，"长太息以掩涕兮，哀民生之多艰"，"皇天无私阿兮，览民德焉错辅"，明确表现了关心民生、重视民心的思想和"有德在位"的主张。应该指出，从孔子"仁者爱人"(《论语·颜渊》)、"为政以德"(《论语·为政》)之说，到孟子"保民而王"(《孟子·梁惠王上》)、"民贵君轻"(《孟子·尽心下》)之论，形成了儒家以民为本、实行仁政的思想传统。显而易见，屈原的爱民重德思想与之一脉相承。

其三，渴求举贤授能。带有儒学特征的理性精神对诗人屈原观念意识的渗透非止一端，《离骚》中"尚贤"思想的流露也是一个突出的证明。诗人不但热情称颂"昔三后之纯粹兮，固众芳之所在"，进而旗帜鲜明地提出"举贤而授能"的主张；而且引史入诗，以古鉴今："说操筑于傅岩兮，武丁用而不疑。吕望之鼓刀兮，遭周文而得举。宁戚之讴歌兮，齐桓闻以该辅。"对历史上不问出身贵贱、唯贤是举的圣王贤君，诗人大加颂扬，其思想倾向何等鲜明！ 其实，"尚贤"思想的产生，自有其历史的渊源。孔子早已倡导"举贤才"(《论语·子路》)，孟子则明确提出了"尊贤使能，俊杰在位"(《孟子·公孙丑上》)的主张。在战国时期，"尚贤"已几乎成为进步思想家们的共同倾向。[①]不过，屈原对此尤有深刻认识。他身为楚国宗臣，眼见祖国政治溷浊，"群臣相妒以功，谄谀用事，良臣斥疏，百姓心离"[②]，自己忠心耿耿，却反遭疏放，因而对"举贤授能"的重要性和紧迫性有着非同一般的深切感受。在诗人看来，能否"举贤授能"，乃是决定其"美政"理想能否实现的关键所在。

其四，冀望修明法度。"举贤授能"固然至为要紧，而执行什么路线亦事关大局。诗人在《离骚》中写道："乘骐骥以驰骋兮，来吾道夫先路。"他以"骐骥"喻贤

① 笔者对此另有论述，参见拙著《战国策研究与选译》第21—22页，重庆出版社1988年版。

② 这是武安君白起论析楚国弊政的一番话，载于《战国策·中山策》。

才，意指乘骐骥可日行千里，任贤才则可平治天下。而所谓“道夫先路”，则指引导君主踏上先王之道，“既遵道而得路”。这个“路”，究其实质，即指修明法度。在诗人看来，这是实现其“美政”理想的必由途径。所谓“举贤而授能兮，循绳墨而不颇”，“绳墨”即喻法度。诗人特意将“举贤授能”与“修明法度”相提并论，说明了二者的不可或缺。因为现实是“固时俗之工巧兮，偭规矩而改错。背绳墨以追曲兮，竞周容以为度”（《离骚》），所以不仅需要“乘骐骥以驰骋”，而且必须“明法度之嫌疑”（《九章·惜往日》）。

屈原的参政实践虽以失败告终，但他的参政意识却在心底积淀、升华，最终化为“美政”理想，再现于《离骚》的字里行间。大儒孟子曾主张“穷则独善其身，达则兼善天下”（《孟子·尽心上》）；屈原却是虽“穷”而犹念念不忘“兼善天下”。这种强烈而执着的参政意识充分体现了诗人积极进取的人生观。

四、深沉的忧患意识

一首《离骚》，感动了古今多少仁人志士；捧诗诵读，似觉字字滴泪，句句含愁。诗人那深沉的忧患意识震撼了千千万万后人的心。

他忧国忧君：

惟草木之零落兮，恐美人之迟暮。

岂余身之惮殃兮，恐皇舆之败绩。

忽反顾以流涕兮，哀高丘之无女。

闺中既以邃远兮，哲王又不寤。

忧民忧身：

长太息以掩涕兮，哀民生之多艰。

汩余若将不及兮，恐年岁之不吾与。

虽萎绝其亦何伤兮，哀众芳之芜秽。

老冉冉其将至兮，恐修名之不立。

曾歔欷余郁邑兮，哀朕时之不当。

恐鹈鴂之先鸣兮，使夫百草为之不芳。

诗人的忧患是如此深沉、凝重，又是那样积极、崇高。无论是对国家前途、君王命运的忧患，还是对民生多艰、生不逢时、年华易逝、修名不立的忧患，都充满了崇高的历史使命感和严肃的社会责任感。忧国、忧君、忧民、忧身，在诗人的意识中，是多面一体、密不可分的，而把它们紧紧拴在一起的红线，乃是深沉执着的爱国感情。

屈原以一颗赤子之心，深深眷恋着多难的祖国，始终不弃“存君兴国”之志。他把个人的进退、生死置之度外，而唯将君、国的命运和前途系于心间。“虽放流，眷顾楚国，系心怀王，不忘欲反，冀幸君之一悟、俗之一改也。其存君兴国而欲反覆之，一篇之中，三致志焉。”(《史记·屈原列传》)楚国容不下他，他却离不开楚国。那时候，七国并争，诸侯割据，人才尽可自由流动。贤能之士，不愁没有用武之地。所谓“楚材晋用”，屡见不鲜；“朝秦暮楚”，亦不乏其人。以屈原之才干，不难另谋出路。他也确实考虑过“远逝以自疏”。然而当他四方神游之时，“忽临睨夫旧乡”，那积淀于胸中的爱国情愫千丝万缕缚住了他，使之“蜷局顾而不行”。千余年后，南宋洪兴祖在《楚辞补注·离骚序论》中对此大发感慨道：

楚无人焉，原去则国从而亡。故虽身被放逐，犹徘徊而不忍去。生不得力争而强谏，死犹冀其感发而改行，使百世之下，闻其风者，虽流放废斥，犹知爱其君，眷眷而不忘，臣子之义尽矣。

又说：

有忧之大者。屈原之忧，忧国也。

洪氏侈谈所谓“臣子之义”，未免迂腐，但他能看到屈原“徘徊而不忍去”的根本原因乃是“忧国也”，亦不失为有识之见。诗人宁肯以身殉国，也不愿离开生于斯、长于斯的父母之邦，这是何等坚贞、纯洁、崇高的爱国感情啊！爱之欲其兴，兴而无望，乃忧其亡。只有如此执着的爱国情意，才能生发出那样深沉的忧患意识！

然而应该指出，屈原的爱国是与忠君结为一体，忧国是与忧君紧密相连的。在诗人心目中，君国一体，不能分割，这在当时的历史条件下，未可厚非。然而屈原的爱国思想与狭隘的忠君意识杂糅互混，显然反映了时代和阶级的局限性。至于汉代以后的封建统治者，为了维护专制政权的需要，对此加以利用，特意渲染，大肆颂扬“愚忠”精神，使知识分子心灵变态、人格扭曲，由此而产生的消极影响之深远，也是不容忽视的。

五、潜在的抗争意识

如果说深沉的忧患意识是爱国情意结出的苦果，那么，可贵的批判精神则是爱国情意开出的鲜花。战国时期，思想解放，百家争鸣，诸子放言无惮。屈原也经受了这一时代精神的洗礼，故其《离骚》畅抒胸臆，“为前人所不敢言”（鲁迅《摩罗诗力说》）。屈原曾投身于楚国政治斗争的漩涡之中，他对楚国的时弊有着非同一般的感受。尤其当他参政碰壁、遭谗被疏之后，痛定思痛，更加清醒地认识到了楚国积重难返的弊政和面临灭亡的危机。他在《离骚》中揭露世俗的溷浊，责数楚王的昏惑，痛斥群小的谗邪，无不闪耀着批判精神的光芒。透过诗人那柔里含刚的笔锋，不难感受到其中深深蕴藏着的抗争意识。

诗人满怀悲愤，责数楚王不察忠良之心，反信谗小之言：

荃不察余之中情兮，反信谗而齌怒。

怨怪楚王言而无信、变化无常：

曰黄昏以为期兮，羌中道而改路。初既与余成言兮，后悔遁而有他。余既不难夫离别兮，伤灵修之数化。

诗人更以亡国之君的历史教训，谆谆告诫误入邪路的楚王：

何桀、纣之猖披兮，夫唯捷径以窘步。惟夫党人之偷乐兮，路幽昧以险隘！

如果说，屈原“怨刺其上”之辞还不失为“优游婉顺”的话，那么，他对世俗的揭露和对群小的痛斥就颇有些义愤填膺、声色俱厉了：

世溷浊而不分兮，好蔽美而嫉妒。

世溷浊而嫉贤兮，好蔽美而称恶。

世幽昧以眩曜兮，孰云察余之善恶？民好恶其不同兮，惟此党人其独异。

何琼佩之偃蹇兮，众薆然而蔽之。惟此党人之不谅兮，恐嫉妒而折之。

众皆竞进以贪婪兮，凭不厌乎求索。羌内恕己以量人兮，各兴心而嫉妒。

众女嫉余之蛾眉兮，谣诼谓余以善淫。

余以兰为可恃兮，羌无实而容长。委厥美以从俗兮，苟得列乎众

> 芳。椒专佞以慢慆兮，榝又欲充夫佩帏。既干进而务入兮，又何芳之能祗？固时俗之流从兮，又孰能无变化？

试加比较，不难发现，屈原对其君，主要是“怨”，而对世俗和谗小，则充满了“恨”。“怨”不离忠诚之心，“恨”则含有抗争之意。诗人那潜藏于内心深层的抗争意识，没有也不会指向君王，而只能是针对溷浊的世俗和奸佞的群小。即便如此，在当时的历史条件下，也应该说是难能可贵的。

屈原在忠君前提下对楚王的批判，自然多哀怨凄恻之音，而少反抗挑战之意，故其“感动后世，为力非强”（鲁迅《摩罗诗力说》）。然而《离骚》中潜在的抗争意识毕竟有所流露，尽管其矛头主要指向溷浊世俗和谗佞之徒，却也为后世维护皇权而囿于儒家“诗教”传统者流所不容。班固在其《离骚序》中就曾讥评道：

> 今若屈原，露才扬己，竞乎危国群小之间，以离谗贼。然责数怀王，怨恶椒兰，愁神苦思，强非其人，忿怼不容，沉江而死，亦贬絜狂狷景行之士。

颜之推在其《颜氏家训·文章》中继而责之：

> 屈原露才扬己，显暴君过。

当然也不乏辩护者，如王逸便在其《楚辞章句序》中说：

> 屈原之辞，优游婉顺，宁以其君不智之故，欲提携其耳乎？而论者以为露才扬己，怨刺其上，强非其人，殆失厥中矣。夫《离骚》之文，依托五经以立义焉。

王氏的曲意回护，依然是从儒家正统观念出发而论的。其实，屈原之“责数怀王”，哀怨凄恻，确乎不失“温柔敦厚”之旨；只是“怨恶椒兰”，“忿怼谗贼”，不免泄愤于辞，颇露锋芒罢了。对于诗人批判矛头的主要指向，不可不加分辨。将怨君与恨贼混为一谈，未免笼统；只强调所谓“优游婉顺”的一面，亦失之偏颇。

应该说,洋溢于诗中的批判精神和潜藏于深层的抗争意识都是不容忽视的客观存在。事实上,班固等人已对此有所领会。他们的讥评无非从反面论证了《离骚》的思想价值罢了。而所谓“露才扬己”的指责,不也正好说明了诗人主体意识的觉醒与张扬吗?

六、孤高的超群意识

正如马克思在《一八四四年经济学哲学手稿》中所指出:“人不仅像在意识中那样理智地复现自己,而且能动地、现实地复现自己,从而在他所创造的世界中直观自身。”屈原在《离骚》中以自觉的精神返视自己,使自身成为认识对象,闪耀着具有内在主体性的个性精神的光辉。

《离骚》开篇即自述家世高贵:“帝高阳之苗裔兮,朕皇考曰伯庸。”出生不凡:“摄提贞于孟陬兮,惟庚寅吾以降。”名嘉字美:“皇览揆余初度兮,肇锡余以嘉名。名余曰正则兮,字余曰灵均。”品德高尚而又重自我修养:“纷吾既有此内美兮,又重之以修能。”于是,一位超群出众的非凡人物亮相了。

屈原出身高贵、气质不凡,既怀内美,又重修能,并且志洁行廉、正道直行,又在长期的参政实践中屡经风波,养成了忠于理想、坚贞不屈、特立独行、洁身自好的品格情操。诗人在《离骚》中抒写了对真、善、美的执着追求和对假、恶、丑的无情挞伐,倾诉了坚持操守、九死不悔的坚定意志,表达了不与奸佞谗邪同流合污的顽强决心:

余固知謇謇之为患兮,忍而不能舍也。

忽驰骛以追逐兮,非余心之所急。

苟余情其信姱以练要兮,长顑颔亦何伤?

謇吾法夫前修兮,非世俗之所服。虽不周于今之人兮,愿依彭咸之遗则。

亦余心之所善兮，虽九死其犹未悔！

民生各有所乐兮，余独好修以为常。虽体解吾犹未变兮，岂余心之可惩？

路曼曼其修远兮，吾将上下而求索！

诗人具有峻洁的人格、崇高的追求、坚贞不渝的操守和不屈不挠的意志。正如王逸在《楚辞章句序》中所赞道："今若屈原，膺忠贞之质，体清洁之性，直若砥矢，言若丹青，进不隐其谋，退不顾其命，此诚绝世之行，俊彦之英也。"然而"绝世之行"必有离群之忧，"俊彦之英"深陷落寞之境。超群脱俗的诗人不被人们所理解，这就难免要产生非常强烈的孤独感了：

忳郁邑余侘傺兮，吾独穷困乎此时也！

鸷鸟之不群兮，自前世而固然。何方圜之能周兮？夫孰异道而相安？

不吾知其亦已兮，苟余情其信芳！

正如《楚辞·渔父》中所记屈原自道："举世皆浊我独清，众人皆醉我独醒！"耿耿忠心谁知？謇謇忠言谁听？悲凉的孤独感沉重如山，压在诗人心上，终于使他绝望了：

已矣哉！国无人莫我知兮，又何怀乎故都？既莫足与为美政兮，吾将从彭咸之所居。

绝望的诗人最终自沉汨罗，结束了悲剧的一生。这不仅是屈原个人的悲剧，而且是时代的悲剧。《离骚》就充分展现了这一悲剧的内涵，通篇焕发出感人至深的悲剧美。且看：它反映理想与现实的冲突，结果是理想的毁灭；展示正义与邪恶的交战，最终是正义的屈辱；描绘真实人生与虚幻想象的交织，却原来前者丑恶而后者美善；抒写同流合污的卑劣和离群索居的清高，竟然是卑劣者志得意满而清高者孤独悲哀；再加上渴望理解而不被理解的痛苦，忠于国君而为国君所弃的悲伤，以及最终不得不以身殉理想的悲壮……凡此种种，无不闪耀着悲剧美的光彩，具有撼人心魄的魅力。然而从某种意义上来说，这一悲剧的实质，乃是诗人主体意识的觉醒与其人格依附于君主的矛盾冲突的必然结局。诗人既忠于自己，又忠于楚王，然而“对主子的忠贞和服从很容易和主体的情欲，荣誉的破坏，受屈辱的感觉，爱情以及其它内在界和外在界的偶然事故发生冲突”(黑格尔《美学》第二卷，商务印书馆1979年版)。尽管诗人坚持主体自身的独立性，具有非凡的自尊和超群的自我意识，但他却没有获得人格的真正独立。狭隘的忠君意识使他不能不自觉地依附于君主。在《离骚》中，所谓“灵修美人，以媲于君；宓妃佚女，以譬贤臣”(王逸《楚辞章句·离骚序》)，便是这种依附关系的形象体现。依附于君主，决定了只能听命于君主，而且也只能把一切希望寄托于君主一人。这与诗人主体意识的觉醒构成了尖锐的矛盾和冲突。一旦希望破灭，必然无所适从，这就难免要产生“已矣哉！国无人莫我知兮”的孤独感和绝望感，终于只有忿恚自沉，“伏清白以死直”了。这样看来，超群意识与忠君意识的结合，不能不说是酿成诗人悲剧的一大精神因素。

七、结语

诗是诗人心灵的歌唱，或者说是“主体的艺术”(黑格尔《美学·全书序论》)。对于诗人主体性的探讨，有助于我们准确地把握诗人创作的旨趣、目的和意图，进而发掘诗作的深层意蕴。《离骚》所显示的诗人主体意识的觉醒与张扬，闪耀着屈原的精神之光。它体现了诗人追求人格独立和创作自觉的倾向。文学是随着时代的前进而发展的。《离骚》的产生，不仅标志着我国第一位伟大诗人的出现，而且意味着文学的发展进入了一个崭新的阶段，完成了创作由不自觉向自觉的飞跃，推动了整个文学向“自觉时代”的迈进。

“屈平词赋悬日月，楚王台榭空山丘。”(李白《江上吟》)伟大诗人屈原的精神之光与日月争辉！

原载《西南师范大学学报》(人文社会科学版)1993年《古籍整理与研究》专刊

王安石的文学观及其实践

北宋嘉祐元年(1056),当时的文坛领袖欧阳修在《赠王介甫》一诗中写道:“翰林风月三千首,吏部文章二百年。老去自怜心尚在,后来谁与子争先?”欧公以李诗、韩文自况自勉,并以此勉励王安石。“后来谁与子争先”一句,足见其对王的殷殷寄望、切切推重。于是王安石答以《奉酬永叔见赠》:“欲传道义心虽壮,强学文章力已穷。他日若能窥孟子,终身何敢望韩公?”王安石显然置“道义”于“文章”之上,表达了壮心犹在道义,“学文”是为“传道”的思想。而对欧阳修的延誉和奖引,王安石却道:“只恐虚名因此得,嘉篇为贶岂宜蒙!”他唯恐因诗、文得名,不欲仅以文章高世,正如他在《次韵欧阳永叔端溪石枕蕲竹簟》中所道:“天方选取欲扶世,岂特使以文章鸣。”一个雄视一代的散文家、诗人,却不愿以文章名世,岂非咄咄怪事?其实,这正好从一个侧面反映了政治家王安石的文学观。

王安石不但是北宋卓越的政治家,而且是杰出的文学家。他一生著作甚丰,影响很大。为了更好地研究北宋时期文学发展的历史,批判地继承这一份珍贵的文学遗产,探讨一下王安石的文学观及其实践,无疑是必要而有益的。

一、政治家的特质

王安石所处的时代,正当北宋中叶。那时候,北宋王朝“积贫积弱”,危机四伏。辽和西夏虎视眈眈于外,北宋王朝却奉行“斥地与敌,守内虚外”(吕祖谦《历代制度详说》)的屈辱政策,甘愿割地纳贡,以求苟安,民族矛盾空前激化。对内则纵容官绅豪强肆行兼并,残酷压迫、剥削农民,以致“腴田悉为豪右所占,流民至无所归”(《宋史·谢绛传》),阶级矛盾异常尖锐。真是“赋敛中原困,干戈四海愁”(王安石《何处难忘酒》)。难怪王安石于嘉祐四年(1059)在《上仁宗皇帝言事书》中忧心忡忡地指出:“顾内则不能无以社稷为忧,外则不能无惧于夷狄,天下之财力日以困穷,而风俗日以衰坏,四方有志之士,諰諰然常恐天下之久不安。”王安石怀抱忧国忧民之心,“慨然有矫世变俗之志”,以“变风俗,立法度”(《宋史·王安石列传》)为己任,倡导了历史上有名的“变法”运动,因而被列宁誉为中国十一世纪的改革家。

“改易更革”现实政治的斗争,需要文学作为武器。王安石在致力于政治活动的同时,始终没有忘记这一点。

马克思、恩格斯在《共产党宣言》中指出:“人们的观念、观点和概念,一句话,人们的意识,随着人们的生活条件、人们的社会关系、人们的社会存在的改变而改变。”王安石一生孜孜于从政,由历任地方官到宋神宗熙宁年间两度为相,在神宗皇帝的支持下,积极倡导变法运动,实为当时政坛及文坛上一位叱咤风云的人物。正是由于这样的社会存在和特定的历史条件,王安石别树一帜地提出了自己的文学观,既与古文家有所区别,又与道学家迥然不同。

让我们先从古文的复兴谈到古文家的文论。

北宋初年,承晚唐、五代浮华艳冶之风,文风颓靡。柳开、王禹偁抱着“革弊复古”的愿望,倡导古文。他们以“韩柳文章李杜诗”(王禹偁《赠朱严》)为圭臬,力图改革晚唐、五代以来纤弱佻巧的文风。范仲淹在《尹师鲁集序》中说:“五代文体薄弱,皇朝柳仲涂起而麾之。”然而柳、王孤军作战,未见实效。至宋真宗朝及仁宗初年,以杨亿、刘筠等朝阁大臣为代表的“西昆派”却狂澜陡起,席卷当时文坛。由于最高统治者的赏识和提倡,以及杨、刘等人尊荣显贵的官僚地位,一时“杨刘风采,耸动天下”(欧阳修《六一诗话》),西昆派风靡宋初数十年之久。

欧阳修在《记旧本韩文后》中说："是时天下学者，杨、刘之作，号为'时文'。能者取科第，擅名声，以夸荣当世。"石介始著《怪说》三篇，揭旗而攻之，对杨亿诸人"穷妍极态，缀风月，弄花草，淫巧侈丽，浮华纂组"的作风，痛加排击。至欧阳修，更张大旗帜，复兴古文，形成一个有力的运动。理论上，围绕着文与道的关系，展开了一场论争，吹响了向颓靡文风进攻的号角；创作上，更是实绩大显，优秀的作品大量涌现，从而巩固了古文的阵地，取得了力挽颓波的胜利。

以欧阳修为代表的古文家，与韩愈一脉相承，从文的角度提出问题，主张重道以充文，即学道是为了充实文的内涵。他在《答吴充秀才书》中说："圣人之文，虽不可及，然大抵道胜者文不难而自至也。"强调了道对文的决定作用。并在《送徐无党南归序》中指出，历史上那些"不可胜数"的"著书之士"，其作"文章丽矣，言语工矣"，但却"散亡磨灭，百不一二存焉"，"无异草木荣华之飘风，鸟兽好音之过耳也"。他认为，这是忽略了文章的思想内容，仅仅"勤一世以尽心于文字间者"的可悲结果。

欧阳修既看出了为文与道的联系，也看到了二者的区别。他指出，扬雄、王通等人仅从文字语言去模拟经传，是"道未足而强言"，因而"愈力愈勤而愈不至"。欧阳修之所谓"道"，当然是指儒家的传统思想；但他把"弃百事不关于心"看作世之学者"未始不为道，而至者鲜焉"（欧阳修《答吴充秀才书》）的原因，显然把学道与关心"百事"联系起来，说明了文学与现实生活的密不可分。

欧阳修毕竟是以古文家的身份，从文章本身立论的。其"重道"的终极目的还在于使文"能不朽而存"。他在《答祖择之书》中说："道纯则充于中者实，中充实则发为文者辉光。"这与韩愈在《答李翊书》中所道"养其根而俟其实，加其膏而希其光。根之茂者其实遂，膏之沃者其光晔"，可谓异曲而同调。

宋朝是道学兴盛的时代，我们有必要再考察一下道学家的文论。道学家由强调"文以载道"，进而走到另一个极端。他们把文和道对立起来，甚至认为作文害道，其结果是重道而废文。他们侈谈心性义理，鼓吹什么"人和心尽见，天与意相连"（邵雍《谈诗吟》），认为"情之溺人也甚于水"（邵雍《伊川击壤集序》），因而把写景抒情以言志的诗歌，看作"玩物丧志"的"闲言语"。道学家程颐说："古之学者，惟务养情性，其他则不学。"因而他宣称："某素不作诗，亦非是禁止不作，但不欲为此闲言语。"（《二程语录》卷十一）然而道学家中却也不乏喜好作诗者，但那些“诗”，一如其论心性义理之文，不过“是语录讲义之押韵者”（刘克庄《恕斋诗存稿跋》）罢了。如果说古文家强调“道”，是为使文章内容充实、思想性强，得以广布长流，影响深远；那么道学家则是在“重道”的旗号下，根本抹杀了文的作用，否定了文的存在价值。

和他们同时代的政治家王安石，主张并奉行用文以“传道”，既不同于道学家的重道而废文，也有别于古文家的重道以充文。尽管他们无不挟“道”以自重，但“道”的具体内容却各不相同。道学家之所谓“道”，乃指明心见性之学，天理人欲之辨，说来说去，无非是一种故弄玄虚、高谈义理的唯心之论。他们发展了儒家的“明体之学”及儒家思想中“独善其身”的一面，其重“道”即重在修身养性。古文家继承了儒家文论中“尚文”的传统，着眼于文章本身。他们之所谓“道”，主要指以传统的儒家思想为规范，加强作家的道德修养，其具体内容包括关心现实生活中的“百事”。而重“道”的目的，则是用以充实文章的内容，使之“实遂”“光晔”“不朽而存”，主旨在文章本身的思想性。王安石继承、发展了儒家思想中“兼济天下”的一面及儒家文论中“尚用”的传统，他之所谓“道”，乃指治国安邦、革弊变俗的政治理想，所强调的是经世致用。要而言之，三家各执一端，就所谓“圣人之道”“有体有用有文”的三个方面，分别做了发展，源虽同而流异。唯其如此，便决定了他们在文学观上的种种差异。

二、主张与实践

在关于文学的实质和作用，文学与政治及现实生活的关系，内容和形式的关系，如何对待前人的文化遗产以及文风等问题上，王安石都有自己的见解。虽然大都散见于他的诗、文之中，并非那么系统、完整，但论点鲜明，毫不含糊。

王安石明确地把“文”看作“器”，即为政治服务的工具。他在《与祖择之书》的开端便说：“治教政令，圣人之所谓文也。书之策，引而被之天下之民，一也。”他的《上人书》对此阐述得更为明晰，此文开宗明义道：“尝谓文者，礼教治政云尔。其书诸策而传之人，大体归然而已。”进而他提出了文以经世、实用为主的观点，他说：“且所谓文者，务为有补于世而已矣；所谓辞者，犹器之有刻镂绘画也。”并强调指出：“要之以适用为本，以刻镂绘画为之容而已。”王安石把文学与

“治教政令”等量齐观，视同政治斗争中不可或缺的工具，务使其“适用”而“有补于世”。“器”与“用”，概括了王安石对文学的实质和作用的基本认识，显然是他的文学观的立足点。

在王安石看来，“文”与“礼教治政”是一回事，只不过前者“书诸策”，后者“传之人”罢了，实质上并无不同。他认为“文”是“补世”的工具，要“引而被之天下之民”，自然应以“适用”为根本。基于此，他试图阐明文与辞，即内容与形式的关系。他以内容为“本”，形式为“容”，指出内容是起决定作用的方面。他在《上人书》中说：“不适用，非所以为器也。不为之容，其亦若是乎？否也。”特别强调了“以适用为本”的内容的重要性。但在此前提下，他也反对完全否定形式的作用，指出两者之间不过有主次之别罢了，即所谓“然容亦未可已也，勿先之其可也”。

“文章合用世”（王安石《送董传》），是王安石文学观的核心。虽然他所说的“文章”，主要指“原”、“说”、“志”、“序”、“书”及“杂文”等理论文，但以经世致用为主却正是他对文学的基本认识。

弄清了王安石文学观的基本点，对历史上有过争议的他的《韩子》一诗，也就不难得其真蕴了。此诗道：“纷纷易尽百年身，举世何人识道真？力去陈言夸末俗，可怜无补费精神。”南宋的李壁认为此诗讥韩（《王荆文公诗笺注》），清代蔡上翔力辩其诬，说它“岂有意于贬韩子哉？”（《王荆公年谱考略》），杨希闵则认为此诗“自借韩子以寄慨，非质言韩子也”（《王荆公年谱考略》）。他们的分歧只是集中在对韩愈的态度如何上，却没有接触到问题的实质。其实此诗倒是颇为传神地反映了王安石的文学观。王安石对古文家“重道以充文”的真谛了然于心：他们之所谓“文”，即指词章之学；其所谓“道”，乃指文章内容的思想性，归根结底在“文”而不在“道”。王安石对此颇不以为然，因而他在诗中深致感慨道：“举世何人识道真？”其所谓“夸末俗”，即指炫耀辞章之学；所谓“无补”，即无补于世，恰与他论文“务为有补于世”的观点相对立。十分清楚，王安石在此诗中对韩愈的微词，与其《上人书》中非议韩、柳“徒语人以其辞耳”同出一源。表面看来，似乎“讥韩”，实质上则反映了他们在文学观上的根本分歧。

从“务为有补于世”的观点出发，王安石大不满于当时的学校、科举之制，认为课试之文章“大则不足以用天下国家，小则不足以为天下国家之用”，因而斥之为“无补之学”（王安石《上仁宗皇帝言事书》）。主张“讲求天下正理”，反对

“闭门学作诗赋”(《宋史纪事本末·学校科举之制》)。他的《详定试卷》(其二)一诗对此做了猛烈的鞭挞:“童子常夸作赋工,暮年羞悔有扬雄。当时赐帛倡优等,今日论才将相中。”被“赋拟相如”的扬雄暮年称为“童子雕虫篆刻”“壮夫不为”的诗赋,当时不过等同倡优之伎,今日却用来取士论才,王安石愤愤然对此大加排挞,力求更革。熙宁四年(1071)二月,即王安石为相仅两个月之后,北宋朝廷终于“从王安石议,罢诗赋及明经诸科,专以经义论策试士”(《宋史纪事本末·学校科举之制》)。这不仅是王安石变法中的一大胜利,而且是他的文学观见诸实践的具体表现。

值得注意的是,王安石只是反对那些孜孜以求仕进的“诗赋”,以及“追时好而取世资”的“浮艳之作”,而对“应世之须”且“有补于世”的诗作,他是大为赞赏的。他曾于唐诗中“择其精者”,手编《唐百家诗选》刊行于世。前代诗人中,他盛赞杜甫、曹植、张籍。特别对杜甫尊崇备至,曾说:“予考古之诗,尤爱杜甫氏作者”(王安石《老杜诗后集序》);“吾观少陵诗,谓与元气侔。力能排天斡九地,壮颜毅色不可求”,以至“愿起公死从之游”(王安石《杜甫画像》)。他对自己的诗作,曾期以“诗看子建的应亲”(王安石《上西垣舍人》),并欣然自得于“那似鲍昭(照)空写恨,不为王粲只消忧”(王安石《杂咏六首》其六)。从王安石对前代诗人的褒贬中,可见他崇尚现实主义的优秀传统,重视文学的社会作用,主张诗歌应紧密联系现实生活,并为现实政治服务。他在《答韩求仁书》中说:“作诗者,其志各有所主。其言及于大而志之所主者小,其言及于小而志之所主者大,此又不可不知也。司马迁以为《大雅》言王公大人,而德逮黎庶;《小雅》讥小己之得失,而其流及上。此言可用也。”因而他反对诗歌只为一己之私“写恨”“消忧”。

王安石在其写作实践中,努力贯彻自己的主张。他的众多散文作品,或痛砭时弊,抒怀言志;或运筹谋划,直陈政见;或维护变法,力排异议,大都与政治密切联系,直接为他改革弊政的斗争服务。这里且略谈一谈他的诗歌创作。早在做地方官时,王安石就写了不少诗篇,大胆干预生活,揭露矛盾,描绘了一幅幅令人触目惊心的现实画面。他在《发廪》诗中写道:“三年佐荒州,市有弃饿婴。……崎岖山谷间,百室无一盈。”其《感事》诗中说:“贱子昔在野,心哀此黔首。丰年不饱食,水旱尚何有?虽无剽盗起,万一且不久。特愁吏之为,十室灾八九。原田败粟麦,欲诉嗟无赇。间关幸见省,笞扑随其后。况是交春冬,老弱就僵仆。”勾画出一派民不聊生、四海疮痍的悲苦景象。他的《河北民》尖锐地揭露了北宋王朝的屈辱媚外政策给北方农民带来的深重苦难，描绘出地无分南北，年不论丰歉，都是“悲愁白日天地昏，路傍过者无颜色”的惨痛情景。诗人感慨系之地写道：“汝生不及贞观中，斗粟数钱无兵戎。”借对唐太宗“贞观之治”的歌颂，抒发了革新政治、富国强兵的理想。这类诗作如《兼并》《收盐》《省兵》《寓言》等等，都是用来为其变法造舆论的。

王安石在实践中用文以“传道”，他写了大量诗、文用以鼓吹变法，维护新法，排击“俗儒”，讴歌革新。在其诗、文集中，这类作品比比皆是。这是王安石的文学观在写作上的生动体现。直到他逝世前一年，即元丰八年（1085），他在《神宗皇帝挽词》中，还不忘借悼念、称颂先帝的机会，讴歌变法的功绩：“一变前无古，三登岁有秋。讴歌归子启，钦念禹功修。”虽也不免有“过情之誉”，但以此颂扬变法，赞美革新，却非寻常“挽词”所能比拟。即此可见，王安石的文学观在其实践中是努力贯彻始终的。

时值鼓吹明心见性，侈谈天理人欲，实则主张脱离现实的道学影响日益扩大之际，王安石能够别开生面，在大量的作品中广泛地反映现实生活，深刻地揭露社会矛盾，确乎难能可贵。其所以能如此，是与他立足于现实生活，重视社会实际，主张向社会做调查、向下层民众学习的观点分不开的。他曾在《郊行》诗中说过：“聊向村家问风俗，如何勤苦尚凶饥？”并曾在《答曾子固书》中自道“故某自百家诸子之书，至于《难经》《素问》《本草》诸小说，无所不读；农夫、女工，无所不问”，充分表现出他不但广泛涉猎前人著作，善于从丰富多彩的优秀文化遗产中汲取营养，而且非常重视向现实社会学习；绝非手捧儒家经典，目不斜视的“陋儒”。

尤其可贵的是，王安石反对不加分析地盲目颂扬前人的文化遗产，而是按照自己的观点予以批判。他能以发展变化的眼光看待历史及文化遗产，因而不拘旧说，敢于创新。这种创新精神是王安石的革新思想在文学上的反映，也是他的文学观中最有光彩的部分。他在《吴长文新得颜公坏碑》中就曾指出：“六书篆籀数变改，训诂后世多失真。”他的脍炙人口的《读史》诗，对此表达得更为透彻：“当时黮黯（亦作‘黮暗’，意同）犹承误，末俗纷纭更乱真。糟粕所传非粹美，丹青难写是精神。”对那些抱残守缺、迷信前人的“腐儒”，他斥之为“独守千秋纸上尘”，并轻蔑地讥嘲道：“董生只被《公羊》惑，肯信捐书一语真。”（王安石《窥园》）王安石思想解放，识见高卓。其不迷信古人，能大胆创新，敢于指斥谬误、追求真理的精神，大大地高于他的同时代人。在他逝世之后，当时的中书舍人苏轼在替小皇帝赵煦撰写的《王安石赠太傅制》中，称赞他“网罗六艺之遗文，断以己意；糠秕百家之陈迹，作新斯人”。虽然苏轼曾激烈地反对过新法，但他在这里的评语却实在是由衷而中肯之言。

关于文风，王安石也有自己的观点。按照“补世”“适用”的原则，他主张朴实自然、简洁明快、不假雕饰。他在《上人书》中说：“诚使巧且华，不必适用；诚使适用，亦不必巧且华。”他把作诗“明而不华，喜讽道而不刻切”称为“唐人善诗者之徒”（王安石《张刑部诗序》）。并说“作诗寄微诚，诚语无彩绘”（王安石《答曾子固》），即认为直抒胸臆的诗作乃表现真情实感，不应刻意雕饰。但这并非反对重视语言的锤炼，实则王安石是非常重视且精于语言艺术的。《王直方诗话》中，有关于王安石给刘贡父改诗，把“却将云里望蓬莱”句中的“云里”改作“云气”的记载。至于洪迈《容斋续笔》所载，关于王安石《泊船瓜洲》诗里“春风又绿江南岸”句中，“绿”字经十余改始定的佳话，则更是人们熟知的。尽管早在唐代，李白就已有“东风已绿瀛洲草”（李白《侍从宜春苑，奉诏赋龙池柳色初青，听新莺百啭歌》），丘为也写过“东风何时至，已绿湖上山”（丘为《题农夫庐舍》）之句，洪迈之记述，未可尽信，然而我们于此可以窥知，王安石对语言艺术之重视。他评张籍的乐府“看似寻常最奇崛，成如容易却艰辛”（王安石《题张司业诗》），可谓深谙诗歌创作规律的经验之谈，移作对他自己诗作的评语，倒也是恰如其分的。王安石在实践中体现自己的主张，他的作品凝练精妙，朴实无华。正如蔡上翔在其《王荆公年谱考略》中引李穆堂所论：“荆公生平为文，最为简古。其简至于篇无余语，语无余字，往往束千百言十数转于数行中。”如果不明确写作的目的，不精于语言的锤炼，岂能达到如此炉火纯青的境界？

三、评价与影响

在中国历史上，从政而能文，善文而从政的人，历代甚众。然而像王安石那样真正称得上政治家兼文学家的，却实在寥寥。王安石以自己独树一帜的文学主张和丰硕、出色的诗、文作品，理所当然地在文学史上占有重要的一席，并对后代产生了不容忽视的影响。他的散文与韩、柳、欧、三苏、曾卓然并立，被明代朱右、茅坤等合称为“唐宋古文八大家”；还有人称他为“文章家丈人”（应云鹫《王荆公年谱考略序》）、“文人之巨擘”（魏了翁《临川诗注序》）。特别在政论文的写作方面，王安石继承传统，另辟蹊径。其作无论长篇短制，都能做到立意高远、峭刻谨严、雄健刚毅、简洁圆通，不但为巩固北宋古文革新运动的成果立下了汗马功劳，而且不少作品被后人奉作典范广为传诵。他的诗作现存一千六百多首，其中不乏内容充实、意境清新、含蓄凝练、语言精妙的名篇佳作，历来为人们喜闻乐见。有人甚至称他为"东京之子美"（刘将孙《王荆文公诗笺注·序》），说他的诗"非宋人之诗，乃宋诗之唐者"（毋逢辰《王荆文公诗笺注·序》）。他的刚健清新、风标卓异的诗歌创作，对扫荡西昆体的残余影响有很大功绩，并且对一代宋诗的发展，也起了一定的推动作用。王安石在文学上的辉煌建树，就连其政敌如司马光等所谓"元祐诸贤"，也"未尝不推许之"（魏了翁《临川诗注序》）。尽管政治家王安石耻以文士得名，不欲以诗、文高世，但他在文学上的成就却流芳后世。

王安石毕竟主要是一个政治家。他少怀壮志，"欲与稷契遐相希"（王安石《忆昨诗示诸外弟》），以致君尧舜、"补葺廊庙枝倾颓"（王安石《寄赠胡先生》）为己任，兢兢业业地为实现自己的政治理想奋斗终生，不仅有宏伟抱负，而且有实在业绩。由于王安石一生的主要精力在从政上，他没能提出完整而系统的文学理论。从他现存的诗、文及有关材料中，我们看到的他的文学观及其实践，显然具有一定进步意义；在当时的历史条件下，确乎值得大书一笔。但他从政治家的立场出发，过分强调了文学的经世致用，偏重实用而轻视文采。他没能认识到内容和形式的辩证关系，强调了内容的重要性，对形式的重要性则有所忽略。特别是他把文学仅仅看作"用世"的工具，使之等同于政令布告、宣传文字。这种片面的观点，就其实质而言，抹杀了文学与政治宣传的区别，势必导致取消文学本身。其实文学之为文学，就因为它具有自身的特点和规律，尽管它不能超脱于政治，但也绝非政治所能取代。王安石无视文学的特点和规律的理论，有碍于文学的正常发展，对后代文学的影响也是不利的。

王安石以"礼教治政"为文，必然重在教化。为了谋求"道同风一"，他试图运用行政手段强制推行"新学"，这就妨害了文学及学术的进步。苏轼在《答张文潜书》中就曾直截了当地说："文字之衰未有如今日者也。其源实出于王氏。王氏之文，未必不善也，而患在于好使人同己。"并讥讽道："惟荒瘠斥卤之地，弥望皆黄茅白苇，此则王氏之同也。"苏轼的批评虽未免有些过火，但实在可谓一针见血。由此可见，如果用政治取代文学，强制推行一律，势必导致文坛荒芜的恶果，这难道不值得我们深思吗？

必须指出，虽然王安石在写作实践中努力贯彻他的主张，但其理论和实践并非总是完美地统一起来的；应该看到其中既有统一的一面，也有矛盾的一面。在他的众多作品中，更多地体现其文学观中积极、进步一面者，往往是好的或比较好的，反之则不然。如他的《读墨》诗："谁为尧舜徒？孔子而已矣。人皆是尧舜，未必知孔子。……退之醇孟轲，而驳荀、扬氏。至其趣舍间，亦又蔽于己。化而不自知，此语孰云俚？咏言以自警，吾诗非好诋。"这类诗作，用说理代替形象，通篇铺陈直叙，枯燥说教，恰如李郛所讥："介父《读墨》诗，终篇皆如散文，但加押韵尔。"（《王荆文公诗笺注》李壁之注引）他不但以散文为诗，以议论为诗，而且以书信为诗，以酬对为诗。在其诗集中，此类作品不乏其例。

甚而"以文为戏"的无聊之作，在其作品中也有出现。如《老景》诗："老景春可惜，无花可留得。绕屋褚先生，萧萧何所值。每嫌柳浑青，追恨李太白。多谢安石榴，向人红蕊折。"把古人姓名景春、刘德（谐音）、褚先生、萧何、柳浑、李白、谢安、刘向（连前句而谐音）等嵌于诗句之中，巧则巧矣，却只能说是空洞无物的文字游戏。

此外，他的诗还往往喜欢用典故，搬辞藻，造硬语，押险韵，实开后来江西诗派讲究形式的先河，对后代文学产生了不良的影响。

王安石生活在道学盛行的时代，虽然他的文学观与道学家们不可同日而语，其作品也能屹然自立，但他实在难以做到出淤泥而不染。道学家们那些押韵的语录讲义似的所谓"诗歌"，不能不对王安石有所影响，以致他写下一些毫无诗歌特点、味同嚼蜡的应时之作。这既是有宋一代风气所致，也是他片面强调实用，忽视诗歌自身特点的必然结果。

王安石"欲传道义"而"强学文章"，"道义"乃目的，"文章"仅手段，故奉"孟子"为楷模，叹"韩子"之"无补"。其"传道义"，付诸实践，则在"变法"革新，虽也一度轰轰烈烈，却终经"元祐更化"而破产。在王安石身后近千年中，统治阶级的代表人物大都称颂他的"文章节义""高出一世"，而对其政治方面的作为，则几乎是众口诟谇、骂声不绝，甚至斥之为祸乱天下、"败国殄民"的千古罪人。这样看来，王安石似乎"窥孟"不成，倒是"望韩"生辉。如此背其初衷，怕是他始料未及的吧。

原载《西南师范学院学报》（哲学社会科学版）1981年第1期，《中国古代、近代文学研究》1981年第3期全文转载

王安石确曾“轻”韩愈

自王安石的《韩子》一诗问世以来，关于他对韩愈的态度如何，历来颇有争议。南宋李壁认为他讥韩（见《王荆文公诗笺注》），清代蔡上翔力辩其诬，说他“岂有意于贬韩子哉?”杨希闵则认为王安石是“自借韩子以寄慨，非质言韩子也”（见《王荆公年谱考略》）。吴小如先生重提这一桩旧案，他在《王安石何尝轻韩愈》一文中指出：“王安石对韩愈是相当尊重的，何尝表示轻蔑过?”（见《光明日报》1983年3月26日第4版）笔者认为，吴先生的见解颇有值得商榷之处。

《韩子》诗云：“纷纷易尽百年身，举世何人识道真？力去陈言夸末俗，可怜无补费精神。”对于此诗前二句的理解，窃以为关键在“道真”二字。自韩愈以降，迄王安石，无论古文家、道学家、政治家，都无不挟“道”以自重，主张文以“载道”“贯道”“明道”，然而他们对“道”的具体认识和领会，却是各不相同的。政治家王安石主张并奉行“文贯乎道”（见《上邵学士书》）、文以“传道”，既不同于道学家的重道而废文，也有别于古文家的重道以充文。王安石继承、发展了儒家思想中“兼济天下”的一面及儒家文论中“尚用”的传统，他之所谓“道”，乃指治国安邦、革弊变俗的政治理想，强调的是经世致用。道学家之所谓“道”，是指明心见性之学，天理人欲之辨，其重“道”即重在修身养性。以韩愈为代表的古文家，则主要着眼于文章本身；他们重“道”的真谛，则是用以充实文章的内容，使之“实遂”“光晔”（见韩愈《答李翊书》），得以“不朽而存”，主旨在文章本身的思想性，归根结底在“文”而不在“道”。王安石对此颇不以为然，因而他在诗中深致感慨道：“举世何人识道真？”诚如吴先生文中所说，此诗“前两句意谓世人皆不能领会儒家思想的真谛”，然而古文家韩愈自不免也包括其中，并非如吴先生所断言，“韩愈以孟轲传人自命，当然能识‘道真’”。韩愈在《答李翊书》中曾声称“惟陈言之务去”，王安石在诗中评论道：“力去陈言夸末俗，可怜无补费精神。”此所谓“夸末俗”并非什么“倒装句法”，而是指向世俗夸耀辞章之学。其实，王安石在《上人书》中就曾明白指出：“韩子尝语人以文矣，曰云云；子厚亦曰云云。疑二子者，徒语人以其辞耳，作文之本意，不如是其已也。”试相比较，不难看出，王安石在《韩子》一诗中对韩愈未识“道真”，夸耀“末俗”的微词，与其《上人书》中对韩、柳“徒语人以其辞耳，作文之本意，不如是其已也”的非议，实无二致。这样讲，也许既没有“歪曲韩愈”，更没有“歪曲王安石”。至于“可怜无补费精神”之句，同杜甫在《戏为六绝句》中讥讽哂笑“四杰”的“轻薄”之人，“用意”也并不“十分相近”。此句承上句而作结，关键在“无补”二字。其实，此所谓“无补”，乃指无补于世，恰与王安石在《上人书》中论文“务为有补于世”的观点相对立。王安石反对“章句声病，苟尚文辞”，他在《上仁宗皇帝言事书》中，就曾把“大则不足以用天下国家，小则不足以为天下国家之用”的课试之文章斥之为“无补之学”；并在《上人书》中明确指出“要之以适用为本”，于此可见他的一贯主张。这末二句的意思是说：韩子向世俗夸耀“惟陈言之务去”，惨淡经营辞章之学，可惜不适用于天下国家，无补于世，只不过徒然耗费精神罢了。

值得一提的是，“可怜无补费精神”并非王安石自出机杼之句，而是他特意从韩愈诗作中借用过来的。韩愈《赠崔立之评事》诗中有句云：“可怜无益费精神，有似黄金掷虚牝。”（见《昌黎先生集》卷四）王安石借韩之诗句以议韩，足见其颇费了一番“精神”。

欧阳修曾于北宋嘉祐元年（1056）在《赠王介甫》一诗中写道：“翰林风月三千首，吏部文章二百年。老去自怜心尚在，后来谁与子争先？”欧公以李诗韩文自况自勉，并以此勉励王安石。诗中表达了他对王的寄望之意、推重之情。于是王安石答以《奉酬永叔见赠》："欲传道义心虽壮，强学文章力已穷。他日若能窥孟子，终身何敢望韩公？"王安石显然置"道义"于"文章"之上，表达了壮心犹在道义，"学文"是为"传道"的思想，而对欧阳修的延誉和奖引，王安石却道："只恐虚名因此得，嘉篇为贶岂宜蒙。"他唯恐因诗、文得名，不欲仅以文章高世，这在他的《次韵欧阳永叔端溪石枕蕲竹簟》中表达得更为显豁："天方选取欲扶世，岂特使以文章鸣。"我们于此不但可以窥知他所谓"传道""学文""窥孟""望韩"之真谛，而且也可从一个侧面了解政治家王安石以经世致用为本的文学观。

王安石在《送董传》中宣称"文章合用世"，这无疑是他的文学观的核心。他"欲传道义"而"强学文章"，"道义"乃目的，"文章"仅手段，故奉孟子为楷模，叹韩子之"无补"。应该指出，王安石对韩愈其人，确实是相当尊重的。他在《上人书》中不但称韩子是"望圣人于百千年中，卓然也"，而且把"名与韩并"的柳宗元也称为"亦豪杰可畏者也"。不过，尊重其人是一方面，而对其人在"文""道"观点上的不满和非议则是另一方面。我们不应强调了这一方面而忽略了另一方面。据此而论，说王安石确曾"轻"韩愈，也许才不会是"一种有害的偏见"。

原载《大庆师专学报》(哲社版)1984年第4期，本书篇名有改动

苏洵与“纵横”

在唐宋古文八大家中，苏洵颇为特殊。他功名最薄，官阶最低，在“八大家”中唯独不具进士出身资格，仅在生命的最后几年做过卑微的小官，始终以“布衣书生”自居，具有强烈的平民意识。他现存作品不多，文章仅百余篇，在“八大家”中数量最少，却能以鲜明的特色和卓越的成就屹然自立，不仅身前就已名满天下，而且身后更被奉为一代文豪，与其二子苏轼、苏辙并占八大家之三席，传为千古佳话。然而更为引人注目的是，他学杂“纵横”，在当时即招致王安石的非议，王曾断然指斥“苏明允有战国纵横之学”（邵博《邵氏闻见后录》卷十四）。其实，苏洵文章之所以独树一帜，就因为特色鲜明，自成一格，而最突出的特色便是具有纵横之风。

一、杂糅纵横之学

宋人邵博所撰《邵氏闻见后录》卷十四记曰：

> 东坡中制科，王荆公问吕申公：“见苏轼制策否？”申公称之。荆公曰：“全类战国文章，若安石为考官，

必黜之。”故荆公后修《英宗实录》，谓苏明允有战国纵横之学云。

同卷又记曰：

《英宗实录》：“苏洵卒，其子轼辞所赐银绢，求赠官，故赠洵光禄寺丞。”与欧阳公之志：“天子闻而哀之，时赐光禄寺丞”不同。或云：《实录》，王荆公书也。又书：“洵机（几）论衡策（当为《几策》《衡论》）文甚美，然大抵兵谋权利机变之言也。”盖明允时，荆公名已盛，明允独不见，作《辨奸》以刺之，故荆公不乐云。

自汉武帝罢黜百家以来，纵横之学的名声极坏，深为正统儒家之流所不齿。因为纵横为乱世之学，被视为“荧惑诸侯，倾覆万乘”的“乱之道”（桓宽《盐铁论·论诽》），所以秦汉以后，便被斥为异端邪说，以致多载纵横家言的《战国策》一书，也被指为“坏人心术”之作，难逃口诛笔伐的厄运。就在苏洵所处的北宋时代，“八大家”之一的曾巩便在《战国策目录序》中抨击“纵横”是足以灭国亡身的“世之大祸”，特揭示其弊端，告诫为君为士者，务必正视“纵横”之危害。《续资治通鉴》卷六十六神宗熙宁元年（1068）二月条下，还记了这样一件事：

司马光进读《资治通鉴》，至苏秦约六国从事，帝曰：“苏秦、张仪掉三寸舌，乃能如是乎？”光对曰：“纵横之术，无益于治。臣所以存其事于书者，欲见当时风俗，专以辩说相高，人君悉国而听之，此所谓利口覆邦者也。”帝曰：“闻卿进读，终日忘倦。”

在曾巩、司马光等人看来，“纵横”除可用作反面教材外，毫无可取之处，必须“放而绝之”（曾巩《战国策目录序》）。故纵横之学受到学者的鄙弃和统治者的压制，便是自然而然的了。在这样的情势下，苏洵被当时政坛及文坛上的显要人物王安石指斥为“有战国纵横之学”，无异于被视为异端，定为“另类”，断了进身之阶。难怪苏洵当时虽已“名动天下，士争传诵其文”（张方平《文安先生墓表》),又先后得雷简夫、张方平、欧阳修等力荐,最终却“书虽就于百篇,爵不过于九品”(《老苏先生会葬致语并口号》)。原因固然非止一端,但其学杂“纵横”,不够“纯正”,被权要认为颇有离经叛道的倾向,不能不说是主要原因之一。

值得探究的是,王安石对苏洵的指责,究竟是由于心存芥蒂而发泄的毫无根据的诬蔑,还是属于实事求是的批评呢?揆之苏洵文,答案看来应是后者。

曾巩在《苏明允哀词》中,论及苏洵其人其文:“明允为人聪明,辩智过人,气和而色温,而好为策谋。务一出己见,不肯蹑故迹。颇喜言兵,慨然有志于功名者也。”此所谓“好为策谋”“颇喜言兵”,乃指苏洵所著《几策》《权书》《衡论》等文。《几策》是苏洵的重要政论文之一。“几”一作“机”,指为政的关键、要点,“几策”即关于国家长治久安大政方针的论议,包括《审势》《审敌》二篇。时当北宋中叶,王朝“积贫积弱”,“斥地与敌,守内虚外”,危机四伏,内忧外患深重。苏洵认真总结了对辽和西夏战争失败的教训,针对现实的政治状况,“作策二道”。其中《审势》篇论为政必先审势,提出“尚威”而用“强政”的政治主张。《审敌》篇即专门“言兵”之作,明确提出:“愚以为天下之大计,不如勿赂。”公开反对向辽和西夏贿赂,同时提出了朝廷应该相应采取的对策。《权书》十篇,是苏洵系统研究战略战术问题的军事专著。《权书序》开宗明义:“《权书》,兵书也。”大约与《几策》写于同一时期,都是为总结当时与辽和西夏战争失败的教训而作。稍后又作《衡论》十篇,讲“御将”之术,述“任相”之道,言“择吏”之要,论“取士”“养才”之法,议“法律”之失,论“兵制”“田制”的革新。凡此种种,都是针对现实的政治弊端而向当局所献的“策谋”。值得注意的是,“好为策谋”或善为策谋,乃纵横家之特征,西汉刘向在《校战国策书录》中,称赞战国策士“皆高才秀士”,就特别强调他们“出奇策异智,转危为安,运亡为存,亦可喜,皆可观”。至于“颇喜言兵”,实为纵横遗风。正如章学诚在《校雠通义·汉志诸子》中所指出:“既无战国,则无纵横矣。而其学具存,则以兵法权谋所参互,而抵掌谈说所取资也。”由此可见,称苏洵学杂“纵横”,并非无稽之谈。

然而更具“纵横”特征的苏洵之文,则是其名篇《利者义之和论》。孔子曾说“君子喻于义,小人喻于利”(《论语·里仁》),但也说过“义以生利”(《左传·成公二年》)。孟子继承、发展了孔子的观点,把所谓“义”与“利”对立起来。他曾对梁惠王说:"王何必曰利?亦有仁义而已矣。王曰:何以利吾国?大夫曰:何以利吾家?士庶人曰:何以利吾身?上下交争利而国危矣。"(《孟子·梁惠王上》)儒家重"义"而非"利",所以大都耻于言利,但现实却是"天下熙熙,皆为利来;天下攘攘,皆为利往"(《史记·货殖列传》)。苏洵在《利者义之和论》中大胆言"利",公然宣称"义"与"利"实不可分,甚至"利在则义存,利亡则义丧",明确主张"义利、利义相为用",认为这样可使"天下运诸掌"。这样的义利观,分明与孟子之说格格不入,倒是与公开宣扬"争名者于朝,争利者于市""实得所利,名得所愿""功成、名立、利附"(分别见于《战国策》中《秦策一》《燕策一》《秦策三》所记张仪、苏代、范雎之说)的战国纵横家心气相通。如此为纵横家张目的惊世骇俗之论,在以儒家学说为正统思想的封建时代,无异于叛经离道之言,难怪当时即受到王安石的非议。后世文人如茅坤、方苞等也曾明白指出苏洵之学杂出战国诸子,言外之意即贬其思想不够"纯正"。现在看来,苏洵学杂纵横无可讳言,但所谓"杂",其实正表明苏洵的思想较为开放,并且颇有敢于反传统的倾向。这是与苏洵身为草野布衣,思想较少束缚,因而善于独立思考,敢于放言无忌分不开的。

二、取法纵横之术

苏洵毫不掩饰自己对战国纵横家的赞赏之情,他在著名的《谏论》中公然宣称:"苏秦、张仪,吾取其术,不取其心,以为谏法。"其实,所谓"不取其心"的特别声明,只是碍于当时主流社会奉儒学为正统,视"纵横"为异端,而不得不故作姿态罢了。据上文所论可知,苏洵对于纵横家,是不仅"取其术",亦"取其心"的。

《谏论》有上下两篇。上篇专论谏说之术,认为臣下谏君如得其术,可"百谏而百听"。作者盛赞古游说之士的"机智勇辩",并奉战国纵横之说为楷模,总结出"说之术可为谏法者五",且分别列举史实加以论证。上篇从臣下一方论进谏之术,下篇则从人君一方论"使臣必谏"之法。作者主张人君"立赏以劝之","制刑以威之",如此激发或迫使臣下一改"噤口卷舌"而"极言规失",其用心可谓良苦。

将纵横之术化而为谏说之法,既是"纵横"随历史潮流而发生的演变,也是适应时代需要的必然结果。隋唐之际的"诤臣"魏徵,便是将游说之术用于诤谏的出色人物。苏洵奉魏徵为典范，所以《谏论上》热情颂扬道："吾观昔之臣，言必从，理必济，莫如唐魏郑公，其初实学纵横之说，此所谓得其术者欤?"如果说在苏洵所处的北宋以前，历史上将游说之术化用为诤谏之术的人臣，没有比魏徵做得更好的了；那么，从理论上将"说之术"化为"谏法"的佼佼者，苏洵是当之无愧的。

所谓"说之术可为谏法者五"，即指"理谕之""势禁之""利诱之""激怒之""隐讽之"。从文中所论看来，这是苏洵主要依据《战国策》、《史记》和《汉书》中所记纵横之士的典型游说事例，下了一番"简练揣摩"的功夫，总结归纳出来的。值得注意的是，在纵横家的理论经典《鬼谷子》中，不难找到与这五种"谏法"相应的纵横术。如"理谕之"所引三事："触龙以赵后爱女贤于爱子，未旋踵而长安君出质；甘罗以杜郎之死诘张唐，而相燕之行有日；赵卒以两贤王之意语燕，而立归武臣。"前两事分别见于《战国策》中的《赵策四》《秦策五》，后一事见于《史记·张耳陈余列传》。其实诸说之奥妙，均不外乎纵横捭阖之术。即如《鬼谷子·捭阖》篇所说："捭阖之道，以阴阳试之。故与阳言者，依崇高；与阴言者，依卑小。以下求小，以高求大。由此言之，无所不出，无所不入，无所不可。可以说人，可以说家，可以说国，可以说天下。"其要旨在于："审定有无，与其实虚，随其嗜欲以见其志意，微排其所言而捭反之，以求其实，贵得其指，阖而捭之，以求其利。"也就是察明对方情况，弄清虚实，然后通过迎合其嗜欲，从对方言谈中探知就里，以求弄清实情，把握其真实意图，从而交互使用"捭"与"阖"（即"开"与"合"，指以言辞"拨动"对方或以沉默相"闭藏"）的言谈技巧，达到预期目的。至于"势禁之""利诱之""激怒之""隐讽之"等法，也都分别与《鬼谷子》中所载"捭阖"、"抵巇"和"有以利"、"有以怒"或"摩而恐之"的"摩"术以及"象其事"、"比其辞"的"反覆"等纵横术气脉相通。值得注意的是，苏洵虽然明白宣称取法苏秦、张仪之术，却没有采用《鬼谷子》中的专用术语，此并非有意与《鬼谷子》划清界限，而是他"务一出己见，不肯蹑故迹"的突出表现。

苏洵不仅公开提出取法纵横术的主张，而且身体力行，付诸实践，运用于文章的写作中。如他上书韩琦、富弼、文彦博、欧阳修、张方平等朝廷重臣或地方大员，就往往运用《鬼谷子》中所谓的"飞箝"之术，如《上欧阳内翰第一书》说："执事之文章，天下之人莫不知之……执事之名，满于天下，虽不见其文，而固已知有欧阳子矣。"《上张文定公书》说:"今有人焉,文为天下师,行为天下表,才为天下宗,言为天下法……明公之美不胜颂也。"如此等等,都是运用巧妙的言辞,为对方造作声誉,使之美名"飞扬",从而赢得对方的欢心和信任。此即《鬼谷子·飞箝》所谓"引钩箝之辞,飞而箝之"。由此可见,苏洵取法纵横之术,理论与实践是一致的。

三、挥洒纵横之文

苏洵学杂纵横,取法纵横术,其文章自然具有纵横之风。读苏洵之文,无不惊叹其纵横驰骤,气势磅礴,恣肆酣畅,雄辩滔滔,在在活现战国策士之辞的风神。欧阳修称其文"辞辩宏伟"(《荐布衣苏洵状》),曾巩赞其文"雄壮俊伟,若决江河而下"(《苏明允哀词》),张方平夸其文"如大川之滔滔"(《文安先生墓表》),都充分肯定了苏洵文章的这一突出特点。如《权书》中的传世名篇《六国》,为历代称颂之佳作。文章深刻揭示六国之亡的历史教训,开门见山地指出:"六国破灭,非兵不利,战不善,弊在赂秦。"进而指出,即使不赂者,亦以赂者丧,因而"赂秦"实为"破灭之道"。在作者所处的北宋时代,统治者奉行妥协外交,面对辽和西夏的威胁屡屡退让,不惜割地纳贿以求苟安。正是针对这样的现实,作者有感而发,借古讽今,最后点明:"苟以天下之大,而下从六国破亡之故事,是又在六国下矣。"这样的史论,对于昏然沉迷于赂敌苟安的统治者来说,有如一记当头棒喝。文章切中时弊,鞭辟入里;文雄词隽,慷慨淋漓,深得战国纵横辞说之精神。难怪茅坤在《唐宋八大家古文钞》中评说道:"一篇议论,由《战国策》纵人之说来,却能与《战国策》相伯仲。"

苏洵之文由《战国策》纵横辞说而来者,非止此篇而已。如嘉祐元年(1056)苏洵送轼、辙二子赴京应试,途经长安时作《上王长安书》,开头一段这样写道:

> 判府左丞阁下:天下无事,天子甚尊,公卿甚贵,士甚贱。从士而逆数之,至于天子,其积也甚厚,其为变也甚难。是故天子之尊至于不可指,而士之卑至于可杀。呜呼!见其安而不见其危,如此而已矣。

王长安，即王拱辰，时官左丞，出判长安府。苏洵父子由成都经阆中，从褒斜谷出川，取道长安，出关中，当年五月抵京师开封。将到长安时，苏洵上书王拱辰。此书有如一篇赴京宣言。作者以居安思危之心，操士贵王贱之说，论当今“世衰道丧”之病。认为“士之贵贱，其势在天子；天子之存亡，其权在士”；而喻天子之“势”为“瓦缶”，士之“权”为“千金之璧”。这与《战国策·齐策四》所载策士颜斶论“士贵耳，王者不贵”的观点和辞气，显然一脉相承。作者分明以“贤士”自居，颇有“天将降大任于斯人”的气概，放言无惮，气盛文伟。所以朱熹称“老苏文亦雄健”，“有战国文气象”（《朱子语类》卷一三九《论文上》）。

应该指出，苏洵思想的主流仍为儒家，但分明打上了“纵横”的烙印。值得一提的是，据苏洵《族谱后录上篇》所记，战国纵横家苏秦、苏代、苏厉为周代司寇苏忿生之苗裔，亦为后世苏氏家族之祖先。照此说来，苏氏与纵横家似有某种特殊的关系。前人多指称“苏氏之学”出于“纵横”，如章学诚《文史通义·博约上》说：

> 苏氏之学，出于纵横。其所长者，揣摩世务，切实近于有用；而所凭以发挥者，乃策论也。

这里所谓“苏氏”，乃指苏轼。刘师培在《论文杂记》中，主要从文章的风格着眼，称苏轼“以粲花之舌，运捭阖之词，往复卷舒”，判其文为“纵横家之文”。章炳麟则在《国故论衡·论式》中，指称“苏轼父子”立论皆“本纵横”。其实，就苏轼而言，纵横家对他的影响主要表现在文风上；其思想则是杂取各家，而以儒、释、道三家的影响最为突出。真正可称为杂糅纵横之学，取法纵横之术，且挥洒纵横之文者，应是苏洵。

原载《西南师范大学学报》（人文社会科学版）2002年第3期，收入《中国古代散文第四届国际研讨会论文集》

读刘基《郁离子》

《郁离子》是一部寓言、故事兼议论的杂文集。它的作者刘基(1311—1375)是元末明初的政治家兼文坛宗主。刘基在元代至顺四年(1333)二十三岁时登进士,先后任过高安县丞、江浙儒学副提举、浙东元帅府都事等职。元至正十七年(1357)冬,因受到执政者压抑,愤而弃官归隐浙江青田老家。两年多后,应朱元璋征召,从此在朱元璋军中"委心听命""运筹帷幄"(罗汝敬《覆瓿集序》),成为朱元璋的亲信谋士,朱元璋称他为"吾子房"。公元1368年3月朱元璋称帝后,刘基累官至开国翊运守正文臣、资善大夫、上护军,封诚意伯。只是由于他在与李善长、胡惟庸等人的斗争中长期处于劣势,因而郁积莫解。洪武六年(1373),胡惟庸拜相,刘基"忧愤疾作",一病不起,于洪武八年(1375)四月去世。

从文学创作的角度看,刘基离开元王朝之前的时期较为重要,因其主要作品《覆瓿集》《写情集》都是在这个时期写的。但隐居青田那两年多更值得重视,因为当时正值元末天下大乱,群雄并起,农民起义的风暴席卷全国。刘基身居山中,心忧社稷,既"深知元之不可复辅"(王馨一《刘伯温年谱》"至正二十年"条下按语),又对农民起义持疑惧态度;

正是在这愤激、彷徨、矛盾的心境之中，他写下了《郁离子》这部作品，“稽考先王之典，商度救时之政；明法度，肄礼乐，以待王者之兴”（《郁离子·九难》）。《郁离子》全书十八篇，散为一百九十五章；各篇自成系统，相对独立，而统率于探讨“救时之政”这一主旨。

自然，刘基的政治理想并没有也不可能超出儒家的范围。《郁离子》中杂糅封建糟粕之处确乎不少，但是，不破不立，刘基为了“讲尧禹之道，论汤武之事，宪伊吕，师周召”（《郁离子·九难》），对元王朝晚期统治下出现的某些弊端确曾做了无情的批判，因而客观上揭露了某些现实，这无疑是此书的可贵之处。此外，《郁离子》在形象地揭示发人深思的哲理和论述人才问题等方面，也闪耀着不可掩盖的光辉。因此应该说，《郁离子》是值得我们认真研讨的。遗憾的是，对于这一著作的研究，过去是做得太少了。

下面，扼要谈谈《郁离子》的一些成就。

首先，《郁离子》对元末黑暗现实所做的揭露和批判堪称典型、深刻、有力。

在《鲁般》第一章中，刘基把元王朝的江山比作“坏宅”，指出：“今其栋与梁皆朽且折矣，举之则覆，不可触已。……吾何为而不悲也！”形象地描绘了元王朝大厦将倾的情势。在这种情势下，人民无路可走。《千里马》第二章中写道：“吾闻天之将雨也，穴蚁知之；野之将霜也，草虫知之。知之于将萌而避之于未至，故或徙焉，或蛰焉，不虚其知也。今天下无可徙之地、可蛰之土矣，是为人而不如虫也。……吾何为而不忧哉！”这些文字，都是刘基为元王朝即将崩溃唱出的挽歌，从中我们可以感受到他当时的愤激心情。他看不到人民的出路，悲忧至深，自有其鲜明的阶级烙印，然而他所揭示的绝望心境，无疑是那个动乱时代社会现实的真实反映。

现实如此严酷，人民生活的苦难就可想而知了。《螇螰》第四章借“齐人伐燕”的故事，曲折地反映了当时战乱频仍、生灵涂炭的悲惨情景：“取其财，迁其居，冤号之声，訇殷天地。”令人闻而心惊！造成这样惨烈的现实，罪责应当由谁来负？刘基在下一章中做了回答：“呜呼，天下之乱也，天亦无如之何矣！夫天下之物，……尽其力以生之，又尽其力以歼之，不亦劳且病哉？其生也非一朝，而其歼也在顷刻。天若能如之何而为之，则亦不诚甚矣！”直罪“天”之暴戾或“不诚”，又曲折地揭露了元王朝最高统治者的残忍和虚伪。

在《瞽聩》第七章中，作者写了一个“养狙以为生”的“狙公”。他令众狙“求草木之实，赋什一以自奉”，倘有不从者，狙公就加以鞭扑。可是后来群狙觉悟了，它们打破牢笼，尽取其积，相率而逃，使狙公“卒馁而死”。这个寓言形象地刻画了当时统治阶级对广大劳苦人民的残酷压迫和剥削，深刻地揭示了有压迫必有反抗这一真理。刘基为人比较廉正，他对当时上自朝廷、下至州县的大小昏官，都怀着愤懑之情，在《郁离子》中，他多次把他们比作猪、狗、枭、蛆等丑恶之物。尽管出发点有所不同，但他对当时统治阶级各级爪牙所抱的憎恨情绪，毕竟与人民的感情有相通之处。在《枸橼》第十三章中，他借陈轸答楚王问指出：“家有猛狗，闻人声而出噬，非有左右之先容，则莫敢蹑其庭。今王之门无亦有噬狗乎？”尖刻地讽刺了皇帝亲信无非恶狗之类，写得酣畅淋漓，大快人心。

刘基对当时社会上的某些恶习也进行了讽刺。《千里马》第四章写“工之侨得良桐”，“斫而为琴，弦而鼓之，金声而玉应。自以为天下之美也”，可是当他“献之太常”，却被认为“弗古”而“还之”。其后，工之侨请漆工为“断纹”，又请篆工为古“窾（款）”，伪饰一番之后再埋进土中，周年取出，竟被人们夸为稀世之珍。这个故事深刻地揭露了重文轻质崇尚虚假的世风。刘基在章末借工之侨之口感叹道：“悲哉世也！岂独一琴哉，莫不然矣！”一针见血地点明了这个故事的典型意义。

政治如此腐败，社会如此黑暗，世风如此浇薄，逼得刘基不得不违反自己的阶级偏见，承认自己所依附和效忠的王朝必然没落，从而描写了他们不配有好的命运。《郁离子》所载寓言故事，多以灭、穷、亡、死为结局，实非偶然。这在古代文学作品中应该说是少有的。

其次，《郁离子》中有不少篇章寄寓着深刻的哲理，能够引人深思，长人智慧。

《瞽聩》第十二章讲了这样一个故事：“粤人有采山而得菌，其大盈箱，其叶九成，其色如金，其光四照。以归，谓其妻子曰：‘此所谓神芝者也，食之者仙。’”谁知竟“入咽而死”；其子及其同室之人，也都跟着“食之而死”。迷糊于形色之壮美而不究其实质，就会“求生得死”，这不是教人看问题不要停止在现象上，而要弄清它的本质吗？《枸橼》第一章写梁王特别爱吃水果，他吃了吴国所产的橘和柑后，觉得味美非常，以为天下之美果尽出吴国，于是“不遍索而独求之吴”，一而再、再而三地向吴国求取更美的果子。结果得到的是苦涩的枸橼，“尝之未毕一瓣，王舌缩而不能咽”。这个故事，斥责了梁王之类的短视者，由于认识的片面性，必将受到应得的惩罚。在《公孙无人》第四章中，刘基写道：“今有病渴而刺漆汁以饮之，可乎？”以生动的比喻说明对具体问题必须具体分析，不能只知其一不知其二。患獭毒水之喻，与列宁在《唯物主义与经验批判主义》中评论费尔巴哈对待黑格尔哲学的态度，是把小孩和洗澡水一起泼出去了的比喻，颇为神似。《枸橼》第十八章写一个赵国人忧虑鼠患，到中山国去求得了一只猫，这猫很会捕鼠，但也会咬鸡。过了一个多月，老鼠捕光了，鸡也被猫咬死完了。他的儿子建议把猫赶走，他坚决不准，对儿子讲了一番“患在鼠，不在乎无鸡”的道理。这个故事启示我们：考虑问题应该抓住主要矛盾，不要受次要因素的干扰，使主要矛盾的解决受到阻碍。《公孙无人》第九章以“食主于疗饥”“衣主于御寒”这样的生活事例，告诫人们对待一切事物，必须分清“何者为主”，“何者为客”，以免“失其权度”。《枸橼》第四章写了一个自吹善于驾船的“贾人”，以花言巧语骗取了吴王的信任，“王使操余皇”，出江即遭沉没的故事，生动地揭示了鉴定一个人必须听其言而观其行的必要性。像这些寓意深刻、富有教益的佳作，在《郁离子》中不胜枚举。

从《郁离子》的不少篇章可以看出，作者是颇具辩证观点的。《天道》第三章借东陵侯与司马季主的问答，比较集中而形象地论述了事物发展变化的必然规律：“久卧者思起，久蛰者思启，久懑者思嚏”；“畜极则泄，闷极则达，热极则风，壅极则通。一冬一春，靡屈不伸；一起一伏，无往不复”。因此，“昔日之所无，今日有之不为过；昔日之所有，今日无之不为不足”。这当中固然难免有“相对主义”的唯心主义因素，并且也透露出一种对元王朝没落的痛惜之情，但他在并不情愿的心境中，毕竟认识到了自然和社会总是不断变化发展、不断推陈出新的必然规律。

再次，《郁离子》以《千里马》开篇，表明了刘基重视人才的思想和以此为纲来统率全书的意图。在刘基看来，为政者能否善用人才，关系着国家的兴衰存亡，因而他不厌其烦地从正反两面讲述有关用人的问题，谆谆告诫为政者要特别重视人才。

《千里马》第十章以马喻人才，指出“王无马不能师，天下萧然”。说明不善用人是致乱之由。第十二章以“北郭氏”之“室坏”喻天下之必崩，究其原因，乃在于“家政不修，权归下隶，贿赂公行”以及“老卒僮仆争政”，依然是用人不善所致。因此刘基无比愤慨地抨击了当时用人的种种弊端。《千里马》第三章说："今之用人也，徒以具数与？……乃不公天下之贤，而悉取诸世胄昵近之都那竖为之。"这就像"以羊负轭""以豕骖服"，如此荒唐地用人治国，怎么能不一朝倾覆呢？不仅如此，刘基还特别揭露了元代的民族歧视政策。《千里马》第一章写"郁离子之马孳得駃騠"，因其"非冀产也"，便不予重用。第十章又写："穆王崩，造父卒，八骏死，马之良驽莫能差，然后以产区焉。……江淮以南为散马，以递传服百役，大事弗任也，其士食亦视马高下。"这些文字都是对元王朝歧视汉人尤其是南人的猛烈抨击，认为这种政策是造成元末天下大乱、政权面临崩溃的主要原因。在《天地之盗》第七章中，刘基就用人问题评论元王朝说："是故天下之用力而不用智与自用而不用人者，皆虎之类也。其为人获而寝处其皮也，何足怪哉！"

刘基主张用人唯贤，这在《千里马》第三章中表达得非常鲜明："必学而后入官，必试之事而能，然后用之，不问其系族。惟其贤，不鄙其侧陋。"这种观点尽管未能超出古人举贤授能的思想，但在当时民族歧视异常严重、政治极端腐败的条件下，却不失为一种进步的主张。《枸橼》第十九章讲了一段故事：公子成进谏魏武侯，不应以所谓"贪"而疏远吴起，他说："夫起之能，天下之士莫先焉。惟其贪也，是以来事君，不然君岂能臣之哉？"接着指出，齐、楚、韩、赵、秦五国"顿兵坐视不敢窥魏者，何哉？以魏国有吴起以为将也"。吴起对于魏国如此举足轻重，因而应以国家利益为重，给予优厚待遇，才可"歼五国之师"，"所失甚小，所得甚大"。反之，如果吴起在魏国连生活都不能丰足，那么"起必去之"，"起去而天下之如起者却行不入大梁"，就势必出现"国空"而无人才的严重危机。这无疑是刘基主张重视人才、防止人才外流的思想的流露。

《郁离子》中关于善用人才的问题颇有一些精辟的见解，不无可供借鉴之处。

刘基的《郁离子》，上继先秦诸子的寓言遗式，下承唐代韩愈、柳宗元、皮日休、陆龟蒙、罗隐诸名家的杂文传统，运用了寓言、故事兼议论的体裁，在艺术形式上至少有两点值得一提：一是短小精悍，灵活多样；二是故事性强，寓说理于形象之中。

《郁离子》全书约四万三千余字，共一百九十五章，最长的不过六百四十六字（《九难》第四章），最短的仅六十四字（《省敌》第四章）。其表现形式不拘一格:有故事夹议论、议论夹故事式,有先讲故事、后发议论的“卒章显其志”式,有纯故事式或纯议论式,还有问答式和抒情式。多样的艺术形式与丰富的表现手段任其挥洒,所以无论叙事、描写、抒情、议论皆舒卷自如,洸洋自恣,从而呈现出千姿百态,异彩纷呈。例如《玄豹》第二章:

南山之隈有大木,群蚁萃焉,穿其中而积土其外。于是木朽而蚁日蕃,则分处其南北之柯,蚁之垤瘯如也。一日,野火至。其处南者走而北,处北者走而南,不能走者渐而迁于火所未至。已而俱爇无遗者。

这是一篇引而不发、意在言外的纯故事式作品。它以生动的故事形象地再现了元末农民起义的烈火燃遍大江南北,元王朝焦头烂额、穷途末路的情状。全文仅七十八字,可有多大的容量啊! 如果没有深厚的艺术功力,要达到如此惊人的艺术境界,是不可能的。

形象是文学的生命,缺乏形象的干巴巴的说教,是没有多大魅力的。看来刘基深知这一道理,因而他在针砭时弊、表达政见时,尽量巧妙地运用说寓言、讲故事的手法,把抽象的道理寄托在具体的形象之中,以增强文章的感染力。《郁离子》中许多佳作,或假托历史,或取材现实,上下古今,纵横南北,无论鸟兽虫鱼、花草树木、仙灵佛道、牛鬼蛇神,几乎都是顺手拈来,涉笔成趣。所谓“牢笼万汇,洞释群疑;辨博奇瑰,巧于比喻”(徐一夔《郁离子序》),确乎是它鲜明而突出的艺术特色。

所以,在中国古代散文史上,刘基的《郁离子》应当占有一席之地。

原载《重庆师范学院学报》(哲学社会科学版)1982 年第 3 期,《中国古代、近代文学研究》1982 年第 20 期全文转载

刘基之死

刘基，字伯温，是明代的开国元勋兼明初文坛宗主，曾被誉为“树开国之勋猷，昭传世之文章”，“实为明百代文章、勋业之宗”（陈烈《重刻诚意伯刘公文集后序》），可见他在明初政坛及文坛上都是一个重要人物。他生于元代至大四年（1311），死于明洪武八年（1375）。关于刘基之死，自从洪武十三年正月胡惟庸案发，中丞涂节告胡谋反，“并谓其毒基致死”（《明史·刘基传》），后又经朱元璋多次亲口咬定以来，一般都认为他是被当时的丞相胡惟庸毒死的。《明史》《明史纪事本末》《明通鉴》《万历野获编》等均执此说。中国青年出版社1980年出版的《历代诗歌选》，也说他是“被胡惟庸害死”（《历代诗歌选》第四册）。唯北大游国恩先生等编《中国文学史》含糊地说他是“后被朱元璋毒害”（游国恩《中国文学史》第四册）。除此之外，尚有所谓“忧愤而死”之说。新编《辞海》则以上述“害死”与“忧愤而死”二说并存之。

其实，所谓“毒死”之说非真，“忧愤而死”之说则是不确切的。且看事实吧。

第一，刘基于公元1373年秋患病，1375年正月胡惟庸携医来为他看病，同年三月还乡，四月十六日死亡。从“饮其药”至死，整整经历了三个半月之久。（见黄伯思《诚意伯刘公行状》。）投毒的目的在杀人，经三个半月始达此目的，岂非近似“定时炸弹”了吗？难道当时果真有如此奇特的“慢性毒药”（见王馨一《刘伯温年谱》）吗？倘谓医者用药不当，致使病情加重，容或有之，但这能定为“毒死”吗？何况刘基素称“聪明绝人”“器识宏远”（李时勉《犁眉公集序》），他与胡惟庸辈早就矛盾重重，怎会如此毫无警戒之心，昏然上当呢？并且从他的《郁离子》等作品看来，他对医道颇有研究，并非那么易受蒙骗。可见所谓“毒死”之说，绝非真实。

第二，考其所谓“毒死”之说，乃起于刘基已死近五年之后，中丞涂节告发胡惟庸时。发人深思的是，《明通鉴》“洪武十三年”[考异]中引《三编御批》曰：“刘基遇毒及惟庸反状，皆自涂节发之，及狱成而节亦同戮，且以逆党目之。揆之于理，殊未可信。”从这一段本来是为涂节被杀鸣不平的文字中，分明也透露出了所谓“刘基遇毒”的蹊跷不可信。

第三，值得注意的是，所谓刘基被胡惟庸毒死的“铁案”，是经朱元璋亲口咬定的。洪武二十三年（1390）十二月二十二日，朱元璋就曾对刘基次子刘仲璟说：“刘伯温那时挺身来随着我，……鄱阳湖里到处厮杀，他都有功。后来胡家结党，他吃他下了蛊。只见一日来和我说：‘上位，臣如今肚内一块硬结，但谅着不好。’我着人送他回去家里死了。后来宣得他儿子（按：指其长子刘琏）来问，说道：‘胀起来紧紧的，后来泻得鳖鳖（按：即‘瘪瘪’）的，却死了。这正是着了蛊。他大儿子在江西也吃他药杀了。”（见刘仲璟《遇恩录》）可是《明史·刘琏传》上却明明写道：“琏，字孟藻，有文行，洪武十年授考功监丞，试监察御史，出为江西参政，太祖常欲大用之，为惟庸党所胁，堕井死。”由此可见，朱元璋是信口胡说，大概不如此便不足以显示胡惟庸是该杀的“歹臣”。

第四，确曾有人不理会所谓“毒死”之说。就在明宣德五年（1430），即距刘基之死不过五十五年，当时的翰林侍读学士、奉训大夫、兼修国史的李时勉，在其《犁眉公集序》中写道：“开国功臣诚意伯刘先生，……功成名遂，引身而退，卒以寿终。”可见他是认定刘基为“寿终正寝”，并不相信所谓“毒死”之说的。

事实证明，刘基身为明初浙东地主集团的领袖，他在与淮西集团邀宠争权的内部斗争中处于劣势，长期郁积满胸，忧愤莫解，因而身患重病。实际上，刘基在1375年3月还乡前所写的《送宋仲珩还金华序》中，已对自己当时的老病之态做了如下描述:“予须发已白过太半,齿落什三四,左手顽不掉,耳聩,足蹶踔不能趋……”而就其“有物积腹中如卷石”(见《诚意伯刘公行状》)的症状推测,他很可能即患“胃癌”“肠癌”一类恶疾,加上年老体衰,医治无效,终于病死。“忧愤而死”之说虽对“毒死”之说是一个否定,但并不确切。至于在刘基死后多年,无中生有地抛出所谓“毒死”之说,则显然是朱元璋为了独揽政权,存心利用胡党之案所玩弄的鬼蜮伎俩。朱元璋称帝之后,一贯利用非淮人与淮西集团之间争权夺利的矛盾,重用淮人而又以非淮人来牵制淮人,从而加强和巩固自己的独裁统治。进而他更借有名的“胡蓝之狱”,有计划、有步骤地大量残杀功臣,将大权集于一身,煞费苦心地为其子孙“享无穷天下”(刘仲璟《遇恩录》)做安排。姑不论胡惟庸是否“谋反”该杀,所谓刘基被“毒死”成了朱元璋借以杀人的一把刀子却是显而易见的。据《明史纪事本末·胡蓝之狱》载:“帝又究故诚意伯死状,惟庸惧且见发,乃计曰:‘主上草营勋旧臣,何有我!’”就正好对此做了说明。

这件事使我们清楚地认识到,在中国封建社会中,即如朱元璋那样的农民起义领袖,一朝君临天下之后,也要彻底变质。为了填满权力的欲壑,什么伤天害理的事都能干得出来。在历史上,这类丑事我们见得还少吗?关于刘基之死,早就应还它以历史的本来面目了。

原载《大庆师专学报》1982年第3期

一组震撼人心的讽世歌
——读钟云舫《火坑莲》

晚清巴渝才子钟云舫，又名祖棻，清道光二十七年(1847)生于江津高牙乡青草碚。清同治六年(1867)考取秀才，后补廪生，在江津城南阙氏祠设馆教书二十余年。清宣统三年(1911)辞世，葬于江津油溪灯油坪。

钟云舫生性豪侠，铁骨铮铮，愤世嫉邪，不畏强权，敢与黑暗势力抗争，人称硬汉，自称铮铮居士。清光绪二十八年(1902)四川大旱，江津知县武文源却横征暴敛，致使民不聊生、怨声载道，于是举人张泰阶联络士绅上告。钟云舫满腔义愤，不仅参与其事，且亲自草拟诉状。武文源终被革职，但钟云舫也因此触怒当局势要，次年即遭到阴谋迫害，被构陷下狱，囚于成都。正如其老友巴邑陈项在《火坑莲序》中愤慨指出："徒以名高得谤，正直招尤。今白发盈头矣，讲学深山。无故而飞之以祸，致令流离失所，闻者酸心。"

钟云舫才高学富，"文名藉甚"。特擅对联之作，现存者虽"仅得其半"，亦多达1850余副。脍炙人口的《题锦城江楼联》及号称"天下第一长联"的

《拟题江津县临江城楼联》即其代表作，因而声名远播，被世人誉为“长联圣手”“联圣”。其实，被列为重庆市历史文化名人的钟云舫，不独擅对联，而且工诗文、词曲，著有《振振堂》八卷、《招隐居传奇》两卷、《火坑莲》一卷传世。但其诗文、词曲成就为“联圣”之名所掩，一般人还不大了解。特别是他满怀悲愤而作的讽世组歌《火坑莲》，更鲜为人知。

《火坑莲》为钟氏发愤之作，包括《醒酒汤》《不该嫖》《混世宝》《悔后迟》《自作孽》五歌。何以题为《火坑莲》？其友巴邑陈项在序中说：“世言天地四大坑，曰：酒、色、财、气。今增一坑，曰：洋烟（鸦片）。合乎五行之数，而皆必济之以火，陷之者终身烂焉。”这就是说，沉溺于酒、色、财、气、鸦片烟者，犹如身堕火坑；“莲”指“莲台说法”，借用佛家语表讽世、警世、醒世之意。钟氏生活于清末，王朝季世，摇摇欲坠，社会黑暗，世风堕落。钟氏身为一介寒士，耳闻目睹乃至亲历堕入“火坑”之现实悲剧，不禁义愤填膺、郁结莫解，于是特意采用民间说唱形式，写出了“雅俗皆通”的一组五歌，直击世道人心，不仅是对腐败社会的有力控诉，而且抒发了悲天悯人的情怀，展现了一位有良知的下层士人的社会责任感。

劝诫世人、惩恶扬善的主旨，自始至终贯穿了这一组讽世歌。

《醒酒汤》力陈酗酒的种种危害，旨在劝诫世人，切勿饮酒过量，以致丧失理智，违礼失态，出乖露丑。作者写道：

> 也有些，吃醉时，英雄纠纠。也有些，吃醉时，眼泪漱漱（簌簌）。也有些，吃醉了，神魂失守。也有些，吃醉了，狂叫不休。也有些，吃醉了，颜青似柳。也有些，吃醉了，面赤如榴。也有些，发酒寒，颈摇身抖。也有些，说酒话，麻搭火钩。真个是，酒中妖，无奇不有。真个是，酒中怪，无恶不收。九鼎神奸堪刺绣，此中幻相笔难搜。呀，这都是你祖功宗德，才使你出乖弄丑。

最后作者特意以自身的惨痛经历为实例，真切地讽劝世人千万不要酗酒：

> 曾记得，我当初，少年时候卖高拳，夸海口。三两壶，四五斗，饮长街，连昏带昼；醉青楼，寻双觅偶。到而今，湿滞心头。痰饮症，八年之

久。日间来，常常干呕；夜间来，常常咳嗽。看看的，形消（销）骨瘦。渐渐的，衰颜老叟。神仙药，想也难救。世间人，又何须，更来学某。他（它）不是玉液琼浆，他（它）不是冰菱雪藕，他（它）不是交桂辽参，他（它）不是淮柑蜀柚。纵然是，亲友们，十分劝侑。也无非，三两杯，就好忍手。却然何，昏昏到酉？衣冠化作形禽兽。劝诸君：吃不得，少吃几口！

此歌不仅反映了作者对现实生活的细致观察和深刻感受，而且充分体现了一种催人向善的道德力量。歌中还提及正反之典型，涉及古今之人事，足见作者视野开阔，笔力沉雄。作者对酗酒者失态情状的描绘淋漓尽致，不失幽默之趣，亦可见其才力非凡。

《不该嫖》主旨鲜明突出，即序中所谓“为好色者戒”。此歌劝诫世人“不该嫖”，还讽及其他伤风败俗、违礼不法的婚外性关系。由此可见当时世风之败坏，亦可见作者具有针砭时弊、警醒世人的自觉的道德承担。作者写道：

说甚么花心柳眼，说甚么杏脸桃腮，说甚么翠翠红红、容妆焕彩，说甚么好好真真、才华绝代。无非是，妆的娇痴，演的声容，描的粉黛。无非是，一种情魔，一具枯骸，一般的妖和怪。花尽钱财，买将面糊猪八戒。细思量，该也不该？……且不说，好淫的，天绝后代。且不说，好淫的，惹祸生灾。只你那，无夜无明，好嫖又将烟酒带。销尽聪明，混尽光阴，荡尽赀财。到尔时，精神消惫，骨瘦如柴，枯痨病害。眼睁睁，瞧着妻儿没下台。细思量，该也不该？

其歌词通俗谐畅，文采斐然；铿锵有声，可唱可诵。故当时广为流传，影响及于楚汉。此歌各段皆以“细思量，该也不该”结尾，有力地突出了主旨，且具一唱三叹之妙，显然吸收了民歌重沓复唱的特点。

《混世宝》为深陷“财”坑者诫。对那些一心聚敛钱财、不择手段、贪婪无耻、伤天害理的“混世宝”，予以尖锐的讽刺和有力的鞭挞。作者写道：

混世宝，混世宝，混得生人忙到老。无求有，有求多，多患少。自从世界变金银，天下聪明都误了。孔夫子，没人把香烧。赵公明(财神爷)，处处都有庙。看将来，可不可笑？……至若那，为银钱官司扰扰，为银钱口角嘈嘈，为银钱亲戚起争吵，为银钱骨肉动枪刀，为银钱入山寻虎豹，为银钱入海犯鲸鳌，为银钱迷津施毒棹，为银钱孽海起凶涛，为银钱功名办左掉，为银钱气节作球抛。狗咬耗，毕竟金山成缥缈。看将来，可不可笑？

作者以解剖刀一般锐利的笔锋，揭示了当时传统道德崩溃，世风日下，“孔夫子，没人把香烧，赵公明，处处都有庙”，“人人贪，个个要”的丑恶现实。其讽诫直击人心，足以令人警醒。不难看出，“混世宝”是作者精心塑造的类型化人物形象。此歌集中描写了深堕“财”坑、一心贪恋金钱者的种种丑态和恶行，可谓穷形尽相，入木三分。

《自作孽》控诉鸦片的危害。作者苦口婆心地劝诫陷溺于“洋烟”火坑的同胞，赶快戒除这一恶习。当戒不戒，则终身受害。作者写道：

戒洋烟，洋烟须自戒。朋友不帮忙，妻子难替代。当戒你不戒，终身不自在。可怜居住奈何天，何日能消冤孽债？……三两口，精神爽快。一盏灯，团团精彩。好形影相傍相偎，结祥和烟光蔼蔼。道家常嘴对嘴，扣合同腮对腮。土地松香围住一堆，你起我睡，你让我推。因此上，人人贪，个个爱。将一座好神州，化作烟世界。一方好田地，尽把罂粟栽。一个好人家，尽将烟气摆。一片好花街，尽将烟馆排。女子变妖怪，男子变痴呆。未老身先死，已死身不埋。

从作者的描述中，可见当时鸦片在社会上为害之广、为祸之烈，亦可见其疾恶如仇的是非观念和劝善规过的仁人情怀。这是一篇声讨吸毒滔天罪恶的檄文，也是一支促人戒毒改恶从善的劝世之歌。歌中对鸦片害人的形象揭示，无疑融有作者的亲身感受，故其刻画栩栩如生，具有动人心魄的感染力。

特别值得赞赏的是《悔后迟》。作者写作此歌的主旨在戒“气”，即劝诫世人，千万不要陷堕所谓“酒、色、财、气”这“天地四大坑”之一的“气”坑，但其客观意义远远超越了作者的主观意图。作者以第一人称的表述方式，写“我”蒙冤受屈，被昧着天良不讲理的地方官府陷害，投进暗无天日的监狱，身体受摧残，精神被折磨的悲惨遭遇：

> 到此来，天昏昏，地惨惨，还有甚么生机！叫弟称哥，都是些断头之鬼。银铛铁锁，耳目前即是阴司。萧萧风雨严寒夜，耿耿星河欲曙时。案情官事多愁绪，父貌妻容有梦思。闻说今年又冬至，灯影房房鬼暗窥。梆声动而哭声起，墙影高而月影低。此间洗面惟清泪，哀情欲诉，没有旧相知。寒衾似铁天如水，城阙悲乌苦苦啼。回思被暖香温日，只教我，英雄血泪赤青衣。

其末段写“我”的遭遇，字字椎心泣血：

> 我也曾，考县府，名列前茅。我也曾，挂水榜，名居第二。只因我，生平好气抱不平，打过了湖南、陕西。是恶人，我不怕你；是善人，我也不欺。从此豪名遍乡里，自号长安游侠儿。那(哪)知道，而今州县不讲理，昧着天良哄上司。内禀夹片由他写，颠倒乾坤说是非。五云楼阁空中起，阳货居然即仲尼。惚的渎办我个十年长系，梦虫子昏睡不知。好乡绅不能道地，同道人浪逐花飞。自家扒，扒又扒不起，银钱有限坑无底。到而今，悔之晚矣！钻了圈圈跳不出，去这里头不是好耍的。劝诸君：凡百事，忍些儿气！

这显然是作者亲身经历的真实写照。透过此歌饱含血泪的控诉，不难看到当时贪官污吏之猖獗，官府之腐败，社会之黑暗，世风之浇薄以及平民百姓任人宰割的悲苦命运，无疑具有深刻的认识价值。不过，作者以为“忍些儿气”就可免遭牢狱之灾，未免过于天真了。由于所写为亲身经历，故真实可信，真切可感。笔下充溢真情，悲慨发自肺腑，具有耸动人心的力量。

《火坑莲》是钟云舫呕心沥血的力作。这一组五首震撼人心的讽世歌，是作者继承发扬忧国忧民的士人传统，在强烈的社会责任感驱使下的发愤之作。它不仅针砭时弊，暴露黑暗，劝诫世人，惩恶向善，体现了社会良知和道德向上的威力，而且其形式远绍先秦荀子名作《成相》的传统，又吸收了民间说唱文学的特点，再加上自己的创造，终于成就了这一洋溢巴渝地方特色、雅俗共赏、可读可诵可唱的韵文佳构。钟云舫发愤而作的《火坑莲》无愧为巴渝近代文苑中的一枝奇葩，虽时光飞逝，已过百年，仍不失其现实意义。

原载《古典文学知识》2012年第2期

名篇论析

自主·自觉·自省·自立
——《诗经·卫风·氓》意蕴新探

《卫风·氓》是《诗经》中的名篇，也是所谓“弃妇诗”中的代表作，故历来论者甚众，但对其内涵意蕴的揭示，尚嫌浅泛。本文拟从文本出发，透过诗中女主人公的自叙之言，试作探究，以期揭示其深层意蕴，并求教于方家。

“以尔车来，以我贿迁”——婚恋的自主

朱熹在《诗集传》中论《氓》诗：“此淫妇为人所弃，而自叙其事，以道其悔恨之意也。”“淫妇”之称，乃道学家的诬指和偏见，无足深辩，但“自叙其事”之说，则颇如实。此诗一、二章追叙当初谋婚择期、无媒自嫁的由来和经过，处处凸现女主人公的婚恋自主意识。无论是“匪来贸丝，来即我谋”的真相揭示，还是“匪我愆期，子无良媒”的自我表白；无论是“将子无怒，秋以为期”的婚期再定，还是“以尔车来，以我贿迁”的果断出嫁，无不是女主人公婚恋自主的体现。在那“取妻如何？匪媒不得”（《豳风·伐柯》）以及“取妻如之何？必告父母”（《齐风·南山》）

的时代，公然冲破礼制的约束，不顾一切地追求爱情和幸福，是需要非比寻常的勇气的。

女主人公明知“子无良媒”，而仍断然决定“以我贿迁”，不免有被爱情冲昏头脑而一时冲动之嫌，但她自我做主而与“氓”相识、相恋直至成婚，不仅说明她是一位勇敢、叛逆、任性、果断的女子，而且说明她对婚恋具有强烈的自主意识，即不听父母之命，不用媒妁之言，自由选择对象，自我做主成婚。如此不同于一般女子的个性和违背礼制的婚恋行为，既为她后来横遭休弃埋下伏笔，又使她在认清“氓”的真相后毅然与之决裂成为必然。强烈的自主意识无疑是女主人公获取精神独立、重塑人格的基础。

值得注意的是，在《诗经》的其他“弃妇诗”，如《邶风》之《谷风》《日月》《柏舟》，《郑风》之《遵大路》，《王风》之《中谷有蓷》及《小雅》之《白华》《我行其野》等中，充溢诗中的是女主人公被弃后的哀怨和悲伤，却没有当初婚恋自主的追忆或描述。由此可见，《氓》诗中女主人公婚恋自主的意识和行为，显然别具一格。

“于嗟女兮，无与士耽”——女性的自觉

《氓》诗体现了女主人公明确的性别自认，即女性的自觉。特有的生活经历及内心感受，使之以女性的目光关注女性，审视女性的处境、心态和命运。她通过观照自己，进而观照社会，过滤人生，以期对社会、人生，尤其是女性世界有更多发现、更深了解，显示了鲜明的女性意识。

她清醒地认识到人类社会由男、女两部分组成，男、女不仅在社会地位上显有差异，在两性情爱方面也迥然不同。她把自身爱情婚姻的体验扩大到人类社会，发现女子容易沉湎于爱情，往往为了爱情，不顾一切，且往往深陷爱情之中，难以自拔；男子则不同，他们虽也会痴迷爱情于一时，却能自我解脱。此即所谓“男子痴，一时迷；女子痴，没药医”（明人院本《投梭记》第二十出）。虽然她还不甚理解“男人的爱情是男人生命的一部分；是女人生命整个的存在”[①]这样的爱情、社会命题，但她对男女在恋爱中的不同心理状态所做的客观陈述，却给后世女子提了个醒。

---

① 拜伦语，见西蒙·波娃著，桑竹影、南珊译《第二性——女人》，湖南文艺出版社1986年版，第431页。

心理上的差异导致态度、行为上的差异。尼采曾分析女人、男人对爱情的不同态度，认为“女人对爱情的意义了解很清楚，它不仅需要忠心，而且要求整个身体和灵魂的奉献，没有保留，没有对其他事物的顾虑”。“至于男人，假如他爱一个女人，他所要的是从她那得到爱；因此他要求女人的远胜于要求他自己的感情；假如有些男人，他们能完全放弃欲望，他们必定不是男人。”[①]《氓》之女主人公早就意识到这一点，所谓“女也不爽，士贰其行”，“士也罔极，二三其德”的慨叹，就表达了她对这一问题的深思和醒悟。

值得注意的是，此诗三、四章均以“桑”起兴，颇堪玩味。“桑之未落，其叶沃若”，“桑之落矣，其黄而陨”，兴衰对比的鲜明意象显然寄寓着女主人公对自身被弃原因的思考。她发现男子用情不专，易于花心；而女子却容颜易褪，韶华难再，色衰爱弛乃女性横遭休弃的一个重要因素。

既然男女的社会地位不平等，对待爱情、婚姻的态度迥异，女子色衰男子便爱弛，自身的惨痛经历更是刻骨铭心，这就使她自然而然地悟出“士之耽兮，犹可说也；女之耽兮，不可说也”的深刻教训，并以过来人的身份告诫天下女子，在情感生活中务必把握分寸，“无与士耽”。这是一位被不幸婚姻深深伤害的多情女子对所有女性寄予的一份特殊关怀，更是女性意识的自觉呈现，值得引起重视。像这样的女性意识的自觉，在《诗经》中的其他“弃妇诗”中是见不到的。那些“弃妇”自身都没从失败的爱情、婚姻中超拔出来，哪里顾得上观照别的女性呢？

“静言思之，躬自悼矣”——理性的自省

《氓》之女主人公私订终身，自作主张“以我贿迁”，以为找到了自己幸福的归宿，获得了自我实现的意义。她以贤妻良妇的标准要求自己，“三岁为妇，靡室劳矣”，“夙兴夜寐，靡有朝矣”，全身心为家庭做奉献。可是万万没有料到，招来的却是“言既遂矣，至于暴矣”，最终爱情幻灭，婚姻破裂，未能逃脱被弃的命运。

爱情、婚姻危机通常演为女性的生存危机。面对自己舍弃一切托付终身之人竟然先热后冷，进而“至于暴矣”，完全无视自己多年辛勤持家之劳，不难想象，身受贱视和虐待的《氓》之女主人公，也曾以泪洗面，哀叹自己命运不济，“遇

① 拜伦语，见西蒙·波娃著，桑竹影、南珊译《第二性——女人》，湖南文艺出版社1986年版第431页。

人之不淑矣”(《王风·中谷有蓷》);面对“兄弟不知,咥其笑矣”,四面楚歌、孤立无助的她,也许还有过伤心绝望的意念,但她最终没像《遵大路》《谷风》等“弃妇诗”中的女主人公那样仅止于哀怨和悲叹。诚然,爱情作为一种特殊的情感体验,无疑是感性的,但对爱情的认识和审视,却需要理性光芒的照射。作为一出婚姻悲剧中的女主角,《氓》之女主人公在伤心之余,终于选择了理性。“静言思之”即意味着轰轰烈烈之后的冷静自省和深沉反思。

她直面幻灭的爱情,正视破裂的婚姻,坦然对待迎面而来的生存危机。在“躬自悼矣”中,自尊感被唤醒,她开始思考为什么“女也不爽,士贰其行”,“言既遂矣,至于暴矣”;考虑如何对自己的爱情婚姻和自身负责。虽然她在反思中没有也不可能找到真正的答案,但她的理性思索却给了后世诸多启迪。

她从自身被弃后在社会中孤立无助的凄凉处境中认识到社会对待男女极不公平,女子在社会中可悲地处于不利地位。理智的她不再悲戚、哀叹,乞求怜悯,而是暗吞苦果,“躬自悼矣”。

恩格斯在《家庭、私有制和国家的起源》中精辟地指出:“个体婚制在历史上决不是作为男女之间的和好而出现的,更不是作为这种和好的最高形式而出现的。恰好相反,它是作为女性被男性奴役,作为整个史前时代所未有的两性冲突的宣告而出现的。”《氓》之女主人公不可能认识到,女性对男性的从属和依附而形成的被奴役地位,是其婚姻悲剧的根本原因,但她却用自己的道德标准,对已往的婚姻做了重新审视。她认为自己助“氓”成家,“三岁食贫”,尽心竭力,朝夕劳苦;“女也不爽,士贰其行。士也罔极,二三其德”。不言而喻,一切过错都在于男方。她借助道德力量斥责男子,自觉维护人格尊严,理性的精神与道德的向善力充溢在她“自叙其事”的字里行间。

值得一提的是,《诗经》中其他“弃妇诗”的女主人公,无不因被弃而为感情所左右,失去理智,唯独《氓》之女主人公能以理节情,静心反省。其自叙之言哀而不伤,柔中见刚,透出浓浓的理性精神,不难感受到她对道德向善力的呼唤,对自我人格的维护。她的坚强、冷静、理智,无疑是精神独立的必要前提。由此可知,其最终果断绝夫并非一时的感情冲动,而是在理性的光耀下,冷静自省后的慎重抉择。

“反是不思，亦已焉哉”——人格的自立

无情的社会现实使部分女人认识到，女人的升华发生在女人的自救过程中。《氓》诗前五章对婚前相恋之甜蜜、婚后持家之辛劳，直至横遭休弃之痛苦做了回忆，末章结尾却戛然一声，断然宣告：“反是不思，亦已焉哉！”往事不堪回首，让它过去吧；薄幸的男子，痛苦的婚姻，何足留恋！女主人公那被唤醒了的尊严感、责任感，使之完成了从被动生存到主动生存的转化。在“反是不思，亦已焉哉”这一耐人寻味的自白中，完成了对婚姻破裂所导致的生存危机的超越。苦难使她对爱情、婚姻、生命都有了新的认识，从而意识到自己的责任，最终战胜不幸，成为一个勇者、强者。

法国现代杰出的女作家西蒙·波娃说：“女人的一生，是消磨在等待中。”[①]《氓》之女主人公也曾痴心等待情人的出现，爱情的降临，婚姻的成功……以至期待“二三其德”的丈夫不忘“信誓旦旦”，重归于好；但她终于从冷酷的现实中幡然醒悟，不再等待。“及尔偕老，老使我怨”，表现出她对男子已经绝望，决心斩断情丝，毅然分手。在《诗经》的其他“弃妇诗”中，女主人公断无如此决绝之语。她们自始至终都没有醒悟，“见弃如此，而犹有望之之意焉”（见《邶风·日月》朱熹注语）。最终仍在痴痴盼望丈夫回心转意，期待丈夫重新爱自己。

在私有制度下的夫权社会，女性成为男性的附庸。女子若被丈夫遗弃，岂止不体面，还因丧失依托而面临生存危机。当母权社会为父权社会取代之后，女性传统地位下降，使得女人一生困守家中，不得不在家庭和感情生活中全身心奉献自己。历史的积淀在她们心中形成了一种集体无意识——承认这个世界属于男性，认为牺牲自己、奉献自己以成全男性的事业是女性的天职。这也被整个社会公认为天经地义。于是女人只能从一个附属地位走向另一个附属地位，成为男人所私有的财富、内助、传嗣者的合一象征。《谷风》等“弃妇诗”中女主人公的痴情恋旧，便是这种依附性及依附心理的反映。

“反是不思，亦已焉哉”，《氓》中女主人公对其人格自立做了直接的表白。她以坚强的意志斩断了对丈夫的依附心理，表现出对传统妇女观的反叛。这一脱口而出的决绝之语并不令人诧异。女主人公当初自由恋爱、择偶、订婚、出

① 见《第二性——女人》，湖南文艺出版社1986年版，第399页。

嫁,为爱情不顾一切,冲破世俗羁绊,本属异乎常人之举;当爱情幻灭、婚姻破碎,冷静反思,对“氓”绝望之后,理智的她由被动见弃转为主动决绝乃顺情入理之事。

还应特别指出的是,有一个重要信息不可忽略,即女主人公的出身和生长环境。从《氓》之首章可见,她从小就生活在一个手工业及商业(主要是蚕桑、纺织)较发达的地区,年渐长便亲自参与“贸丝”的交易。商业经济的开放、自由、平等交易等观念陶冶了她的独立意识,“贸丝”的谋生活动更熔铸了她自立的信心。恩格斯在《家庭、私有制和国家的起源》中指出:“妇女解放的第一个先决条件就是一切女性重新回到公共的劳动中去。”唯其如此,才能争得经济权,争得自由。男权社会剥夺了女性的经济大权、独立基础,而《氓》诗中女主人公的经济意识、自立信念、勤劳习性及其有一技之长,又使她寻回了生活的支点。对她来说,重整旗鼓,像过去那样从事农桑劳动,且抛头露面卖丝谋生,并非不可想象的事。

赛茜尔泰法治曾说:“女人在爱情中会忘记她自己的存在。这是自然的法律。没有她可以爱的人,她是不存在的,是一束散乱的花。”(见《第二性——女人》第432页,湖南文艺出版社1986年版)《诗经》的其他“弃妇诗”中女主人公被弃后的无所适从、茫然绝望,证明此说确有一定道理。然而《氓》中女主人公一句“亦已焉哉”,却将此说击个粉碎。她在重新审视自己与社会的关系,并在与过去的婚姻决绝中,已用自身的独立人格将这束散乱的花合起来了。

独立人格具有三种特征,即精神自由、意志自由、良心自觉。《氓》诗中的女主人公断然与过去决裂,不再指望依附男人,决心走自己的路。尽管在那私有制度下夫权制的时代,作为一个被压在社会最底层的孤立无助的女子,注定不可能有好的命运,但她执意追求自由,维护尊严,自信自立,道德向善,从这个意义说来,把《氓》称为一个女子的人格独立宣言,亦不为过。

原载《西南师范大学学报》(人文社会科学版)2000年第5期,本文系与王亚琴合作撰写

据实构虚 着笔对面
——《诗经·魏风·陟岵》的艺术特色

西周晚期，王室衰微，戎狄交侵，征战不休。平王东迁之后，诸侯兼并。大国争霸，战争更是连年不断。“王事靡盬”（王事没完没了），征役无止无息。征人终年行役，背井离乡，父母失养，夫妻离散，死生难料，战争酿成了无数惨痛的人间悲剧。《诗经》中有不少征役诗，真实地反映了当时苛酷的兵役、徭役给广大民众带来的深重苦难，凝结着征夫泪、思妇情，出自肺腑，感人至深。它们各具特色，富于艺术魅力，在文学史上焕发异彩。《魏风·陟岵》便是其中出色的一篇。

陟彼岵兮，瞻望父兮。父曰：“嗟！予子行役，夙夜无已。上慎旃哉，犹来无止！”

陟彼屺兮，瞻望母兮。母曰：“嗟！予季行役，夙夜无寐。上慎旃哉，犹来无弃！”

陟彼冈兮，瞻望兄兮。兄曰：“嗟！予弟行役，夙夜必偕。上慎旃哉，犹来无死！”

此诗写一位行役的征人，登高望远，怀乡思

亲。全诗三章，复沓重唱，写征人登上高高的山冈，遥望远方，仿佛听见父、母、兄长对自己的殷殷叮咛。他们虽然出语略异，但都深情流注、声口如一，无非是说：行役在外，日夜无止无休，可要多加保重啊，千万活着回来，别死弃他乡！

研读此诗，不难看出，其每章开头二句写实，后六句则纯写想象。征人登高思亲，极目远望，奔入眼底的会是什么景象呢？不外乎山峦重重，云雾茫茫。然而积淀于征人心底的情愫喷发而出，眼前便忽然幻化出父、母、兄长的熟悉身影，耳畔竟次第响起他们的殷殷叮咛。此时征人登高望远的实境与怀乡思亲的真情交相融会，临别时亲人的嘱咐与久别后刻骨的思念激荡心胸，不禁分身自省，推己及亲、由己思亲而联想亲人亦必思己，于是驰骋想象，化虚为实，描绘出似实而虚、亦幻亦真的动人情景。如此“据实构虚，以想象与怀忆融会而造诗境”（钱锺书《管锥编》第一册）的艺术手法，为《陟岵》所首创，堪称一大艺术特色。

《陟岵》的另一艺术特色是着笔对面。

此诗主旨为征人望乡思亲，但作者并不直写征人的思念，而是宕开诗笔，从对面写来。其实，行役“夙夜无已”“夙夜无寐”“夙夜必偕”的劳苦，本是征人亲身经历的真切感受；“上慎旃哉”的嘱咐，乃是征人多加保重的自我勉励；“犹来无止”“犹来无弃”“犹来无死”的祝愿，更是征人自身无可奈何的希望和期盼。这些激荡于征人心海的波澜，在诗中都化为远方父、母、兄长的亲切嘱咐，一句句从彼岸飞来。如此从对面着笔抒思亲之情的艺术手法，打破了时间、空间的局限，扩大了诗的意境，别开生面，感人肺腑。

《陟岵》另辟蹊径、开拓诗境的艺术表现手法，沾溉后世，其泽甚远。后世佳作诸如白居易《邯郸冬至夜思家》“想得家中夜深坐，还应说着远行人”，韦庄《浣溪沙》“伤心明月凭阑干，想君思我锦衾寒”，欧阳修《春日西湖寄谢法曹歌》“遥知湖上一樽酒，能忆天涯万里人”，范成大《育王望海亭》“想见蓬莱西望眼，也应知我立长风”，等等，其构思造境，着笔对面，都与《陟岵》一脉相承、机杼不二。至于脍炙人口的杜甫《月夜》一诗，更是发扬光大《陟岵》艺术特色的名篇佳作。其诗曰：“今夜鄜州月，闺中只独看。遥怜小儿女，未解忆长安。香雾云鬟湿，清辉玉臂寒。何时倚虚幌，双照泪痕干？”此诗写于唐玄宗天宝十五载（756）八月。是年六月，安禄山叛军攻陷潼关，杜甫携家逃难至鄜州（今陕西富县）。七月，肃宗在灵武（今属宁夏）即位，杜甫单身投奔，途中被叛军所俘，带至长安。此诗即为诗人被俘后身在长安对月思亲而作。引人注目的是，诗人不写自己看月，而写妻子看月；原本自己思家，却偏写家人思己；写小儿女幼不晓事，不解思念，乃反衬妻子思己之殷，更突出自己思亲之切。诗人望月遐思，极目骋怀，纯从对面着笔，想象与怀念交融，据实构虚而造诗境，这不正是源于《陟岵》吗？

原载《古典文学知识》1999 年第 3 期

说《叔向贺贫》

一、《国语》简介

《叔向贺贫》选自《国语·晋语八》。

《国语》是我国最早的一部国别史，也是一部颇有特色的历史散文著作。全书共二十一卷，主要记载西周末年至春秋时期（约前967—前453）周、鲁、齐、晋、郑、楚、吴、越八国的史事。它上起周穆王，下迄鲁悼公，包括的时代与《左传》所记大致相当。

中国古代的史官，历来有所谓记言、记事之分；记事为文，记言为献。《汉书·艺文志》说："左史记言，右史记事；事为《春秋》，言为《尚书》。"其实，言与事要严格地区别开来，几乎是不可能的，因为实际上往往是事中有言，言中见事；所以这种分工，只是从大体上区别而已。《国语》便是一部以记言为主的史书，因此名为《国语》。

《国语》的作者是谁，至今不可确知。由于司马迁在《史记·太史公自序》及《报任安书》中都说"左丘失明，厥有《国语》"，所以历来相传为春秋时期左丘明所作，但很多人对此表示怀疑。比较可信的说法是，它和《左传》一样，可能与左丘明的传诵有一定关系，后经熟悉历史掌故的人排比润色，在战国初年或稍后编写成书。

《国语》反映了春秋时代尖锐激烈的阶级矛盾和错综复杂的政治斗争，展现了那个时代政治变化的轮廓，描绘了当时形形色色的政治人物的精神面貌。书中虽然夹杂有不少天命神鬼的迷信思想，但也有不少篇章真实而深刻地揭露了当时统治者的凶狠残暴和穷奢极欲，揭示了广大人民群众处境的悲惨和生活的痛苦，为我们提供了一幅幅鲜明的历史画面，具有不朽的认识价值。

《国语》中不少篇章在一定程度上对统治者的揭露和批判，对人民群众利益的关心，对圣君贤相的赞美和对美好政治的向往，体现了作者鲜明的思想倾向。这在当时的历史条件下，无疑是具有一定进步意义的。

从文学的角度看来，《国语》的成就虽远不如《左传》，但也不可低估。书中不乏富有文学价值的篇章，如《晋语》之写骊姬、重耳，《吴语》之写夫差，《越语》之写勾践，都形象鲜明、生动感人，堪称古代散文中的优秀之作。《国语》中的文章大都质朴而简括，语言自然而较少润色，这些都是它独具的特色。

二、思想意义

在《国语》二十一卷中，《晋语》特多，独占九卷，足见《国语》作者对晋国史事的谙熟。《叔向贺贫》是《晋语》中颇富思想意义的一篇文章。这篇文章所记载的叔向的言论，从客观上揭露了当时身居晋国正卿之位的高级官员心贪财货、营私谋利的腐朽本质，反映了叔向这位比较明智的政治家对"骄泰奢侈，贪欲无艺"的行为的批评和对卿大夫身家的长久之计的关心，表现了他崇尚德行、鄙视财货的思想，并在一定程度上含有对国家利益的关切。就当时的历史条件而论，这应该是进步思想的反映。

叔向又叫叔响，羊舌氏，名肸，春秋时晋国大夫。其食邑在杨（今山西省洪洞县东南），故又称杨肸。他在晋悼公时曾任太子彪的傅。晋平公六年（前552），由于他的弟弟羊舌虎和栾盈同党，他曾被范宣子囚禁，后被晋平公任命为太傅。他是当时活跃在政治和外交舞台上的一位风云人物，他的活动时代约在公元前572—前532年间，史书中关于他的事迹记载颇多。据《左传》昭公六年

(前536)所记,郑人铸刑书(即制定成文刑法铸于鼎上公布施行),叔向曾诒书子产,对这一进步措施表示反对,反映了他倾向保守的政治态度。但叔向实不愧为一位颇有远见的政治家,他学问出众,识见过人,熟悉历史,并能清醒地正视现实。曾为“春秋五霸”之一的晋国,到了叔向所处的时代,已经腐朽没落、分崩离析,进入了即将衰亡的末世。叔向非常清楚地看到了这一令人痛心的局面,不免有些忧心忡忡。正如《左传》昭公三年(前539)所记,他在与晏婴同论齐晋季世时说,当时的晋国是“戎马不驾,卿无军行。公乘无人,卒列无长。庶民罢敝,而公室滋侈。道殣相望,而女富溢尤。民闻公命,如逃寇仇。……公室之卑,其何日之有?”(战马不驾战车,卿不率领军队。公室的战车没有甲士,步卒的行列没有官长。百姓疲劳穷困,而宫室更加奢侈。道路上饿死的人一个连着一个,而国君的宠姬却财富多得装不下。百姓听到国君的命令,就好像躲避仇敌似的。……公室的卑微,还过得了几天啊?)这就是当时晋国腐败政治和黑暗现实的真实写照。在这种情况下,身为晋国正卿的韩宣子却为财货不足以满足私欲而忧。叔向针对宣子之“忧”,反而“贺”之,并借此大讲了一番骄奢淫侈、贪欲无餍、不顾法纪、放债牟利不但会使自身不免于难,而且还将罪及子孙后代的道理。他鲜明地指出,倘若贫而能行德,那是值得庆贺的;但如贪财而不建德,则“将吊不暇,何贺之有”。

叔向的批评之词无疑是非常尖锐的。它有如一记当头棒喝,足以促人猛醒。应该看到,叔向所崇尚的“德行”,包含有顺法度、正晋国,使其地位提高以“越于诸侯”这样的内容。如此对国家利益的关心,确乎是值得称赞的;较之“恃其富宠,以泰于国”的孜孜于谋求私利之徒,实不可同日而语。

当然,叔向的说教只不过是他美好愿望的反映,实际上无济于事。因为骄奢淫逸、贪财营私是一切剥削阶级的本性,从根本上来说,是无法改变的。叔向尽管试图用建“德”、宣“德”作为武器,来维护公室的长治久安,但历史证明,这只能是不切实际的幻想。末世的危机不可挽回,公室的衰亡已成必然之势,岂是靠“德”所救得了的呢?

三、写作特点

我国古代散文的优良传统之一是长于议论,从《尚书》的片语到《论语》的“微言”,都体现了这一特色。然而由于先秦时期毕竟是我国文学的童年时代,如果用今天的眼光来衡量,那时堪称“纯粹”的论说文实在寥寥,但洋溢着政治色彩的文章却不少见。《叔向贺贫》就是一篇对话体的极富政治色彩的论说文。所谓对话体是在语录体基础上的发展,它往往于应对辩难中阐述作者的观点和主张。在先秦诸子之文和史家之文中,我们不难读到用这种形式写成的论点鲜明而说理透辟的佳作。可以认为,对话体是从语录体向“纯粹”的论说体过渡的桥梁,这种形式在我国古代论说体散文发展史中起着承上启下的重要作用。

《叔向贺贫》一文在写作上有两个突出的特点。第一个特点是持论锋锐,理足动人。刘勰在《文心雕龙·论说》中指出:“凡说之枢要,必使时利而义贞。”这就是说,对当时有利并且意义正确乃是“说”的关键所在。说的目的在于使人信服,因此必须“顺情入机,动言中务”(即合情投机,发言中肯),现实的需要迫使说者不能不讲究论辩的艺术。《叔向贺贫》紧紧扣住一个“贺”字展开论说。文章以记叙开端,以短短一句作为全文的引子:“叔向见韩宣子,宣子忧贫,叔向贺之。”此一“忧”一“贺”,适成鲜明对照。接着便写叔向与宣子对答,全文以论说为主,用正、反两面的史实来论述“贫”何以不应“忧”而当“贺”的理由。结论是:“今吾子有栾武子之贫,吾以为能其德矣,是以贺。”然后谈锋一转,再从反面设论,进一步申说道:“若不忧德之不建,而患货之不足,将吊不暇,何贺之有?”“德”与“货”,分明是两种境界不同的追求目标,其追求者则分别面临着迥然不同的结局:或完身免难,或亡身灭宗。前者自当“贺”之,后者则应“吊”之。这是何等惊心动魄的结论啊!此一“贺”一“吊”,又是一个鲜明的对照。本文立论针锋相对,说理切实中肯,真可谓“师心独见,锋颖精密”(《文心雕龙·论说》)。其说善于以切身的利害关系去打动听者,从正、反两面进行论述,因而剀切入理,动人心魄,有振聋发聩之效。

《叔向贺贫》在写作上的第二个特点是善于征引史事为证,此即刘勰所谓“敷述昭情,善入史体”(《文心雕龙·论说》)。引古证今、以古例今是先秦论说文中常用的手法之一。历史本身就是一面镜子。“知今宜鉴古”,何况历史本来就常常有惊人的相似之处。史事是过去曾有的现实,引述史事无异于再现活生生的人物、明显的经验或血淋淋的教训。因此,史家之笔、诸子之说、策士之辞都善于在论说中借助史事的引述来阐明某种观点。这就犹如在听者眼前展现了一幅幅历史的画图,使之深信不疑,并从中得到某种启示和教益。本文在记述叔向的论说中即成功地运用了这一手法。叔向分别以晋国历史上一“贫”一“富”两位显赫人物为实例进行论述。他先从正面讲到从前晋国的上卿栾武子(栾书),他虽然“无一卒之田,其宫不备其宗器”,但他能“宣其德行,顺其宪则”,并能使晋国地位提高,使诸侯亲近,使戎狄归顺,还能依法而行,不出毛病。因此,他虽曾杀掉晋厉公而立晋悼公,却因行为公正,没有受到“弑君”的责难。他的儿子桓子(栾黡)却反其道而行之,只是因为赖父之德,才得善终。桓子之子怀子(栾盈)本可以免难,却因受了父亲的连累而蒙受灾祸,“以亡于楚”,如此说明了“德”可惠泽后代而“罪”也可祸及子孙的道理。接着从反面举晋国正卿郤昭子(郤至)为例,说他“其富半公室,其家半三军”,但他“恃其富宠,以泰于国”,终于“其身尸于朝,其宗灭于绛”。这就是说,倘若富而无德,便将“一朝而灭”,这是多么令人心惊胆战的史实啊!以此作为论据,具有非同一般的说服力。征引史事为证这一手法的成功运用,无疑大大增强了本文的论辩力量。

此外,本文结构完整而严谨,语言具有质朴之美,这也都是值得我们称道和借鉴的。

原载《中学语文新篇目试析》,北京师范大学出版社1984年版

奇文《楚王死》与战国纵横术

《战国策》中有一篇奇文，即《齐策三》所载《楚王死》章。此文所记，不但显然与史实不符，且分明与文理、事理相悖，其写法亦颇为奇特，在《战国策》中可谓别具一格，故历来为学者们所注目。关于此文的作者、由来、性质及意义等问题，学者们探究推测，各陈己见，众说纷纭，莫衷一是。笔者认为，纵横家的理论著作《鬼谷子》一书，乃是解开这篇奇文之谜的一把钥匙。如果参照该书所论纵横术细加剖析，不难发现，此文借事生说，因事设辞，其实是一篇现身说法的纵横术讲义。

其文曰：

楚王（按：指怀王）死，太子在齐质。苏秦谓薛公（按：即田文之父田婴）曰："君何不留楚太子，以市其下东国。"薛公曰："不可。我留太子，郢中立王，然则是我抱空质而行不义于天下也。"苏秦曰："不然。郢中立王，君因谓其新王曰：'与我下东国，吾为王杀太子。不然，吾将与三国共立之。'然则下东国必可得也。"

苏秦之事，可以请行；可以令楚王亟入

下东国；可以益割于楚；可以忠太子而使楚益入地；可以为楚王走太子；可以忠太子使之亟去；可以恶苏秦于薛公；可以为苏秦请封于楚；可以使人说薛公以善苏子；可以使苏子自解于薛公。

苏秦谓薛公曰："臣闻谋泄者事无功，计不决者名不成。今君留太子者，以市下东国也。非亟得下东国者，则楚之计变，变则是君抱空质而负名于天下也。"薛公曰："善。为之奈何？"对曰："臣请为君之楚，使亟入下东国之地。楚得成，则君无败矣。"薛公曰："善。"因遣之。

谓楚王曰："齐欲奉太子而立之。臣观薛公之留太子者，以市下东国也。今王不亟入下东国，则太子且倍王之割而使齐奉己。"楚王曰："谨受命。"因献下东国。故曰可以使楚亟入地也。

谓薛公曰："楚之势可多割也。"薛公曰："奈何？""请告太子其故，使太子谒之君，以忠太子，使楚王闻之，可以益入地。"故曰可以益割于楚。

谓太子曰："齐奉太子而立之，楚王请割地以留太子，齐少其地。太子何不倍楚之割地而资齐，齐必奉太子。"太子曰："善。"倍楚之割而延齐。楚王闻之恐，益割地而献之，尚恐事不成。故曰可以使楚益入地也。

谓楚王曰："齐之所以敢多割地者，挟太子也。今已得地而求不止者，以太子权王也。故臣能去太子。太子去，齐无辞，必不倍于王也。王因驰强齐而为交，齐辞，必听王。然则是王去仇而得齐交也。"楚王大悦，曰："请以国因。"故曰可以为楚王使太子亟去也。

谓太子曰："夫剬楚者王也，以空名市者太子也，齐未必信太子之言也，而楚功见矣。楚交成，太子必危矣。太子其图之。"太子曰："谨受命。"乃约车而暮去。故曰可以使太子急去也。

苏秦使人谓薛公曰："夫劝留太子者苏秦也。苏秦非诚以为君也，且以便楚也。苏秦恐君之知之，故多割楚以灭迹也。今劝太子者又苏秦也，而君弗知，臣窃为君疑之。"薛公大怒于苏秦。故曰可使人恶苏秦于薛公也。

又使人谓楚王曰："夫使薛公留太子者苏秦也，奉王而代立楚太子者又苏秦也，割地固约者又苏秦也，忠王而走太子者又苏秦也。今人恶苏秦于薛公，以其为齐薄而为楚厚也。愿王之知之。"楚王曰："谨受命。"因封苏秦为武贞君。故曰可以为苏秦请封于楚也。

又使景鲤谓薛公曰："君之所以重于天下者，以能得天下之士而有齐权也。今苏秦天下之辩士也，世与少有。君因不善苏秦，则是围塞天下士而不利说途也。夫不善君者且奉苏秦，而于君之事殆矣。今苏秦善于楚王，而君不蚤亲，则是身与楚为仇也。故君不如因而亲之，贵而重之，是君有楚也。"薛公因善苏秦。故曰可以为苏秦说薛公以善苏秦。(《战国策·齐策三·楚王死》，上海古籍出版社1978年版)

此文之奇，早已为前人所发现并指出，概而言之，主要有三：

一是不顾史实，纯属虚构。鲍彪注指出："按《史》，楚三十年(前299)，怀王入秦，秦留之，明年(前298)顷襄王立，立三年(前296)怀王乃死。与此驳。"这就是说，楚怀王死于太子即位之后，而此文却称"楚王死，太子在齐质"，并以此作为全篇立论的事实依据。事实既不存在，可见纯属虚构之说。

二是不合文理、有悖事理。缪文远《战国策考辨》引黄少荃之说指出："夫苏子与田文言，岂自云苏子之事可以如何如何哉？此文理之不合也。且九可之说非皆为齐计，如可以忠太子使之亟去，可以恶苏子于薛公，可以为苏秦请封于楚，可以使人说薛公以善苏子等文，岂苏子可以与田文言者？又事理之不合也。"钟凤年《国策勘研》也说："此章所言多不切于事理。"

三是写法独特，别具一格。此文显然可分为前、后两个部分。前一部分即第一段，写苏秦献计薛公，以楚太子为筹码，谋取楚之东地。这一部分倘若分离出来，与《战国策》中所载一般策文之体例，并无多大区别。出奇的是后一部分。这一部分由"苏秦之事"承上启下，引出十段文字。首先总叙"可以如何如何"，然后以九段文字分别叙说，结语均为"故曰如何如何"。总叙中除最末一个"可以使苏子自解于薛公"，在下文中未见叙说，疑其文有脱误外，其余"九可之说"在下文中均有对应的叙说，好似前文设题而后文出解。这后一部分的写法颇为独特，在《战国策》中可谓独一无二。

由于上述缘故，此文受到学者们的重视，对于它的作者、由来和性质，也有种种不同的推测。鲍彪注说："苏子以此策干薛公，不见用，世犹载其语也。"吴师道指称鲍彪此言为"臆度之辞"，并在章末补注中说："《史》谓，当时以诈赴之，《策》犹仍之尔，特所谓新王及太子不可晓。然以逐节考之，皆有事实，又非饰说也。或者太子未返之时，郢中立王邪！姑缺所疑。"鲍、吴之说，虽有出入，但都认为实有其事。他们认虚为实，牵强作解，难以自圆其说，故不免令人困惑。近代学者认定此章为拟托之辞，提出了一些新的见解。钟凤年《国策勘研》中说："殆著者故假楚怀王拘于秦事，伪托苏子，妄为此文，以见其技之层出不穷，变化莫测耳。"即认为此章是著者为炫耀游说之术的高妙而"妄为"之文。缪文远《战国策考辨》引黄少荃之说："此《策》盖好事者为之。"并说："'苏子之事'以下文，又皆策士之设辞，记者之推论，其义亦甚明显。"即认定全文为"好事者"所作，其后一部分为"策士之设辞"和"记者之推论"。齐思和在《中国史探研·〈战国策〉著作时代考》中更为明确地指出："此章胜意层出，奇变无穷，乃《国策》中之至文也。然按之于史事则皆虚，盖纯为习《长短》者揣摩之谈耳。"即肯定此章文奇而事虚，作者为"习《长短》者"，性质属"揣摩之谈"。这些见解，虽不尽一致，但都有独到之处，足以启人心扉。

笔者认为，此文借事生说，因事设辞，先摆出一件虚构的事情，好似提供素材；接着根据这一素材，即围绕这一虚构的个案，设置种种"可以如何如何"的问题，依次逐一分说，做出"故曰可以如何如何"的解说。前面总设题目，而后分别自解，结构严密，语气一贯，窃以为绝似一篇讲授纵横术的教材。前人称此章的作者为"著书者"、"叙说者"、"第三者"、"好事者"或"习《长短》者"，都不错；但更准确地说，此人应该是一位精研纵横术并以此术授徒的行家。此章很可能是其自编的讲义，也可能是门徒弟子据其讲授记录整理而成。不管文出何人之手，讲授者应为其真正的作者。把此文看作一篇传授纵横术的讲义，不仅可以对其独特的写法做出合理的解释，而且对于此文不顾史实、全然虚构、不合文理、有悖事理的诸多疑惑，也都迎刃而解了。

如果参照《鬼谷子》一书所论纵横术，对此章所载关于"苏秦之事"的说辞加以剖析，则更可见其传"纵横"之道、授"纵横"之业的教材属性。

作者提供的"个案"为"楚王死，太子在齐质"，就这同一件事，让苏秦做主角，薛公、楚王、太子、景鲤等为配角，进行游说演习，可以说出九种不同的结局；而获致种种不同结局，全凭游说者一张利口。正如《鬼谷子·捭阖》篇所说，“乃可捭，乃可阖，乃可进，乃可退，乃可贱，乃可贵”，其所谓无所不可的武器，便是游说权谋之术。

且看此术在本章中如何运用。为了节省篇幅，不妨“举一反三”，择其“九可之说”中第一、第七、第九三段说辞加以剖析（所引术语均见《鬼谷子》）。

第一段，“可以请行”。

此段记苏秦说薛公，首先奉“圣人之制道，在隐与匿”的“谋”术，称“谋泄者事无功”；又按“决情定疑，万事之基”的“决”术，讲“计不决者名不成”；然后以“揣情”之术，揭示薛公留太子的内情为“以市下东国”；接着用“抵巇隙”之术及大肆宣扬“忧患”“亡利”“失意”“有害”的“阖”术，攻其计之缺失和后患；如此说服对方之后，再用“内揵”之术“进说辞”而“揵所谋”，从而达到目的。

第七段，“可以恶苏秦于薛公”。

此段记苏秦使人说薛公恶己，显然有悖事理，足见其为设辞以教的示范之说。其说先用“反以观往，覆以验来”，“反以知彼，覆以知此”的“反覆”之术，提醒薛公，当初“劝留太子者苏秦也”；接着用“计谋不两忠”的“忤合”之术，揭露苏秦非忠于薛公而实为“便楚”；然后用“揣”术，“以其甚惧之时，往而极其恶”，用“测身揣情”之法，揭示苏秦“多割楚”的意图是为了“灭迹”，以免事泄；再用“反覆”之术，以证苏秦故伎重施；同时用“抵巇”之术，挑拨苏秦与薛公的矛盾，攻其“巇隙”。薛公于是被“摩而恐之”，“符而应之”，“大怒于苏秦”。

第九段，“可以使人说薛公以善苏子”。

此段记景鲤说薛公。先用“飞箝”之术，称薛公“重于天下”，“能得天下之士而有齐权”，并以此术为苏秦“造作飞誉”，称其为“世与少有”的“天下之辩士”，此即“引钩箝之辞，飞而箝之”。接着用“言其害而不言其利”的“阖”术，夸言“不善苏秦”之“不利”。再用“摩而恐之”之术，渲染“不善苏秦”会招致“身与楚为仇”的恶果，给自己带来危险。最后用“内揵”之术，“明言得失，以御其志”，呈献“揵而内合”的计谋。并用“有以利”的“摩”术，以“有楚”的实利激诱其采取“贵而重之”的行动。如此“决安危之计，定亲疏之事”，达到“乃可求，乃可用”的目的。

至于其他六段说辞，与此大体相类，不烦赘述。通过以上对《楚王死》章运

用纵横术的简要剖析,似可得到以下三点启示:

首先,可见研习纵横术者不仅有老师传授,而且有讲习演练的资料记录,本章就是这样一篇由传授者现身说法的讲义,也可说是讲习纵横术的教材。这样的传授者,即深谙纵横术奥妙的行家,亦即纵横家。倘若姑妄名之,不妨虚拟为所谓"鬼谷先生"。

其次,由本章可见,"苏秦"已是一位虚化了的人物。出现在本章中的"苏秦",只是作为一种符号,代表长于游说、精于权谋的纵横家,而并非指历史上那位实实在在的苏秦。司马迁在《史记·苏秦列传》的论赞中指出:"世言苏秦多异,异时事有类之者皆附之苏秦。"本章特借所谓"苏秦之事"作为游说演习的资料,无疑正是"有类之者皆附之"的一个典型事例。

第三,可知《鬼谷子》一书的确是纵横之术的理论总结和概括。根据以上所做的简要论析,本章所用游说权谋之术,几乎都可从《鬼谷子》中找到对应的答案。不过本章所记乃实际的运用,《鬼谷子》中所述则为理论的概括;前者是具象的游说,后者则是抽象的术语。实践是认识的基础,理论是在实践的基础上产生的。也就是说,作为系统化了的理性认识,必须从感性认识发展而来。因此可以肯定,将纵横术理论化了的《鬼谷子》一书,是在大量的纵横游说实践活动基础上产生的。按照人类认识的基本规律,绝不可能先有了一部系统、完整的专讲纵横术的理论"宝典"《鬼谷子》,然后才有纵横游说的实践活动。当然,理论一经产生之后,便可运用于实践,指导人们的行动,并接受实践的检验,从而不断发展、完善。然而值得注意的是,我们从《战国策》和论及游说之术的先秦诸子著作如《荀子》《韩非子》《吕氏春秋》中,未见提及《鬼谷子》中以标题形式论列的那些术名。《史记·虞卿列传》论赞中称虞卿作《虞氏春秋》,"上采《春秋》,下观近世,曰《节义》《称号》《揣摩》《政谋》,凡八篇,以刺讥国家得失"。《汉书·艺文志》著录《虞氏春秋》十五篇于"儒家"类。其书早佚,莫知其详,虽有《揣摩》之篇,但看来似与游说之术无涉。此外,《管子·九守》篇与《鬼谷子·符言》篇文字略同,《邓析子·无厚》篇中有一段文字与《鬼谷子·内揵》篇略同,该书《转辞》篇中还有多段文字分别见于《鬼谷子》的《权》篇、《摩》篇、《符言》篇和《本经阴符七术》,但它们都没有涉及《鬼谷子》中所特定的纵横术名称。在《楚王死》这篇纵横术的讲义中,尽管其运用的游说权谋之术不出《鬼谷子》一书所论述的范围,并且细细分辨，还不难"对号入座"似的找到二者的契合处，但全篇竟无一涉及《鬼谷子》中的专用术语。在《战国策》中，也仅有《秦策一·苏秦始将连横》章记有"得太公《阴符》之谋，伏而诵之，简练以为揣摩"及"期年揣摩成"之语。但这里所谓《阴符》，传为太公兵法；所谓"揣摩"，则为揣量体会、研究琢磨之意，与《鬼谷子》中所载《本经阴符》及"揣""摩"之术实不相干。上述现象不能不引人深思。

笔者认为，《鬼谷子》所论纵横术，应该是对战国时期风靡一时的游说活动的经验总结和理论概括，纵横策士们的大量游说实践乃是此书产生的基础。纵横游说的实践活动在前，纵横之术的系统化、理论化在后，二者的顺序不容颠倒。就现有资料看来，纵横术的专用名称，如"捭阖""内揵""抵巇""飞箝"之类，应是《鬼谷子》作者的发明，是从游说权谋的实践经验中提炼而出的理性认识。这样看来，《鬼谷子》一书的产生决不会早于战国之末，其最初成书大约在战国末年至汉初之间。

原载《西南师范大学学报》(人文社会科学版)2004年第6期

《邹忌讽齐王纳谏》三议

《邹忌讽齐王纳谏》(即《战国策·齐策一·邹忌修八尺有余》)是《战国策》中的名篇之一。此文由日常生活中的一件小事,引发出政治生活中的一番大道理,在生动而形象的故事中,包孕着含蓄而深刻的寓意。它因小见大,由此及彼,情节生动,结构完整,不愧为一篇耐人寻味的佳作,历来为人们所称道。然而其文虽美,其事则虚。它实际上是一篇拟托之辞,所记之事不足凭信(参见缪文远《战国策考辨》第88—89页,中华书局1984年版)。不过,从文学的角度看来,这倒是一篇颇具匠心的创作,因而值得细读深议。本文拟就一般有所忽略的三个问题略抒己见,以探其赜。

一、精心勾勒的理想画图

《战国策》是一部贯串着纵横家思想的史料汇编。其作者虽不可确指,但可肯定是属于战国末年或秦汉之际的纵横家或习纵横术者。书中有不少拟作,记事真伪杂糅,不可尽信。然而正是这些带有明显创作色彩的拟作,在文学上颇见光辉。堪称其中之代表者,如十余章苏、张纵横说辞,文皆骏雄弘辩,事多子虚乌有,不外乎是游说的研习或说辞之准备。《邹忌讽齐王纳谏》亦属此类。不过,此文自有其独具的特色。特色之一,便是它通篇寄寓了作者的理想,俨然是一幅精心勾勒的理想画图。

首先,作者勾勒了一位理想的君主形象。

文中的齐威王,从善如流。他一闻邹忌之谏,便明白自己"蔽甚矣",当即下令,悬赏奖励群臣吏民踊跃进谏,甚至"能面刺寡人之过者",可"受上赏"。这样的君主,无疑是作者饱蘸理想色彩所描绘的形象。各国君主是策士们游说的对象,如果他们都能像本文中的齐威王似的言听计从,那该多好。可是现实与理想往往不合,实际上当时的国君世主大多愚昧昏庸、不明事理。正如《吕氏春秋·遇合》所说:"凡能听说者,必达乎议论者也。世主之能识议论者寡,所遇恶得不苟?"请看《吕氏春秋·达郁》篇所记列精子高的故事:

> 列精子高听行乎齐湣王(亦作齐闵王),善衣东布衣,白缟冠,颡推之履,特会朝雨,袪步堂下,谓其侍者曰:"我何若?"侍者曰:"公姣且丽。"列精子高因步而窥于井,粲然恶丈夫之状也,喟然叹曰:"侍者为吾听行于齐王也,夫何阿哉!又况于所听行乎万乘之主,人之阿之亦甚矣,而无所镜,其残亡无日矣!"

显而易见,此文与《邹忌讽齐王纳谏》颇有相似之处,但二文中的齐王却迥然有异。一个并未登场,但从列精子高的感喟之中,可依稀见其被阿谀奉承所包围"而无所镜","其残亡无日矣"。另一个则登台亮相,他闻谏即悟,且以实际行动求谏,奉行"为民者宣之使言"的方针,成就了"燕、赵、韩、魏闻之,皆朝于齐"的辉煌政绩。两相比较,不难看出,前者所提及的湣王,形象是模糊的,但较为实在;而后者所叙写的威王,形象则较鲜明,但显然带有理想的色彩;甚至当悬赏求谏之令颁下期年之后,人们"虽欲言,无可进者",已俨然成了无懈可击的完美人物。由此可见,这一形象确系作者别出心裁地创作而成。不过,历史上的威王确也有"贤王"之誉(见《齐策一·成侯邹忌为齐相》章鲍彪注语),而且有"齐国大治,诸侯闻之,莫敢致兵于齐二十余年"的政绩(见《史记·田敬仲完世家》)。本文作者特选他做理想君主的模特儿,不是没有道理的。只不过作者笔下的威王,更富于理想的色彩罢了。

其次,作者描绘了一位理想的谋臣形象。

据本文看来,邹忌不但有知人之明,而且有自知之明。他胸怀坦荡,明察秋毫,能透过其妻、妾、客一致“美我”的现象,悟出“私我”“畏我”“有求于我”的不同实质。更可贵的是,他心系国事,能从生活小事联想到政治大事,从自身的感受推知“王之蔽甚矣”,从而巧言进谏,辅佐齐王成就功业。在作者笔下,邹忌分明是一个高大俊美、光彩照人的形象。

然而历史上的邹忌却并非如此。当他任齐相之时,田忌为将,二人关系不善。邹忌为了排挤田忌,不惜玩弄阴谋诡计。他听从策士公孙闬(《史记》作“公孙阅”)之计,说服齐威王而使田忌伐魏,“胜,则是君(指邹忌)之谋也,君可以有功;战不胜,田忌不进,战而不死,曲挠而诛”(见《齐策一·成侯邹忌为齐相》。《史记·田敬仲完世家》所记类此)。不难看出,其中隐伏杀机。而当田忌三战三胜之时,邹忌又与公孙闬阴谋使人伪装田忌之人往卜于市,声称“我田忌之人也,吾三战而三胜,声威天下,欲为大事(即反齐而王),亦吉否?”,然后将为人卜者捕之,“验其辞于王前”。如此使得田忌失宠而身危,只得亡命楚国。邹忌为了在齐国擅权,竟如此不择手段,阴谋陷害他人。尽管这种争权夺利、阴谋暗算的人和事在战国时期可谓司空见惯,但邹忌其人品质之卑劣,于此也可窥见一斑了。

然而就是这样一位邹忌,在作者的生花妙笔之下,竟被描绘成一位光明磊落的贤相,这自然是作者予以理想化了的结果。但作者之所以选定邹忌作为理想的谋臣来描绘,也并非毫无现实依据,因为邹忌确乎还有他光彩的一面。据《史记·田敬仲完世家》记载,他以鼓琴而见齐威王,三月而受相印,辅佐威王,“择君子”,“修法律”,“督奸吏”。齐国之大治,有他一份功劳。因此,作者把理想的谋臣形象附之于邹忌,是经过了一番深思熟虑的。

可以认为,本文作者借鉴了《吕氏春秋·达郁》篇的情节,但做了引人注目的加工改造。作者煞费苦心地选定齐威王与邹忌作为人物主角,并按照自己的理想,把他俩当作明君贤相式的人物来加以描绘,这不能不说是本文的一大特点。

不仅如此,本文还是作者提供的一份理想的说辞。

战国乱世,“天下方务于合从连衡”(《史记·孟子荀卿列传》),说客策士应运而生。为了适应当时斗争形势的需要,无论九流诸子,“及其出而用世”,“必兼纵横之辞以文之”（章学诚《文史通义·诗教上》），因而游说的技巧便需格外讲究。纵横家以腾说而致富贵，对此更是“简练揣摩”，不遗余力。一部《战国策》，大多是他们当时游说的记录或说辞的研习，因而其中不少是策士们奉为圭臬的范本。《邹忌讽齐王纳谏》就正是一篇堪为典范的理想的说辞。此文由生活琐事而及政治大事，微婉善讽，迂徐入情。其最后一记棒喝“王之蔽甚矣！”令被说者为之警醒。由此看来，它颇能得所谓“陈其势，言其方，人之急也，若自在隘窘之中”的“善说者”之要领（见《齐策三·孟尝君在薛》章末论断），因而堪称“善说”之典范。这篇文章也就不愧为一篇理想的说辞。

然而本文最为引人注目之处，还在于作者描绘了一个理想的政治境界。

请看：贤臣忠心进谏，明君虚心纳谏。悬赏求谏之令一下，“群臣进谏，门庭若市。数月之后，时时而间进。期年之后，虽欲言，无可进者”，以至于“燕、赵、韩、魏闻之，皆朝于齐”。真是上下同心，君臣协和，国泰民安，威服诸侯，好一派王天下的局面。可惜这种局面只是一种虚幻的景象，“根本靠不住”，是作者“信手拈来作陪衬的”[缪文远《邹忌讽齐王纳谏史实考辨》，《四川大学学报》（哲学社会科学版）1979年第4期]。它只不过是存在于作者理想中的境界罢了。

不错，本文正是以理想的君主、理想的谋臣、理想的说辞、理想的政治为线条，勾勒了这么一幅理想的画图，因而它通篇闪耀着作者理想的光辉。而这正是本文在文学意义上的可取之处。

二、倾向鲜明的八字论赞

作者于该文之末，饱含难以掩饰的赞赏之情，如此下一论断：“此所谓战胜于朝廷。”虽然不过八个字，却旗帜鲜明地表现了纵横家的思想倾向。

《战国策》文章中不乏这种作者自身的论断。据笔者统计，载有这种论断辞的策文有三十五则之多（参见拙作《论〈战国策〉的文学成就》）。它们或出章中，或附章末；或就事论事，或借题发挥；或长近二百字，或短仅八字，都不外乎是作者直接吐露爱憎褒贬，表明思想、态度的论赞之辞。其形式上承《左传》中的“君子曰”，下启司马迁《史记》中的“太史公曰”。赞语虽大多短小，且尚未定型，但无不是作者“本其为义，事生奖叹”，“约举以尽情，昭灼以送文”（《文心雕龙·颂赞》)的真情表露。它对于我们把握作者的思想倾向,有不容忽视的重要意义。

然而令人遗憾的是,对于本文中的八字论赞,一般都只是停留在字面意义的理解上,而对其实质性的含义,却未予深究。其实,正是这八字赞语,犹如画龙点睛之笔,点出了本文精义之所在。

“此所谓战胜于朝廷”意即身在朝廷,不必用兵,就可打败别国,取得胜利。全文以此收结,良有深意。它无疑是作者贬战思想的流露。此所谓“贬战”,即贬低战争的作用,而抬高用计施谋的作用,它是与崇尚计谋,鼓吹策略万能的思想相一致的。而这正是纵横家的一大思想特征。

这种思想在《战国策》中有充分的表现。如《秦策一·苏秦始将连横》章中作者颂扬苏秦道:“当此之时,天下之大,万民之众,王侯之威,谋臣之权,皆欲决苏秦之策。不费斗粮,未烦一兵,未战一士,未绝一弦,未折一矢,诸侯相亲,贤于兄弟。……故曰,式于政,不式于勇;式于廊庙之内,不式于四境之外。”这与鼓吹“比之堂上,禽将户内,拔城于尊俎之间,折冲席上”(《齐策五·苏秦说齐闵王》)和宣扬“计不下席,谋不出廊庙,坐制诸侯,利施三川”(《秦策三·蔡泽见逐于赵》)一样,都意在贬斥凭仗武力以事攻伐。“此所谓战胜于朝廷”的论赞,在思想上是与上述主张一脉相通的。这种贬战思想,实质上是纵横家策略至上的政治思想的反映。在纵横家看来,只要善于运筹帷幄、出策用计,便可取得“甲兵不出于军而敌国胜,冲橹不施而边城降,士民不知而王业至”(《齐策五·苏秦说齐闵王》)的非凡政绩。应该指出,《邹忌讽齐王纳谏》主要还在于说明广开言路、善于听取批评意见的重要作用,但作者却以“此所谓战胜于朝廷”收束全文,这显然是借题发挥的论赞之辞。它非常鲜明地反映了纵横家的思想倾向。好似“图穷而匕首见”,这总结全文的八个字,把作者纵横家的思想烙印赤裸裸地亮了出来。

三、顺情入理的审美判断

本文是从邹忌与城北徐公比美着笔的。此所谓“美”,主要是指人的外表、体貌之美。人是一切社会关系的总和,也是社会属性与自然属性的统一体。因此,人的美包含着社会美与自然美,属于现实美的范畴。

本文推出了两个审美对象(邹忌和徐公),却有四个审美主体(邹忌及其妻、妾、客)。邹忌之妻、妾、客做出了基本一致的审美判断,认为徐公之美比不上邹忌之美;而邹忌本人,既作为审美之客体,又作为审美之主体,却做出了与其妻、妾、客相反的审美判断,自以为比不上徐公之美。徐公是“齐国之美丽者也”,而邹忌也是“修八尺有余,而形貌昳丽”,可见二人之美,都是客观存在的。尽管文中并未细写徐公如何之美,但他的美既已在齐国为众所公认,可知至少也是身材修长、形貌昳丽的人物;而且实际上,他的美还在邹忌之上。

那么,何以邹忌之妻、妾、客会做出与众不同,甚至与邹忌本人也相左的审美判断呢?据邹忌“寝而思之”所悟,乃是因为他们对审美对象之一的邹忌分别存有“私”(偏爱)、“畏”(害怕)、“欲有求”(想求得帮助)等感情因素和心理状态,所以做出了不符合客观实际的审美判断。

这当然是很有道理的。但能否据此认为,邹忌之妻、妾、客全都在弄虚作伪、矫情假意地大讲违心之言呢?笔者认为,似不可一概而论。

即以邹忌之妻为例。她认为“君(邹忌)美甚,徐公何能及君也!”她之所谓“美”,其实已不单指外表、体貌方面,而是在一定程度上带有对邹忌其人整个的审美评价,包括其内在品格、精神风貌甚至行为等方面的内容。诚然,她对邹忌怀有偏爱之情,无怪乎“情人眼里出西施”;不仅如此,邹忌还是她的物质生活与精神生活的主要依靠和支柱,不妨说,她是真心诚意地认为邹忌美于徐公的。至于邹忌之妾与客,自然又当别论。他们在感情及心理状态上与邹忌之妻有所不同,一个突出地含有“畏”的感情因素,另一个则“欲有求”,暗伏着某种功利性。然而他们做出的审美判断和评价却大体相类。

人的审美意识是情与理的统一,所以审美感受必然具有情感与认识、感性与理性、直观与功利相统一的特点。审美感受带有浓厚的主观情感因素,而情感是人对客观现实的一种特殊反映,它与审美主体对于审美对象的要求和需要有着密切的联系。也就是说,它与人的利害不无关系。邹忌的妻、妾、客(审美主体)对于邹忌与徐公(审美对象)所做出的审美判断和评价,尽管他们各自的情感因素和利害关系有所不同,因而存在着程度上的细微差异,但在基本上却是一致的,而且也都是顺情入理的。

因此,我们可以认为,邹忌的妻、妾、客主要出于主观的情感和特殊的心理状态,以致做出了与客观审美价值不相符合的审美判断;但又不能断然认为,他们的审美判断全都是虚伪的。因为他们所肯定的审美对象之美毕竟有着客观存在的依据(即所谓身材修长、形貌昳丽),何况审美主体与客体之间还有着种种情感上的维系,并且也间接地暗含着伦理、功利的因素。所以,他们一致做出了邹忌美于徐公的不符合客观事实的审美判断。

然而审美判断并非科学判断。作为审美判断,它是完全合理的,但不一定是正确的。也许正因为上述审美判断顺乎情、合乎理,看来出自真心,但却背离实情,这才具有更大的欺骗性和蒙蔽性,从而才能造成“蔽甚矣”的恶果;所以由此生发出启人深思的道理也就自然、贴切而令人信服。本文之所以具有强烈的感染力和说服力,这不能不说是原因之一。

原载《西南师范大学学报》(哲学社会科学版)1986年第2期

《唐且不辱使命》的文学特征

《唐且不辱使命》一文出自《战国策·魏策四·秦王使人谓安陵君》章，今之标题为后人所加。《战国策》一书，自《汉书·艺文志》以之与《史记》并列，归入“春秋”一类以来，历代史志及书目大都归之于“史”部。其实，《战国策》是一部亦史亦文的杰作。它在史学上固然具有不容忽视的重要意义，而在文学上则具有更大的价值。因为其所记之事并非“实录”，真伪参半，不可尽信，而策士之辞又多拟作、伪托，这就明显地带上了“创作”的色彩，难免为史家所诟病。然而虚构和想象正是文学的特征，“史学”意义上的黯然失色往往意味着“文学”意义上的增辉添彩。有趣的是，《战国策》中那些历来为人们津津乐道的名篇，恰恰正是这样一些虚拟之作。宋代李格非曾对此做出解说，他认为《战国策》“浅陋不足道，然而人读之，则必向其说之工而忘其事之陋者，文辞之胜移之而已。”（《书战国策后》，见诸祖耿《战国策集注汇考》附录《战国策考研录》）李氏之说无疑堪称有识之见，但仅仅归因于“文辞之胜”则未必尽然。笔者认为，这是由多方面因素决定的，而富于文学的魅力则应是其主要因素之一。《唐且不辱使命》便是其中颇具代表性的一篇。

此文以“夸饰非实”之笔，精心刻画了唐且勇抗强秦、不辱使命的英雄形象，描绘了他与强暴的秦王（始皇）面折廷争的惊心动魄场面，好似一曲壮美的英雄主义颂歌。其所记多属子虚乌有，但具有历久不衰的艺术魅力，因而千百年来为人们喜闻乐道，其文学特征，确乎值得一探。

一、理想化的人物形象

唐且与秦王是此文着力描写的两个主要人物。“主要人物是一定的阶级和倾向的代表，因而也是他们时代的一定思想的代表。”（恩格斯《致斐迪南·拉萨尔》）且看文中所写，一个是见义勇为、多谋善辩、勇抗强暴的策士，一个是至高无上、贪残凶狠、色厉内荏的秦王，二者适成鲜明对照。作者扬唐且而抑秦王，笔下灌注了强烈的感情色彩。在唐且这一形象的身上，不但闪耀着作者理想的火花，而且也在一定程度上寄托着当时人民反抗暴秦的愿望。不妨认为，文中的唐且，是作者倾注理想与热忱精心刻画的英雄形象。

唐且其人其事，屡见于《战国策》中。除该章外，在《秦策三·天下之士合从相聚于赵》《楚策三·唐且见春申君》和《魏策四·秦魏为与国》《魏策四·信陵君杀晋鄙》等章中均有记载。元代吴师道在为《战国策》作“补正”时，便已发现了其中的矛盾。他指出：“魏安釐王十一年（前266），唐且说秦……且为魏说秦时，九十余。至与信陵君语，相去十年，已百岁。为安陵君使秦，有‘灭韩亡魏’之言。魏亡在始皇二十二年（前225），上去说秦凡四十二年，决不存矣。”由此可见，唐且其人之存否已属可疑，至于《唐且不辱使命》所记他在秦廷之上有声有色、慷慨激昂的一番“表演”，就更难令人置信了。

无独有偶，在同样经刘向“采摭群书”编撰而成的《说苑·奉使》中，亦载唐且此事，与《战国策》所载大同小异。虽然“文气卑弱，不及《策》之挺拔”（诸祖耿《战国策集注汇考》该章按语），但唐且那英气勃勃的壮伟形象则与《策》文所记交相辉映。从文学的角度看来，应该说唐且其人是一个有血有肉的动人形象。

作者对这一形象的塑造可谓煞费苦心。如果探究一下唐且形象塑造的由来，倒是有迹可循的。历史上曾有一位曹沫，当鲁庄公与齐桓公会于柯地之时，他执匕首而劫桓公，迫其归还侵鲁之地。在唐且这一形象身上，显然附有曹沫的影子。而在现实生活中,当秦兼并天下之时,又曾发生过荆轲刺秦王之事。这一震惊天下的义行壮举,也自然会给作者以某种启示。所以尽管我们可以认为,文中的唐且确乎出于作者的虚构,但这种虚构又并非凭空捏造,而是作者借鉴历史,取材现实,经艺术加工而精心塑造出来的理想化的英雄形象。

至于文中所描写的秦王,始则盛气凌人,不可一世;继而勃然大怒,威风八面;最终却胆战心惊,低声下气。这种种描写,只不过是为智勇超群、英气逼人的唐且的伟岸形象做陪衬罢了。这样的"秦王",不免有些"想当然耳",毕竟不可与历史上真正的秦始皇混为一谈,但我们不能不赞赏作者以其艺术之笔揭示了秦王的本质特征。这样的描写,饱含作者强烈的感情倾向。不难理解,作者所写的不是实际如此的秦王,而是该当如此的形象。

作者倾满腔热情,极力赞颂的光辉形象则是唐且。我们知道,《战国策》一书的作者虽难确指,但可基本断定是战国末年或秦汉之际的纵横家或习纵横术者。纵横家大力鼓吹"策略至上"的政治思想,认为运用智谋策略处理好国与国之间的关系乃是"安民之本"①。因而他们突出宣扬外交的重要性,特别对那些深谙外交之道、能辩善对、不辱使命的人推崇备至。正是在这样的思想指导下,作者对唐且做了理想化的描写,把自己心目中的英雄楷模与唐且的形象融为一体,赋以血肉,使之成为活生生的典型。从这个意义说来,这位"不辱使命"的唐且在历史上虽然未必实有其人,在文学上却无愧为成功的艺术形象。

二、传奇式的故事情节

《唐且不辱使命》全文不过六百余字,却淋漓尽致地写出了尖锐激烈的矛盾冲突、唇枪舌剑的斗争场面、杀机隐伏的特殊环境和出人意料的离奇情节。全文所写,无异于一幕动人心魄的短剧。其故事情节虽虚诞莫稽,但极富传奇色彩。尽管就史实而言,断不足信,可是以文学的眼光看来,却委实动人。

不但唐且其人存否实属可疑,此文所记情节亦与史实大相乖谬。按:"安陵"即"鄢陵",在《说苑·奉使》中,"安陵君"即作"鄢陵君"。而据《魏策四·穰侯

① 见《战国策·赵策二·苏秦从燕之赵始合从》章所记苏秦之语:"安民之本,在于择交。择交而得则民安,择交不得则民终身不得安。"

攻大梁》章所记，有客谓穰侯曰："（君攻魏）得许、鄢陵以广陶，秦王不问者，何也？"时当秦昭王二十四年（前283），可知是时鄢陵其地已为秦所占有。而《唐且不辱使命》记安陵君派遣唐且出使秦国事在秦始皇二十二年（前225），已在秦占鄢陵五十八年之后，足见其所记断非史实而系伪托。

不仅如此，据《燕策三·燕太子丹质于秦亡归》章所记："秦法，群臣侍殿上者，不得持尺兵。"《史记·刺客列传》亦有类似记载："秦法，群臣侍殿上者，不得持尺寸之兵。"可知按秦法规定，群臣侍于殿上者尚不准操持兵器，更何况外来的"使者"！因此当荆轲行刺秦王时，乃不得不事先隐匿其匕首于地图之中，图穷然后匕首见。然而《唐且不辱使命》一文却写唐且在秦廷之上面对秦王"挺剑而起"，以致"秦王色挠"，足见确系"夸饰非实"之辞。正如清人谭献所说："予谓《策》纪多设词，如诸子之寓言，非可以实事求之。"（《复堂日记》卷五）又说："《国策》多寓言，不必尽求以事实。"（《复堂日记》卷六）胡怀琛之说则更进一层，他认为："《战国策》原为史类之一书，由今观之，吾人可云，其书大半是小说。"（见《战国策集注汇考》之附录《战国策考研录》）《唐且不辱使命》一文，正不妨以"小说"视之。此文超现实的种种描写，当然不会是历史事实的记录，但却较完美地表现了艺术的真实，而且是作者心理真实的形象化。

描写紧张激烈的斗争场面，使所写情节充满传奇色彩，历来为史家所长。或者不如说，史家大都不免有"猎奇"之"癖"。无论在纪传体史书如《史记》，还是编年体史书如《资治通鉴》中，都不难发现一些充满小说因素的章节。中国古代小说的产生和发展，与"史"的关系实在有些难解难分。《唐且不辱使命》一文即透出了些许端倪。此文一开头即摆出秦以强凌弱，用明为"易"之，实为"夺"之的伎俩欲占安陵，而安陵君不许的尖锐矛盾，点明唐且使秦的缘由；接着便写唐且入秦与秦王面折廷争，其间还插入"秦王怫然怒"，唐且"挺剑而起"，"秦王色挠，长跪而谢之"等细节描写，从而勾画出一幅短兵相接的斗争场面，渲染出一派充满刀光剑影的紧张氛围。对于这样的描写，我们不禁有似曾相识之感。在《史记·廉颇蔺相如列传》中，太史公写"完璧归赵"和"渑池相会"，亦曾采用类似手法，而这也正是其中特别脍炙人口的部分。这样看来，二者似乎存在着某种传承关系。

值得我们玩味的是，正由于《唐且不辱使命》中那些离奇夸诞的情节和超越现实的描写,使得作品本身蒙上了一层浓厚的传奇色彩,因而引人入胜,扣人心弦,令读者如亲临其境,目睹其情。在作者的妙笔之下,一位传奇式的抗暴英雄岿然挺立,而那不可一世的凶暴秦王则威风扫地。弱者制伏了强者,正义战胜了邪恶,如此富于传奇色彩的情节使人们充分享受了审美的愉悦。也许正是在这一点上,读者与作者感情相通、心灵合拍了。

三、纵横家的语言风格

文学是语言的艺术。高尔基指出:"文学就是用语言来创造形象、典型和性格,用语言来反映现实事件、自然景象和思维过程。"(高尔基《论文学·和青年作家谈话》)诚如上述,《唐且不辱使命》一文实可视为文学创作。其语言之雄健峭拔,充分体现了纵横家辩丽横肆的语言风格,具有强烈的艺术魅力。

一部"纵横家言"的《战国策》,其文辞之恢宏奇伟,历来为人们所称道。即使那些目之为异端,斥之为"邪说"的正统儒家卫道士们,也不能不称它为"文辞之最"(王觉《题战国策》),甚至赞美它"雄辩变幻,自是宇宙间一种好文字"(《战国策谭棷》附录姚三才语)。《战国策》具有生动形象、敷张扬厉、明畅通达、雄奇隽美的语言特色,其总体艺术风格倘若一言以蔽之,则为"辩丽横肆"。这在《唐且不辱使命》一文中,表现得颇为鲜明。

且看此文所记唐且与秦王针锋相对的论辩:

> 秦王怫然怒,谓唐且曰:"公亦尝闻天子之怒乎?"
>
> 唐且对曰:"臣未尝闻也。"
>
> 秦王曰:"天子之怒,伏尸百万,流血千里。"
>
> 唐且曰:"大王尝闻布衣之怒乎?"
>
> 秦王曰:"布衣之怒,亦免冠徒跣,以头抢地尔。"
>
> 唐且曰:"此庸夫之怒也,非士之怒也。夫专诸之刺王僚也,彗星袭月;聂政之刺韩傀也,白虹贯日;要离之刺庆忌也,仓鹰击于殿上。此三子者,皆布衣之士也,怀怒未发,休祲降于天,与臣而将四矣。若士必怒,伏尸二人,流血五步,天下缟素,今日是也。"

如此对所谓“天子之怒”、“庸夫之怒”、“布衣之怒”及“士之怒”、“士必怒”的不同情状的描绘，好似一幅幅画面。形象鲜明生动，语言铿锵有力。既有史事的引述，又有现实的描摹，更有未来的展示，真可谓言简而意丰，气盛而辞壮。清人刘熙载在《艺概·文概》中指出：“战国说士之言，其用意类能先立地步，故得如善攻者使人不能守，善守者使人不能攻也。不然，专于措辞求奇。虽复可惊可喜，不免脆而易败。”此所谓“先立地步”，即指说者首先应占据“制高点”，处于优势地位，居高临下，方可应付裕如，攻利而守坚。唯其如此，驳斥敌说，弘扬己论，始如高屋建瓴，势若破竹。《唐且不辱使命》一文语言之锋锐犀利、沉雄峻挺，亦主要得力于此。

然而也应看到，“措辞求奇”毕竟是策士说辞的一大特点。《唐且不辱使命》在这一点上表现得尤为突出。作者综合运用夸张、排比、对偶、象征等修辞手段和表现方法，大大增强了文章的气势和语言的力量。此文作者驾驭语言的功力令人叹服。如“伏尸百万，流血千里”与“伏尸二人，流血五步”，前后用语一致，句式相同，但经变换其中数词，以少易多，以小易大，便形成鲜明对照，前后相映成趣。而此二句对仗之工稳，音韵之和谐，亦足以体现作者的匠心。此文语言壮伟恢奇，敷张扬厉，堪称辩丽横肆之典范，难怪读来令人有天风海雨逼人之感。如此闪耀着奇辉异彩的语言艺术，怎能不令人击节赞赏呢！

原载《西南师范大学学报》(哲学社会科学版)1988年第3期

说贾谊《吊屈原赋》

当屈原死后百有余年，西汉政治家、文学家贾谊因受权贵谗毁，出为长沙王太傅。他心情郁闷，意不自得，途经湘水，不禁心与屈子共鸣。于是投书以吊屈原，满腔悲愤地写下了千古传诵的杰作《吊屈原赋》。

屈、贾历来并称，司马迁在《史记》中即以二人合传。据其所载，屈、贾在才学、抱负和遭遇等方面确有诸多相似之处。然而贾谊之作《吊屈原赋》，并非仅由于此，主要还在于他与屈原虽生异代而同心。不妨说，正是由于上述诸多相似使得百载之下的贾谊与屈原心心相印、息息相通，因而拨动了心灵的琴弦，奏出了一曲悼屈亦悲己的动人哀歌。正如王芑孙《读赋卮言·导源篇》所说："贾傅以下，湛思渺虑，具有屈心。"刘熙载《艺概·赋概》也指出："读屈、贾辞，不问而知其为志士仁人之作。太史公之合传，陶渊明之合赞，非徒以其遇，殆以其心。"

就内容而论，《吊屈原赋》可分前、后两部分。前叙屈原遇难自沉之因，后抒作者自我解脱之情。所谓"遭世罔极"，所谓"逢时不祥"，即社会的黑暗不公和世风的浇漓正是戕害屈原的罪魁。作者一针见血地指出，正因为"阘茸尊显兮，谗谀得志"，所以“贤圣逆曳兮，方正倒植”。他满腔愤慨地控诉道：“鸾凤伏窜兮，鸱枭翱翔”；“世谓随、夷为溷兮，谓跖、蹻为廉”；“莫邪为钝兮，铅刀为铦”。这一幅幅是非颠倒、违情悖理的图景，正是当时楚国社会的真实写照。社会如此黑暗，国君则是斥贤用奸：“腾驾罢牛，骖蹇驴兮；骥垂两耳，服盐车兮。”谗佞无能之辈飞黄腾达，千里马似的贤才却弃而不用，这样的国家怎能不亡？生活在这样的国家里的贤能之士怎能不遭难呢？作者透过诗人屈原的悲剧命运，进而揭示了造成这一悲剧命运的社会原因，应该说是尖锐而深刻的。作者的眼光也应该说是犀利的。但如果没有相似的遭遇和相同的感受，便难以具有如此深刻的识见。

屈原在《离骚》“乱曰”中发出了心灵的呼号：“已矣哉！国无人莫我知兮，又何怀乎故都？既莫足与为美政兮，吾将从彭咸之所居。”诗人峻洁的品格、高远的心志无人理解，自己怀抱的“美政”理想又无法实现，内心矛盾重重，前景茫然一片。于是诗人想到了传说中殷之时谏君不听、投水而死的贤臣彭咸，决心效法前贤，以身殉国。对于屈原自我选择而付诸实践的如此归宿，贾谊颇不以为然。他在《吊屈原赋》的后半部分即“讯曰”（犹《离骚》之“乱曰”）一段中，表达了与屈原有所不同的认识，也抒发了自己内心的愤懑。这一段文字，与其说是“吊屈原”，毋宁说是作者在寻求精神上的自我解脱。“已矣！国其莫我知兮”——基于相似的遭遇和感受，百年之后的贾谊发出了与当年屈原声口一致的感叹。然而贾谊认为，这种情况的出现自有其必然性：“凤漂漂其高逝兮，固自引而远去。”而且似乎也该当如此：“所贵圣之神德兮，远浊世而自藏。”作者充分认识到自我的价值，他以“骐骥”“凤凰”“神龙”“吞舟之鱼”“鳣鲸”等美好伟大的形象喻屈亦自喻，而以“蟂獭”“虾与蛭螾”“犬羊”“蝼蚁”等丑恶渺小的形象喻谗佞小人，爱憎分明地表达了不与宵小之辈共处，而欲“自珍”“隐处”的愿望。作者有强烈的自尊自爱之心，也有对自由自在的向往：“使骐骥可得系而羁兮，岂云异夫犬羊？”他对未来信心未泯，仍有大展宏图的愿望：“历九州而相其君兮，何必怀此都也？”他不像屈原似的绝望，自以为尚有用武之地，甚至还企图把握自己的命运，自己主宰自己，不受他人羁绊，要像“翔于千仞”的“凤凰”那样，“览德辉而下之”；倘若“见细德之险征”，则“遥增击而去之”。合则留，不合则去。一位自负自信、恃才傲物的抒情主人公形象跃然于纸上。贾谊毕竟年尚少，气犹盛。他虽然经历了屈原似的遭遇，却尚未走到绝望的境地。他感叹道：“彼寻常之污渎兮，岂能容夫吞舟之巨鱼？横江湖之鳣鲸兮，固将制于蝼蚁。”小水不容大鱼，鳣鲸受制于蝼蚁，作者形象地揭示了小国暗主不容忠良之臣，谗贼小人必将加害贤能之士。现实如此，无可奈何，只好将本来就渺茫的希望寄之于更加渺茫的未来了。

显而易见，贾谊虽然对群小蔽贤的险恶现实有着比较清醒的认识，但却无力反抗。他之所谓“远浊世而自藏”“览德辉而下之”，都不过是脱离现实的幻想。堪称一代英才的贾谊，也不能不像屈原一样，怎么也摆脱不了抑郁而终的可悲命运。这便是历史给他做出的必然安排。

作者饱蘸血泪写就的《吊屈原赋》，无愧为一曲时代的悲歌。

贾谊是骚赋的承统者。正如刘熙载所指出，“屈子之赋，贾生得其质”(《艺概·赋概》)。这就是说，贾谊继承了屈原赋的精神实质。他那如屈子一样的忧国忧民之心，治国安民之志，忧谗畏讥之情，怀才不遇之恨，在《吊屈原赋》中展现无遗。

在表现手法上，《吊屈原赋》也继承了屈赋“依《诗》取兴，引类譬喻”(王逸《离骚经序》)的传统。这一手法的运用在作品中可谓俯拾皆是。且看：鸾凤与鸱枭，莫邪与铅刀，周鼎与康瓠，罢牛与蹇驴，神龙与蟂獭、虾、蛭螾，骐骥与犬羊，鳣鲸与蝼蚁，无不两两相对，适成鲜明对比。一言以蔽之，则是“阘茸尊显兮，谗谀得志”而“贤圣逆曳兮，方正倒植”。作者寄情于物，主体与客体融而为一，使所咏之物带上了浓烈的感情色彩。一连串生动的形象和鲜明的对比，突出了作品的主题，凸现了作者的情志，增强了艺术感染力。

贾谊赋乃“诗人之赋”，主情志而不尚藻绘，独具清峻悲凉的艺术风格。《文心雕龙·体性》称“贾生俊发，故文洁而体清”，明代张溥说他“骚赋词清而理哀”(《汉魏六朝百三家集题辞》)，都指明了这一风格特征。在其传世之作中，当以《吊屈原赋》为此种风格之代表。

原载《诗经楚辞鉴赏辞典》，四川辞书出版社1990年版，本书篇名有改动

贾谊《鹏鸟赋》析

贾谊因受权贵谗毁，出为长沙王太傅。他壮志未酬，忧愤莫解，在卑湿偏远的长沙忽忽过了三年。汉文帝六年（前174）四月里的一天，当太阳偏西时分，一只鹏鸟（俗称猫头鹰）飞入贾谊居室，悠闲自在、从容不惊地停留在座位的一角。长沙古俗，以为鹏乃不祥之鸟，此鸟入室则主人将死。贾谊谪居长沙，郁郁寡欢；又见野鸟入室，不禁内心伤悲，“以为寿不得长，乃为赋以自广”（《汉书·贾谊传》）。“鹏集予舍”本来不过是偶然的事件，但身处逆境的贾谊却被深深地触动了心底的哀伤。于是他百感交集，寄情于文，写下了这篇著名的《鹏鸟赋》，聊以自我宽慰。

东晋大诗人陶渊明在《读史述》中合赞“屈贾”道：“嗟乎二贤，逢世多疑。候詹写志，感鹏献辞。”贾谊“感鹏”而作之赋，其字里行间充溢忧生之嗟。正如《文选·鹏鸟赋》李善注所道：“贾生英特，弱龄秀发，纵横海之巨鳞，矫冲天之逸翰，而不参谋棘署，赞道槐庭，虚离谤缺，爰傅卑土，发愤嗟命，不亦宜乎！”此所谓“发愤嗟命”之语，不但道出了作者的写作意图，而且点明了作品的主旨所在。

《鹏鸟赋》分前、后两段。前写“感鹏”，以记叙为主，叙写了“鹏集予舍”的时间、地点及其神态，并由探求其故而引发吉凶祸福之问。后即“献辞”，以议论为主，假托“鹏”之对答，引出全文主干。作者奉老庄齐死生等祸福的消极思想为精神武器，谆谆申谆言“祸兮福所倚，福兮祸所伏。忧喜聚门兮，吉凶同域”，从而表达了生不足悦，死不足患，纵躯委命，知命不忧的人生观。这种对人生的探索和对命运的思考，看似超脱，实质上深深地蕴含着忧患的意识。它曲折地反映了现实的严酷和作者遭遇的可悲。作者的内心实在并非“澹乎若深渊之静”，而是汹涌着不平的浪潮。在现实生活中，作者怀才不遇，“国其莫我知兮”，又谪居卑湿之地，深恐寿不得长，于是只好乞灵于老庄之道，向往着如“达人”“大人”“至人”“真人”“德人”似的“独与道俱”“独与道息”“与道翱翔”而“无累”“无忧”。这种思想的产生，固然与汉初崇尚黄老之学的时代风气不无关系，而更主要的则是作者在现实生活中碰壁之后深感走投无路的一种自我排遣。作者无可奈何地寄望于虚无缥缈的“道”，似乎一时求得了心理平衡，然而实际上只不过是一种自我欺骗罢了。透过那表面上颇为“平静”的说理之辞，我们仍不难感受到一股强烈的抑郁不平之气，而且触摸到一颗疾跳的哀愁忧伤之心。

这无疑是一篇封建社会中身处逆境的知识分子感愤于怀才不遇的典型心态记录。

此赋在写作上的一大特点是构思新颖而别致。全文假托与鹏鸟相问答，借鹏鸟“请对以臆”而展开说理、抒情。这种形式，是对前人传统的继承和创新。《诗经》中早有所谓“禽言诗”，如《豳风·鸱鸮》即为其例。该诗也许别有寄托，但其全篇均记母鸟哀诉之辞，诗人主体则始终未见。在先秦诸子之文中，以《孟子》为代表，有所谓“对话体”。这是在“语录体”散文基础上的发展。文中往往并记对话之双方，而主、客之辞则有详略主次之别。贾谊之作《鹏鸟赋》，显然吸取了“禽言诗”和“对话体”散文的一些特点，而将二者融而为一，创造出一种与禽问答、借禽言志的新形式。倘与单纯寄情于物、咏物言志者相较而论，这无疑是一种革新和进步。这种形式将所咏对象人格化，而使之俨然成为“对话”的一方，显然更富于人情味，同时也更具艺术魅力。

《鹏鸟赋》有偏重说理的倾向，诚如《文心雕龙·诠赋》所指出：“贾谊《鹏鸟》，致辨于情理。”如果以之与《吊屈原赋》比较，这一特点就更为突出。《鹏鸟赋》不以抒情写志为主,而以辨理为主,显然不同于骚赋的传统,而是对屈原《天问》和荀况《礼》《智》等赋的一些特点的继承、发扬。刘熙载指出:"《鹏赋》为赋之变体。"又说:"赋盖有思胜于辞者。"(《艺概·赋概》)《鹏鸟赋》如此富于哲理性,自不免"思胜于辞",这显然是先秦诸子长于思辨、习于逞说的遗风之再现。

事实证明,贾谊不但在政治上善于总结历史经验,提出新见解;在艺术上也善于继承前人传统,勇于创新。《鹏鸟赋》堪称赋史上第一篇成熟的哲理赋,也无愧为第一篇以四言为主的对话体赋。仅此一端,就充分体现了作者在艺术上难能可贵的创新精神。

《鹏鸟赋》虽以四言为主,且用韵语,但实际上已呈现出散文化的倾向。不过,贾谊"议惬而赋清"(《文心雕龙·才略》),其赋情真意切,远非后来那些专事翰藻以为勋绩的"汉赋"作品可比。《鹏鸟赋》不以铺陈写物见长,而以议论说理取胜。作者善于运用贴切的比喻,以生动的形象给本来抽象的哲理赋以血肉,使之鲜明可感,娓娓动人。如"水激则旱兮,矢激则远。万物回薄兮,振荡相转""且夫天地为炉兮,造化为工。阴阳为炭兮,万物为铜",又如"乘流则逝兮,得坻则止。纵躯委命兮,不私与己。其生兮若浮,其死兮若休。澹乎若深渊之静,泛乎若不系之舟"等,不仅形象鲜明,而且语言凝练、音节浏亮,体现出作者非凡的语言艺术功力。

《鹏鸟赋》的结构艺术亦颇值得称道。此赋头绪井然,来龙去脉清晰可辨,有如一气呵成。如其篇末以"细故蒂芥兮,何足以疑"收束全文,便有呼应首尾、连贯前后之妙。所谓"细故蒂芥",即对前面"感鹏"一段记叙的总评,而"何足以疑"则是对后面"献辞"一段议论的结语。此赋开阖得法、谨严有序,堪称赋中佳构。

原载《诗经楚辞鉴赏辞典》,四川辞书出版社1990年版,本书篇名有改动

读韩愈《圬者王承福传》

《圬[1]者王承福传》是唐代散文大家韩愈的传记名篇。传记之作，自西汉司马迁开创“纪传”体以来，历代多有。然而就所“传”对象而论，大都无异于替帝王将相者流撰“家谱”。为下层劳动人民立传者，历来罕见；至于为被视为“贱且劳者”的“圬者”立传的，更是前所未有。韩愈第一次将从事粉刷墙壁、砌砖盖瓦之业的“泥水匠”作为传记的主人公，这种大胆而可贵的反传统精神，实在是值得称道的。

这篇传记简略地记叙了王承福的家世、经历、职业和为人。其主要篇幅则记述了王承福对自己“手镘衣食”“虽劳无愧”的一番议论，中心则在论说“食焉而怠其事，必有天殃”的道理。作者从“警余”“自鉴”的目的出发，为王承福立传，记其言，叙其事，并加评议。不但介绍了王承福的人生观和处世哲学，而且表明了自己的认识和态度。

透过作者所记，我们不难看到一幅“天宝之乱”后，唐帝国由盛而衰，天下疮痍，民生凋敝的惨淡图景。“世为京兆长安农夫”的王承福，在安史之乱中应征入伍，“持弓矢十三年，有官勋”。及至战乱之

① 圬：音wū，抹灰刷墙。

后，“弃之来归”，竟“丧其土田”，食宿无着，只得赁屋而居，靠做泥水工勉强维持生计，生活的困窘逼使他甚至宁肯不要妻与子。这当然绝非如作者所称道的“独善其身”，而是当时广大下层劳动人民无力养家活口的悲惨现实的反映。王承福尚且如此，至于那些“道路之废疾饿者”生活之惨痛，处境之悲苦，就更不堪设想了。

这无疑是此文在客观上提供的认识价值。

王承福目睹富贵之家的高楼大宅或变为废墟，或更换主人，或抄没入官，如此触目惊心的沧桑之变，使他悟出了“食焉而怠其事，必有天殃”的教训。这一段描述盛衰之变的文字，不但揭露了富家贵族子弟好逸恶劳而又为非作歹的劣迹秽行，而且揭示了他们不配有好的命运。尽管这种表面的认识远远说不上全面而深刻，并且无论王承福还是作者自身，都没有也不可能看到他们的可悲结局乃是剥削阶级的腐朽本质所决定了的；但这种基于现实生活的顿悟，在当时的历史条件下，应该说仍不失为有识之见。

作者对王承福的这一番议论显然持赞许态度。所谓“其言有可以警余者”，当主要指此而言。作者同情自食其力的王承福，为之立传，且尊之为“贤者”，能以如此态度对待劳动者，确乎难能可贵。但我们还不能不看到，作者依然视“圬”为“贱”，又极力宣扬“用力者使于人，用心者使人”，且批评王承福只知“独善其身”而“不肯拔我一毛而利天下”等，都无非是站在统治阶级的立场，以正统儒家的观点来做衡量的偏见。它反映了作者思想中历史和阶级的局限性。

这篇传记在形式上有所创新。全文以议论为主。作者借王承福之口而抒己见，意在发表议论而非详细记叙王的一生事迹，故此文虽属传记之体，而亦为政论之文。文章记叙甚略而议论颇详，紧紧围绕中心反复论述，不枝不蔓，说理透辟。作者叙事“约而尽”，文章首段勾勒王氏生平，精练扼要，文简意明。诚如刘知几在《史通·叙事》中所说：“叙事之工者，以简要为主。……然则文约而事丰，此述作之尤美者也。”其所以如此，当然是与作者力去陈言、文从字顺的语言特色分不开的。

这篇传记善于从对比中显现人物的特征。王承福当国难之时挺身从军，“持弓矢十三年”，曾立战功而“有官勋”，但他却毅然“弃之来归”。这与那些“薄功而厚飨之者”，适成鲜明对照。他“手镘衣食”，“虽劳无愧”，且心地善良，所得

“有余”,“则以与道路之废疾饿者焉”。这与那些“多行可愧”、私欲无厌、患得患失、贪婪邪恶之流相较,实有霄壤之别。由此可见,作者颇善于“把各个人物用更加对立的方式彼此区别得更加鲜明”(恩格斯《致斐迪南·拉萨尔》)。

作者于篇末直抒己见,在“托赞褒贬”之中,表达自己的立场、观点和思想感情,并点明写作目的。这种写法,无疑是对纪传体史书中“论赞”的继承和发扬。司马迁撰《史记》,每于篇末,各书一论,称为“太史公曰”。这种形式,一直为后世史家所宗,而有“赞”“论”“序”“诠”“评”“议”“述”“撰”“奏”等不同名称。刘知几说:“其名万殊,其义一揆,必取便于时者,则总归论赞焉。”(《史通·论赞》)此文末段虽无上述名目,但实为“论赞”,于此可见其深受司马迁传记文的影响,但又自具特色。作者以旗帜鲜明的评论收束全文,有助于突出中心,增强说服力;既使文章结构完整,又说明了文章的写作意义。如此结尾,不仅完成了对传记主人公的记述,同时也向读者敞开了自己的心扉。于是,那勤劳、朴实、善良、诚挚的王承福,和那以文传道、气盛辞壮的作者韩愈的形象,便都一齐鲜明地凸现在读者的眼前。

原载《语文》1987年第5期;收入《韩愈诗文名篇欣赏》,巴蜀书社1999年版

务出己见为至文
——读苏洵《仲兄字文甫说》《名二子说》

在唐宋古文八大家中，苏洵显得颇为特殊。一是功名最薄，唯独他不具进士出身资格，仅在暮年做过卑微的小官，故其始终以“布衣书生”自居，平民意识特强。二是传世文章最少，不过百余篇，单从数量而论，远远不及另外七家。诚如佚名《老苏先生会葬致语并口号》所道：“书虽就于百篇，爵不过于九品。”

然而尽管如此，苏洵之文却能以鲜明的特色和卓越的成就屹然自立；而苏洵其人不仅生前就已名满天下，身后更被奉为一代文豪，与其二子苏轼、苏辙并占八大家之三席，在文学史上传为佳话。苏洵为文鄙弃因袭，贵在独创，强调“得乎吾心而言”，故曾巩在《苏明允哀词》中盛赞其“务一出己见，不肯蹑故迹”。其文得以“自为一家”，主要特点是别出心裁，见解独到，自然简切，博辩宏伟。其作《仲兄字文甫说》《名二子说》不过是说明改字命名用意的两篇短文，也体现了这样的特点。

先看《仲兄字文甫说》：

> 洵读《易》至《涣》之六四，曰：“涣其群，元吉。”曰：嗟夫！群者，圣人所欲涣以混一

天下者也。盖余仲兄名涣，而字公群，则是以圣人之所欲解散涤荡者以自命也，而可乎？他日以告，兄曰："子可无为我易之。"洵曰："唯。"

既而曰：请以文甫易之，如何？且兄尝见夫水之与风乎？油然而行，渊然而留，渟洄汪洋，满而上浮者，是水也，而风实起之。蓬蓬然而发乎大空，不终日而行乎四方，荡乎其无形，飘忽其远来，既往而不知其迹之所存者，是风也，而水实形之。今夫风水之相遭乎大泽之陂也，纡余委蛇，蜿蜒沦涟，安而相推，怒而相凌，舒而如云，蹙而如鳞，疾而如驰，徐而如徊，揖让旋辟，相顾而不前。其繁如縠，其乱如雾，纷纭郁扰，百里若一。汩乎顺流，至乎沧海之滨，磅礴汹涌，号怒相轧，交横绸缪，放乎空虚，掉乎无垠，横流逆折，濆旋倾侧，宛转胶戾。回者如轮，萦者如带，直者如燧，奔者如焰，跳者如鹭，跃者如鲤，殊状异态，而风水之极观备矣。故曰："风行水上，涣。"此亦天下之至文也。

然而此二物者，岂有求乎文哉？无意乎相求，不期而相遭，而文生焉。是其为文也，非水之文也，非风之文也，二物者非能为文，而不能不为文也。物之相使，而文出于其间也。故曰：此天下之至文也。

今夫玉，非不温然美矣，而不得以为文；刻镂组绣，非不文矣，而不可与论乎自然。故夫天下之无营而文生之者，惟水与风而已。

昔者君子之处于世，不求有功，不得已而功成，则天下以为贤；不求有言，不得已而言出，则天下以为口实。呜呼！此不可与他人道之，惟吾兄可也。

苏洵仲兄即苏涣（1001—1062），宋仁宗天圣二年（1024）进士及第，官至都官郎中、利州路提点刑狱。为官谨正，奉职守法，有"循吏"之称。苏涣初字公群，后由苏洵易为文甫。为了说明替兄改字的来由和用意，苏洵特作此文。

"涣其群，元吉"乃《周易》第五十九卦《涣》之六四爻辞。"涣"义为水流涤荡，"涣其群"是以水流涤荡污垢喻指圣人清除群众德行之恶，推行德教以统一天下。所以说苏涣原字公群，"则是以圣人之所欲解散涤荡者以自命也"。古人对命名取字极为讲究，决不马虎从事。字与名实相表里，在意义上具有某种关联。苏涣之名与字皆出自《周易》,不但其来有自,而且意蕴高远,政治色彩极为浓厚。这原本是很高尚的,然而在苏洵看来,却以为不妥。据苏辙《伯父墓表》:"公讳涣,始字公群,晚字文甫。"可知苏洵为其兄改字之时,苏涣已为官多年。虽然他"以进士得官,所至有美称"(苏轼《苏廷评行状》),但毕竟远未达到"涣其群"的理想境界,并且"以圣人之所欲"而"自命",未免妄自尊大,有所不妥。所以苏洵征得其兄同意,为之改字。

考虑到名与字的意义关联,不更名而仅改字,自有相当难度。苏洵拓宽视野,别开蹊径,从《涣》卦的《象》传"风行水上,涣"中得到启发;更从风水相激而自然成文的现象中悟出一个"文"字,乃将其兄原字"公群"改为"文甫"("甫"为男子美称)。这不仅将原先志在政治德教的意趣转移为"文",而且借此生发,阐明了"文贵自然"的主张和顺其自然而不刻意追求立功、立言的处世态度。可以说,苏洵借替兄改字,实际上表明了自己的文学观和人生观,其用意不可谓不深。

苏洵学杂纵横,文章亦具纵横之风。其文纵横驰骤,气势磅礴,恣肆酣畅,雄辩滔滔,颇有战国策士之辞的风神。《仲兄字文甫说》辞藻华丽,工巧壮美,为后世文人所激赏,堪称脍炙人口的名篇。其文刻画水之态、风之状,以及风水相激的壮观,铺陈夸张,妙喻连篇,穷形尽相,绘声绘色。

值得注意的是,苏洵把"风行水上"似的自然而然之文,奉为"天下之至文",并在写作实践中,力图攀达这一境界。《仲兄字文甫说》就鲜明地体现了这一特点。正如明代林希元所评:"风水相遭,形态千变,不求文而文生焉,诚天下之至文也。然非老泉之胸襟笔力,孰能形容到此!至以立功立言结束,此尤高世之论,非止文章之士矣。"(《静观堂三苏文选》)

如果说《仲兄字文甫说》是苏洵借替兄改字表达自己非凡的见解,并遵循"文贵自然"的主张而写出的名篇,那么,《名二子说》则是苏洵寄望于二子,专就命名轼、辙之义立论,且联系二子的性格特点,以形象之笔而写就的诫子佳作。

其文曰:

轮、辐、盖、轸,皆有职乎车,而轼独若无所为者。虽然,去轼,则吾未见其为完车也。轼乎,吾惧汝之不外饰也。

天下之车，莫不由辙，而言车之功者，辙不与焉。虽然，车仆马毙，而患亦不及辙。是辙者，善处乎祸福之间也。辙乎，吾知免矣。

不计标点，全文仅有八十七字，真可谓文极约而意甚丰。作者以传神之笔，写轼、辙之特点，看似议车，实则论人。起笔即说“轼”：对于车而言，轮（车轮）、辐（连接轴心和轮圈的直木条）、盖（车盖）、轸（车厢底部后面的横木）都各有职分，不可或缺，独有轼（车厢前用作扶手的横木）却好像没什么实在的用处。然而如果去掉轼，那还能称为一部完整的车子吗？作者由车之“轼”论及名“轼”之子，感叹道：“轼乎，吾惧汝之不外饰也。”知子莫若父，苏洵深知其子苏轼性格外露，坦诚直率，胸无城府，豪放张扬，如此待人处世，容易遭人嫉恨，以致获罪蒙难，内心不免为之担忧。故特语含规勉道：轼儿啊，我实在担心你毫不注意外表的掩饰啊！

接着说“辙”：天下之车，没有不经由车辙（车轮行进而压出的痕迹）而行进的。可是说到车的功绩，却没有车辙的份。然而如果车子翻覆，马儿倒毙，祸难也与车辙无关。所以说车辙是在祸福之间最善处的了。作者最后颇为欣慰地发表感慨道：辙儿啊，我知道你是能够免于祸难的了！

轼、辙兄弟二人生当北宋新旧党争激烈的时代，性格“不外饰”的苏轼，才华横溢，锋芒毕露，不为世容，“积以论事，为当轴者所恨”（《宋史·苏轼传》），竟屡遭贬谪，一生坎坷。苏辙性格内敛，冲和淡泊，含蓄深沉，谨重自持，异于苏轼。《宋史·苏辙传》称其“寡言鲜欲”“君子不党”，故能“齿爵皆优于兄”。苏辙遇事能自持论，不依附权臣，所以能自立而免祸。令人惊奇的是，苏洵在为二子命名时似乎对此已早有预见了。

苏洵少时游荡不学，至27岁始发愤攻读，登上科举仕进之路。但他先后两次举进士不中，至宋仁宗庆历六年（1046）38岁时赴京举“茂才异等”亦不中，次年举制策又不中。仕路不通，心气难平，于是“绝意于功名，而自托于学术”（苏洵《上韩丞相书》）。值得注意的是，此文即作于庆历七年（1047）。当年五月十一日，苏洵之父苏序病逝，苏洵返蜀居丧。其时苏轼11岁，苏辙8岁。不难看出，此文寄托了苏洵对二子未来的期望和赞许，可说是隐然将自己没能实现的理想和愿望转移到了二子的身上,同时别致地表达了作为父亲的告诫和劝勉,其殷殷之情、切切之意流露于字里行间。

《名二子说》因物及人,传神写照。在作者笔下,车之轼、辙与名为"轼""辙"之二子难解难分。物被人格化了,物与人融为一体。两相比较,《仲兄字文甫说》与《名二子说》在写作艺术上显然各具特点。前者以沉思翰藻见长,后者以引物托喻取胜,但其简切自然、博辩宏伟的风格则是一致的。真可谓:

改字命名用意深,务出己见为至文!

原载《古典文学知识》2011年第2期

读书札记

子产治郑

子产（？—前522年）即公孙侨、公孙成子，春秋末年杰出的政治家。他在郑国执政二十一年，无论内政、外交都有卓越的建树。

早在鲁襄公八年（前565年），子产"初出茅庐"就显得出类拔萃。那一年，郑国为了求媚于晋国，派子产的父亲子国同子耳一道率领军队侵袭蔡国，俘虏了蔡国司马公子燮。郑国人都很欢喜，唯独子产不随众从俗。他忧心忡忡地说："小国没有什么文德却有了武功，没有什么祸患比这更大的了。"并尖锐地指出："从今以后，郑国至少四五年内不得安宁了。"以致其父子国愤怒地呵斥他道："你知道什么！……小孩子如此胡说，要被杀了！"子产具有超群出众的见识，他能从实际出发，正视"小国"的现实，对当时的晋、楚两霸有着清醒的认识，因而能透过伐蔡获胜之"喜"，看到日后"晋楚伐郑"之忧。这不能不说是颇有远见的。子产崭露头角，即一鸣惊人，不同凡响，表现出政治家所独具的眼光。

那时候，周室衰微，诸侯兼并；战争频仍，天下大乱。郑"国小而逼"，处于晋、楚两大霸国之间，为两国必争之地，处境十分困难。由于列国兼并，大国侵凌小国是常事；小而卑弱的郑国，就曾多次遭受侵凌之辱。晋、楚、齐、秦等大国都对郑国虎视眈眈。国内呢？正是所谓“族大宠多”，内部矛盾重重，祸乱不已。就连子产之父，身任“司马”之职的子国，也是在鲁襄公十年（前563）郑国的尉氏、司氏之乱中，同“当国”的子驷和“司空”子耳一起被作乱者杀死的。当此内忧外患深重，国家面临崩溃之时，子产于鲁襄公十九年（前554）被立为卿，并在十一年后（前543），由子皮授政而为郑国之相。就当时的国内外政治局势而言，子产相郑可以说是受命于动乱之际，接任于危难之中，等着他去治理的郑国是一副难以收拾的烂摊子。子产所面临的现实，的确是矛盾尖锐，困难重重。

然而子产迎难而上，雄心勃勃。他上台后做的第一件大事，是将城邑赠送给郑大夫伯石。为什么这样做呢？他向对此表示不理解的子大叔说：“郑书有之曰：‘安定国家，必大焉先。’”这就是说，一定要优先照顾国内的大族，使其稳定、和睦，然后才会有国家的安定。尽管以此作为安定国家的首要条件早已载之于郑国史书，但子产笼络大族除了虑及于此之外，分明还别有深意。这是他在执政伊始，为了首先巩固自己的政治地位而采取的权宜之计，也是为了暂时调和统治阶级的内部矛盾所做的策略性的妥协。事实证明，用这种做法来求得国家的“安定”，无异于缘木求鱼，因为统治阶级内部钩心斗角、尔虞我诈，是怎么也“和”不了的。不过，子产为政能从国家的安定着眼，这在两千多年前，倒也是难能可贵的。

子产坚决维护上下尊卑有严格规定的等级制度，决不容许犯上作乱，认为这是“国之大节”。就在子产执政之初，郑大夫丰卷请求猎取野兽作祭祀之用，子产不许其越“礼”。他说：“只有国君祭祀才用新猎取的野兽，众臣下只要一般祭品足够就可以了。”鲁昭公元年（前541），郑国上大夫子皙与下大夫子南争聘徐吾犯之妹为妻，后来由这个女子自择夫家，嫁给了子南，子皙勃然大怒，不久即在外衣里面穿上皮甲去见子南，想杀死子南而夺取他的妻子，不料反而被子南操戈击伤。子产为了维护“礼”制，声称“曲直相等，年幼而地位低的有罪”，于是归罪子南，抓住他一一列举其罪状，然后把他放逐到吴国去以示惩戒。子产如此严密防范臣下躐等侵上，反映了他对内乱不休、危机四伏的现实的担忧。他竭力维护等级制度，为的是整顿混乱的秩序，但由于时代和阶级的局限，他没有也不可能认识到动乱发生的根源所在。从表面看来，他似乎解决了一些矛盾,而实际上却隐伏了更大的祸患,因而在根本上是无济于事的。

为了治理当时已混乱不堪的郑国,子产大胆地采取了一系列内政措施。他使城市和乡村有所区别,上下尊卑各有职责;让土田有四界水沟,庐舍和耕地互相适应。他对于卿大夫中忠诚而俭朴的,就听从而亲近,对那些骄奢淫逸的则依法严惩。这样干了一年,先是招来了怨恨,人们念诵道:“取我衣冠而褚之,取我田畴而伍之。孰杀子产?吾其与之!”然而三年之后,郑国的情况大为改观,人们又念诵说:“我有子弟,子产诲之。我有田畴,子产殖之。子产而死,谁其嗣(继承)之?”

特别值得一提的是,子产在国内还做了两件震动内外的大事。这就是鲁昭公四年(前538)的“作丘赋”和鲁昭公六年(前536)的“铸刑书”。所谓“丘赋”,即按丘(十六井)征发军赋(军役和军需),丘内新垦土田愈多,分摊军赋愈轻,这无疑是一件大胆的革新措施,是符合当时历史发展潮流的。至于“铸刑书”,乃是子产的首创。他把法律条文铸在鼎上,作为国家的常法。这多少有些限制贵族特权的作用,是有利于当时郑国的商人和新兴地主阶级的。尽管这些革新措施曾遭到晋国叔向等保守势力的反对,但子产以“救世”自命,胸怀着“苟利社稷,死生以之”的决心,始终坚持不渝。

在子产执政期间,郑国由乱而定,由弱而强,受到了四方诸侯国的敬重。这不仅有赖于子产在内政方面所取得的成功,而且与他在军事、外交方面所采取的正确方针分不开。早在鲁襄公二十五年(前548),当时为卿的子产曾与执政的子展一同率车七百乘讨伐“不义”的陈国,取得了胜利,使郑国军威大振。但当子产为相之后,他在军事上所采取的方针则是以自卫防备为主。鲁昭公十八年(前524),郑国发生了火灾,子产果断地颁发武器,并登上城墙对大家告诫道:“小国如果忘记了守卫就非常危险,何况还有火灾呢?一个国家能不被轻视,就因为有防备的缘故。”这在当时的郑国,无疑是切合实际的正确方针。

子产的外交方针是“善事大国”,要在一个“善”字。用今天的话来说,就是指高超的外交手段和巧妙的外交辞令。子产运用灵活的外交手段,周旋于大国之间,使郑国得以安然自立。同时,他在与大国打交道的过程中,还能始终不失国格与尊严。鲁昭公十六年(前526),晋国的韩宣子出使郑国。他有一玉环在郑国商人手中,于是乘机向郑伯索取。子产不给,并说:“如果大国的人随便向小国发号施令，小国都能满足他们的要求，那么，他们的贪求无厌，将要用什么来源源不断地供给呢？”而且尖锐地指出：“韩子奉命出使而求取玉环，他的贪婪邪恶就太过分了，这难道不是罪过吗？”后来韩宣子私下里向商人购买玉环，业已成交，子产仍坚决阻止，并且晓之以大义，终于说服了韩宣子。宣子为此还特向子产私赠美玉和良马，并感谢他道：“您命令我舍弃那个玉环，这是赐给了我金玉之言而免我一死，岂敢不借此薄礼而拜谢！”

子产是春秋末期出色的外交家。他在执政之前，就曾出使各国，显示出非凡的外交才干。他以善于外交辞令闻名于诸侯。孔子所谓“言之无文，行而不远”，就是针对子产之善于文辞而发的感慨。晋国的叔向甚至夸赞道：“子产有辞，诸侯赖之。”对子产表现出极大的推崇。郑国在险恶的环境中能赢得二十多年的安定局面，的确是与子产开展巧妙而成功的外交活动分不开的。

子产之所以能在内政、外交上取得如此难得的功绩，有多方面的原因。他能始终保持清醒的头脑，认清当时的国内外形势，从而采取适宜的方针和措施。他博学多闻，在当时就享有“博物君子”的美名。他善于识人，更善于用人，特别重视“择能而使之”。据《左传》所载，当时郑国的冯简子能决断大事；子大叔美秀而有文采；子羽能了解四方诸侯的情况并且善于辞令；裨谌能出谋划策，但他在野外策划就正确，在城里策划就不行。子产根据他们各自的特长，分别使用。当郑国将有外交上的事情时，子产便先向子羽询问四方诸侯的情况，并让他草拟几份外交辞令稿；然后与裨谌一道坐车到野外去，让他策划是否可行；再把结果告诉冯简子，让他做出决断；最后才授权子大叔，让他去执行并负责应对宾客。因此，事情很少有不成功的。

子产重视舆论。郑国人在乡校里聚会，常常议论执政者的得失。郑大夫然明对此心怀忧虑，主张毁除乡校。子产不同意，他说：“为什么要毁掉它呢？他们认为好的，我就执行；他们所厌恶的，我就改掉。这是我的老师啊！”接着，他讲了一通防民之口犹如“防川”的道理，然后说道：“对于大家的议论，不如让我听到之后用来当作治病的药石好了。”

子产还非常强调学习和实践的重要性，主张“学而后入政”。鲁襄公三十一年（前542），子皮想让尹何做邑大夫。子产说：“尹何太年轻，不知道行不行。”子皮说：“这个人谨慎顺从，我喜欢他，他不会背叛我。让他就任之后再学习，也就渐渐懂得治理了。”子产断然答道：“不行！”“现在您因为爱他，便把政事交给他，这就好像一个人还不会拿刀，却让他去割东西一样，在多数情况下是要损伤自己的。您这不是爱他，而是害他啊！……我听说学习以后才做官，没听说把做官作为学习的。比方说打猎吧，只有熟习射箭驾车，才能获得猎物；如果从来没有登过车、射过箭、驾过车，就会一心害怕车翻，哪里还有工夫去想到获得猎物呢？”这种“学而后入政”的主张，堪称有识之见。

子产一生以“救世”为己任，始终以国家利益为重，治郑二十一年，功绩卓著。据《史记·郑世家》记载，鲁昭公二十年（前522），子产病逝，郑国人民如同死了亲人一样，无不悲哀痛哭。子产之得人心，于此可见一斑。

然而子产毕竟是一位统治阶级的政治家，他的一片忠心实质上是为了维护统治阶级的利益。他在临死前曾向他的接班人子大叔传授统治经验说：“唯有德者能以宽服民，其次莫如猛。夫火烈，民望而畏之，故鲜死焉。水懦弱，民狎而玩之，则多死焉。故宽难。”这就是有名的“宽猛论”。所谓“宽猛”，即安抚与镇压两手。子产死后，“郑国多盗”，子大叔果然遵照子产的教诲，发动步兵去攻打“萑苻（huánfú）之盗”，把他们全部杀掉。由此可见，子产的统治经验中分明含有血腥镇压的一面。

子产治郑，政绩赫赫。他不愧为我国春秋末年一位勇于革新、有所作为的政治家。

原载《文史知识》1984年第4期；收入《中华人物志（政治人物集）》，中华书局1986年版

说长道短

长与短这一对矛盾，是对立的统一。早在两千五百年前的春秋末期，我国古代杰出的思想家老子就以“长短相形”之语，深刻地揭示了二者相互依存的辩证关系。到了战国时期，长、短的概念广泛为人所用，“绝长补短”“折长补短”“绝长续短”“断长续短”等语，即分别见于《孟子》、《韩非子》及《战国策》中。不过，长与短的概念已经引申作优、劣之谓了。

战国时期，七雄争霸；说客策士，应运而生。于是所谓“纵横长短之术”，风靡一时。操此术者名为“纵横家”。纵横之学不但在战国时期堪称显学，到了汉代还盛行不衰。《史记·田儋列传》载：“蒯通者，善为长短说。”唐代司马贞《索隐》道：“言欲令此事长，则长说之；欲令此事短，则短说之。故《战国策》亦名曰《短长书》是也。”所谓“长说”，按纵横家的头面人物张仪的解释，即“言其利而不言其害”，反之则为“短说”。长与短、优与劣、利与害，都是辩证的统一体。

长与短只是相对而言，并非绝对之词。《楚辞·卜居》中说：“尺有所短，寸有所长。”司马迁在《史记·白起王翦列传》中亦引此语，谓之“鄙语云”。这就是说，长与短的相对意义，早已被古代人民群众所认识了。

物与物相较，各有长短；就其自身而言，也是长短互见。能否正确认识这一点，事关重大。《战国策·齐策三·孟尝君有舍人而弗悦》章，记齐国高士鲁仲连同孟尝君的一席谈话，便对此做了生动的论述。他说，善于攀缘树木的猿猴，倘处于水中，就不如鱼鳖。日行千里的骐骥，要比历险乘危，就赶不上狐狸。曹沫奋三尺之剑而劫齐桓公，迫其归鲁侵地，一军不能当；但让他放下手中之剑而操锹镐去种地，那就一定不如农夫。因此，“物舍其所长，之其所短，尧亦有所不及矣”。这就是说，倘弃其所长而用其所短，即使是尧那样的圣贤，也会有所不及的啊！

这一段形象而深刻的论述，实在是发人深思的。它启示我们：在用人方面，必须扬其长而避其短。这就要有自知及知人之明，不以“短”作“长”，以“长”为“短”。其实，岂止用人应当“扬长避短”，大至国家，小至个人，各行各业，万事万物，不都是应当扬其长而避其短的吗？

原载《北京晚报》1981年3月3日

读《战国策》新校点本札记

《战国策》自经西汉刘向集录成书以来，便似乎交上了难以流传的“厄运”。由于它反映了鲜明的纵横家思想倾向，与儒家思想格格不入，故向来为后代儒家卫道士们所不齿，竟至被目为“害正”之“邪说”（曾巩《战国策目录序》），被斥为“畔经离道之书”（李梦阳《刻战国策序》）、“坏人心术”（陆陇其《战国策去毒跋》）之作，因而“学者不习”（鲍彪《战国策》序），其书也几乎散佚殆尽。及至北宋，曾巩认为“君子之禁邪说也，固将明其说于天下。使当世之人，皆知其说之不可从，然后以禁则齐；使后世之人，皆知其说之不可为，然后以戒则明”，主张对其“放而绝之”。他于是“访之士大夫家，始尽得其书”（曾巩《战国策目录序》），并作了校补。到了南宋，姚宏和鲍彪分别于绍兴丙寅（1146）和绍兴丁卯（1147）在曾巩校补的基础上为此书作注，便又出现了姚宏的续注本和鲍彪的重定次序的新注本。后来，元吴师道又为鲍本作了补正。此书始得以流传至今。

1978年，上海古籍出版社以姚本为底本，将鲍、吴诸人注文以及清黄丕烈的《战国策札记》汇集起来，并加校点整理出版。这个新校点本汇集了诸家校注，一卷在手，可免翻检之劳，故颇受读者欢迎。但毋庸讳言，新校点本在校、点方面都还难免存在一些问题①。笔者谨就披阅所见，依次录列于后，无论策文汇注，疑则献之，以就正于方家。聊备一说而已，非敢自以为是也。

1.《秦策一·苏秦始将连横》章："溺于辞。"鲍注："溺，谓为所胃没。"（上册第85页）此"胃没"，义不可通。考《四部丛刊》影印元至正年间刊刻的鲍注吴校本（此本亦即新校点本汇注所用鲍本），实作"冐没"。"冐"即"冒"之异体字，覆盖之意也。"冒没"意为覆盖、淹没，此引申为"蒙蔽"之意。

2. 同上章："绵绣千纯。"（上册第87页）"绵"为"锦"之误。当据《四部丛刊》鲍注吴校本于注文中标明：鲍本"绵"作"锦"。

3. 同上章："未绝一絃。"（上册第88页）"絃"乃"弦"之讹。《四部丛刊》鲍注吴校本作"弦"，当于注文中说明。

4.《秦策一·张仪说秦王》章，整理者于"张仪说秦王"句之注文中加注曰："鲍本无'张仪'二字。"考《四部丛刊》鲍注吴校本，此句实作"仪说秦王"，则其注文应作"无'张'字"。倘果无"张仪"二字，则吴师道之补注"误，当作'韩非'"，便是无的放矢之语了。其所谓"误"，即指"仪"之误；"仪"乃"张仪"之省称也。

5. 同上章："弃甲兵怒，战慄而却。"注引吴师道"补曰：《韩》作'弃甲负拏，战竦而郤天下'"（上册第109页）。考《四部丛刊》鲍注吴校本，此实作"补曰：《韩》作'弃甲兵拏，战竦而天下'"。可见汇录吴补时误"兵"为"负"，又衍"郤"字。注引黄丕烈《札记》谓"《策》文有'却'，高注可证"，亦足证吴补原无"却"字。据陈奇猷《韩非子集释》卷第一《初见秦》篇注[八八]引顾广圻语：

> "而"下有"卻（却）"字，《策》有。高注："卻（却），退也。"吴师道引此无。

由此可见，汇录吴补时不但衍"郤"字，而且还误"卻（却）"为"郤"了。

又，吴氏所谓《韩》，即指《韩非子·初见秦》篇。该句于此篇中作"弃甲兵弩，战竦而却"，"天下"二字乃属下句，其句为"天下固已量秦力二矣"。

---

① 参见邱少华《关于〈战国策〉新标点本的一些问题》，载《北京师院学报》1979年第4期；熊宪光《也谈〈战国策〉新标点本的一些问题》，载《四川师院学报》1980年第4期。

6.同上章："大王试听其说。"（上册第112页）"试"当为"诚"，形近而讹。《韩非子·初见秦》篇此句即作"大王诚听其说"，《资治通鉴》引此亦作"诚听"（见中华书局本第221页）。《秦策一·张仪之残樗里疾》章有"今王诚听之"之语（见上册第120页），《楚策一·张仪为秦破从连横》章又有"大王诚能听臣"之语（见中册第509页），均可为证。

7.《秦策三·范子因王稽入秦》章："楚有和璞。……工之所失也。"鲍注："故卞和三刖也。"（上册第182页）此注有误。据《韩非子·和氏》所载，实为两刖。人只两足，何来"三刖"？

8.《秦策三·天下之士合从相聚于赵》章："其可得与者。"整理者于汇注中加注指出：鲍本"与"作"子"（上册第203页）。考《四部丛刊》鲍注吴校本实作"其可予者"，可见此"子"乃"予"之误。"予"通"与"，"子"则不可通。

9.《秦策五·文信侯出走》章："故使工人为木材以接手。上若不信，縕（李牧名）请以出示。"（上册第289页）这是赵王派大臣韩仓前往数列武安君李牧之"罪"时，李牧所做的自我辩白。此句标点不妥。"上"当属上句，标为"故使工人为木材以接手上。若不信，縕请以出示"。因即"出之袖中，以示韩仓"。李牧此刻乃面对韩仓陈辞，不当称其为"上"；且下文即有"愿公入明之"之语，是则以"公"称之，可为证。《文选》卷二六，谢灵运《永初三年七月十六日之郡初发都》诗，李善注"李牧愧长袖"句引此，中华书局本之断句即以"上"属上句，是可取的。

10.《齐策一·靖郭君将城薛》章："君不闻大鱼乎？网不能止，钩不能牵。"姚宏续注谓《韩非子》作"缴不能绊"（上册第304—305页）。此见于《韩非子·说林下》，实作"缴不能绌结"，"绌"通"挂"，此其意为"拖"。"缴不能绌"意为生丝绳也拖它不动，极言鱼之大。显然，"绊"乃"绌"之误。

11.《齐策一·田忌亡齐而之楚》章："田忌亡齐而之楚，邹忌代之相。齐恐田忌欲以楚权复于齐，杜赫曰：'臣请为留楚。'""齐恐田忌欲以楚权复于齐"句，似扞格难通，盖标点有误。其首之"齐"字当属上句，标为："田忌亡齐而之楚。邹忌代之相齐，恐田忌欲以楚权复于齐。""恐"者明为"邹忌"而非"齐"，故下文记杜赫为邹忌前往说楚王便明白指出："邹忌所以不善楚者，恐田忌之以楚权复于齐也。"是可为证。

12.《楚策一·威王问于莫敖子华》章:“此蒙穀之功,多与存国相若。”(中册第519页)此句意在强调蒙穀之功多,直与存国相当,故“多”字当属上句,标为“此蒙穀之功多,与存国相若”。明万历二十年《战国策评苑》(穆文熙编纂,张文爟重校本)和清陆陇其《战国策去毒》及王念孙《读书杂志·读战国策杂志》引此,均以“多”字属上句。且“功多”一词之连用,于《战国策》中屡见。如《秦策二·宜阳未得》章“则公之功多矣”,《秦策三·范子因王稽入秦》章“功多者其爵尊”,《秦策三·天下之士合从相聚于赵》章“金尽者功多矣”,《秦策四·顷襄王二十年》章“王之功亦多矣”,《赵策二·武灵王平昼间居》章“用力少而功多”,《魏策三·魏将与秦攻韩》章“其功多于与秦共伐韩”,以及《燕策二·昌国君乐毅为燕昭王合五国之兵而攻齐》章“功多者授之”,均可为其证。

13.《楚策四·客说春申君》章:“则大臣主断国私。”(中册第567页)“国私”令人费解。此章与《韩诗外传》第二十五章所载略同,此句于《韩诗外传》中作“即大臣以专断图私”。又,《韩非子·奸劫弑臣》篇载此作:“大臣犹将得势擅事主断,而各为其私急。”“而各为其私急”亦即“图私”之意。据此可知,“国私”实应作“图私”,“国”与“图”形近而讹。

14.《楚策四·楚考烈王无子》章:“即楚王更立,彼亦各贵其故所亲,君又安得长有宠乎?非徒然也?”(中册第576页)这是李园女弟承间说春申君之辞。因其自知已有身孕,故极力怂恿春申君将自己进幸于楚王,并以事态发展之利害去打动春申君。“非徒然也”即“不仅如此也”,这是一个递进分句的提示语,并非问句,故当更问号为逗号。其意是说,除了上述忧患之外,还有更大的危险在后头呢!故接着便道:“君用事久,多失礼于王兄弟,兄弟诚立,祸且及身,奈何以保相印、江东之封乎?”如此递进一层申说其利害,具有攻心之力,故“春申君大然之”。

15.《赵策二·张仪为秦连横说赵王》章:“今秦以大王之力,西举巴蜀,并汉中,东收两周而西迁九鼎,守白马之津。”(中册第649页)此文有脱误。“汉中”位于秦之南面,故不当于“西举巴蜀”之后接言“并汉中”,而应补作“南并汉中”。《史记·李斯列传》载李斯《谏逐客书》:“惠王用张仪之计,拔三川之地,西并巴蜀,北收上郡,南取汉中。”《文选》卷五十一载贾谊《过秦论》:“孝公既没,惠文、武、昭,蒙故业,因遗策。南取汉中,西举巴蜀。”又,据晋孔衍《春秋后语》书此正作“西举巴蜀,南并汉中”(见东方学会影印《鸣沙石室佚书》),均可为证。

16.《赵策四·齐欲攻宋》章:“而乃令秦攻王,以便取阴。”吴师道正曰:“以下三章俱有。三其文,则时欲文木而取此乃宋地也。”(中册第731页)意不可解,盖其文有误。考《四部丛刊》鲍注吴校本,此实作“以下三章俱有。三其文,则时欲文本而取,此乃宋地也”。“木”乃“本”之讹,“取”下似当点断。但“时欲文本而取”句,意亦不明,姑录以存疑。

17.《魏策二·魏惠王死》章:“欒水啮其墓。”欒水,姚宏续注云:《后语》作“蛮水”(中册第825页)。按:东方学会影印《鸣沙石室佚书·春秋后语》书此作“峦水”。

18.同上章:“于是出而为之张于朝。”姚宏续注云:“《后语》,‘张帐以朝’。”(中册第825页)按:东方学会影印《鸣沙石室佚书·春秋后语》书此作“乃出棺张幕朝以百姓”。

19.《魏策三·秦赵约而伐魏》章:“秦、赵约而伐魏,魏王患之。芒卯曰:‘王勿忧也。臣请发张倚使谓赵王曰,夫邺,寡人固刑弗有也。今大王收秦而攻魏,寡人请以邺事大王。’赵王喜,召相国而命之曰:‘魏王请以邺事寡人,使寡人绝秦。’”(中册第851页)此文意扞格难通。芒卯之言“请发”而未发也,何遽直书“赵王喜”乎?此因标点有误所致。似应标为:“秦、赵约而伐魏,魏王患之。芒卯曰:‘王勿忧也。臣请发张倚使。’谓赵王曰:‘夫邺,寡人固刑弗有也。今大王收秦而攻魏,寡人请以邺事大王。’赵王喜,召相国而命之曰:‘魏王请以邺事寡人,使寡人绝秦。’”如此文意始通。“臣请发张倚使”意为“我请求派遣张倚出使(赵国)”,“谓赵王曰”前省主语“张倚”,下文即载“张倚因谓赵王曰”,又称张倚为“使者”,可为证。

20.《魏策三·秦败魏于华走芒卯而围大梁》章:“今王循楚、赵而讲。”注引黄丕烈《札记》云:“《史记》‘循’作‘有’,谓魏方有楚、赵之救,此当与之同意。‘循’必误字也。”(中册第856页)中华书局1959年版《史记·穰侯列传》引此作“今王背楚、赵而讲秦”,“循”与“有”,疑皆为“背”之误。故下文有“楚、赵怒而与王争事秦,秦必受之”(中册第855页)的推论。“背楚、赵”而致“楚、赵怒”,因果分明。《史记·穰侯列传》作“楚、赵怒而去王,与王争事秦,秦必受之”,与此同意。又,同章下文有语曰:“夫轻信楚、赵之兵”(中册第857页),《史记·穰侯列传》引作“夫轻背楚、赵之兵”，马王堆汉墓帛书《战国纵横家书》中《须贾说穰侯章》亦作“夫轻倍(背)楚、赵之兵”。正如金正炜所指出：“信，当为‘倍’字，形相似而讹。”(《战国策补释》)

21.《魏策四·白珪谓新城君》章，注[一]引吴师道正曰：“白珪显于中山，中山人恶之于魏文侯，投以夜光之壁。”(中册第896页)此“壁”当作“璧”。《四部丛刊》鲍注吴校本正作“璧”，可为证。

22.《魏策四·信陵君杀晋鄙》章，注[六]引鲍彪之说：“唐雎比十一年求救，年已九十余。”(中册第913页)“比十一年”何谓？殊不可解，原来是“比”字有误。考《四部丛刊》鲍注吴校本，实作“唐雎此十一年求救”，可知“比”乃“此”形近之讹。“此十一年”即魏安釐王十一年(前266)，是年“唐且(即唐雎)说秦，秦救魏”(见于䜣《战国策年表》)。

23.《韩策一·苏秦为楚合从说韩王》章：“少府时力、距来。”鲍彪注曰：“徐注，少府所造。”又曰：“徐注，作之得时，力倍于常，其劲足以距来敌。”(中册第931页)盖鲍氏乃引自《史记·苏秦列传》之注，据考，其所引并非“徐注”而实为裴骃之《集解》。其文曰：“韩有谿子弩，又有少府所造二种之弩。按：时力者，谓作之得时，力倍于常，故名时力也。距来者，谓弩执劲利，足以距来敌也。”(见中华书局1959年版《史记》第2251页)

24. 同上章：“宁为鸡口，无为牛后。”注引吴师道补曰：“《正义》云，鸡口虽小，乃进食；牛后虽大，乃出粪。”(中册第933页)按：据中华书局本《史记·苏秦列传》所载《正义》，此“乃进食”作“犹进食”，于文义为胜。

25.《韩策一·秦韩战于浊泽》章：“公仲曰：‘不可，夫以实告我者，秦也。’”(中册第952页)。此“告”有误。马王堆汉墓帛书《战国纵横家书》中《公仲倗谓韩王章》作：“公中(仲)曰：‘不可。夫以实苦我者，秦也。’”又据姚宏注：“一作‘困’。”“困”即“苦”也，可知“告”当作“苦”，“告”与“苦”形近而讹。此所谓秦实“苦我”，即指此章开篇所述“秦、韩战于浊泽，韩氏急”的困厄局面。

26.《韩策二·韩傀相韩》章：“聂政大呼，所杀者数十人。因自皮面抉眼，自屠出肠，遂以死。”(中册第998页)此“皮面”殊不可解。考《史记·刺客列传》亦作：“聂政大呼，所击杀者数十人，因自皮面决眼，自屠出肠，遂以死。”司马贞《索隐》云：“‘皮面’，谓以刀刺其面皮，欲令人不识。‘决眼’，谓出其眼睛。《战国策》

作‘抉眼’。此‘决’亦通。”释“皮面”为“以刀刺其面皮”，颇觉牵强。“皮”字似有误。据东方学会影印《鸣沙石室佚书·春秋后语》乃作“因自破面决眼”。“破面”者，以刀自破其面皮也，意遂通。因疑“皮”乃“破”之讹，盖其字一半漫漶，传抄而讹也。

27.《燕策一·燕文公时》章：“武安君苏秦为燕说齐王，再拜而贺，因仰而吊。”注引吴师道补曰：“《索隐》曰，当时庆吊应有其辞，《史》不录耳。”（下册第1045页）据中华书局本《史记·苏秦列传》：“苏秦见齐王，再拜，俯而庆，仰而吊。”《索隐》作：“刘氏云：‘当时庆吊应有其词，但史家不录耳。’”此注乃《索隐》引“刘氏”之语，“《史》不录耳”当作“史家不录耳”。

28.《燕策二·苏代自齐献书于燕王》章：“王谓臣曰：‘吾必不听众口与谗言，吾信汝也，犹刬刈者也。上可以得用于齐，次可以得信于下，苟无死，女无不为也，以女自信可也。’”（下册第1095页）此言“上”“次”“下”三种情况，昭然分明，故当标为：“王谓臣曰：‘吾必不听众口与谗言，吾信汝也，犹刬刈者也。上，可以得用于齐；次，可以得信；于下，苟无死。女无不为也。以女自信可也。’”按：马王堆汉墓帛书《战国纵横家书》中《苏秦自齐献书于燕王章》于此正作“大，可以得用于齐；次，可以得信；下，苟毋死。若无不为也”。

该书编者如此标点是合乎实际的。又按：此种句式乃策士所习用，如帛书中《苏秦自赵献书燕王章》：“事之上，齐、赵大恶；中，五和，不外燕；下，赵循合齐、秦以谋燕。”

又，《苏秦自赵献书于齐王章》：“大（太）上破之，其[次]宾（摈）之，其下完交而□讲，与国毋相离也。”句式皆与之相类，是可为证。

29.《燕策三·燕太子丹质于秦亡归》章：“诚能得樊将军首，与燕督亢之地图献秦王。”注引吴师道补曰：“《正义》云，督亢坡在幽州范阳县东南，今固安县南有督亢陌，幽州南界。”（下册第1134页）按：中华书局1959年版《史记·刺客列传》所载此《正义》，于吴氏所补之“范阳县东南”下尚有“十里”二字。

30.《宋策·公输般为楚设机》章：“舍其粱肉，邻有糟糠而欲窃之”（下册第1147页）及“此犹粱肉之与糟糠也”（下册第1148页），其“粱肉”之“粱”，均应作

"粱"。《四部丛刊》鲍注吴校本"此犹梁肉"句"梁"作"粱",可为证,当据以注明:鲍本"梁"作"粱"。

31.同上章:"舍其锦绣,邻有短褐而欲窃之。"注引吴师道补曰:"班彪论《汉书》作'裋'。《文选》则用丁管切。"(下册第1148页)此所谓"班彪论《汉书》",令人莫名其妙。原来是标点有误。当标为:"班彪《论》《汉书》作'裋'。《文选》则用丁管切。"此《论》即载于《文选》卷五十二的班叔皮(即班彪)的《王命论》。按:《王命论》中有语曰"思有短褐之袭,檐石之蓄",李善注引韦昭曰"短"为"裋"。"裋",襦也。毛布曰褐。善曰:"裋",丁管切。对照观之,始觉释然。

32.《宋策·魏太子自将过宋外黄》章:"其御曰:'将出而还,与北同,不如遂行。'"(下册第1156页)高诱注云:"北,退走也。与退走者同罪。"可知"同"下原当有"罪"字。《春秋后语》(见东方学会影印《鸣沙石室佚书》)于此正作"将出而还,与北同罪",亦可为证。

33.《宋策·宋康王之时有雀生䳢》章:"宋康王之时,有雀生䳢于城之陬。"高诱注"䳢"曰:"鳚。王鹏也,羽虫之孽也。"姚宏续注曰:"《通鉴》作'䳢'。"吴师道正曰:"今《通鉴》作'䳢'。"(下册第1157—1158页)按:中华书局1956年版《资治通鉴》作"鳚",与高注同,见其书赧王二十九年条下所载。

34.《卫策·卫人迎新妇》章,注[五]引吴师道补曰:"《吕氏春秋》,白圭新与惠子相见,惠子说之以疆,惠子出,白圭告人曰云云,与此相类。"(下册第1168页)此所谓"说之以疆",莫明其意。实则,"疆"乃"彊"之误。考《吕氏春秋·审应览·不屈》篇载:"白圭新与惠子相见也,惠子说之以彊,白圭无以应。惠子出,白圭告人曰:'人有新取妇者……'"高诱于"彊"字下注曰:"以彊力也。"(陈奇猷释《吕氏春秋新校释》下册,第1217页)"彊"即"强"之异体字。此足证"疆"乃"彊"之误。

35.《中山策·乐羊为魏将》章,注引吴师道补曰:"说见《赵策》。"(下册第1185页)此补实误。《魏策一·乐羊为魏将而攻中山》章与此章所记略同,吴氏之"说"亦见诸该策。故"说见《赵策》"实为"说见《魏策》"之误。

36.《战国策附录·吴师道识》末有语云:"至顺二年癸酉七月吴师道识。"(下册第1215页)元至顺二年为公元1331年,该年干支为"辛未"而非"癸酉","癸酉"实为元至顺四年(1333)。倘吴师道所记干支不误,则"二年"当为"四年"之讹。考明万历十五年张文燿辑评本《战国策谭棷》引此正作“至顺四年癸酉七月吴师道识”,《四部丛刊》鲍注吴校本此亦作“至顺四年癸酉”,足证“二年”乃“四年”之误。

此外,《战国策总目》卷四“径山之事”(上册第3页)应为“陉山之事”;《卫策·卫使客事魏》章中“客[二]趋出”(下册第1163页)应为“客[一]趋出”;《人名索引》中,“司马空”(下册第1285页)应为“司空马”。这些,有待于今后再版时纠正。

原载《西南师范学院学报》(哲学社会科学版)1984年增刊

关于《史记》的两处标点

读中华书局1959年9月版《史记》，觉得有两处标点值得商榷。

其一，《秦始皇本纪》："七月丙寅，始皇崩于沙丘平台。丞相斯为上崩在外，恐诸公子及天下有变，乃秘之，不发丧。棺载辒凉（辌）车中，故幸宦者参乘，所至上食。百官奏事如故，宦者辄从辒凉（辌）车中可其奏事。"（第一册第264页）细审其原意，乃谓李斯挖空心思，造作始皇未死的假象，欺骗天下人耳目，故所到之处使"上食"及"百官奏事"皆一如既往。此于"所至上食"后加句号，则失去"上食""如故"之意，显然不妥。当更句号为顿号，标为："所至上食、百官奏事如故。"考《李斯列传》载此正作"置始皇居辒辌车中，百官奏事上食如故"（第八册第2548页），可为证，倘求确切，此处亦当标作："百官奏事、上食如故。"

其二，《李斯列传》："夫不能行圣人之术，则舍为天下役何事哉？"（第八册第2556页）此句标点不当，以致含混难解。按：司马贞《索隐》曰："舍犹废也，止也。言为人主不能行圣人督责之术，则已废止，何为勤身苦心，为天下所役，是何哉？"（同上）据此，则显然应于"舍"字及"役"字处点断，标为："夫不能行圣人之术，则舍；为天下役，何事哉？"

是否妥当呢？谨以此就正于编校者。

原载《天府新论》1986年第4期

说“六经皆史”

《易》《书》《诗》《礼》《乐》《春秋》等六部儒家典籍，号称“六经”。清代乾嘉学者章学诚在《文史通义》首篇《易教上》开宗明义地指出：“六经皆史也。”这无异于褫去了“六经”的华衮，现出了它的本相。

然而“六经皆史”却不能算章氏的创见。在他以前，早已有人提出过这一见解，如明代思想家李贽就曾在《焚书》卷五《读史》中明确提出：“谓六经皆史可也。”不过，他们都只是从史学的角度，揭示了“六经”的部分实质罢了。因为先秦典籍既博且杂，一书之中往往涉及多种学科，文、史、哲等内容杂然并陈。假如另取一个角度来看，称“六经皆文”或“六经皆哲”，也不能说是无根之谈。

所以，“六经皆史”虽在当时无愧振聋发聩之说，却仍不免有一定的片面性。而且即便从“史”的角度看，称“六经皆史”也未必妥。记得多年前在北京听启功先生讲课，他在“史”后加一“料”字，谓“六经皆史料也”，这就比较符合实际了。

原载《重庆晨报》1996 年 11 月 9 日

说伪书

前不久，国内不少新闻媒体揭载了“西安发现《孙武兵法》八十二篇”的惊人消息，轰动一时。然而日前又有报道，经著名专家学者鉴定，所谓《孙武兵法》八十二篇纯属现代伪作。人们也许会目瞪口呆：这不是愚弄天下人耳目么？

其实，古书伪作历来就有，所以清末张之洞在《輶轩语》中说：“一分真伪，而古书去其半。”这话不免有些夸大，但在传世古书（尤其是先秦古籍）中，真伪杂糅、伪作不少却是事实。于是有辨伪之学。明代胡应麟的《四部正讹》、清代姚际恒的《古今伪书考》以及近人张心澂的《伪书通考》等，便是具有代表性的辨伪专著。

古籍辨伪史上最出名的一桩公案莫过于对古文《尚书》的鉴定。此书由东晋梅赜献上朝廷，后由唐朝政府列入“五经”颁行天下，千百年来被奉为“经典”。但经后代学者特别是清初阎若璩的翔实考辨，以无可置疑的确证辨明了它原来是一部伪书，于是从此被称为《伪古文尚书》；与之并行的所谓孔安国传，也被称为《伪孔传》。

为什么有人存心作伪呢？梁启超在《古书真伪及其年代》中曾将其动机归纳为六项，即托古、邀赏、争胜、炫名、诬善、掠美。总之是出于阴暗的心理。要说最主要的动机,恐怕还是追名逐利。

为追名逐利伪造古书结果却身败名裂者,在历史上不乏其人。如汉成帝时的张霸,因知成帝喜好《尚书》,而《尚书》旧传有百篇,于是苦心孤诣地伪造出一部有一百零二篇的《尚书》,号称《百两篇》,献上成帝,果然讨得成帝欢心,赏以"博士"之职。后经鉴定,实为伪作。造假欺君之罪,是要掉脑袋的,幸而成帝爱其才,又怜其造假不易,故仅革"博士"之职,开恩饶他一命。还有北魏、北周之末的著名学者刘炫,字光伯,河间景城(今河北献县东北)人。史载其天资卓异,能"左画圆,右画方,口诵,目数,耳听,五事同举,无所遗失",是一位博学强记的经学家。开皇三年(583),隋文帝下诏购求天下遗书,每献书一卷,赏细绢一匹。刘炫时任殿内将军,于是伪造书百余卷,题为《连山易》《鲁史记》等,录上送官,取赏而去。后被揭发,实为伪书,经赦免死,除名归家。隋末天下大乱,刘炫穷乏无所依,竟冻饿而死。

现在看来,古书伪作是一个不容忽视的文化现象,值得从政治、历史、社会、心理诸方面着眼进行研究。需要指出的是,古代的伪书也不是毫无价值的,如唐以前尤其汉以前的伪书就保存了一些古代文献资料或训诂资料,值得重视。至于现代人造作伪书,则无价值可言,与制造假冒伪劣的商品无异,自当置于"打假"之列。假的就是假的,真伪必须辨明,否则污染优秀传统文化,淆乱学术,败坏世风,不利于社会主义精神文明建设。

原载《东方晨报》1997年2月28日

值得珍视的朱元璋口语实录
——读刘仲璟《遇恩录》

中国自古以来就有重史的传统，正如《汉书·艺文志》所说："古之王者，世有史官，君举必书，所以慎言行，昭法式也。"而史官还有所谓记言、记事之分："左史记言，右史记事；事为《春秋》，言为《尚书》，帝王靡不同之。"其实，言与事要严格区别开来，是很难的，因为实际上往往是事中难免有言，言中亦可见事，故所谓左史、右史之分，不过是大体上有所区别而已。难怪《礼记·玉藻》却谓"动则左史书之，言则右史书之"；刘勰《文心雕龙·史传》亦称"左史记事者，右史记言者"，与《汉书·艺文志》所说恰好相反。

不管是左史记言，还是右史记言，其所记之言都是经过史官加工了的文言，并非原生态的口语。且不论"佶屈聱牙"的《尚书》记言古奥艰涩，拗口难读，连国学大师王国维也自认"于《书》所不能解者殆十之五"（《观堂集林》卷二《与友人论〈诗〉〈书〉中成语书》）；即便是后世史书之记言，也与当时口语有别，或多或少呈现出言文分离的特点。试想，古人究竟是怎么讲话的？古无录音机，今人只能通过古籍中书面语言的记载去领会、揣想而明其大概，这不能不说是一大遗憾。

然而近读《诚意伯文集》附录刘基之子刘仲璟所撰《遇恩录》，对此有了新的认识，仿佛有豁然开朗之感。

刘璟，字仲璟，乃明代开国元勋诚意伯刘基次子，史载其“弱冠通诸经”。明洪武二十三年(1390)任阁门使，当帝临朝时，出侍班，百官奏事有阙疑者，随时纠正，可见是颇得洪武帝朱元璋信赖的近侍。

朱元璋出身寒微，艰苦备尝，深谙人生况味。他金戈铁马、出生入死十五年而一统天下，更深知江山得之不易，保之更难。为了永保朱氏政权代代相传，他不仅替自己的“龙子龙孙”深谋远虑，希冀他们“享无穷天下”，而且对那些元勋大臣的后代也寄予厚望，关怀备至，策励他们“享无穷爵禄”。据《明史·刘基传》记载，朱元璋老年时，每于岁末年初将开国功臣刘基之子仲璟、章溢之子允载、叶琛之子永道、胡深之子伯机召去京师，接见于便殿，“燕语如家人”，款款而谈，既表亲切，亦加教诲。时正年少的刘仲璟身受皇恩，感激莫名，乃笔录历次被接见时亲闻之“圣旨”而成《遇恩录》，为后世留下了一部值得珍视的朱元璋口语实录。应该指出，《遇恩录》具有“原生态”、语录体、口语性等特点，既忠实可信，又生动有趣，还给后人以诸多启示，远胜于那些装模作样的史籍。

所谓“原生态”，是指作者身在现场，亲手笔录，原原本本记载当朝皇上的“圣旨”，不曾也不敢做任何加工修饰，真实地录下了朱元璋的历次接谈。其记录看似粗糙，实则忠实地保存了原始面貌，因而我们今天从《遇恩录》中尚可窥见当时的一些情状。

《遇恩录》纯记朱元璋讲话，是实实在在的语录体。朱元璋所讲为口语，刘仲璟所记亦为口语，句句实录，生动传神，真实可信，堪称绝妙语录。

且观若干片段，以见其妙：

> 洪武二十年(1387)十二月十五日早，仲璟、胡伯机于奉天门见，钦蒙圣旨：到歇处去，每日来见。……圣旨：你如今年年来见，我各人与你钞一百锭，做盘缠回去。十七日早朝，谢恩奉天门。宣谕：你如今回去，寻师问友，但是有见识人，师问于他。你学得高了，人皆师问于你，便不做官也高尚了。你每父亲都是志气的人，说的言语都说得是，人

都听他。那时与我安了一方，至有今日。我的子孙享无穷天下，你老子的子孙享无穷爵禄。男子汉家学便学似父亲样做一个人，休要歪歪搭搭的过了一世。你每趁我在这里年年来叩头。你每还是挨年这歇来。你每小舍人年纪少，莫要花阶柳市里去。你父亲都是秀才好人家，休要学那等泼皮的顽！

洪武二十一年(1388)十二月二十四日，同胡伯机、章允载、叶永道于奉天门早朝，钦奉圣旨：教他每日日随班朝见，过节了着他回去。二十五日早朝，奉天门再面见，钦奉圣旨：……每人与他伍锭钞过节。你每这几个也年纪小里，读书学好勾当。你每学尔的老子行。我来这里时，浙东许多去处，只有你这几个老子来到，如今也只有你这几个。每每和那士大夫翰林院说呵，也只把你这几个老子来说。你每家里也不少了穿的，也不少了吃的。你每如今也学老子一般般做些好勾当，乡里取些和睦。你每老子在乡里不曾用那小道儿捉弄人，他与人只是诚义，所以人都信服他。大丈夫多是甚么做，便死也得个好名。歪歪搭搭死了，也干着了个死。叶景渊虽然这般死，他死在官，我也常念他。刘伯温他在这里时，满朝都是党，只是他一个不从，他吃他每蛊了。他大的儿子，这小的也利害不从，他也吃他每害了。这起反臣，都吃我废了，坟墓发掘了。那胡仲渊，他若早依着我说，也不到这上。他只性紧了些。恁父亲到是有见识人，便做先吃些亏，到底也得个好名。……圣旨：我年时不筵席了，这钞你每将去，买些酒吃过节，再见我了去叩头。

洪武二十二年(1389)正月……十八日晴，早朝奉天殿，再于武英殿面见……叩头，钦蒙宣谕：你家去种田的种田，有庄佃的使佃仆，有伴当的使伴当。你每还好学里，一日便学三句，学到四五十岁也好了。你每父亲便吃些亏呵，如今朝廷也留个好名。……十九日谢恩辞奉天殿，再于奉天殿御道东边面见，钦奉圣旨：你每回去行着好勾当，休污了父亲的好名！……你每大的教着那小的，学着父亲每行去。……

洪武二十三年(1390)正月初四日于华盖殿面辞，钦蒙赐钞；再于奉天门左暖房内谢恩，钦奉圣旨：恁每回去，至诚着，恁老子都是君子人。这章三益是个善善良良一个老儿，回家去好好的死了。刘伯温他父子两人都吃那歹臣每害了。我只道他老病，原来吃蛊了。这胡仲渊他乡里都信服他，与我带将许多人来。只他那大的子不才，他在金齿呵，等他在那里。……十二月二十二日见奏闻，钦奉圣旨：这是刘伯温的儿子。……我到婺州时，得了处州，他那里东边有方谷珍，南边有陈友谅，西边有张家。刘伯温那时挺身来随着我。他的天文别人看不着，他只把秀才的理来断，到强如他那等。鄱阳湖里到处厮杀他都有功。后来胡家结党，他吃他下了蛊。只见一日来和我说："上位，臣如今肚内一块硬结，怛谅着不好。"我着人送他回去，家里死了。后来宣得他儿子来问，说道胀起来紧紧的，后来泻得鳖鳖(按：同"瘪瘪")的，却死了。这正是着了蛊！他大儿子在江西也吃他药杀了。如今把尔袭了老子爵，与他五百担俸。回奏：……袭封伯爵的事，哥哥有儿子在。钦奉圣旨：他终是秀才人家孩儿知礼，熟大功爵，让与哥的儿子，好呵！……二十四日谢恩，就往所赐房，钦奉圣旨：你如今休去，我也与你个小职名儿，与朝廷办些事。……二十五日钦奉圣旨：我考宋制，除尔做阁门使。夜来翰林院考了，这衙门正似如今仪礼司一般。不着你管仪礼司事，只要跟着驾，但是我在处，尔便有着传旨意发放事呵！……二十八日钦奉圣旨：着记事有不是我口里说的说话，他每胡添上时，尔便来说。

读罢以上几段朱元璋讲话的口语实录，仿佛穿越回到600多年前，身临其境地恭听一位老人与晚辈下属话家常。声声在耳，语语明白，一听便懂，毫无理解障碍。深长思之，颇有心得，窃以为至少可以从中得到以下启示：

首先是社稷在胸，念念不忘保江山。朱元璋作为明代开国皇帝，君临天下，可谓日理万机，但仍不顾繁忙挤出时间，于岁末年初接见已故功勋大臣的子弟，既展现对功臣故旧的嘉奖与缅怀，又借此机会对晚辈进行非常必要的训诲。其根本意图在于安社稷，保江山，梦想朱氏天下万代传。朱元璋对此毫不讳言，故公然宣称“我的子孙享无穷天下，你老子的子孙享无穷爵禄”。这不禁令人想到，秦并天下后，秦王号称“朕为始皇帝，后世以计数，二世三世至于万世，传之无穷”（《史记·秦始皇本纪》）。由此看来，朱元璋与1600多年前的秦始皇是心气相通的。其实非特朱氏如此，大凡专制时代夺得政权的开国君主亦多如此。

其次是语重心长，训诲有方。一位高高在上的皇帝，竟不失长者之风，苦口婆心地与年幼的臣下子弟话家常。尤为难得的是，其训导着重在教他们怎样做人，亦即从“为人”的高度，给下一代指明努力的方向。引导他们以德高望重的父辈为榜样，胸怀大志，好学向善，自尊自强，品正行端，做一个堂堂正正、人皆敬重的“男子汉”“大丈夫”；告诫他们千万不要“歪歪搭搭”过一世，辱没了父辈的英名。与其说这是“圣旨”，毋宁说是长辈对晚辈的谆谆教诲。其用心可谓良苦，其话语则发人深思，颇堪玩味。

再次，从散文的角度看来，《遇恩录》是一部难得一见的古代口语实录。由于条件特殊，实录皇上之言，不许“胡添”，不可润色，更不得删改，否则便是欺君之罪，是要掉脑袋的。这就不难想象，刘仲璟在实录时定然是战战兢兢、诚惶诚恐，以至其中不少方言土语乃至重复之言都如实照录。其实这正成就了它非比一般的真实可信和非比寻常的价值。《遇恩录》载录了600多年前的古人（还是非比常人的皇帝）所说的话，实际上并非如人们想象中的满口之乎者也，而是和我们今天所讲的口语差不多。不信请看，朱元璋口中的“歪歪搭搭”“挨年这歇”“紧紧的”“瘪瘪的”等方言土语，不是至今仍活在一些江南地区人们的口头吗？值得一提的是，自《论语》首创语录体以来，语录之作，绵绵不绝。但像《遇恩录》这样通俗自然，未加雕琢，虽历经600余年而仍鲜活可诵的口语实录却不多见。即便从这个意义上说来，《遇恩录》所载的朱元璋口语实录也是值得珍视的。

原载《古典文学知识》2015年第2期

话说鬼诗

清代著名诗人王士禛(渔洋山人)为蒲松龄《聊斋志异》题词云:“姑妄言之姑听之,豆棚瓜架雨如丝。料应厌作人间语,爱听秋坟鬼唱诗。”《聊斋》一书说精道怪,言狐谈鬼,难怪王渔洋有“鬼唱诗”之咏。其实,试检古籍,不仅可闻鬼唱诗,而且可见鬼作诗。这在中国文学史上,绝对称得上一大奇迹。也许由于这些鬼诗无非“姑妄言之”,人们只需“姑听之”而已,所以向来不受重视,学者更是不屑一顾。但这并不意味着,这样的另类诗作毫无意义,不值一提。窃以为,倘能探其源流,明其特征,揭其内涵,还是可堪玩味的。

就现有资料看来,大约在春秋时期,鬼诗就产生了。《左传》记哀公十七年(前478)秋卫侯梦于北宫,见一人登上昆吾之观,披头散发面朝北方喧嚷道:“登此昆吾之虚,绵绵生之瓜。余为浑良夫,叫天无辜。”这就是有名的“浑良夫噪”。尽管此乃喧嚷之辞,并非严格意义上的诗,但其主旨在申冤,富于激情,不乏诗的形象、节奏和音韵,故清杜文澜辑《古谣谚》将其收入,近人逯钦立辑《先秦汉魏晋南北朝诗》也将其收入“杂辞”类。值得注意的是,喧嚷者亦即作者是出现在卫侯梦中的浑良夫,而浑良夫是在当年春天被太子谋杀的，堪称“新鬼”。所以不妨把《左传》所载“浑良夫噪”视为鬼诗的滥觞。

所谓“鬼”的观念，无疑是具有世界性的。当人类还处于生产力水平极为低下，对许多自然现象都不能做出正确解释的古代，“鬼”的概念就通过人们的幻想而产生了。越是不可捉摸的事物，越需要幻想出一个神秘莫测的概念来试图做出合理的解释，以一种虚幻的假象去消解蒙昧的疑惑，“鬼”的观念大概就是这样产生的。段玉裁《说文解字注》说：

> 鬼：人所归为鬼。以叠韵为训。《释言》曰：“鬼之为言归也。”郭注（笔者按：指郭璞《尔雅》注。《释言》为《释训》之误）引《尸子》：“古者谓死人为归人。”《左传》子产曰：“鬼有所归，乃不为厉。”《礼运》曰：“魂气归于天，形魄归于地。”

人死则为鬼既然出自人之幻想，幻想的基点也就离不开人。因而鬼的形象虽可谓千奇百怪，却只不过是人的形象的种种畸变；而鬼的行为看似不可思议，也大多与人的行为明暗相通。那么，既然人会作诗，为什么鬼不能呢？鬼诗的出现，便是自然而然的了。如果说，《左传》所载“浑良夫噪”还不能算是真正的鬼诗，那么，到了晋代，干宝《搜神记》卷十六所载《紫玉歌》，便可以认为是鬼诗之成熟了。紫玉为吴王夫差的小女，与童子韩重相恋，吴王不许，未能成嫁，乃结气而死，葬阊门之外。韩重游学归来，往吊于墓前。紫玉魂从墓出，宛颈而歌曰：

> 南山有乌，北山张罗。乌既高飞，罗将奈何！意欲从君，谗言孔多。悲结生疾，没命黄垆。命之不造，冤如之何！羽族之长，名为凤凰。一日失雄，三年感伤。虽有众鸟，不为匹双。故见鄙姿，逢君辉光。身远心近，何当暂忘。

《搜神记》是志怪小说，其中采集了不少神话故事和民间传说。正如逯钦立所指出：“此故事或不始于晋时，然以歌饰说，当在晋时。”这就是说，这是一首晋人根据该故事情节，假托紫玉鬼魂创作的鬼诗。与此类似之作，还有祖台之《志怪》所载《庐山夫人女婉抚琴歌》,《搜神后记》所载《陈阿登弹琴歌》,《乐府诗集》所载《刘妙容宛转歌》。它们或诗或歌或骚体,或四言或五言或杂言,都是所谓死鬼亡魂之作,故被逯钦立先生一并收入《先秦汉魏晋南北朝诗》之“鬼神”类。

晋代以后,鬼诗之作绵绵不绝。直至唐代,臻于极盛。唐代是中国古代诗歌发展的黄金时期,鬼诗的高潮出现在唐代,似亦与诗歌发展的历史同步。后世鬼诗之作仍不绝如缕,但大都追随唐代鬼诗之后尘,亦步亦趋;特别是鬼诗的思想内涵和艺术特征,大都在唐代鬼诗的范围内兜圈子,无甚新的突破。因此,欲探鬼诗之奥秘,只需着重解析堪称鬼诗典范的唐代鬼诗即可。

值得注意的是,在皇皇巨编《全唐诗》卷八百六十五及卷八百六十六中,荟萃了整整两卷鬼诗。这些诗的作者,据载都是阴间的鬼,但其生前身份各不相同。其中不仅有知名的南唐后主李煜、春秋时越国美女西施、孟蜀妃张太华、唐代女诗人薛涛等,也有不知名的巴峡鬼、介胄鬼、甘露寺鬼、巴陵馆鬼、长安中鬼、河湄鬼、河中鬼、九华山白衣、虎丘山石壁鬼等,还有无名鬼、无名女鬼……真可谓林林总总,五花八门。

若论鬼诗内容,也是各显其妙。有河鬼所作感谢舟人投食其枯骨的《愧谢诗》:“我本邯郸士,祇役死河湄。不得家人哭,劳君行路悲。”有隔窗鬼所作怨恨其游魂思家难归的《题窗上诗》:“何人窗下读书声?南斗阑干北斗横。千里思家归不得,春风肠断石头城。”有李煜所作不堪为臣虏、伤心念故国的《亡后见形诗》:“异国非所志,烦劳殊清闲。惊涛千万里,无乃见钟山。”还有原本生活于春秋时代的西施,为鬼后居然与时俱进,会熟练创作后世成型的七言绝句:

妾自吴宫还越国,素衣千载无人识。当时心比金石坚,今日为君坚不得。

高花岩外晓相鲜,幽鸟雨中啼不歇。红云飞过大江西,从此人间怨风月。

云霞出没群峰外,鸥鸟浮沉一水间。一自越兵齐振地,梦魂不到虎丘山。

综观鬼诗，不难发现，作者多以已逝者的姿态现身，用过来人的身份抒情。诗之内涵，大多感伤今昔之变，哀叹生死之异，抒发繁华易逝、万念俱空、生命短暂、及时行乐的思想感情。可怪的是，作者虽已为“鬼”，但作诗无非四言、五言、七言，也讲究平仄和韵律，在语言运用和感情表达上大多类同凡人，看不出有什么特征足以证明这些诗作竟是来自另一个世界。

令人称奇的是，鬼诗还有立意甚至某些诗句都相同者。如《全唐诗》卷八百六十五首载慕容垂（十六国时期后燕的建立者。公元385—396年在位，死于军中）所作《冢上答（唐）太宗》，其小序说：

太宗征辽，至定州。路侧有一鬼，衣黄衣，立高冢上，神彩特异。遣使问之，答以此诗。言讫不见，乃慕容垂墓也。

诗云：

我昔胜君昔，君今胜我今。荣华各异代，何用苦追寻！

其诗以死者与生者、过去跟今天做对比，抒发人生苦短、今昔沧桑的感叹，劝诫世人不要贪求荣华富贵。

无独有偶。同卷末载掌管阴司的鬼头赵畚所作《献高骈（唐僖宗，时任淮南节度使）》一诗，其小序说：

骈筑罗城，多发掘古冢取砖。有一冢上鬼夜啸，自称冥司赵畚，献书，略曰：畚一介游魂，叨掌冥司。希于万雉，免此一抔。倘全马鬣之封，敢忘龙头之庇。并附一诗于后幅。

诗云：

我昔胜君昔，君今胜我今。人生一世事，何用苦相侵！

此诗俨若《冢上答太宗》之翻版。这就奇了怪了,莫非阴间死鬼作诗也兴抄袭?明眼人不难看出,这些所谓“鬼诗”,其实都是活人所作,扯起“鬼”的旗号,乃是糊弄人的。有诗为证:

世上本无鬼,
活人作鬼诗。
分明阳世语,
假冒阴间辞。
情事随牵扯,
时空任挪移。
幽幽白日梦,
荒诞化神奇。

原载《古典文学知识》2009年第2期

说语录

据报刊披露，20世纪世界上发行量最大、读者最多的书是《毛主席语录》，国内外总印数达50余亿册。凡是经历过“文革”的人想必都记得，那时候，这本《语录》乃是人人必备而须臾不可离的“红宝书”。现在看来，这有些奇特，但不管怎么说，在20世纪世界文化史上出现的这一奇特现象，自有诸多引人深思之处。

单从形式着眼，“语录”这一文体便值得一说。

在我国古代散文史上，“语录”之兴，堪称源远流长。《汉书·艺文志》说：“古之王者，世有史官，君举必书。”又说：“左史记言，右史记事。”所谓“记言”，即为语录。我国最早的一部历史文献《尚书》，便是以记言为主，不妨看作是上古帝王的语录汇编。

然而语录成为一种文体，应从《论语》始。《论语》是一部记述孔子及其弟子言行的典籍。“论”即论次编纂，“语”指孔子及其弟子的言语；语经论纂，故称《论语》。它既是儒家崇奉的经典，又是先秦诸子的冠冕。如果着眼于文体，一部《论语》其实即可称为“孔子语录”。

《论语》所首创的语录体，属于散文的早期形态，难免存在不成熟、不规范、简单化和随意性的局限。虽然如此,这种文体却分明具有自身的特点和价值。显而易见的是,其文辞贴近口语,不加润饰,通俗明白,平易自然,令人有亲切之感。此外,其所录多为三言两语,少有长篇大论,可谓要言不烦,精粹简练。尤为重要的是,《论语》所记,出自"圣人"之口,具有不容置疑的权威性。宋初宰相赵普宣称"半部《论语》治天下",就充分显示了"孔子语录"的权威。

也许正由于语录体具有这些特点和价值,后世仿效袭用者代不乏人,故能绵延不绝,在文体发展史上占有一席之地。先秦是"语录"盛行的时期。《论语》之后,号称"五千精妙"的《老子》一书,实际上就是"老子语录"。《墨子》《孟子》《庄子》等书,也无非语录的连缀成文。至于宋代的《二程语录》《朱子语类》,以及明、清学者的一些语录集,也都不外乎是仿效《论语》的语录体著作。这充分说明,语录这种文体具有不容低估的生命力。特别是当现实生活需要某种权威的时候,具有鲜明针对性和实用性的权威人士"语录"便应时而兴。"文变染乎世情,兴废系乎时序。"(《文心雕龙·时序》)从这个意义说来,"语录"可谓时代的产物。

原载《重庆晚报》1998 年 1 月 18 日

似与不似

明代万历初，考功郎穆文熙作《拟少陵（杜甫）〈秋兴〉八首》，其子穆光胤集右军（王羲之）书书之，寄赠当时的文坛盟主王世贞。

适逢一僧来访，王以此物出示，问："其书似右军否？"僧答："似，似。"又问："《秋兴》似少陵否？"僧答："不似，不似。"王世贞听罢，不禁失声笑道：

> 不似不似，似亦不似。不似与似，总是不是。男儿堕地，自名自位。勿作第二人，勿落第二义。（见王世贞《穆光胤书父文熙诗》）

其言看似戏谑，实则揭示了文艺创作的一条规律：模仿前人，无论似与不似，都不可取；要"自名自位"，突出个性，勇于创新。

值得一提的是，王世贞与李攀龙同为明代"后七子"领袖。攀龙死后，世贞独领文坛二十年。他们倡言"复古"，称"文必西汉，诗必盛唐"。然而这里却强调"勿作第二人，勿落第二义"，世贞晚年文风趋于平淡，恐与此有关。

原载《重庆晨报》1998年2月5日

文化寻根十说

文化寻根说先秦

中华民族具有五千多年的文明发展史,创造了光辉灿烂的传统文化,辉耀世界,流传千古。中华文化博大精深,源远流长。寻其根而溯其源,这个根源就在先秦。

“先秦”这一概念由来有自,非比寻常。考“先秦”之称,始见于《汉书·景十三王传》。汉景帝共十四个儿子,除王皇后所生武帝刘彻外,其余十三子皆封王,故《汉书》为之合传。其中河间献王刘德乃栗姬所生,此子甚为杰出,史称其“修学好古,实事求是”。作为中国传统思想文化中优秀成分之一的“实事求是”,其最早出处即见于此。传载:“献王所得书,皆古文先秦旧书。”说到这里,先得明白,中国古代文化在秦统一后遭到两次浩劫。先是秦始皇焚书,事在秦始皇三十四年(统一后八年,前213),接着是秦汉之际项羽火烧咸阳。秦皇焚书主要针对的是各国史书及“《诗》《书》百家语”等,至于本国史书《秦记》则除外,还允许博士官因其“所职”有所存留,并且明令不烧医药、卜筮、种树之书。及至项羽火烧咸阳,大火三日不绝,那才真是烧得一干二净。经此两大浩劫,古籍散亡磨灭殆尽。汉兴,乃重视文化建设,诏令天下,广开献书之路。“修学好古”的献王就是在这样的背景下获得“古文先秦旧书”的。值得注意的是，唐代颜师古为《汉书》作注时，特别为“先秦”下注，可见他认为唐人对“先秦”之称不甚了了，故需加以注释。颜注：“‘先秦’，犹言‘秦先’，谓未焚书之前。”这就说明，“先秦”不仅是一个历史概念，而且具有文化的内涵。按其所注，“先秦”乃指秦代以前，而又特指尚未焚书以前。有无上限呢？他没有讲。其实，“先秦”本有广、狭二义。

广义的“先秦”，指秦以前的各个时代，直至远古。华夏文明上下五千年，但有文字记载的历史不过三千多年。周朝八百年，夏、商更渺茫。孔子曾说：“夏礼，吾能言之，杞（其后代）不足征（为证）也；殷礼，吾能言之，宋（其后代）不足征也。文（典籍）献（熟知史实的贤人）不足故也。足，则吾能征之也。”（《论语·八佾》）这说明，那个时代留传下来的文字资料不多。

至于狭义的“先秦”，则专指秦代以前的春秋战国时期（前770—前221），总约五百余年；而又主要指战国时期，尤其是秦以前三百年。留传至今的先秦古籍，大都产生于这一时期。所以从文化学术的意义上说到“先秦”，便主要指春秋战国特别是战国时期。

春秋之末，礼崩乐坏，王纲解纽。诸侯争战不休，天下大乱。及至战国之时，七雄并立，各国奋发图强，争为霸主，竞相走上改革之路，变法之风，吹遍天下。旧制度走向崩溃，新制度逐渐产生。领主经济转化为地主经济，封君政治转化为官僚政治。从春秋末年到战国时代，社会经历了翻天覆地的变革。

在新、旧体制交替的混乱状态中，人们的思想、道德失去了维系，相对获得了自由的空间。“诸侯异政，百家异说”（《荀子·解蔽》），天下失道，处士横议。诸子百家纷纷登场，各自代表不同的政治利益，放言争辩。他们大都敢想敢讲，无所忌惮，形成了空前活跃的生动活泼的政治局面。这是一个伟大的时代，“是一个需要巨人而且产生了巨人——在思维能力、热情和性格方面，在多才多艺和学识渊博方面的巨人的时代”（恩格斯《〈自然辩证法〉导言》）。春秋战国时期不但经历了前所未有的社会变革，产生了灿若繁星的大批“巨人”，而且以思想领域里的“百家争鸣”和学术领域里的“百花齐放”在历史上闪耀着特异的光辉。

思想的解放促使创新精神勃发，推动了文化的发展，结出了文明的硕果，呈现出空前繁荣的景象。不仅哲学和经济学、政治学、史学、军事学、法学、教育学、语言学等社会科学成就辉煌，艺术也相应地有了划时代的进步，而且天文学、地理学、数学、物理学以及农学、医学等自然科学也大放异彩。虽然这些学科门类当时大都没有完全独立，未能自成体系；各类著述或者残缺不全，甚或早已失传；但凭现在所能见到的资料，参以《汉书·艺文志》的著录，以及历年来出土文物的实证，也可大体推见当时文化之灿烂。

特别是以孔子、孟子、荀子为代表的儒家，老子、庄子为代表的道家，墨子创立的墨家，集法家之大成的韩非子以及兵家、农家、杂家、阴阳家、纵横家等各个思想流派，在先秦时期畅言高论，“各引一端，崇其所善”（《汉书·艺文志》），争辩切磋，相反相成，文化蔚为大观，创造了中华民族引以为傲的精神财富。虽然由于后世统治者的推崇，儒家思想在中国思想文化领域长期占有主导地位，但多向多元发展仍是中国思想文化的基本特征。中华民族世世代代形成和传承的世界观、人生观、价值观、审美观等，其核心的内容亦可谓最基本的文化基因，乃是有别于其他民族的独特标识。这些文化基因早在先秦时期就已生成，并且融进了民族的精神命脉，在代代传承中不断创新发展。

先秦是中国文化发展史上一个特出的高峰。其后两汉之经学，隋、唐之佛学，宋、明之理学以及清代之考证学，都在承前启后地不断更新发展。中国传统文化对中国和人类的文明进步做出了重大贡献，而它的根就在“文化昂进”的先秦时期。

原载《重庆晨报》2014年10月22日《灿烂的先秦》专栏

《周易》与传统文化

《周易》又称《易》《易经》，列儒家“六经”之首。原为卜筮之书，用卦爻辞指告人事的吉凶祸福，是供巫史算卦所用的专门著作，记载了上古巫史们世世代代卜筮所积累的经验。相传夏代有《连山》，商代有《归藏》，都是卜筮之书，与《周易》相类似，但其书早亡。汉代时尚存《连山》八万言，《归藏》四千三百言，后来都散失了。今传者为后人依托，并非原本，不可凭信。至于被儒家奉为经典的《易》，实为周代卜筮之书，故称《周易》。秦皇焚书，不焚卜筮之书，故《周易》得免于秦火之劫，作为可靠的先秦典籍而流传至今。

《周易》包括《经》《传》两个部分。“经”为经典，“传”即解释经典的文字。《周易》是古人经验和智慧的结晶，蕴含着丰厚的传统文化信息。在今人看来，它好似一座宝库，璀璨斑斓，炫人眼目；丰富多彩，令人赞叹。

因为《周易》的一个根本特点是“观物取象”，而“形象大于思想”，所以在接受的层面上营造了理解和阐释的广阔空间，以至于人见人异，人言人殊，似乎无所不包。于是我们看到：

科学家从中发现了“二进制”。近有人指出，德国数学家莱布尼茨研究《周易》八卦，从中发现了“二进制”。他认为，八卦原理是电脑的根本，阴、阳符号（－－、—）就是电子计算机中的1和0。认为“二进制”恰好对应于现代计算机的电路通断。其实，莱氏是在发明了二进制之后才看到了“先天（八卦）图”，从中得到启发，认为此周和他发明的“原理是完全相符的”。根据二进制来理解八卦图，说八卦图中已包含了他发明的东西。这是莱布尼茨的理解。

哲学家从中发现了辩证法和形而上学，惊叹其哲学思想。他们认为，观物取象的观念体现了十分朴素的唯物观。“一阴一阳之谓道”的认识和万物交感的观念，是古人从实践中提炼出来的辩证原理。更为重要的是，发展变化的观念是贯穿《周易》的一个基本思想。《易经·泰卦》九三爻辞：“无平不陂（pō），无往不复。”《易传·系辞上》所谓“刚柔相摩，八卦相荡”“日月运行，一寒一暑”“穷则变，变则通，通则久”等都体现了物极必反的原则，包含着朴素辩证法的思想。

史学家通过史实的蛛丝马迹揭示历史的真相，肯定其历史意义。在他们看来，《易经》卦爻辞内容丰富，关于远古时代战争、祭祀、婚姻、生产和生活等都有所涉及。其中留有远古时代历史的印记，传达了对今人来说颇为迷茫的历史信息，虽然零碎，却分明具有重要的史学价值。

教育家从中发现了为人处世、励志修身之道，并奉为育人之规。诸如自强不息、敬德修业、厚德载物、居安思危等励人或自励的训语箴言，代代相传，融进了中国人的血脉，无疑是传统文化中可贵的精神财富。

《周易》的文学价值也不容忽视。有学者认为，《易经》的卦爻辞可以看作中国最古老的歌谣集，其产生的时代比《诗经》更早，反映了远古时代人类的现实生活，也表现了他们的思想、情感、意志和愿望。其特点是取象生动，音韵和谐，含蓄蕴藉，引人遐想。有的甚至与《诗经》作品颇为相似。如“鸣鹤在阴，其子和之。我有好爵，吾与尔靡之”（《中孚》九二），较之《诗经·小雅·鹿鸣》“呦呦鹿鸣，食野之苹。我有嘉宾，鼓瑟吹笙”，在句式、手法上均极相似。《易经》的卦爻辞富于诗性，那些古老的歌谣，可以认为是古代诗歌的萌芽。而《易传》则在中国古代散文发展史上具有重要价值。特别是以《文言》和《系辞》为代表的《易传》，散文特色鲜明，其成就、地位和影响均不容低估。刘勰《文心雕龙·丽辞》说：“《易》之《文》《系》，圣人之妙思也。”清人阮元认为：“孔子于《易》，所以著

《文言》之篇也,……此千古文章之祖也。”(《文言说》)

且看:

同声相应,同气相求。水流湿,火就燥。云从龙,风从虎。(《乾文言》)

天尊地卑,乾坤定矣。卑高以陈,贵贱位矣。动静有常,刚柔断矣。方(人)以类聚,物以群分,吉凶生矣。在天成象,在地成形,变化见矣。是故刚柔相摩,八卦相荡;鼓之以雷霆,润之以风雨。(《系辞上》)

二人同心,其利断金。同心之言,其臭如兰。(《系辞上》)

《易传》散文之美,由此可见一斑。

《周易》还是我国古代美学思想原生的渊薮,对后世产生了深远的影响。如其讲阴阳刚柔:“一阴一阳之谓道”,“阴阳不测之谓神”(《系辞上》);“阴阳合德,而刚柔有体”(《系辞下》);“坤至柔而动也刚,至静而德方”(《坤文言》)。讲通变:“生生之谓易”,“通变之谓事”(《系辞上》);“易,穷则变,变则通,通则久”(《系辞下》)。讲中正:“刚健中正,纯粹精也”(《乾文言》);“君子黄中通理,正位居体,美在其中,而畅于四支,发于事业,美之至也”(《坤文言》)。今天我们探究传统文论,原始要终,不难发现其美学思想即根植于《周易》。可以说,在中国古代文学发展史上,无论诗歌、散文创作还是文论思想,都打上了《周易》的深刻烙印。

必须指出,《周易》渊源甚古,其卜筮之书的特质使之充满了臆测的模糊性及不确定性,具有取象的朦胧美和意义的微妙感。在今人看来,更具有时间的遥远感和空间的缥缈感。上述种种超现实的特征给《周易》打上了神秘的色彩,后世儒家的经典化和神学化,更加深了《周易》在人们心目中的神秘感。破除神学迷信,拂去历史尘埃,认清《周易》本相,发掘其文化意蕴,是我们对待这一部文化遗产应该采取的正确态度。

原载《重庆晨报》2014年10月29日《灿烂的先秦》专栏

鉴往知来的史家传统

中国自古就有重史的传统。《尚书·多士》说："惟殷先人，有册有典。"大概至迟在商代，就已设立了专门执掌史职的史官。《汉书·艺文志》指出："古之王者，世有史官，君举必书，所以慎言行，昭法式也。"这就是说，历代设置史官，专职记录君王的言行举止，既警示君王要谨言慎行，又如实记录是非得失，以供后世取法或鉴戒。自殷商迄战国，史家记事之文绵绵不绝，于是产生了名目繁多的史书。所以孟子说："晋之《乘》，楚之《梼杌》，鲁之《春秋》，一也；其事则齐桓、晋文，其文则史。"(《孟子·离娄下》)可见各国史书虽然名称不同，但其实质一样，都是"述往事，思来者"的史籍。史家传统源远流长，其源头就在先秦。

我们的祖先非常重视总结和借鉴历史的经验教训。《尚书·召诰》说："我不可不监(鉴)于有夏，亦不可不监于有殷。"《诗经·大雅·荡》也说："殷鉴不远，在夏后之世。"都强调借鉴夏、殷的历史经验，吸取前代治乱兴亡的教训，以古鉴今，给当今的统治者提供鉴戒。所以我国史家坚持以经世致用为传统，其核心价值便是鉴往知来。北宋司马光主持编撰上起战国、下迄五代的编年体通史，进上皇帝，特命名为《资治通鉴》，就充分把握了这一传统的精髓。

奠定先秦史家传统的首要杰作是编年体史书之祖《春秋》。它以年为经，以事为纬，记载了上起鲁隐公元年（前722），下迄鲁哀公十四年（前481）共242年的史实。《春秋》是孔子依据鲁史修订而成的史书，因其属于后世儒家尊奉的"六经"之一，故又称《春秋经》。《春秋》既经孔子修订，必然体现孔子的思想倾向。概括说来，便是遵循周制，维护周礼，明王道，重人事，褒善贬恶，反对"邪说暴行"，志在"拨乱世反之正"。这种鲜明的政治意图和浓厚的政治色彩，便是后儒所称道的"微言大义"。因孔子修订《春秋》一丝不苟，以至于"笔则笔，削则削，子夏之徒不能赞一辞"（《史记·孔子世家》）。这就是说，《春秋》语言之精善，达到了不可更动一字的完美境界。《春秋》的语言非常凝练含蓄，历来为人叹赏，具有所谓"一字见义""以一字为褒贬"（杜预《春秋序》）的特点。后世文人推崇备至的"《春秋》笔法"，就主要指这一特点。

唐代经学家陆德明称颂《春秋》"上遵周公遗志，下明将来之法"（《经典释文·序录》）；史学家刘知幾也赞誉它"为不刊之言，著将来之法"（《史通·六家》）。《春秋》开创了史家的优秀传统，当之无愧地被后世奉为典范。

《国语》是我国最早的一部国别史，也是继《春秋》之后的一部重要历史著作。此书传为春秋时期与孔子同时或稍前的左丘明所作，实际上它是由各国史料汇编而成，并非出于一人、一时、一地。它主要来源于各国史官的记述，也可能与左丘明的传诵有些关系，后来经过熟悉历史掌故的人排比润色，在战国初年或稍后编纂成书。

《春秋》多寓褒贬之言，《国语》则多记教诲之语。为了实现某种明确的说教意图，《国语》显然对史实做过一番选择，故其所记大都是能够从中引出某种教训的言谈或事件。虽然《国语》仍如《春秋》，旨在扬善惩恶，但其述古鉴今的特点更为突出。在思想内容方面，《国语》有了一些新的特点，主要表现为"重民""尚礼""崇德"等，基本上体现了儒家的思想倾向。

大约与《国语》同时或稍后成书的《左传》，是我国第一部记事详赡完整的编年史。《左传》是《春秋左氏传》的简称。按儒家经学传统，先师所言为"经"，后师所言为"传"，以"传"解"经"，是汉代官学通例，于是它被认定为解说《春秋》之"传"。然而历代学者对此颇多异议。实际上，《左传》不同于"依经作传"的《公羊传》和《穀梁传》，它是一部自成一家的编年体史书，当然其记事确也有助于说明《春秋》。至于作者，亦多异说，实难确指，看来它与《国语》一样，并非成于一人之手。但既以左氏为名，应与“左氏”有些关系，说其中部分史料出于左丘明的传诵，大概比较可信。

《左传》的思想倾向与《国语》基本一致，但有了新的发展，主要表现为民本思想更加鲜明、突出。《左传》记事明确地表达了民重于天、民为神之主、民重君轻、民为邦本的观点，与孟子所谓“民为贵，社稷次之，君为轻”（见《孟子·尽心下》）的思想，已经相当接近了。

特别是《左传》中记叙了不少恤民者兴，残民者亡的典型史实，并且借一些历史人物之口，宣扬了得民心者得天下，失民心者失天下的真理。书中还以大量的史实，揭示了民心的向背不仅是统治者个人成败的决定因素，而且直接关系着战争的胜负和国家的兴亡。这样的深刻认识和精辟见解，可谓既超越前贤又启迪后人，无疑具有振聋发聩的意义。这是当时史家在春秋时期严酷的斗争现实中，经受无数血的教训后，对社会、人生、政治和历史深入观察和严肃思考的结果。后人所谓“以古为镜，可以知兴替”（《旧唐书·魏徵传》），所谓“历史的经验值得注意”，就都是建立在敬畏历史、以古鉴今基础上的觉悟和认识。

鉴往知来的史家传统源于先秦，传于后世。汉代史学大师司马迁发扬光大了这一传统。他在《报任安书》中明确标举“究天人之际，通古今之变，成一家之言”的史学精神。他的伟大历史巨著《史记》，被鲁迅称为“史家之绝唱，无韵之离骚”，成为后世史家崇奉的典范，就充分体现了这一史学精神。

原载《重庆晨报》2014年11月5日《灿烂的先秦》专栏

儒学宝典《论》《孟》《荀》

春秋以前，学在官府，无私人之师，也无私家著述。随着王道衰微，王官之学散入民间，于是私人之学兴起，私家著述也相继出现。春秋之末，孔子开创讲学之风，并创立儒家学派。及至战国，百家争鸣，自由论辩，诸子著书立说，一时蔚为风尚。作为儒学宝典的《论语》《孟子》《荀子》，就产生于这个风云激荡的巨变时代。

战国时期，儒学经孔门弟子后学发扬光大，成为"显学"；但同时与诸子并列，地位并不特殊。实际上，儒学在当时还被诸侯国君认为不合时宜，所以孟子、荀子也跟儒家祖师孔子一样，都在现实政治中屡屡碰壁。直至汉武帝采纳董仲舒建议，罢黜百家，独尊儒术，儒学才被定为一尊，从此受到历代统治者的推崇，居于正统地位，成为中国历史上影响最大的一个学派。

《论语》：备受尊崇的儒学原典

《论语》是记述孔子及其弟子言行的典籍，大约在战国初年由孔门弟子及其后学编纂成书。"论"通"伦"，指次序、条贯，"语"指孔子及其弟子的言语。

"语"经梳理并按一定次序编纂成书，故称《论语》。《论语》比较忠实地记述了孔子的言行，也比较集中地反映了孔子的思想，是后世儒家崇奉的儒学原典。

孔子的思想核心是"仁"与"礼"。"仁"是儒家伦理哲学的中心范畴和最高道德准则，不仅指主观的道德修养，也指客观的伦理教化。"礼"指统治阶级规定的秩序，包括政治制度、道德规范等，其根本要点是尊卑、贵贱、长幼有严格规定的等级制度。孔子主张"非礼勿视，非礼勿听，非礼勿言，非礼勿动"，强调"礼"维护"君君，臣臣，父父，子子"的作用，宣称"克己复礼为仁。一日克己复礼，天下归仁焉"(《论语·颜渊》)。可见"仁"是目的，"礼"是手段。在孔子看来，通过"克己复礼"可使"天下归仁"，这说明"仁"在孔子心目中是涵盖了主、客观世界的理想境界。

孔子是中国历史上第一位伟大的教育家。他具有丰富的教学实践经验，创建了比较系统的教育理论。《论语》生动地记述了孔子循循善诱、因材施教的言行，展现了他从实践中总结出的可贵经验和行之有效的教育方法。诸如"有教无类"(《论语·卫灵公》)，"学而不思则罔，思而不学则殆"(《论语·为政》)，"学而不厌，诲人不倦"，"不愤不启，不悱不发。举一隅不以三隅反，则不复也"(《论语·述而》)等，对后世影响至为深远。

《论语》还是一部优秀的语录体散文集。其文言简意赅，含蓄隽永，字里行间闪烁着智慧的光彩。凝练的语言包孕着深刻的思想，以至于"夫子风采，溢于格言"(《文心雕龙·征圣》)。《论语》富有经久不衰的魅力，无愧为诸子散文之冠冕。

《孟》《荀》：各具特色的儒学重镇

孟子、荀子是孔子之后的儒家大师，《孟子》《荀子》二书则是《论语》之外的儒学经典。历来孟、荀并称，《史记》也合孟、荀为一传。实则孟、荀二家思想各具特色，《孟》《荀》二书也各有千秋。

《史记·孟子荀卿列传》说孟子"退而与万章之徒序《诗》《书》，述仲尼之意，作《孟子》七篇"，可知孟子确曾亲自参与著述，《孟子》一书也确实反映了孟子的思想和风格。孟子以孔子传人自居，他声称"乃所愿，则学孔子也"(《孟子·公孙丑上》)。比较《论》《孟》二书，不难看出孟子继承和发展了孔子的思想。

孔子讲“仁”,孟子则“仁义”并重,这无疑是对孔子仁学的丰富和补充。孟子在其“性善”论的基础上,提出了仁政保民和实行王道政治的主张,继承发展了孔子“仁者爱人”“为政以德”的思想。孟子由“保民而王”推衍出“民为贵,社稷次之,君为轻”(《孟子·尽心下》),并指斥桀、纣之流“残贼”的君主为“一夫”(《孟子·梁惠王下》)。尽管他的“民”“君”概念与后世有所不同,但毕竟是战国巨变时期的新观念,不仅堪称惊世之论,而且对后代反对专制统治的思想家产生过积极影响。

《孟子》文章体现了至精至密的论辩艺术和气盛辞壮的语言风格,历来备受称道。其形式也较《论语》有所发展,已将简明扼要的语录,发展为对话式的长篇大论了。

《荀子》一书,又名《孙卿子》《孙卿新书》,今传三十二篇,大多为荀子自著。

荀子在《儒效》篇中崇“大儒”而贬“俗儒”,可知他是隐然以“大儒”自居的。他继承了孔子开创的儒学传统,并有所发展、创造,成为先秦时期集大成的思想家。他学问渊深,博通经史,涉猎广泛,著述宏富。其思想主要接近孔子而与孟子有所不同。

孟子倡言“性善”,称“人性之善也,犹水之就下也”(《孟子·告子上》)。荀子则针锋相对地提出“性恶”论,断然宣称“人之性恶,其善者伪也”(《荀子·性恶》)。必须指出,孟、荀各执一端,认识迥异,但结论却趋同,即都注重学习。孟子认为人性善,所以能学习;荀子则认为人性恶,所以必须学习。

荀子继承发展了前辈儒家的思想,具有若干值得注意的新特点。他宣扬“制天命而用之”(《荀子·天论》)的天道观,反映了对天人关系的新见解。他奉“隆礼”和“重法”为政治思想的核心,与孟子有所不同。他主张“法后王”,与孟子“言必称尧舜”的“尊先王”恰相对立。他在重视“礼治”与“法治”的同时,还特别强调“人治”,明确提出“有乱君,无乱国;有治人,无治法”(《荀子·君道》)的观点,拓展了儒家的传统观念,对后代影响甚大。

《荀子》之文不再是如《论语》式的语录或《孟子》式的对话连缀,而是自成体系的专题论文,这在散文发展史上,无疑是一个新的飞跃。荀文具有博大精深、严谨周详、典重淳厚的特点,在先秦诸子之文中独树一帜。

原载《重庆晨报》2014年11月12日《灿烂的先秦》专栏

老子之“道”与庄子之“逍遥”

老子、庄子是先秦道家代表人物，《老子》《庄子》二书则是道家一派的主要代表著作。在先秦诸子中，对后世影响最大的当然是儒家。自从汉武帝独尊儒术以来，儒家一直被尊为正统，在思想文化领域占有主导地位。但中国传统思想文化具有多向多元发展的特征，如果论及对后世的影响，可以说道家是与儒家相反相成相颉颃的一个学派。

“道”：老子思想的核心

据《史记·老庄申韩列传》所记，老子即李耳，字聃，故又名老聃，春秋时楚国人，任“周守藏室之史”，大约与孔子同时或稍长。又据《礼记·曾子问》所记，孔子曾经问礼于老子。《老子》一书并非老子自著，而是在战国前期由道家后学纂辑加工而成，其成书略晚于《论语》。如同《论语》是孔子语录，《老子》也是大体荟萃了老子的语录，并基本上反映了老子的思想。今存《老子》共八十一章，上篇三十七章，称《道经》，下篇四十四章，称《德经》，故《老子》又称《道德经》。

《老子》五千言，文约而义丰。其文谈玄论道，意蕴深邃，具有完整的思想体系。老子的思想以“道”为核心，其学派也以“道”命名。据统计，“道”在《老子》中出现七十多次，诸如“道，可道，非常道”（首章），“天乃道，道乃久，殁身不殆”（第十六章），“孔德之容，惟道是从。道之为物，惟恍惟惚”（第二十一章），“有物混成，先天地生。寂兮寥兮！独立不改，周行而不殆，可以为天下母。吾不知其名，字之曰道，强为之名曰大。……人法地，地法天，天法道，道法自然”（第二十五章），等等。可见老子认为“道”是天地万物的本源，是万事万物存在与变化的普遍原则和根本规律。“道”的提出，标志着人们认识世界的抽象思维能力已提高到一个新的层次。老子首创以“道”为哲学的最高范畴，反对上帝有知、天道有为，针锋相对地提出天道自然无为的思想。这意味着天上神权的动摇，也正是地上王权衰落的反映。

老子天道自然无为的思想，用于人世社会，便产生“无为而治”的政治主张和“小国寡民”的社会理想。老子不讲“礼义”而讲“无为”，但他并未忘怀政治而仍欲治天下，只是想以“无为”做手段，达到“无不为”的目的罢了。老子描述了“小国寡民”的乌托邦式社会理想，在一定程度上反映了被战乱困扰的人民迫切要求宁静安乐的愿望，包含着对现世的不满与批判，但它毕竟违背了社会历史发展规律，只能是不切实际的幻想。

《老子》之文韵散结合，凝练晓畅，朗朗可诵，语精意奥，被刘勰誉为“五千精妙”（《文心雕龙·情采》），在先秦诸子中独标一格。

“逍遥”：庄子思想特征的显著标志

庄子名周，战国中期宋国蒙（今河南商丘东北）人。《史记》本传说他曾为蒙漆园吏，大约与梁惠王、齐宣王同时。后世老庄并称，同被奉为道家之宗。《庄子》一书今存三十三篇，包括内篇七、外篇十五、杂篇十一。一般认为内篇为庄子自著，外、杂篇则为其门人后学所著。其实，《庄子》一书并非出于一人，成于一时，究竟何篇为庄子自著，难以确指。但可以肯定它是庄子一派文章的纂辑，大体上反映了庄子的思想。

庄子的道家学说与老子一脉相承，但又有较大的发展变化。无论在哲学观、政治观、人生观方面，庄子思想都具有自己鲜明的特征。庄子也讲“道”，认为“道”是“先天地生”(《大宗师》),无始无终,实有而无形,自然而永恒,是神秘莫测、不可知的。因而他崇尚自然,宣扬天道无为,否定人对自然界的作用,宣称“无以人灭天,无以故灭命”(《秋水》)。他否认事物差别,否认是非标准,否认客观真理,认为“万物皆一”(《德充符》),“以道观之,物无贵贱”(《秋水》),“是亦彼也,彼亦是也。彼亦一是非,此亦一是非”(《齐物论》)。在政治上,孔子是“知其不可而为之”,老子是以“无为”而达到“无不为”,庄子则是“不为”。庄子出于对现实政治的无比厌恨,选择了消极逃避的道路。他把老子所谓“绝圣弃智”“小国寡民”的思想推向极端,主张毁绝一切文明,回到所谓“至德之世”,即“同与禽兽居,族与万物并”(《马蹄》)的洪荒时代。不难看出,其中分明潜藏着愤激之情,蕴含有对抗现实的意味。

庄子思想特征的显著标志是“逍遥”。“逍遥”不但意味着庄子的人生理想是追求绝对自由的精神世界和对现实生活的彻底超脱,而且是庄子精神解放、人格独立的象征。他在名篇《逍遥游》中幻想出一个不受任何条件限制而绝对自由的精神境界,臆造出所谓“至人无己,神人无功,圣人无名”的理想人格典型,声称“若夫乘天地之正,而御六气之辩,以游无穷者,彼且恶乎待哉”。他沉浸在虚构的精神世界里,自我体验超脱现实的“逍遥”之乐,这就是所谓“芒然彷徨乎尘垢之外,逍遥乎无为之业”(《大宗师》)。庄子的“逍遥”看似神秘怪诞、高深莫测,实则不过是为解决客观现实与主观情志的矛盾而精心营造的心灵幻影。后世众多落拓失意者,总是从庄子的思想中寻求慰藉,找到精神栖息的港湾,可见在他们的灵魂深处,打下了庄子“逍遥”的烙印。

《庄子》文章古今独步,历来备受推崇。它以意出尘外的构思、超群绝俗的想象、峥嵘浩荡的议论、恢诡谲怪的形象和汪洋恣肆的文风在文学史上大放异彩。它开辟了散文艺术的新境界,促进了文学自身的新飞跃。不仅“晚周诸子之作,莫能先也”(鲁迅《汉文学史纲要》),而且对后世作家、作品产生了极其深远的影响。

原载《重庆晨报》2014年11月26日《灿烂的先秦》专栏

时称“显学”的墨家

先秦诸子中，儒、墨二家弟子众多，盛极一时。《韩非子·显学》开篇就说：“世之显学，儒、墨也。”墨家在当时竟与儒家并称“显学”，可见是一个非常著名且影响甚大的学派。

墨家从显赫走向衰微

墨家的开山祖师是墨子。墨子名翟，鲁国（一说宋国）人，生平事迹不详，约生于孔子后，活动于战国初期。一说墨子并非姓“墨”，是因为他一贯艰苦勤劳以致瘠瘦黝黑而得号“墨子”。墨子出身于手工业者，能制造机械，也通晓军事，曾率领弟子们帮助宋国防御楚国的进攻。据《淮南子·要略》说，墨子早先曾“学儒者之业，受孔子之术”，但他认为儒家崇奉的“礼”太烦扰，“厚葬靡财而贫民”，甚至“伤生而害事”，所以他分裂出来，自创墨家学派，“背周道而用夏政”，即与公开宣称“吾从周”的孔子背道而驰。可见其思想不受儒学羁绊，富于创造性。

墨家组织严密，领袖号称“巨子”。“墨家巨子，盖若后世儒家大师，开门授徒，远有端绪，非学行纯卓者，固不足以当之矣。”（孙诒让《墨子传略》）墨家信徒不畏艰险，不辞劳苦，不尚空谈，敢于赴汤蹈火,积极从事社会实践活动。《淮南子·泰族训》说:“墨子服役者百八十人,皆可使赴火蹈刃,死不还踵,化之所致也。”其宗教色彩颇为浓厚,在战国时期分为三大宗派。据《韩非子·显学》说,墨子死后,“墨离为三”,“有相里氏之墨,有相(一作‘柏’)夫氏之墨,有邓陵氏之墨”。三派各立门户,招徒授业,声名赫赫,信徒众多,然而奇怪的是,秦汉以后,墨学衰微,竟至销声匿迹,后继无人了。其主要缘故,是它对政权直接构成威胁,必然为统治者所不容。墨家组织严密,忠于信仰,凝聚力强,敢斗善斗,并且招之即来,来之能战,是只听从本派巨子指挥而不受当局控制的社会势力。面对如此有组织有威胁力的潜在对抗力量,统治者怎能安心?所以从维护根本利益出发,历代统治者势必强力打压。这样看来,墨家的衰微没落也就不难理解了。

墨学纲要及《墨子》特点

《墨子》一书,不是一人一时之作,也不是墨子自著。它是一部包括墨子言论及墨家各派学说的著作,由墨子弟子及其后学记录、整理、汇编而成。《墨子》今存五十三篇,内容较为驳杂,体例也不尽一致。值得注意的是,书中《尚贤》《尚同》《兼爱》《非攻》《节用》《节葬》《天志》《明鬼》《非乐》《非命》十篇,各分上、中、下篇,内容大同小异,应是墨家三派各记所闻的底本汇辑。它们是墨子的“十诫”,也就是十种主张。《墨子·鲁问》记“子墨子曰”:

> 凡入国,必择务而从事焉。国家昏乱,则语之“尚贤”“尚同”;国家贫,则语之“节用”“节葬”;国家憙音湛湎,则语之“非乐”“非命”;国家淫僻无礼,则语之“尊天”“事鬼”;国家务夺侵凌,则语之“兼爱”“非攻”。

可见上述十篇确实比较集中完整地保存了墨子的思想,不但是全书的核心,而且可说是墨学纲要。

墨子的思想特征非常鲜明,且自成体系,独树一帜,可与儒学抗衡。墨家基本代表小生产者的利益,既有进步性,也有保守性。大体说来,墨家的社会政治思想较为进步,而有神论的世界观则有保守落后倾向。

在先秦诸子之文中,《墨子》影响不及《论语》,也不如老、庄、孟、荀、韩等子书。但《墨子》文章特色鲜明，独具一格，应该在文学史上占有一席之地。《墨子》文章的最大特点是尚实尚质，言之无文。其文意显而语质，言多而不辩；讲究实用，不重文采。这与墨家思想崇尚质实，富于现实性、针对性和功利性相适应。墨家唯恐“以文害用”，故不事文采。正如《韩非子·外储说左上》所指出：“墨子之说，传先王之道，论圣人之言，以宣告人。若辩其辞，则恐人怀其文忘其直，以文害用也。”由于信守这样的观点，以致其文虽反复论辩，不尚空谈，却“言之无文”，“行而不远”。《墨子》对后代散文影响不大，这大概也是原因之一。

《墨子》文章的另一大特点是讲究逻辑，明辨是非。其文极善辩驳，《非命上》篇提出著名的“三表”（《非命》中、下篇称“三法”）说：

> 故言必有三表。何谓三表？子墨子言曰：“有本之者，有原之者，有用之者。”于何本之？上本之于古者圣王之事。于何原之？下原察百姓耳目之实。于何用之？废（通“发”）以为刑政，观其中国家百姓人民之利。此所谓言有三表也。

“三表”说指出，论证问题应有三方面依据：一是本之于历史事实，二是原察百姓的见闻，三是观察政治实践的效验。也就是说，要引证史实和古代文献以及百姓的现实经验（见闻），并以现实政治的实践效果加以检验。这显然是对历史和现实经验的总结。它标志着人类逻辑思维的发展。然而实际考察《墨子》之文，可见其引述的史实多取自古书，或依据传闻，不全可靠。但其文逻辑严密，在分析、论证、驳论等方面，对后来的《荀子》《韩非子》之文颇有影响。

墨家还讲究论辩的目的，声称“夫辩者，将以明是非之分”（《墨子·小取》）。所以《墨子》之文大都有所为而发，针对性极强，主旨突出，观点鲜明。如其传世名篇《非攻上》以“入人园圃，窃其桃李”“攘人犬豕鸡豚”“取人马牛”以至于“杀不辜人”等不义之事为例，层层深入地论证如侵犯他人的利益愈多，就愈不仁，罪也愈大的道理，进而论断“今至大为不义攻国”，有力地批驳了不知“攻国”之非，反而誉之为“义”的谬误，从而突出了“非攻”这一主旨。其文是非之分明，逻辑之严密，确实令人赞叹。

原载《重庆晨报》2014年12月3日《灿烂的先秦》专栏

集法家之大成的《韩非子》

《韩非子》集中汇编了韩非的著作，是先秦法家集大成的重要典籍，也是“百家争鸣”高潮中的一部学术巨著。今传《韩非子》五十五篇，基本上是韩非自著。韩非（约前280—前233），《史记》本传说他是韩国的“诸公子”（太子之外的王子），“喜刑名法术之学”，与李斯同为荀卿弟子，李斯自以为不如韩非。韩王安五年（前234），韩非出使秦国，被李斯、姚贾谮害，次年下狱而死。

韩非继承、总结了前辈法家慎到、吴起、商鞅、申不害等的理论和实践，加上自己的创造和发展，形成了一套颇为完整的法家思想体系，为建立专制主义的皇室政权提供了理论根据，并在实践上对我国第一个中央集权制的秦王朝的建立起了重要作用。《韩非子》一书所反映的韩非的法家思想，具有鲜明的特征。

以“法”为中心、结合“术”与“势”的政治观

在韩非之前，申不害强调“任术”，商鞅主张“明法”，慎到宣扬“乘势”。韩非批判地继承了他们的理论，并且吸取了荀子和道家的某些理论，形成了

以“法”为中心，结合“术”与“势”的较为全面系统的法治思想。他在《定法》篇中指出，“申不害言术而公孙鞅（即商鞅）为法”，都是各执一端，“皆未尽善”，明确主张君主必须“法”与“术”并用。认为：“君无术则弊于上，臣无法则乱于下，此不可一无，皆帝王之具也。”《难三》篇中也强调：“人主之大物，非法则术也。”《难势》篇中又提出：“抱法处势则治，背法去势则乱。”如此创造性地建立起一个以“法”为中心，有机结合“术”与“势”的政治思想体系。必须指出，韩非所谓“法”，专指“法令”，即“编著之图籍，设之于官府，而布之于百姓者也”（《难三》）；又叫作“名”，据“名”而行赏罚，就叫“刑”，合称“刑名法术之学”。所谓“术”，是指国君依据“法”来驾驭群臣的手段。所谓“势”，即“权势”，“乘势”也就是掌握政权，这是“法”与“术”得以推行的前提条件。韩非的这种政治主张，强调君主专制，中央集权，适应了当时社会发展的总趋势。因而他的学说传到秦国，秦王极其赞赏，甚至感叹道：“嗟夫！寡人得见此人与之游，死不恨矣！”（《史记·老庄申韩列传》）其政治主张被秦王成功地用于统一中国的实践，对后世的影响，至为深远。

反对复古、主张革新的社会历史观

先秦诸子大多善于纵论古今，孔、孟好论“三代（夏、商、周）”，老、庄喜讲“远古”，都说明他们认识到了历史是人类社会既往的运动发展过程。但他们大都贵古贱今，是古非今。以韩非为代表的法家则不同。韩非也讲历史，却继承了前辈法家商鞅等人的思想，认为“苟可以强国，不法其故；苟可以利民，不循其礼”，“治世不一道，便国不必法古”（《商君书·更法》）。他在《五蠹》篇中明确提出古今有异，“不期修古，不法常可，论世之事，因为之备”的观点，即倡言不必遵行古制，效法常规，要研究社会实情，制定相应措施。他不仅认识到了历史的发展，而且反对盲目崇古，主张着眼于现实，立足于当今。指出“世异则事异”，“事异则备变”，并且“古今异俗，新故异备”，因而他嘲笑那些“欲以先王之政，治当世之民”的人“皆守株（待兔）之类也”（《五蠹》）。这种反对因循旧制，主张因时而变的思想，体现了改革旧制度的进取精神，无疑是进步的社会历史观。不过，韩非仅仅从社会物质财富的变化展开论证，虽较新颖，却不免片面而有局限性。然而在当时的历史条件下，他的这些观点亦不失为通达古今的卓见。

重质轻文、崇实反虚的文艺观

韩非的文艺观也集法家文艺观之大成。其基本观点是:重质朴轻文饰,重内容轻形式,重实用轻丽辞,重真实反虚华。这与孔子“言之无文,行而不远”(《左传·襄公二十五年》)的主张显然不同,而比较接近于老子“信言不美,美言不信”(《老子八十一章》)的观点。韩非认为“美”的事物,无须加以文饰;靠人工文饰之“美”,原本不美。他说:“礼为情貌者也,文为质饰者也。夫君子取情而去貌,好质而恶饰。……其质至美,物不足以饰之。夫物之待饰而后行者,其质不美也。”(《解老》)

《韩非子》之文充分体现了韩非的文艺观。其一大特点就是揭露实情,无所掩饰。例如《备内》篇论君主如何防备宫内篡位夺权,指出人与人之间都是利害关系,无论是否有“骨肉之亲”,都“无可信者”。这就无情地撕开了覆盖在人际关系上的温情脉脉的面纱,将丑恶、肮脏的实质揭露无遗。在《八奸》篇中,他专论内奸篡权的危险和手段,指出“凡人臣之所道成奸者有八术”,即“同床”“在旁”“父兄”“养殃”“民萌”“流行”“威强”“四方”,并分别加以论析,认为“凡此八者”,都是导致臣子奸谋成功,世主遭受蒙蔽、挟持而丧失权势的原因,告诫君主“不可不察焉”。对于各种奸谋,也是写得淋漓尽致。

史载韩非口吃,不善言谈而善著述,窘于人际交往而长于冷静观察现实生活,总结历史经验,贯通古今,深谋远虑。因而他的文章具有高度的总结性、非凡的深刻性和凌厉的攻击性,既细致、透彻,又锋锐、犀利,不同于《论语》的雍容和顺、娓娓而谈,也不同于《孟子》的气势浩然、滔滔雄辩,更不同于《庄子》的汪洋恣肆和纵横家的夸说浮辞。可以说,韩非的思想、气质、性格、为人和他的文章是融为一体的。所谓“文如其人”,未必人人如此,但对韩非来说,确能得到体现。

原载《重庆晨报》2014年12月10日《灿烂的先秦》专栏

争鸣天下话纵横

纵横家是先秦“九流十家”之一，与诸子并立，争鸣于天下。纵横之学独树一帜，风靡于战国。

战国·纵横·纵横家

战国时期，诸侯争霸，战争频仍。秦、齐、楚、燕、韩、赵、魏七国并峙，力战争雄。各诸侯国纷纷变法图强，兼并战争此伏彼起。这是中国历史上社会经济、思想、文化均发生剧烈变革的时期。正如明末清初思想家王夫之所说，战国时代是“古今一大变革之会”。

一个时代有一个时代的主要特征。战国时代的主要特征是什么呢？尽管任何概括都不免有片面性的局限，但如果试图用两个字来概括战国时代的主要特征，那就不能不说是“纵横”。其实，清代史学家章学诚在《文史通义·诗教上》中已经明确指出：“战国者，纵横之世也。”

何谓“纵横”？“纵横”原本表示地理方位，即：南北为纵，东西为横。战国之时，“纵横”被赋予新的含义。作为政治概念，反映斗争态势，为“合纵”“连横”之简称。正如刘向《校战国策书录》所说：“横则秦帝,从则楚王。”作为一种斗争的策略或手段,意味着游说权谋。在学术意义上,用作一个学派的名称。在文学意义上,又被用作某类文体或文风的标志。此外,还借以指“善说”。“纵横”一词多义,可说是时代发展丰富了它的内涵和外延。

所谓“纵横家”,就是指为适应当时各国政治斗争的需要,或主“纵”,或主“横”,或奔走游说,或入朝干政,直接服务于各国统治者的一批谋臣策士。他们明于辩说,善于辞令,长于外交,精于权谋,是一批有文化、有知识、有才干的“智囊”人物。在战国时代风云变幻的政治、外交斗争中,他们“所在国重,所去国轻”,无愧为一支举足轻重的力量。恰似恩格斯在《〈自然辩证法〉导言》中所论“巨人”:

> 他们的特征是几乎全都处在时代运动中,在实际斗争中生活着和活动着,站在这一方面或那一方面进行斗争,一些人用舌和笔,一些人用剑,一些人则两者并用。

战国时期,七雄争霸,“兵革不休,诈伪并起”。各国明争暗斗,互相倾轧,于是精游说之道、善机变之谋、专捭阖之术的纵横家便应运而生,顺时而盛,成为当时各国统治者的座上贵宾或朝中名相。纵横家又称“辩士”“策士”,其中的佼佼者张仪、苏秦、陈轸、公孙衍堪称头面人物,无愧为战国时代头角峥嵘的英杰。此外出色者还有范雎、蔡泽、鲁仲连、虞卿、唐且、甘罗、甘茂、姚贾、朱英、苏代、苏厉等人,可谓群英荟萃。

纵横家的思想特征

关于纵横家的思想特征,拙著《纵横家研究》(重庆出版社1998年版)概括为:朴素可贵的辩证法思想,策略至上的政治倾向,争利求名的人生哲学,顺时乘势的机会说和举贤使能的人才观。概而言之,可谓重计、重利、重时、重自我。这里着重谈其人生哲学。

“畔经离道”(明代李梦阳语),争利求名,是纵横家人生哲学的基本特征。所谓“畔经离道”,是针对儒家思想而言的。儒家重“义”轻“利”。孔子罕言利,称“君子喻于义,小人喻于利”(《论语·里仁》)。孟子重“义”而轻“利”,告诫梁惠王道:“王何必曰利!亦有仁义而已矣。……上下交争利而国危矣!”(《孟子·梁惠王上》)纵横家则公开宣扬争利求名的人生哲学。《战国策·秦策一》记苏秦发迹后衣锦还乡,对亲人们“前倨而后卑”的表现大发感慨道:“嗟乎!贫穷则父母不子,富贵则亲戚畏惧。人生世上,势位富贵,盖可忽乎哉!”竟公开宣扬追求“势位富贵”。《战国策·秦策一》记张仪也声称:“争名者于朝,争利者于市。今三川、周室,天下之市朝也。”

纵横家敢于冲破传统思想的束缚,一反当世之公议,大胆抨击“信”“廉”“孝”这三种“天下之高行”,公然以不信、不廉、不孝之臣自命,宣称这才是“为人”而非“自为”,是“进取之道”而非“自覆之术”。这样的言行,不独在当时,即便在今天,也可说是惊世骇俗的。

儒家主张“达则兼善天下”,“穷则独善其身”(《孟子·尽心上》),“通则一天下,穷则独立贵名”(《荀子·儒效》)。纵横家则主张“进则争利求名,退则保名全身”,二者虽不无相通之处,但在基本态度和价值取向上,显然泾渭分明。特别是在人生态度上,儒家讲究信念与操守,与纵横家判然不同。孔子曾说:“笃信好学,守死善道,危邦不入,乱邦不居。天下有道则见,无道则隐。”(《论语·泰伯》)又说:“君子谋道(指道德、道义)不谋食。……君子忧道不忧贫。”(《论语·卫灵公》)纵横家恰恰与此相反。他们千方百计牟取“势位富贵”,没有坚定不移的信念,更没有“守死善道”的精神。他们以获利扬名为人生的追求,只要有利可图,入危邦、居乱邦也在所不辞,而危、乱之邦还正好是他们的用武之地及富贵之乡。这正是二者在实质上的区别。

纵横家的历史命运

“纵横”为乱世之学,治世禁行。汉武帝罢黜百家,便突出地严禁“苏秦从横”。历代统治者大都对纵横深恶痛绝。纵横与儒学多有抵牾,后世儒家视之为异端邪说,极力排斥,故学者多不习。纵横学派终于消亡了,但纵横风气不绝如缕,代有新变。流波衍及后世,影响颇为深远。事实上,即便在今天,只要稍加留意,就不难发现,在外交舞台上,在社会生活中,在官场、商界、文坛、学界,仍不时闪现纵横之风，散发纵横之气。

拂去历史的尘埃，用现代的眼光看来，纵横家习用的纵横术是一些斗争的策略和技巧，不仅有其历史价值，而且具有现实意义。特别是当今世界并不安宁，从某种意义上说来，颇似“战国”纵横态势。在国际间风云变幻、形形色色的斗争中，又怎能说崇尚游说权谋的纵横术无可借鉴之处呢？

原载《重庆晨报》2014年12月17日《灿烂的先秦》专栏

瑰玮宏博的《吕氏春秋》

《吕氏春秋》是一部宏博奇伟的巨著，历来被视为先秦“杂家”的代表作。据《史记·吕不韦列传》说：“是时诸侯多辩士，如荀卿之徒，著书布天下。吕不韦乃使其客人人著所闻，集论以为八览、六论、十二纪，二十余万言。以为备天地万物古今之事，号曰《吕氏春秋》。”可见此书是在秦相吕不韦主持下，由其门下食客（《汉书·艺文志》称“智略士”）集体撰著而成。吕不韦是名义上的编撰者，有如现在的“主编”。不过，此书既以“吕氏”为旗号，又在其主持下编撰而成，二者具有不可分割的关系，也是毋庸置疑的。

兼容各家思想，突出强调统一

《吕氏春秋》成于众人之手，众人又是颇为自由地撰著，然后集为一书，因而历来被认为是“杂家”著作。其实，兼容并包各家思想，“诸子之说兼有之”（汪中《吕氏春秋序》），“采精录异，成一家言”（《吕氏春秋附考》），呈现所谓“杂”的风貌，正是《吕氏春秋》的基本特征。在《吕氏春秋》中，无论儒、墨、道、法，还是阴阳、纵横、名、农、兵，各家思想都有所反映。尽管时有矛盾、抵牾之处,却都包容于一书之中。这样看来,作为主持编撰者的吕不韦,似乎颇有容纳百川的度量。

《吕氏春秋》固然具有杂家"兼儒、墨,合名、法"(《汉书·艺文志》)的基本思想特征,但也并非无所侧重。杂取众家之长,必有鉴别、抉择,而且有自己的思想倾向。东汉高诱在《吕氏春秋序》中说它"以道德为标的,以无为为纲纪",即认为以道家思想为主要倾向。《四库全书总目》则判定此书"大抵以儒为主"。现在看来,硬要认定《吕氏春秋》以某一家思想为主,也许是勉强的,因为此书毕竟以"杂"为基本特征。但应该看到其编撰目的,在于"记治乱存亡","知寿夭吉凶"(《序意》),实质上是为秦王朝统一天下做理论准备的。所以书中特别强调"乱莫大于无天子"(《观世》),并再三宣扬所谓"一"即"统一"的思想。《不二》篇说:"一则治,异则乱;一则安,异则危。"《执一》篇说:"王者执一而为万物正……天下必有天子,所以一之也;天子必执一,所以抟之也。一则治,两则乱。"《大乐》篇又说:"能以一治天下者,寒暑适,风雨时,为圣人。"由此可见,《吕氏春秋》的思想倾向虽然不主一家,但强调统一的观点甚为突出,可以认为,这是统领全书的一根主线。

内容宏博繁富,体式新颖独创

《吕氏春秋》号称"备天地万物古今之事",是我国第一部有组织有计划的、集体编撰而成的百科全书式的巨著。东汉高诱称其"大出诸子之右"(《吕氏春秋序》)。清代徐时栋赞其"瑰玮宏博,幽怪奇艳,上下巨细事理名物之故,粲然皆具,读之如身入宝藏"(《吕氏春秋杂记序》)。此书保存了大量的先秦文献和遗闻逸事,内容浩博,涉及广泛,在哲学、史学、文学、经济学、军事学、教育学、音乐学、农学、人才学等诸多领域,都有很高的学术价值,在文化史上占有重要地位。

《吕氏春秋》"总晚周诸子之精英,荟先秦百家之眇义"(许维遹《吕氏春秋集释自序》),体式之宏大、新颖,前所未有。全书分为"览""论""纪"三大类,各类下分八、六、十二组,各组分别包括八、六、五篇,总计一百六十篇文章。编排整饬,自成系统。这无疑是一个创举。先秦之文从语录体到对话体及对话的连缀,再到独立成篇,最后发展为《吕氏春秋》式的系统化专著,不能不说是一个具有历史意义的飞跃。尽管为了强求整齐，不免有敷衍、割裂、重复之病，但这毕竟只占全书很小比例。况且此书体式新创，难免有不够完善之处。整体看来，它在体式上的独创性、严整性、系统性和开放性，确实是难能可贵而值得赞赏的。刘勰即盛赞“吕氏鉴远而体周”（《文心雕龙·诸子》）；章学诚也指出：“吕氏之书，盖司马迁之所取法也。”（《校雠通义》卷三）不仅如此，其体式还为后世的一些专著以及“类书”的编纂，提供了可资借鉴的范例。

指斥时君时政，文风平易晓畅

《吕氏春秋》的文章，现实针对性强，敢于訾议时君，指责时政，颇富批判精神。如《贵公》篇说：“天下非一人之天下也，天下之天下也！”《去私》篇又说：“尧有子十人，不与其子而授舜；舜有子九人，不与其子而授禹；至公也！”《圜道》篇更挑明道：“今世之人主，皆欲世勿失矣，而与其子孙。”敢于指斥时君世主，放言无惮，充分展现了战国时代勇于争鸣的时代风气。

值得注意的是，《吕氏春秋》虽然时有尖锐之论，但全书文章大都立论平稳，摆事实，讲道理，不作空言，不尚文采，平易晓畅，颇有务实之风。与诸子之文相比较，它不像《孟子》的滔滔雄辩，不像《庄子》的汪洋恣肆，不像《韩非子》的锋芒毕露，也不像纵横家的辩丽横肆，其风格颇近似《荀子》之文。也许，所谓“著书布天下”的“荀卿之徒”，便是此书的主要执笔者。

史载《吕氏春秋》书成，吕不韦十分得意，大肆炫耀，公然“布咸阳市门，悬千金其上，延诸侯游士宾客，有能增损一字者，予千金”（《史记·吕不韦列传》）。似乎此书尽善尽美，无懈可击，一字千金。其实真相在于，当时秦相吕不韦权势煊赫，令人畏惧，谁敢去“增损一字”呢？

原载《重庆晨报》2014年12月24日《灿烂的先秦》专栏

辉耀后世的《诗》《骚》

中国堪称“诗国”，诗歌的传统源远流长，先秦诗歌为其源头。《诗》《骚》代表着先秦诗歌的最高成就，是中国文学史上巍然屹立的两座高峰。如果说灿烂的先秦文化宛如一座五光十色的宝库，那么《诗》《骚》就是这座宝库中辉光四射的明珠。

《诗》：奠定传统，沾溉后世

《诗》即《诗经》，又称“诗三百”，是我国第一部诗歌总集。它以辉煌的成就彪炳文学史册，奠定了我国古代诗歌的优良传统，哺育了一代又一代的诗人。

《诗经》存目三百一十一篇，其中六篇所谓“笙诗”有目而无辞，故实有三百零五篇，都是配乐演唱的乐歌。作者难以确考，其中部分为公卿列士献诗，部分则采自民间，再经周王朝各代王官、乐师加工修订而成。流传既久，经手亦多，故具有集体创作的性质。《诗经》的确切年代已难一一考定，可大致论定作于西周初年至春秋中叶（前11至前6世纪）。

《诗经》依《风》《雅》《颂》分类编排。何以如此？历来众说纷纭。现代学者多据“《诗》皆入乐”

认为,其主要是照音乐特点划分的。“风”指音乐曲调,《国风》即当时诸侯国所辖地域乐曲,犹如后世地方乐调。“雅”即“正”,《雅》指王畿之乐,是相对于各地“土乐”而言的“正乐”,反映了尊王观念。《雅》又分《小雅》《大雅》,主要区别在于音乐的不同和产生时代的远近。《颂》是用于朝廷、宗庙祭祀的乐章,是祭神祀祖时所用的乐歌舞曲。《颂》为庙堂乐章,旨在祭祀祖宗,祈祷神明,赞颂王侯功德,在当时最受尊崇,也堪称后世歌功颂德一类作品的祖师和典范。但从文学角度看,其价值远不如《风》《雅》,故后世多以《风》《雅》代指《诗经》。

《诗经》产生于漫长的时代和辽阔的地域,反映了恢宏博大的社会生活场面。其内容涉及甚广,不仅有周民族的史诗、颂歌与怨刺诗、真挚动人的婚恋诗,还有农事诗、征役诗、爱国诗等等,可谓丰富多彩。《诗经》作品大多是“饥者歌其食,劳者歌其事”(《春秋公羊传》卷十六何休注)或“男女有不得其所者,因相与歌咏,各言其伤”(《汉书·食货志》)之作。这些“满心而发,肆口而成”的诗歌,大都直面人生,表达真情实感,不作无病呻吟。既朴素真实,又自然生动,以艺术的形式体现了西周至春秋那一特定历史时期的理性精神,表现出重人事、重现实、崇尚真善美的思想特征。朴实自然的风格美闪耀着现实主义精神的光辉,奠定了我国古代诗歌创作的一大优良传统。

前人从《诗》三百中归纳出所谓“赋”“比”“兴”的表现手法,不仅概括和总结了《诗经》的艺术技巧,而且揭示了古代诗歌艺术表现手法的传统特征。赋、比、兴的表现手法,是从《诗经》的创作实践中提炼出来的艺术规律和美学原则,是《诗经》艺术特征的重要标志,也是中国古代诗歌艺术民族特色的具体表现,对后代文学的发展产生了巨大而深远的影响。

《骚》:不朽杰作,日月齐光

《骚》即《离骚》,后人亦用以代称楚辞。《离骚》是中国文学史上第一位伟大诗人屈原的不朽杰作。屈原名平,字原,出身于楚国贵族。据《史记》本传所记,屈原才高学博,“明于治乱,娴于辞令”,具有远大政治抱负。他生当楚怀王、顷襄王时代,曾任“左徒”和“三闾大夫”之职。初得怀王信任,在内政和外交方面都有显著成就。后因楚王昏庸,谄谀用事,政治腐败,群小得势,屈原正道直行,竟“信而见疑,忠而被谤”,两度被流放。公元前278年,秦将白起攻拔郢都,眼见祖国沦亡,人民遭难,屈原万分悲愤,极端绝望,于是怀石自沉汨罗而死。屈原的悲剧不仅是他个人的悲剧,也是楚国和时代的悲剧。

据《汉书·艺文志》著录,屈原有作品二十五篇,但未具列篇名,后世学者聚讼纷纭。目前比较一致的看法是:《离骚》《天问》为屈原所作,无可怀疑。《九章》(九篇)中虽有疑为后人拟作者,但基本上仍可认定为屈原作品。《九歌》(十一篇)则是屈原在楚国民间祭歌的基础上加工改造的再创作。另有《招魂》一篇,据《史记》所记,应为屈原之作。

《离骚》全长三百七十三句,二千四百九十字,是我国古代文学史上第一篇由诗人自觉创作、独力完成的宏伟壮丽的抒情长诗。诗人屈原的出现和《离骚》的产生,预示着文学自觉时代曙光的照临。司马迁说:"屈原放逐,乃赋《离骚》。"(《报任安书》)又说:"屈平疾王听之不聪也,谗谄之蔽明也,邪曲之害公也,方正之不容也,故忧愁幽思而作《离骚》。"(《史记·屈原列传》)可知《离骚》是屈原心灵的歌唱。它展现了诗人"存君兴国"的"美政"理想,深沉执着的爱国感情,放言无惮的批判精神和"独立不迁"的峻洁人格,字里行间闪耀着诗人思想和人格的灿烂光芒。

《离骚》艺术造诣极高。诗人倾满腔心血塑造了"灵均"这一主人公形象,熔铸了自己的意识、情感、理想和人格,成为后世人们景仰、敬慕的崇高典型。同时,《离骚》也为长篇抒情诗的发展树立了光辉的典范。屈原继承、发扬了《诗经》的优良传统,以现实主义为基调,而以浪漫主义为特色,标志着创作方法的突破和发展。特别是对《诗经》赋、比、兴手法的运用,做出重大开拓。诗人寄情于物,托物寓情,使主观之情与客观之物融而为一,创造出富于象征意味的艺术形象,突破了《诗经》以借物抒情为主要特点的比兴手法的局限,为中国古代诗歌艺术的民族特色增添了异彩。

屈原的光辉精神和不朽杰作对后世产生了极其深远的影响。正如苏轼在《答谢民师书》中所称道:"屈原作《离骚经》,盖《风》《雅》之再变者,虽与日月争光可也!"

原载《重庆晨报》2015年1月7日《灿烂的先秦》专栏